NIEVES HERRERO nació en Madrid. Es licenciada en Periodismo por la Universidad Complutense y en Derecho por la Universidad Europea, y lleva treinta y cinco años ejerciendo el periodismo en prensa, radio y televisión. Su trayectoria en los medios ha sido reconocida con los premios más relevantes de su profesión.

Es autora de los best sellers *Lo que escondían sus ojos*, cuya adaptación a serie de televisión batió récords de audiencia y ganó un premio Ondas; *Como si no hubiera un mañana*, premio de la crítica de Madrid; y *Carmen*, que se mantuvo durante sesenta semanas en la lista de los libros históricos más vendidos.

Apasionada de la historia, Nieves Herrero continúa en *Esos días azules* una carrera literaria aplaudida por los lectores en la que, a través de sus novelas, da a conocer la vida de mujeres reales que fueron protagonistas de momentos clave de nuestro pasado reciente.

Papel certificado por el Forest Stewardship Council®

MIXTO
Papel procedente de
fuentes responsables
FSC® C117695

Penguin
Random House
Grupo Editorial

Primera edición en B de Bolsillo: abril de 2021

© 2013, Nieves Herrero
© 2021, Penguin Random House Grupo Editorial, S. A. U.
Travessera de Gràcia, 47-49. 08021 Barcelona
Diseño de la cubierta: Penguin Random House Grupo Editorial
Fotografía de la cubierta: © Juan Gyenes, VEGAP, Barcelona, 2020

Printed in Spain – Impreso en España

ISBN: 978-84-1314-238-8
Depósito legal: B-818-2021

Impreso en Novoprint
Sant Andreu de la Barca (Barcelona)

BB 4 2 3 8 8

Lo que escondían sus ojos
La pasión oculta de la marquesa de Llanzol

NIEVES HERRERO

A los que, en tiempos difíciles, fueron capaces de amar.

A mis padres.

«No conozco otra razón para amar que amarte».
Fernando Pessoa

1999

Yo noté que algo se me rompía por dentro. Sentí un dolor fuerte en las entrañas... Mientras me hablaban tuve la sensación de que mi mundo se hacía añicos. ¿Cómo explicar que en tan solo cinco minutos mi vida cambió por completo? Todo dejó de tener sentido. Hablaban a mi lado pero mi mente se había ido lejos de allí. Me acababan de dar la peor de las noticias. Miraba sin ver, oía sin escuchar. Pocos segundos después solté algo parecido a un grito que rápidamente se ahogó en un llanto inconsolable. Me salió del alma y pienso que se debió de escuchar en todo el edificio. No alcancé a decir nada más. No podía. Me faltaba el aire. Me quedé sin palabras con los ojos muy abiertos y la mente en blanco. Parecía que la cabeza me iba a estallar, como uno de los muchos petardos que se escucharon aquella tarde del 28 de diciembre de 1959. Pero no era una broma del día de Inocentes, parecía la peor de las pesadillas. Me acababan de contar que mi vida había sido una farsa desde que nací. Me lo narraba mi tía Carmen, como si mi existencia fuera el argumento de una de sus novelas románticas pero con un final trágico. La acompañaba un fraile dominico amigo de mis padres que me apretaba la mano contra la suya mientras repetía: «¡Tienes que olvidarle! ¡Debes olvidarle!». Pero yo no reaccionaba ni ante las palabras ni ante las caricias. Me quedé inmóvil en aquel instante en el que yo ya no era yo.

Como te digo, algo se desgarró dentro de mí mientras la vida dejaba de tener sentido. Me sentí morir, te lo juro. Solo pensaba en salir de allí y no parar de correr sin rumbo alguno. Quería estar sola. Bueno, no, quería estar junto a él. ¿Cómo nos dejaron llegar tan lejos? ¿Cómo nadie lo paró antes? Ya era tarde, demasiado tarde, porque me había enamorado...

Ana Romero, la joven periodista que escuchaba el relato de Carmen Díez de Rivera, la miraba fijamente a sus ojos azules que se quedaron apagados, sin brillo, con aquella desgarradora narración. La grabadora estaba en marcha desde hacía una hora. Así lo quería Carmen, ya que tenía prisa en su carrera contra el tiempo. Volcaba su vida sobre aquel aparato pequeño después de haber guardado silencio durante toda su vida.

—Solo te pido una cosa —le dijo enérgica, sosteniendo su mirada.

—Dime —contestó Ana.

—No lo publiques hasta que yo... hasta que yo me haya ido.

—De acuerdo. Si quieres lo dejamos por hoy. —Parecía muy cansada después de recordar aquel día que no había sido capaz de olvidar en treinta y nueve años.

—No, no, sigamos... Mira, una nace sin elegir a los padres, el entorno, el país, ni tan siquiera la propia vida. El delito no es nacer, sino hacer nacer. Ahora no me acuerdo de quién era la frase, pero podría ser mía.

Se echaron las dos a reír, pero Ana —menuda, morena y veinticuatro años más joven— casi no se podía creer que la mujer rubia de ojos azules, pieza clave en la Transición española, estuviera frente a ella a punto de morir. Parecía tener energías como para retrasar ese momento que los médicos tantas veces le habían anunciado.

Ahora, sin embargo, ya había empezado la cuenta atrás, y ella lo sabía. Aquel verano de 1999 sería el último.

—Pasados los años he llegado a disculpar a mis padres —continuó su relato—. Me tranquiliza pensar que soy hija del amor y al amor hay que perdonarlo siempre. —Carmen tenía necesidad de sacar su secreto a la luz.

—Cuéntame, ¿cómo empezó todo?

—Fue en el otoño del año 1940, en plena posguerra. Mi madre ya tenía dos hijos: Sonsoles y Francisco. Esperaba el tercero para el mes de noviembre. La familia crecía a toda velocidad. Dos hijos y uno en camino en cuatro años de matrimonio.

—¿Tus padres se casaron en plena Guerra Civil?

—Un poco antes, en febrero de 1936. Mi madre, la mujer más bella y elegante de la época, se casó, a la edad de veintiún años, con el marqués de Llanzol que le doblaba la edad. Francisco de Paula Díez de Rivera tenía cuarenta y cinco años, una carrera militar brillante y una posición desahogada. Quizá casarse fue para ella la única manera de asegurarse un estatus que estaba a punto de perder. Su padre había muerto cuando ella tenía once años, y el dinero en la familia comenzó a escasear. Era hija del diplomático, poeta y cervantista mejicano Francisco de Icaza y de la aristócrata Beatriz de León. Toda su infancia transcurrió entre dos ambientes, el literario y el diplomático. Ella fue la que menos pudo viajar de la familia, al ser la pequeña. Sus padres y hermanos llegaron a vivir durante una larga estancia en Berlín, donde estuvo destinado mi abuelo hasta que fue nombrado embajador en España. Su muerte súbita truncó su vida y la de su familia. Mi madre solo tenía una salida: casarse.

—Pero no se quedarían en tan mala posición. Su padre había sido embajador en diferentes países...

—Piensa que era una familia numerosa de cinco hijos: Carmen, Anita, Luz, Francisco y mi madre, Sonsoles. La tercera, Luz, moriría muy joven, a los dieciocho años. Los recursos no duraron mucho. El hecho de que mi abuela fuera un poco manirrota contribuyó a ello. Carmen, la hija mayor, se tuvo que poner a trabajar en el diario *El Sol*, gracias a la amistad que tenía la familia con Ortega y Gasset, fundador del periódico. Trabajar no estaba bien visto, y menos siendo una mujer.

—¿Trabajar no estaba bien visto?

—No en aquella aristocracia de los años veinte. Sin embargo, al ser un trabajo literario tenía un pase para la intransigente sociedad de aquella época. Ese sueldo ayudó a que la situación familiar fuera menos precaria. Pero no evitó que las detractoras de mi madre la llamaran a sus espaldas Sonsoles «de caza y pesca», ironizando con su apellido Icaza y León tras haber conquistado al hombre más bueno que he conocido nunca. Al hombre tierno y cariñoso que ejerció de padre conmigo.

—¿Por qué la criticaban? —preguntó Ana mientras Carmen tomaba aliento después de tan extenso relato.

—La sociedad —como les gustaba llamarse a los que pertenecían a la aristocracia— de aquellos años cuarenta, recién terminada la Guerra Civil, no le perdonó nunca su belleza, su elegancia y lo poco convencional que era. No había muchas mujeres que condujeran un Chrysler verde por la céntrica calle de Alcalá como ella hacía. La capital recuperaba su actividad sin olvidar una guerra que era recordada en cada esquina por las señales que habían dejado las bombas y las balas sobre los edificios. En ese ambiente de euforia que se respiraba en la aristocracia, ajena al hambre y la penuria que existía a su alrededor, mi madre vivió los años más felices de su vida.

Carmen hizo otra pausa para beber agua. La quimioterapia que acababa de recibir en su tratamiento contra el cáncer le dejaba la boca seca, pastosa. Aprovechó la interrupción para buscar en el último cajón de su cómoda una caja de metal que acercó a la mesa donde estaba la periodista. La portaba con el misterio del que lleva un tesoro durante muchos años escondido. La abrió y se puso a rebuscar en su interior. Finalmente, sacó una foto de su madre vestida con un traje de noche de tafetán negro ceñido a la cintura y falda larga amplia salpicada de lentejuelas y puntillas fruncidas.

—Esta era mi madre. Ya puedes ver que no te exageraba nada, ¿no te parece bellísima? —Hizo una pausa que duró segundos. A veces parecía que la quería y otras que la odiaba.

—Me contabas cómo empezó todo... —Ana interrumpió ese momento en el que se había quedado su pensamiento suspendido en una especie de limbo que solo pueden romper las palabras.

—Al parecer, mis padres coincidieron en una fiesta que daba el embajador de Suecia —continuó, mirando la foto—. Mi madre llamaba la atención por su forma de vestir, por su manera de caminar, por su elegancia. ¡Mírala! —Le volvió a mostrar la foto.

—Bueno, era la musa de Cristóbal Balenciaga, el emperador de la moda en aquellos años —apostilló la periodista.

—Fueron buenos amigos tras la guerra. ¡Balenciaga le hizo más de cuatrocientos trajes! Era el diseñador preferido de las millonarias de todo el mundo. Piensa que mi madre medía un metro setenta y dos centímetros, muy alta para la época. Era una de las mujeres más elegantes y atractivas del país: pelo rubio oscuro, ojos verdes... A su paso no había persona que no se girara a mirarla. Su carácter le hacía pensar que primero existía ella y luego ella. A mucha distancia se encontraban los demás...

1

Otoño de 1940

La embajada de Suecia daba una fiesta por todo lo alto en el hotel Ritz de Madrid, en honor de todo el cuerpo diplomático. La fiesta coincidió en el tiempo con el nombramiento del nuevo ministro de Asuntos Exteriores, Ramón Serrano Súñer, cuñado de Franco. No habían pasado ni veinticuatro horas del cambio de gobierno cuando el poderoso Serrano acudía a su primer acto público como máximo responsable de la política exterior de España. Con treinta y nueve años había desempeñado los cargos más importantes para una nación que intentaba ponerse en pie después de tres años de cruenta Guerra Civil.

El nombramiento no sorprendió a nadie, salvo al propio Serrano Súñer. Todos le dieron la enhorabuena porque parecía que «el cuñadísimo» —como le llamaban— seguía sumando poder, pero él intuía que era una manera sibilina de alejarle de la política nacional. Los militares, con sus luchas internas por el poder cercano a Franco, habían ganado el pulso que desde hacía meses sostenían contra él. Le querían lejos del palacio de El Pardo. De un plumazo le apartaban de la política nacional, de la reconstrucción de un país maltrecho tras la guerra, de la organización interna y del control absoluto de cuanto se decía y se hablaba. Una labor que desempeñaba desde su primer cargo como ministro del Interior y, después, de la Gobernación. Ahora entraba en otro mundo con no menos intrigas. Dejaba atrás la política que exigía tomar decisiones rápidas por la ambigüedad de las relaciones diplomáticas, en un momento sumamente delicado a nivel internacional. En este ministerio la capacidad de decisión era limitada porque la última palabra la tenía Franco. Ahora debería tratar a diario con embajadores extranjeros y esquivar a sus servicios de espionaje, ampliamente desplegados y camuflados por los aledaños de las embajadas.

La «buena nueva» se la había comunicado el mismísimo Franco tras el éxito del primer encuentro con Hitler en Berlín y con Mussolini en el Brennero. Reuniones en las que Serrano, a pesar de su admiración hacia ambos dictadores, se mostró implacable a la hora de no sucumbir ante las presiones del Eje. Alemania e Italia apremiaban a España para que se uniera a ellos en su afán por conquistar Europa. Franco solo confiaba en su cuñado para que España se mantuviera neutral en la Segunda Guerra Mundial y lo envió de emisario.

Serrano Súñer se ganó en Alemania la fama de hombre duro para negociar, y consiguió regresar sin la implicación de España en el conflicto. Este éxito, unido a las presiones para alejarle de la política nacional y a las noticias que llegaron del servicio de información, que comprometían al anterior ministro de Exteriores, el coronel Beigbeder, precipitaron su nombramiento. Una decisión que rondaba desde hacía días por la cabeza del general Franco. Por lo tanto, Serrano Súñer asumía la nueva cartera por decisión unilateral de su cuñado.

Después de este movimiento de tierras a sus pies, tenía que asistir a su primer compromiso diplomático, el día después de su nombramiento…

2

Cuando Serrano Súñer entró vestido de esmoquin en aquel hotel Ritz recuperado para la realeza y la aristocracia europea después de haber sido hospital de sangre durante la guerra, cesaron de golpe las voces de las altas personalidades allí congregadas. Parecía que se habían congelado las palabras con la presencia del nuevo ministro. Sin embargo, a los pocos segundos, aquel silencio se transformó en un aplauso cerrado. Marqueses, condes, duques, embajadores de los distintos países guardaban turno para estrechar su mano. Los embajadores de Gran Bretaña y Estados Unidos aplaudieron con desgana y se mantuvieron distantes. Habían estado horas antes en su nuevo despacho en el palacio de Santa Cruz, después de su viaje a Alemania e Italia y de su nuevo nombramiento. Todo lo que querían transmitirle ya se lo habían dicho cara a cara. Era evidente la germanofilia del nuevo ministro de Exteriores, pero les había asegurado que España sería neutral y no se alinearía con el Eje.

—Se lo hemos advertido, si dejan de ser neutrales, España morirá de hambre. Cerraremos el paso de trigo y la hambruna será total —le comentaba el embajador inglés, Samuel Hoare, al embajador americano, Alexander W. Weddell. Este asentía en silencio mientras chocaban sus copas de champán.

Serrano Súñer sabía que esa amenaza que recibió nada más trasladarse al palacio de Santa Cruz podría hacerse realidad si se llegaba a romper la política de neutralidad en la que Franco y él estaban de acuerdo. Una política que denominaba de «semicontento», dar a cada parte un poco de lo que querían.

Sin duda, era el hombre del momento. Las mujeres comentaban su atractivo formando corrillos y dando rienda suelta a todo tipo de comentarios.

—¿Sabéis qué coplillas circulan ahora por Sevilla? —preguntaba en voz alta la condesa de Elda, una de las elegantes y poderosas mujeres que se habían dado cita en el Ritz—. «Por la calle abajo viene el Señor del Gran Poder. Antes era el Nazareno, ahora es Serrano Súñer».

Todos los que la escuchaban se echaron a reír. Era evidente que se trataba de la persona de moda. Nadie —excepto los falangistas jóvenes y algunos generales que idolatraban a Hitler— quería volver a vivir otra guerra, y su regreso a España, sin implicar al país en una nueva contienda, consiguió que creciera su popularidad.

Se mostraba ante este público tan selecto como el hombre que se atrevía a hablar de tú a tú a Franco y el que había contenido las ansias de Hitler por ampliar sus tentáculos en Europa. Su apuesta imagen contribuía a ello: delgado, de ojos de color azul acero, rubio con incipientes canas, frente ancha y un finísimo bigote que recorría su labio superior. Era un hombre serio, de pocas sonrisas y conocedor de su autoridad. Se le acercaban caballeros del cuerpo diplomático con los que charlaba vehementemente. También era desafiante en su forma de mirar. Medía hasta el extremo sus palabras, lo que añadía personalidad y firmeza a su figura. Indistintamente provocaba temor y admiración en las personas que se atrevían a hablar con él.

Sonsoles de Icaza, la bella marquesa de Llanzol, no tenía intención de ir a saludarle. Nunca iba al encuentro de nadie, se limitaba a esperar que se acercaran a ella. En cambio, sí lo hicieron su marido y su cuñado, Ramón Díez de Rivera, marqués de Huétor de Santillán.

Sonsoles, sonriente y divertida, se quedó al lado de Pura de Hoces y D'Orticós-Marín, su cuñada. Charlaban animadamente. El vestido que llevaba era de gasa azul de corte imperio y disimulaba su avanzado estado de gestación. Llamaba la atención aquella noche su amplio escote. Arrastraba a su paso todas las miradas del salón. Sin embargo, ella no miraba a nadie, solo a su interlocutora, que no cesaba de contarle los pormenores de la reciente visita de Serrano a Berlín, donde se había entrevistado con el mismísimo Führer. La marquesa de Huétor conocía casi de primera mano la entrevista con Hitler, ya que era de las pocas personas que pertenecían al entorno de Carmen Polo, esposa de Franco, con la que hablaba casi todos los días.

—Hay que reconocerle sus méritos, pero debería ser más modesto y saber su posición. ¡Mírale! Está feliz siendo el centro de atención. Si no hemos entrado en la guerra no es por su habilidad sino porque seguía instrucciones de Franco. Todo el mundo sabe que a Serrano le tira todo lo que huele a alemán.

—Algún mérito tendrá cuando es él quien se ha entrevistado con Hitler. Te cae mal porque es el único que le hace sombra. —Sonsoles le llevó la contraria mientras miraba con detenimiento por primera vez al hombre que tantas adhesiones y odios suscitaba.

—*Mon Dieu!!!* No lo digas otra vez en voz alta. Las paredes oyen… ¡No seas imprudente! —la conminó Pura—. Piensa en la posición de tu marido. —Volvió a mirarle y continuó hablando—: No sé cómo Franco no le ha parado ya los pies. Fíjate qué aire de superioridad tiene.

Aquel hombre poderoso, elegante, que irrumpía en el hotel Ritz vestido de esmoquin con una legión de seguidores esperando turno para saludarle, le resultó fascinante. No era la primera vez que Sonsoles lo veía. Habían coincidido en Burgos, antes de concluir la guerra, pero entonces no le pareció tan interesante como aquella noche.

—¿Qué te contó Carmen Polo de Serrano Súñer? —preguntó intrigada.

Aquella mirada de interés por alguien no se la había visto nunca.

—Pues... parece ser que le explicó a Hitler que la mayor preocupación de nuestra nación era sobrevivir. Intentó aplacarle diciendo que el pueblo español no olvidaría nunca la lealtad del pueblo alemán. Le comentó que salir de una guerra civil, en la que habían muerto un millón de españoles, había dejado al Ejército maltrecho y a la sociedad civil sin recursos para subsistir. Lo que hizo, en realidad, fue ganar tiempo porque, tarde o temprano, querida Sonsoles, tendremos que entrar en guerra.

—Espero que te equivoques. —Bebió un sorbo de agua y, a los pocos segundos, notó una presión fuerte en su vientre. El embarazo en su octavo mes se le estaba haciendo interminable. Posó la mano sobre su regazo y continuó hablando—: Con una guerra ya es suficiente... Pero, dime, ¿qué tal su relación con Franco?

—Como uña y carne. Quien lleva peor los éxitos de su cuñado es Carmen. Le parece que se le están subiendo los humos a la cabeza...

—Ya...

—Sonsoles, ¡está mirando hacia nosotras! —la interrumpió.

—Bueno, está hablando con nuestros maridos... —Serrano no apartaba su mirada mientras escuchaba lo que le decían Francisco de Paula, marqués de Llanzol, y su hermano Ramón. Siempre había admirado la belleza de aquella mujer. Ahora estaba a pocos metros, vestida de azul con un escote muy atrevido. Le parecía la más elegante y bella de la fiesta.

Al cabo de un rato, todos se encaminaron hacia donde se encontraban ellas.

—¡Vienen hacia aquí! Sonsoles, ¿te das cuenta? —insistió Pura.

—Ahora ya parece que no te cae tan mal. —Lo dijo con ironía, retocándose el pelo y humedeciendo sus labios. Intentó contraer su vientre para que se notara menos su embarazo.

Su corazón se aceleró. No acababa de entender su nerviosismo. El caso es que nunca había sentido esa sensación que la desbordaba y que, a la vez, era totalmente nueva para ella.

3

Hacía frío esa oscura noche otoñal en Madrid. Sin embargo, dos hombres merodeaban por los aledaños del Ritz desafiando la baja temperatura. Observaban a quién entraba y a quién salía. Solo se acercaban a los caballeros que vestían sus mejores galas si hacían el gesto de rebuscar alguna moneda en sus abrigos. Entonces iniciaban algo parecido a una carrera para la que no tenían apenas energía. Sus caras mostraban más los huesos que las arrugas, dejando en evidencia el hambre que padecían.

En el interior del gran salón del Ritz había otro mundo ajeno a esa realidad. Se oía el tintinear de las copas de champán y el sonido de las cerillas que allí no escaseaban. Fumaban hombres y mujeres. Las más sofisticadas lo hacían con boquilla o con cigarrillos americanos que conseguían casi siempre de estraperlo. Nadie diría, por los trajes de noche de las damas y por el esmoquin que vestían los caballeros, que se había salido de una guerra no hacía mucho tiempo y que fuera, en la calle, la gente carecía de todo lo necesario para subsistir mínimamente. Las miradas de los asistentes a la fiesta se centraron en ese encuentro entre el hombre más poderoso, Ramón Serrano Súñer, y la mujer más sofisticada y atractiva de la fiesta. El marqués de Llanzol, Francisco de Paula Díez de Rivera, hizo las presentaciones.

—Mi cuñada, Pura de Hoces y D'Orticós-Marín, y mi mujer, Sonsoles de Icaza y León.

Serrano saludó en primer lugar a Pura besando su mano, y después hizo lo mismo con la marquesa de Llanzol, mientras clavaba su mirada de azul acero en sus ojos verdes. Fue un segundo, pero Sonsoles sintió un calambre que recorrió su cuerpo desde la mano, que aquel hombre que tanto la inquietaba sujetaba con firmeza, hasta sus pies. Seguía sosteniendo su mano el flamante ministro de Exteriores cuando Sonsoles se atrevió a hablarle y no precisamente para elogiarle, como hacía todo el mundo.

—Señor ministro, sería extraordinario que pudiéramos escuchar buenos conciertos en España. La música amansa a las fieras, ya sabe... Un poco más de impulso a la cultura no vendría mal en un país que empieza a andar.

—Sonsoles, ¡por favor! No seas bromista —la interrumpió Pura, intentando justificar sus inapropiadas palabras.

—No, no —insistió—. No lo digo en broma. Estoy hablando muy en serio. Es el momento de impulsar iniciativas culturales. Ya bastante daño nos ha hecho la guerra a todos. ¿No cree, señor ministro?

—Tiene razón, pero denos tiempo, señora marquesa. Hasta ahora lo que hemos hecho ha sido centrar nuestros esfuerzos en el restablecimiento del orden público. También ha habido que solventar los muchos problemas que han surgido en la reconstrucción de nuestra nación.

—Claro, claro —asintió el marqués de Llanzol—. Hay otras prioridades...

—Piense —siguió el ministro, dirigiéndose a ella— que en este momento, en el Ministerio de Exteriores, tenemos otro tipo de problemas derivados del conflicto internacional en el que hemos conseguido quedar al margen. Pero, por encima de todo, nuestra principal tarea no es otra que intentar solucionar la hambruna de nuestro pueblo que ha quedado maltrecho tras la contienda. Como ve, tenemos otras prioridades, como muy bien dice su marido.

Serrano Súñer se mostró serio mientras pronunciaba estas palabras mirando insistentemente a los ojos de aquella dama que permanecía sentada mientras los caballeros continuaban de pie. Sin embargo, lejos de incomodarle la crítica de la marquesa, le pareció osada. Le gustaba aquella mujer desafiante, aunque era evidente que no tenía las mismas necesidades que el resto de los mortales.

Por su parte, Pura de Hoces —quien tampoco se movió de su asiento— se reafirmaba en su opinión de que Serrano estaba muy crecido y que en toda su alocución no había mencionado a Franco en ningún momento. Daba la impresión de que él llevaba todo el peso de la nación, aunque hablara en plural. Se lo comentaría a su amiga Carmen Polo.

—Que el pueblo tenga hambre no excluye que se promueva la música clásica. Haría más fácil el camino de la reconstrucción. La música es cultura y reactiva a los pueblos —insistió también con gesto serio la marquesa de Llanzol.

—¡Sonsoles! —alcanzó a decir de nuevo su cuñada. No sabía cómo hacerle llegar el mensaje de que se callara de una vez—. Bueno, es que mi cuñada se ha criado en un ambiente muy intelectual. Su padre no solo era diplomático, embajador de Méjico en Madrid, también era poeta y cervantista. A sus tertulias acudían desde Juan Ramón Jiménez y Ortega y Gasset a Rubén Darío o Amado Nervo…

—Juan Ramón Jiménez enseñó a su hermana mayor, Carmen de Icaza, a escribir —añadió el marqués de Huétor, apoyando las palabras de su mujer—. ¡Tuvo buen profesor! En su casa le aseguro que siempre se habla de literatura, de música…

—Bueno, no podemos agotar a Serrano en su primer acto público como ministro de Exteriores. —El marqués de Llanzol intentó desviar la conversación.

—De todas formas, tiene razón su señora —le contestó Serrano ya con una media sonrisa—. Deberíamos escuchar en nuestros teatros más buena música. Pero también le diré que al pueblo español le gusta más la zarzuela, el teatro, la revista... que la música clásica. Esta tiene más predicamento fuera de nuestras fronteras.

La orquesta comenzó a tocar en ese momento y se concentraron las miradas en el baile que se iniciaba con los anfitriones, el embajador de Suecia y señora, así como con los marqueses de Manzanedo y los condes de Moral de Calatrava.

—Querido, es una pena que no te guste bailar —le dijo Sonsoles a su marido, sabiendo que era algo que detestaba.

—Eso ya lo sabías cuando nos casamos —contestó su marido, a quien la evidente diferencia de estatura con su mujer le cohibía para bailar con ella.

—¡Sonsoles! ¡Cómo se te ocurre! —exclamó Pura en el mismo tono recriminatorio que había mantenido durante toda la conversación—. Serías capaz de bailar estando...

Sonsoles no dejó terminar la frase a su cuñada antes de que dijera en voz alta que estaba embarazada. Sabía que sentada disimulaba, y más con el traje de corte imperio que llevaba y que escondía por completo su vientre, no excesivamente abultado a pesar de estar en su octavo mes de embarazo.

Serrano se dio cuenta de que la diferencia de edad en los marqueses de Llanzol era tan evidente que sus gustos pertenecían a generaciones distintas. Él, un hombre maduro con la vida hecha, y ella, una joven con la vida por hacer. Sonsoles dio un sorbo a la copa de champán de su marido. Sus pies se movían debajo de su vestido de gasa azul al compás de la música. Serrano no dejaba de observarla detenidamente y a ella le gustaba sentirse observada.

Un grupo de personas, entre las que se encontraba el anterior ministro de Exteriores, el coronel Beigbeder, se acercó e interrumpió la conversación para hablar con Serrano Súñer. Este se giró sin querer apartarse del grupo. Aquella mujer tan desafiante y con tantas ganas de retarle realmente le fascinaba.

—¿Durante cuánto tiempo vamos a poder mantenernos neutrales? —preguntó el coronel recién despojado de su cargo.

Estaba el exministro dolido por cómo se habían desarrollado los últimos acontecimientos en los que se había visto envuelto. El espionaje inglés y el contraespionaje alemán habían acabado con su carrera.

—Sería un error —continuó, dirigiéndose a Serrano, al que consideraba su adversario político— crearnos como enemigo a Alemania, pero tampoco debemos perder de vista a los aliados y granjearnos su ira.

Los equilibrios de Beigbeder por la neutralidad mientras estuvo en el cargo no le habían impedido mostrar su admiración por Inglaterra. Admiración que le llevó a enamorarse de Rosalinda Powell Fox, una espía inglesa con una gran habilidad para sacarle los secretos de estado. Todas las intenciones de España con respecto a la guerra se sabían antes en el Foreign Office que en España. Igualmente, era de todo el mundo conocida su simpatía por el embajador británico, sir Samuel Hoare, con el que mantenía una desafiante y estrecha amistad. La verdadera razón de su destitución tenía que ver con la presión que había ejercido Alemania sobre el gobierno de Franco para quitar del ministerio a alguien que les era hostil.

—Coronel, este no es el lugar. —No le gustó a Serrano el comentario que acababa de hacerle en voz alta—. Tendré mucho gusto en hablar con usted cuando quiera. —No deseaba ser más explícito en el Ritz, donde no se sabía quién podía estar escuchando la conversación, y le cortó.

Enrique Giménez-Arnau, director general de prensa del régimen, nombrado por el propio Serrano, también iba en el grupo e intentó desviar la conversación. Le preguntó por la evolución de la guerra para mediar en la tensión que se respiraba entre el ministro saliente y el entrante. Serrano continuó siendo escurridizo en sus contestaciones, pero agradeció con su mirada la pregunta.

—Espero que me entienda, mi querido amigo. La situación es extremadamente delicada, usted mejor que nadie lo sabe. De este tema no debemos hablar en público. Aprovecho para pedirle más vigor en las informaciones sobre la no beligerancia de España y nuestro afán por la neutralidad. Me entiende, ¿verdad?

El conde de Casa Rojas, que iba en el grupo, no le dio la oportunidad a Giménez-Arnau de contestar. Decidió poner fin a tanta pregunta proponiendo un brindis por el flamante ministro. Todos chocaron las copas, menos el coronel recientemente destituido, que no llevaba ninguna bebida en la mano. Aprovechó para encender un cigarrillo. Serrano levantó su copa y se giró de nuevo con la intención de continuar su conversación con la mujer más fascinante que había visto nunca.

—La única forma de escapar a tanta pregunta incómoda será sentarme al lado de ustedes. —Serrano y los hermanos Díez de Rivera tomaron asiento. El ministro ocupó un lugar al lado de Sonsoles. Era evidente que aquella mujer le atraía. El marqués de Llanzol lo consideró una deferencia hacia su esposa. Antes de continuar conversando, el ministro hizo un gesto a su secretario, que inmediatamente acudió a su llamada.

—No sé qué pinta aquí el coronel Beigbeder. Mañana le quiero confinado en Ronda —le ordenó en voz baja.

—Así se hará —le respondió, y se retiró.

La orquesta tocaba la banda sonora de la película *Melodías de Broadway*. A aquel hombre que detentaba tanto poder y que a nadie dejaba indiferente, el perfume de aquella mujer desafiante y descarada le embrujaba por completo. Sus ojos verdes, su boca pintada de rojo, el vestido azul con amplio escote que dejaba sus hombros semidesnudos, sus largos brazos cubiertos hasta el codo con guantes de color azul… todo la envolvía de una sensualidad fuera de lo común. No podía ser más bella. Tras la tensión provocada por Alemania para que España se aliara con el Eje, la risa de Sonsoles llegaba como un soplo de aire fresco. Sin duda, era el mejor momento después de muchos días de inquietud. No obstante, hizo un gesto de dolor que inmediatamente disimuló con sus palabras. Esa temporada, el estómago le dolía más de la cuenta.

—¿Por qué no habíamos coincidido antes? —le preguntó en voz baja mientras un camarero les ofrecía una copa de champán. Sonsoles aceptó. Serrano no podía dejar de mirarla.

—Sí, habíamos coincidido antes en Burgos. Nos hemos visto de lejos varias veces durante la guerra.

—Yo no la hubiera olvidado, se lo aseguro —siguió él, en el mismo tono confidencial.

—Serrano, ¿se trasladará con la familia al palacio de Santa Cruz? —preguntó en voz alta el marqués de Llanzol, interrumpiendo la conversación entre dientes que tenían su mujer y el ministro.

—No, no, seguiremos viviendo en nuestra casa. No me gustan los palacios… No hay intimidad.

A Pura le pareció aquello una crítica a Franco, que vivía en El Pardo e hizo un comentario.

—A veces, a los altos cargos de una nación no les queda más remedio por su seguridad…

—Sí, en eso tiene usted razón —le dijo Serrano—. De todas formas, mi familia no tiene la culpa de mi cargo político. Señor marqués —cambió de tema—, me dijeron que había estado usted muy enfermo, pero parece ya repuesto.

—No se crea —añadió Pura—, todavía se está recuperando. Estuvo muy grave. Pocos pueden hablar de haber superado un tifus exantemático.

—Estuve en buenas manos, afortunadamente. Fue al poco de acabar la guerra, pero sí estuve más en el otro barrio que en este.

—No hablemos de cosas tristes —interrumpió Sonsoles—. Estamos vivos y eso hay que celebrarlo. Hemos de olvidarnos de tanto horror de la guerra y de las secuelas que nos ha dejado. Yo como terapia voy a casi todas las fiestas donde me invitan. Necesito distraer mi mente.

—No es mala terapia. —Serrano rozó su mano con la suya al ir a dejar la copa encima de la mesita que había cerca de ellos. Después de unos segundos, la miró a los ojos.

Aparecieron varios camareros con canapés y croquetas. Serrano aprovechó para tener unos minutos de intimidad con la marquesa.

—Sonsoles, tiene usted unos ojos preciosos…

Sonsoles sonrió. Aquel hombre no disimulaba su atracción hacia ella.

—El traje me lo ha hecho un arquitecto de la costura al que sin duda conocerá: Balenciaga —disimuló ella, como si en lugar de referirse a sus ojos, hubiera alabado su traje.

Serrano se limitó a mirar el vestido y a esbozar una sonrisa. Pensó que el mérito no estaba tanto en el diseñador sino en la delicadeza de aquella dama que no había escuchado bien el elogio a sus ojos.

—Es un perfeccionista y un enamorado de su profesión —continuó Sonsoles—. Aristócratas y actrices de todo el mundo van a su *atelier*. Ahora mismo es quien marca la moda…

—¡Como si no hubiera buenos diseñadores o sastres en España! Mi cuñada es muy sofisticada y le gusta mucho ir a la moda —intervino Pura.

Serrano Súñer no parecía muy interesado en lo que le estaban contando y miró el reloj. Pensó que su mujer estaría esperándole despierta… Sonsoles decidió cambiar de tema.

—Esta música pertenece a la película *Melodías de Broadway*, que ha alcanzado tanto éxito con la actuación de Robert Taylor y Eleanor Powell. ¿Le gustan las películas americanas?

—No tengo tiempo para ir al cine, aunque me gustaría. —Serrano retomó el hilo de la conversación—. De modo que su padre era embajador y poeta...

—¡Y de los buenos! —contestó Pura en lugar de dejar que lo hiciera Sonsoles.

—Mi padre era un erudito que nos entretenía cada noche, a mí y al resto de mis hermanos, con un libro entre las manos. La única que ha heredado sus cualidades ha sido mi hermana Carmen.

—Ahora está en cartel una de sus novelas: *Cristina Guzmán, profesora de idiomas*, que ha sido adaptada al teatro. —Pura interrumpió de nuevo su conversación.

—Entonces, usted es una de esas mujeres intelectuales a las que le gusta asistir a todo tipo de eventos culturales...

Antes de que concluyera la frase, el embajador de Alemania, Eberhard von Stohrer, se acercó al grupo, interrumpiendo otra vez la conversación.

—Discúlpenme —dijo el ministro a todos, pero mirando descaradamente a Sonsoles.

El dirigente del partido nazi en España, Hans Thomsen, que acompañaba al embajador, en un mal español, habló del tiempo, del frío que hacía en la calle. Sonsoles ya no siguió el hilo de la conversación. No tenía ganas de continuar conversando, y menos con el alemán de gesto tan antipático. Cedió la palabra a su cuñado y a su marido. Estaba pendiente de aquel hombre que la había mirado de una manera tan intensa. Le pareció inteligente y atractivo. Cuando le rozó la mano, había vuelto a sentir el mismo escalofrío que cuando les presentaron. Le había gustado su forma de hablar, de medir sus palabras. Su tono seguro y autoritario. Mientras su marido charlaba con el alemán que les había interrumpido, ella continuaba observando a Serrano. Le pareció que tenía un atractivo especial.

Después de escuchar al embajador alemán, el cuñado de Franco se despidió de todos de forma apresurada. Su última mirada fue dirigida hacia ella. Observó por última vez a aquella mujer tan bella y elegante que había conseguido sorprenderle.

Por su parte, Sonsoles se preguntaba que habría provocado que aquel hombre tan enigmático y seguro de sí mismo se hubiera ido de una manera tan precipitada. ¿Lo volvería a ver? Durante toda la noche ya no se lo pudo quitar de la cabeza. El mundo a su alrededor había dejado de tener interés...

Los embajadores de Gran Bretaña, sir Samuel Hoare, y de Estados Unidos, Alexander Wilbourne Weddell, no habían perdido detalle de todo lo que había acontecido.

—¿Por qué se irá con tantas prisas después de acercarse el embajador alemán? —preguntó el diplomático americano en voz alta.

—Es evidente que ha ocurrido o va a ocurrir algo importante. Intuyo que nada bueno para nosotros, se lo puedo asegurar —dijo con preocupación el diplomático inglés—. Lo que está claro es que Serrano en Exteriores nos perjudica, se lo digo yo. Aunque nos hable de neutralidad, su anglofobia es evidente. —Serrano y Hoare no se tenían ninguna simpatía. Los modales refinados del embajador y su aire de *gentleman* exasperaban al ministro.

—¿A qué se refiere usted? —le preguntó el embajador americano.

—Todo se remonta a una historia acaecida en julio de 1936, en el inicio de la guerra española. Sus dos hermanos quedaron atrapados en la capital y Serrano culpó de su muerte a nuestra embajada por no haberles concedido asilo. Ese episodio está marcando nuestras relaciones. España acabará en el Eje, y si no, al tiempo.

—Entiendo... De todas formas, España no puede arriesgarse en estos momentos a tomar partido por el Eje. Se quedaría aislada y sin los *Navy Certificates* que dan paso libre a las importaciones de trigo y combustible. Los *navycerts* son vitales para los españoles y el gobierno lo sabe.

—Para nosotros, que España tome partido en esta guerra también sería muy peligroso. Debemos impedirlo. De todas formas, tendremos que informar a nuestros respectivos países de todos estos movimientos.

—*Of course!!!*

Los corrillos y las especulaciones sobre la salida tan precipitada de Serrano Súñer del Ritz marcaron el final de la fiesta.

4

Justo en la puerta del majestuoso hotel, esperaba el joven chófer de Serrano Súñer vestido con la camisa azul de Falange. Durante un par de horas había estado observando a los hombres que seguían esperando a que algún invitado a la fiesta del Ritz fuera especialmente generoso. Cuando el ministro salió, ni se le acercaron, todo lo contrario. A los pocos segundos ya no se les veía por allí. Tenían un sexto sentido para intuir cuándo debían desaparecer. Serrano entró en el coche, un Alfa Romeo regalo del embajador de Mussolini en Madrid. Se dejó caer sobre el asiento de atrás. Orna —así se llamaba el chófer— cerró la puerta con suavidad. Dio la vuelta al coche y se introdujo en su asiento.

—¡Vámonos a casa! —ordenó Serrano.

El impetuoso Orna le miraba por el espejo retrovisor. No hacía falta ser muy avispado para percatarse de que algo había hecho aflorar su lado más arisco y duro. Su jefe tenía doble carácter: podía ser muy amable o todo lo contrario. Sin embargo, esta vez lo veía con un peso insoportable a sus espaldas.

—No es por entrometerme, pero ¿algo no va bien, señor ministro? —Conocía cada gesto, cada expresión, y sabía que algo le preocupaba.

Serrano no le contestó y se limitó a negar con la cabeza. No quería compartir con él lo que acababa de ocurrir en el Ritz.

El embajador de Alemania le había comunicado el ultimátum de Hitler para forzar la entrada de España en la Segunda Guerra Mundial. Esta vez quería que no fuera solo sino que acompañara a Franco a entrevistarse con el Führer.

Después de su visita a la Cancillería de Berlín, los alemanes se habían percatado de que, a pesar de ser germanófilo, Serrano era uno de los hombres duros del gobierno y que por su actitud sería difícil arrastrar a España a la contienda. A la vez, el embajador le había hecho una insinuación en la que estaba implícita una amenaza.

—Señor ministro —le había dicho Von Stohrer—, hay cosas que no podrá parar ni usted, aunque se oponga. —Le achacaban a él la no beligerancia—. Tienen que demostrar la amistad con el pueblo alemán. Ya no nos sirven las palabras, queremos hechos. Sabemos, además, por nuestros servicios de información, que debe extremar sus precauciones, porque no está usted seguro en ninguna parte.

—No sé si tomarlo como una advertencia o como una amenaza —le contestó Serrano, acercándose a su oído—. ¡A mí no me amedrenta ni usted ni nadie! —Su estómago volvió a darle un latigazo—. Le comunicaré al Generalísimo esta petición de encuentro. ¿Qué día ha de ser?

—El 23 de octubre, a las tres y media de la tarde en la estación de Hendaya. Mañana mismo viene a España Heinrich Himmler para preparar las condiciones del viaje. Estará en la capital el 21. Llegará a la estación del Norte en un tren especial.

—No tenemos nada más que hablar —replicó Serrano de forma enérgica, y se fue de la fiesta precipitadamente. Desde que formó parte del primer gobierno de Franco sabía que su cabeza tenía precio. Pese a ello, nunca se lo habían dicho con tanta claridad como en esa fiesta donde no todo había sido malo. Había conocido a una mujer desafiante y nada convencional.

Seguía la orquesta tocando en aquel salón del hotel Ritz repleto de diplomáticos y aristócratas. Sonsoles desconectó su mente cuando se fue de allí Serrano Súñer. Ya no tenía interés en la fiesta, ni en la música, ni en las conversaciones, ni en los chismes de los que se hablaba. Todo lo que acababa de vivir comenzó a dar vueltas en su cabeza. Le entró una jaqueca repentina provocada por la excitación acumulada durante la conversación con el ministro. Necesitaba irse de allí cuanto antes y le comunicó a su marido que quería regresar a casa. Francisco de Paula Díez de Rivera recibió la noticia con la mejor de sus sonrisas.

—Vamos a aprovechar que hoy no quieres cerrar la fiesta. Ya sabes que para mí este tipo de reuniones y actos no tienen el más mínimo interés. Aquí la gente solo sabe hablar de memeces —le comentó en voz baja, mirando su reloj de bolsillo.

El marqués respiró aliviado. Como en todas las reuniones de sociedad, solo había encontrado consuelo en los canapés y en las croquetas que habían acaparado su atención toda la noche. Prefería masticar a forzar un diálogo insulso con los demás invitados. Con la excusa de la jaqueca de Sonsoles, se despidieron y se fueron a casa. El matrimonio apenas habló durante el trayecto. El sonido del motor del coche hizo menos incómodo su silencio. El marqués lo achacó a su embarazo y al inesperado dolor de cabeza. Esa noche, Sonsoles no quería fingir que no pasaba nada. Más que nunca vio la brecha de la edad entre su marido y ella.

A los dos días de aquella fiesta que cambiaría su vida, Sonsoles leyó en el diario *ABC* que Franco y Serrano Súñer se iban a entrevistar con Hitler el 23 de octubre, en Hendaya. Seguramente la interrupción de aquella conversación, en la que el ministro estuvo durante unos minutos mirándola a los ojos y rozando su mano, tuvo que ver con aquella noticia que salía en el periódico. Imaginó que ningún otro motivo justificaría que se hubiera ido del Ritz de aquella manera tan precipitada. Tenía que volver a encontrarse con él. Se preguntaba por qué le atraía tanto aquel hombre tan arrogante. No podía desahogarse con nadie, ni tampoco contar lo que le estaba pasando. Era una mujer casada, con dos hijos y un tercero en camino. Estaba viviendo una auténtica locura. Pensaba una y otra vez en aquel hombre de ojos azules y en aquella conversación interrumpida. El episodio vivido en el Ritz se repetía una y otra vez en su cabeza.

Se encontraba desmejorada físicamente. Se le había cerrado el estómago, notaba una especie de nudo que le impedía ingerir alimento. Estaba obsesionada con aquella experiencia que había vuelto su vida del revés. Luchaba contra sí misma. Deseaba encontrarse de nuevo con aquel hombre con la voz más enérgica y poderosa que jamás había escuchado, y, a la vez, sabía que debía olvidarle.

—Señora marquesa, necesita comer más. Vamos a tener un disgusto en casa como usted siga comiendo como un pajarito. Piense que tiene que alimentarse por dos. Se va a poner enferma —la recriminaba Matilde, la primera doncella que tantas veces le había demostrado su fidelidad y su honradez.

Era la persona de servicio que más la conocía. Se encargaba de todo lo que concernía a la marquesa: la costura de sus trajes, la plancha, el encañonado de las puntillas, de que sus zapatos estuvieran siempre perfectos, de sus joyas, de vestirla y desvestirla... Incluso hacía las veces de madre cuando Sonsoles no se encontraba en casa o cuando estaba y no podía atender a los niños, que era la mayoría de las ocasiones. Vestía con traje negro y delantal blanco. Y siempre llevaba el pelo recogido y una cofia distinta al resto del servicio. De las doce personas que atendían aquella casa, donde todo estaba en su sitio, Matilde era la de mayor confianza.

—No tengo hambre, esa es la verdad. —Sonsoles se quedó pensativa mirando a través de los grandes ventanales del salón de su casa en pleno corazón del elegante barrio de Salamanca, en la calle Hermosilla, entre Serrano y Claudio Coello.

—No me gusta verla así —insistió Matilde—. La conozco bien y sé por su expresión que algo le preocupa. Quizá su próxima maternidad. Hay mujeres que se ponen muy tristes antes o después de dar a luz…

—No saque las cosas de quicio, Matilde. Me encuentro perfectamente. Yo estoy bien. Simplemente se me ha cerrado el estómago. No invente una tragedia de esto. Seguro que tiene cosas más importantes que hacer —zanjó con malos modos la conversación. Le angustiaba que se le notara tanto que algo le quitaba el sueño.

—Conozco yo esa cara… —murmuró Matilde—. ¿Qué le estará pasando? —Y se fue de la estancia hablando entre dientes.

No pensaba más que en aquel hombre del que solo sabía que era cuñado de Franco y que estaba casado con la hermana pequeña de Carmen Polo, Ramona, a la que todos llamaban Zita. Intentaba ocupar la cabeza en otros asuntos, pero no podía, siempre volvía Serrano Súñer a su mente.

Decidió apuntarse a todos los actos benéficos que organizara la Falange de ahí en adelante. Ramón Serrano Súñer era también presidente de la Junta Política y acudía a los homenajes donde se ensalzara la figura de su amigo José Antonio Primo de Rivera. También decidió acompañar a su marido a los actos políticos y religiosos a los que fuera invitado —con la única esperanza de volver a verle—, y así se lo comunicó. Su marido recibió este cambio de actitud como un detalle hacia su persona. Nunca antes había mostrado esa buena disposición hacia todo lo que le concernía.

Serrano Súñer, en aquellos días posteriores a la fiesta del Ritz, no tuvo tiempo de acudir a ningún acto político. Pero en su memoria tenía los ojos, la sonrisa y el perfume de aquella mujer tan espectacularmente hermosa. Rezumaba vida por todos sus poros. No bajó jamás la cabeza cuando la miró descaradamente. Aquella mujer tenía fuego en la mirada aunque sus modales parecieran fríos. Le hubiera gustado hablar más con ella, pero el final inesperado de aquella noche eclipsó su recuerdo. La responsabilidad era enorme ante el nuevo encuentro con Hitler. Las horas siguientes estuvo más en El Pardo que en el palacio de Santa Cruz, donde se ubicaba su nuevo despacho. No tenían apenas tiempo para preparar una estrategia. Franco era consciente de que se trataba de uno de los encuentros más difíciles e inciertos para el futuro de España. Había que tener muy claras las ideas.

Encerrados en el despacho de El Pardo, trataron de planificar la inminente reunión.

—¿Dejaste claro en la Cancillería de Berlín que nuestra posición es extremadamente delicada como para afrontar una nueva guerra? —preguntó Franco ante este nuevo encuentro que forzaba el Führer, aunque, por otra parte, no le disgustara que el hombre más poderoso de Europa quisiera encontrarse con él, más bien al contrario.

—Paco, lo dejé perfectamente claro. Esta vez reclama tu presencia porque no le satisfizo lo que le dije. Seguramente pensará que cara a cara logrará convencerte para que entremos en guerra. Has de ser consciente de que yo, en la anterior reunión, apelé a que tenía que consultarlo contigo, pero ahora, va a forzarte a que tomes una posición beligerante.

—Pues le daremos largas… Necesitamos tiempo, Ramón… Es evidente que la arrolladora máquina alemana ganará la guerra y debemos estar a su lado para cuando venza a Inglaterra, pero ahora no es el momento. —Se quedó pensativo y al rato le ordenó a su secretario que hiciera venir al ministro de la Marina, el almirante Salvador Moreno, y al jefe de operaciones del Estado Mayor de la Armada, Luis Carrero Blanco. Este último le había presentado al ministro un informe muy fundamentado desaconsejando la entrada de España en la Segunda Guerra Mundial. A pesar de su juventud, se estaba convirtiendo en un hombre imprescindible para Franco.

—Tenemos muchas presiones internas para entrar en guerra. Sin embargo, como tú dices, no es el momento. —Serrano intentó alabar su ego—. Está claro que acabaremos dando un paso al frente. Seguro. Pero ahora no. Para este encuentro deberíamos prescindir de consultar a todos los miembros del gobierno porque sabemos lo que nos van a decir. La mayoría apoyarían a Hitler hoy mismo. Pero, por encima de lo que nos pida el corazón, está nuestra estrategia para mejorar la actual situación de nuestro país.

—Más que de los ministros, las presiones llegan sobre todo de la Falange —respondió Franco con frialdad y de manera enérgica, sin hacer caso a la recomendación de su cuñado. Sabía que este no soportaba a la cúpula militar y siempre salía en defensa de todo lo que tenía que ver con el partido que había fundado su amigo José Antonio.

—De un ala de la Falange para ser más precisos. No todos creen que debamos entrar en la guerra. Sin embargo, Paco, no desaprovechemos la oportunidad que nos brinda Alemania. Podemos obtener contrapartidas…

—Sí, debemos concretarlas, pero, de todas formas, no es el momento, Ramón. Tampoco hay unanimidad entre los generales. Hablé ayer con el general Aranda, que pide prudencia en nuestra toma de decisiones. Incluso el general Kindelán desaconseja igualmente la entrada en la guerra por nuestra falta de material bélico, además de nuestros problemas económicos. No es el momento, aunque moralmente estemos con ellos.

—Por supuesto. Necesitamos tiempo… —Se quedó pensativo.

—Una cosa es que no sea el momento de entrar en guerra y otra que no sepamos quién va a ganar. No hace falta ser muy listo —aseguró Franco con energía—. ¡Europa será alemana!

Cuando llegaron al despacho, el ministro de Marina y el jefe de operaciones dando sendos taconazos con el brazo derecho en alto, Franco y Serrano dejaron de hablar con la confianza con la que se trataban. El mayordomo de servicio de la zona privada de palacio, Julián Garcilópez, alto, delgado, con la cabeza muy alargada y con canas repeinadas, sonreía lo justo para mostrar su dentadura y preguntar si su excelencia y visitantes tomarían un café.

A los pocos minutos de comenzar a preparar la estrategia, Carrero Blanco propuso un nombre para acompañar a Franco y a Serrano Súñer en el encuentro de Hendaya.

—Eugenio Espinosa de los Monteros. Es una persona tan ecuánime y seria como su hermano el capitán de fragata Álvaro. No solo es el embajador en Berlín, sino que se mueve bien entre los altos mandos alemanes y sería el interlocutor perfecto para mediar entre su excelencia y el Führer. Necesitamos alguien que dé total confianza a nuestros anfitriones alemanes.

—Le conozco, y no me parece la persona adecuada para ese momento de enorme trascendencia para nuestra nación. —Serrano Súñer le tenía una especial animadversión—. Deberíamos llevar a otro interlocutor a Hendaya, yo propondría a su hermano Álvaro.

Está convencido de que la guerra será larga. Los altos mandos alemanes no se fían de Eugenio. Mi colega de Exteriores, Von Ribbentrop, le ha dado de lado estos últimos días. Eugenio ha intentado verle en varias ocasiones, y no le ha recibido. Me lo ha contado a mí el propio embajador.

—Si me permite, su excelencia, opino que al margen de las rencillas entre el embajador y el ministro, que son evidentes, Eugenio es el hombre necesario. —Serrano torció el gesto—. Pensando en la trascendencia de este encuentro, ayudaría mucho a preparar el viaje —alcanzó a decir el ministro de la Marina—. Incluso no veo por qué motivo no puede ir a Hendaya.

Cuando Serrano iba a contestarle, Franco le cortó:

—Almirante, haga venir al embajador Espinosa de los Monteros —ordenó al ministro de la Marina—. Será útil su conocimiento del entorno de Hitler. El único defecto que tienen los hermanos Espinosa es su permanente apología de la monarquía. —Franco era de pocas ironías, pero esta vez no la evitó, aunque sus interlocutores no se rieron.

Nadie, excepto Serrano Súñer, se atrevió a añadir algo más:

—Espinosa en Hendaya puede ser un problema para nuestra nación más que una ventaja. De todos es conocida su adhesión incondicional a Hitler. Creo que solo nos deberían acompañar como intérpretes el barón De las Torres y Antonio Tovar.

—En esos momentos Hitler tiene la fuerza y la capacidad para ganar —añadió Franco.

—No entiendo a qué juega Espinosa —continuó Serrano. Sabía que el embajador llevaba tiempo hablando mal de él, iniciando una campaña de desprestigio que había llegado hasta el círculo de El Pardo—. Yo no llevaría a nadie que está más cerca de los alemanes que de los españoles. No me fío, y así se lo he dicho por teléfono con toda franqueza.

—Su hermano Álvaro dice, y me parece sensato, que la guerra será larga y que, suponiendo que Alemania consiguiese invadir y ocupar Inglaterra, esta no se daría por vencida —contestó Carrero Blanco—. Lo que nos hace ver es que no son tan fáciles las cosas como creemos en España.

—Póngame al teléfono con Eugenio. No es necesario que venga de Berlín —ordenó enérgicamente Franco—. Me interesa su parecer, aunque en esta ocasión no nos acompañe hasta Hendaya en el tren. —Moreno sintió que su opinión contaba menos que la de Serrano—. Nosotros —continuó—, en cuanto recibamos a Himmler, partiremos hacia San Sebastián. Haremos noche en el palacio de Ayete. Avisad al general Moscardó, quiero que nos acompañe un estratega como él.

—Sería conveniente que también vinieran el encargado de Prensa y Propaganda, Giménez-Arnau, y el director de la agencia Efe, Vicente Gállego —añadió Serrano—. Ese encuentro debe quedar retratado para la historia.

—Bueno, hágase tal y como dices. —Todos sabían que Franco escuchaba, oía y después se hacía su voluntad—. Por cierto, Espinosa irá hasta Hendaya por sus medios —añadió Franco—. No formará parte de la delegación española, pero será bueno que esté cerca de la delegación alemana. Si no fuera así, no tendría sentido que continuara en Alemania como embajador.

El almirante Salvador Moreno y Luis Carrero Blanco se miraron de reojo. La cúpula militar no veía bien que tuviera tanto peso la opinión del «cuñadísimo». Pero el hecho de que Eugenio Espinosa estuviera cerca era también un reconocimiento hacia ellos.

Sonsoles vivía ajena a toda la estrategia que se estaba preparando de cara a la entrevista con Hitler y la visita previa de Himmler —jefe de las SS y de la policía nazi— a España. Necesitaba hablar con una voz amiga y discreta. Marcó el teléfono de Balenciaga, que, además de ser el diseñador de todo su vestuario, era su amigo. Se habían conocido justo al acabar la guerra. Lo cierto es que con pocas personas había conectado tan rápidamente como con él. Cuando se cercioró de que nadie podía escucharla, descolgó el teléfono y solicitó una conferencia con París. A los pocos minutos conectaba con él.

—¡Cristóbal! Necesito hablar contigo —le espetó en cuanto el secretario le dio paso con él.

—¿Ocurre algo grave? —contestó extrañado, al no haber ni siquiera preámbulo en la llamada de su amiga.

—No, no. Bueno, sí. No sé por dónde empezar…

—¡Espera! —Se dirigió en francés a alguien de su taller. «¡*Les manches, les manches!*», dando instrucciones de cómo tenían que coser las costureras unas mangas, que para él eran como una obsesión, y de inmediato reanudó la conversación con Sonsoles—: Dime, ya estoy solo, aunque por poco tiempo. Espero la visita de Mona von Bismarck. Ya sabes que cuando viene requiere todo mi tiempo. Me succiona como un vampiro. ¡Cuéntame!

—He conocido a un hombre que no me puedo quitar de la cabeza.

—¡Lagarto, lagarto! ¿Quién es? ¿Le conozco?

—Le conoce todo el mundo… eso es lo malo. Pero no puedo explicarte lo que siento, porque nunca me había sucedido antes. Todo esto para mí es nuevo.

—¡Sonsoles! ¿Quién es? ¿Se trata de alguien conocido? Ten mucho cuidado, ya sabes que…

—¡Es un político!

—Creía que tenías mejor gusto, querida amiga.

—No es un político cualquiera. Tiene un alto cargo en el gobierno —no explicó nada más por temor a que la conversación estuviera siendo escuchada por las operadoras de teléfonos.

—*Mon Dieu!* ¿Estás loca?

—Debo de estarlo porque necesito volver a verle.

—Ahora que estás a tiempo, ¡quítatelo de la cabeza! Sonsoles, no tienes ni idea de dónde te estás metiendo. Piensa que yo estoy todos los días con mujeres de políticos, empresarios… Los políticos son peligrosos. ¡Muy peligrosos! Si no ha pasado nada, tienes que olvidarle.

—Ya lo sé, pero no he conocido nunca a nadie como él: cómo habla, cómo mira, cómo todo… Pero tranquilo, solo hemos cruzado unas palabras, no ha pasado nada pero ha pasado todo. No puedo dejar de pensar en él. Ese es el problema.

—¿Por qué no te vienes a París y te alejas de todo por unos días?

—¿Te olvidas de que estoy en estado y a punto de dar a luz?

—Es cierto. Te vendría estupendamente cambiar de aires. Además, tengo un abrigo extraordinario. He dado con unas mangas llenas de pliegues que se recogen en la muñeca. Las he llamado mangas melón. Tú y Mona seríais las primeras en lucirlas.

—¿Mangas melón? ¡Yo quiero verlas! Tienes razón, me vendría bien cambiar de aires. Pero ahora me resulta imposible un viaje tan largo. ¡Imagínate que me pongo de parto en el tren!

—Sería un lugar muy original para dar a luz…

—Te advierto que ninguno de mis hijos ha nacido en casa. Los dos nacieron en hoteles, pero en un tren ya me parece excesivo. —Se echaron a reír.

—De ti me lo creo todo. Das a luz en París y te quedas conmigo una larga temporada para que te olvides de ese hombre que seguro que no te conviene en absoluto. Tienes un marido que vale mucho y que te permite todo. No os entiendo a las mujeres… ¡Qué ganas de complicaros la vida!

—Tienes razón en todo lo que me dices, pero hay algo en mi interior que me pide volverle a ver. No sé cómo explicarte. Necesito sentir de nuevo esa sensación de vértigo, de que respiro y no estoy enterrada en vida. Tú dices que lo tengo todo, pero no es verdad. Me falta lo que he sentido con ese hombre…

—Me temo que has tomado una decisión que ya no tiene vuelta atrás, mi querida amiga… Piénsatelo y ven, aunque estés embarazada. Aquí Vladzio y yo te recibiríamos con los brazos abiertos. —Hablaba de su pareja, Vladzio d'Attainville.

—Dale recuerdos de mi parte.

—Sonsoles, hazme caso. Los políticos son peligrosos. Vas a sufrir mucho si te enamoras de él. Tengo cuarenta y cinco años y sé muy bien lo que te digo. Deja correr el tiempo… y quítatelo de tu cabecita.

—Llevaba tu traje de noche azul y le hablé de ti, por cierto —le contestó sin hacer caso a su comentario—. Tu vestido fue todo un éxito.

—Me alegro, pero tengo mi propia teoría sobre los vestidos y la verdadera mujer elegante.

—¿Cuál es?

—No es la más elegante la que centra todas las miradas de la fiesta al entrar en ella, sino la que va haciéndose con la admiración de todos según pasan las horas.

—Lo sé, pero no pude evitar que me miraran al entrar en el Ritz. El traje era espectacular.

—¿El de gasa?

—Ese mismo.

—Bueno, ya sabes que también tengo otra teoría sobre la ropa. Una mujer no necesita ser perfecta para llevar mis vestidos. El vestido lo hará por ella… —Se echaron los dos a reír.

—Gracias por animarme. Necesito tranquilizarme. Estoy nerviosa. Muy nerviosa. Te aseguro que es alguien muy especial. —La última frase la dijo en un tono confidencial.

—Bueno, eso deberíamos discutirlo cara a cara. Sonsoles, tengo que dejarte. Ha llegado ya Mona y me está esperando. He estado cosiendo el abrigo toda la noche. Me duelen las manos, pero la prenda está terminada.

—¿Cuando te ayudarás de una máquina de coser?

—Ya sabes que yo no me prostituyo. —Volvieron a reír—. Querida Sonsoles, ¡ven pronto!

—¿Y si vienes tú a España? Sería mucho más fácil para mí en estos momentos.

—No descarto esa posibilidad…

—*Adieu, mon ami!* —cortó Sonsoles finalmente.

—*À tout à l'heure!* —se despidió Balenciaga, que había conseguido en poco tiempo el respeto de las máximas autoridades de la moda en el mundo. Dior decía de él que era el maestro de todos. Desde que abrió su primera tienda en España con veinticuatro años, con el apoyo de la marquesa de Casa Torres, a hoy —que gozaba en París de una fama extraordinaria entre la aristocracia y las actrices de medio mundo— habían pasado nada menos que veintiún años. Lo que decía o hacía Balenciaga en el mundo de la moda era palabra de ley.

La idea de volver a ver a su amigo, en España o en París, tranquilizó el espíritu agitado de Sonsoles. Sin embargo, tenía claro que el deseo de encontrarse de nuevo con Serrano Súñer ya no lo podría frenar nada ni nadie.

6

Las maltrechas vías de tren y el mal funcionamiento de la máquina impulsada por una locomotora de vapor hicieron el viaje muy largo y pesado. Después de pernoctar en San Sebastián, en el palacio de Ayete, la delegación española comandada por Franco se volvió a poner en marcha para llegar con tiempo suficiente a la cita con el hombre más poderoso del mundo. En un año, Hitler había ocupado Polonia, Bélgica, Holanda, Dinamarca, Luxemburgo y acababa de derrotar a Francia. Su siguiente objetivo era Gran Bretaña.

El trayecto de Pasajes a Hendaya se hizo gracias a que se enganchó el tren a una locomotora eléctrica. A pesar de ello, los últimos cincuenta kilómetros fueron una auténtica tortura para el maquinista. Cuando Franco se dio cuenta de que iban a llegar tarde a la cita con Hitler, comenzó a encolerizarse.

—¡Habría que fusilar al responsable ferroviario y al maquinista de este tren! No se puede consentir que lleguemos tarde a una reunión de tanta transcendencia.

—Hay que tranquilizarse, excelencia —decía el general Moscardó—. Los alemanes conocen perfectamente el mal estado de nuestras vías. Lo han comprobado ellos mismos en sus constantes viajes a España.

—Servirá de apoyo a nuestra estrategia: les diremos nuevamente que no podemos entrar en guerra —entre otras cosas—, porque nuestras infraestructuras han quedado maltrechas tras la contienda —añadió Serrano—. El retraso lo corrobora. Con Alemania tenemos que aplicar mi teoría de amistad y resistencia. Amistad al máximum y resistencia ante sus pretensiones.

—El retraso servirá también para que Hitler piense de los españoles que somos unos incumplidores y unos impuntuales —apostilló Franco enfadado.

El último comentario de su cuñado le tranquilizó durante unos minutos. Sabía de la importancia de la reunión y de la trascendencia de cada gesto que hicieran en el transcurso de la misma. Y también era consciente de que este retraso no les favorecía, ya que podía influir en el estado de ánimo de un hombre acostumbrado a que le esperaran y no a esperar.

El vagón en el que viajaba la delegación española estaba bastante destartalado a pesar de ser de lujo. Cuando llegaron a Hendaya, Hitler llevaba un buen rato paseando enérgicamente de un lado a otro del andén.

El tren español entró en la estación ocho minutos tarde sobre la hora fijada. Exactamente a las cuatro menos veintiocho minutos. Diez minutos después de que Hitler llegara a Hendaya en su tren particular, habilitado con toda suntuosidad para celebrar audiencias y reuniones al más alto nivel. En ese mismo vagón en el que se iban a encontrar, había tenido lugar la capitulación alemana en Compiègne, al término de la Primera Guerra Mundial. Este hecho alimentaba constantemente el espíritu de revanchismo que no disimulaba el Führer.

Hitler aprovechó los minutos de retraso para hablar con su ministro de Exteriores en presencia del doctor Schmitz, sobre las pocas promesas que se proponía hacer a España.

—No podremos compensar a Franco con territorios de Francia, aunque se una a nuestra causa. Hay que quitarle esos pájaros de la cabeza. Tenemos que arrancarle un compromiso con nuestro pueblo. Ya no podemos seguir permitiendo su táctica de neutralidad. Hay que conseguir su adhesión al protocolo que ya hemos establecido.

Cuando el tren español llegó a Hendaya, interrumpieron la conversación. Se abrió la puerta del coche-salón del tren español. Apareció Franco sonriente, vestido de capitán general con la Cruz del Águila alemana en el pecho, mientras hacía un gesto de cortesía desde lo alto del vagón, alargando sus brazos hacia Hitler en señal de total entrega y amistad. Ya en el andén, tomó la mano del Führer entre las suyas y le reiteró su alegría y sus disculpas por la tardía llegada. En medio de los dos se encontraba el embajador Eugenio Espinosa de los Monteros, que tradujo las primeras palabras del encuentro. Tuvo en esos minutos una gran responsabilidad, a pesar de que Serrano no viera con buenos ojos su presencia allí. Había llegado a Hendaya por otros medios, tal y como dispuso Franco, y no se había separado ni un solo segundo de la delegación alemana.

Los ministros de Exteriores, Serrano Súñer y Von Ribbentrop, se cruzaron sendos saludos en francés —ambos se entendían en este idioma—, mientras el mariscal Von Brauchitsch ejecutaba su salutación protocolaria marcando tacón y bajando enérgicamente la cabeza según pasaba cerca de las dos autoridades.

Franco y Hitler pasaron revista a las fuerzas que les rendían honores. El responsable de la agencia Efe, Vicente Gállego, buscaba a su fotógrafo con la mirada. Era plenamente consciente de que la cámara española tenía que captar el momento. Cuando lo vio de lejos, habló con uno de los responsables de aquel férreo protocolo alemán para que le dejaran acercarse. Llegó justo a tiempo para reproducir el momento histórico. Se limitó a disparar su cámara una y otra vez, sin observar con detenimiento el detalle de lo que allí estaba ocurriendo. Su obsesión era sacar a Franco junto a Hitler. Intuía que esa imagen sería reproducida en todos los diarios nacionales e internacionales. Tragó saliva, sabía que la instantánea tendría una enorme trascendencia. Tomó fotos de cada uno por separado, una de Franco saludando con el brazo derecho en alto y otra de Hitler pasando revista a las tropas con el brazo izquierdo sobre su fajín. Cuando ya se relajó y observó a través del visor, se dio cuenta de que Franco tenía menos estatura que Hitler. Siguió disparando, pero le temblaba el pulso. Esa foto de Franco empequeñecido al lado de un Hitler más alto perjudicaría su carrera, seguro. Trató de conseguir diferentes perspectivas del mismo momento por si luego en el laboratorio pudiera arreglar «el problema». Volvió a tragar saliva y se aflojó el nudo de su corbata. Su futuro dependía de esa foto.

A esa misma hora en la que el destino de España dependía de un sí a la guerra, en Madrid, Sonsoles dormía la siesta. Tenía una somnolencia que no dominaba cuando no recibía visitas. El embarazo le permitía esa licencia. Además, estaba pensativa y con pocas ganas de hablar. Recostada sobre su cama recordaba su vida desde la muerte de su padre hasta que se casó con Francisco de Paula. En realidad, tenía que haber ido al altar su hermana Anita. Así lo había proyectado Pura, su cuñada. Sin embargo, en la comida que organizó para hacer las presentaciones, también estaba ella, la más joven de la familia, y los planes matrimoniales de su segunda hermana se trastocaron. El marqués, ya con la vida hecha, se enamoró de la casi adolescente Sonsoles. Esta se dio cuenta de que el maduro aristócrata suspiraba por ella y se lo hizo saber a su hermana, que se lo tomó muy mal. Veinticuatro años de diferencia no fueron bien digeridos por ninguna de las dos familias. Podía ser su hija, pero a Sonsoles le daba igual. Soñaba con tener su propia casa y un marido para poder hacer y deshacer a su antojo. Además, había oído muchas veces a su madre decir:

«Una se enamora de quien quiere. Primero hay que tener voluntad de querer». Voluntad tenía. A pesar de todo, su maduro pretendiente puso reparos iniciales. Un día le escribió una carta en la que le decía que su amor era imposible y que nunca se casaría con ella por la diferencia de edad. Pero Sonsoles tenía ganas de emanciparse y vivir desahogadamente. «Si quieres, te casas», era una de sus frases favoritas. Y se casaron. En la noche de bodas, le leyó a su flamante esposo la carta en la que le decía que nunca se casaría con ella. Se rieron. No había nada que no consiguiera si se lo proponía.

Aquel matrimonio fue una oportunidad para desterrar los problemas financieros de la familia venida a menos. Había pasado estrecheces de adolescente, después de crecer en una familia acostumbrada a vivir desahogadamente mientras su padre era embajador de Méjico en España. Más tarde, ya retirado, siguieron viviendo acomodadamente en Ávila, donde ella nació. De la patrona de la ciudad, la Virgen de Sonsoles, recibió su nombre. Le gustaba decir que era una «trasconejada». Llegó al mundo cuando nadie la esperaba. La pequeña de una familia de intelectuales, con un padre que tuvo que abandonar su profesión de diplomático por estar en contra de la revolución mejicana. Rápidamente supo desarrollar sus méritos como cervantista, escritor e historiador. Había conseguido que sus versos fueran recogidos en los jardines de los Adarves en la alcazaba de la Alhambra: «Dale limosna mujer, que no hay en la vida nada, como la pena de ser ciego en Granada». Brillante carrera que se truncó de golpe. Su muerte súbita les dejó sin norte. Carmen, la hermana mayor, se vio en la necesidad de tomar las riendas de la familia. La hija mayor se había convertido en la pieza clave de los Icaza. Recuperó el título de baronesa de Claret y comenzó a escribir en *El Sol* artículos culturales y de sociedad. No en vano le había enseñado a redactar Juan Ramón Jiménez, gran amigo de su padre. Carmen, por lo tanto, era la columna vertebral de la familia, por encima de su aristocrática madre, que nunca acabó de comprender que hubiera que ajustarse a una nueva situación. Sus hijas decían de ella que era «un tanto manirrota». Lo cierto es que las hermanas Icaza y León se llevaban muy bien entre ellas, a pesar de las fricciones que ocasionó la boda en un primer momento. El hermano, Francisco, tenía menos contacto con la familia porque siguió los pasos de su padre, y antes de la guerra ya estaba trabajando fuera de España como secretario de la legación de Méjico en Berlín.

Recordaba el lema de su hermana Carmen, aunque lo pusiera en boca de Cristina Guzmán, la protagonista de su novela que tuvo tanto éxito durante y después de la guerra: «La vida le sonríe a quien le sonríe». Había que ser optimista pero… ella no podía. Estaban demasiado recientes la guerra y el miedo. Un miedo que la paralizaba y que conseguía que no se fiara de nadie. Si cerraba los ojos, todavía pensaba que cualquiera podía denunciarla por ser portadora de un título: marquesa de Llanzol. Ya debería respirar tranquila, pero a veces no podía evitar la zozobra. La guerra la pilló de vacaciones en San Sebastián, ciudad que pronto fue liberada. Su marido logró sobrevivir a la batalla del Ebro con un fusil entre las manos y con un hambre que no consiguió olvidar nunca. Regresó con vida pero con un tifus que estuvo a punto de dejar viuda a su joven esposa. Sonsoles no podía soportar la idea de estar sola. Primero había desaparecido su padre y luego había estado a punto de quedarse sin marido. No solía hablar de ello, pero de vez en cuando venía a su cabeza esa sensación de que podía perderlo todo. La casa donde ahora residía en Madrid había servido como refugio para los milicianos. Habían tenido que levantar el salón por completo porque hasta llegaron a hacer fuego en el suelo. Los baños también estaban destrozados. Al parecer, habían metido allí cabras y cerdos. Durante semanas, tras la contienda, tuvieron que vivir en el Ritz. Ahora que había recuperado su casa y su vida, se quedaba absurdamente prendada de un hombre con el que solo había mantenido una liviana conversación. No entendía lo que le estaba pasando, pero sabía que no era algo pasajero. Cerró los ojos con fuerza. A lo mejor no dejaba de ser una de tantas pesadillas que tenía desde que acabó la guerra...

7

En Hendaya, la tarde era fría. Después de las primeras palabras de cortesía entre ambos mandatarios, Franco abrió la conversación dejando claro de qué lado estaba en la nueva Europa que se estaba configurando.

—Es para mí una enorme satisfacción encontrarme cara a cara con el Führer, el hombre al que en España profesamos una gran admiración y gratitud por la ayuda prestada durante la Guerra Civil.

Hitler, esbozando algo parecido a una sonrisa, le contestó en similares términos:

—Me es muy grato conocer al heroico general que ha logrado la gesta de conducir al pueblo español a la victoria final contra el comunismo. Precisamente, la reunión de hoy tiene una enorme trascendencia, ya que se produce cuando Francia acaba de ser derrotada y buscamos la rendición de Gran Bretaña.

Hitler le invitó a pasar al vagón bautizado como *Érika*, que encerraba entre sus hierros y maderas la historia viva de la Europa moderna. Les siguieron los ministros de Asuntos Exteriores.

Sin más preámbulos pasó a desvelar los planes políticos que sobre el papel España debía jugar en los próximos meses.

—A España le queremos ofrecer la tarea grandiosa de unirse a nuestras tropas. Su país goza de una situación privilegiada para la estrategia de las próximas maniobras en Europa. Ahora soy el dueño de Europa. Tengo a mi disposición doscientas divisiones inactivas que se pueden movilizar en cualquier momento. Hoy no queda más remedio que seguir mis planes y obedecer mis órdenes.

Serrano, al escuchar la última frase del traductor, notó un pinchazo en la boca del estómago y le entraron unas ganas inmensas de vomitar el parco almuerzo que habían tomado en el tren. La mirada acerada de Ribbentrop le clavó al asiento. Se limitó a mirar de soslayo a su cuñado.

Franco se quedó con la mirada fija en Adolf Hitler. Aquel lenguaje tan directo y conminatorio no le disgustaba ni tampoco le asustaba. Quiso contestarle pero no pudo, porque el Führer seguía con su discurso sin la menor intención de dejarle hablar.

—El aniquilamiento de Inglaterra será cuestión de poco tiempo. Ahora lo que me interesa es tener sujetos los puntos neurálgicos que el enemigo pueda utilizar y, por ello, he querido celebrar esta reunión con vuestra excelencia. España está llamada a desempeñar un papel ciertamente importante.

Franco asintió con la cabeza. Estaba sentado en el borde de la butaca y hacía gestos impacientes con sus manos indicándole a Hitler que quería hablar. Este pensó que el sí estaba a punto de producirse, y le cedió la palabra.

—España desea luchar al lado de Alemania. —Estas palabras relajaron a Hitler—. Ya sabe que goza de todas nuestras simpatías, pero... necesitamos una preparación mínima, un tiempo para que nuestra actuación sea un éxito. En estos momentos, tenemos unas dificultades de aprovisionamiento que hacen nuestra participación imposible. —El Führer torció el gesto—. El pueblo español necesita tiempo para paliar el hambre. Igualmente nuestro Ejército tiene un grave problema armamentístico. Nuestras fuerzas han quedado esquilmadas tras la Guerra...

Hitler no le dejó acabar y comenzó una extensa perorata. Hablaba metódicamente y parecía tenso, dispuesto a saltar y reivindicar con fuerza sus objetivos. Quería el sí de Franco a la guerra y no estaba dispuesto a seguir escuchando lo que para él eran excusas.

—El mal tiempo ha sido el principal obstáculo para la invasión de Inglaterra. Con la intervención de los bombarderos y de los submarinos, Inglaterra será estrangulada. —Pronunció esta última frase con rabia mientras cerraba su puño con fuerza—. El objeto de esta entrevista es formar un frente contra Inglaterra. Quiero contar de forma inmediata con su apoyo. Nos permitiría el paso a Gibraltar a través del territorio español para su invasión. Vamos a tomar Gibraltar, cerrar el Mediterráneo y expulsar a los ingleses de allí.

Franco saltó como si tuviera un resorte ante las palabras de Hitler que acababan de traducirle del alemán al español. Con extrema locuacidad tomó la palabra:

—Eso sería incompatible con el honor de España. No podemos permitir que Gibraltar sea tomada por tropas extranjeras que pasen por nuestro territorio sin que nosotros tengamos ninguna intervención. En estos momentos, insisto, no podemos entrar en guerra por muchos motivos. El principal es que nos quedaríamos sin abastecimiento alimenticio y militar por mar. Por tren dependería nuestra subsistencia íntegramente de Alemania. Necesitamos tiempo para recuperarnos y un compromiso claro sobre nuestras reivindicaciones en África. Para llevar a mi nación al sacrificio requerimos una gran compensación: el Marruecos francés, el Oranesado, más los territorios que nos separan actualmente de nuestras posiciones en Ifni. Si se nos dan esas tres condiciones, más el tiempo necesario para recuperarnos de nuestra guerra, entramos en combate sin dudarlo. Por otro lado, necesitaríamos material bélico; nuestros efectivos militares son escasos.

Hitler no podía seguir escuchando tantas exigencias. Por otra parte, había podido comprobar que el material con el que contaba el Ejército español estaba obsoleto. De hecho, Ribbentrop le había hecho la observación de que el equipamiento militar era nulo en esta visita. Los rifles de la guardia de honor que acompañaba a Franco estaban inservibles.

Tres horas después, tras no conseguir nada claro sobre la participación de España, Hitler, impaciente, pidió la cena para todos los allí presentes. Era demasiado temprano para los españoles, pero no dijeron nada. Aparecieron rápidamente los camareros sirviendo los platos. El Führer no tomaba carne y tampoco bebía, pero pensó que unas botellas de vino y una comida frugal ayudarían a cambiar la decisión de Franco. Parecía serio y reconcentrado en el contenido de las palabras que acababa de escuchar.

Al finalizar, volvieron a retomar la conversación en el mismo punto donde la habían dejado. Franco se percató del gesto contrariado del alemán e intentó cambiar su estrategia. En lugar de seguir hablando de la maltrecha España, le insistió nuevamente en las contrapartidas a su entrada en la guerra después de volver a exaltar la amistad entre ambos países.

—España no olvidará nunca todo lo que Alemania ha hecho por nuestra nación —le dijo al canciller alemán—. Nuestro deseo no es quedarnos al margen sino todo lo contrario. No tenemos la más mínima duda del lado de quién estamos. Pero el esfuerzo tan grande que haría nuestro pueblo merece una compensación que sea equitativa a la sangre que seguro va a derramar. Los dominios franceses en África serían el justo pago por nuestro apoyo incondicional al Eje. Así como Gibraltar…

—Es mejor alcanzar un éxito rápido que empeñarse en reivindicaciones territoriales ambiciosas —le contestó el Führer, mirándole a los ojos con determinación. Le ponía nervioso la conversación de Franco. Le parecía más un charlatán que un líder político. Aquel hombre que no paraba de hablar le estaba aburriendo sobremanera.

Franco se puso entonces a contar sus propias experiencias militares en África y a narrarle la historia de España con relación a Marruecos. Siguió comentando historias castrenses que consiguieron que la boca del Führer se abriera en catorce ocasiones. Hitler quería moderar las pretensiones de España y, de hecho, las dejó sin concretar. Ya no podía más y les pidió que repensaran su postura; salió del *Érika* junto a la delegación alemana. Franco sabía que no podía dialogar nada que no quisiera que supiera Alemania. Imaginaba que habría escuchas microfónicas por todo el vagón. Mientras tanto, Hitler hizo un aparte con Ribbentrop.

—Estos tenían que venir a escuchar y no a hablar. Estoy perdiendo la paciencia.

—Espero que reconsideren su postura. El ministro Serrano me ha manifestado la voluntad del gobierno de entrar en guerra, aunque no inmediatamente.

—Muy buenas palabras del falso del cuñado, pero nada más. Me había dicho nuestro embajador, con total desconocimiento a la vista de los hechos, que era el más ardiente germanófilo. Pues con amigos como estos… Ya en la primera entrevista en Berlín tuve hacia él un sentimiento de repulsión total, que ahora corroboro. ¿Quién se ha creído que es? Deberíamos pararle los pies. La ambición de Franco le hará entrar en guerra. El que frena esas ansias es el repugnante cuñado, aunque sus palabras digan todo lo contrario.

—Los intereses del Tercer Reich están por encima de todo. Habrá que hacer algo… Déjelo en mis manos. Les sacaré ahora el protocolo de adhesión. Si son tan amigos como dicen, tendrán que firmarlo. De todas formas, mi Führer, podríamos prometer un pequeño trozo de Francia para satisfacción de su orgullo.

—Podríamos incluso ofrecerles un pedazo más sustancial de Argelia para su interés material, pero ¿a cambio de qué? Ahora España no puede proponernos nada tangible. De momento no vamos a parar. Estaremos preparados para la Operación Félix en la que los soldados españoles con armamento alemán y cobertura aérea de la Luftwaffe ocuparán Gibraltar. Si no es así, pondremos en marcha la Operación Isabela en la que, si España no está en condiciones de intervenir en la toma del Peñón, deberá dejar paso libre a nuestras tropas para atravesar su territorio y ocupar Gibraltar. Nos digan lo que nos digan, ese es nuestro objetivo. El Ejército está preparado para entrar por Hendaya y cruzar la Península para atacar Gibraltar. Será cuestión de tiempo. Volvamos al vagón... Pero ya le digo que con tipos como estos no hay nada que hacer.

Hitler había perdido la paciencia y no estaba dispuesto a demorar más la respuesta definitiva de España. La última frase la dijo en un tono tan alto que el barón De las Torres, que se encontraba fuera del vagón, alcanzó a escucharla. El ambiente era tan tenso que los ojos de Hitler, sin necesidad de traductor, lo decían todo.

Cuando Hitler entró de nuevo al vagón *Érika*, Franco y Serrano Súñer se pusieron en pie. El Führer intentaba una vez más, con menos paciencia que en las horas anteriores, la implicación de España en la Segunda Guerra Mundial.

—Señores, parar al pueblo alemán e impedir la extensión de su imperio ya es imposible —comenzó a decir a la vez que tomaba asiento—. Alemania quiere el control de la costa atlántica europea, con la probable invasión de Portugal, como medio para hostigar el tráfico que Gran Bretaña necesita para su subsistencia. Nuestro primer paso tiene que ser la ocupación de Gibraltar. Ahí es donde necesitamos la colaboración de España. Así como la cesión de una de las islas Canarias como base para nuestra aviación. Ahora no son tiempos de tibieza sino de saber de qué lado está el gobierno español. O están con nosotros o con nuestros enemigos. No hay otra posición posible.

—Tibieza ninguna —replicó Franco—. Nuestra nación está del lado de Alemania.

Viendo los sudores que provocaban las contestaciones de Franco al traductor alemán Gross —un hombre de corta estatura, vestido de uniforme y con un fino bigotillo—, permitieron la entrada del traductor español. Franco se lo ponía difícil a Gross, porque cuando tomaba la palabra hablaba sin parar, sin darle ninguna oportunidad para que hiciera la correcta traducción entre frase y frase. Llamaron al barón Luis de las Torres, que era jefe de protocolo del Ministerio de Exteriores y que acababa de escuchar a un Hitler fuera de sus casillas. El profesor Antonio Tovar, incondicional de Serrano, se quedó fuera del vagón junto con Paul Schmidt, jefe del gabinete de Ribbentrop, ya que para esta entrevista solo permitieron la entrada de un traductor. Hitler se hallaba cada vez más impaciente. Quería a toda costa el sí de Franco.

—Entraremos en guerra en el momento oportuno, pero ahora no puede ser —añadió Franco sin cambiar una coma de sus anteriores argumentos—. Asimismo, resulta completamente inviable la cesión de una de las islas Canarias. Imagínese en qué posición quedaría España. Totalmente estrangulada por Inglaterra a la hora de suministrar trigo y víveres a nuestro pueblo. Nuestra entrada en la contienda es cuestión de tiempo, pero también considero necesario saber las contrapartidas que recibirá el pueblo español por su sacrificio. De todas formas, el día que Alemania realmente me necesite, me alinearé a su lado sin esperar ninguna contrapartida. —El intérprete no tradujo el final de la frase.

Hitler interrumpió al traductor y Serrano respiró aliviado. Aquel inciso les había salvado, de momento, de entrar en guerra.

—Las necesidades más acuciantes de España acabarán satisfaciéndose. Tampoco es el momento de tratar concesiones territoriales concretas.

Hitler miró a Ribbentrop y este supo que tenía que ponerse en marcha. Se acercaba el final del encuentro y querían a toda costa la firma de Franco.

—Aquí tengo un proyecto de protocolo que ya hemos redactado —afirmó el dignatario alemán, dirigiéndose a Serrano.

El ministro se retiró con Von Ribbentrop al vagón contiguo. Cuando comenzó a oír que España se incorporaría a la guerra inmediatamente y que sería el Estado Mayor alemán quien determinaría punto por punto la entrada del Ejército español en Gibraltar, Serrano torció el gesto y tomó la palabra.

—Un protocolo es un pacto, un acuerdo, pero esto que ustedes nos presentan es un *diktat*. En el orden civil en el que se ha desarrollado durante tantos años mi actividad profesional, un acuerdo en el que todas las facultades están de una parte y ninguna de la otra es un acto y no un pacto. Aquí por traslación, por la lógica y la moral que tiene el Derecho como base, este acto es nulo. No lo podemos admitir…

Los ministros de Exteriores, ante la ausencia de acuerdo, entraron de nuevo en el *Érika* donde se encontraba Franco con Hitler. Tras unos minutos en los que cada ministro informó de lo sucedido en el vagón contiguo, la tensión creció por segundos. Franco se dio cuenta del gesto contrariado de Hitler y de las miradas que echaba a Ribbentrop. Aquella negativa a la firma sonó a golpe de fuerza de una España que daba la impresión de que no sabía con quién estaba tratando y a quién se enfrentaba. Bruscamente, Franco cambió su discurso:

—Estoy dispuesto a firmar la adhesión al Eje… próximamente. Sin embargo, el día de entrada en la contienda, cuándo y por dónde entrarán las tropas queda aplazado sine díe —aseguró—. Necesitamos armarnos y reorganizarnos. El Führer, que es un gran estratega, sabe que no se puede entrar en guerra solo para morir.

A Hitler le gustó escuchar esas palabras. Esta nueva actitud del general español era más comprensible. Franco estaba pidiendo tiempo, pero mostraba claramente de qué lado estaba.

—Está bien —intervino Hitler—. Me alegro de que se alinee con el Eje. Si hay que esperar a un momento más óptimo, esperaremos. A cambio, exijo algo más…

—¿De qué se trata? —preguntó Franco extrañado.

—Exijo un juramento, un pacto de silencio para que nadie pueda enterarse de que este acuerdo se ha producido. Los latinos son muy charlatanes e incapaces de mantener un secreto, pero es necesario. El enemigo siempre ha de estar desprevenido. Por lo tanto, nadie debe saber nada de este acuerdo. Insisto en que resulta necesario que esta información no llegue a manos aliadas. En una guerra, el efecto sorpresa es fundamental.

—Tiene mi juramento y mi palabra. Yo siempre cumplo —prometió Franco, molesto con las palabras del canciller alemán.

—No sé cómo será el resto de los países latinos, pero nosotros no incumpliremos nuestro juramento —intervino Serrano, enérgico, porque sabía que lo de latinos iba por ellos—. Somos los primeros interesados en que no se sepa. Piense que si el embajador de Gran Bretaña en España, Samuel Hoare, se enterara de nuestra adhesión, cortaría los *navycerts* que nos aseguran el abastecimiento a España de trigo y de caucho. No nos lo podemos permitir.

—Está bien. Pues ya no hay más que hablar. Como no hay otra cosa que hacer, nos entenderemos en Montoire. —Se refería a la localidad donde estaba citado al día siguiente con el mariscal francés Pétain—. ¡Estoy harto! —le soltó a Von Ribbentrop, pero el traductor De las Torres pudo oírlo. Se estrecharon las manos y Hitler salió del *Érika* como una exhalación.

Los ministros de Exteriores alemán y español quedaron de acuerdo en redactar un comunicado para informar a la prensa de las buenas relaciones entre Alemania y España alegando que esa reunión se había desarrollado en el ambiente de camaradería y cordialidad existente entre las dos naciones. No añadieron nada más.

Ribbentrop guardó el documento que había presentado sin obtener la firma de Franco. Se hicieron las protocolarias despedidas a las que se sumó Hitler a última hora. La delegación española comenzó a ocupar sus puestos en el tren que les devolvería a España. Franco se despidió del Führer con efusiva cordialidad. Se subió al tren y la arrancada del maquinista fue tan brusca que estuvo a punto de caer. La acertada actuación del general Moscardó impidió que diera de bruces en el andén de la estación.

Hitler no movió ni un músculo de su rostro. No obstante, al ver partir el tren rumbo a España no disimuló su enfado:

—Preferiría que me sacaran tres o cuatro muelas de la boca antes de volver a sufrir una entrevista como esta…

8

A cientos de kilómetros, en Madrid, Sonsoles se arreglaba para recibir en casa a sus cuñados, Pura de Hoces y Ramón Díez de Rivera, marqueses de Huétor de Santillán. Había organizado una cena en la que pretendía sonsacar a Pura más información sobre Serrano Súñer. Se miraba al espejo mientras se empolvaba la nariz, el cuello y parte del escote. Había ido por la mañana al Salón de París, la peluquería que tenía la francesa Jacqueline Decqué. Allí y en la peluquería de las hermanas Zabala se citaban la sociedad y las artistas de más renombre. Mientras peinaban a las clientas, chicas altas y agraciadas de familias acomodadas desfilaban con algunos modelos de alta costura. No se hacía habitualmente, pero, cuando lo organizaban, era un éxito. Jacqueline recibía a sus clientas con pompa y boato. Les hablaba de los últimos complementos y avances de la moda de París en un español afrancesado. Parecía muy elegante entre la sociedad salpicar las conversaciones con frases sueltas en francés, aunque no se supiera decir nada más que esas pequeñas expresiones.

Ese día habían cambiado los escaparates y las clientas estaban emocionadas porque se exhibían dos sombreros llamativos que nada tenían que ver con los pequeños tocados que se llevaban aquel invierno de 1940. Los sombreros expuestos —uno de copa alta y alas pequeñas con adornos de rosas metálicas y el otro de copa redonda repleto de lazos elaborados con cintas doradas— eran rarísimos, pero habían atraído la atención de todas las clientas que se detenían a contemplar el escaparate antes de acceder a la peluquería. Al entrar Sonsoles y ver a Jacqueline, lo primero que le preguntó fue por esos sombreros tan originales.

—*Queguida*, son de *decogación* —le contestó la francesa con una sonrisa—. Estamos dando un *aigue* distinto a *nuestgos escapagates*. El *decogadog* nos ha quitado todas las *cgemas* y nos ha puesto estos *sombgegos* que tanto éxito están teniendo.

—Me gustaría comprar el de flores —le dijo Sonsoles, despojándose de su abrigo negro y de su pequeño y achatado sombrero rojo; nadie se atrevía a ir tan a la vanguardia de la moda como ella.

—No está a la venta, *pego* si lo *quiegue*… no existe ningún *pgoblema*. Solamente *tendgá* que *espegag* a que nos *tgaigan* uno nuevo.

—No me gusta esperar, *ma chérie*… —dijo, quitándose con una gran elegancia los guantes largos negros que llevaba arrugados sobre sus muñecas. Fue caminando por el medio del salón con delicadeza. Había escuchado tantas veces a Balenciaga decir a sus maniquíes que anduvieran con la cadera recta que ella lo había interiorizado. Sus tacones, nunca inferiores a diez centímetros, resonaban en contacto con la madera del suelo. Los voluminosos secadores blancos sobre las cabezas de las señoras impedían escuchar lo que se hablaba en el salón, pero los ojos de todas aquellas damas observaban cada uno de los movimientos de la marquesa. La elegancia de Sonsoles de Icaza llamaba siempre la atención. Ella se sabía observada y, lejos de turbarse, se enaltecía. Llevaba puesto un dos piezas de Balenciaga de color rojo y había pintado sus labios a juego con el traje. La chaqueta no tenía pinzas por delante y disimulaba su embarazo. No parecía que hubiera sido madre dos veces y que esperara un tercer hijo en breve. Todo el mundo le decía que apenas había engordado y que cuando diera a luz seguiría siendo la misma. Pero eso ya era imposible. Nunca más volvería a serlo. Era la primera vez que sentía un gran vacío en su vida. Mientras esperaba a que le lavaran el pelo, pensó que todo aquello que tenía ya no le bastaba: un marido de buena posición, con título, a punto de tener el tercer hijo, dinero, servicio, institutrices para los pequeños… todo lo que se le antojaba o anhelaba lo tenía. Sin embargo, no era feliz. Al revés, notaba que la vida se le escapaba. Por primera vez, pensaba en alguien que no fuera ella misma. Aquellos minutos de conversación en el Ritz junto a aquel hombre delgado, de ojos claros, apuesto —todo lo contrario a su marido—, habían provocado que su mundo se tambaleara. Nunca había sentido tanta atracción por nadie y, esta vez, aquel hombre con tanto poder había conseguido interesarla y hasta quitarle el sueño.

Una oficiala de la peluquería interrumpió sus pensamientos y le ofreció una revista.

—¿No tendrá usted un periódico? —le preguntó Sonsoles, cogiendo la revista. Ansiaba leer noticias de los pasos de Franco y Serrano en la prensa.

—Pues no solemos…

—*Señoga magquesa* —intervino Jacqueline—, *ahoga* mismo vamos a *compaglo*. —Miró a la chica con un gesto de desaprobación.

Cuando Jacqueline estuvo cerca de la joven, le dijo dos frases:

—En esta casa no existe el no *pog guespuesta*. *Gábatelo* a fuego, *queguida*.

Era una de las peluquerías más caras de Madrid, pero también la que atendía de manera más exquisita a sus clientas. Antes de que salieran peinadas del salón recibieron una libreta mientras un par de jóvenes pasaban los modelos recién llegados de París.

Sonsoles los miraba con atención. Si algo le fascinaba realmente era la ropa, pero su fidelidad a Balenciaga era total. Jacqueline lo sabía y no le insistía. Casi siempre dejaba en blanco la libreta o anotaba el número que llevaba la modelo en la mano cuando algún complemento le llamaba la atención. No compraba trajes más que en la casa Balenciaga que había instalado su amigo en Madrid, con su fiel Felisa como primera costurera. Le gustaba ir diferente al resto y lo conseguía.

Recordó cuando conoció a Cristóbal y no pudo menos que sonreír. Estaba también embarazada y se acercó a él diciéndole: «Necesito un traje, pero espero que me haga un descuento, porque ya ve cómo estoy». Balenciaga, airado, le contestó: «Señora, yo no tengo la culpa del estado en el que usted se encuentra». Cuando lo comentaban en voz alta, con amigos, siempre se reían los dos. Así comenzó una amistad sincera. Hoy era el único que sabía lo que le estaba pasando y le había aconsejado que se olvidara de Serrano. Pero no podía. Más bien no quería.

Ahora estaba en casa, empolvándose la cara y el escote. Seguía pensativa frente al espejo. Quizás a Serrano no le parecía tan atractiva como Zita, su mujer… Delgada, guapa y espiritual. Pero Sonsoles podría asegurar que la había mirado de una manera especial esa noche. Esa no era la mirada de un hombre que no quiere conquistar a una mujer, se decía a sí misma. La observó de una manera que le hizo sentir turbada pero a la vez halagada. Y había dejado a todos para sentarse con ella. Resultó evidente su atracción, a pesar de las circunstancias. Sin duda, aquello parecía la trama de una de las novelas de su hermana Carmen. Dio un suspiro y siguió frente al espejo observándose. Decidió ponerse un vestido blanco con pedrería en el pecho que dejaba libre la caída de la gasa disimulando su vientre. Así se lo comunicó a Matilde para que le preparara el traje y le ayudara a vestirse. Llevaba recogido el pelo con un poco de flequillo rizado sobre la frente. Se perfumó y salió de su habitación. Matilde esperaba fuera.

—Muy guapa, señora. Muy guapa… Espero que cene algo más que estos días.

Sonsoles esbozó algo parecido a una sonrisa.

9

Caminando parecía una reina. Tenía algo que la hacía diferente a las demás mujeres y no era solo su belleza. Antes de acudir al encuentro con sus cuñados, fue a dar un beso a sus dos hijos, que ya estaban acostados.

Primero se dirigió al cuarto de Sonsoles, la mayor, de cuatro años, que todavía estaba despierta. Su habitación se situaba justo en el centro de la casa. Al lado tenía un cuarto de juegos, que compartía con su hermano.

—Mamá, ¡qué guapa estás! —exclamó la pequeña con admiración desde la cama—. No te he visto en todo el día. —Pasaba más tiempo con su padre que con su madre, a la que muchos días solo veía por la mañana, en la cama, antes de sus clases.

—Muchas gracias, hija. He tenido muchas cosas que hacer fuera de casa. —No era nada cariñosa. No sabía expresar sus afectos—. Mañana por la mañana te veré. Ahora a dormir, que papá y mamá tienen que recibir a los tíos. ¿Todo bien? —preguntó a miss Mary, la institutriz inglesa, una mujer que vestía de oscuro y que siempre parecía seria, con gesto como de enfado. Llevaba el pelo corto y en su rostro destacaba su nariz prominente.

—Perfecto, señora marquesa. Salvo que la niña ha querido ir a la zona de servicio y la he castigado de rodillas de cara a la pared.

—No se le ha perdido nada con el servicio. Ha hecho usted muy bien.

—Pero, mamá… solo quería escuchar la radio.

—Nada. No tienes que bajar a la zona de servicio. Te lo tengo dicho. No hay nada más que hablar. Tienes que portarte correctamente. ¡Hasta mañana!

Se fue al cuarto de Francisco sin querer prolongar la conversación con su hija, a pesar de que esta se quedó mohína. El niño ya estaba dormido. Lo miró y se limitó a hablar con la institutriz alemana, frau Elizabeth, en voz baja.

—Hoy he tenido un día muy ajetreado. ¿Ha ido todo bien?

—Sí, todo ha ido bien, señora. —Llevaba más años en casa que la institutriz inglesa y tenía algo más de confianza con ella. También vestía de oscuro, pero su pelo rubio era más largo que el de miss Mary. Lo llevaba recogido en una coleta que recorría su cabeza a modo de diadema. Era igualmente rigurosa con los niños, pero la temían más. De hecho, los niños hablaban fluidamente el alemán.

—Puede irse a descansar. No se olvide de decirle a la segunda doncella que se levante y eche un vistazo al niño durante la noche. ¡Es tan pequeño!

—Esté tranquila, señora. ¡Buena cena!

Las institutrices comían y cenaban con la familia, excepto cuando venían invitados. Las dos se intercambiaban los niños para hablarles indistintamente en inglés y en alemán a lo largo del día. Sonsoles estaba convencida de que hablar idiomas sería lo único que les abriría las puertas a una sociedad mejor que la que tenían. Así se lo había transmitido su padre y así lo hacía ella con sus hijos.

Cerró la puerta y se encaminó al salón. No había estado prácticamente en todo el día en casa. Se decía a sí misma que tenía muchas cosas en qué pensar y que, a fin de cuentas, los niños estaban perfectamente atendidos.

Su primera doncella salió nuevamente a su encuentro:

—¿Quiere algo más la señora?

—Me molestan estos zapatos que ha elegido. ¡Acuérdese de ponerlos en una horma!

—Señora, está embarazada. En cuanto dé a luz, le quedarán anchos…

—Haga lo que le digo.

Matilde no dijo nada más y observó cómo Sonsoles se dirigía hacia el salón. Cuando llegó, sus cuñados acababan de entrar por la puerta. Su marido ya se encontraba con ellos.

—¿Queridos, cómo estáis? —los saludó, dirigiéndose a ellos para besarles. Notaba las piernas hinchadas. Sin embargo, no había renunciado a ponerse tacones.

Pura la miró de arriba abajo y, mientras se quitaba la piel que llevaba al cuello, le dijo:

—Cada día estás más flaca, y eso que estás embarazada. No te veo con buena cara. ¿No estarás dejando de comer? Espero que no hagas tonterías. Tu vestido es ideal…

—Ya sabes… Balenciaga.

—No entiendo por qué motivo solo te puedes vestir de él, hay otros diseñadores igual de buenos.

—Porque no me gusta coincidir con nadie. Ya le ha pasado a alguna que tú conoces… Es mejor saber que llevas algo que es tan caro y tan exclusivo que resulta imposible que alguien pueda ponerse lo mismo que tú.

Las mujeres se quedaron rezagadas mientras los hombres ya estaban con una copa de vino en la mano.

—Pura, ¿qué tal todo por El Pardo? Carmen tendrá que estar especialmente preocupada —preguntó Sonsoles.

—¿Por qué? —Su cuñada la miró, extrañada por la pregunta.

—Porque Franco y Serrano están con Hitler y es posible que Alemania nos fuerce a entrar en guerra. Otra contienda sería la ruina total. Confío en que Serrano vuelva a conseguir que no sea así.

—Hija, qué repentina confianza tienes en él. Yo, desde luego, en quien confío es en Franco. No se deja amilanar, ni le tiembla el pulso ante Hitler ni ante nadie.

—Espero que no entremos en guerra… —Se quedó con la mirada perdida. Seguía pensando en él.

Pura interpretó aquel silencio como preocupación por sus hijos y por su familia.

—No te preocupes. Lo que tenga que ser, será. Confiemos en la Providencia…

Se sentaron todos a la mesa y comenzaron a cenar. Juan, el mayordomo, vestido de etiqueta, servía el primer plato con excesivo ceremonial, y la doncella del comedor le ayudaba. Esa noche cenaban «Huevos Bella Elena» de primero y «Lenguado Menier» de segundo. A Sonsoles le gustaba bautizar cada plato con un nombre. Mientras comían, el mayordomo y su ayudante reponían las copas de vino y estaban atentos a recoger los platos en cuanto los señores de la casa finalizaban. Esa era la consigna. Como Sonsoles comía poquísimo, acababa la primera.

—Pero ¿a qué velocidades coméis? —protestó Pura al ver que comenzaban a recoger los platos sin que hubiera terminado—. A mí no me da tiempo a acabar el plato cuando vengo a esta casa.

—Si no hablaras tanto, sí te daría tiempo —le dijo su marido.

—Tienes razón, Pura —salió Francisco en defensa de su cuñada—, aquí no se puede uno dormir con el plato. En cuanto te descuidas, te lo quitan.

Hablaban como si el servicio no estuviera observándoles. Sonsoles ya no les veía. Conversaba con desparpajo, como si fueran invisibles. A los postres, salió el tema de la destitución de Beigbeder, el anterior ministro de Exteriores.

—No entiendo cómo un hombre tan profesional como él ha podido caer en las manos de una espía inglesa —comentó Francisco—. Lo dejó todo por ser ministro: era el alto comisario en Marruecos, jefe territorial de Falange en la zona de nuestro Protectorado, miembro del primer Consejo Nacional de Falange... Y ahora, le pierde una mujer.

—Los hombres sois muy tontos —añadió Pura con media sonrisa—. Os dejáis llevar por los encantos de las jóvenes, y luego pasa lo que pasa.

Aquella afirmación molestó a Sonsoles —la diferencia de edad con su marido era muy evidente—, pero en esta ocasión prefirió no contestar. Sí lo hizo Francisco.

—Bueno, Pura, no todas las jóvenes son iguales. Esta tenía hilo directo con el Foreign Office. Estamos hablando de una espía.

—Antes de que Beigbeder se levantase de la cama, la estrategia de España ya era conocida por el embajador Samuel Hoare y, por extensión, por el mismísimo Churchill —intervino su hermano Ramón.

—Ha sido un imprudente —admitió Pura, recriminando la actitud del que había sido ministro en el anterior gabinete de Franco.

—El amor tiene estas cosas —apostilló Sonsoles.

—Eso ni era amor ni nada de nada, querida. Aquí hablamos de que estos hombres se creen invulnerables, jóvenes, atractivos... y no se dan cuenta de que hacen el ridículo. Ya me dirás qué se le había perdido a Beigbeder con esa jovencita. ¿Cómo fue tan tonto de no sospechar nada?

—Pudo ser una encerrona, una trampa que les montó alguien que quisiera destituirle... A lo mejor se la tenían jurada —afirmó de nuevo Sonsoles.

—Pues como no sea Serrano... Es el más beneficiado con esta historia —puntualizó Pura.

Sonsoles tosió y decidió beber agua. No esperaba el nombre de Serrano en la boca de su cuñada.

—Serrano no ha ganado como ministro de Exteriores —dijo Ramón—. Más bien todo lo contrario. Se ha quedado sin los hilos que tanto le gustaba manejar desde el Ministerio de la Gobernación. Tiene muchos enemigos entre los militares. Te lo digo con conocimiento de causa.

—No me extrañaría, ha pisado muchos callos. Pero Franco lo quiere cerca y ahí estará, aunque haya muchos que no le puedan ni ver —siguió Pura malmetiendo.

—Pues el otro día me pareció un hombre muy enérgico y con las ideas muy claras —apostilló el marqués de Llanzol—. Creo que Franco hace bien en tenerle cerca. Me da la sensación de que descansa mucho en su conocimiento de leyes.

—Pues que no descanse tanto, porque hay quien dice que tiene demasiado poder —señaló Pura, arremetiendo contra él una vez más—. La misma Carmen Polo siempre le hace reproches. Que se dedique a Exteriores y que deje el gobierno de España en manos de su cuñado. Con esto de que sabe de leyes da la sensación de que siempre le está dando lecciones a Franco.

—Qué mentes más pequeñas… Cuando vemos a alguien preparado, enseguida lo criticamos. ¿Y no será mejor que en el gobierno haya alguien que sepa de algo más que de trincheras? No entiendo este afán nuestro de cuestionarlo todo. Los españoles somos unos envidiosos. En cuanto alguien despunta… a por él. —Todos se callaron ante la defensa inesperada que hizo Sonsoles en voz alta.

—No sabía que te cayera tan bien Serrano —dijo su cuñado.

—Conversaron gran parte de la noche en el Ritz Y… eso une mucho —observó Pura, sonriendo.

—Sonsoles siempre defenderá a aquel que esté preparado. Le gusta la gente instruida —añadió su marido, defendiéndola—. Por algo se casó conmigo…

Todos se rieron. Se distendió el ambiente hablando de la excesiva amistad de Beigbeder con el embajador inglés. Lo habían visto varias veces paseando con él por los aledaños del Palace. Incluso cogidos del brazo, sin ocultar a nadie su amistad.

—No son buenos tiempos para airear amistades con ingleses. Los alemanes tienen las de ganar. Está claro del lado que hay que posicionarse —aseguró Ramón.

Sonsoles y Pura hicieron un aparte conversando de otras cosas más caseras. Comenzaron a hablar del pan. Echaban de menos el pan blanco. Después de la guerra, solo se comía un pan negro que nada tenía que ver con aquel de trigo que recordaban de su infancia.

—No sabe a nada —admitió Pura.

—Sí, pero es mejor que el amarillo que te dan con la cartilla de racionamiento. De todas formas, los niños lo aborrecen. El otro día, Sonsolitas se encontró hasta un trozo de bramante en la miga. No me extraña que lo tiren debajo del radiador. Les parece espantoso y tienen toda la razón.

—Estos niños son un caso serio… Tenían que haber pasado la guerra en Madrid. Mira, conozco a un tendero que tiene harina, trigo, chocolate, tabaco… todo de estraperlo. Le he comprado hasta unas medias extraordinarias que no se rompen nunca. Las consigue de barcos americanos. —Pura bajó la voz para que el servicio no se enterara de lo que estaba diciendo.

La noche se alargó hablando ellos de sus negocios y ellas del servicio y de la dificultad para encontrar buenas institutrices. Cuando los marqueses se fueron a la cama, el reloj marcaba las doce de la noche.

10

Eran las siete de la mañana, dos horas después de que se hiciera el silencio en el palacio de Ayete, en San Sebastián, cuando unos golpes sonaron insistentemente en la puerta del dormitorio de Serrano Súñer.

—¡Señor ministro, por favor! ¡Señor ministro, es importante! —El comandante Peral, ayudante de Franco, golpeaba sus nudillos contra la puerta.

Serrano se levantó de la cama de un salto ante la insistencia de la llamada. No imaginaba qué podía suceder para que le despertaran de esa manera.

—¿Qué ocurre, comandante? ¿Es usted consciente de que su excelencia y yo nos acostamos a las cinco de la mañana?

—Sí, sí, lo sé. Creo que la gravedad de la situación lo justifica. Acaba de llegar el embajador Espinosa de los Monteros y solicita hablar con usted urgentemente. Dice que su mensaje no admite demora.

Espinosa no había asistido a la reunión en el vagón *Érika*, pero estuvo cerca de la delegación alemana en Hendaya y ahora se encontraba a estas tempranas horas en San Sebastián exigiendo verle.

—¿Quién se cree Espinosa? Parece que ha olvidado que sus superiores somos nosotros y no los alemanes a los que tan servilmente trata. ¡Está bien! Espero que sea importante, porque si no, se va a enterar. ¡En qué hora se decidió que estuviera cerca!

Se puso el abrigo encima del pijama y se fue refunfuñando tras el comandante para acudir al encuentro del embajador. Este, que recorría con pasos nerviosos la sala de audiencias, se volvió hacia Serrano nada más oír sus pasos. Le habló sin ningún preámbulo:

—Señor ministro, los alemanes están muy disgustados porque Franco no ha firmado el documento que le había presentado a usted Von Ribentrop y que ha sido rechazado imprudentemente.

—No son quienes para juzgarnos y tratarnos de imprudentes, y usted menos que nadie, señor embajador.

—Yo solo soy un mensajero y le transmito con puntos y comas lo que me han dicho. Los alemanes nos tildan de mojigatos y están barajando cualquier posibilidad, incluida la de invadir España y entrar por la fuerza. Creen que es usted quien está frenando sus planes.

—¿Es eso lo que creen los alemanes o lo que cree usted? —Serrano cada vez elevaba más su voz—. Sabe perfectamente que admiro al pueblo alemán, pero una cosa son los intereses alemanes y otra muy distinta los intereses de nuestro pueblo.

Espinosa insistió en que debía irse de allí con el documento alemán firmado por Franco. Le advirtió una y otra vez de que la situación era grave. Ribbentrop le esperaba en Hendaya mientras Hitler se había ido a Montoire, donde tendría lugar el encuentro con Pétain.

Finalmente, Serrano decidió ir a la habitación de Franco y despertarle con el documento alemán en la mano.

Recorrió los largos pasillos de aquel palacio en pocos minutos. Fue tocar la puerta y Franco le ordenó que pasara. Se lo encontró recostado en la cama. Mientras escuchaba atentamente a su cuñado, se tocaba con el dedo índice el labio superior.

—Este Espinosa se permite venir aquí a estas horas a montar esta escenita para presionarnos. Lo encuentro inadmisible y peligroso, sean cuales sean los motivos que le impulsan a hacerlo. Te dije que Espinosa no era trigo limpio… No tenía que haber estado en Hendaya ni cerca ni lejos. Considero que es absurdo que te hayas negado a firmar en presencia de Hitler el protocolo y ahora lo hagas en presencia de Espinosa. Demasiados honores para el embajador, ¿no te parece?

Franco guardó silencio escuchando a Serrano hasta que se levantó de la cama y se puso la bata.

—Mira, Ramón, no es prudente hacer esperar a los alemanes. —Era evidente que se inclinaba a creer la premura de la situación que dibujaba Espinosa de los Monteros—. Lo mejor será hacer nuestro contraproyecto, dándoles la conformidad según los términos que nosotros establezcamos. Anda, di que traigan una máquina de escribir.

Franco se vistió y cuando llegó Serrano con la máquina de escribir, estaba esperándole sentado en el escritorio del dormitorio.

—Déjame las notas que estuvimos tomando hasta las cinco de la mañana. Las estudiaré mientras te vistes. No tardes, vamos a redactar un nuevo protocolo. Nos vamos a adherir en secreto al Pacto Tripartito, modificando nuestra postura de «no beligerancia» ante los alemanes por la de «alineación militar con el Eje».

—¡Eso es entrar en guerra! Lo mismo que hizo Italia hace un año.

—Dilataremos ese momento todo lo que podamos.

Serrano se fue de la habitación y, al cabo de unos minutos, volvió, ya vestido, en compañía del barón De las Torres. Estaba muy serio. Era consciente de que el momento era de suma trascendencia para España.

—Este documento que vamos a redactar tiene que quedar bajo secreto entre nosotros tres. No debe conocerlo nadie, ni tan siquiera Espinosa, al que se lo entregaremos sellado. Le escribirás a Ribbentrop una nota en alemán —le dijo al barón— para que no le haga partícipe del contenido a nadie y menos al embajador.

Serrano y Franco se pusieron a redactar un nuevo protocolo.

—Hay que tener paciencia —dijo Franco a su cuñado—. Hoy somos yunque, pero mañana seremos martillo.

Las enmiendas que introdujeron a las proposiciones alemanas desvirtuaban la gravedad del dictado alemán, manteniendo su esencia. El pacto quedaba al arbitrio de una de las partes y, por tanto, tenía un efecto limitado. Así, España salía del paso a las exigencias alemanas.

Sin embargo, Franco no se sentía satisfecho con aquella redacción.

—Hemos elaborado un documento con muchas vaguedades en lo relativo a nuestras compensaciones en caso de entrar en conflicto.

—Conozco tu afán por dejar las cosas bien atadas, pero este documento deja la puerta abierta a que nosotros podamos decidir. Nos une al Eje, pero nos queda una salida. Tendremos la oportunidad de no entrar en guerra hasta encontrar el momento adecuado.

Lo cerraron, lo sellaron y Serrano se lo llevó en mano al embajador Espinosa, quien estaba esperando noticias con los ojos cerrados, agotado de toda la noche en vela. La voz firme y rotunda del cuñado de Franco lo sacó del sueño que se había apoderado de él.

—¡Espinosa! Aquí tiene. —Le dio el sobre.

—¿Hemos firmado el protocolo? —preguntó al ministro con la misma insistencia de la que había hecho gala desde que llegó a Ayete.

—Limítese a llevar este sobre de parte de su excelencia. Sea usted prudente, Espinosa. No nos comprometa. Usted no sabe nada, ni debe hablar de esto con nadie. Es mejor que no haga especulaciones sobre el contenido. Se lo digo por su bien.

—Si no hemos firmado, los alemanes no lo entenderán. Me dejan a mí en una posición francamente difícil.

—El Generalísimo ha hecho lo que cree más conveniente para España —le contestó Serrano de forma enérgica—. Limítese a ser nuestro correo y nada más. Como escuche por ahí algo de lo que acaba de suceder, será usted destituido y le advierto que se atenga a las consecuencias. Usted no ha estado aquí, ¿entiende?

Serrano no confiaba en el silencio de Espinosa. Tampoco le había hecho partícipe del contenido de la decisión de Franco. Ahora había que esperar la reacción alemana...

Mientras los marqueses de Llanzol desayunaban en la mesa camilla de su habitación, hablaban de la cena del día anterior. Sonsoles comía con apetito, ya que apenas había cenado. Llevaba el pelo suelto y la bata blanca de seda, diseño de Balenciaga, con la que le gustaba comenzar el día.

Antes de sentarse a la mesa, la marquesa le había dado un beso a su marido en la mejilla y alcanzó a ver la foto de Franco y Hitler juntos en la portada de los periódicos que estaba leyendo.

—¿Qué dicen los periódicos? ¿Entramos o no entramos en guerra?

—Parece que no... Se ve que ha sido un encuentro de amistad con el pueblo alemán. Pienso que Franco es muy listo como para dejarse embaucar por Hitler. ¿Con qué vamos a combatir, con palos? No tenemos nada. Nuestro material no solo está mermado sino obsoleto.

—¿A ver, déjame? —Miró los titulares buscando alguna foto donde se viera a Serrano. La prensa parecía que solo se fijaba en Franco y en Hitler. La foto distribuida por la censura nada tenía que ver con la realidad. Cuando el fotógrafo de Efe llegó al laboratorio, se dio cuenta de aquello que ya había advertido: Franco parecía una cuarta más bajo que Hitler. El censor no estaba dispuesto a distribuir esa imagen. Al final, ordenó trucar la foto. Gracias al trabajo del personal del laboratorio, Hitler y Franco aparecieron a la misma altura. Nadie se percató porque Franco vestía el mismo uniforme, aunque la condecoración que lucía en el pecho era distinta. Se trataba de la Medalla Militar Individual y no de la Cruz del Águila que había llevado al encuentro de Hendaya por ser regalo del Führer.

Sonsoles, ante el asombro de su marido, rebuscó en el periódico y, finalmente, encontró una foto pequeña de Serrano y Ribbentrop juntos. No se le apreciaban los ojos que tanto le habían impresionado. Pero allí estaba, serio, codeándose con las figuras más importantes del Tercer Reich.

—No me digas que ahora te interesa la política —se extrañó su marido, echando un edulcorante a aquel sucedáneo de café que tomaba cada mañana. La achicoria con leche no había llegado a gustarle tanto como el café de antes de la guerra, pero era mejor que nada.

—Solo me interesa saber qué va a pasar con nuestras vidas. ¿Qué haremos si entramos en guerra? Nos tendríamos que ir del país.

—No te preocupes, mujer. No creo que vayamos a la guerra. ¿Sabes de qué me he enterado? Lo digo para que te rías y te olvides de tus preocupaciones.

Sonsoles sacudió la cabeza diciendo que no mientras el mayordomo ataviado con levita le servía un té.

—Me ha comentado el conde de Mayalde, ya sabes que es director general de Seguridad del Estado, que a Himmler, el jefe de las SS, durante su estancia en Barcelona, cuando acudió a Montserrat, le robaron la cartera.

—¿Cómo dices? ¡Qué bochorno! —exclamó Sonsoles.

—Sí, sí… Le robaron la cartera en la que, parece ser, llevaba unos planos que eran de suma importancia.

—¿Pues no había venido a España a preparar la visita de Franco a Hendaya?

—Sí, pero luego se quedó en España porque quiso visitar el monasterio de Montserrat. En el Ritz de Barcelona, donde se hospedaba, al parecer, desaparecieron sus papeles y la cartera. Ahora se está especulando si fue un complot.

—¿Eran tan importantes esos papeles?

—Pues dicen que Himmler está convencido de que en alguna de las extensas cuevas que hay en Montserrat se puede hallar el Santo Grial…

—¿Pero qué estás diciendo? ¿El Santo Grial?

—Le contó al conde que Montserrat podría ser la montaña Montsalvat que inspiró a Wagner su obra *Parsifal*. Pero su visita fue infructuosa, desaparecieron los papeles… y ni cueva ni Santo Grial, ni nada de nada. Te digo que este Himmler está como una regadera.

—¡Qué cosas pasan en España! De todas formas, que le roben la cartera al responsable de la guardia y seguridad de Hitler parece una broma.

—Imagínate cómo está José Finat, mi amigo el conde… Bueno, querida, me voy y no vendré a comer. No me esperes hoy —le dijo, devolviéndole el beso en la mejilla y recolocándose el pañuelo que sobresalía del bolsillo de su chaqueta.

—¿Adónde vas a ir?

—He quedado con el notario. Estoy pensando en hacer testamento. Los niños son muy pequeños y tú muy joven. Si me pasara algo, no quiero que tengas ningún problema.

—Querido, siempre pensando en todo. ¿Quieres que te acompañe?

—No, no… Quiero hablarle también de otros asuntos. Negocios… ya sabes.

—¿Y dónde comerás?

—Lo más seguro es que vaya a La Gran Peña. ¡No me esperes! —La Gran Peña era uno de los clubs más exclusivos de Madrid, solo para hombres.

—Francisco, estaba pensando en ir a París. Me ha dicho Cristóbal que ha hecho un abrigo con unas mangas especiales. Tengo curiosidad por verlo. Me vendría bien salir de aquí.

—Sonsoles, ¡que estás a punto de dar a luz! Están muy mal las vías… Aquí dicen —señaló el periódico— que Franco llegó con retraso a Hendaya. Imagínate, hizo esperar al mismísimo Hitler. Además, en tu estado, no creo que viajar sea lo más conveniente… A no ser que quieras que tu hijo sea francés.

—Sonsolitas ha nacido en el hotel Continental Palace de San Sebastián, Francisco en el hotel Reina Cristina, también en San Sebastián… no estaría mal que naciera el tercero en París.

—El problema es cómo llegar allí. No creo que sea prudente.

—Me gustaría cambiar de aires. Necesito olvidarme de las preocupaciones, de los niños, de la guerra…

—Vayamos a El Escorial. Te doy la razón en que te vendría bien cambiar de aires. No tienes buena cara desde hace días. No estás fuerte…

—A El Escorial… con los malos recuerdos que me trae. ¿No te acuerdas de que allí murió mi hermana Luz con solo dieciocho años? Fue terrible. Fíjate, mis padres nos llevaron a todos porque yo tenía ganglios, y ya ves, al final, mi hermana cayó enferma en días. No pienso volver allí.

Torció el gesto y ya no le miró a los ojos. El marqués le hubiera dicho que sí. Era incapaz de negarle cualquier cosa que deseara. Pero tenía miedo por ella. Podía pasarle algo en una Francia ocupada.

—Está bien, si quieres ir a París, yo te acompañaré. Pero después de dar a luz. Sales de cuentas dentro de pocos días. No seas niña.

Sonsoles volvió a mirarle, pero no tenía mucho brillo en sus ojos. No había estado nunca en París. Soñaba con perderse sola o en compañía de Balenciaga por sus calles. Pensó que aquel sí, en compañía de su marido, se podría transformar en un sí a solas. Era cuestión de tiempo. Le sonrió y le dio las gracias a su manera.

—Querido, te viene bien que me distraiga porque si no me pongo pesadísima. Sabes lo mucho que me gustaría pasear por París, ir a ver escaparates, el Louvre… Aborreces todo eso. Además, alguien debería quedarse con los niños. Si no te quedas tú con ellos, yo no me voy.

—Bueno, podemos posponer esta conversación. Merece que hablemos más despacio. Pasarán meses hasta que tú te puedas mover de aquí… Me voy que llego tarde a mi cita.

—Empiezo a preparar el viaje… —dijo, pero en voz tan baja que el marqués no pudo oírla. Sabía que haría lo que ella quisiera. Era imposible frenar su voluntad. La forma de hacerla feliz tenía que ver con sus caprichos y con hacerlos realidad.

La sola idea del viaje la llenó de energía. Le hacía falta ilusionarse de nuevo. Necesitaba quitarse la tristeza y la nostalgia que la invadían desde hacía días.

11

Espinosa de los Monteros no tardó en entregar el documento a Von Ribbentrop, que se quedó en Hendaya exclusivamente para esperarle. El embajador no logró averiguar nada del contenido. El ministro alemán tampoco le hizo partícipe del mismo al abrir el sobre, pero sí pudo ver su reacción.

—Este Serrano se va a enterar. ¡Qué ingratitud la de Franco!

Por sus palabras Espinosa intuyó que no habían firmado el protocolo. No hizo preguntas y se fue de allí sin decir nada más. No quería ser el objetivo de la cólera del ministro. Ribbentrop ordenó que le condujeran al aeropuerto más próximo. Su avión, en medio de la niebla aterrizó en Tours, desde donde se dirigió a Montoire. Allí iba a asistir al encuentro entre Hitler y Pétain.

En España, la prensa con la noticia sobre la entrevista entre Franco y Hitler insufló los ánimos de los germanófilos, que aplaudieron hasta el extremo ese encuentro. Se comentaban también esos ocho minutos que tuvo que esperar Hitler a Franco, dándoles más trascendencia de la que tuvieron realmente. La superposición de la imagen de Franco sonriente, brazo en alto, y de Hitler con gesto serio nadie la notó. Vicente Gállego, el fotógrafo y el censor fueron los únicos que supieron que no se había producido la foto tal y como salió en la prensa. La foto había superado a la realidad y nadie les dijo nada. Al contrario, recibieron gran cantidad de felicitaciones.

Franco y la delegación que había estado en Hendaya estuvieron todo el día de viaje de regreso a Madrid. Pudieron comprobar, a través de las ventanillas del tren, lo maltrecho que se había quedado el país tras la guerra. Veían las enormes extensiones de tierra seca y abandonada que se abrían paso ante ellos. El espectáculo era desolador. No había dinero para regar los cultivos, pero tampoco semillas que plantar para dar vida al campo que estaba yermo. La situación era dramática. Franco, Serrano y el barón De las Torres habían jurado no abrir la boca y no lo hicieron durante el viaje de regreso. A ojos del resto de la delegación, España no se había adherido al Eje. El general Moscardó estaba preocupado por la reacción alemana ante lo que él creía que había sucedido: la negativa a la guerra. Fue un viaje largo en donde se habló, sobre todo, de la necesidad de recuperación económica para que España tuviera libertad para tomar decisiones estratégicas. En un aparte, Moscardó conversó con Serrano sobre las últimas ejecuciones que habían tenido lugar cinco días antes en los fosos del castillo de Montjuic. Entre otros, habían sido fusilados el expresidente de la Generalitat, Lluis Companys, y el exministro socialista Julián Zugazagoitia.

Franco, que aparentaba no estar atento a la conversación, tomó la palabra interrumpiéndoles con voz firme:

—Los entregaron las autoridades de ocupación. Se les ha juzgado por el fusilamiento de los generales sublevados en Barcelona y han sido ejecutados. No hay más que decir.

Ante la frialdad de su enérgica respuesta, nadie añadió ni una sola palabra más. Serrano recordó el episodio vivido a comienzos de la guerra en el que su cuñado tuvo en sus manos la vida del que había sido su mejor amigo en la Academia Militar de Zaragoza, el general Campins. Franco, siempre parco en elogios o reconocimiento de méritos, decía de él que era un gran trabajador y organizador y que no había conocido a nadie más incondicional con su jefe. Separados por los destinos, Campins fue nombrado gobernador militar de Granada. Allí fue requerido por Queipo de Llano para participar en el alzamiento nacional. Campins se negó y fue depuesto, detenido, juzgado y fusilado. Después de recordar para sí mismo ese episodio duro y dramático, Serrano cambió de tema. Volvió a hablar en voz alta de la guerra y de la difícil situación de Inglaterra frente al que parecía imparable huracán alemán.

El trayecto fue muy largo y tantas horas sin poder moverse en el mismo vagón lo hicieron más duro aún. Cuando llegaron a Madrid estaban agotados. Había sido un viaje infernal a causa del mal estado de las vías. El traqueteo constante del vagón y los incómodos asientos consiguieron que acabaran todos con dolor en las articulaciones.

—Tenemos que mejorar nuestras vías de comunicación. En las actuales circunstancias, estamos prácticamente aislados. También necesitamos mejores maquinistas. ¡A este que nos ha traído y llevado no quiero volver a verlo! —Franco decidía y los demás cumplían sus órdenes.

De noche, antes de regresar a casa, cuando Serrano puso el pie en el palacio de Santa Cruz para firmar papeles, tenía a un diplomático esperándole. Llevaba horas sentado en la sala de visitas, aunque la reunión no estaba prevista en su agenda. Se trataba del embajador británico, sir Samuel Hoare. El viejo político, que olía los problemas antes de que se produjeran, no esperó a que lo invitaran. Quería que el ministro le relatara los términos exactos del encuentro entre Hitler y Franco. Churchill le había pedido información inmediata y el gobernador de Gibraltar, sir Clive Liddell, le había solicitado tiempo. Necesitaba, como mínimo, tres meses de paz para poder reforzar su defensa ante las amenazas de una invasión alemana por territorio español.

—Señor embajador, no tenía prevista su visita y se hará cargo de mi cansancio tras un viaje tan largo y en tan malas condiciones como el que acabo de hacer —le dijo Serrano, contrariado, nada más verle.

—Lo entiendo, señor ministro. Sin embargo, tiene usted que comprender que la situación es de extrema gravedad. Mi país quiere saber los términos de las conversaciones entre Franco y Hitler. ¿De qué lado se ha posicionado España?

—Es evidente que de haberse producido una inclinación de España por el Eje se sabría. —Serrano tragó saliva—. España no puede olvidar que Hitler nos ayudó en la guerra, pero tampoco estamos dispuestos a abandonar nuestra posición de neutralidad.

Tenía que aparentar seguridad en lo que decía. Se acordaba de las palabras de Hitler: «Es muy importante que este acuerdo permanezca en secreto. Los latinos son muy charlatanes. El efecto sorpresa es clave con el enemigo y el enemigo en estos momentos se llama Inglaterra». Sir Samuel Hoare era mucho más que el embajador del país con el que parecía que, tarde o temprano, entrarían en guerra. Era un diplomático que había desempeñado las más variopintas misiones para su país: había sido jefe del servicio secreto británico en Rusia y el primer oficial británico que negoció con Mussolini después del colapso italiano en Caporetto. También había pertenecido al gabinete británico de Guerra, primero como Lord del Sello Privado, codo con codo con el primer ministro Chamberlain, después como secretario del Aire para finalmente regresar al Ministerio de Guerra. Fueron nueve años intensos en los principales departamentos del estado británico. Y desde mayo de 1940 había aceptado la urgente misión, ya con Winston Churchill a la cabeza, de controlar la península Ibérica, punto estratégico para el país. Había renunciado definitivamente a su escaño como parlamentario de Chelsea para venir a Madrid. Estaba claro que era un político con el colmillo retorcido y había que ser muy cauteloso con él.

—Señor embajador —continuó Serrano Súñer—, España se ha ofrecido como mediadora. Nuestro país no puede combatir, usted lo sabe, no tenemos medios. Sin embargo, sí podemos ocupar esa posición de mediación que nos proporcione en Europa un protagonismo del que ahora carecemos.

—Esas palabras suyas me tranquilizan. España sabe a qué se expone si toma partido por el Eje. De todas formas, aunque usted habla de neutralidad, la prensa española no disimula y se ha puesto al servicio de la embajada alemana. Solo hay que leer los periódicos. Están convencidos de que la derrota de los aliados será cuestión de pocos meses. Sería conveniente, ya que usted tiene tanto poder, que se despertara en los medios una corriente favorable a la causa aliada.

—Señor Hoare, no le consiento que hable así. También sería interesante que la prensa inglesa hablara mejor de nuestro régimen…

—Mejor podríamos hablar si se nos reconociera lo mucho que podemos ayudar a España con nuevos acuerdos económicos. Da la sensación de que usted está en permanente oposición. Su país necesita toneladas de trigo, caucho, petróleo y algodón. Las importaciones del Imperio británico podrían ampliarse, pero todo son trabas. Piense que sin esas mercancías España se paralizaría.

—Doy por concluida esta reunión. Estoy muy cansado para seguir atendiendo sus ofensivas palabras. Creo que ha escuchado lo que quería oír de mi boca. De modo que, si me disculpa…

—Está bien. Volveremos a vernos pronto, señor ministro.

Sir Samuel Hoare se fue del palacio a las once de la noche. Minutos después Serrano Súñer abandonaba el ministerio. Su chófer, Orna, le esperaba con la puerta del coche abierta para llevarle a casa. Las ojeras de su jefe ponían en evidencia las pocas horas de sueño de los dos últimos días.

Al día siguiente, amaneció Madrid con el cielo encapotado. Amenazaba lluvia, y la ciudad con dos gotas se convertía en un auténtico barrizal. En el hogar de los Llanzol se repetía la rutina del desayuno en aquella habitación de matrimonio, que era tan grande como el salón.

—Tengo que ir a un solemne funeral por los caballeros de las órdenes de Calatrava, Montesa y Alcántara muertos en combate —anunció el marqués—. He quedado con mis hermanos para ir a la iglesia de las Comendadoras de Santiago, donde se va a celebrar el acto religioso. Bueno, estará allí toda la sociedad. ¿Querrás venir?

—Quita, quita —rechazó Sonsoles—. No quiero regodearme en los desastres de la guerra. Ya sabes que necesito quitármela de la cabeza. ¡Estoy harta de guerra! Parece que no sabemos hablar de otra cosa.

—No te preocupes. Lo entiendo. Hoy no faltará nadie puesto que va Serrano, ya sabes cómo es la gente.

Fue saber que iba Serrano y Sonsoles se quedó bloqueada. Casi no podía respirar. Acababa de decirle a su marido que no quería ir a ese tipo de actos, pero ahora todo cambiaba. Deseaba volver a ver a aquel hombre que tanto la había impactado. Su marido estaba terminando de ponerse el manto de caballero de Montesa y ella estaba todavía sin arreglar. Había que pensar algo rápido.

—Has dicho que van a ir tus hermanos, ¿verdad? —le preguntó Sonsoles.

—Sí.

—¿Les acompañarán sus mujeres?

—No se lo he preguntado, pero imagino que sí.

—Pues… no te voy a dejar solo. —Tenía que optar por el papel de buena esposa. De no ser así, no parecería coherente que cambiara de opinión en cuestión de segundos.

—¿Estás diciendo que me vas a acompañar? —le preguntó, incrédulo ante lo que estaba oyendo, mientras terminaba de abrocharse la guerrera—. Casi no tienes tiempo para arreglarte. No te molestes. Sé que no te gusta ir a estas cosas. Por eso no te había dicho nada.

—Mal hecho, querido. No me gusta que todos vayan acompañados y tú no. Me pongo un traje de chaqueta negro y me pinto los labios. No tardo nada. Estaré en un abrir y cerrar de ojos. —Le dio un beso y se metió en el cuarto de baño.

Al cerrar la puerta se apoyó en el lavabo y dio un grito ahogado de alegría. Volver a ver a Serrano era su máxima ilusión. Su corazón estaba completamente desbocado. No se lo podía creer. Se miró al espejo y pensó que no era su mejor día. Intentó disimular sus ojeras. Se pintó los labios de rojo y se aplicó en las mejillas un poco de color que retiró de su boca. Respiraba nerviosa. Estaba alterada. Se recogió el pelo y se colocó uno de los muchos sombreros negros que guardaba en su vestidor. No llamó a Matilde, su doncella, para que la ayudara. Eligió el traje de chaqueta negro que más disimulaba su estado. Se puso unos zapatos salón de tacón alto, un collar de perlas y ya estaba lista.

Su marido no había terminado de leer el periódico, no se lo podía creer.

—¡Estás guapísima! Es todo un detalle que no quieras que vaya solo. —Dejó el periódico sobre la mesa, dio un sorbo a aquel sucedáneo de café y se dispusieron a salir de casa—. De todas formas, como voy a sustituir al general Espinosa, no podré estar contigo en la misa. Me lo ha pedido el embajador y, por lo tanto, tendré que estar entre las autoridades.

—Eso es lo de menos… ¡Cuánto honor! —exclamó ella mientras cogía su bolso y se ponía el abrigo con la ayuda de su marido que, vestido de militar, parecía más apuesto.

El chófer les llevó hasta la iglesia en un coche que tenía un artefacto adosado a la parte trasera que parecía una joroba. Gracias a ese invento se podía sustituir el funcionamiento del motor que era de gasolina por una carburación basada en la combustión de la leña o del carbón. La gasolina escaseaba y la que conseguían de los americanos era para el coche que conducía la marquesa, un Chrysler verde.

Cuando llegaron a la iglesia de las Reales Comendadoras de Santiago había mucha gente, arremolinada observando a las autoridades y personalidades que acudían al acto. La lluvia no impedía la curiosidad de la gente, que miraba y aplaudía dependiendo de las medallas que lucieran en su pecho los caballeros de las distintas órdenes militares que allí se habían dado cita.

Delante de ellos entró el general Millán Astray, al que muchos reconocieron y aplaudieron con vivas a España y a Franco. Pasó también el director general de Bellas Artes, el marqués de Lozoya. Al mismo tiempo que ellos, llegaron el duque del Infantado, vestido de la orden militar de Santiago, y el marqués de Velada, que iba ataviado con el traje de la orden de Calatrava. El público renovó los aplausos. Los caballeros creían que era por sus trajes vistosos, pero, en realidad, la gente aplaudía a aquella mujer tan espectacular que caminaba como una reina.

«¿Quién es?», se preguntaban. Alguien apuntó que se trataba de una persona en representación de la familia real, que estaba en el exilio. A decir verdad, no sabían quién era, pero la marquesa se llevó una buena ración de aplausos.

La sociedad en pleno ya estaba en el interior de la iglesia ocupando los bancos de madera. Todavía no iba a comenzar el acto porque no había llegado el ministro Serrano Súñer. Se lo dijo su cuñada Pura nada más verla, extrañada de que acudiera a un acto como ese.

—¿Tú por aquí? Alabado sea el Señor…

—Pura, no seas exagerada. ¿Vais a venir todas y yo no?

—No sería la primera vez, pero me alegro de que estés aquí. No falta nadie, ¿te das cuenta?

—Sí, sí, ya veo. ¿Me hacéis un hueco con vosotros? —No se quitó el abrigo negro que llevaba. Así disimularía su embarazo.

El marqués, que se estaba despidiendo de ella para acudir al lugar preferente que le habían reservado, fue el primero en saludar al ministro. Entró enérgicamente en el templo dejando a sus espaldas unos aplausos atronadores de un público que le agradecía que España no entrara en una nueva guerra. Iba también vestido con un traje militar negro. Sus críticos solían decir que era el único civil del gobierno que diseñaba sus propios trajes militares. Sonsoles escuchó su voz poderosa y rotunda a sus espaldas y creyó que sus piernas se negarían a sostenerla. No miró para atrás, puesto que sería de mala educación, pero sintió su mirada clavada en su cuerpo.

—Marqués, no permitiré que su mujer se siente tan atrás. Tiene un lugar preferente en los primeros bancos.

—¡Sonsoles! —la llamó su marido cuando ella se estaba colocando en el banco junto a su cuñada—. ¡Ven, por favor! —insistió. Sonsoles odiaba que la llamaran a voces, pero esta vez se lo perdonó.

En otro momento hubiera declinado la invitación. No había nada más molesto para ella que cambiarse de sitio. Ahora era distinto. Al salir de aquel banco de la iglesia, se encontró con la mirada del hombre que le quitaba el sueño. Sus ojos se clavaron en ella como dos puñales. Cruzaron sus miradas y el tiempo nuevamente se detuvo. Mientras caminaban juntos por el centro de la iglesia siguiendo al marqués, solo sentía la respiración de su cuerpo. Estaba nerviosa. Serrano se dirigió a ella:

—Es un placer volver a verla, señora marquesa. Su presencia es lo único bueno que me ha pasado en estos últimos días y le aseguro que recuerdo machaconamente el momento en el que la conocí. —Le dijo la frase casi al oído. Habían llegado a las primeras filas y le hizo un gesto educado, invitándola a sentarse en el primer banco. Luego, él y su marido subieron hasta el altar precedidos por los representantes de cada orden militar. Lo tuvo enfrente durante toda la ceremonia. Serrano no apartaba su mirada de ella. Sonsoles, en cambio, no le miró en ese momento, pero sabía que él no dejaba de hacerlo.

El duque del Infantado tomó la palabra en nombre de todos los caballeros muertos…

—… en esta guerra de cruzada, más gloriosa aún si cabe que la pasada Reconquista. Recuerden que se necesitaron muchos años para reconquistar nuestra patria y para unir a los españoles. Sin embargo, en la guerra contra el poder soviético han bastado tres años para que el genio del Generalísimo lo haya conseguido. Hoy rendimos honores a nuestros caídos y los tenemos más presentes que nunca. Sin su sacrificio, no estaríamos aquí…

Sonsoles no escuchaba. Miró al frente y se encontró con los ojos de Serrano. No apartó la vista. Se quedó quieta, sosteniendo la mirada de aquel hombre tan seguro de sí mismo. Estaba muy atractivo con aquel traje negro que hacía resaltar todavía más su pelo rubio y sus ojos azules. Era evidente que sentía algo por ella. No lo disimulaba. Su marido, que estaba cerca de él, escuchaba atentamente el discurso del duque del Infantado, ajeno al terremoto que se estaba produciendo en el interior de su mujer. Había electricidad en aquella mirada de acero de Serrano Súñer. Una mirada que provocaba en Sonsoles una especie de descarga que recorría su cuerpo de arriba a abajo. Se preguntaba qué tenía aquel hombre que le hacía tan especial. Por su parte, Serrano, después de haber pasado una de las jornadas más largas y difíciles de los últimos meses, se encontraba observando con atención a aquella mujer tan bella y altiva. Su belleza se convirtió en el descanso que necesitaba su mente. Le hacía gracia su nariz, su boca de labios carnosos y sus ojos verdes. Su imagen parecía un sueño entre tantos hombres tullidos y malheridos tras la contienda. No entendía cómo podía estar casada con aquel hombre que le doblaba la edad y que no parecía tener más atractivo que sus títulos y su dinero. Le sacó de sus pensamientos el movimiento de la gente tras la bendición del sacerdote que oficiaba la misa. Comenzó a despedirse de todos y cuando llegó al marqués de Llanzol, le invitó a comer en el palacio de Santa Cruz.

—Será para mí un honor, señor ministro —le dijo Francisco de Paula, halagado ante tanta amabilidad.

—Me pondré en contacto con usted. Espero que venga acompañado de su esposa, a la que tanto interesa el arte. Les mostraré el patrimonio que se ha podido salvar, a pesar de la guerra.

—Será un honor. No me he traído una tarjeta —le contestó, rebuscando en los bolsillos de su guerrera.

—No se preocupe, me dará su teléfono el servicio de seguridad.

No había nada ni nadie que se escapara de su control. La única forma de llegar a aquella mujer sería llamando a su casa con el permiso de su marido.

Hizo ademán de saludarla. De hecho, se detuvo en la primera fila, pero parecía imposible llegar a ella por el tumulto que se formó a su paso. Todo el mundo quería saludarle. Sonsoles ni se inmutó. Se quedó en el sitio esperando a su marido. Ella no acudía al encuentro de nadie y no iba a cambiar. El gesto de aquella mujer que no se alteraba ni siquiera ante él le despertó algo más que curiosidad. No tenía nada que ver con su esposa, Zita, a la que todo le turbaba. Era un encanto, la quería, era la madre de sus hijos…, pero la marquesa parecía la más misteriosa de las féminas que hubiera conocido nunca.

12

El teléfono sonó en el domicilio de los Llanzol a las nueve de la mañana. Sonsoles acababa de despedir a su marido y a sus hijos sin moverse de la cama. Francisco tenía cita con su médico, Mariano Zumel, que había venido a Madrid desde Valladolid e iba a aprovechar para verle y contarle que todavía no se sentía repuesto del todo. Había superado el tifus hacía pocos meses, pero le había dejado secuelas. Ni los propios médicos podían creerse su recuperación. El párroco de la iglesia de Santa María llegó a darle el viático. La familia pensó que, en un estado tan grave, lo mejor era que se fuera en paz con Dios, ya que parecía inexorable su salida de este mundo. Aquel día, que felizmente superó, creyeron que era el último del marqués. En la casa lloraron todos, familiares, vecinos, amigos… Todos a excepción de Sonsoles. No era capaz de llorar ni tan siquiera viendo a su marido morir y al párroco entrar en su casa con la cruz alzada y al monaguillo tocando la campanilla con la mano derecha sin parar, mientras sostenía una vela con la mano izquierda. Las mujeres ataviadas de negro, tocadas con velos, se enjugaban las lágrimas que brotaban con fuerza de sus ojos al asistir al que parecía el último momento del marqués. Se proferían lamentos y alabanzas en voz alta mientras Francisco de Paula comulgaba sabiendo su próximo final. Sonsoles asistía pálida y seria a todo aquello. No hacía ni decía nada. Tenía la mirada perdida. Pensaba que se había quedado sin lágrimas el día que murió su padre, siendo una niña. Creyó que su marido la dejaba viuda igual que su padre la había dejado huérfana. Los hombres de su familia tendían a dejar a las mujeres solas. Tenía esa sensación de que nada era duradero y menos después de la guerra. Pero el marqués superó aquel día crítico y se recuperó. Le quedó una mala salud de hierro, que tanto le echaba en cara su mujer.

Ahora quería que le viera su amigo médico. Esperaba que le diera alguna de esas pastillas revitalizantes que se anunciaban en la prensa y en la radio. Necesitaba juventud y salud al lado de una mujer tan joven y vital como la suya. Desde hacía meses, tenía un hongo milagroso en un vasito de agua. Lo utilizaba cada vez que se sentía mal y notaba sus efectos de forma inmediata, pero no era suficiente. Se lo había recomendado el conde de Elda, y la verdad es que a él le funcionaba.

La rutina diaria en esa casa —con doce personas de servicio— no se modificaba nunca. Antes de que se encerraran los niños con las institutrices en el cuarto de estudios, acudían a la habitación principal para dar a su madre los buenos días. Ella, recostada sobre la cama, les miraba, les sonreía y les hacía una indicación con la mano para que se fueran de allí. A esas horas siempre estaba hablando por teléfono. Por otra parte, tampoco había un beso, una caricia… nada. Sonsoles era un témpano de hielo hasta con sus hijos. No estaba tampoco bien visto ser excesivamente cariñoso y efusivo con los niños. Había que educarles en la rigidez y en la austeridad, para hacer de ellos hombres y mujeres de provecho. De todas formas, Sonsoles llevaba esa práctica hasta el extremo. Los que la conocían sabían que parecía que reinaba sobre los espacios que habitaba. Se hacía siempre su voluntad y nada se movía sin su consentimiento. Fumaba menos durante el embarazo porque parecía que no le sentaba del todo bien, pero lo primero que hacía, al comenzar el día, era encender uno de sus cigarrillos americanos y fumarlo con boquilla. Sin embargo, no soportaba que su marido hiciera lo mismo a su lado. Le mandaba siempre al cuarto de baño porque decía que su tabaco «olía a rayos». Se había aficionado a fumar picadura de tabaco y ese olor a Sonsoles le provocaba náuseas. Francisco pensaba que era una manía del embarazo, y así lo acató desde el primer día que comenzó a rechazar el humo de los cigarrillos que liaba.

Sonsoles acababa de hablar con su madre, que padecía de jaquecas y esa mañana se había levantado con un dolor de cabeza descomunal. Por eso, cuando sonó el teléfono, lo descolgó pensando que era otra vez ella. Normalmente, Juan, el mayordomo, o Matilde, la doncella, eran los encargados de hacerlo. Pero a esas horas, ¿quién iba a llamar más que su familia?

—¡Dígame! —contestó.

—¿Domicilio de los marqueses de Llanzol? —preguntó una señorita muy seca y seria a través del auricular.

—Habla con la marquesa…

—Llamo desde el Ministerio de Asuntos Exteriores. Le paso con el señor ministro.

Por poco se le cae el teléfono de la mano. No esperaba la llamada del ministro y menos a esas horas. Carraspeó y esperó oír la voz de Serrano Súñer. No pudo evitar sonreír complacida.

—Señora marquesa, me alegro mucho de hablar con usted. Ayer sentí no haber podido despedirme como Dios manda. Fue imposible. Ya lo vio usted…

—No tiene importancia, señor ministro. Agradezco su llamada, pero no hacen falta sus disculpas.

—Por favor, llámeme Ramón.

—Muchas gracias… Ramón.

Aquel Ramón dicho por la mujer más atractiva que había conocido nunca le animó a seguir adelante.

—Ayer ya le dije a su marido que me gustaría que aceptaran mi invitación a comer esta semana en el palacio de Santa Cruz.

Sonsoles no se podía creer que el mismísimo ministro estuviera llamando a su casa para que fueran a comer con él. Realmente, era un hombre que iba a por todas. Le gustaba esa seguridad que tenía y esa voz tan acostumbrada a dar órdenes.

—Con mucho gusto. ¿Cuándo desea que vayamos?

—Si pueden, el próximo viernes a las dos de la tarde.

—¡Allí estaremos!

—Sonsoles, le mentiría si no le dijera que estoy deseando volver a verla.

Fue oír su nombre pronunciado por él y casi no tuvo fuerza para replicarle. Cerró los ojos para continuar la conversación. Le gustaron sus palabras, pero no le quiso responder en los mismos términos.

—Es usted muy amable conmigo… Ramón. —Era consciente de que su vida se estaba complicando sobremanera. No era capaz de decirle, «¿Qué quiere de mí?». No podía. Estaba encantada con la llamada y con la iniciativa. Deseaba verle de nuevo, y, por su parte, Serrano no perdía el tiempo.

—Contaré las horas hasta nuestro encuentro.

Una vez más, no quiso contestarle. Ella, que tenía salida para todo, se quedó sin palabras. Simplemente, se limitó a despedirle:

—Allí estaremos el próximo viernes.

—Hasta el viernes, Sonsoles. —Le gustaba aquella mujer tan segura de sí misma y tan poco dada a la adulación. Estaba acostumbrado a que todo el mundo se deshiciera en elogios con él, pero ella era distinta. No comprendió, sin embargo, su reticencia a contestar a sus constantes alusiones. Si le hubiera parecido mal, habría mencionado a su marido, pero no salió la frase de su boca. Le fascinaba también que ella no aludiera a nada que tuviera que ver con la guerra. Seguro que pasaban por su cabeza otras preocupaciones y, desde luego, nunca le hablaría de política. Le atraía no solo su belleza, sino su aparente frialdad. Para él, era todo un desafío.

Cuando colgó el teléfono, Sonsoles deslizó su cuerpo hasta tumbarse completamente en la cama cubierta de sábanas de seda blanca. No quería hablar con nadie. No quería ver a ningún ser viviente. Deseaba que pasaran las horas rápidamente para volver a verle. Era consciente de que los pasos que estaba dando no tenían vuelta atrás. Se preguntaba hasta dónde estaba dispuesto a llegar Serrano. Después, pasó a preguntarse a sí misma hasta dónde estaba dispuesta a llegar ella. Necesitaba chillar, gritar… ¡Iba a verle otra vez! De nuevo junto a su marido. ¡Qué situación más comprometida! Nunca había deseado a un hombre como le deseaba a él. Con su marido era distinto. Le quería, le daba seguridad, pero deseo… nunca había sentido deseo por él. Aquel sentimiento era nuevo. Su corazón se desbocaba y la tripa le empezó a molestar. El niño o niña debía de estar recolocándose, le quedaba poco para salir de cuentas. Su estado de ansiedad quizá estaba acelerando el parto.

Matilde llamó a la puerta. Prefirió no darle la orden de que pasara. La conocía demasiado. Tenía miedo de que viera el brillo en sus ojos.

—Señora, ¿se puede? —insistió la doncella.

—No, Matilde. Necesito estar sola unos minutos.

—Señora, ¿está usted bien? ¿Le pongo el desayuno?

—Todavía no. ¡Quiero descansar!

Matilde sabía que algo no iba bien. Estuvo durante toda la guerra sirviendo en la casa de los marqueses en San Sebastián. Aquellos años duros y difíciles la unieron mucho a Sonsoles y a los niños, a los que vio nacer. Por eso, sabía que algo le ocurría a la señora. Lo achacó a la recta final del embarazo. Ya faltaba poco para dar a luz y debía de estar preocupada.

Eso creía Matilde, pero, en realidad, la preocupación de la marquesa iba ligada al hombre que se codeaba con Franco. Esa sensación de estar cerca del poder le gustaba. No era algo nuevo para ella. Cerró los ojos y durante unos minutos se vio en sus brazos. Aquel hombre tenía que besar con la misma fuerza con la que se encaraba a todo y a todos...

Londres

El secretario del Foreign Office, Anthony Eden, recibía con todos los honores al embajador en Madrid, sir Samuel Hoare, y al capitán de corbeta Alan Hugh Hillgarth, cónsul en Palma de Mallorca y agente de los servicios de inteligencia MI6-MI5. Les iba a encomendar una misión altamente peligrosa y necesaria para Inglaterra. Les ponía en antecedentes antes de que llegara el primer ministro, Winston Churchill. Les había citado en su gabinete del 10 de Downing Street a los pocos días del encuentro de Hitler y Franco en Hendaya. El aparato político de Gran Bretaña no se podía quedar de brazos cruzados ante lo que se estaba fraguando a sus espaldas.

—Gracias por acudir tan rápido a mi llamada. Les pido que se acomoden y estén atentos a cuanto aquí se va a decir. Tendrán que grabar en su memoria todo lo que el primer ministro exponga y no deberán dejar rastro alguno sobre lo que aquí se hable. ¿Lo han entendido?

Los dos diplomáticos asintieron con la cabeza. Eran conscientes de que seguramente el destino de su país iba a depender de lo que les iba a pedir el primer ministro. No podían imaginar qué era, pero, sin duda, no sería fácil. A los pocos minutos entró en su despacho Winston Churchill. Cerró a cal y canto la puerta tras de sí. Después de estrecharles la mano, ocupó su sillón.

—Señores, les he hecho llamar porque necesito de las excelentes relaciones que tienen ambos con la burguesía, la aristocracia y la cúpula militar española. Miren ustedes estas fotos. —Les acercó un sobre abierto con imágenes del encuentro entre Franco y Hitler días antes.

Hoare y Hillgarth se miraron porque esas imágenes habían salido en toda la prensa del mundo y las habían visto sobradamente.

—Al margen de lo que le haya dicho el ministro de Exteriores, Serrano Súñer —continuó, dirigiéndose al embajador—, aquí no hay neutralidad. Yo diría que se percibe amistad y acuerdos altamente peligrosos para nuestra nación. Las imágenes hablan por sí solas. Franco sostiene la mano de Hitler entre las suyas. Hasta un niño percibe en el ambiente algo más, que nos están ocultando. No vamos a esperar, ¡actuaremos!

—¿Cómo? —preguntó Hillgarth, acercando su cuerpo a la mesa de despacho tras la que estaba sentado el primer ministro.

Antes de contestar, Churchill encendió uno de sus puros y comenzó a explicarse mientras les señalaba con el dedo índice y corazón.

—Necesito que lleguen a las personas más cercanas a Franco para que abandone la idea de alinearse con el Eje contra nuestro país. Deben tocar los hilos más cercanos al régimen para que disuadan a Franco y a su cuñado, Serrano Súñer, de entrar en la guerra europea.

—De cara al exterior se jactan de ser neutrales —aseguró Hoare.

—Pero no es cierto. Nuestros servicios de inteligencia nos han dado a conocer la Directiva 8 de Hitler. Se trata de un plan militar que solo se neutraliza con otro plan militar.

—¿Quiere que lleguemos a los generales más cercanos a Franco? —preguntó el embajador inglés.

—Sí, al generalato. Nos sirven también empresarios, hombres de finanzas y de negocios españoles que tengan amistad con los generales. Nuestro objetivo son los generales. Deberán ser ellos

los que convenzan a Franco de que no se incline ni a favor de Inglaterra ni en contra de Alemania. Nosotros ganamos con su neutralidad.

—¿Cómo pretende que lo hagamos, señor? ¿En qué consistirá nuestra misión? —preguntó Hillgarth.

—Ustedes tendrán que mover inmediatamente todos sus hilos. A unos les tendrán que hablar de lo que supondría para España entrar en otra guerra, aludan al idealismo o al pueblo... y con otros habrá que ser prácticos y mencionar directamente la palabra dinero.

—¿Soborno? —le cuestionó Samuel Hoare con sus refinadas maneras.

—No lo llame así. Digamos... una ayuda por persuadir a Franco de que no se mueva de la neutralidad. Tendrán que ser extremadamente hábiles para saber con quién están hablando.

—Cada general captado —añadió el secretario Eden—, en razón del patriotismo o del estipendio, ha de creer que solo han hablado con él. Debe quedarle claro que no hay otros en el secreto. No queremos que existan líneas de contacto entre ellos.

—Sí, no queremos complots, grupos conspiradores... porque, de enterarse Franco, todo esto se podría volver contra nosotros. Inglaterra no debe existir detrás de esta «ayuda» que solicitarán a título personal para cada general que vean favorable a lo que les pedimos.

—¿Con qué dinero pagaremos? —preguntó Hillgarth, siendo consciente de que su tranquila vida en Son Torrella llegaba a su fin.

—El dinero necesario —explicó Churchill, apuntándole con su puro— se depositará en una sucursal de la Swiss Bank Corporation en Nueva York. Los pagos se librarán desde allí. Viajes, dietas, estipendios, gratificaciones... lo que sea necesario.

—Habrá que centrarse —intervino Hoare— en los generales liberales, muchos de ellos monárquicos, que no quieren más guerras. Sobre la marcha pienso en Aranda, Kindelán, Orgaz, Varela, Ponte, Dávila, Queipo de Llano, quizá Beigbeder… Saliquer, Solchaga, Monasterio… Son muchos, pero son más los germanófilos y fascistas.

—Trátese a cada uno de estos «caballeros de San Miguel y San Jorge» con todo el boato y prosopopeya necesaria. Cada uno debe sentirse único y diferente del resto. Necesitamos anglófilos, monárquicos y alérgicos al fascismo. Tienen una tarea importante y trascendental para nuestro país.

—No será fácil influir en un Generalísimo autosuficiente, con un cuñado tan proalemán como ministro de Asuntos Exteriores, pero lo vamos a poner en marcha —afirmó Hillgarth.

—No pueden fallar en esta misión. Nos jugamos mucho en ello. Franco tiene que seguir siendo neutral. Ustedes deben llegar al meollo de su gobierno para que no se alinee con el Eje —insistió Churchill—. Y no olviden que el gobierno de su majestad no está detrás de esta operación porque esta operación no existe, como tampoco ha existido esta conversación.

Se estrecharon las manos y salieron de aquel despacho blindado. A partir de ese momento, solo podrían hablar entre ellos y nunca por teléfono. Nadie más debía estar informado de este asunto.

En el avión de regreso a España, Hillgarth le propuso a Hoare que fuera el banquero mallorquín Juan March quien gestionara y distribuyera los estipendios. Tenía muy buena relación con el régimen después de haber costeado gran parte del alzamiento. A su vez, Hoare mencionó al general Alfredo Kindelán. Le parecía el hombre perfecto para arrastrar a la neutralidad a otros compañeros de armas. Era un militar de prestigio entre el generalato, además con mando militar ejecutivo y peso en el Consejo Superior del Ejército, el órgano máximo de decisiones militares. Aportaba otra cualidad: era crítico con Franco, capaz de enfrentarse a él si este se empeñaba en combatir junto a Hitler. Tenía la autoridad moral de haber sido uno de los que le dieron el poder a Franco en Salamanca.

Siguieron haciendo elucubraciones sobre el trabajo que cada uno debía desempeñar. Al día siguiente, se pusieron a tejer la tela de araña en la cual los generales iban a ser sus presas.

A primeros del mes de noviembre, el gobierno británico ya había depositado en la sucursal neoyorquina del banco suizo una suma inicial de diez millones de dólares.

13

El marqués de Llanzol no dejaba de mirar su reloj de bolsillo, regalo de su difunto padre, y comparar la hora con el reloj inglés que presidía el salón, mientras esperaba a su mujer. Los relojes de su hogar tenían que sonar acompasados. Era una de sus manías. Comprobaba cada día el funcionamiento de todos los que había distribuidos por la casa. El tictac de la maquinaria le gustaba tanto que se quedaba ensimismado escuchándolo. Recorría las estancias como el supervisor de un trabajo de precisión. Dejaba para el final el del comedor y esperaba de pie hasta que el minutero marcaba las dos y veinte. Hasta esa hora no se comenzaba a servir la comida. Dos y veinte, ni un minuto arriba, ni un minuto abajo. Pendiente de su reloj de bolsillo, señalaba la hora con la mirada a Juan, el mayordomo, al que confundía siempre con la doncella por su voz atiplada. Desde joven sentía fascinación por los relojes. Nadie los podía tocar excepto él. Todos, hasta los niños, lo sabían.

Era la una de la tarde y ya estaba nervioso. Habían quedado a las dos en el palacio de Santa Cruz con Serrano Súñer. Llamó al mayordomo haciendo sonar una campanilla.

—Señor, dígame…

—Matilde, dígale a mi mujer que no podemos llegar tarde. —Seguía mirando ensimismado la hora de su reloj.

—Así lo haré, pero soy Juan… señor. —El sirviente dobló el espinazo y se fue.

El marqués apretó la mandíbula, le daba rabia la permanente confusión. Se quedó durante unos minutos renegando de su mayordomo y hombre de confianza. No soportaba que fuera tan afeminado.

Esa anécdota acrecentó sus nervios, ya que no quería llegar tarde a la cita con el cuñadísimo. Sabía que era peligroso llevarse mal con él. Desde que se habían vuelto a encontrar en la iglesia había mostrado más afecto hacia su familia, pero no se fiaba. Serrano sabía que él —igual que el resto de la nobleza— era partidario de la restauración de la monarquía y del regreso de Alfonso XIII, que estaba en Roma, en el exilio y con la salud maltrecha. Hoy, desde la prudencia, pensaba sacar el tema aprovechando que iban a comer solos con el ministro.

Francisco de Paula tenía fama de hombre amable y cumplidor. Decidió integrarse en el cuerpo de caballería años antes de que estallara la Guerra Civil. Aunque en la aristocracia no estaba bien visto trabajar, iba cada día al Ministerio del Ejército. Ese viernes, sin embargo, no había acudido a su despacho. Ser militar o religioso eran las únicas salidas profesionales para los varones de las familias con título nobiliario. A él siempre le había gustado el Ejército. Aunque para progresar en la orden militar a la que pertenecía, la de Montesa, debía firmar un compromiso que le obligaba a «no tener comercio ni montar en burro», y nunca lo hizo. Siempre decía bromeando: «¿Y si un día decido tener un burro?». Tampoco le gustaba hablar de la guerra, y eso que su hija le hacía preguntas constantemente. De todas, una le molestaba por encima de las demás: «Papá, ¿has matado muchos rojos?». Cuando su hija sacaba ese tema, siempre la recriminaba con un «eso no se dice».

Por fin salió Sonsoles de su habitación. Se había peinado con un moño recogido en varias capas. Escogió un traje de chaqueta rojo y unos zapatos negros de salón. Estaba bellísima. Se había pintado también los labios de rojo intenso y se había rizado las pestañas, logrando que sus ojos parecieran todavía más grandes.

—Nadie diría que vas a ser madre un día de estos —alcanzó a decir el marqués nada más verla en el salón.

—Querido, no hables de mi estado al ministro. Me aburren las preguntas que siempre vienen a continuación. ¿Me harás ese favor?

—Por supuesto, querida... ¡Vámonos!

Antes de salir, se despidieron de los niños, que, en presencia de la institutriz alemana, se dirigieron a ellos en alemán. Algo que también sacaba de quicio al marqués.

—Estos niños —le dijo a su mujer cuando ya no le escuchaba el servicio— son hijos de españoles y no lo parecen. Yo no les entiendo nada. Está muy bien que aprendan idiomas, pero tienen que hablar español. Sobre todo con su padre. Es inconcebible que, en mi propia casa, mis hijos no se dirijan a mí en español.

—No te das cuenta de que corren nuevos tiempos. Además, debes comprender que las institutrices hablan mal el español. Si los niños están conversando en alemán en estos momentos, les cuesta cambiar de idioma. ¡Anda, olvídalo! Todos los hijos de nuestros amigos también están aprendiendo alemán. Ya me gustaría hablarlo a mí con la fluidez con que lo hablan mis hermanas. —Antes de que ella naciera su padre estuvo destinado en Berlín—. Hay que adaptarse a los nuevos tiempos.

El chófer les esperaba en las cocheras del edificio. Salieron de allí con destino al palacio que se encontraba en la plaza de la Provincia. Al enfilar la calle de Alcalá, observaron una cola larguísima de gente que daba la vuelta a la manzana, a la altura del número 100. El racionamiento proporcionaba semanalmente un mínimo apenas suficiente para que pudiera subsistir una familia: cincuenta gramos de aceite, cuarto de kilo de ternera o cien gramos de azúcar... previo corte del cupón de la cartilla de abastecimiento. El hambre hacía que algunas de esas personas que esperaban durante horas su turno se desmayaran. Dos manzanas más arriba, había otra cola inmensa para la leche. Hombres y mujeres, con sus lecheras en la mano, aguardaban pacientemente su ración.

—España se ha convertido en el país de las colas. Es inconcebible este espectáculo —comentó Sonsoles, mirando por la ventanilla del coche—. Creo que hay que hacer cola hasta para conseguir tabaco.

—Para esa cola también es necesaria una cartilla. Lo que ocurre es que se presta a muchos trapicheos. Los no fumadores la «alquilan» a buen precio a los amigos.

—Hasta para fumar hay negocio. Es increíble. De todas formas, mientras no desaparezcan tantas colas, España no tirará hacia adelante.

—Querida, el pueblo come gracias a las cartillas de racionamiento, si no estarían muertos de hambre por la calle. Nosotros tenemos la inmensa suerte de tener aceite y productos que nos proporciona nuestro amigo Zumel. Sus enfermos le pagan con verduras, carne y aceite, y de esa manera nos puede dar género a los amigos. Los pueblos y las ciudades de provincias no tienen el hambre que se sufre en las grandes ciudades. Por otro lado, a los mandos del Ejército no nos va a faltar nunca de comer. Afortunadamente. De modo que no te preocupes. ¡Cambia esa cara!

—No tengo otra, querido. No parece que vayamos a alcanzar la normalidad nunca.

Según bajaban por la calle de Alcalá, alcanzaron a ver todavía una cola más larga.

—Mira, esa otra debe de ser para hacerse la Cédula Personal.

—Dan ganas de no salir a la calle… —siguió refunfuñando. Después de unos momentos en silencio, Sonsoles continuó—: Me ha dicho Pura que en los sótanos de El Pardo hay salas y salas llenas de comida: garbanzos, arroz, lentejas, aceite, vino…

—Serán habladurías.

—No, no, se lo ha comentado Carmen Polo. Hacen acopio de tanto género para que no pase como en la guerra, que faltaba de todo. Ahora tienen ahí para dar de comer a un regimiento.

—De estas cosas es mejor que no hables en público.

—Bueno, ahora estamos solos.

Su marido señaló con el dedo al mecánico-conductor pidiéndole más prudencia. Guardaron silencio hasta que entraron a la plaza de la Provincia, su destino. El matrimonio Díez de Rivera llegaba a las dos menos diez al palacio de Santa Cruz. Atravesaron la plaza pequeña y adoquinada, bordearon la fuente de Orfeo que presidía el centro y llegaron al gran portalón de madera donde les paró un funcionario vestido con uniforme. Cuando hablaron de su cita con Serrano, el funcionario hizo una llamada y a los cinco minutos llegó una señorita vestida de gris oscuro para acompañarles hasta la salita de espera. Subieron las grandes escalinatas de piedra, alfombradas con todo lujo por la Real Fábrica de Tapices.

—Este edificio que hoy parece tan solemne era una cárcel de corte —le explicó Francisco a su mujer en voz baja mientras seguían a aquella mujer vestida de gris.

Sonsoles le hizo un gesto para que callara, al tiempo que admiraba los grandes cuadros que colgaban por las paredes de aquel edificio tan suntuoso.

—Esperen aquí —les pidió su acompañante al pasar a un gran salón donde había un reloj francés presidiendo la estancia sobre una mesa—. El señor ministro les recibirá en cuanto pueda.

El marqués se acercó a examinar de cerca aquel reloj dorado. No llevaban ni cinco minutos esperando cuando apareció de nue-

111

vo la secretaria seria y de pocas palabras para acompañarles hasta el despacho.

Serrano estaba al fondo de la amplia habitación de pie. Una mesa de madera de caoba con dos adornos metálicos y geométricos destacaba entre el escaso mobiliario que había en la estancia, junto a la bandera de España y dos grandes fotos de Franco y de Primo de Rivera presidiendo el frontal de la pared. No muy lejos, en la pared contigua, se exhibían dos cuadros más, uno de la batalla de Gibraltar y otro más grande del rey Alfonso XIII de niño, vestido con chorreras y en actitud sonriente.

Al otro lado de la habitación había un tresillo con dos butacones de color beige y otro reloj bañado en oro, en el que se fijó el marqués inmediatamente. Este reloj del siglo XIX descansaba sobre una mesita de mármol verde oscuro.

—Mis queridos amigos, pasen, por favor. —Serrano salió a su encuentro.

Saludó en primer lugar a Sonsoles con un beso en la mano, taladrándola con la mirada. Después cumplimentó al marqués con un cálido apretón de manos. Tomaron asiento en las dos sillas tapizadas en azul oscuro que se encontraban al otro lado de la mesa.

—Gracias por acudir a mi invitación —les dijo Serrano—. Tenía ganas de enseñarles este palacio por dentro y descubrirles el patrimonio que ha sobrevivido a la guerra. Sonsoles, como sé que le gusta el arte —se dirigió a ella—, quería mostrarle los tapices de Goya que están en una sala contigua.

Oír su nombre pronunciado por él provocó en Sonsoles una agitación en su pecho. No se quitó el abrigo en ese momento para que no quedara en evidencia su embarazo. El hecho de que hiciera frío dentro del palacio justificó su actitud.

—Este palacio, mi querido amigo —comentó el marqués—, fue cárcel, ¿verdad? Hay quien cree que pertenecía a la familia de los marqueses de Santa Cruz y duques de Santo Mauro. Me inclino más por lo de la cárcel, aunque por su belleza nadie lo diría. ¿De dónde viene el nombre?

—Que yo sepa, se llamó palacio de Santa Cruz porque no solo da a la plaza de la Provincia, sino que también colinda con la plaza de Santa Cruz, porque ahí estaba ubicada la iglesia de Santa Cruz que luego se trasladó a Atocha. Pero está en lo cierto, porque este edificio en origen fue cárcel de corte. El pueblo llano tenía otra cárcel, que era la de la plaza de la Villa. Aquí todo está salpicado de recuerdos de nuestra historia.

—Me resulta fascinante —añadió Sonsoles.

—Sabía que estas historias le iban a gustar, ya se lo dije a su marido —sonrió él—. Bueno, pasemos a un salón contiguo en donde podremos comer con tranquilidad.

Se dirigieron al salón privado, a través de una doble puerta con llave que tenía el despacho justo en un lateral. Primero cruzaron una especie de *hall* donde había una escalera que solo era utilizada por el ministro y alguna de sus visitas, y un ascensor, de los primeros que se habían instalado en Madrid con la firma de Jacobo Schneider, también con doble puerta de madera con cuarterones y otra de madera y cristal.

—Esta zona me hace olvidar que estoy en el ministerio. Aquí me puedo relajar un poco a la hora de la comida cuando no tengo ningún compromiso relacionado con el cargo.

En esta zona solía comer solo, con algún miembro de su equipo o con embajadores y miembros del cuerpo diplomático. Hoy, de forma excepcional, lo hacía con ellos. Aquel almuerzo no tenía sentido, únicamente era una excusa para ver de nuevo a la marquesa. Sonsoles pensaba que solo podía ser ese el motivo. La sala contenía una mesa larga con dos bolas del mundo al fondo. Los muros del palacio, de un metro de grosor, estaban a la vista en esta habitación. Había un tresillo, dos butacas y un bargueño con un reloj que llamó la atención del marqués.

—¡Caray! Un ángel de la muerte sosteniendo el mundo y una leyenda: «La muerte es vida». ¡Es extraordinario!

—Yo me fijo más en los ángeles que le acompañan. A mí el ángel de la muerte no me interesa nada. ¡Lagarto, lagarto! —exclamó Serrano.

Se echaron los tres a reír. El marqués se dirigió al otro extremo de la sala para observar con fascinación otro reloj de caja alta con péndulo de la gran colección que había en el palacio. Sonsoles y Serrano hablaron a solas.

—Está guapísima, Sonsoles.

—Muchas gracias, Ramón —respondió ella, sosteniéndole firmemente la mirada.

Serrano la hubiera piropeado más, pero la situación era de opereta. Se encontraba cerca el marido y aquel impulso que sentía era absurdo. Para sacarle de aquel estado, Sonsoles se lanzó a hablar algo nerviosa.

—Ramón, ¿es cierto que en este palacio se oyen lamentos? Eso me ha dicho la condesa de Elda.

—Bueno, yo escucho aquí otro tipo de lamentos —bromeó—. Si estos muros hablaran… Se conservan en el sótano los calabozos de aquella cárcel de corte. Si quieren verlos…

—Yo, desde luego, no tengo curiosidad —contestó Sonsoles—. ¿Quién construyó el palacio? —le preguntó.

—Juan Gómez de Mora. Se habrán fijado —volvió a hablar en voz alta para que le escuchara el marqués—, antes de entrar en mi despacho, en que hay dos patios grandes. Uno era el patio de audiencias, donde se juzgaba a la gente, y otro el patio de los calabozos, donde estaban los presos. Se inauguró con Felipe IV. Ya entonces se decía que parecía más un palacio que una cárcel. Después de siglo y medio siendo cárcel y palacio de audiencias, pasó a ser Ministerio de Ultramar, y tras el desastre del 98 fue Ministerio de Estado, y por último, en el 38, Ministerio de Exteriores. Entremedias hubo un incendio en el que se perdió mucho, muchí-

114

simo de la historia de estos muros. En fin, la vida de este edificio ha sido muy azarosa.

—Nadie diría que había sido una cárcel. —Sonsoles pareció impresionada con aquel relato—. Desde luego, los patios cerrados con tanta luz son preciosos.

—Bueno, el cerramiento y la cristalera de los patios son recientes. Los hizo construir el duque de Alba hace diez años.

—Es cierto, ahora que lo dice, me ha venido a la memoria... —intervino el marqués acercándose a ellos—. Se empeñó mi buen amigo, Jacobo, el duque de Alba, en hacer un cerramiento de hierro y cristal, algo totalmente nuevo. Ha quedado muy bonito. Si no fuera así, sería imposible estar por aquí en invierno sin coger una pulmonía.

El ambiente fue distendido. Entre la sopa de cocido que sirvieron y los garbanzos, acompañados de verdura y carne —Sonsoles aborrecía los guisos y más el cocido, que le parecía de mal gusto—, tanto el anfitrión como la invitada no dejaron de lanzarse miradas.

—Como es usted tan castiza, he pensado que le gustaría una comida muy madrileña.

Sonsoles sonrió, por no replicar que jamás se comía cocido en su casa, salvo el servicio. Su marido lo sabía, pero él se adaptaba perfectamente a cualquier tipo de menú.

—Yo en la guerra comí tortilla con gorgojos —le comentó a Serrano—, y me supo de maravilla, después de días y días sin otra cosa que comer. Todo me gusta, no tengo ningún problema.

Entre plato y plato, hubo un momento en el que Francisco de Paula aprovechó para hablar del rey Alfonso XIII. Serrano le escuchó atentamente, pero hubiera preferido seguir hablando con Sonsoles. Estaba guapísima. Le obsesionaban sus ojos verdes y su boca pintada de carmín rojo. Parecía prestar atención al marqués, pero su mente estaba en otro lugar. Hubiera dado cualquier cosa por quedarse a solas con ella. Le parecía enigmática y a la vez muy divertida. Intelectual y terriblemente bella.

—Serrano, perdone mi atrevimiento… —comenzó Francisco.

—Por favor, vamos a tutearnos —le pidió el ministro.

—Está bien, gracias. Ramón, me gustaría comentarte, por tu proximidad con Franco, el mal estado de salud de su majestad el rey. Franco ha ganado la guerra y, por supuesto, el mérito es suyo, pero…

—Y de tantos patriotas como tú, Francisco, perdona que te interrumpa.

—Muchas gracias… lo que le quería decir, perdón, te quería decir es que Alfonso XIII se fijó en Franco y le apoyó cuando todavía no era nadie. Lo apadrinó en su boda, lo ascendió a coronel de la Legión, lo hizo gentilhombre de Cámara, primer director de la Academia General, a pesar de su juventud. Apoyó con dinero el alzamiento… Sería justo que pudiera regresar a España. Hay una deuda moral con el rey.

—Mi querido amigo, cada cosa depende de las circunstancias. Ahora ese tema no es prioritario, como puedes imaginarte. Franco controla los tiempos. Es el momento de la recuperación de España y de tomar constantes decisiones a nivel internacional. Ahora, nuestra nación tiene que establecer el orden y sentar las bases para una patria con futuro. De todas formas, hablaré con el Generalísimo y le trasladaré tu preocupación.

—Perdona mi atrevimiento, pero me sentía en la obligación…

—Creo que deberías enseñarnos esos tapices de Goya que nos han traído hasta aquí —intervino Sonsoles, tuteándolo también e intentando distender el ambiente.

—En cuanto nos sirvan el postre, prometo daros una vuelta por el palacio.

Siguieron hablando. Sonsoles apenas comía. Movía los alimentos de sitio y poco más. Además de no gustarle la comida, estaba inapetente.

—¿No está a tu gusto? —le preguntó Serrano.

—Bueno, mi mujer come muy poco —salió al paso el marqués.

—Está todo estupendo. Simplemente, estoy algo mareada… —alcanzó a decirle.

—Claro, ten en cuenta que se encuentra en estado de buena esperanza —añadió el marqués bajo la mirada asesina de su mujer.

Serrano, después de unos segundos en silencio, siguió hablando:

—No sabía que estuvieras embarazada. Desconocía que… —Parecía que le estaba pidiendo disculpas por las palabras que le acababa de dirigir y por las miradas que le había lanzado desde el primer día que la conoció.

—Ni tú ni nadie —continuó el marqués, después de tener la sensación de haber metido la pata hasta el fondo—. Sus embarazos pasan inadvertidos a todos. No sé dónde mete a los niños. Es el tercero…

—No soy una mujer como todas las demás, aborrezco hablar de estos temas. Preferiría que dejáramos de comentar mi embarazo, como olvida mi marido, y charláramos de otros asuntos.

El enfado la ponía todavía más bella. Serrano, confundido, siguió preguntando:

—¿Para cuándo la buena nueva?

Sonsoles permaneció en silencio.

—Para dentro de una semana, pero ya sabes que las matemáticas exactas no se cumplen en cuestiones de partos. Influyen la luna y las propias mujeres que son una incógnita para los hombres… —El marqués sabía que ella estaría enfadada durante varios días.

—En lo de la incógnita tienes toda la razón del mundo. —La miró con cierta distancia—. Mi mujer también está a punto de dar a luz. Estoy esperando que me llame en cualquier momento.

—¡Qué casualidad! —exclamó el marqués—. ¿Cuántos hijos tienes?

—Este que nazca será el sexto. Tengo dos gemelos, Fernando y José, de ocho años; Jaime, de cinco; Francisco, de dos; Ramón, de nueves meses y, ahora, el que nazca… Confío que entre tanto chico sea una niña.

—¡Qué seguidos los has tenido!

—Sí… —Parecía haber perdido el interés por su invitada—. Bueno, pues si queréis os enseño el palacio…

—Las mujeres seguimos siendo mujeres aunque estemos embarazadas. Y eso parece ser que los hombres lo olvidan. —No dijo más, y se levantó evidentemente molesta. Esa frase se la dirigía al ministro. Se puso su abrigo nuevamente e intentó disimular su enfado y su embarazo.

Serrano Súñer cambió su discurso y dejó de mirarla como hasta ahora lo había estado haciendo. Sonsoles se sentía muy indignada con su reacción. Ya no le prestó el más mínimo interés a las explicaciones sobre el solemne edificio de estilo herreriano y los cuadros que allí se guardaban. Sin embargo, intentó disimular.

Serrano, con menos entusiasmo que antes de saber la noticia, les enseñó la galería de los pensionados.

—Tenemos pintores pensionados, becados, en Roma que copian la pintura clásica italiana y la envían a España. Por eso, podemos contemplar esta pintura. —Señaló una copia de un Rafael majestuoso: *El triunfo de la religión*.

Poco después les pasó al salón de Embajadores donde se encontraban los tapices de Goya.

—Aquí es donde celebramos las audiencias cuando los embajadores nos presentan sus cartas credenciales —contó el ministro.

—¡Qué maravilla! —exclamó el marqués por halagar a Serrano, ya que su mujer prácticamente había caído en el mutismo—. Esos tapices están elaborados sobre dibujos del propio Goya, ¿verdad?

—Sí, sí, elaborados sobre cartones de Goya. Llegó a la Real Fábrica de Tapices de Santa Bárbara, así se llamaba a finales del siglo XVIII, como modelista y le dio un gran impulso.

Los tapices dejaban a la vista las escenas que tanto le gustaban al genial pintor: niños inflando una vejiga, adolescentes jugando a soldados, mozas con un cántaro... Finalmente, Serrano se detuvo ante una gran pintura de Sorolla.

—Aquí tienen la presentación de Alfonso XIII junto a su madre María Cristina. Es bonito, ¿verdad? —preguntó, dirigiéndose a Sonsoles.

—Sí, muy bonito —se limitó a decir ella.

—Este cuadro me gusta mucho —añadió el marqués, contemplando a la reina vestida de blanco y plata con un gran manto que salía de su espalda y adornada con una corona, pendientes y collar de perlas. Alfonso lucía sobre el uniforme el Toisón de Oro.

Serrano tampoco se mostraba muy locuaz. La tensión en el ambiente se podía cortar. A Sonsoles le parecía que todas aquellas salas tenían olor a rancio —estaba muy sensible con los olores—. El marqués, en cambio, disfrutaba con todo aquello. Principalmente cuando el ministro le descubrió la magnífica colección de relojes. El que más le llamó la atención fue uno que estaba encima de una mesa de pata de garra. Un reloj de oro con dos angelotes sujetando la esfera.

—¡Qué maravilla! —no dejaba de repetir mientras Sonsoles estaba a punto de gritar.

A las cinco, la secretaria vestida de gris informó al ministro que ya tenía una visita esperándole. Después de pedirles disculpas, Serrano se despidió de ellos.

—Ha sido un verdadero placer haberos acompañado en este paseo por el ministerio. Esta es vuestra casa para cuando deseéis.

—Igual le digo, señor ministro. Perdón, te digo. Para nosotros sería un honor recibirte en nuestra casa.

—Muchas gracias por todo, señor ministro —dijo escuetamente Sonsoles, arrastrando lo de señor para poner de nuevo distancia entre ellos, mientras Serrano volvía a besar su mano.

Cuando salieron de allí y subieron al coche, la marquesa no tardó en mostrar a su marido el enfado que sentía:

—No sé qué entiendes por «No se lo digas al ministro». Sabes perfectamente que no me gusta que se hable de mis embarazos.

—Es un embarazo, no se trata de una enfermedad. Debes de estar a punto de dar a luz porque te pones de un genio endemoniado…

Ya no volvieron a dirigirse la palabra en todo el trayecto. Sonsoles estaba agitada. Tenía ganas de gritar allí mismo, pero se mordió los labios. Era consciente de que en el momento en el que Serrano se enteró de su estado había cambiado su actitud hacia ella. Eso la indignaba mucho más. La vuelta a casa se le hizo larguísima. Por primera vez en mucho tiempo, se le humedecieron los ojos.

14

El ministro salió pronto de su despacho. Sin embargo, quería pensar, y le pidió a Orna que diera una vuelta por Madrid antes de regresar a casa. El chófer se dirigió hasta la Cibeles y remontó la Gran Vía... Serrano Súñer, que iba callado mirando por la ventanilla, recordó que hacía cuatro años había hecho ese mismo trayecto pero en circunstancias bien diferentes.

—Siga por la plaza de España en dirección a Princesa —ordenó al chófer mientras sus recuerdos se apelotonaban en su cabeza. Todavía vivían sus hermanos cuando varios milicianos le detuvieron nada más producirse la sublevación. Resonaban las palabras de José y Fernando. «¡No te preocupes, Ramón! Tú no has hecho nada. Todo se arreglará. Iremos a ver a quien haga falta». Sus hermanos estaban siempre en su memoria. Podían haber pasado a la zona nacional, pero se quedaron para ayudar a su ya amplia familia: tenía tres hijos y una mujer muy joven, Zita.

El estómago le dio una de esas punzadas a las que no acababa de acostumbrarse...

—Ahora vaya hacia el parque del Oeste... Por estas mismas calles, hace cuatro años, iba rezando el *Yo, pecador* en voz alta, pensando que me había llegado la hora.

—¿Y eso? —le preguntó escuetamente el conductor.

—Me detuvieron y me trajeron hasta una de estas zonas del parque. Por allí, creo recordar. —Señaló la zona más oscura—. Pero no estoy muy seguro. Se puede imaginar que pensaba en otras cosas, ya que estaba convencido de que era el final de mi vida.

—¿Qué ocurrió? —quiso saber Orna, deteniendo el coche en uno de los laterales del parque.

—Me preguntaban por Franco y por el alzamiento. Yo solo contestaba que no sabía nada. Me sacaron del vehículo y me condujeron hasta uno de estos árboles. Los guardias de asalto cargaron sus mosquetones y me apuntaron. ¿Y sabe qué? En ese momento yo miré al cielo y pensé en mis padres.

—¿En sus padres? —Solo se atrevía a repetir el final de sus frases.

—Sí, sobre todo, mi último pensamiento fue para el abrazo que me dio mi madre en su lecho de muerte, cuando yo era un niño. Es el primer recuerdo de mi vida y el más intenso. Aquella noche pensé que también sería el último y moriría con él.

—Es evidente que esos rojos de mierda no dispararon…

—Cuando vi que no habían disparado, bajé la mirada hacia ellos y me volvieron a preguntar por las relaciones entre Franco, Gil Robles y Alfonso XIII. Yo alcancé a decirles: «Creo que no existen esas relaciones». Entonces hicieron otro simulacro de fusilamiento.

—¡Hijos de puta! —Orna dio un golpe en el volante.

—Lo pasé tan mal que desde entonces tengo pinchazos en el estómago. Un tal Luis Mena se apiadó de mí, me sacó del parque y me trasladó hasta la cárcel Modelo y me dejó allí. Luego le he intentado buscar, pero ha sido como si se lo hubiera tragado la tierra… Afortunadamente, eso ya pertenece al pasado, pero no lo he podido olvidar.

—Le aseguro que si a mí me hubieran intentado fusilar dos veces, tampoco lo habría olvidado…

—Regresemos a casa, Orna. Por hoy ha sido suficiente. No había vuelto al parque desde el 36 y no me trae buenos recuerdos. Sería mejor borrarlos.

—Como usted diga.

El resto del camino lo hizo en silencio. Orna no dejó de mirar por el espejo retrovisor. Estaba impresionado con lo que acababa de escuchar. Su jefe no era muy expresivo con él, y agradeció la confidencia.

La ciudad estaba prácticamente a oscuras. No había energía eléctrica suficiente y sufrían restricciones de luz. A partir de las seis de la tarde, los tranvías no funcionaban y los ascensores dejaban de utilizarse. Solo se veía gente a pie de un sitio a otro o circulando en bicicleta, aunque fueran largas las distancias. Muy de vez en cuando, transitaba un Haiga o algún Topolino. El margen derecho de las carreteras estaba reservado para carromatos o coches de caballos. Paliaba la falta de luz el «petromax», un artefacto que funcionaba a base de petróleo o gasolina, que también escaseaba, y cuyo encendido requería cierta maña porque explotaba con suma facilidad. Su luz azulada, un tanto mortecina, alumbraba las tardes invernales de los comercios, las farolas de algunas calles y la mayoría de los hogares. Las fábricas, algunos hoteles y las casas más pudientes habían instalado sus propios grupos electrógenos para autoabastecerse de fluido eléctrico.

Por otro lado, la sociedad se había vuelto delatora y justiciera. No había día que la prensa no trajera información de la celebración de juicios sumarísimos y fusilamientos. Eran constantes. Radio Nacional lo advertía a través de sus micrófonos: «La sangre de los que cayeron por la patria no consiente el olvido ni la traición. España sigue en pie de guerra contra todo enemigo del interior y del exterior». No había tregua ni para aquellos que no tenían las manos manchadas de sangre pero habían luchado en el bando republicano. Inmediatamente eran destituidos de sus cargos, represaliados y, muchos de ellos, encarcelados.

El hambre era el peor de los males. Ocho millones de españoles estaban al borde de la desnutrición y a merced de la sopa con tropezones del Auxilio Social, una institución fundada por Mercedes Sanz Bachiller, viuda de Onésimo Redondo, con la ayuda de Carmen de Icaza, la hermana mayor de la marquesa de Llanzol. Gracias a que Carmen conocía a muchísima gente, se pudieron organizar comités de ayuda a Auxilio Social, uno de ellos presidido por la reina Victoria Eugenia cuando todavía no había terminado la guerra.

El día que se reunían las hermanas Icaza, Carmen les hablaba del panorama desolador que veía a diario en los comedores. La hermana mayor se había convertido en la impulsora de la ayuda humanitaria en el extranjero. Había pasado un año y ocho meses de su entrada en Madrid al frente de los dos camiones cargados de alimentos destinados a una población famélica, pero las necesidades seguían siendo las mismas. Anita, la mediana, y Sonsoles, la pequeña, la admiraban profundamente. Tenía una fuerza y un impulso para hacer frente a las dificultades fuera de lo normal. Lo había demostrado al morir su padre y seguía haciéndolo constantemente años después.

Cuando Sonsoles rompió aguas, a la primera que llamó fue a su hermana Carmen. Esta, a su vez, avisó a Anita para que su marido, el médico Ricardo Garelli, acudiera cuanto antes al domicilio de los Llanzol.

El 11 de noviembre de 1940, a las seis de la tarde, Sonsoles se puso de parto. Matilde alertó a todo el servicio para que a la señora no le faltara de nada. A los pocos minutos había agua hirviendo y paños empapados en agua fría para aplicárselos a la parturienta en la frente. En cuanto Sonsoles colgó el teléfono, Matilde avisó a la comadrona. Mientras la esperaban, Sonsoles se tragaba el dolor sin gritar. Su doncella no se apartaba ni un segundo de su lado.

—Señora, debe gritar. No se quede el dolor dentro. No será elegante, pero así lo hemos hecho todas las mujeres desde que el mundo es mundo. ¡Haga el favor de chillar! —Matilde había tenido una hija cinco años antes de estallar la guerra. Se la cuidaba su madre en el pueblo y solo la veía un día a la semana.

—Uhhhhhhhhh. —La marquesa se mordía los labios aguantando el dolor y emitiendo un sonido sordo. Tenía los puños cerrados y, de vez en cuando, cogía la sábana y la retorcía entre sus dedos.

—Será una horita corta, ya lo verá. Todo pasará en un santiamén. Estos dolores, además, no tienen memoria.

—Aunque digan eso, le aseguro que no pondré empeño en quedarme otra vez embarazada —mascullaba Sonsoles entre contracción y contracción.

Tenía la frente perlada de sudor. El esfuerzo que hacía era enorme, pero no abría la boca. No le parecía apropiado hacerlo. Siempre se decía a sí misma que no era igual al resto. Cuanto más repetía Matilde que todas las mujeres gritaban, más apretaba ella la mandíbula.

El marqués de Llanzol paseaba de un lado a otro del salón. Tenía claro que ayudaba poco en la habitación. Había dejado a las mujeres del servicio junto a su esposa, que tenía la cara desencajada y pocas ganas de hablar con nadie. Pensaba en la responsabilidad de traer un nuevo hijo al mundo. El tercero en cuatro años de casados. Tocó la campanilla y le pidió a Juan un whisky.

—Necesito beber algo.

—Señor, todo va a salir bien —lo animó el mayordomo, sirviéndole la copa.

A los veinte minutos sonó el timbre. Era la comadrona. Una mujer fuerte y antipática que, en cuanto estuvo frente a Sonsoles, se arremangó y se lavó las manos antes de reconocerla. Minutos más tarde, sentenció:

—En media hora habrá parido.

Sonsoles seguía retorciendo las sábanas. Ya no podía soportar más los dolores, pero se resistía a gritar.

—Ayúdeme a que todo sea más rápido —le pidió la comadrona—. En cuanto tenga usted una contracción, me avisa, por favor.

Cuando se produjo, avisó y la comadrona puso su peso encima de su vientre. Así ayudaba a que la criatura bajara al canal del parto. Aquella maniobra le dolió casi más que la propia contracción. Aun así, siguió avisándola cada vez que notaba otra. La misma maniobra encima de su vientre la fue dejando sin fuerzas.

—Perdóneme —intervino Matilde al ver la cara de dolor de Sonsoles—. ¿No podría hacer menos fuerza? Mi señora no grita pero sé que lo está pasando muy mal.

—Como todas las mujeres. Aquí sí que no hay distingos. Para parir hay que sufrir —contestó mientras seguía haciendo la maniobra.

Fuera de la habitación, el marqués estaba cada vez más nervioso. Volvió a tocar la campanilla.

—¿Otro whisky? —preguntó el mayordomo.

—No, Matilde, no quiero beber más —le respondió, mirando su reloj—. ¿Cómo van las cosas ahí dentro?

—Señor, van las cosas bien, pero lentas… ¡Soy Juan!

En esta ocasión, la confusión todavía le dio más rabia al marqués.

—Está bien, está bien…

Sonó el timbre de la puerta, y el marqués se fue detrás del mayordomo para ver de quién se trataba. Era su cuñado, el doctor Garelli, que llegaba en el momento preciso.

—Ricardo, ve a echar una mano. Está la comadrona, pero creo que esto se prolonga demasiado.

—No te preocupes… Lo mejor que puedes hacer es tomarte un whisky.

—Ya me he tomado uno…

—Pues tómate otro a la salud de tu hijo. ¿Qué esperas que sea?

—Me da igual que sea niño o niña. Lo que quiero es que venga bien y cuanto antes. No soporto esta espera.

—¡Tranquilo!

El mayordomo lo condujo hasta la habitación. Cuando entró, el bebé ya asomaba la cabeza y la comadrona le daba la vuelta para liberarle del cordón umbilical que rodeaba su cuello.

—¡Parece que llego en el momento justo! —exclamó, observando a la comadrona. Se quitó la chaqueta, se arremangó la camisa y se lavó las manos.

Esperó a que el niño estuviera fuera y fue él quien cortó el cordón umbilical.

—¡Ya tenemos otro machote en la familia! Querida Sonsoles, es un niño fuerte y robusto. —Le dio una palmada en las nalgas y comenzó a llorar—. Y de niños ya sabes que entiendo un poco. —Estaba considerado como uno de los mejores pediatras de Madrid.

Sonsoles se encontraba exhausta. Matilde no dejaba de ponerle paños fríos en la cabeza. De repente empezó a tiritar.

—Es una reacción normal —dijo la comadrona, dándole unos puntos después de haberle hecho la episiotomía—. Ya no le ponga más paños fríos.

Con el bebé limpio envuelto en una toquilla, Matilde se lo mostró a su madre.

—De modo que este es Antonio —dijo la marquesa sin pedir estrecharlo entre sus brazos. No tenía fuerzas ni para hablar, se encontraba muy mal. Había sido peor parto que los dos anteriores.

El doctor, después de examinar con detenimiento al bebé, se fue en busca de su cuñado con él en brazos. Cuando llegó al salón, el marqués ya sabía que había nacido su tercer hijo. La información se la había dado el mayordomo, que estaba más alterado que ninguno en el servicio.

—Te presento a Antonio. Aquí tienes a otro Díez de Rivera. Está perfecto, cuñado.

—¿Otro niño? —le dijo, mirando a su nuevo vástago—. ¡Mira que son feos de pequeños! ¿Cómo está Sonsoles?

—Está dolorida, pero se pondrá bien pronto. Es una mujer muy joven y se repondrá rápidamente.

—Todavía me pregunto dónde llevaba tanto niño mi mujer. Apenas se le notaba el embarazo, y mira el crío… ¡tiene mofletes!

—Está perfectamente… Oye, esa comadrona es muy seca pero muy eficiente. No lo ha hecho nada mal. ¡Esto va a haber que celebrarlo!

Le pasó el niño a su cuñado. Este, después de mirarlo un buen rato, se lo devolvió.

—Cuando son tan pequeños me da miedo cogerlos. Tú eres pediatra y juegas con ventaja.

Aparecieron en el salón sus hijos mayores: Sonsoles y Francisco, acompañados de las dos institutrices. El marqués se dirigió a los niños para que miraran a su hermano pero no lo tocaran. Sonsoles se expresó en inglés y Francisco en alemán.

—¿Ves lo que ocurre en esta casa? Uno no entiende nada de lo que dicen sus propios hijos —comentó de forma confidencial a su cuñado.

A los pocos minutos, apareció Matilde en busca del bebé. A partir de ese momento, el nuevo miembro de la familia también pasaba a ser de su responsabilidad.

15

A la hora y media de haber nacido Antonio, el último vástago de los Llanzol, ya estaba succionando del pecho del ama de cría recién llegada de Galicia. Lucrecia, que así se llamaba, se había instalado con el servicio dos días antes. Era una mujerona de pechos enormes que bebía leche y malta como si fuera agua. El niño se adhirió a su enorme pezón, y todas las doncellas, junto con el marqués y los niños, a su vez acompañados de sus institutrices, alabaron tanto ímpetu por parte del recién nacido.

A Francisco, de dos años y medio, le llamaba la atención el pecho y lo señalaba con su manita. Frau Elizabeth le riñó. No era de buen gusto señalar. Pero aquel pecho tan grande no solo asombraba al niño sino también a todos los que estaban en el cuarto, recién estrenado, del nuevo miembro de la familia.

Lejos de allí, Sonsoles descansaba bajo la atenta mirada de Matilde que permanecía en una silla pegada a su lecho, sin mediar palabra alguna, solamente observándola. La comadrona acababa de vendarle el pecho para frenar el golpe de leche. Habiendo amas de cría, las damas de la aristocracia no daban de mamar a sus hijos.

Estaba tan cansada que se quedó dormida nada más irse la comadrona. No olvidaría jamás a esa mujer tan fuerte que le había dejado su vientre completamente dolorido. Se prometió a sí misma no volver a quedarse embarazada.

Serrano Súñer recibió la noticia del nacimiento del nuevo hijo de los marqueses de Llanzol al día siguiente. Dudó si llamar o no al domicilio. Finalmente, envió un telegrama. La última vez que había visto a Sonsoles en el palacio de Santa Cruz, el almuerzo había finalizado con excesiva precipitación. Al enterarse de que estaba embarazada, supo que debía alejarse de ella a pesar de que no podía apartarla de su mente. Una llamada de Von Ribbentrop le trajo otros problemas a su cabeza. Un mes después del encuentro de Franco y Hitler en Hendaya, le citaba en el retiro del Führer en los Alpes bávaros, el Nido del Águila. Querían fijar de una vez por todas la fecha de la entrada de España en la guerra. Serrano llamó inmediatamente a Franco y quedaron en reunirse de manera extraordinaria en El Pardo con los militares del gobierno: el general Vigón, ministro del Aire; el almirante Moreno, de Marina, y el general Varela, de Tierra. Ninguno sentía simpatía por Serrano Súñer, pero eran conscientes de que su viaje al chalé alpino de Hitler entrañaba riesgo en todos los sentidos.

Después de varios minutos en los que Serrano expuso los pros y los contras de alinearse con el Eje, Franco volvió a esgrimir el mismo argumento de que «no era el momento». Varela dejó clara su postura con la vehemencia que le caracterizaba.

—¡No se va, y en paz! Ganamos más no yendo.

—Mi general, puede que ir tenga sus inconvenientes, pero si no acudimos, es posible que nos encontremos a los alemanes en Vitoria —replicó Serrano inmediatamente.

Todos tenían claro que España, en esos momentos, no podía embarcarse en esa empresa que tanto apremiaba a Alemania. Nuevamente, necesitaban tiempo. Sería la tercera vez que Serrano expusiese los mismos argumentos ante el Tercer Reich.

El ministro, de regreso a su casa la noche anterior a partir para Alemania, decidió dar un paseo. Iba con un abrigo largo y sombrero. A pesar del frío de la noche, necesitaba caminar. Pensar. Dos escoltas lo seguían con discreción, mientras el chófer conducía lentamente varios metros por delante. Llegó hasta la Carrera de San Jerónimo y una vez que alcanzó la calle Sevilla, se adentró en la calle de Alcalá hacia Cibeles. El olor a churros le hizo recordar a su hermano José que, cuando eran jóvenes, le llevó al baile de la Bombilla para hacerle superar el pudor que sentía cerca de una dama. Las modistillas les ponían ojos acaramelados, y por primera vez sintió de cerca el aroma de una mujer. Sonrió ante aquel recuerdo. Sus hermanos José, Fernando y Eduardo eran una piña. No acababa de superar la ausencia de los dos primeros. Los echaba de menos a todas horas. Con cualquier detalle acudían a su memoria.

A la altura del Banco de España aceleró el paso y dio por concluido el paseo. De repente, sintió la necesidad de regresar a casa. Allí le esperaba su mujer. Se metió en el coche y recordó cómo la había conocido. Aquella noche, previa al viaje en el que podía peligrar su vida, parecía inundada de evocaciones del pasado. Ramona, a la que todos llamaban Zita, la hermana pequeña de Carmen Polo, estaba a punto de cumplir la mayoría de edad, cuando coincidió con ella en un almuerzo con Franco y su mujer en la Academia Militar de Zaragoza. Era una mujer tranquila, serena, de cabello oscuro y muy delgada. Se enamoraron a primera vista. A Serrano le cautivaron sus ojos y su serenidad, a pesar de sus pocos años. Buscaba aquello que le evocaba a su madre, a la que tenía idealizada y de la que le quedaba únicamente un abrazo intenso antes de morir como único recuerdo. Hoy necesitaba sentirse querido, amado… Podía ser su última noche en casa y quería volver a sentir un abrazo fuerte e intenso. Iba a hacer un viaje que quizá no tuviera retorno. Ese era el riesgo. No sabía cómo encajaría el hombre más poderoso del mundo otra negativa del emisario de España. Por tercera vez, Franco le encomendaba rechazar la entrada en la Segunda Guerra Mundial.

No tardó en llegar a su domicilio en la calle General Mola. Necesitaba amar a su mujer y que ella le diera fuerzas para esta misión, posiblemente la más dura y difícil de las que había tenido hasta ahora.

Cuando cerró la puerta de su dormitorio, comenzó a besarla como el hombre desesperado que sabe que esa puede ser su última noche. Zita le correspondió. No le preguntó nada en ese momento. No hacía falta. Sabía que su marido esa noche estaba amándola con la energía del soldado que es consciente de que se va al campo de batalla. Sintió angustia, pero no se lo dijo. La besaba con ansiedad inagotable. Zita captó que aquello parecía una despedida...

—Querido, no es un viaje más, ¿verdad?

—No, no lo es... pero no pienses en eso ahora —le dijo mientras sujetaba su cara con sus dos manos.

Aquella noche se amaron hasta el amanecer. Los dos intuyeron que podía ser su última noche juntos. Se quedaron dormidos desnudos bajo las sábanas de aquella cama donde Ramón le había hecho pocas confidencias. Zita, lejos de reprochárselo, siempre callaba y observaba. En esta ocasión, no entendía por qué Franco tenía que enviar a su marido a Alemania. Había generales, hombres a los que podía exponer más que a él que, a fin de cuentas, era de la familia. Pero percibía que, desde Burgos, el peso del gobierno descansaba en los hombros de su marido. Algo que incomodaba sobremanera a su hermana Carmen. Más de una vez le había hecho alguna insinuación que había llegado a molestarla de verdad. Aquella noche la grabaría para siempre en su memoria.

Serrano madrugó y se despidió sin la fogosidad de la noche anterior. Esa mañana parecía frío. Pocas palabras antes de cerrar la puerta. Una mirada que lo decía todo. Zita no pudo contener las lágrimas. Aquella parecía una partida para siempre.

Orna pisó el acelerador y a cuarenta kilómetros por hora le trasladó hasta el municipio de Barajas, donde siete años antes habían comenzado muy tímidamente los vuelos comerciales. Este nuevo aeropuerto de quinientas fanegas de suelo, con una pista de mil cuatrocientos metros de largo por mil doscientos de ancho de tierra compactada cubierta de hierba, sustituía a las pequeñas pistas de los aeropuertos de Getafe y Carabanchel. Sin embargo, no dejaba de ser una modesta pradera en un espacio eminentemente rural.

A pie de pista le esperaban el barón De las Torres y su inseparable mano derecha, Antonio Tovar.

—¿Preparados? —les preguntó, dando un golpe con la mano en el hombro a su hombre de confianza.

Antes de coger el Junkers Ju 52 que había hecho el primer vuelo entre Madrid y Lisboa un año antes, Serrano miró hacia la solitaria terminal de pasajeros que se erigía en mitad de la nada como fiel testigo del vuelo que iban a hacer. El avión al que se subió casi sin pronunciar una palabra era de origen alemán, pero pertenecía a la flota del Ejército del Aire. Era un monoplano de ala baja con tren de aterrizaje fijo y revestimiento metálico ondulado. Se trataba de uno de los aviones preferidos de Adolf Hitler y el más representativo de la Alemania nazi. Por lo tanto, la fuerza aérea española era heredera directa de la Luftwaffe y de la aviación fascista italiana. Desde el fin de la guerra se hacían pocos vuelos por la escasez de combustible que había en España. Para esta ocasión, no obstante, no hubo problema.

Estaba previsto que el Junkers hiciera dos escalas. La primera en el aeropuerto de Roma, Ciampino, a quince kilómetros al sureste de la capital italiana. Repondrían combustible y viajarían al aeropuerto de Múnich, Riem. La tercera etapa del viaje la harían en tren hasta Berchtesgaden, la localidad alemana fronteriza con Austria, donde les esperaría Von Ribbentrop. El Führer les había convocado en su residencia de montaña, el Berghof.

Hizo el vuelo hasta Roma prácticamente en silencio. Quizá contagiado por Franco, que tenía aversión a los aviones, había embarcado con cierto recelo, ya que eran frecuentes los sabotajes. A pesar de saber que contaba con muchos enemigos, Serrano Súñer no dudó en ir en avión, ya que, de otra forma, el viaje se prolongaría durante días.

Aunque las turbulencias les acompañaron durante todo el vuelo, no hicieron ni el más mínimo comentario. Parecían absortos en sus pensamientos. Todos temían no salir vivos de esta nueva misión o no volver a España tras ser detenidos, sin poder impedir la invasión alemana. Cuando aterrizaron, les esperaba el diplomático español Agustín de Foxá. Aprovecharon para estirar las piernas y verbalizar en voz alta lo delicado de la misión y, en caso de que las cosas se torcieran, pidieron al conde de Foxá que lograra la mediación de Mussolini. Una hora después volvían a volar rumbo a Alemania. Al llegar se encontraron con el embajador Espinosa de los Monteros, que iba a acompañarles en el último tramo del viaje que harían en tren hasta Berchtesgaden.

Serrano le hizo un saludo protocolario y no disimuló su animadversión. Sabía que seguía con su campaña contra él entre los alemanes y en El Pardo. Era conocedor de sus frases: «Poco adicto a la causa alemana», «Amigo solo de Italia», «Exdiputado católico lleno de prejuicios y reservas clericales y liberales». Serrano pensaba que la operación de desprestigio podía haber llegado hasta el entorno de Hitler. De camino hacia la frontera con Austria, explotó.

—España se juega mucho en este viaje. Haga el favor de estar de nuestro lado. Le pido que guarde sus palabras contra mí y cierre su boca a la mentira, señor embajador.

—Señor ministro, no sé a qué vienen esas afirmaciones. Me está usted ofendiendo —se indignó Espinosa.

—Usted sabe perfectamente a qué me refiero. Por si no es consciente, me entero de todo. No va a conseguir enemistarme

con Franco por mucho que usted vaya diciendo que quiero mono-
polizar el poder y quitarle al Generalísimo la gloria de la amistad
con el Führer. Sí, no ponga esa cara, porque sabe que es verdad…

—Señores, deberíamos centrarnos en una estrategia de cara
a las próximas horas —terció el barón De las Torres—. No es el
lugar para esta conversación. —Iban solos en el vagón del tren,
pero seguramente alguien podría escucharles.

—Solo diré una cosa más antes de zanjar esta conversación
—espetó Serrano—. Escúcheme bien, Espinosa. Cuando el ministro habla, el embajador calla. Y cuando hable el ministro alemán
y yo aún no haya respondido, no se prodigue usted en gestos de
adhesión con lo que está diciendo la otra parte. Lo que usted ha
hecho, general, ha sido pasarse al moro delante de mis narices.
—A Serrano le gustaba emplear con los generales frases que había escuchado a Franco en numerosas ocasiones.

—Yo me debo a España. No me gustan sus insinuaciones.

—Ahora, calle y haga el favor de obedecer.

Se hizo el silencio en el vagón. Ya nadie habló hasta que el
tren se detuvo en Berchtesgaden. Toda la zona estaba especialmente vigilada porque se trataba de un objetivo estratégico para
las fuerzas aliadas. Cuando bajaron del tren solo había militares
en el andén.

16

El ministro de Exteriores alemán esperaba, con un séquito reducido, la llegada de los españoles. Nada más bajar del tren, Von Ribbentrop hizo los honores a la delegación española. Lo primero que vio Serrano, además del despliegue policial y militar, fue una imagen de la montaña Watzmann pintada en una de las paredes de la estación. Después de intercambiar saludos, Von Ribbentrop les trasladó hasta un albergue para que repusieran fuerzas hasta el día siguiente. Por el camino pudieron apreciar desde el coche el hermoso entorno y el pueblo de Berchtesgaden ubicado en los Alpes de Baviera. Inmensas praderas en la montaña, que ya lucían sus primeras nieves, y casas de madera en el centro del pueblo que mostraban una bucólica imagen.

Fueron recibidos en el albergue por unos jóvenes germanos vestidos con pantalón corto y sombrero verde del que salía una larga pluma. Al son de una música vibrante, bailaban el *ländler*, una danza folclórica muy popular. Serrano sonrió y agradeció el recibimiento. Quedaron emplazados a la mañana temprano para hacer un paseo turístico por el pueblo. En realidad, contaba el tiempo que le quedaba hasta el encuentro con Hitler, a primeras horas de la tarde.

El ministro español y sus ayudantes cenaron solos esa noche. De primero, una típica sopa, *Knödel Suppe*, de bolas de pan e hígado, y de segundo, un par de salchichas blancas, *Weisswurst*, que solo se comen en esa zona. Serrano no tenía hambre y se limitó a probar los dos platos sin acabarlos. El estómago comenzó a darle punzadas. Antes de dormir, pidió al barón De las Torres y a Tovar que le acompañaran a su habitación. Estuvieron intercambiando opiniones hasta las tres de la mañana. Eran conscientes del riesgo que corrían y repasaron una y otra vez la estrategia que debían seguir.

Cuando dejaron solo a Serrano, comprendieron que este tenía un peso insoportable sobre sus hombros, y la ansiedad y el insomnio se adueñaron de todos durante la noche.

El olor a pan blanco recién hecho les animó a salir de la cama. Desayunaron con ganas. Desde antes de la guerra no habían vuelto a comer un pan así. Tampoco pudieron resistirse a una exquisita tarta de manzana, salchichas típicas de la zona y huevos revueltos.

—No sabremos hasta la tarde si este será nuestro último día, pero, al menos, vamos a aprovecharnos —afirmó el barón De las Torres. Serrano y Tovar no pudieron por menos que sonreírle.

El opíparo desayuno les dio fuerzas para una mañana turística por el pueblo en el que residía Hitler junto a algunos líderes del Tercer Reich: Hermann Göring, Albert Speer, Martin Bormann y el mismo Von Ribbentrop, que también tenía su finca de caza cerca de allí, en el Fuschl. Antes de invitarles a comer, les paseó por el lago Königssee, donde no solo pudieron contemplar la belleza de aquel paisaje extraordinario, sino comprobar el eco que tan orgullosamente les enseñó el ministro del Tercer Reich. A una orden suya, un hombre con una corneta tocó una melodía y, a los pocos segundos, regresó el sonido de forma nítida y clara. Después, les hizo montar en barco y los llevó hasta la iglesia de San Bartolomé, con su famosa torre en forma de cebolla. Sin embargo, Serrano no tenía su mente para la contemplación de aquellos escenarios. Se esforzaba por poner buena cara, pero su cabeza daba una y mil vueltas a la próxima cita con Hitler. Von Ribbentrop no cesó de hablarle de la necesidad de lograr la sumisión de Inglaterra. El ministro español escuchaba y tragaba saliva porque sabía que los alemanes esperaban un sí de España.

Llegó el momento de subir al Nido del Águila. La caravana de coches que les dirigía allí levantaba a su paso remolinos con las hojas amarillas y secas que alfombraban la carretera. Se abría ante ellos una tarde luminosa y dorada, pero podía transformarse en la peor de las pesadillas. Todos lo sabían y disimulaban. El momento había llegado.

Se encontraron a Hitler esperándoles en la puerta de la residencia con la mejor de sus sonrisas. Su expresión nada tenía que ver con la que había exhibido en Hendaya. Cuando abrió su casa, pasó delante para dirigir a los invitados hacia el salón donde tendría lugar la crucial conversación.

Serrano, sorprendido por la decoración, le dijo al oído a Antonio Tovar:

—Parece la casa de una solterona millonaria.

Tovar esbozó una sonrisa.

Los visillos estaban a mitad de las ventanas, los muebles mostraban pequeños tapetes sobre los que descansaban jarrones con flores secas. Los butacones de flores lucían cubresillones recién almidonados y se podían ver multitud de fotografías salpicadas aquí y allá siempre con la imagen de Hitler. Unas veces acompañado de altas personalidades y, en algunas, en actitud más distendida, junto a Eva Braun. Finalmente, llegaron a un salón que tenía cubiertas sus paredes con grandes mapas de España donde aparecía todo el perímetro geográfico español repleto de flechas indicando la entrada de diferentes divisiones acorazadas. Ya estaba todo decidido. Parecía que poco tenía que hacer la delegación española que comandaba Serrano Súñer.

Allí comenzaron a saludar a la cúpula militar alemana, que ya les estaba esperando, mientras empalidecían por la responsabilidad que había recaído sobre ellos. Hitler, Von Ribbentrop y el almirante Raeder permanecían de pie. Los invitaron a fumar un puro habano, pero ninguno tuvo fuerzas ni de alargar la mano para cogerlo. Se sumaron a la reunión el ministro de Exteriores italiano, Ciano, y el general Jodl, que mostraba en voz alta su satisfacción por la entrada de España en la guerra a la vez que afirmaba que «se estrangularía a Portugal por su alianza con los británicos». Cuando el Führer decidió que había llegado la hora de hablar, invitó a Serrano a acompañarle a un piso superior. Entraron en lo que parecía ser la sala de reuniones personales del anfitrión. Antes de que se hubiera acomodado, el Führer comenzó a desglosar las razones por las que le había llamado:

—Ha llegado el momento de actuar. Los italianos han cometido el gravísimo error de comenzar la guerra contra Grecia sin pensar siquiera en las condiciones atmosféricas. Nosotros, en cambio, hacemos todo con minuciosidad, se lo aseguro. Ahora hay que obrar con rapidez para acelerar el final de la guerra. He decidido la conquista de Gibraltar y, tras lo acordado en Hendaya, hay que poner una fecha a la entrada de España en la contienda. La operación está minuciosamente preparada y no hace falta más que iniciarla. ¡Hay que empezar!

Serrano miraba a Hitler con sus ojos azul acero sin mover ni una sola pestaña. El barón De las Torres traducía y observaba al ministro, que no movía un músculo. Daba la impresión de que no comprendía las palabras de Hitler. Le estaba pidiendo entrar en la guerra y él no abría la boca, no movía las manos, no cruzaba las piernas… nada. Permanecía impertérrito ante la mirada del canciller alemán, que no recogía ninguna información porque no había expresión en él. Acudieron a su mente los rostros de sus hijos. Aquello era el final y lo sabía desde que había recibido la orden de Franco de viajar hasta allí. Hitler continuó hablando. El barón seguía traduciendo y sudando por las sienes. También tenía claro que no volvería a su casa. Antonio Tovar, como testigo mudo, tomaba notas y pensaba igualmente en su familia. El embajador Espinosa, después de las palabras tan duras que había escuchado del ministro el día anterior, se había quedado en la sala de abajo con la cúpula militar alemana. Hitler, solo, junto a su traductor, era el único que hablaba.

—El cierre del Estrecho occidental es un deber y una cuestión de honor para España. También, querido Serrano, le corresponde a su país velar por la integridad de las islas Canarias. La situación económica de España no mejorará con un aplazamiento, sino más bien lo contrario. Un rápido desenlace del conflicto acelerará su recuperación.

Le estaba diciendo a Serrano que ya no admitía un no por respuesta. Pasó a exhibir su fuerza y sus amenazas:

—De las doscientas treinta divisiones de las que dispongo en la actualidad, ciento ochenta y seis se encuentran inactivas y en disposición de actuar inmediatamente. Por su falta de material no hay que preocuparse porque Alemania está en situación de poder hacer frente a todas las eventualidades, tanto en aviación como en artillería.

Hitler no dejaba ningún resquicio en el que apoyarse, España no tenía excusa para no entrar en la guerra. Necesitaba agua, pero no les habían ofrecido ni un café. De pronto, cesó el discurso conminatorio. Había llegado el turno de escuchar al gobierno de España. Serrano respiró hondo y se incorporó ligeramente para tomar la palabra.

—Al ignorar el tema de nuestras conversaciones, tras vuestra invitación, no he traído instrucciones precisas de mi gobierno, ni tan siquiera un criterio concreto. Por lo tanto, le voy a dar mi punto de vista estrictamente personal.

Ante esas primeras palabras, Hitler tampoco se inmutó. Permanecía serio y atento. Serrano continuó, sabiendo que su destino ya solo estaba en manos de Dios y en la reacción del canciller ante una nueva negativa.

—Comprendo su preocupación por dar un nuevo rumbo a la guerra, pero en cuanto a la cuestión del Estrecho quisiera hacer una puntualización. Ya que el Mediterráneo tiene dos puertas, Suez y Gibraltar, nunca estará cerrado del todo, en tanto una de ellas permanezca abierta. Si no se cierra Suez primero, la medida resultará inútil. Entiendo, Führer, que ya tiene la operación decidida, pero mi deber es recordarle que el cierre del Estrecho para España, en estos momentos, significaría la interrupción inmediata del comercio a través del Atlántico. Y eso ocurriría justo ahora que estamos empezando a recibir cargamentos de trigo que ya hemos comprado a los americanos.

Hitler, pensativo y serio, le interrumpió para preguntarle:

—¿Cuál es la cantidad de la mercancía contratada a los americanos?

—Cuatrocientas mil toneladas, que tardarán en llegar como mínimo dos meses y que no cubrirán totalmente nuestras necesidades. Para que el pueblo español sacie su hambre necesitaríamos un millón de toneladas de cereal. Me gustaría que vinieran técnicos alemanes a España para que corroboraran lo que estoy diciendo.

Dijo la última cifra mirándole a los ojos, porque sabía que su ministro de Exteriores, Von Ribbentrop, le había criticado en Hendaya porque la creía exagerada. Serrano fue todavía más lejos:

—Como ve, será necesaria la ayuda generosa de la nación alemana. Solos no podremos salir de esta situación. —Serrano pensó que la mejor defensa era un ataque y le echó valor para continuar—: Tengo que transmitirle las quejas del Caudillo a las muchas dificultades que se ponen desde Berlín al suministro de algunos materiales.

—¿A qué se refiere usted? —le preguntó Hitler, desafiante, ante la atenta mirada de su traductor.

—Hemos pagado un material para la fabricación de aviones Heinkel, en Sevilla, que no nos ha llegado…

—Estoy al corriente —dijo, sin dejarle acabar la frase—. Ese retraso no tiene importancia, porque hasta que ustedes empiecen a fabricar aviones pasarán dos años. En estos momentos, necesitamos ese material. Enviárselo significaría un debilitamiento que no nos podemos permitir.

—Lo entiendo. Pero España no recibe ese material ni tampoco la ayuda necesaria como pueblo amigo.

Hitler cambió el gesto y el tono de su voz. Ya no era el hombre amable que había salido a recibirles a la puerta de su casa.

—España no es beligerante y Alemania necesita para la guerra hasta el último kilo de material. Cuando ustedes se sumen a la contienda, les atenderemos como a nosotros mismos. Igual que hemos hecho con los italianos. Desde el primer día que entraron en guerra, han recibido de nuestro país un millón de toneladas de carbón al año.

—Entiendo su punto de vista, que ha expuesto usted de manera irreprochable. —Serrano quiso calmar la ira de Hitler con buenas palabras—. Pero para que se haga una idea de nuestra postura, le contaré que al regreso de las conversaciones de Hendaya, fueron suspendidos los envíos de treinta mil toneladas de trigo que ya se estaban cargando en América. El presidente Roosevelt nos hizo saber, a través de su embajador, que no cambiaría la situación si Franco no hacía una declaración formal de que nuestra política exterior seguiría siendo de neutralidad. Esa es la realidad que vivimos día a día en España.

Hitler pareció calmarse un poco y le preguntó a Serrano si mejoraría la situación de España no interviniendo en la guerra.

—Esa es la opinión dominante en España —mintió, porque el entusiasmo por la guerra era cada vez mayor—. Los españoles tienen el convencimiento de que una España neutral recibirá, tanto de Argentina como de Canadá, el trigo necesario. En esa creencia puede influir la propaganda inglesa, empeñada en culpar de la escasez de víveres a Alemania.

—¿Y esa mentirosa propaganda inglesa no tendrá por objeto derrocar al gobierno español?

—Seguramente, mientras lo crea instrumento de guerra. Pero, además, mi Führer —le miró fijamente a sus ojos—, no se puede imaginar el profundo sentimiento de independencia del pueblo español. Como en tiempos de los romanos o ante Napoleón, se opondría a la entrada en la península de un ejército extranjero y se organizaría ante la invasión.

Hitler empezaba a acusar el cansancio ante aquel ministro de Exteriores que no se arredraba con ningún argumento.

—El caso de España no tiene nada que ver con Alemania o con Italia —continuó Serrano—. Ambos países tienen una situación interior consolidada, mientras que nosotros estamos todavía liquidando los efectos de una reciente Guerra Civil.

—¿Y no cree que la entrada en la guerra contribuiría eficazmente a esa consolidación?

—La entrada en la guerra con una victoria inmediata, sí. Pero una…

—Entonces, esa ocasión se la brindamos ahora a España —no le dejó terminar la frase—. Cuenta con nuestro apoyo y nuestra eficaz colaboración. Los alemanes no quitaremos ninguna gloria que corresponda a su nación en la guerra. Pondremos a disposición de España el material más avanzado y los mejores soldados. ¡La gloria nos espera! ¡Es la victoria!

Hitler había vuelto a acorralar al ministro español. Ya no tenía escapatoria. De pronto, Serrano bajó la cabeza y los ojos se le humedecieron. El barón De las Torres y Tovar se miraron perplejos. Se hizo un incómodo silencio en la sala. Serrano parecía un hombre torturado. Finalmente, levantó la cabeza y se vio cómo una lágrima se deslizaba por su mejilla derecha.

—No voy a hablarle como ministro, sino como el amigo que soy. Tanto el Caudillo como yo quisiéramos seguiros desde ahora mismo. Creemos en vuestra victoria y en la justicia de vuestra causa, pero España no... ¡no puede combatir en este momento! Mi patria no resistiría el sacrificio.

Hitler se derrumbó en su asiento con un aire de profundo cansancio. Permaneció con los brazos caídos y la barbilla sobre su pecho durante varios segundos. Tardó un rato en contestar...

—Está bien, ministro. Está bien. Lo comprendo. Yo también deseo hablarle como el mejor amigo de España. No quiero insistir. Debo decir que no comparto su punto de vista, pero me hago cargo de las dificultades de este momento... En fin, creo que España puede tomarse algún mes más para prepararse y decidirse. Pero créame, cuanto antes lo haga, mejor.

Inexplicablemente, parecía que el hombre que se creía el más poderoso del mundo, capaz de las mayores atrocidades, se rendía ante la lágrima de Serrano Súñer. La entrevista había llegado a su fin, cuando el ministro español, ya con los ojos secos, volvió a hablar:

—Quisiera añadir algo, mi Führer. Debemos ponernos de acuerdo sobre la explicación que hemos de dar al exterior sobre esta reunión. Yo propongo decir que he venido a pedir cereales, lo que ante los regateos, dificultades y dilaciones de esos señores ingleses y americanos puede ser incluso un estímulo para que obren con mayor diligencia. —Hitler asintió y aquella propuesta le pareció oportuna. Serrano fue más allá—: El complemento sería que ustedes, efectivamente, nos enviaran trigo. ¡Qué estímulo y qué propaganda para Alemania!

—Está bien, está bien... Lo estudiaremos.

Se pusieron en pie y fueron invitados a tomar un té junto a los dos ministros de Exteriores que esperaban abajo, el italiano Ciano y el alemán Von Ribbentrop.

Antes de sentarse junto a ellos, el canciller condujo a Serrano, asido del brazo, a una balconada de la casa para que contemplara el paisaje con los Alpes como telón de fondo. El ministro español no se podía creer la conclusión de la visita y siguió hablándole en el tono de confianza que había logrado.

—Presiento que cuando el Führer viene a este lugar de recogimiento, sus enemigos tiemblan de preocupación porque saben que algo importante está maquinando.

Hitler agradeció sus palabras. Se sentó con los ministros y explicó a todos que España seguía necesitando tiempo y alimentos. Los mandos alemanes se miraron, casi sin creer lo que estaban oyendo. Hubieran replicado, pero Hitler no les dio opción. Hablaron del transcurso de la guerra y, ante la perplejidad de los generales, la delegación española se fue como había venido: sin concretar nada sobre su participación en la contienda.

Cuando salieron de allí y se quedaron solos nuevamente en el albergue, comenzaron a abrazarse. Se aflojaron las corbatas, riéndose nerviosos y dándose palmadas en la espalda.

—Lo de la lágrima ha sido definitivo —afirmó Tovar.

Después de unos minutos de euforia, el barón De las Torres pidió prudencia:

—Menos alegrías. Recordad lo que hicieron con el rey de Bulgaria. Son capaces de convencer a Hitler de que somos unos traidores y todavía pueden venir esta noche y «apiolarnos» a todos. Hasta que no veamos las primeras páginas de los diarios de mañana, no podemos descansar tranquilos.

A las cinco de la mañana, el barón salió del albergue a comprar la prensa. Con ella en la mano, despertó a Tovar y se citaron en la habitación del ministro. Los periódicos no decían nada que pudiera traslucir decepción o cólera. Se limitaban a mostrar, con profusión de fotos, la visita del ministro de un país amigo para tratar de cuestiones de abastecimiento y comercio. Ahora sí podrían regresar a casa. No tardaron en hacer el equipaje y partir rápidamente hacia Berlín. De momento, la guerra tendría que esperar…

17

Matilde entró sigilosamente en la habitación de la marquesa y se la encontró de pie, frente al espejo. Contemplaba su cuerpo tras el parto y las secuelas de nueve meses de embarazo.

—Perdón, señora marquesa —dijo, sin atreverse a entrar hasta el fondo de la habitación.

—Ya sabe que no debe entrar en mi habitación sin llamar previamente. No entiendo cómo se puede olvidar de algo tan elemental. —Sonsoles, sin disimular su enfado, se puso inmediatamente la bata de seda.

—Pensé que seguiría en la cama y no quería despertarla. Mi intención era quedarme a su lado por si me necesitaba. Pero ya veo que está mucho mejor, lo cual me alegra.

Sonsoles se encaminó lentamente hasta la cama. Matilde no dudó en sujetarla y recostarla de nuevo.

—Me gustaría que me ayudara a adecentarme. Van a venir visitas y fíjese qué aspecto tengo.

—Está usted guapísima. Nadie diría que acaba de dar a luz. Perdone mi atrevimiento, pero está igual de delgada que cuando se casó.

—¡Calle, calle! Sé perfectamente que estoy horrible. Me duele todo el cuerpo y ya ve que me muevo como si tuviera ochenta años.

—Sé cómo se siente. Pasé por lo mismo no hace mucho tiempo. Me pareció que iba a reventar de dolor. El resto ya lo sabe. Me tuve que poner a trabajar para sacar adelante a mi hija cuando a mi marido lo mataron en el frente.

—Matilde, no me hable de la guerra. Sabe que no me gusta. Ahora no estoy para que me cuente penalidades…

—Lo siento, señora. No lo puedo evitar…

—Ya lleva mucho tiempo en esta casa y sabe que de la guerra no hablamos ni mi marido ni yo. Y fíjese si el señor tiene historias que contar, pero se lo tengo prohibido. El pasado es el pasado y lo mejor que podemos hacer es enterrarlo.

—Sí, señora.

Matilde no añadió nada más. No había empezado el día con muy buen pie. Mientras arreglaba la habitación, le habló del recién nacido:

—Antonio es un niño buenísimo. Ha pasado la noche casi de un tirón. —Guardó silencio, esperando la curiosidad de la marquesa por su hijo. Ante la ausencia de preguntas, siguió hablando del niño. —Digo yo que se parece más al señor marqués que a usted…

—Supongo que tendrá algo mío. Después de todo soy quien lo he parido —contestó en el tono socarrón y castizo con el que a veces hablaba al servicio.

—Pues el niño es Díez de Rivera cien por cien, se lo digo yo.

Minutos después entró el marqués en la habitación.

—¡Buenos días, querida! ¿Cómo te encuentras?

—¡Imagínate! Deseando poder moverme sin dolores.

—Bueno, bueno… ¡Tiempo al tiempo! Tenemos un hijo listísimo. Tenías que ver cómo se agarra al pecho de la gallega.

—Ya me ha dicho Matilde que es igualito a ti.

—¿Usted cree que se parece a mí, Matilde?

—Sí, señor. Todo el servicio pensamos lo mismo. Deseo que se críe con salud. Lo digo de corazón...

—Cuando quieras, querida, te traen al niño. Tendrás curiosidad por verlo y ver si es verdad eso que dicen.

—¡Claro! —exclamó Sonsoles, aunque no muy convencida—. Pero antes voy a arreglarme un poco. Hoy vendrán visitas.

—Sí, hoy puede ser esto una romería. No te puedes imaginar la cantidad de telegramas que hemos recibido. Está la casa llena de ramos de flores...

No prestó mucha atención hasta que su marido empezó a detallar la procedencia de los telegramas recibidos.

—Nos ha escrito el rey Alfonso XIII dándonos la enhorabuena. Todo un detalle, ¡con lo enfermo que está! El duque de Alba nos ha enviado otro desde Londres. ¡Hasta Serrano Súñer nos ha felicitado! Imagino que lo ha hecho antes de partir para Alemania. También nos han mandado un telegrama Balenciaga, Mihura, Tono...

Sonsoles escuchó el nombre de Serrano y fue como si de nuevo todo se paralizara en torno a aquel hombre que tanto le atraía.

—¿Por qué no me das los telegramas? Me gustaría leerlos —pidió a su marido.

—Te advierto que no vas a encontrar más que frases hechas sin ninguna originalidad. Pero bueno...

Salió de la habitación mientras ella se sentaba en la cama y se apoyaba sobre varios cojines. Le alteraba el hecho de escuchar el nombre de Serrano. Estaba deseando leer las palabras que le dedicaba por traer un hijo al mundo. Todavía no le había perdonado su reacción al saber que estaba embarazada, sin embargo, eso no impedía que mostrara interés por todo lo que le concernía.

—Aquí tienes… No te exageraba nada —le dijo su marido entrando otra vez en la habitación—. Nos ha felicitado lo más granado de la sociedad.

Le entregó en una bandeja de plata todos los telegramas que habían recibido. Sonsoles no leía ninguno. Solo se fijaba en quién los remitía. Encontró el de Serrano y se acabó su búsqueda. «Felicidades por la buena nueva. Ramón Serrano Súñer», no decía más. Era una frase protocolaria que seguramente habría escrito su secretaria. No le dedicaba ni tan siquiera una palabra amable. Dejó de leer de golpe y cerró los ojos con el telegrama en la mano.

—¿Qué te pasa, Sonsoles? —le preguntó su marido.

—Señor, después del parto se queda una sin ganas de nada. Se lo aseguro por propia experiencia —intervino Matilde, deseando volver a hablar de su maternidad.

—Por Dios, estoy cansada y se me ha levantado un dolor de cabeza horroroso. Eso es todo. —Cerró más la mano y escondió bajo su almohada aquel telegrama tan poco explícito.

Matilde retiró la bandeja con el resto de las felicitaciones y se fue de allí con intención de traerle el desayuno.

—Estoy pensando que deberías tomar una botellita de Richelet, el remedio que anuncian tanto en la prensa. Ese que dicen que sirve para fortalecer a los niños y a los adultos. Depura la sangre… O el hongo que yo tomo y que me va tan bien.

—Por favor, ¿no te das cuenta de que solo necesito descanso? No me gustan esos potingues en los que tienes tanta fe. Lo que quiero es andar sin que me duela todo el cuerpo. Me siento como si me hubieran dado una paliza.

—Por lo que me han contado, te dieron una paliza. De modo que no es de extrañar que te sientas mal.

Sonó el timbre. A los pocos minutos aparecieron su madre, Beatriz de León, y sus hermanas, Carmen y Ana. Habían quedado para ver al nuevo miembro de la familia por primera vez.

—¿Qué tal estás? —le preguntó su madre—. Tienes mala cara.

—Bueno, lo normal en estos casos —dijo Anita entre risas.

—En pocos días estarás como nueva. ¡Ya lo verás! —afirmó su hermana Carmen.

Matilde irrumpió en la habitación con el niño. Las tres celebraron las sonrisas que les dedicó nada más verlas. Se pasaron al niño unas a otras y lo besaron hasta que comenzó a llorar y se lo dieron a Sonsoles.

—Ahora que llora me lo pasáis a mí...

Al rato, el niño se calló en su regazo. Aunque no era muy niñera ni tenía el instinto maternal desarrollado, sintió algo especial al comprobar que su hijo se calmaba cerca de ella. Regresó Matilde con el desayuno en una bandeja y se hizo cargo del bebé.

Mientras su hermana desayunaba, Carmen comentó que en el teatro Reina Victoria le estaban organizando un homenaje al celebrarse las cien representaciones de la adaptación de su novela *Cristina Guzmán*.

—Espero poder asistir. ¿Cuándo será? —preguntó Sonsoles.

—Para dentro de quince días. Pero no te preocupes. Estás disculpada. Lo primero es lo primero.

—No te equivoques conmigo. No me perdería un homenaje tuyo por nada del mundo. Aunque hubiera dado a luz el mismo día.

Se echaron todas a reír. Era más que admiración lo que profesaba Sonsoles por su hermana mayor. Continuaron hablando del momento tan crítico que estaba viviendo España. Carmen les contó que en la redacción del periódico habían estado pendientes de la reunión de Serrano con Hitler.

—Parece que otra vez nos hemos librado. Esta vez sí que pensábamos todos que entrábamos de nuevo en guerra.

—¿Se saben más detalles? —preguntó Sonsoles con curiosidad.

—Aparecerá en la prensa mañana o pasado. Dicen que Serrano solo fue a cerrar tratos comerciales y a pedir alimentos. Bueno, eso es lo que se va a publicar, pero estamos seguros de que Hitler exigió más. De momento, seguimos sin entrar en la guerra. Veremos lo que el jefe de censura extranjera, el señor Aladrén, nos permite decir.

—Dios mío, sería terrible otra guerra —intervino la madre—. Si se declarara tendríamos que refugiarnos en la embajada de Méjico. Yo creo que a través de las gestiones de vuestro hermano, no habría problema para salir del país. No podría soportar otra guerra.

—Bueno, no seamos exageradas. Y no hablemos de guerra, por favor. Lo que está claro es que nuestro ministro de Exteriores lo hace bien —cortó Sonsoles.

—¡Qué raro que hables bien de un político, hermana! —le dijo riendo Carmen.

—Un día me encantaría ir de carabina a acompañarte al periódico. Por ver una redacción por dentro… —comentó Sonsoles.

—Cuando te repongas, el día que quieras. Por mí, mejor, le doy un día libre a la señora que me acompaña a entregar mi artículo. A veces, pienso que tiene que ser aburridísimo para ella. Siempre esperándome allá donde voy, además sabes que me gusta entretenerme. Pero… me parece que revolucionarías la redacción. No sé yo si es buena idea.

Ana tomó la palabra y cambió de tema. Se puso a hablar del acto al que había asistido el día anterior, en desagravio a la imagen del Niño Jesús, en la iglesia de San José.

—Fue un acto precioso. Teníais que ver a todo Madrid queriendo dar un beso a la imagen…

—¿Te refieres al Niño Jesús? —entró en la conversación el marqués, que había regresado a la habitación después de ausentarse por unos minutos—. Esa imagen, durante la guerra, fue sacada de su altar y colocada en el atrio del templo, vestida de miliciano y con una pistola en la mano...

—Parece ser que le quitaron la cruz original que llevaba en la manita y le pusieron la pistola... —añadió la madre.

—A los pies —continuó el marqués— le colocaron un letrero que ponía: «¡Soy comunista!».

—¡Qué barbaridad! —exclamó Sonsoles.

Todos celebraron que las cosas volvieran a su ser, después de tanto «desmán comunista». Comentaron que confiaban en que se detuviera a los culpables de estas y de todas las fechorías que se habían producido durante la guerra.

—Cada día leo en el periódico —siguió hablando el marqués— que se producen más detenciones. Hoy mismo viene que han apresado a una propagandista comunista que estaba oculta desde la liberación de la zona roja por las tropas nacionales. Y a un comandante rojo que asesinó a dieciocho soldados que huían ante el avance de las fuerzas nacionales. Estaba el fulano en un hotel con nombre falso y viviendo a todo trapo.

—No, si a estos dinero no les falta. Nos han robado todo lo que han querido y han destrozado gran parte del patrimonio de las personas de bien —dijo su suegra.

—Vuestra casa ha quedado estupendamente después del desaguisado que hicieron con ella —apuntó Ana.

—Bueno, todavía cuando estamos en el baño me parece oler a cabras...

—¡Qué cosas tienes, Francisco! —zanjó Sonsoles.

Durante todo el día, la casa tuvo un ir y venir de marqueses, condes, duques, empresarios, amigos de la Gran Peña del marqués, compañeros del Ministerio del Ejército... Aquella habitación tan grande como un salón estuvo repleta de visitas a las que se servía jerez, martinis y hasta champán. Al anochecer y quedarse sola, Sonsoles comprobó que el telegrama seguía debajo de su almohada. Volvió a releerlo: «Felicidades por la buena nueva. Ramón Serrano Súñer». Pensó que, aunque, la frase no fuese muy explícita, al menos el ministro se acordaba de ella. Con tantas cuestiones de estado sobre su mesa, el hecho de que sacara tiempo para felicitarla significaba mucho. Quería entrever en aquellas simples palabras más de lo que en realidad decían. Poco a poco se fue quedando dormida.

18

La vuelta a España les pareció muy rápida a Serrano y a sus ayudantes. El ministro se encontró de nuevo cruzando los Pirineos un domingo. Avanzaban hacia San Sebastián y se oían las campanas que repicaban a misa mayor. Muchas personas caminando de forma apresurada se dirigían al oficio religioso. Se había corrido la voz de que el mismísimo todopoderoso Serrano iba a aparecer por allí. De hecho, tenía su sitio de honor esperándole entre olores a incienso y a cera derretida. Serrano Súñer entró en el templo vestido con uniforme negro de Falange con hombreras entorchadas. Se hizo un silencio que solo se rompió al final del oficio religioso. Cuando cruzó el umbral de la iglesia, le esperaba un gentío aclamándole con vivas a España y a Franco. La noticia había corrido de boca en boca: «¡España no entra en la Segunda Guerra Mundial!». La información sobre aquel baño de multitudes y el caluroso recibimiento del pueblo llegó al palacio de El Pardo, antes que la propia delegación.

—Ya ves lo que pasa por enviar a Ramón con Hitler. Tú mismo estás haciendo crecer su imagen de hombre de estado. No me gusta, ya te lo digo.

Carmen Polo hablaba con su marido con preocupación. No era la primera vez.

—Carmen, te recuerdo que es el marido de tu hermana pequeña. Parece que se te olvida que, en mi ausencia, se trata de la persona más capacitada para hablar con Hitler. Si yo hubiera ido a esa entrevista, no hubiera tenido más remedio que decir que sí a nuestra entrada en la guerra. Estamos ganando tiempo. Además, hay que reconocer que Ramón se ha expuesto mucho en este viaje. Tú lo sabes.

—¡Ándate con ojo! Le gusta colgarse medallas que te pertenecen.

El matrimonio hablaba en las habitaciones privadas. Fuera, casi a oscuras para no gastar energía eléctrica, se encontraban el joven José Gómez y uno de los hombres de más confianza del palacio, el señor Prieto, jefe de Servicios. Su misión era esperar la voluntad de «la Señora», que era como le gustaba que la llamaran, y de su excelencia; así como tener todo a punto. Hablaban en voz baja, casi entre susurros. Prieto le confesó al recién llegado Gómez que su numerosa familia pasaba estrecheces. El hombre se hallaba preocupado porque el pequeño de sus hijos estaba enfermo.

—No sé si contárselo a la Señora. Yo creo que lo que tiene mi hijo se le pasaría comiendo mejor. Mi mujer no me lo dice, pero yo sé que pasan hambre.

—Señor Prieto, no creo que sea buena idea, la verdad —le dijo el muchacho con sinceridad.

El jefe de Servicios se quedó callado. Otro pensamiento pasó por su cabeza. Tenía bajo su custodia las llaves de los almacenes distribuidos por todo el palacio. Los que estaban al lado derecho de la escalera privada, a continuación de la salita de espera de las audiencias de la Señora, no contenían más que jarrones de porcelana. Los de la planta noble, que ocupaban el ala este de palacio y parte del ala norte, estaban cerrados a cal y canto y no sabía qué había en ellos. Nunca había entrado allí a colocar o retirar algo. Los del patio de los Austrias eran para la bebida. Los del patio de los Borbones, donde entraba más a menudo, aparte de escopetas de caza, almacenaban cientos de sacos de arroz, harina, azúcar, sal y legumbres agolpados en el suelo. Además del aceite y de los numerosísimos zapatos que llegaban al palacio de todas partes de España. Eso sin contar la vajilla, la cristalería, la cubertería de campo... Cuando la Señora le pedía algo, él bajaba con las llaves y se tenía que mover entre el polvo que allí se acumulaba y las mercancías, porque no permitía que nadie más entrara. Solo él podía acceder a ellos. Era todo un privilegio saber que gozaba de su confianza. También suponía una gran responsabilidad.

De pronto, pensó que había llegado el momento de hacer algo por su familia, aunque se jugara el puesto y la reputación. Llevaba tiempo dándole vueltas. Tenía acceso a todos los alimentos, pero no sabía cómo sacarlos de allí con la vigilancia que había.

—Señor Prieto, se ha quedado usted muy callado y con la mirada perdida. Mi madre dice que lo mejor que uno puede hacer en el trabajo es callar.

—Seguramente tu madre tiene razón. No, no se lo diré. —Acababa de tomar la decisión de coger cada día un poco de comida para sus hijos de alguno de los almacenes que contenían alimentos. Debía idear el método.

—¿Y si le dice abiertamente a la Señora que le dé un saco de arroz para su familia? —continuó preguntando el más joven del servicio.

—Me quitaría las llaves. Seguro. Yo le he hablado de mi numerosa familia, pero nunca ha salido de ella darme algo para mis hijos. Aquí, Gómez, uno tiene que ver y callar. Te pido que me guardes el secreto. Espero que no seas un traidor y seas leal no solo a su excelencia sino a tu jefe, que soy yo.

—No, señor Prieto. No soy un traidor, se lo aseguro. Espero poder demostrárselo.

Oyeron unos pasos y se callaron. Era el jefe de la Casa Civil, Julio Muñoz Aguilar, vizconde de Louriño. Llevaba el uniforme de la casa civil; no iba nunca vestido de militar y eso que era general de División. Se comentaba en el servicio que no se ponía el uniforme para poder tratar a sus superiores como si no lo fueran y rectificar sus posiciones, incluso revisar la vestimenta de cuantos iban a ser recibidos por Franco en audiencia.

—¿Alguna novedad? —les preguntó.

—Ninguna, señor —respondió Prieto.

—Ojo con su pantalón, señor Gómez. Está sin planchar. Aquí el servicio tiene que dar ejemplo a las visitas. No quiero verle con el pantalón sin raya. No se lo diré otra vez, ¿me entiende?

—Sí, señor. —Sabía que a la próxima le mandarían de nuevo al cuartel del que había salido para este servicio especial, al que muy pocos accedían.

—Falta poco para que llegue la comitiva que trae de vuelta al ministro. Dígale a su excelencia que aproximadamente en una hora estarán aquí.

—Así lo haré —respondió Prieto.

Cuando se fue no se atrevieron a hacer ningún comentario. Prieto avisó al mayordomo de la zona privada, Julián Garcilópez, para que informara a su excelencia de la llegada del ministro en una hora. Lució, como siempre, sus dientes perfectos en su sonrisa forzada y se fue de allí. Prieto y Gómez se mantuvieron en silencio hasta que les avisaron de que estaba a punto de llegar la comitiva.

El ministro miraba por la ventana y elucubraba sobre su ascendente carrera. Pensó que si sus hermanos no hubieran muerto, no se hubiera dedicado de manera tan activa a la política, siempre en el bando contrario al de los que les habían matado. De alguna manera, paliaba ese dolor poniendo en marcha y organizando el nuevo estado. No quería dejar muchos huecos al pensamiento porque el peso de su pérdida era demasiado doloroso. No lograba superarlo. Recordó que durante la República también se había sentido útil cuando aceptó la candidatura de la Unión de Derechas por Zaragoza y se dedicó con ahínco a presentar enmiendas a la Ley de Bases de Régimen Local, tan necesaria para modernizar el país. Pero el germen de toda su actividad partía de la universidad. Su amigo José Antonio Primo de Rivera le había contagiado aquella urgencia por modificar las leyes y porfiar contra todo y contra todos. ¡Cuánto le echaba de menos! Veía los años juveniles como el motor de su dedicación a la cosa pública. Los dos habían abandonado la carrera de ingeniería para hacerse abogados, aunque su padre hubiera deseado que continuara su trabajo como ingeniero de caminos. Siempre fue un hombre brillante que no toleraba lo superfluo ni la banalidad. Y la decisión de ser abogado, contra su voluntad, le ocasionó serios disgustos. Sonreía al recordar sus palabras: «¿Quieres ser uno de esos leguleyos que se meten en las vidas ajenas, servidores del oportunismo, un bohemio a sueldo de posibles delincuentes?». Casi podía oírle... Tenía mucho mérito, pensaba, por haber criado a sus hijos completamente solo, ya que su madre había muerto muy joven. Y aunque había desaparecido muy pronto, siempre la habían recordado con cualquier excusa en aquella casa de Castellón donde vivieron con mentalidad franciscana. ¡Cuánta nostalgia del pasado! De pronto se dio cuenta de que estaban a punto de llegar al palacio de El Pardo y sus pensamientos se esfumaron como cuando se pincha una pompa de jabón. La realidad se imponía. Ya estaban de vuelta.

En el palacio se le dio la misma bienvenida que a Franco al regresar de alguno de sus viajes. A los pocos minutos estaba a solas frente a su cuñado, quien acudió a recibirlo a la puerta de su despacho y le dio un abrazo. Franco exhibía la mejor de sus sonrisas. Se le veía satisfecho.

—Ramón, cuéntame con detalle...

Le explicó cómo se había desarrollado la entrevista con el Führer, los mapas con la entrada milimétricamente decidida a través de las fronteras españolas, el transcurso de la conversación y el nuevo aplazamiento de la entrada en la contienda.

—Ganar tiempo es esencial. Pero habría que pensar cómo compensar a Hitler de nuestras constantes negativas. Dale vueltas, Ramón, porque volverá a llamarnos y seguramente sin tantas contemplaciones.

—Hemos ganado dos o tres meses, pero en algún momento habrá que decirle que sí o romper el acuerdo con las consecuencias que eso podría traer para España. Ya no podemos seguir insistiendo en reivindicaciones territoriales. Lo ha dicho claramente: «Los caballeros españoles tendrán que creer en mi palabra y no insistir en una reivindicación escrita precisa».

—Habrá que convocar para los próximos días una reunión de ministros militares. Necesitamos tomar una decisión definitiva. Ya no hay más dilación ni vuelta atrás.

Después de transmitir a su cuñado el ultimátum de Hitler, quería regresar a su casa. El viaje había sido muy largo y casi no podía sostenerse en pie. Aquella noche durmió profundamente. Necesitaba reponer fuerzas porque, al día siguiente, estaba obligado a mentir de forma convincente a los embajadores de Gran Bretaña y Estados Unidos, que pedirían explicaciones sobre la reunión en el «nido» de Hitler.

Fue poner el pie en el palacio de Santa Cruz y los dos embajadores, sir Samuel Hoare y Alexander Weddell, ya le estaban esperando. Ambos sentían la misma animadversión hacia Serrano y no la disimulaban. El ministro sabía perfectamente cómo se iba a desarrollar el grueso de la conversación con ellos. Antes de que entraran a su despacho les hizo esperar. Quería realizar varias llamadas y despachar con su secretaria. A la vez, deseaba hacerles comprender que no se podían presentar sin cita previa y que, en ese ministerio, mandaba él. Tampoco les tenía ninguna simpatía. Más bien todo lo contrario.

Cuando se quedó solo en su despacho, sintió la necesidad de oír la voz de aquella mujer que no había podido apartar de su pensamiento. En los peores momentos, se había acordado de sus ojos verdes, de su risa y de cómo le hacía olvidar en su presencia los muchos problemas que le rodeaban. Era una mujer libre, altanera, vanidosa y segura de sí misma. Le gustaba porque parecía no tener miedo a nada. Tampoco le imponía su cargo y cercanía con Franco, como le ocurría a todo el mundo, y eso le atraía.

De repente, abrió un cajón y sacó su agenda personal. A los pocos segundos solicitó que le comunicaran con el teléfono de casa de los marqueses de Llanzol. Se dijo a sí mismo que si no lo cogía ella, colgaría. Pero a esas horas de la mañana, Sonsoles Díez de Rivera siempre estaba cerca del teléfono. Desayunaba cada día con las llamadas de rigor a su familia. Sonó el teléfono una vez, dos veces, tres…

—¡Dígame! —Sonsoles esperaba la llamada de su madre.

Hubo unos segundos sin respuesta al otro lado del teléfono. Serrano identificó su voz y finalmente, habló:

—Buenos días, Sonsoles. Soy Ramón… Quería saber cómo te encuentras.

La marquesa casi se desmaya. Empalideció. Indicó con un gesto de la mano a sus hijos pequeños, que estaban a los pies de la cama acompañados de sus institutrices, que se marcharan de inmediato.

—Muchas gracias por tu interés. —Intentaba dar seguridad a su voz, pero le temblaba todo el cuerpo—. Estoy mejor, aunque deseando poder volver a mi vida normal. Se me cae la casa encima aquí encerrada.

Sonsoles evitó preguntarle por sus gestiones ante Hitler. Nunca trataba de sonsacarle nada de su trabajo. Eso a Serrano le gustaba.

—¿El niño está bien?

—¡Oh! Sí, muy bien. Te confesaré que no soy muy maternal. Pero el niño está estupendamente. Mejor que yo, seguro, porque todavía no me muevo con soltura.

Serrano pensó que aquella mujer era atípica hasta para eso. Sonrió al oír sus palabras.

—¿Y qué tal se encuentran tu mujer y tu hijo? —le preguntó ella de forma convencional—. ¿Ha sido niño o niña?

—Muy bien. Por fin hemos tenido una niña.

—Me alegro de que estén bien —su voz sonaba muy protocolaria.

—Bueno, tengo que dejarte. Te pido que traslades mi enhorabuena a tu marido.

—Muchas gracias. En dos semanas necesariamente estaré repuesta. Seguro que nos encontraremos en algún acto.

—¿Por qué necesariamente?

—No quiero perderme el homenaje a mi hermana Carmen. Se cumplen cien representaciones de su obra y quiero ir al teatro. Por supuesto que estás invitado. Lo que no sé es si tendrás tiempo.

—Me enteraré del día y de la hora y haré todo lo posible por ir. Tampoco sé con antelación cómo tengo mi agenda, pero lo intentaré. Bueno, debo reunirme con dos embajadores que llevan ya un tiempo esperando.

—¡Hasta pronto! Gracias por llamar…

—¡Hasta pronto, Sonsoles!

Su nombre en sus labios le sonó a música celestial. Se acordaba de ella. Tan ocupado como estaba y lo primero que hacía en el día era llamarla. A partir de ese momento, con más razón cogería siempre el teléfono a esas horas de la mañana. Durante toda la jornada estuvo eufórica. Nadie comprendió qué le había cambiado tan radicalmente el estado de ánimo. Solo oír su voz había sido suficiente para sacarla de la apatía que sentía. Necesitaba volver a verle.

19

Serrano mandó a su secretaria que hiciera pasar a los embajadores de Gran Bretaña y de Estados Unidos a su despacho. El ministro no quería dedicarles mucho tiempo, máxime cuando era difícil que creyeran lo que les tenía que decir.

—Dígales que tengo poco tiempo y a los quince minutos entre usted a comunicar que tengo otra reunión. Me ha entendido, ¿verdad?

La secretaria, que era mujer de pocas palabras, se limitó a asentir con la cabeza y a cumplir con aquella orden dada por su jefe. A los dos minutos allí estaban los dos embajadores más críticos con su gestión. Sir Samuel Hoare mantuvo las formas aunque fue duro en su manera de hablar y expresarse, pero el embajador Weddell no tuvo ningún tipo de miramientos a la hora de explicarle el malestar del pueblo americano ante una nueva reunión con Hitler, y, en esta ocasión, en su residencia de Berchtesgaden. Serrano Súñer no tardó en irritarse. Pensaba que ambos embajadores no eran conscientes de con quién estaban hablando. Se lo hizo saber inmediatamente.

—Señores, no me van a dar ustedes lecciones de cómo tengo que llevar a cabo la política exterior de mi país. He ido al Nido del

Águila a pedir trigo y alimentos a Hitler. No he tenido más remedio, porque ustedes nos los están negando y la situación de España es insostenible. Pero mi país seguirá siendo neutral en el conflicto mundial, si eso es lo que les preocupa. No nos hemos movido ni un ápice de la posición en la que estábamos. Espero que les haya quedado claro, porque no estoy dispuesto a que vuelvan a entrar en mi despacho con el poco respeto con el que lo han hecho hoy.

—Señor ministro, solicito inmediatamente una entrevista personal con el Caudillo —pidió el embajador americano con un tono de voz acalorado—. Quiero transmitirle en persona un mensaje amistoso del presidente Roosevelt y, al tiempo, sentar las bases de un programa de asistencia norteamericana para España. Nosotros queremos colaborar para que la situación mejore, pero da la impresión de que usted nos pone todo tipo de cortapisas.

—No le voy a consentir que siga hablando en ese tono. Además, si quiere reunirse con Franco en lugar de hacerlo conmigo, yo no pongo ningún inconveniente, pero verá que es del todo imposible. Soy su canal de transmisión y cuanto antes lo acepte, le irá mejor.

—Señor ministro —tomó la palabra Hoare—, tiene usted que comprender la honda preocupación del pueblo americano y del pueblo británico.

—El señor Weddell me está faltando al respeto… —replicó Serrano.

—Más bien interpreto que quiere hacer llegar a Franco la opinión de Roosevelt, su presidente, igual que yo quiero transmitirle la de Winston Churchill sobre la importancia de la neutralidad de España. Tiene que comprendernos, porque todo en nuestro entorno y en los periódicos españoles nos hace pensar todo lo contrario. Es decir, parece evidente que España está del lado del Eje.

—Esa es una falsedad, no voy a seguir insistiendo en que me ofenden sus palabras —afirmó Serrano, visiblemente enfadado.

—¿Y cómo interpreta esto? —El embajador americano le mostró una carta con un sello alemán—. Esta carta, expedida a través del correo español y distribuida en la propia España, lleva de forma visible la señal del sello de la censura alemana. La inteligencia nos dice que la censura extranjera dentro de un país es un indicador de la poca independencia y soberanía que tiene ese país, es decir, el gobierno español.

—Ya no voy a seguir escuchándoles… —Se puso en pie, invitándoles a que abandonaran su despacho.

En ese momento entró su secretaria anunciando que tenía que atender a otra visita que ya estaba esperando. Los embajadores se marcharon con más preocupación de la que habían traído. Antes de salir, el embajador británico se giró y se dirigió a Serrano:

—¡No se olvide de los *navycerts* tan necesarios para su país!

Serrano Súñer dio un manotazo sobre su escritorio cuando ambos abandonaron su despacho. Hoare y Weddell, por su parte, decidieron incrementar sus gestiones diplomáticas y sus contactos con otros hombres del gobierno, así como con los generales menos proclives al régimen nazi.

—Mi querido amigo —le dijo Hoare a Weddell—, nos toca una labor más allá de la diplomacia. Le aconsejo que avive a sus servicios de inteligencia porque, de no ser así, podemos ver a España con el Eje en poco tiempo, aunque el ministro se empeñe en decir lo contrario. Yo le aseguro que ya estoy manos a la obra. —Pensaba en la sustanciosa suma de dinero que recibirían los generales que desaconsejaran a Franco entrar en la Segunda Guerra Mundial.

Por su parte, el embajador americano tomó la decisión de hablar con el SIS, el Secret Intelligence Service, para que enviaran un mayor número de agentes infiltrados a España. El FBI estaba reclutando a centenares de nuevos miembros. En menos de un año, de ochocientos noventa y ocho agentes pasaron a tener infiltrados mil quinientos noventa y seis en todo el mundo. Pero no todos contaban con la formación suficiente para acceder al Servicio Secreto. Estaba claro que había una condición indispensable en el caso de España y es que debían conocer el idioma. En ese caso, el número se reducía sustancialmente. El problema es que pocos sabían cómo moverse por territorio español sin despertar sospechas. Solo había tres maneras: fingir ser agentes de Bolsa, ejecutivos del acero o hacerse pasar por periodistas. Esto último era más sencillo porque no tenían más que coger una libreta y una pluma y comenzar a hacer preguntas sin ningún reparo.

El embajador americano debía hacer caso al embajador inglés, que le llevaba siglos de ventaja. La inteligencia militar británica practicaba el espionaje y contraespionaje desde el reinado de Isabel I, en el siglo XVI. Weddell se pondría en contacto con Percy Foxworth, el cortés agente especial responsable de la oficina del FBI en Nueva York, al que todo el mundo llamaba Sam. Desde el 1 de julio de 1940 estaba al frente del Servicio Secreto de Inteligencia, por designio de Hoover. Desde los veintidós años, J. Edgar Hoover trabajaba para el estado, en distintas misiones dentro del Departamento de Justicia en Washington. Ahora tenía cuarenta y cinco y se había especializado en encontrar enemigos extranjeros y deshacer complots reales e imaginarios. Era el azote del comunismo y de todo extranjero que se instalara en Estados Unidos bajo la más mínima sospecha. Había practicado la persecución indiscriminada y la represión sistemática. Este servicio se sostenía con fondos de una cuenta secreta creada por el presidente Roosevelt. El Congreso no sabía nada de ello y ninguna ley lo autorizaba.

Hoover enseñó a su pupilo, Foxworth, a actuar al margen de la ley. En aquellos años, el FBI había instalado sin orden judicial más de seis mil escuchas telefónicas y casi dos mil micrófonos ocultos en nombre de la seguridad nacional americana. Todo era válido para proteger a los Estados Unidos. Había llegado el momento de ayudar al embajador en España. Serrano Súñer era una amenaza para el pueblo americano y para el pueblo inglés. Estaba más cerca del Eje de lo que aparentaba. Estaba claro que había que pararle como fuera. Todo hombre tiene un punto flaco. Sólo quedaba encontrarlo. Le protegía la cercanía a su cuñado Francisco Franco, por lo que había que romper esa unión como fuera. Esa sería su misión a partir de ese momento.

Si Samuel Hoare estaba trabajando duramente para que la idea de neutralidad llegara al Caudillo a través de sus generales, Alexander Wilbourne Weddell iba a hacerlo en el desprestigio del hombre fuerte del gobierno, el cuñadísimo Ramón Serrano Súñer.

20

Desde hacía media hora, el marqués de Llanzol daba vueltas por los salones de su casa poniendo en hora todos los relojes. Les daba cuerda y después adelantaba o retrasaba algún minuto tomando como referencia su reloj de bolsillo. Aquel día ya había repetido este ritual dos veces. Estaba nervioso ante la primera salida de su mujer, a los quince días de dar a luz. Sonsoles se volvía a dejar ver en sociedad. Le costó discutir con ella, porque creía que todavía no estaba completamente restablecida, pero cuando tomaba una decisión, ella era imparable. Además, parecía ilusionada después de esos días en los que no había hablado casi con nadie.

—Señor, ¿quiere un coñac antes de ir al teatro? —le preguntó el mayordomo.

Esta vez, como le vio de frente, no le confundió, como siempre le ocurría.

—No, no quiero nada. Muchas gracias.

—¿Desea el señor un jerez?

—Juan, no quiero nada, muchas gracias. No insista.

El mayordomo se retiró. Sabía que el marqués estaba preocupado. Sonsoles no parecía recuperada. En los últimos días se la veía pálida y agotada. No tenía hambre y apenas comía, y tampoco mostraba muchas ganas de nada. Parecía apática. Había hablado con su cuñado Ricardo, el médico, y le había restado importancia, pero aquel comportamiento no era normal. Algo le pasaba y aquella salida le parecía precipitada e innecesaria. Se lo había dicho por la mañana y ella se había enfadado, mandándole de nuevo a fumar al cuarto de baño. Aquello le pareció humillante por lo repetido y decidió no volver a hacerlo. «Uno ya no puede hacer lo que quiera ni en su propia casa», pensaba.

De pronto, Sonsoles apareció en el salón vestida con un traje de noche blanco y negro, cubierto de pedrería. Nadie diría que había sido madre hacía dos semanas. El pelo semirrecogido y la boca pintada en rojo clavel. Francisco dejó descansar su reloj en el bolsillo de su esmoquin y no pudo por menos que elogiar su belleza.

—¡Qué guapa estás, Sonsoles!

La marquesa sonrió y se contoneó varias veces por delante de su marido, como si hiciera un pase de modelos en exclusiva para él.

—Se te ve otra cara. A lo mejor tienes razón y lo que necesitabas era volver a salir de casa.

—Sabes perfectamente que en casa solo me vienen malos pensamientos. Necesito salir y divertirme.

—Pero mujer, si estás todavía convaleciente.

—Ya no… —le dijo, acercando su boca a pocos milímetros de la suya.

—No, ya veo que no.

Sonsoles sabía que tenía el apellido y el título de su marido de puertas para afuera, pero quien dominaba aquella casa era ella. El marqués suspiraba por esta mujer tan joven que le complicaba la vida, que gastaba más de lo que debía, pero que le había vuelto loco desde el momento en que la había conocido. Tenía poca facilidad de palabra, pero era muy tierno. Sonsoles le daba pocas oportunidades para demostrar esa ternura, pero moriría por ella y por sus hijos.

Cuando llegaron al teatro Reina Victoria, había algunos curiosos que se agolpaban para ver a las personalidades que acudían al acto. Hasta la puerta del teatro llegaba el olor a castañas recién hechas que una castañera enlutada se afanaba en mover de un lado a otro de las brasas, a pocos metros de la puerta. El frío y el hambre se notaban en las caras de los hombres y mujeres que observaban la llegada de aquella gente de alcurnia a la que la guerra parecía no haber dejado secuela alguna. Más que curiosidad por los que entraban en el teatro, les invitaba a quedarse ver el derroche de lujo y belleza que les permitía soñar con los ojos abiertos. Daba la sensación de que aquellas personas tan elegantes que acudían al teatro no eran de carne y hueso. Cuando Sonsoles bajó del coche, se oyó un murmullo entre la gente. Alguien comenzó a aplaudir y el resto del público allí congregado secundó aquel aplauso. No sabían quién era, pero tenían la seguridad de que se trataba de una actriz o de una gran personalidad. Se daban codazos unos a otros preguntándose si alguno la conocía. Sonsoles dejó deslizar su estola de piel y pudo apreciarse el traje de Balenciaga repleto de pedrería en todo su esplendor. Los aplausos se renovaron. Aquella mujer tenía que ser alguien muy importante. El marqués que iba detrás no atrajo la mirada de nadie. Ella siempre le eclipsaba, y no solo por su belleza. Cuando entraron en el recinto, su hermana Carmen salió a recibirles y les agradeció su presencia. Las tres hermanas y su madre se hicieron una foto para el *Ya*, donde había comenzado a trabajar Carmen tras el cierre del periódico *El Sol*. Los tres cuñados hablaban entre ellos. Todo Madrid estaba allí, actores, actrices y la alta sociedad de aquel final de 1940 se concentraban en aquellos pocos metros. Sonsoles estaba exultante, porque tenía la seguridad de que aparecería por allí Ramón Serrano Súñer. Se había vestido y peinado para él. El corazón se le salía del pecho. Necesitaba verle. Solo pensaba en él desde que se conocieron aquella noche en el Ritz. El primer timbre sonó, había que tomar asiento en el patio de butacas. Sonsoles, sin embargo, se resistía, y permaneció de pie en la entrada con sus hermanas.

—Habrá que pensar en pasar —dijo Ana, dirigiéndose a su marido y a su madre.

—Nosotras debemos ser las últimas por si llega alguna personalidad. Piensa que es como si Carmen fuera la anfitriona —le dijo Sonsoles a su hermana—. Además, ¿no quedó en venir el ministro?

—Bueno, confirmó su asistencia, pero de ahí a que venga, no confío mucho —añadió Carmen.

—Si ha dado su palabra, la cumplirá —aseveró Sonsoles en el preciso momento en el que un coche oficial llegaba a los aledaños del teatro.

—Mira, ahí lo tienes —dijo Ana a su hermana antes de que terminara la frase.

Pero del coche oficial descendió únicamente Zita Polo, la mujer de Serrano Súñer. Iba vestida con un sobrio traje de noche negro y un abrigo de paño del mismo color. Muy delgada, morena, recordaba a su hermana mayor, Carmen Polo. Parecía tímida y muy educada. Al llegar a la altura de Carmen de Icaza, se disculpó por la ausencia de su marido.

—Una reunión de última hora le ha impedido estar aquí. Me ha pedido encarecidamente que le disculpara, pero ya sabe que las labores de estado son prioritarias. Espero no llegar muy tarde…

—No, en absoluto. Íbamos a pasar en este momento. Muchas gracias por acudir a las cien representaciones de mi novela.

—Sé que ha tenido un gran éxito y la felicito por ello.

Carmen le presentó a todas sus hermanas. Sonsoles no quería saludar de manera efusiva a aquella mujer. La decepción por no ver a Serrano aquella noche era máxima. Las dos estuvieron serias, aunque, al final, Zita le sonrió cuando se dieron la mano. Siguieron las presentaciones. La marquesa no podía dejar de mirarla. Intentaba imaginarse la vida de pareja que llevaban los dos.

No parecía feliz. Quiso vislumbrar en sus ojos un halo de tristeza. Sabía que había tenido la misma rigurosa educación que su hermana, aunque desconocía si era de misa diaria como ella. Parecía adivinar una sumisión hacia su marido de la que ella carecía. Se imaginaba la vida gris de aquella mujer detrás siempre del gran personaje que era Serrano. Se la veía incómoda y decidió hablarle. En el fondo, sentía una gran curiosidad por ella.

—Si quiere, Ramona, pasamos a la butaca. Le voy a presentar a mi marido.

—Por favor, todos me llaman Zita.

Conoció a Francisco de Paula Díez de Rivera y resultó evidente que aquel hombre bajito, con cara de buena persona, héroe de la batalla del Ebro, le cayó mejor que su esposa, que tanto llamaba la atención y que no dejaba a ningún hombre indiferente.

Carmen de Icaza, la homenajeada, y su marido, Pedro Montojo Sureda, se sentaron flanqueando a Zita. Sonsoles tomó asiento cerca de su madre, a la que no paró de preguntar detalles sobre aquella mujer.

—Viene de una familia de dinero de Oviedo —le contó su aristocrática madre—. Su padre es un «señor» que vive de las rentas de sus numerosas propiedades agrícolas en Palencia. Felipe Polo, que es como se llama, se quedó viudo muy temprano, y Carmen es en realidad quien asumió ese papel de medio hermana, medio madre con el resto de sus hermanos: Isabel, Felipe y Zita. Ella es la pequeña… Lo sé porque conozco a su tía Isabel, que está emparentada por su marido con la nobleza local. En realidad, ha sido ella quien ha dirigido la educación de sus sobrinos, ayudada por una gobernanta francesa. Fue quien más pegas puso para que Carmen se casara con Franco. —La última frase la dijo en voz baja.

—¿No querían a Franco? —se sorprendió Sonsoles.

—¡Shhhhhhh! —le chistó la madre, obligándola a bajar todavía más la voz—. Querían para Carmina un matrimonio dentro de su clase social. Se la llevaron a un convento de clausura de monjas salesas para que se olvidara de Franco, aunque ya empezaban a despuntar sus hazañas militares. Pero no lo consiguieron y después de un noviazgo de seis años, se casaron. Franco fue muy persistente y Carmina siempre creyó en él.

—¿Sabes cómo se casó Zita con Serrano Súñer?

—Lo sabe todo el mundo, hija. Fue Carmina quien se empeñó en esa boda.

—Pero si ahora sé por Pura, mi cuñada, que Carmen no le puede ni ver.

—Ahora porque está cogiendo más protagonismo que su marido. Pero en Zaragoza, cuando Franco dirigía la Academia Militar, conocieron a Serrano, que les pareció un buen partido para la hermana pequeña. Piensa que era un joven abogado del estado, brillante, inteligente, gran admirador del fascismo de Mussolini… Franco congenió con él inmediatamente. Carmina pensó en su hermana, a la que invitó a pasar con ellos largas temporadas. El muchacho, que era muy agraciado y le gustaban las faldas, la enamoró… Fue así de simple. Además, piensa qué testigos tuvieron de boda, ni más ni menos que José Antonio Primo de Rivera y el mismísimo Franco.

No pudieron seguir hablando. Comenzó la representación y desde las filas de atrás las conminaron a dejar de susurrar. Pero Sonsoles no estaba allí. Se repetía una y otra vez las palabras que había escuchado de su madre. «El muchacho, que era muy agraciado y le gustaban las faldas, la enamoró». «La enamoró» pero no «se enamoraron». Ese matiz le dio que pensar durante toda la representación. Llegó a decirse a sí misma que nunca había estado enamorado hasta que la vio a ella. Por lo menos, fascinado. Estaba claro que algo sentía por ella. Eso una mujer lo nota. Simplemente por su forma de mirar y por su forma galante de hablarle. Necesitaba verle. La decepción de esa noche había sido máxima y antes de que acabara el teatro, comenzó a sentirse mal. Se lo dijo a su marido, que estaba sentado al otro lado de su butaca.

—¿Ves? Ya te dije que esta salida no era una buena idea.

—No empieces, Francisco. Me duele la cabeza nada más. Si lo sé, no te digo nada.

Aquella noche de éxito para su hermana Carmen, quedó ensombrecida para ella por la ausencia de Serrano, pero disimuló ante su familia y ante su marido. De nuevo, la incertidumbre de no saber cuándo le volvería a ver ocupó su pensamiento.

Lejos de allí, en el palacio de Santa Cruz, Serrano ultimaba los detalles de la reunión que se iba a celebrar en El Pardo al día siguiente. Franco había citado de urgencia a todos los ministros militares para elaborar una estrategia de cara a la participación de España en la Segunda Guerra Mundial.

21

A las nueve de la mañana comenzó la reunión en el palacio de El Pardo. Los ministros del Ejército, general Varela; del Aire, general Vigón, y de la Marina, almirante Moreno, acompañado del cada vez más imprescindible Luis Carrero Blanco, estaban a un lado de la gran mesa de reuniones. Del otro se encontraban Franco y su cuñado.

—Estamos ante una situación de máxima gravedad. Tenemos que tomar una decisión de enorme relevancia para nuestra patria —anunció Franco con solemnidad—. El ministro Serrano les explicará cómo están las cosas después de su reunión con Hitler.

—Señores ministros, nuestra nación tiene que tomar una decisión. Hitler nos da una pequeña tregua, pero quiere que España se una cuanto antes al Eje en su carrera por dominar el mundo. Sabemos qué significa ese sacrificio para nuestra nación.

—Sobre todo, lo sabemos nosotros que somos los que estaríamos en primera línea de fuego —intervino Varela con intención, porque de luchar con Alemania e Italia, el que no estaría en primera línea sería Serrano Súñer.

Varela era uno de los generales elegidos por el capitán Hillgarth y el embajador británico para que le llegara a Franco la idea de una necesaria neutralidad.

—En estos momentos —continuó en el uso de la palabra—, sería un error mandar a nuestros soldados a una muerte segura. Ya se ha derramado suficiente sangre y las heridas están demasiado recientes. Hitler tiene que entender que nosotros no podemos suicidarnos. Necesitamos tiempo y, sobre todo, habría que valorar si estamos en condiciones de emprender una nueva guerra. Yo diría que no. La neutralidad sería la posición más inteligente en estos momentos, y la más responsable.

—Señores, estamos todos en el mismo bando. No lo olviden —advirtió Franco, tomando de nuevo la palabra—. Debemos decidir hoy mismo si nos unimos, como cree necesario Serrano, a Alemania en cuanto recibamos las mercancías y víveres que vienen de América o si intentamos seguir ganando tiempo con una posición neutral para que nuestro pueblo se reponga de la Guerra Civil y podamos organizarnos militarmente, como dice el general Varela. Por otro lado, tengo aquí un informe, una ampliación del que ya recibí hace tiempo del Ministerio de la Marina. Moreno y Carrero desaconsejan nuestra entrada en la guerra por razones estratégicas.

—Inglaterra tiene los días contados y convendría, antes de que se produzca la victoria alemana, que Hitler supiera no solo que estamos de su lado, sino que le apoyamos —añadió Serrano.

—De corazón le apoyamos; no podemos olvidar su ayuda en la Guerra Civil, pero ¿cómo lo hacemos si nuestro material está inservible y obsoleto? —intervino Vigón—. Eso no quita para que nuestros soldados estén dispuestos a dar la vida si es necesario, como han demostrado sobradamente en la contienda.

—Me ha transmitido Hitler que nos proporcionaría el material necesario, siempre que nos uniéramos a su causa. Igual que hizo con Italia. Ahora no nos muestra su apoyo —humanitario y de material bélico— ante nuestra indecisión.

—Si nos unimos al Eje en estos momentos, nos convertiremos en meros títeres del gobierno alemán —afirmó el almirante Salvador Moreno.

—Estaríamos asfixiados por mar y solo dependeríamos de todo aquello que nos llegara por la frontera francesa. Estratégicamente tenemos que mantenernos apartados. Hay que pensar fríamente con la cabeza y no dejarse llevar por los afectos —añadió Carrero, corroborando las palabras del ministro de la Marina.

—Un error, es un auténtico error entrar en guerra. La neutralidad nos hace estar bien con los dos bandos sin derramar sangre —añadió Varela—. Si tomamos partido, perdemos más que ganamos.

Franco escuchaba a unos y a otros sin pronunciar palabra. Después de varias horas de discusiones entre los asistentes, sentenció:

—Tenemos que seguir ganando tiempo. Esa es mi decisión. Debemos apoyar al Eje y así lo haremos extraoficialmente. Dejaremos que tenga una mayor presencia en nuestras costas más estratégicas, pero no vamos a entrar en guerra, de momento. No podemos.

—Entonces no nos movemos de donde estábamos. Resultará difícil sujetar a Alemania y sus ansias de conquista. Están dispuestos a entrar en la península en cualquier momento. Tienen diseñados dos planes con todo detalle, que yo, personalmente, he podido ver. Por un lado, la Operación Félix, por la que los soldados españoles con armamento alemán y cobertura aérea de la Luftwaffe ocuparían Gibraltar y cerrarían el Mediterráneo a los ingleses. Y por otro, si esta falla, tienen trazada también la Operación Isabela, que consistiría en que si no estamos en condiciones de intervenir en la toma de Gibraltar, dejemos el paso libre a las tropas alemanas para atravesar el territorio español y ocupar el Peñón. Lo miremos por donde lo miremos, España debe estar al lado del

Eje, porque de no ser así, saldremos mal parados. Están listos para ocuparnos en cualquier momento.

—Hitler sabe sobradamente que aquí mando yo —contestó Franco, elevando la voz por encima de la de su cuñado—. No puede exponerse a una guerra de guerrillas si decide entrar por la fuerza. Necesita de mi consentimiento para que las tropas alemanas atraviesen nuestro territorio. Lo sabe perfectamente. De momento no hay Operación Isabela, ni Operación Félix. Seguiremos con nuestra política de dar a cada uno —al Eje y a los aliados— lo que quieren de nosotros. Creo que es lo más inteligente, tal y como se desarrollan los acontecimientos. De no ser así, nuestra precipitación podría traer consecuencias muy trágicas.

Serrano pensaba que era muy fácil planificar desde un despacho, pero el que trataba con Hitler era él. Si había una nueva reunión, ya no sabría qué decirle. En la última había sobreactuado soltando una lágrima. ¿Qué debería hacer ahora? Tenía que convencer a su cuñado de que no podrían seguir así por mucho tiempo.

Antes de salir del despacho, Serrano le dijo a Franco en un aparte que Zita quería ver a su hermana Carmen.

—¿Podíamos quedar este fin de semana?

—Me parece bien —respondió Franco entre dientes.

El ministro pensó en aprovechar la cercanía familiar para seguir insistiéndole en tomar partido a favor del Eje. Además, necesitaba su apoyo frente a los militares, a los que cada vez notaba con más hostilidad hacia su persona. Pero, de momento, seguía pensando en continuar inflamando la prensa a favor de Alemania. Sabía por su amigo Goebbels de la importancia de la propaganda y no desaprovechaba cualquier oportunidad para que le llegara a Hitler el mensaje de que el pueblo español estaba con ellos.

Ramón Serrano permanecía ajeno por completo al deslizamiento de tierras que se estaba urdiendo a sus pies. El agente inglés, Alan H. Hillgarth, se movía con ligereza y eficacia en Mallorca. Había elegido al banquero mallorquín Juan March, aunque no se fiaba de él por completo, para gestionar y distribuir los estipendios entre la alta sociedad que tenía títulos y poco dinero. Una de las frases favoritas del astuto hombre de negocios español era: «Todo hombre tiene un precio, y si no lo tiene, es que no lo vale». Ya había jugado un papel valiosísimo canalizando grandes sumas de dinero para costear el golpe de estado de Franco, antes del 18 de julio de 1936. También se movía con soltura entre los mandos del Ejército. Pero Hillgarth pensó, tal y como le había sugerido el embajador Hoare, que también necesitaría la ayuda de un general. Estaba convencido de que siempre sería más eficaz para que los militares se dejaran influir del espíritu de la neutralidad, que tanto interesaba a Inglaterra. Apareció entonces ante sus ojos la figura de Alfredo Kindelán, capitán general de Baleares, como el más idóneo. Daba el perfil de «hombre-llave» para llegar a otros generales críticos con Franco y, sobre todo, críticos con Serrano Súñer. Por otro lado, tenía sobre Franco la autoridad moral de haber sido uno de los que le dieron los poderes en Salamanca. Poseía coraje, una personalidad arrolladora y otra cualidad añadida: era profundamente monárquico y anglófilo. Sin duda, resultaría clave para que le llegara a Franco la idea de neutralidad a través de la voz de sus generales. No se equivocó. Kindelán se movió rápido y ganó para la causa al general José Enrique Varela, que en la primera reunión con Franco, tras su conversación, ya habló de neutralidad. Kindelán y el resto de los generales, que fueron captados como miembros de la orden de Caballeros de San Jorge, pensaban que, detrás de este interés por la vuelta de Alfonso XIII y por la neutralidad, solo estaban empresarios e inversores españoles. Kindelán aplicaba a todos el mismo discurso: «A Franco se le ha pegado el dedo en el gatillo. Es militar y le tira la guerra, pero, ahora, lo urgente es reconstruir España y conseguir una estabilidad política».

Convencer a los generales más críticos no fue difícil, ya que la escasez y un sueldo exiguo allanaban el camino. El dinero les llegaba a través de la entidad financiera Swiss Bank Corporation, de Nueva York. El gobierno británico había ingresado en esa cuenta diez millones de dólares. El dólar se cotizaba en torno a las 12,56 pesetas. Por lo tanto, el primer montante de dinero que gastó Gran Bretaña en esta operación silenciosa ascendió a 163.280.000 pesetas. Todos esos millones sirvieron para quebrantar voluntades y convicciones sobre el desarrollo del conflicto mundial.

En el hogar de los marqueses de Llanzol se presentó, sin previo aviso y muy temprano, el letrado e intelectual monárquico Vegas Latapié. Acababa de llegar de Roma. Acudía con intención de hablar confidencialmente con Francisco Díez de Rivera. Esa visita, a primeras horas de la mañana, parecía estar rodeada de misterio. Juan, el mayordomo, le hizo pasar al salón y, a los pocos minutos, el marqués salió sorprendido a recibirle.

—Me pilla a punto de irme al Ministerio del Ejército. ¿En qué le puedo ayudar? —Miró su reloj, mientras cotejaba la hora con el reloj de pared del salón.

—El rey está muy mal de salud. Acabo de llegar de Italia y he tenido la suerte de compartir una extensa charla con él en el hotel Roma. Lo que le voy a pedir solo lo entendería un hombre de título como usted. Perdone el abuso de confianza, pero me han informado de su buena relación con Serrano Súñer, algo de lo que yo carezco. Por eso, me he atrevido a venir a su casa para pedirle que mueva todos los hilos a su alcance para conseguir que regrese a España, aunque solo sea a morir.

—Mi relación con Serrano es reciente. No sé qué es lo que le han podido contar al respecto. Pero le diré algo, yo ya he comentado este asunto con Serrano y me dijo que hablaría con Franco, pero, de momento, no he tenido más noticias.

—Al rey le flaquean las fuerzas. No podemos consentir que muera en un hotel cuando todos, incluso él, pensábamos que, al acabar la guerra, Franco volvería a instaurar la monarquía. Él estaba convencido de que el Caudillo era un estratega de la acción directa que asestaría el golpe y, tras la guerra, haría un llamamiento para que pudiera regresar a Madrid. Todos sabemos que su majestad siempre apoyó a Franco. Siempre. Incluso con dinero. Eso ahora no se puede olvidar.

—¿Qué quiere que haga yo?

—Debe organizar, con cualquier excusa, una cena a la que acudan los grandes nombres de la nobleza junto a Serrano y su mujer. Será el momento de rodearle y exigirle que el rey regrese. Ahora o nunca, ¿entiende? No podemos permitir que muera en el exilio.

—¿Por qué Serrano? Lo interesante sería hablar directamente con Franco.

—Franco no acudiría a una cena de este tipo. Y, al fin y a la postre, el que mueve los hilos de este país es su cuñado. Todo el mundo sabe que, cada día que pasa, parece mayor el protagonismo que tiene en las cuestiones de estado.

—¿La situación es tan alarmante? —preguntó el marqués, dándose en la mano unos golpecitos con el reloj de bolsillo.

—Lo es. De forma confidencial, le diré que le he aconsejado que abdique cuanto antes en su hijo, Juan de Borbón, el Príncipe de Asturias. Al que, por cierto, no sé si sabe, estoy instruyendo en Derecho Público en mis viajes a Roma. Siguiendo el hilo de lo que me ha traído aquí, Alfonso XIII está convencido de que Franco le ha traicionado. En una misiva que le envió el Generalísimo se lo dejó bien claro. Le decía que el alzamiento militar no se había producido para dirimir la cuestión del régimen, sino para salvar a España de su destrucción. Le contó que se puso de acuerdo con otros generales para que el movimiento fuera esencialmente nacional, sin cerrar los caminos al porvenir. Le dejó abierto al rey el camino para el futuro, pero no le decía cuándo llegaría ese momento.

—Ahora, por lo que sabemos —dijo el marqués—, Franco, mientras consolida el nuevo estado, tiene la excusa perfecta para no llamar al rey.

—No le llamará nunca si no se le obliga. ¿Me entiende?

—No del todo, porque lo que exige es que movilice a la sociedad de este país para que presione a Franco. ¿Usted es consciente de lo que me está pidiendo?

—Sí. Solo le quedamos nosotros, los monárquicos. El rey confiaba en Franco.

—Sí, pero Franco no cuenta con él. Es una evidencia —admitió Francisco, sin dejar de dar golpes nerviosos con su reloj sobre la palma de su mano.

—Es el momento, señor marqués.

—Está bien. No le prometo nada, pero me moveré, se lo aseguro.

—Cuanto antes, el tiempo corre… y Alfonso XIII se muere en el exilio.

22

Hasta la noche, el marqués no le comentó nada a su mujer. Estuvo dándole vueltas a la cabeza sobre cómo llevar a cabo la petición de Vegas Latapié. Después de cenar y antes de que su mujer hablara con la cocinera sobre los pormenores de cada plato que se había servido en la mesa, le pidió que pasara al salón. Aquella petición de su marido rompía sus costumbres habituales.

—Juan, dígale a la cocinera que hoy no repasaré las incidencias de la cena. El señor y yo vamos al salón.

—¿Quieren que les sirva algo?

—¡Un coñac, Juan! —pidió el marqués.

Sonsoles hizo un gesto con la mano, suficientemente elocuente para que el mayordomo supiera que no quería nada.

Cuando estuvieron solos, Francisco se cercioró de que nadie escuchaba y la puerta estaba cerrada.

—Me estás poniendo nerviosa, ¿por qué tanto misterio, querido?

—Esta mañana he recibido la visita de Eugenio Vegas Latapié. Me ha pedido que organice una cena con toda la sociedad al completo.

—¿Nosotros? ¿Para qué? —preguntó la marquesa extrañada.

—Quiere que venga a esa cena Ramón Serrano Súñer con su mujer...

En ese momento entró el mayordomo con el coñac. Mientras lo servía, Sonsoles carraspeó y disimuló cogiendo un cigarrillo. Intentaba calmarse, pero su marido había pronunciado el nombre de la persona que le impedía dormir con sosiego todas las noches. Juan se lo encendió. Hasta que no se fue, no continuó hablando. A Sonsoles el corazón le latía a más velocidad de lo normal.

—Pretende que en esa cena le acorralemos para que oiga nuestras peticiones y haga todo lo que está en su mano para traer al rey Alfonso XIII a España.

—¿Ese hombre está loco? ¿Por qué te tiene que pedir que utilices la presencia de Serrano en casa para hacerle semejante encerrona delante de todos? Ya se lo pediste cuando fuimos a comer al ministerio. ¿Por qué ahora?

—Porque... se está muriendo.

Hubo un silencio. Sonsoles pensaba. No le gustaba lo que le decía su marido, pero, por otro lado, era la excusa perfecta para volver a verle.

—En ese caso... Hay que pensar en alguna justificación —dijo Sonsoles, bajando la mirada.

—Lo sencillo es lo que funciona —afirmó su marido, después de dar un sorbo al coñac—. Hagamos una fiesta en casa con motivo del nacimiento de nuestro hijo. ¿Qué te parece?

—¿Y qué pinta Serrano en esa fiesta? No, ese no puede ser el motivo para llamar a todo Madrid y que acuda el ministro.

—Puede ser el agradecimiento de la sociedad al hombre que ha contenido las ansias guerreras de Hitler.

—Eso le puede gustar más al ministro... Sí, eso es. Citaremos a todos los nobles de España para que feliciten a Serrano. Pero el caso es que a Franco le puede sentar mal. No nos podemos granjear un enemigo como él. Además, ya se encargaría Pura de contarle todo con pelos y señales a Carmen Polo.

—Lo que sea hay que organizarlo rápidamente. No hay tiempo. El rey está en las últimas.

—Déjame la noche para pensar... —Apuró el cigarrillo americano que fumaba en su sofisticada boquilla negra y decidió acostarse.

Sonsoles no pudo pegar ojo en toda la noche. Estuvo dándole vueltas a la excusa para invitar a Serrano a su casa. Era una idea que no acababa de convencerla. Le daba miedo que todo aquello se volviera en su contra y se terminara su amistad. «Las encerronas acaban saliendo mal», se decía a sí misma. Casi al alba, tuvo una idea que no los comprometería con el ministro...

—Querido, ¡despierta! —le dijo al oído a su marido, incorporándose de la cama. Descorrió las cortinas y la tímida luz del día entró de golpe en la habitación. Llevaba un camisón largo de seda blanca. Se miró en el tocador y se peinó nerviosamente el cabello.

—¡Francisco! Ya lo tengo. ¡Francisco! —siguió repitiendo en voz alta.

Se puso la bata blanca de seda y se sentó de nuevo en la cama. Su marido se desperezaba a la vez que miraba sobresaltado el reloj que descansaba en su mesilla de noche.

—¿Qué ocurre, Sonsoles? Todavía es pronto...

—Creo que ya lo tengo. He pensado que lo mejor es que organice una especie de homenaje de la sociedad a Cristóbal Balenciaga. ¿Qué te parece?

—Sonsoles, ahí no veo yo al ministro.

—Es que no vendría el ministro. Es mejor que eso.

—O te explicas o no te entiendo. —Se sentó en la cama, apoyándose en el cabecero.

—Está clarísimo, querido. Convocamos a las mujeres que se visten en Balenciaga. No tendrán más remedio que acudir todas porque si no lo hacen sería un desaire para el modisto. Por lo tanto, vendrán a casa Carmen Polo y su hermana Zita, que alguna vez han llevado vestidos de Cristóbal. ¿Lo entiendes ahora?

—Pues…

—Sí, de forma natural hablaremos del estado del rey y así podremos llegar a conmover a Carmen Polo y a su hermana. Si ellas están convencidas, sus maridos acabarán haciendo algo para que el rey regrese a España.

—¡Ya! ¿Me dices que ellas van a tener el suficiente poder de convicción para hacer cambiar de opinión a Franco y a Serrano?

—Te aseguro que si no lo consiguen ellas, no lo consigue nadie. Ni tú, ni cien mil marqueses en fila uno detrás de otro hablándole a Serrano del rey. La clave está en ellas. Antes tenemos que hablar con nuestra familia para que sepan que Alfonso XIII se está muriendo y que extiendan la noticia entre los nuestros.

—Visto así, puede que tengas razón… Pero no es lo que quería exactamente Vegas Latapié.

—Nadie tiene que decirnos qué es lo que debemos hacer en nuestra casa. Por otro lado, no nos compromete si todo resulta fruto de una conversación entre mujeres.

—¿Quién sacaría el tema? A lo mejor, después de todo el esfuerzo, no hay oportunidad.

—La habrá. Me encargaré personalmente de hacerlo. No te preocupes —le dijo con seguridad, mirándole fijamente a los ojos.

—Está bien, está bien… Lo dejo en tus manos. —Cuando su mujer tenía esa mirada, era incapaz de llevarle la contraria.

Esa mañana, Sonsoles entró en una actividad frenética. Descolgó el teléfono y solicitó a la operadora una conferencia con París. Le dijeron que tardaría media hora aproximadamente. Mientras tanto, llamó a Matilde, para que le ayudara a vestirse. Tenía que convencer a Cristóbal para que viniera cuanto antes a España. Su amigo no le podía fallar.

Sonó el teléfono y la operadora le avisó de que la conferencia con París estaba lista. Al otro lado del aparato telefónico estaba el secretario, Gérard Cueca. En cuanto oyó su nombre, no tardó en pasar el teléfono a su jefe.

—¡Sonsoles! ¿Cómo te encuentras? —preguntó con voz tenue el afamado modisto.

—Te diría que perfectamente, pero mi cuerpo tiene todavía hematomas que no se me van.

—¿Pero has dado a luz o te dieron una paliza? —se reía al teléfono Cristóbal.

—No me lo recuerdes, por favor. Bueno, te llamo por otra cosa. Te estoy organizando un homenaje al que no te puedes negar.

—¡Oh, no! Sabes lo poco que me gustan esas cosas. No me hagas eso, Sonsoles. Yo te lo agradezco, pero tengo muchísimo lío en esta época del año.

—Arréglatelas como puedas, pero dentro de quince días como máximo tienes que estar aquí.

—Sonsoles, no puedo. Tengo que terminar muchos encargos de aquí a Navidades. Espera a que vaya a España para pasar las fiestas con mi familia.

—Te lo pido por favor. No puedo explicártelo, pero tienes que hacerlo por mí. —Sabía que las operadoras escuchaban las conversaciones. No podía arriesgarse a dar ninguna información por teléfono.

—Intuyo que hay un segundo motivo aparte de mi homenaje.

—Sí. —No quiso ser más explícita.

—De modo que yo soy algo así como la excusa…

—Hombre, lo dices de una forma que suena muy mal. Digamos que matamos dos pájaros de un tiro.

—¡Ya! ¿No tendrá que ver con aquella persona de la que me hablaste y ese tema que no me gusta nada?

—No, no tiene nada que ver. Pero espero que acudan su mujer y su cuñada…

—Su mujer… y su cuñada… ¿Las conozco?

—¡Shhhhhhhh! Sé que se cuentan entre tus clientas. Necesito que vengan. Ya te explicaré. Son muy, muy importantes.

—Estoy realmente intrigado y preocupado. Ten mucho cuidado.

Cristóbal estuvo durante unos segundos hablando en francés con su secretario. Al cabo de un rato, volvió a retomar el hilo de la conversación.

—Podría pasarme por Madrid hacia el 12 de diciembre. Sería llegar y prácticamente volverme a ir. Aprovecharé después para ir a San Sebastián a ver a mi familia y ya no volveré por Navidades. Vas a ser la culpable de que no les vea en fiestas.

—No me digas eso…

—Será un cambio de planes, pero no me importa quedarme en París durante las fiestas. Vladzio me lo agradecerá.

—¡Bravo! ¿Entonces lo cerramos para el 12?

—Está bien… Será en tu casa, ¿verdad?

—Sí, sí. ¿Me traerás algo especial para ese día?

—Estoy dándole vueltas a algo muy español que te va a gustar.

—¿En qué estás? ¡Cuéntamelo!

—Será una sorpresa…

—Está bien… *Merci, mon ami!*

Se despidieron, y a partir de ese momento, no cesó de dar órdenes para preparar en tan poco tiempo el homenaje a Balenciaga. Hizo llamadas a sus hermanas para informarles del evento, a sus cuñadas… Y a Pura le pidió expresamente que invitara a Carmen Polo.

—Pura, no puede faltar —le rogó con determinación a su cuñada—. Sería un desaire a Cristóbal, el más grande de la moda, que además es español. La sociedad entera estará aquí. La mujer de Franco no puede estar ese día en otro sitio que no sea este. Ponemos el homenaje a la hora que a ella le venga bien. Espero tu respuesta afirmativa hoy mismo. Pura, no me falles.

Cuando colgó el teléfono respiró hondo. No le podía decir lo que tramaban ella y su marido, porque, de ser así, no acudirían ni su cuñada ni Carmen Polo. Tampoco podía llamar a Zita sin saber la respuesta de su hermana a su invitación.

Pasaron las horas. Estaba tan nerviosa que se mostró especialmente antipática con todo el servicio. Tampoco quiso saber nada de niños ese día. Les había dado un beso por la mañana, pero había permanecido en su cuarto hasta la comida, dando paseos de un lado a otro, mirando el teléfono. Volvió a llamar a Pura y esta le dijo que todavía no era buena hora para hablar con Carmen. Prefería esperar a la sobremesa.

—Esta Pura me la va a jugar... —se decía entre dientes. Estaba nerviosa por la respuesta y porque inmediatamente después pensaba localizar al ministro para pedirle el teléfono de su mujer. Volvería a escuchar su voz. Necesitaba hacerlo. Deseaba hacerlo.

23

A las cinco de la tarde, sonó el teléfono en la casa de los Llanzol. Sonsoles no se lo pensó dos veces y lo cogió con determinación. Juan, el mayordomo, sabía que ese día la señora esperaba una llamada a todas luces importante y ni siquiera hizo además de atenderla. Se lo había prohibido la marquesa. El servicio estaba intrigado. Era evidente que algo pasaba. De momento, les había llegado la orden de limpiar la plata y la cristalería, sacar la vajilla de Limoges y preparar los manteles, así como encañonar las puntillas. Todo tenía que estar listo para el día 12 de diciembre. El servicio para cien personas debería incrementarse con la contratación de personal extra para la ocasión. Se lo encargó a Matilde.

A Sonsoles se le iluminó la cara al comprobar que al otro lado del teléfono estaba su cuñada Pura.

—¿Qué te ha dicho Carmen Polo?

—Que lo va a consultar. No sabe si ese día tiene otro compromiso.

—¿Le has dicho que nos adaptamos a la hora que le venga mejor? Podemos hacer una comida, un cóctel o una cena, lo que quiera.

—Se lo he dicho, Sonsoles. No sé por qué tanta premura. Si puede, bien y si no, tampoco pasa nada.

—Hombre, sería un feo para Balenciaga, y es mi amigo. Me parece que aquí tiene que estar todo el mundo. ¿Me entiendes?

—¡Claro! Pero no te desilusiones demasiado porque Carmen prefiera quedarse en El Pardo. A no ser que Balenciaga tenga un detalle con ella.

—¿Un detalle?

—Sí. Te aseguro que si hay un detalle de Balenciaga hacia ella, irá.

—Ya, pues… lo tendrá. ¿Seguro que vendrá?

—Así cambia todo. Yo se lo digo. Por cierto, ¿sabes qué me ocurrió hace poco con ella? Tiene gracia, la verdad. Me mandó un centro de flores espectacular.

—¡Qué detalle!

—Lo mejor de todo es que dentro del centro había una bolsita con un broche espectacular de diamantes. Me puse muy contenta y la llamé para darle las gracias, pero se sorprendió tanto como yo y me pidió que se lo devolviera porque se le había pasado… Me mandó un motorista a recogerlo. Ya ves, lo veo gracioso.

—Ya, no sé cómo calificarlo, la verdad. Por lo que se ve, te regaló un centro que, a su vez, le habían regalado a ella y que llevaba en un interior una joya que se le pasó por alto.

—Bueno, siempre que me regala algo, doy por hecho que se trata de un regalo que le han hecho a ella previamente. Piensa que recibe cientos de presentes. No le di mucha importancia al tema del broche, porque lo verdaderamente trascendente es que para las flores, entre toda la gente que conoce, pensó en mí.

—Sí, creo que eres una de sus mejores amigas. Al menos, eso dice todo el mundo. Pero pedirte el broche… lo veo de mal gusto.

—Solo es un broche. Tengo muchos. A mí su reacción me pareció graciosa.

—Está bien… —Pensó que aquel detalle no decía mucho de Carmen, pero no insistió más por si la crítica le molestaba a su cuñada.

Cuando colgó estaba agotada. Ahora, tendría que pedirle a su amigo que confeccionara algo, en un tiempo récord, para la mujer de Franco. Un sombrero estaría bien, pensó. Lo pagaría ella de su propio bolsillo y no sería tan complicado de hacer como una prenda de vestir. ¿Y para Zita? Se sentó desplomada en una silla. Tendría que encargar también algo para su hermana. «¡Pues dos sombreros!», pensó de nuevo. Cuando creyó que tenía la clave para que las dos acudieran, se atrevió a llamar al ministro. Primero, tenía que asegurarse de que nadie en la casa la iba a escuchar…

Descolgó el teléfono y pidió una llamada con el Ministerio de Exteriores. La operadora puso la clavija en el lugar correspondiente y la conexión, a los pocos minutos, estaba hecha. Después de pasar por varias personas, llegó a la antipática de su secretaria personal. No le hizo esperar mucho porque al rato escuchó la voz de Ramón Serrano Súñer.

—¡Señora marquesa! ¿Qué puedo hacer por usted?

—Señor ministro, en este caso, necesito…

—Quedamos en tutearnos hace ya tiempo. Empecemos de nuevo. ¿Cómo estás, Sonsoles?

Al oír su nombre con su enérgica voz, le recorrió un escalofrío por todo el cuerpo.

—Muy bien, muchas gracias. —No le gustaba hablar de su reciente maternidad, y no entró en detalles—. Te llamo para pedirte el teléfono de tu casa. Quería invitar a tu mujer a una fiesta que le estoy organizando a Balenciaga.

Durante unos instantes se quedó callado. No se esperaba ese interés por su mujer y menos de la dama que tanto le atraía y le inquietaba.

—Te advierto que a mi mujer no le gusta nada salir a eventos sociales. El otro día, para el homenaje a tu hermana, hizo un gran esfuerzo porque yo se lo pedí.

—Bueno, en esta ocasión voy a invitar a todas las damas de la alta sociedad y me parecía un desaire por mi parte no invitarla a ella.

Serrano le dio el teléfono, aunque se quedó un poco sorprendido por aquella petición.

—¿Por casa, entonces, todo va bien? —preguntó el ministro por salir del paso, ante una situación inesperada.

—Sí, ¿y en la tuya?

—Todo bien… Estoy poco en casa, como te puedes imaginar. Mucho trabajo y muchos frentes abiertos a la vez. Ahora estamos intentando averiguar las causas del accidente ferroviario ocurrido hace un par de días en Velilla, en Aragón.

—¿Qué ha ocurrido? No me he enterado.

—Bueno, no hemos querido airear demasiado el asunto, pero ha sido muy grave. Un tren expreso de Barcelona ha chocado de frente con otro tren procedente de Madrid. Y encima, el frío tan intenso, date cuenta de que estaban a diez grados bajo cero. Eso ha dificultado el rescate de las víctimas.

—¿Ha habido muchos heridos?

—Muertos, heridos…, pero no te voy a cansar. El despacho es, sin lugar a dudas, mi hogar. Aquí paso todo el día. Piensa que, aunque mi labor es Exteriores, sigo ocupándome de cerca de todos estos temas que alteran el día a día.

Parecía que Serrano llevaba el pulso del país. Sonsoles no quería preguntarle por sus recientes éxitos fuera de España. Tampoco le gustaban las alabanzas gratuitas y ajenas.

—Espero verte pronto… en algún acto. —Era la primera frase dedicada a él.

Ramón Serrano Súñer, al que no le temblaba el pulso nunca, se tuvo que aflojar el nudo de la corbata. Se ahogaba.

—Yo también espero hacerlo pronto… Ya sabes que tus ojos me tienen impresionado.

Los silencios eran explícitos. Se percibía la tensión entre ambos.

—¿Irás a la fiesta de fin de año de los condes de Elda? Va todo Madrid. No puedes faltar.

—Estamos invitados, pero no sé si estaré para fiestas con lo que ahora mismo está encima de la mesa. Tengo mucho trabajo. Tampoco sé si Zita quiere… No lo hemos hablado.

—Nosotros iremos. Creo que hay muchas cosas que celebrar este año. Lo pasaríamos bien…

—Lo tendré en cuenta… Sobre todo, si allí vas a estar, bueno, quiero decir si vais a estar.

Sonsoles hubiera querido decirle muchas cosas, pero la prudencia se imponía. No podía perder las formas. Tenía señales, pero no la seguridad de que sentía lo mismo que ella. Esperaba verle en el acontecimiento más esperado del año: la fiesta de Nochevieja que preparaba la condesa de Elda y que no se perdía todo el que se preciaba de ser alguien en Madrid. Confiaba en que hubiera captado el mensaje que le había lanzado. Solo quedaba esperar. Antes tenía que preparar la fiesta de Balenciaga. Fue colgar y marcar el teléfono de la casa del ministro. Se puso la misma Zita. Era una mujer muy educada. En el fondo sentía celos de ella.

—Me ha dicho Cristóbal que le haría especial ilusión que estuvierais tú y tu hermana Carmen.

—Bueno, eso me halaga. No sé si podrá mi hermana…

—Sí, mi cuñada Pura se está encargando de ello. Además, Cristóbal os hará entrega de algo especial a las dos.

—No tiene por qué hacerlo. Yo iría igualmente. De todas formas, agradécele el detalle.

Le dijo el día, pero no la hora, porque dependían de la agenda de compromisos de Carmen. Zita afirmó que iría y que esperaba noticias de la hora exacta del homenaje. Sonsoles sabía ser muy amable cuando quería. No tenía ningún problema para engatusar a la gente. Con Zita lo había conseguido. Tener a su lado a la mujer de Serrano era como estar cerca de él. Pensó que no estaría de más conocerla en las distancias cortas.

Se torció el día justo en la cena, cuando la institutriz inglesa anunció que se volvía a Inglaterra. Lo comunicó en los postres. Dio como excusa que su casa había resultado seriamente dañada en el último bombardeo de la Luftwaffe sobre Londres. Pero lo cierto era que desde hacía tiempo se notaba mucha tensión entre las dos institutrices. Se sabía cómo iba la guerra por sus comentarios en la mesa. Los niños no se dieron cuenta de nada porque estaban con una o con otra indistintamente y en la mesa se preocupaban más de acabar los platos que de otra cosa. Comían a una velocidad extremadamente rápida. La que imprimía Sonsoles. Esta, cuando conoció la noticia, se enfadó. Ahora no tendría tiempo de buscar otra. Estaría demasiado ocupada preparando la fiesta para Balenciaga. Le parecía un contratiempo y volvió a ponerse de un humor de perros.

—Sabes, Francisco, que nuestros hijos tienen que hablar inglés, alemán y francés perfectamente —le dijo a su marido cuando se quedaron a solas en el salón—. Lo que ha dicho en la mesa la institutriz me parece una excusa. En realidad, no se tragan la una a la otra.

—Bueno, así los niños a lo mejor un día hablan español. Me pone enfermo que se dirijan a mí en otro idioma. No les entiendo ni papa. También deberías dar importancia a eso.

—No seas anticuado. Hay que saber idiomas, mi padre lo tenía clarísimo. La pena es que murió demasiado joven como para que me enseñara todo lo que a mí me hubiera gustado.

—No hay que dar demasiada importancia al tema. ¿Se quiere ir? Pues que se vaya. ¡Como si no hubiera gente deseando trabajar en nuestra casa!

—Creo que no deberíamos contratar a otra institutriz inglesa porque seguirá existiendo el mismo problema mientras continúe la guerra mundial. Tendríamos que buscar a una americana. Los niños aprenderían inglés igualmente y ellas no estarían todo el día con malas caras como ocurre ahora. Hay que evitarlo a toda costa. Le diré a Juan que ponga un anuncio en el periódico.

—Espero que la próxima tenga un gesto un poco más agradable. Solo contratas a mujeres mayores y feas.

—¡No digas eso! Lo primero es que sepan educar a nuestros hijos.

—Ya, ¿y todas las que saben educar tienen que ser feas? ¡Alégrales un poco la vida a los niños!

—Bueno, esta es una discusión absurda. Intentaré que antes de fin de año tengamos aquí a otra mujer hablando inglés con ellos. Pero ahora no puedo pensar en esto. Hay que organizar el evento que me has pedido.

—No digo nada, está bien.

Lejos de allí, pero a esa misma hora, Ramón Serrano Súñer llamaba por teléfono a Dionisio Ridruejo. No fue muy explícito con él, pero le pidió que quedaran al día siguiente en el parque de El Retiro, a primera hora de la mañana. No hacía falta dar más explicaciones. Los dos sabían dónde encontrarse: delante de la escultura del Ángel Caído. Allí se daban cita cuando iban a hablar de cuestiones que requerían de la más estricta confidencialidad. No se fiaban de nadie ni tampoco de conversar en cualquier sitio. Hiciera frío o calor, era el lugar elegido para hablar sin temor a ser escuchados. Deseaba hacerlo. Últimamente encontraba demasiada hostilidad en el entorno que rodeaba a su cuñado. Estaba preocupado. Necesitaba charlar con el joven falangista en el que no solo confiaba sino que también veía el entusiasmo y vigor de su desaparecido amigo José Antonio Primo de Rivera.

24

A las siete menos cuarto de la mañana, el conductor fue a buscar al ministro a su casa. Atrás había quedado una noche fría e inhóspita, típica del invierno de ese año en el que las bajas temperaturas no eran una novedad. El gasógeno de las farolas todavía permanecía encendido. El sereno le dio los buenos días cuando le oyó llegar. Se iba de retirada dejando sonar su porra contra el empedrado de la calle. Una tímida niebla envolvía a los primeros obreros y empleados que ya recorrían las calles a esas horas, camino de sus trabajos. No se veían apenas coches, pero sí algún que otro carromato tirado por mulas famélicas, cansadas y viejas. Orna no tuvo que esperar mucho: Serrano Súñer, vestido de traje y corbata y con un abrigo negro, entró en el coche con rapidez. Llevaba un sombrero marrón oscuro en la mano.

—Buenos días, Orna. Vamos a pasar por El Retiro antes de ir al ministerio.

—¿Por qué puerta quiere que entremos?

—Por el paseo de Coches. Una vez allí, me esperará una media hora. He quedado con un amigo con el que tengo que hablar tranquilamente.

—Entiendo, señor ministro.

Cuando recorrían las calles de Madrid, siempre le acudían a su mente los mismos pensamientos. Bien recordaba a sus hermanos, o bien evocaba a su amigo José Antonio. Era imposible no hacerlo. Los ecos de su muerte estaban demasiado recientes. Parecía escuchar los disparos de su fusilamiento. Había imaginado tantas veces la escena: un piquete de ejecución formado por doce hombres y un pelotón de guardias de asalto por si fuera necesaria su colaboración. Una pregunta en la boca de José Antonio: «¿Son ustedes buenos tiradores?». Y una orden: «¡Disparen!». Antes de caer abatido, un grito en su garganta: «¡Viva España!». Se había negado a que le taparan el rostro. Quería ver a sus verdugos. ¡Qué valiente! Siempre fue así: decidido y dispuesto a dar la cara. Desde joven le preocupaba su muerte y siempre explicaba que, fuera la que fuera, quería envolverla de cierta dignidad. Era orgulloso, pero se esmeraba en no parecer soberbio. No podía por menos de sonreír cuando rememoraba sus palabras: «La soberbia, además de gran pecado, es algo despreciable, de lo que están bien dotados los hombres inferiores y más aún los asnos que, a las buenas razones, contestan con coces». A la vida siempre le ponía pasión. Le dio una punzada su estómago. Se repetían cada vez con más fuerza esos pinchazos que habían comenzado con la guerra. Seguía pensando en su amigo. Siempre se lo imaginaba vehemente y combativo. Daba igual que fuera en el estrado de un juzgado, en un improvisado escenario, en un mitin político o en un acto parlamentario. Parecía que le iba la vida en el empeño. Recordaba a aquel grupo de admiradores que tras una de sus primeras actuaciones parlamentarias le dedicaron numerosos elogios. En ese momento, alzó su voz para que le oyeran: «¿Tan mal lo habré hecho para merecer tanta adhesión?». Pensó en su inteligencia y en cómo le podría estar ayudando en estos momentos de tantas tensiones internas y externas. Su ausencia pesaba tanto como la de sus hermanos.

Tenía claro que les había unido el destino: los dos huérfanos de madre a temprana edad, los dos habían renegado de los estudios que habían decidido sus padres por ellos. Los dos se habían entregado al Derecho por decisión unilateral, cada uno por distintas razones. ¡Habían compartido tantas cosas! José Antonio había sido testigo de su boda junto a Franco. ¡Qué paradoja!, pensó. ¡No se podían ver! ¡Eran incompatibles! Y él, en medio, aguantando lo que decía uno de otro. Muchas veces se preguntaba, igual que muchos falangistas, si su cuñado había hecho todo lo que estaba en su mano para evitar aquel fusilamiento... ¡Qué gran pérdida!

Ahora iba a ver a uno de esos jóvenes intelectuales que habían crecido con la doctrina de José Antonio y que se habían abrazado a ella con la misma vehemencia que lo había hecho él: Dionisio Ridruejo. Cuando le conoció, antes de acabar la guerra, tenía veintitrés años y era jefe provincial de la Falange en Valladolid. Ya tenía fama de buen orador y poeta. El momento en el que se vieron por vez primera fue de gran tensión. Hacía poco que él había llegado a Salamanca, sorteando mil y una dificultades. Enseguida tuvo claro que había que dar un ideario a la sublevación militar y así se lo hizo saber a su cuñado. Serrano convirtió aquel estado campamental en uno con su cuerpo normativo propio. Cuando intentó fusionar en un solo partido a la Falange, que estaba descabezada por la muerte de José Antonio, con los requetés, ocurrieron los enfrentamientos entre los partidarios de Hedilla y los de Sancho Dávila. En la refriega murieron los falangistas Peral y Goya. Franco adelantó el discurso con el Decreto de Unificación. Y, en la recientemente fundada Radio Nacional de España, leyó el texto que daba vida a FET y de las JONS. Así se unía el tradicionalismo con el contenido social y revolucionario de la doctrina falangista. Pero no se detuvieron las reacciones violentas. Hubo más de cien detenidos por rebelarse y por no aceptar la unificación y la jefatura de Franco. Entre ellos figuraba Hedilla, que fue condenado a tres penas de muerte por rebelión. Serrano medió ante Franco para no hacerlas efectivas, y este acabó aceptando. Sin embargo, le repitió una y otra vez que «las debilidades se pagan caras». Cuando Pilar

Primo de Rivera acudió a Carmen Polo pidiendo clemencia para los detenidos y condenados a muerte, esta la tranquilizó diciendo que el principal valedor de la Falange era Serrano y ya estaba en ello. Dionisio Ridruejo actuó para aplacar los ánimos de los falangistas auténticos mientras que, por parte de Franco, lo hizo Serrano Súñer, que había sido elegido por José Antonio como uno de los albaceas de su testamento dos días antes de morir.

Lo cierto es que se cayeron bien nada más verse, y eso que Dionisio tenía una mirada retadora que no desviaba ante su interlocutor. Había doce años de diferencia entre los dos. La valentía de aquel muchacho le gustó a Serrano. En ese momento en el que se vieron cara a cara, Ridruejo estaba enfadado porque no le habían dejado pasar junto a Pilar Primo de Rivera a una audiencia con Franco en el palacio episcopal de Salamanca, donde tenía su despacho de forma provisional. A partir de ese encuentro, se harían uña y carne.

Ahora Dionisio trabajaba codo con codo con Ramón Serrano Súñer, primero como consejero nacional, después como miembro de la junta política de Falange y, finalmente, como director general de Propaganda. Ya acabada la guerra, Serrano le pidió que le acompañara en su primera visita a Alemania, antes del encuentro en Hendaya con Hitler. Dionisio tenía grandes dotes para dar emoción a todo lo que hacía. Había sido el responsable, un año antes, del traslado de los restos mortales de José Antonio Primo de Rivera desde Alicante hasta El Escorial, donde ya descansaba. Trescientos sesenta y cinco días después aún se recordaba el emotivo adiós a pie, a hombros de sus amigos, recorriendo los pueblos de España hasta llegar a la capital. Dionisio era muy crítico con el gobierno de Franco, pero muy fiel y leal a Serrano Súñer.

Cuando se encontraron delante del Ángel Caído, Dionisio se sentía cómodo, porque, al igual que la escultura, le daba la sensación de ser el disidente, el crítico, el demonio del nuevo régimen. Tras un efusivo saludo, se pusieron a caminar. El día invitaba a pocos paseos, pero allí estaban ellos conversando entre la niebla y el frío.

—Dionisio —comenzó Serrano—, me veo obligado a verte aquí porque no me fío de poder hablar con libertad ni en mi propio despacho. Tengo la sensación de ser espiado por todos permanentemente. En estos últimos meses, me he granjeado más enemigos que durante la guerra.

—Quizás porque estás haciendo demasiada sombra a tu cuñado. Sus babosos pelotas no perdonan. Si no se te viera tanto, lo llevarían mejor. Tu poder crece día a día entre el pueblo, y ya sabes que eso algunos no lo pueden soportar.

—Estoy preocupado porque noto que poco a poco Franco me va apartando de su núcleo de El Pardo. Se está rodeando de gente que no me gusta. Algunos me están saliendo rana, como Carrero Blanco. Lo saqué de Cartagena cuando era capitán de navío y aquí parece que es mi enemigo. Un desagradecido.

—Ellos estarán en El Pardo, pero tú estás en el palacio de Santa Cruz controlando la política exterior y llevando la prensa y la propaganda. Tu gente sí te somos leales. Puedes contar con nosotros para lo que quieras, ya lo sabes.

—Necesito que se destaquen más los éxitos de Alemania en esta guerra. Aunque, de momento, no nos vamos a mover de la neutralidad, debe ser evidente para Hitler que en España estamos con él. Seguro que me volverán a llamar dentro de poco para una nueva entrevista con él. Ya no me quedan argumentos. Por lo menos, que tenga claro que en la prensa y en la propaganda —que es lo que depende de mí— sí hemos tomado partido por el Eje. ¿Me entiendes?

—Habría que pensar en alguna forma de apoyo intermedia.

—¿Qué quieres decir? —preguntó Serrano, intrigado, sabiendo que alguna buena idea estaría cruzando la mente de Dionisio.

—Sí, con una mano apoyar de forma incondicional a Alemania e Italia y con la otra mantenerse neutral, de cara a Inglaterra y los aliados. Hay que darle una vuelta...

—Necesito tu ingenio y tu ayuda. Es urgente. Debemos movernos porque Alemania está perdiendo la paciencia. Confío en mi amigo Mussolini para que frene las ansias de Hitler de entrar en España. Creo que él, mejor que el Führer, entiende nuestras razones para no unirnos ahora al conflicto.

—Otro gallo nos cantaría si los falangistas tuviéramos plenitud de poderes para realizar nuestro programa revolucionario. Se está perdiendo la gran oportunidad de participar en la marea fascista y proletaria frente al mundo burgués y al poder cada día más pujante de la Iglesia. Está claro que los militares no van a apartarse para dejarnos paso.

—Dionisio, hay que empezar por otras revoluciones mucho más profundas.

—La primera de todas —le interrumpió—, la revolución cultural. Necesitamos reconstruir una unidad cultural de la patria para lanzarla a la aventura universal. El grupo de Burgos está dándole vueltas a este tema.

—Dionisio, anda con cuidado. Deja de expresarte tan crítico con Franco en determinados foros. Te arriesgas a que te aparten de un lugar clave para mí. Esfuérzate en no ser tan impulsivo. No todos los que te escuchan son tus amigos. Mi cuñado ya me ha lanzado más de una pulla con respecto a ti. Todavía le caes simpático, pero se puede volver contra ti en cualquier momento.

—No puedo cambiar a estas alturas. De todas formas, tendré más cuidado. Te lo prometo… No tienes buena cara —cambió de tema—. Da la impresión de que estás más flaco.

El pelo de Serrano, que había sido rubio, era cada vez más blanco. Mostraba unas profundas ojeras. Tenía un halo de melancolía más acusado que otras veces. Al andar se encorvaba ligeramente, como abatido por un peso que vencía su columna.

—Deben de ser los nervios y mi estómago, que no anda bien. Ya sabes. De todas formas, soy el de siempre. Te confesaré que hay por ahí una mujer que me quita el sueño…

—¿De quién se trata? —le preguntó Ridruejo con curiosidad.

—No, no, prefiero no decir su nombre.

—Ya, está casada…

—¡Dionisio! —soltó su nombre como si fuera un reproche.

—Te recuerdo que Áurea —se refería a Marichu de la Mora Maura— está casada con Tomás Chávarri, y muero por ella.

—No es lo mismo… Tú eres un hombre libre.

—Está bien. Tienes mal de amores. Estás como loco por verla y no sabes cómo.

Serrano no le dijo que sí, pero sonrió ante la afirmación de su amigo. Siguieron caminando y quedaron para verse otro día. Dionisio le dio un apretón de manos y se fue de allí rápidamente. Serrano, despacio, se dirigió hacia el paseo de Coches, donde le esperaba Orna…

En casa de los marqueses de Llanzol había mucha actividad. Por un lado, la preparación de la fiesta a Balenciaga y por otro, el intento por subsanar la baja de miss Mary lo antes posible. El servicio estaba contento porque el mal humor de la institutriz inglesa se alejaría para siempre de sus vidas. Su soberbia y su nariz prominente eran objeto de todo tipo de chanzas entre doncellas y cocineras. Todos le pidieron a Juan que hiciera una mejor selección.

—Por lo menos que sonría. Ya tenemos bastante con la *Schwester* —pidió Matilde, aludiendo a la institutriz alemana.

—Ya sabes que los señores —contestó el mayordomo— quieren que sean rigurosas con los niños. Tampoco hay mucho más donde elegir.

—Pero rigor, no es rígor mortis, como he oído decir tantas veces al señor marqués —volvió a replicar Matilde.

—Pues díselo a la señora, que luego se decanta por las que tienen más nariz y las que son más secas…

—Eso es para que el señor no se fije en ellas —intervino Consuelo, la cocinera. Estaba ya preparando a tan temprana hora un cocido para el servicio. Para los señores se pondría a cocinar dos horas antes de servir los platos en la mesa. A la marquesa no le gustaban los guisos, ni los platos de legumbres. Jamás permitía que se sirviera ni cocido, ni lentejas, ni potajes… Tampoco a los niños, salvo en puré y por la noche.

Marita, la pinche, sonreía sin dar su opinión. Era la más joven y no se atrevía a hablar en voz alta como hacía la cocinera.

Había buen ambiente en la zona de servicio. Con ellas, Juan no ocultaba su ambigüedad. Se esforzaba en hacerlo cuando estaba con los señores, pero todo era en vano. No había nada que le molestara más que el señor lo confundiera con Matilde. Y cuando intentaba poner la voz grave, era peor. Le salían unos gallos que delataban su voz impostada.

Esa mañana, como le había ordenado la marquesa, Juan puso un anuncio en la prensa: «Se busca institutriz americana con experiencia. Imprescindible referencias».

—Va a costar encontrar una institutriz americana. Ya lo veréis —dijo Juan al volver.

—Pues mejor. Con una ya tenemos bastante —opinó Consuelo otra vez, mientras cortaba el repollo para el cocido. Marita la imitaba. Era como estar reflejada en un espejo.

Matilde estaba poco habladora. Su hija había caído enferma y no mejoraba. Hacía mucho frío en la casa del pueblo donde vivía con su madre. Si la marquesa le adelantara algún dinero, podría comprar carbón para que la casa no estuviera tan fría. ¡Qué diferente la vida en la casa de los marqueses a la del caserón frío e inhóspito del pueblo! Para dormir, pasaban un calientacamas con brasas para que no estuvieran tan fríos los lechos donde dormían. También le había llevado a la niña una bolsa de goma naranja que, rellena de agua caliente, retenía el calor durante más tiempo. Se la había dado la señora. Solo pensaba en el bien de su hija. Matilde había renunciado al amor. No quería saber nada de hombres, porque le parecía imposible encontrar a alguien tan bueno como su difunto marido. No había estudiado, pero siempre había sido un hombre sencillo, humilde y poco dado a la confrontación. Se ganaba la vida en el campo. Tenía las manos más grandes que había visto nunca. Eran ásperas y fuertes. ¡Las echaba tanto de menos! Solo le quedaba de él una foto de cuando se casaron. Ella vestida de negro y él con traje y corbata, la única vez que se había vestido así. Nunca hubo más hombre para ella.

Sonó la campanilla del cuarto de la señora. Matilde abandonó sus pensamientos, se ajustó el nudo del delantal y se fue corriendo hasta allí. Nada más tocar con los nudillos la puerta del dormitorio, escuchó su voz apremiante:

—Pase, Matilde. Prepáreme rápido un vestido, que voy a la peluquería de las hermanas Zabala…

—Sí, señora.

Matilde le eligió un traje de chaqueta marrón, bolso del mismo color a juego con sus zapatos y sombrero beige. La ayudó a vestirse.

—¿Hoy tiene alguna cita?

—Hemos quedado en el Ritz a tomar el aperitivo, pero antes me pasaré por la peluquería. Quiero que Rosita Zabala me haga algo especial en el pelo. Probaremos de cara al homenaje de Balenciaga.

—Imagino que vendrá todo Madrid aquí. Será un día en el que la señora tendrá que estar estupenda. Bueno, como siempre.

—No sea zalamera. Le veo mala cara, Matilde. ¿No irá a caer mala?

—Espero que no. La que no anda buena es mi hija.

—¿Qué le ocurre? —preguntó Sonsoles extrañada.

—No se encuentra muy bien. Yo creo que es por el frío que pasa en la casona del pueblo. No tienen allí los medios que aquí, claro.

—El próximo fin de semana que vaya a su casa, haga el favor de llevar carbón. Tome…

Sacó de su bolsillo cinco pesetas y se las entregó a la doncella.

—Gracias, señora, no sé cómo agradecérselo.

—Espero que me hable de su evolución. Si vemos que no mejora, la llevará de mi parte a la consulta de mi cuñado.

—Yo no quisiera molestar…

—No es ninguna molestia. Necesito que esté cien por cien en lo que tiene que estar y para eso su hija debe curarse cuanto antes.

Matilde nunca sabía si Sonsoles era generosa con ella por su forma de ser o por puro egoísmo para que no se distrajera con otras preocupaciones.

El mecánico la acercó hasta la Carrera de San Jerónimo, frente al hotel Palace, donde se encontraba el salón de belleza. A esta peluquería —que ocupaba el ático del inmueble— acudían a menudo Carmen y Zita Polo, así como numerosas actrices de renombrado éxito. Cuando llegó allí, la hicieron pasar directamente al salón. Las señoras siempre dejaban sus conversaciones cuando aparecía Sonsoles con su peculiar forma de caminar y de hacerse notar allí donde iba. Se acercó rápidamente Rosita Zabala, la dueña.

—Señora marquesa, cuánto bueno por aquí. Acaba de irse doña Carmen. Por cuestión de minutos no se han visto.

Le dio rabia saber que casi había coincidido con Carmen Polo, porque le podría haber confirmado su asistencia al homenaje. Sí se encontraba allí una de las artistas de más renombre del momento: Celia Gámez. Estaba en un lateral, como apartada del resto. Sonsoles se dirigió hacia allí y se sentó a su lado.

—¿Le importa que me siente aquí? —Actuó como si no la conociese.

Celia Gámez, sin abrir la boca, le hizo un signo de aprobación con la mano.

En principio, no se dirigieron la palabra. Sonsoles no era mitómana. Estaba tan acostumbrada a ver personajes famosos a su alrededor desde que era niña que no hacía ningún ademán de demostrar admiración. Continuó hablando con la dueña de la peluquería.

—Me gustaría probar la ondulación permanente que anuncian tanto.

—¿Se refiere a Solriza? —le preguntó Rosita.

—Sí, me parece que se llama así.

—La verdad es que consigue una ondulación permanente sin aparatos, ni electricidad, simplemente con unos acreditados saquitos. Doña Celia fue de las primeras en usarlo y se lo puede decir.

Celia Gámez, que estaba leyendo la revista *Semana*, le habló del producto:

—Desde luego, las artistas nos hemos apuntado al Solriza porque nos permite ir peinadas siempre. Dura muchísimo. Se lo aconsejo.

—Es el primer producto que ha entrado con fuerza en peluquería después de la guerra. Los dueños están haciendo campaña por toda España y está teniendo un éxito tremendo.

—Está bien, pues, adelante. ¡Vamos a rizarnos el pelo!

Mientras preparaban los saquitos para su cabello, hablaron de la campaña contra el piojo verde.

—Da pena ver a la gente por la calle con el pelo rapado —dijo Sonsoles—. Sobre todo a los niños…

—Sí, pero es mejor eso que tener que ir todo el día con un repelente en la cabeza. A mí se me acercan muchas personas y no me queda otra.

—¡Qué horror! ¿Adónde vamos a llegar? ¿Cómo esconde el repelente?

—Precisamente lo envuelvo en una de las ondas.

—¡Bien pensado! —exclamó una sonriente Sonsoles.

En un momento dado, le dijo que había estado en su último estreno. Lo hizo con naturalidad y sin aspavientos:

—Fui con mi marido al estreno de *Yola*, su última revista, y nos lo pasamos muy bien. Salir acompañada del cantante Alfonso Goda fue todo un acierto.

—Muchas gracias. —Le hubiera dicho que no era una revista, sino una comedia musical, pero no lo hizo. Se veía que aquella mujer era una dama—. La gente está harta de sufrir y viene al teatro a pasar un rato divertido para olvidarse de sus problemas.

—Sí, yo desde luego, prohíbo a mi entorno que se hable de desgracias o de la guerra.

—Bien hecho.

—Me sorprendió ver a tantas señoras en el teatro —añadió Sonsoles.

—Bueno, yo me vanaglorio de haber llevado a las señoras por primera vez a esta clase de espectáculos. Estaba abarrotado. Le estoy muy agradecida al público.

Al rato, Julia Zabala llegó con unas cremas para las dos.

—Regalo de la casa —anunció—. Es la crema Numantina que vendemos en la peluquería. Es ideal para tener una piel blanca y uniforme. Hace desaparecer las pecas inmediatamente.

Las dos agradecieron el detalle.

—Ahora anuncian mucho por la radio unas píldoras para hacer crecer el busto. ¿Son eficaces? —preguntó la actriz.

—En eso no creo —dijo Sonsoles.

—Son las píldoras «circasianas», que nos piden muchas señoras. Las tenemos, pero realmente no está tan clara su eficacia —contestó Julia.

La peluquería era mucho más que un lugar al que acudir a teñirse el pelo o a peinarse. Las clientas buscaban estar a la última. Rosita Zabala y Jacqueline Decqué llevaban los dos grandes salones de aquel final de 1940. Ir a uno o a otro significaba encontrarse con la flor y nata de la sociedad más pudiente de la época, que estaba, ciertamente, muy lejos del resto de la población, que no podía permitirse subir a aquel ático. La preocupación por comer era superior a la de ir a la última. Eso quedaba solo para unos pocos. La situación del país era tal que proliferaban los estraperlistas —que trapicheaban con todo tipo de productos—, que se exponían a multas descomunales y a confinamientos en batallones de trabajadores. Los tribunales tenían incluso potestad, en algunos casos, para considerar el estraperlo como delito de rebelión y condenar a muerte a aquellos que lo practicaran. Pero la marea de estraperlistas no entendía de prohibiciones ni de condenas.

25

Serrano Súñer llegó a la una de la tarde al palacio de El Pardo acompañado de su mujer y de sus hijos. El día era soleado, pero muy frío. Al salir del coche, un aire gélido y envolvente les acompañó hasta las escaleras de entrada.

Zita le notaba serio desde hacía días. Achacaba su estado de ánimo a las muchas preocupaciones relacionadas con su cargo. Daba la sensación de que le costaba desconectar de todos los problemas internacionales derivados de la Segunda Guerra Mundial.

El ministro tenía intención de aprovechar esta jornada para hablar con Franco, sin las constantes interrupciones de los militares que le rodeaban. Pero al entrar en el salón de Tapices se frustraron sus intenciones al darse cuenta de que no podría hablar a sus anchas con su cuñado. También había sido invitado a comer su amigo íntimo de cacerías y pesca, Max Borrell. Eso significaba que hablarían de caza durante toda la comida y poco podría hacer por sacar el tema de la participación de España en la contienda internacional. Borrell era un hombre de muchos silencios y poco dado a la charla. Franco y él podían estar cazando y pescando sin dirigirse apenas la palabra. Cuando entraron en el salón del palacio, Franco estaba comentando una cacería de patos y faisanes en los jardines de Aranjuez que proyectaba para el siguiente fin de semana.

—Cazar en un lugar tan lleno de arbustos a orillas del Tajo requiere de cierta estrategia… Ramón —se dirigió a su cuñado, que entraba en la estancia—, deberías unirte a nosotros para la cacería que estamos proyectando.

— Alfonso XIII, cuando cazaba en esa zona, caminaba sigilosamente por los pequeños caminos que están protegidos por arbustos, hasta llegar a las casetas de los cazadores. Allí no queda otra que esperar agazapado hasta que toquen la corneta —comentó Max.

—¿Un toque de corneta para cazar patos? —preguntó extrañado Serrano.

—Sí, la corneta asustará a los patos que estén posados en el Tajo y, en ese momento, cuando huyan por encima de los árboles, aprovecharemos para disparar.

—Pues sí que lo tenéis todo calculado… —replicó Serrano, sonriendo ante una estrategia tan premeditada para cazar patos y faisanes—. Esta mañana me han informado de que han cazado a varios «pájaros» de las Brigadas Internacionales.

—¡Qué bueno! —exclamó Max. Franco no abrió la boca.

—Entre ellos iba Antonio Barba, que tuvo una intervención muy destacada contra las tropas nacionales —siguió dando información Serrano.

Franco sacó una libreta pequeñita y anotó algo que no compartió ni con su amigo ni con su cuñado.

—¿Qué sabéis de Andrés Zala? —preguntó Serrano refiriéndose a otro amigo de su cuñado al ver que este delante de su familia no quería comentar ningún tema político. Los dos, Max y Andrés, le acompañaban en sus salidas, porque Franco no ampliaba su escaso círculo de amistades así como así.

—Andrés también vendrá la semana que viene a cazar —contestó Franco.

—Sigue con tan buen humor como siempre —añadió Carmen, que se unía a la conversación junto con su hermana Zita.

No había aperitivo en El Pardo, ni copas previas al almuerzo. Alejandro, el *maître*, interrumpió para pedir a los comensales que pasaran al comedor.

—Habéis tenido suerte, hoy ha hecho la comida el cocinero que tiene mejor mano —dijo Carmen mientras los invitados se sentaban a la mesa.

Sirvieron un consomé, después una merluza rellena y, por último, un turnedós con guisantes. Sentados con los invitados se encontraban los ayudantes de servicio que se fueron después del postre, al igual que los hijos mayores de Serrano y la única hija de Franco, Carmen, a la que todos llamaban Nenuca.

Fuera de la estancia, Prieto se encontraba de servicio esperando cubrir cualquier necesidad de la Señora. Solo, sentado en una de las sillas para ujieres, le daba vueltas a la cabeza. Tenía todas las llaves de los almacenes. Pensó que ese era el día. Franco y su mujer estaban en plena comida de domingo con invitados. Había en el palacio menos personal. Nadie preguntaría por él durante algunos minutos, los suficientes para poder coger algo de comida para sus hijos. Tragó saliva y no lo meditó. Bajó las escaleras hasta alcanzar el patio de los Borbones, donde se encontraban no solo las escopetas de caza, sino los sacos de arroz, el aceite… Buscó la llave y abrió la puerta con nerviosismo. Miró a un lado y a otro. Aparentemente, no había nadie vigilando. Se aseguró de cerrar la puerta por dentro y comenzó a pasear por el pasillo que formaban los sacos de arroz en el suelo. Solo pensaba en sus hijos. Miró una de las bolsas que estaba rota y empezó a coger a puñados el arroz que se metía como podía en los bolsillos del uniforme. Cuando se dio cuenta de que se notaban los bultos que formaba el arroz en sus pantalones, se puso a respirar agitadamente. El sudor le caía por la frente. «Pero ¿qué estoy haciendo?», se repetía una y otra vez. Sin embargo, había tomado la decisión. Se sacó algo de arroz de los bolsillos y lo metió en los de atrás. Se aseguró de que por fuera no se notara, se secó el sudor de su frente con la mano y salió con aparente tranquilidad del almacén. Cerró la puerta y respiró cuando comenzó de nuevo a subir la escalera. El hecho estaba consumado.

La comida ya había terminado y los comensales se encontraban de nuevo en el salón de Tapices, donde tomaban el café, momento que aprovechó Serrano para hacer un aparte y cruzar unas palabras con su cuñado.

—Paco, no podremos sujetar a los alemanes por mucho tiempo en la frontera. Hitler nos volverá a llamar y habrá que meditar mucho qué decimos. Si no ponemos fecha a nuestra entrada en el conflicto, deberíamos compensarle con algo —Franco le miraba sin decir palabra—. Estamos dejando que reposten sus barcos en nuestras aguas y sus aviones en nuestro suelo, pero tendríamos que pensar en algo más. Lo digo porque hay que contener sus ansias expansionistas. Lo vi con mis propios ojos, tenían nuestra península repleta de banderas alemanas. Me consta que no se les ha quitado de la cabeza entrar por la fuerza.

—Bueno… —se limitó a decir Franco. Sacó de nuevo la pequeña libreta que siempre llevaba consigo. Anotó algo y cambió de tema. Eso dejó perplejo a su cuñado—. Max, ven aquí con nosotros —pidió a su amigo, dando por zanjada la conversación.

Cuando Max se acercó, Serrano sintió otra de sus punzadas en el estómago. Debía pensar en una participación simbólica o intermedia con Alemania. Le daba la sensación de que nadie era consciente, excepto él, de la gravedad de la situación. Desconectó por completo de la charla que su cuñado mantenía con Max.

—¡Llame a Juanito! —le dijo al mayordomo.

A los pocos minutos se presentó Juanito, el ayudante de cámara que se encargaba de despertarle cada día junto con su médico, Vicente Gil, y de atenderle en todo aquello que necesitara. Franco le pidió que le trajera la última escopeta que le habían regalado. Cuando salió a buscar a Prieto, este ya estaba en su sitio. Por segundos no lo habían pillado. Tal y como le habían pedido, subió la última escopeta que había entrado en palacio…

Las mujeres hablaban en un aparte de su hermana Isabel. En un momento se acercó Nenuca y le preguntó a su madre:

—Oye, mamá, ¿quién manda en España, papá o el tío Ramón?

—¿Por qué preguntas esas cosas? —replicó su madre.

—Algunas amigas me han dicho que quien manda es el tío.

—Son cosas de niños —dijo Zita, saliendo al paso al ver la cara de enfado que se le había puesto a su hermana.

Aquellas palabras de su hija se le quedaron grabadas a Carmen en la cabeza… Miró a su cuñado y lo vio serio y ausente de la conversación que mantenían su marido y Max. Le pareció que empezaba a haber cierta distancia entre ellos. Pensaba que tantas salidas de Ramón, tantas entrevistas con altos mandatarios estaban creando una imagen que eclipsaba el trabajo de su marido. Hablaría con él para que dejara las cosas claras ante sus allegados y la opinión pública.

Antes de concluir la jornada y a punto de despedirse, las hermanas quedaron en verse de nuevo para el homenaje de Balenciaga en casa de la marquesa de Llanzol. Serrano prestó atención.

—No me apetece mucho ir, pero no tengo más remedio —dijo Zita—. ¡Me ha llamado la propia marquesa!

—Sí, su cuñada Pura me ha insistido tanto que iré, pero no me quedaré mucho tiempo.

—Pues allí nos vemos…

Se despidieron amistosamente. Pero Carmen, a raíz de la pregunta de su hija, se quedó con un gesto serio y de preocupación… Había que bajarle los humos a Ramón como fuera. Pensó en no volver a alabarle en público en detrimento de su marido. Hablaría con Carrero Blanco para que vigilara los pasos de su cuñado.

26

Media hora antes de que tuviera lugar su homenaje, Cristóbal Balenciaga llamaba a la puerta de los Llanzol. Al minuto salió Sonsoles a darle la bienvenida. Vestía un sobrio traje negro de tarde. Cristóbal sostenía una prenda que iba en una percha, tapada por una tela blanca.

—Esto es para ti, mi querida amiga... —le dijo nada más verla.

Sonsoles, que no se lo esperaba, tiró de la tela blanca y vio un bolero de terciopelo azul con abalorios en canutillo, bordados en negro y pasamanería.

—¿Una chaquetilla de torero? —se sorprendió.

—¿Verdad que lo parece? Le estoy dando a mis creaciones un aire muy español.

—¡Qué belleza! ¿Me la pongo?

—¡Claro! Para eso la he estado cosiendo toda la noche...

Se puso la prenda y se miró en uno de los espejos de la entrada. Su imagen era espectacular.

—Aquí me tienes. Desbordado de trabajo pero agradecido por este homenaje que me has organizado. Te diré que te brillan mucho los ojos.

—No me vas a sacar nada, Cristóbal. Si me brillan, es de felicidad por tenerte aquí —le cogió de las manos.

—Y por algo más. A mí no me engañas.

—Creo que me he enamorado, ya te lo dije.

—No, no me dijiste eso. Me comentaste que no podías dejar de pensar en…

—Serrano Súñer —le dijo en voz muy baja.

—¡¿Cómo?! Ahora sí que te advierto que si sigues adelante puede ser muy peligroso.

—Estoy completamente enamorada.

—¡Sonsoles! Esas son palabras mayores. Estás obsesionada ¡con el cuñado de Franco!

—Eres el único que lo sabe —le dijo en voz baja—. Ya no es una obsesión, se trata de algo más profundo. Y pienso que a él le pasa lo mismo. Lo que ocurre es que no hemos tenido la oportunidad de estar nunca a solas.

—Te dije entonces y te digo ahora que es un error. Para este hombre eres un capricho. Vas a salir mal parada, pero el poder tiene una atracción especial. Lo sé. Estoy constantemente con las mujeres y las amantes de todos los políticos.

—No me hables así… no me gusta.

—Perdona. No es mi intención ofenderte, pero un amigo tiene que decir la verdad.

—No hay nada. Está en mi cabeza y me pongo muy nerviosa cuando me llama o cuando está cerca. Igual que si fuéramos adolescentes. Hoy vas a conocer a su mujer. Vendrá también su hermana, la mujer de Franco.

—¡Te vas a meter en un gran lío si sigues adelante!

Al rato llegaron sus hermanas Carmen y Anita y su cuñada Pura. Dejaron de hablar del tema. Poco después comenzaron a llenar el salón otros invitados. Vino un fotógrafo del diario *Ya* y sacó varias fotos a la marquesa y a Balenciaga. También aparecieron otros fotógrafos de *ABC* y de *Arriba*, que comenzaron a «disparar» a los invitados. A los pocos minutos entraban por la puerta Carmen y Zita Polo, en medio de un gran revuelo.

Carmen de Icaza, que tenía tantas dotes para hablar en público, fue la encargada de agradecer delante de todos la presencia de Balenciaga. Carmen Polo le entregó al modisto una placa que había mandado grabar Sonsoles para la ocasión. Todo el mundo le preguntaba por el bolero. Las aristócratas se acercaban al diseñador para encargarle otros iguales. En medio de este ambiente distendido y festivo, la anfitriona, acompañada de su cuñada, abordó a las dos hermanas Polo.

—Muchas gracias por haber venido. Tendréis un detalle que Cristóbal ha querido haceros a las dos. Mañana lo recibiréis en vuestras casas.

—No tenía por qué hacernos ningún regalo… —dijo Zita.

—Yo debo irme enseguida, Sonsoles. Tengo una cena en El Pardo —añadió Carmen.

—Por supuesto, lo comprendo perfectamente.

—No sabes, querida —intervino Pura—, el enorme esfuerzo que han hecho Carmen y Zita para estar aquí.

—Lo sé, lo sé. Cristóbal se ha sentido muy honrado con vuestra presencia. —Se acercó una de las doncellas con una bandeja de canapés—. Por cierto…, no sé si sabéis la última noticia que nos ha llegado de Italia: el rey está muy mal.

Las caras sonrientes de las invitadas se tornaron serias.

—¿Qué quieres decir? —preguntó Pura.

—Que Alfonso XIII está en las últimas. Se lo acaban de comentar a mi marido. Parece ser que su ilusión sería regresar a España. A lo mejor, Carmen, se lo puedes hacer llegar al Caudillo.

—Pero… —Pura no sabía cómo hacer para que su cuñada no siguiera— su salud lleva deteriorada mucho tiempo.

—Parece que ha llegado su final. Hay que recordar que Alfonso XIII apoyó el alzamiento, ha creído siempre en el Generalí-

216

simo y quizás este podría ser el momento de su regreso. No tiene sentido que muera fuera de su país.

Daba la sensación de que Carmen y Zita Polo escuchaban con mucha atención, pero no se pronunciaban. Aquella actitud de la marquesa no dejaba de ser un atrevimiento. Estaba forzando mucho la situación. Su cuñada se lo insinuaba con la mirada, pero Sonsoles quería arrancar de aquellas mujeres un compromiso.

—Hablaré con mi marido… —claudicó Carmen después de escucharla—. Siento que el rey esté tan grave.

—Va a morir de un momento a otro… Su presencia en España sería un gesto muy valorado por la aristocracia y yo creo que por el pueblo.

Nadie más se atrevió a decir una sola palabra. Balenciaga se acercó a ellas y rompió el hielo que se había hecho tras esa petición de la marquesa. Charlaron con él y a los pocos minutos se disculparon y se fueron de allí. Pura no cesó de recriminarla en cuanto vio que a su lado solo se encontraba Balenciaga.

—¿Eres consciente de lo que acabas de hacer? ¿Lo sabe tu marido?

—Sí, lo sabe. Es más, Vegas Latapié nos pidió que lo hiciéramos porque es la última baza que le queda al rey para volver a España. Se trata de una decisión unilateral de Franco. Su vuelta depende de su voluntad.

—No era el lugar. Ya te lo digo yo. Menuda se va a poner cuando me vea a solas. Has sido muy descarada, Sonsoles.

—Bueno, no le vamos a amargar a Cristóbal una tarde de homenaje. Pero si no lo hago aquí, ¿cómo se lo digo?

—Hay otros cauces…

—No he encontrado otros, Pura. Lo que le he dicho no deja de ser la verdad.

Los invitados se fueron yendo poco a poco, hasta que las hermanas, cuñadas y Cristóbal se quedaron solos en aquel inmenso salón. El comentario de toda la noche no fue otro. Cuando apareció el marqués y le contaron lo ocurrido, defendió a su mujer. A fin de cuentas, había hecho lo proyectado.

—Bueno, no es para tanto. Si no lo hubiera dicho Sonsoles, tendría que mencionarlo yo en otro contexto. Hay que conseguir que el rey regrese a España, aunque sea para morir.

Así se zanjó la polémica. La única que se marchó de allí indignada fue Pura. Conocía perfectamente a Carmen, y aquella sugerencia sobre lo que debía hacer su marido no le habría gustado nada. Esperaría su reacción.

El final de la velada transcurrió en torno a Cristóbal, que les adelantó por dónde iría su próxima colección.

—Tendrá un aire netamente español…

—Eso es porque te gustaría pasar más tiempo aquí —le comentó Sonsoles entre risas—. Tu bolero ha sido un éxito. Muchas de las asistentes quieren encargarte uno.

—Sí, ya me lo han dicho… Para mí ha sido importante ver sus reacciones. Te prometo que el año que viene estaré más tiempo en España. Quiero dar un impulso a la tienda de Madrid. Sé que tenéis muchos inconvenientes para obtener visados y poder viajar. Por eso, quiero facilitaros las cosas.

Terminó la noche con un brindis con champán que había traído de Francia el propio homenajeado. Sonsoles estaba agotada. No pensaba ya en las palabras que había dirigido a las hermanas Polo. Ahora su mente volvía a estar ocupada en pensar solamente cuándo volvería a ver a Ramón Serrano Súñer. Esa era su única preocupación.

A la mañana siguiente, Matilde la despertó antes de la hora habitual. Esperaban que llegara la institutriz americana que había elegido Juan, el mayordomo. La marquesa debía dar el visto bueno antes de que comenzara a trabajar con los niños.

Cuando salió de su habitación, Sonsoles no podía disimular las ojeras. No había pegado ojo en toda la noche. A los pocos minutos sonó el timbre. Juan hizo pasar a la nueva candidata al salón.

Iba vestida con una falda negra, una camisa blanca cerrada hasta el último botón y una chaqueta de punto también abotonada. Llevaba el pelo sujeto en una coleta y la cara lavada sin nada de pintura. Sus ojos negros se clavaron en los de Sonsoles. No era tan fea como las anteriores, pero tampoco era una mujer atractiva. Resultaba difícil quedarse con su cara. No había ningún rasgo que sobresaliera por encima de los demás. Lo más llamativo eran sus ojeras. Parecía cansada y Sonsoles pensó que había dormido tan poco como ella.

—¿Conoce algo de mi idioma?

—Sí, señora. Lo entiendo mejor que lo hablo.

—Pues mejor. Me gustaría que solo hablara en inglés con los niños. No tiene por qué mejorar su español. ¿Trae referencias?

El mayordomo se adelantó a su contestación.

—Sí, nos la recomienda la señora Weddell, la mujer del embajador americano.

—¡Ah! Esa es una buena referencia. ¿Qué hace usted en España?

—¡Oh! Yo quería conocer Europa, pero mi familia no me dejaba venir. Mis padres son conocidos de la señora Weddell, y ella les convenció para que me dieran permiso. Llevo un mes en la embajada, pendiente de encontrar un trabajo en una buena familia.

—¿Tiene usted experiencia con niños?

—Sí, en mi país. Aquí no. Este sería mi primer trabajo en España.

—Usted debe compartir horario con otra institutriz alemana que atiende a mis hijos. ¿Le supone algún problema?

—No, en absoluto —lo dijo con rotundidad.

Había algo en esa mujer joven que la hacía parecer diferente a las demás. Daba la impresión de que su educación era exquisita. A Sonsoles le hubiera gustado una persona más mayor, incluso menos agraciada, pero le gustaban los modales de aquella americana tan alta y delgada.

—¿Cuál es su nombre?

—Olivia Madisson.

—Pues, Olivia, si quiere puede empezar hoy mismo. Traiga sus pertenencias de la embajada y acomódese en la habitación que le mostrará Juan. Solo le pido tres cosas: disciplina con los horarios en esta casa, rigor con mis hijos y nada de español. Hábleles siempre en inglés. No quiero escucharla con ellos ni una sola palabra en nuestro idioma. ¿Me ha entendido?

Asintió con la cabeza y se fue detrás de Juan, que la llevó a su habitación. Sonsoles pensó que tenía una preocupación menos. Ahora, podía dedicarse a pensar solo en un nuevo encuentro con Serrano. A ser posible a solas…

27

Finalizaba diciembre con un temporal de lluvias que arrasó con las casas más modestas que se habían levantado en los suburbios de la capital. Se veían por las calles mujeres pidiendo con sus hijos harapientos y desnutridos; mutilados de guerra enseñando sus muñones en las puertas de las iglesias y hambre en las caras de los jóvenes limpiabotas y chicos de los recados que se movían por Madrid buscando cualquier ocupación que les hiciera regresar a sus casas con unas perrillas. Había trescientos mil prisioneros en las cárceles —militares, profesores, abogados, periodistas, obreros, campesinos…—, a los que se les imputaba alguna acción política o bélica contraria a los principios del Movimiento Nacional. Su suerte dependía de los tribunales militares. Los funcionarios eran depurados, la mayoría de las veces por denuncias falsas. Corría el dicho de: «¿Quién es masón? Quien está por encima del escalafón». Salieron de sus escondites los usureros y los prestamistas. Todo era susceptible de intercambio o de comercio para el mercado negro. Había un estraperlo de altura que exigía una fortaleza económica previa, y un estraperlo de segunda categoría que se ocupaba del trasiego de patatas, pan blanco y de la venta clandestina de tabaco picado —procedente de las colillas que se encontraban por la calle los niños que vagabundeaban y subsistían por las raciones del Auxilio Social.

Contrastaba ese ambiente de aquellas frías Navidades de posguerra con el otro Madrid elegante y nutrido, que paseaba sus mejores galas por la calle de Alcalá arriba y la calle Gran Vía abajo. Las conversaciones de moda no eran otras que cómo se preparaba un buen martini, las fulgurantes estrellas de Hollywood o los rumores sobre Manolete. El aperitivo en el Ritz o en Lhardy era una excusa para dejarse ver; los cafés en Viena Capellanes o en Embassy y pasearse por Chicote antes de regresar a casa por la noche, una obligación. Se produjo la eclosión del teatro, las revistas, los toros y el fútbol, espectáculos a los que pocos podían acudir. Solo una parte de la sociedad vivía en plena euforia tras el final de la contienda.

Eran dos mundos diferentes con necesidades y preocupaciones distintas. Aquellas fiestas, austeras para la mayoría de los ciudadanos, serían excepcionales en las casas de aquella alta sociedad que había vuelto a recuperar su abolengo y sus posesiones.

A punto de terminar el mes de diciembre, la marquesa de Llanzol decidió acabar con aquella incertidumbre que la reconcomía. Durante minutos miraba el teléfono y lo descolgaba. Después se lo pensaba mejor y lo volvía a colgar. Así, tres veces. Hubo una cuarta y, finalmente, cuando se quiso dar cuenta, estaba pidiendo a la secretaria de Serrano Súñer que la pasara con él. Habían pasado un par de semanas sin noticias suyas. Demasiado tiempo sin oír su voz. A los pocos segundos, ya estaba el ministro al aparato.

—Señora marquesa, qué placer volver a saber de usted… ¡Felices Fiestas!

En aquel momento le hubiera dicho que necesitaba verle y que ya no podía soportar más esa situación, que deseaba estar con él a solas y saber si realmente sentía por ella algo más que admiración. Pero, otra vez, la estaba llamando señora marquesa…

—Igualmente, ahora ya toca decir eso de ¡feliz año nuevo!, señor ministro —volvió al tratamiento protocolario. Se dio cuenta de que podrían estar escuchando su conversación o que tuviera una visita en su despacho—. Necesito verle para pedirle un favor —le soltó de sopetón.

—Mañana podría arreglar la agenda. ¿Le ocurre algo?

—A mí no, pero quiero comentarle una cosa que creo que debe saber. Tiene que ver con el rey.

—Ya… algo le dijo a mi mujer hace unas semanas… Será un placer recibirla en este despacho. Lo que no sé es si podré ser eficaz. Ya se lo indiqué a su marido la última vez que nos vimos aquí.

—Si usted no es eficaz, entonces nadie. ¿A qué hora quiere que esté allí?

—A las diez de la mañana. No entre por la escalera de la derecha, nada más acceder al palacio. Vaya directamente a la escalera izquierda que da a mi despacho. En la puerta se encontrará a un militar que le abrirá paso. Daré su nombre ahora mismo… Contaré las horas hasta verla. —Esta última frase la dijo en un tono más bajo.

—Muchas gracias… ¡Hasta mañana!

Cuando colgó, cerró los ojos. Se preguntaba qué es lo que estaba haciendo. Se tapó la cara con las manos. Había llamado al hombre que le quitaba el sueño. Evidentemente, estaba quedando como una mujer de poca clase, se decía a sí misma. Se puso a caminar de un lado a otro de la habitación. Su agitación era extrema. Sabía que en ese encuentro a solas se podía producir lo que ella llevaba tanto tiempo esperando: una palabra, una frase, una mirada, un roce de sus manos, algo que le hiciera saber que estaba tan interesado en su persona como ella. Al mismo tiempo, sabía que su paso adelante ya no tenía vuelta atrás. Era consciente de que su vida podía cambiar radicalmente, pero no le importaba. Contó las horas y no le habló a nadie del encuentro que se iba a producir en el ministerio. Lo tenía todo previsto. Saldría de casa sin coche, solo acompañada por Matilde. No quería al mecánico como testigo de su encuentro. Acudiría a la cita en taxi. Su doncella era de su total confianza. Como siempre, sería una tumba.

Así ocurrió al día siguiente. Matilde la ayudó a vestirse. Notó que estaba especialmente nerviosa, pero si la señora no contaba el motivo, era mejor no hacer preguntas. Se vistió con un traje marrón oscuro ceñido, se puso sus mejores perlas y se pintó la boca de rojo. Pidió los tacones más altos y el nuevo abrigo negro con mangas melón. Se colocó un sombrero también negro que dejaba caer sobre sus ojos un velo de rejilla que la envolvía en un halo misterioso. Así salió de casa. Su marido se había ido temprano a su despacho y ella no dio explicaciones al servicio. Le pidió a Matilde que se quitara la cofia y que la acompañara. La doncella se echó un abrigo sobre los hombros y no preguntó, se limitó a ser su dama de compañía.

Encontró el taxi dos manzanas más arriba de su casa. Matilde no conocía el destino. La seguía sin cuestionar nada, como siempre había hecho.

Cuando llegó a la plaza de la Provincia, le pidió al taxista que parara. Se bajó del taxi con un nerviosismo que no podía disimular. Matilde, que la conocía bien, sabía que se preparaba una tormenta.

—Matilde, espérame aquí —ordenó—. No sé cuánto voy a tardar.

—No se preocupe por mí, señora, pero tenga mucho cuidado con lo que vaya a hacer…

—Matilde, voy a resolver un asunto, pero no quiero que nadie se entere.

—¡Descuide!

Respiró hondo. Sabía que podía confiar en ella. Sonsoles entró por la puerta izquierda del ministerio, tal y como le había dicho Serrano. Un militar la cortó el paso en el descansillo del palacio y le pidió que se identificara. Fue decir su nombre y no se atrevió ni a pedirle la cédula personal. El ministro había ordenado que aquella mujer tan bella y elegante tuviera un trato preferente. La acompañó hasta el ascensor. Allí le dijo que en el segundo piso se encontraría con un sargento que la conduciría hasta el ministro. El ascensor tenía doble puerta y aquel espacio cerrado le producía claustrofobia. Nunca había subido sola en ninguno, siempre prefería las escaleras en caso de no ir acompañada. Se miró en el espejo y se pasó la lengua por los labios. Cuando llegó, alguien que estaba fuera abrió la puerta por ella. El sargento la saludó con marcialidad y la condujo hasta una puerta de madera. Todo aquello ya le sonaba de la vez que había estado con su marido. Había entrado por la zona que daba al comedor y a la parte privada del ministro.

Se abrió la puerta trasera del despacho y apareció Serrano Súñer vestido con guerrera blanca del partido y los emblemas de su cargo en Falange. Era uno de sus trajes pseudomilitares que tanto le gustaba llevar. Sus ojos parecían más azules que nunca. Estaba peinado, como siempre, con el pelo engominado hacia atrás. Cuando vio a Sonsoles de Icaza se quedó mirándola durante unos segundos sin decir palabra. La atracción que sentía por ella era evidente. Le pidió al militar que se fuera y cuando se quedaron a solas, besó su mano derecha, que estaba liberada del guante, y la miró con fuego en los ojos. Los dos deseaban algo más, pero estudiaban sus reacciones con cautela. Ella estaba casada y él desconocía cuál podría ser su reacción si iba demasiado deprisa.

—Sonsoles, siéntate. —La condujo hasta el sillón que estaba frente a su mesa de trabajo. Después, tomó la precaución de ir a la otra puerta, donde se encontraba su secretaria, y decir que nadie le molestara durante los próximos minutos.

La marquesa, sin sentarse, comenzó a quitarse el guante izquierdo en el que todavía llevaba enfundada su mano. Lo hizo lentamente, con una enorme sensualidad. Serrano no perdía detalle. La observaba con detenimiento. Parecía que asistía al momento más íntimo de una mujer, pero solo se estaba quitando un guante. Sintió un calor interior que le asfixiaba y unas ganas enormes de abrazarla, pero era demasiado arriesgado. Tenía que estudiar cada paso de aquella mujer e ir muy despacio. Los dos se escrutaban con la mirada. Sonsoles, como si de un ritual se tratara, cogió el velo del sombrero y lo echó hacia atrás, dejando sus ojos completamente al descubierto. Ambos no disimulaban el deseo que sentían el uno por el otro. Sus miradas eran elocuentes. Cuando Serrano se acercó al sillón después de observarla con detenimiento, Sonsoles hizo ademán de quitarse el abrigo. El ministro se apresuró a ayudarla. Estaban tan cerca el uno del otro que el perfume de ella le embriagó. Allí mismo la hubiera estrechado en sus brazos. Deseaba hacerlo. Estaban solos. Intuyó que era el momento, pero no se atrevió. La invitó a sentarse…

—Sonsoles, ya me dirás en qué puedo ayudarte… Déjame decirte que estás bellísima.

—Muchas gracias, Ramón. Perdona mi atrevimiento. Ahora no sé si he hecho bien…

—Has hecho estupendamente, me gusta verte. —Hizo una pausa mientras sus ojos demostraban el fuego que sentía por ella.

Sonsoles se hubiera echado a sus brazos, pero no sabía si lo que acababa de decirle tenía el sentido que ella le daba. Sonrió a la vez que le miró fijamente a sus ojos.

—Sí, llevábamos mucho tiempo sin coincidir en ningún acto. —No sabía cómo seguir después de lo que acababa de escuchar—. Nadie sabe que estoy aquí —continuó con la excusa—, pero moralmente me siento en la obligación de insistirte: el rey tiene que regresar a España cuanto antes. Ramón, tú eres el único que puedes conseguirlo.

—Esa decisión no depende de mí, Sonsoles. De esto hemos hablado Franco y yo largo y tendido. No se trata simplemente de que regrese a España. Antes hay que arreglar la nación, y eso lleva su tiempo.

—Está muy enfermo… —Calló y se quedó con la boca entreabierta.

Serrano contemplaba a aquella mujer con los ojos del que admira una pieza de arte.

—Lo sé, lo sé… Pero si regresa en estos momentos, nos genera un problema. Nuestra nación tiene que recuperarse de una guerra cruenta. Hay que ordenar primero, y después ver si se restaura la monarquía o no. —Sus palabras le sonaban huecas incluso a él mismo—. Ahora, para nosotros, es secundario que vuelva el rey. Lo prioritario es acabar con el comunismo, restablecer la moral, las bases del nuevo estado y tener más apoyos de otros países que puedan abastecer de alimentos a la población hambrienta. Sonsoles, no es un capricho que no regrese Alfonso XIII.

A ninguno de los dos les interesaba la conversación, aunque pareciera todo lo contrario.

—Vaya, de modo que la decisión ya está tomada… De nada le sirvió al rey apoyar a Franco. Al final, todos le han dado la espalda.

—No, no… Hacer esa lectura es un error.

—No hay otra lectura.

Cuando se enfadaba, Sonsoles todavía parecía más hermosa. Que le llevara la contraria, cuando nadie se atrevía a hacerlo, a él le encantaba.

—Mi querida Sonsoles —se acercó a ella y le cogió una mano entre las suyas—, te aseguro que si por mí fuera, el rey regresaba hoy mismo. Pero no es el momento, créeme. El día que vuelva, en España tiene que estar todo atado y bien atado, como dice mi cuñado. Solo se trata de ganar tiempo.

Sonsoles con su mano entre las de él ya no pensaba en Alfonso XIII. Disimuló, pero deseaba que Serrano diera un paso más. Lo deseaba con todas sus fuerzas.

—Ya veo que no te puedo hacer cambiar de opinión… El rey morirá en el exilio.

—Pensemos que sea capaz de superar su debilidad en los próximos días.

—Una persona muy cercana a la casa le ha recomendado que abdique. No sabemos si finalmente lo hará, pero él es consciente de que se está muriendo. Es imposible que lo supere.

Al ver la cara de desánimo de Sonsoles, decidió cambiar su discurso para que aquel momento no se estropeara. Estaba convencido de que hoy podía ser el día en el que los dos se atrevieran a dar el tan deseado paso.

—De todas formas, te prometo volver a hablarlo con el Caudillo…

—Que regrese, aunque no se instaure la monarquía, sería muy importante para muchos ciudadanos, entre los que me encuentro.

Serrano sabía que eso era imposible, pero prefirió dejarla con esa falsa esperanza.

—Bueno, ¿has venido solo a hablarme del rey? También me gustaría saber qué tal estás. —Apretó con más fuerza su mano.

—Estupendamente, muchas gracias. Y tú, con tantas responsabilidades, ¿cómo estás? —preguntó ella, mirándolo fijamente a los ojos.

—Pues, a veces, tengo la tentación de disfrazarme para salir del despacho y que nadie vuelva a saber de mí. —Se echó a reír a la vez que soltaba su mano.

—¿Disfrazarte? ¿Huir? No me pega nada en ti.

—Bueno, te diré que al comenzar la guerra, gracias a que me disfracé de mujer pude salir de la cárcel.

Sonó el teléfono y, visiblemente contrariado, se levantó hacia su mesa.

—¡Discúlpame! No sé qué entiende la secretaria por: «Que nadie me moleste».

Sonsoles pudo respirar mientras Serrano atendía el teléfono. El corazón se le salía por la boca. Deseaba que la besara. Ya no podía más… Cuando colgó, Serrano regresó al sillón, muy cerca de ella.

—¿Dónde lo habíamos dejado? —Ni se acordaba, porque la conversación solo era una excusa.

—¿Es una broma lo que me has contado? ¿Eso de que saliste de la cárcel vestido de mujer?

—No, no… Te lo estoy diciendo muy en serio. Conseguí salir de la cárcel Modelo gracias a que mis hermanos convencieron a Jerónimo Bugeda, un diputado socialista por Jaén, de que mi estado de salud era lamentable e hiciera posible mi traslado a la clínica España, el sanatorio de la calle Covarrubias.

—Lo conozco. ¿Y de allí huiste vestido de mujer? No me lo puedo creer… —A Sonsoles no le gustaban las historias de la guerra, pero de Serrano le interesaba todo.

—Sí, sí. Resulta imposible de creer, pero o hacía eso o me hubieran matado. Habría acabado como tantos en una saca y fusilado. —Pensó en sus hermanos y en José Antonio.

—Pero, dime, ¿cómo lo hiciste?

—Fue con la ayuda del doctor Marañón, que me conocía porque en más de una ocasión había atendido a mi padre. A través de mi hermana Carmen, le envié una carta detallándole mi plan de escaparme de allí vestido de mujer. En un primer momento, lo rechazó porque pensó que era demasiado arriesgado. Pero le envié otra misiva donde le hablaba de mi muerte, que parecía inminente. Entonces me envió al encargado de negocios de la legación de Holanda, el señor Schlosser. Vino a verme y salí de su brazo convertido en una ancianita. Llevaba el abrigo de mi hermana y una peluca que pudo encontrar en aquel Madrid ya en llamas, pero era demasiado pequeña para mi cabeza. Lo disimulé con una boina y unas gafas negras. Hubo gente que se apartó al verme para dejarme pasar. Nadie sospechó nada y si alguien lo hizo, se calló la boca. Cuando la portezuela del coche de aquel hombre se cerró, no pude evitar sentir una fuerte emoción…

—Parece de novela.

—A veces, nuestras vidas son de novela. —Sus miradas se quedaron atrapadas como en un lazo invisible. Duró segundos.

—¿Te refugiaste en la embajada de Holanda? —siguió preguntando Sonsoles.

—Sí, allí pasé cuarenta días… Estuve alejado de todos los acontecimientos que se estaban produciendo. El fusilamiento de José Antonio y el asesinato de mis dos hermanos, que se quedaron en Madrid por mí. Siempre llevaré esa losa sobre mis espaldas. Nadie se atrevió a comunicármelo hasta que pasaron varios días.

—¿Cómo saliste de Madrid? —Parecía interesada, y eso que jamás permitía a nadie hablar de la guerra delante de ella.

—Marañón no olvidó desde París al hijo de José Serrano, mi padre y uno de sus más fieles pacientes. Fue un diplomático argentino, Pérez Quesada, el que vino a buscarme. Ya había conseguido que numerosas personas salieran del país. Me propuso llevarme a su consulado en Alicante y sacarme junto a mi mujer y mis hijos en un barco de guerra con dirección a Francia. Tenía sus riesgos, pero fue lo que hicimos. Eso ya es el pasado, pero lo tengo grabado en mi memoria. ¡No te puedes imaginar cómo me acuerdo de mis hermanos y de José Antonio!

—Lo entiendo perfectamente. No sé por tus hermanos, pero por José Antonio hay quien dice que se podía haber hecho algo más para impedir ese final.

Serrano guardó silencio durante segundos que parecieron eternos. Lo de sus hermanos pilló a todos desprevenidos, pero… ¡claro que pensaba que se podía haber hecho más por José Antonio! Todos los intentos por sacarle fracasaron: desde Prieto a la reina Victoria Eugenia, que en el exilio propuso la mediación de la corte inglesa. El silencio de Franco detuvo igualmente a los alemanes, que también podían haber tomado cualquier iniciativa.

—Mejor pasar página porque si no será imposible mirar al futuro. ¿Te he dicho que estás bellísima? —cambió de conversación, porque derivaba hacia un terreno que le estaba agriando el momento—. Hoy tienes los ojos más verdes que he visto en mi vida...

Sonó otra vez el teléfono de manera más inoportuna que la primera. Esta vez le costó más levantarse y volver a la realidad. Aquellos episodios de la guerra estaban grabados a fuego en su memoria. Habló con su secretaria de forma acalorada. Sonsoles comprendió con pesar que aquella visita había concluido. Se puso en pie y comenzó a ponerse los guantes.

—Lo siento, Sonsoles, me reclama el trabajo, y eso que había ordenado que no me molestara nadie, pero he recibido la visita inesperada de un embajador...

Se acercó hasta ella y la ayudó a ponerse el abrigo. Volvió de nuevo su perfume a embriagarle. Pensó que el momento se había echado a perder.

—Al revés, gracias por recibirme. ¿Irás a la fiesta de fin de año de los condes de Elda? —No quería irse de allí sin una nueva cita.

—Iremos al cotillón. —Había sido él quien había convencido a su mujer al saber que iba la marquesa—. Cenaremos antes en El Pardo.

—Pues... allí nos veremos.

—Te acompaño.

Fue abrir la puerta y el sargento se puso de pie. Serrano llamó al ascensor y no quiso permitir que bajara sola.

—Te dejo en la puerta. No faltaría más —comentó Serrano.

Abrió las dos puertas del ascensor, le cedió el paso y después entró él. Dio al botón de bajada y, en cuestión de segundos, ocurrió lo que tantas veces habían soñado ambos. El tiempo se detuvo. Estaban solos uno frente a otro. Se miraron a los ojos y, de forma apasionada, aquel hombre aparentemente de hielo la besó. No hubo palabras. Solo un beso de fuego. El calor de su boca en sus labios. Se abrazaron dando más intensidad a aquel encuentro desbocado. Un pendiente cayó al suelo. Solo al pararse el ascensor despegaron sus bocas. Inmediatamente se abrió la puerta desde fuera… Al salir de aquel espacio en el que se habían encontrado por primera vez sus labios, no pudieron articular palabra. Serrano disimuló al pasar junto al militar de la entrada.

—Ha sido un placer… —Cogió su mano, mirándola fijamente a los ojos—. Espero que repitas esta visita o volver a verte donde tú me digas —la última frase se la dijo al oído.

Sonsoles, siempre habladora, esta vez no podía articular palabra. Se despidió de él con una sonrisa y salió de allí. Sabía que tenía la mirada de Serrano en su espalda y no se giró. Pisaba con dificultad con aquellos tacones que llevaba por el empedrado de la plaza, ubicada en el corazón de Madrid. Matilde, aterida de frío, salió a su encuentro. Tardaron en encontrar un taxi, pero no le importó… Necesitaba caminar. Iba ausente de cuanto ocurría a su alrededor. Aquel beso había dado un vuelco a su vida por completo. Pensaba una y otra vez en cómo se había producido. Sus bocas se buscaron nada más sentirse solos en aquel espacio tan reducido. La apretó contra su pecho mientras sus labios se fundían. Acababa de descubrir la pasión que hasta ahora la vida le había negado. Nunca había sentido lo mismo besando a su marido. Jamás. Tampoco esa agitación, ese calor que casi la asfixiaba y esas ganas de repetir una y mil veces aquel beso. ¿Por qué no habría conocido antes a aquel hombre que le había hecho perder la cabeza? Era una mujer casada, pero no sentía ninguna culpabilidad por lo que acababa de acontecer. Casarse en las circunstancias en las que lo había hecho, con una familia bien venida a menos, justificaba no saber lo que era el amor. En su mente apareció la imagen de Francisco de Paula y se dijo a sí misma que era una relación distinta, casi paternal. Tantos años de diferencia entre ellos ahora le pesaban más que nunca. Matilde, a su lado, callaba, pero era consciente de que a su señora algo le pasaba.

Sonsoles sentía que caminaba entre nubes en aquel Madrid frío, helador, de finales de diciembre. No veía a los aguadores. No escuchaba a las castañeras. No atendía a quien le pedía una limosna… No veía a nadie. De repente, la ciudad se quedó muda y ella solo tenía un pensamiento: Ramón Serrano Súñer.

28

El embajador americano, Alexander Weddell, se había presentado de improviso, diciéndole a la secretaria de Serrano Súñer
que estaba allí por un tema de máxima gravedad. Tenía cara de
preocupación, pero no perdía su porte elegante. Era un hombre alto,
delgado, rubio, atildado, con lentes a lo Wilson y ataviado con bo-
tines blancos. Parecía extraño no verle en compañía del embajador
británico, en el que tanto se apoyaba, debido al escaso entendimien-
to con el ministro de Exteriores, pero las circunstancias le habían
obligado a hacerlo así. La inexpresiva secretaria llamó al ministro,
pese a que este le había dicho que no quería ser molestado.

Antes de regresar a su despacho, Serrano se había tropezado
en el ascensor con el pendiente de perla y brillantes que había
extraviado la marquesa. Lo cogió y se quedó pensativo mirándolo. Aquella joya parecía una prolongación de la mujer más especial y fuera de lo común que había conocido nunca. Si el ascensor
no se hubiera detenido, la habría seguido besando. Cerró el puño
y se dirigió a su despacho. Por primera vez sintió que no era dueño de sus actos. Él, el hombre que aparentaba tener tanto poder,
no podía hacer lo que quería. Y lo que deseaba, después del beso
más intenso de su vida, era volver a repetirlo. Le atraía especial-

mente esa mujer de fuerte carácter. Finalmente, optó por guardar aquel pendiente en el primero de los cajones del escritorio de su despacho, que tenía llave y que no estaría al alcance de la curiosidad de su secretaria. Sería la excusa perfecta para volver a llamar a la marquesa y escuchar su voz...

Ahora tenía que ver al embajador por el que sentía gran animadversión. Era la cruz del día. La cara, sin duda, había sido aquella escena en el ascensor donde la pasión casi le vuelve loco. Todavía podía sentir los labios de Sonsoles en su boca y su cuerpo entre sus brazos. Es más, en aquella habitación aún se podía oler su intenso perfume.

—¡Haga pasar al señor embajador! —ordenó a su secretaria.

Se colocó bien la chaqueta y se limpió los labios con un pañuelo por si quedaban restos del carmín de la marquesa.

—Pase —dijo a modo de saludo al embajador—. Ya me dirá a qué se debe esta visita tan inesperada y tan poco oportuna.

—El asunto que me trae es de suma gravedad. De otra forma, no hubiera venido aquí sin avisar.

Serrano recordaba que, después de su último viaje a Alemania, él y Hoare se habían presentado en el ministerio sin protocolo alguno.

—Usted dirá...

—Mi mujer y una fotógrafa americana que estaba haciendo fotos en la zona de Las Hurdes, en la comarca de Extremadura, han sido detenidas por la Guardia Civil. Espero que con toda celeridad se resuelva este agravio, porque este tipo de acciones no se entienden en Estados Unidos.

—¿Qué hacía su mujer con una fotógrafa en uno de los lugares más pobres de España? ¿No había suficiente con el documental *Las Hurdes, tierra sin pan*, que hizo el cineasta Luis Buñuel y que el eminente doctor Marañón criticó? ¿Esa es la imagen que buscan dar en su país de nuestra nación? ¿Quieren mostrar la imagen de la pobreza extrema que existe en tierras españolas?

—Estaban haciendo un recorrido por el país, y Las Hurdes son España...

Weddell hubiera elevado la voz, pero su prioridad era que las dos mujeres fueran puestas en libertad.

—Por si no lo sabe, que lo sabrá, durante la República se prohibió aquel documental por la mala imagen que se daba de España. ¿Por qué piensa que ahora vamos a permitir que se difundan imágenes distorsionadas de la España más pobre? Dígale a su mujer que se pasee menos y que deje de ayudar a los niños que salen a su encuentro. No me gustan las expresiones generosas donde se menosprecia a los españoles. Ustedes creen que nos están ayudando y lo que hacen es humillarnos. No más ayudas de su mujer. Se lo digo alto y claro.

—Mi mujer solo pretende dar alimento a los necesitados. Es sumamente caritativa... —Se dio cuenta de que el ministro conocía perfectamente los pasos de su mujer por los suburbios y los lugares más miserables del país.

—Pues ahora ya sabe que no quiero verla entregando alimentos ni dinero a la gente necesitada, que ya tiene sus cauces para recibir comida. Lo mejor que pueden hacer ustedes, los americanos, es traernos más provisiones y dejarse de ayudas esporádicas. Comida, y no caridad, es lo que necesitamos.

Weddell escuchó con los puños cerrados de rabia, pero aguantó las críticas de Serrano Súñer sin mover un músculo de la cara.

—De todas formas —continuó Serrano—, si su mujer acompaña a una fotógrafa americana, ¿por qué no he sido informado de ello?

—Porque no vi ningún mal en que le enseñase España a una amiga que además es fotógrafa.

—Pues lo más seguro es que esas fotos ya estén destruidas. La Guardia Civil tiene orden de quedarse con el material de aquellas personas que parezcan sospechosas.

—Por favor, se trata de mi esposa y de una amiga. ¿Le parecen sospechosas dos mujeres? Le pido que este incidente no se convierta en algo más.

—¿A qué se refiere?

—A que las pongan inmediatamente en libertad, si no quieren que esta equivocación se convierta en un incidente diplomático, con las consecuencias negativas que tendría para la llegada de alimentos y material procedente de Estados Unidos.

—Ya le dije una vez en este despacho que no me gustan las amenazas. El que tiene que atar en corto a su mujer es usted. Puede irse tranquilo, que su esposa saldrá inmediatamente de la comandancia de la Guardia Civil, pero tendremos que investigar a la fotógrafa. Y eso nos llevará días.

—Está dudando de las amistades de mi esposa y eso me ofende a mí y ofende a mi país. Le exijo su puesta en libertad inmediata.

—Ya le he dicho lo que va a ocurrir y no me pida más, porque son dos cosas distintas. Por un lado, está su mujer y, por otro, su acompañante. Le prometo máxima celeridad, pero habrá que investigar el trabajo de la fotógrafa. Ahora, si me disculpa…

El embajador se puso en pie y se marchó, nervioso y claramente contrariado. Era consciente de que en España había que moverse con precaución y astucia. Pensó asimismo que la inmunidad diplomática dejaba mucho que desear.

Lejos de allí, Sonsoles de Icaza se convencía a sí misma de que debía afrontar la vida de otra manera. Nada seguiría siendo igual, porque aquella experiencia la había marcado. Lo sabía. Jamás había sentido algo parecido. Estaba agitada. Comprendió que moverse en el filo de la navaja le gustaba.

Al llegar a su casa, la marquesa de Llanzol corrió a su habitación. Se dirigió rápidamente a mirarse al espejo de su tocador.

Necesitaba ver sus labios despintados por el beso de Serrano Súñer. Estaba ensimismada en sus pensamientos cuando se dio cuenta, al verse reflejada en el espejo, de que le faltaba uno de sus pendientes. Rebuscó entre su ropa, pero allí no estaba la perla con los brillantes que le había regalado su marido tras el nacimiento de su hija mayor, Sonsoles. Se puso nerviosa. Aquellos pendientes habían sido de su suegra y conocía el valor simbólico que tenían para la familia. Siguió mentalmente sus pasos desde que salió del despacho del ministro hasta que llegó a su casa. El único lugar donde podía haberlo perdido era en el ascensor. No resultaba difícil imaginar cómo se había desprendido el pendiente de su lóbulo derecho. Fue el momento en el que Serrano la abrazó. Todo ocurrió muy rápido hasta que sus bocas se fundieron. Ahí perdió la noción del tiempo y del espacio. Seguramente la joya estaba todavía allí, en el suelo de moqueta roja. No era elegante llamar para preguntar y no lo hizo. La angustia de la pérdida no consiguió desdibujar la ilusión que reflejaba su cara.

Los días se le hicieron eternos hasta que llegó aquel fin de año de 1940, en el que había tantas cosas que celebrar. Entre otras, volver a ver al hombre al que no lograba olvidar ni un solo momento.

La aristocracia y todo aquel que era alguien en aquella sociedad celebraba la llegada de 1941 en el palacio de los condes de Elda, frente al parque de El Retiro. Los hombres vestían de esmoquin y las mujeres iban ataviadas con trajes largos, ricos en encajes y pedrerías. Todas aquellas damas exhibían sus mejores pieles para protegerse del intenso frío de aquella noche. La nieve hizo acto de presencia en forma de diminutos copos que no alcanzaban a cuajar en las calles de Madrid. Viéndoles, nada hacía recordar que acababan de superar una guerra. A medida que entraban en el palacio, los sirvientes recogían los abrigos, y con el número de guardarropa, recibían una bolsa para el cotillón. Serpentinas, confetis, gorros en forma de conos y antifaces. El marqués guardó las bolsitas pensando en sus hijos. A ellos les gustaría más que a su madre, que ni tan siquiera miró su contenido. Cuando apareció en el inmenso salón donde sonaban los acordes de una orquesta, Sonsoles sintió las miradas de los asistentes sobre ella. Había elegido un vestido blanco de falda de capa con pedrería y un cuerpo ribeteado con terciopelo negro. El escote en uve era generoso. Estaba muy hermosa. Durante todo el día no había hecho otra cosa más que arreglarse para el evento del año. Sabía que Serrano Súñer llegaría después de las uvas. Estaba nerviosa. Deseaba volver a verle. Un músico de la orquesta tocó con los platillos doce veces. Ya estaban en el nuevo año. Aquel recinto se llenó de confeti y serpentinas. Sonsoles celebró la llegada de 1941 con un beso en la mejilla de su marido. Todos allí se felicitaron y comenzaron los bailes. Sonsoles, sabiendo que su marido no bailaba, salió a la pista con sus cuñados, con sus amigos Tono y Mihura... Esperaba el momento tan deseado en su mente desde hacía dos semanas. De pronto, supo que Serrano había entrado en el salón cuando notó una desbandada de altos cargos y a muchas parejas dejando de bailar para saludarle. Por fin le vio, pero no dejó de bailar. Le saludó con la mano. Serrano hizo un gesto con la cara. Nuevamente sus miradas se fundieron en la distancia. Ninguno de los dos podía olvidar el único beso que se habían dado, marcando a partir de entonces sus vidas.

29

Serrano Súñer charlaba con Francisco de Paula. Zita Polo, su mujer, lo hacía con Pura, la marquesa de Huétor. El ministro miraba a la pista y no perdía de vista a Sonsoles. Le daba sorbos a una copa de champán, mientras intentaba seguir una conversación convencional con el marqués.

—Tu mujer baila muy, pero que muy bien…

—Es lo que tiene la diferencia de edad. El que casi nos llevemos veinticinco años me impide bailar con soltura, pero delante de ella, negaré habértelo dicho. Siempre pongo como excusa que no me gusta. Aunque, para ser franco, siempre he sido muy torpe para danzar.

—En las parejas suele ocurrir eso: a uno le gusta una cosa y al otro no. Más que cuestión de edad, es una cuestión de complemento. Yo, por ejemplo, hace tiempo que no bailo, pero he de confesar que me gusta. Mi cargo me lo impide.

—Hoy es un día especial… Olvídate de tu ministerio y diviértete. Tampoco hay tantos momentos así durante el año.

—Mi mujer tampoco baila en estos sitios… Volvemos al tema de los complementos.

Sonsoles apareció allí entre risas. Serrano besó su mano y ella notó una presión especial en aquel gesto. A Zita le dio dos besos en las mejillas. Fue el propio marqués el que propició su nuevo encuentro.

—Serrano, aprovecha que es fin de año, olvídate de tus responsabilidades y baila con mi mujer, que lo está deseando, y a mí me haces un favor.

Todos se echaron a reír y Serrano aceptó la invitación de aquel hombre que no podía ni imaginarse la tormenta interior que estaba precipitando. Salieron a la pista y la estrechó en sus brazos. Ella respiraba agitadamente sin poder pronunciar palabra alguna. Nuevamente el perfume de la marquesa le envolvía. Veía su cuello desnudo y deslizó la mano por su espalda con un movimiento lento que casi se convirtió en una caricia.

—Tenía ganas de verte —dijo él—. No he podido olvidar el beso que nos dimos.

—Yo tampoco —musitó ella. No le salían las palabras, y eso que ella no tenía nunca ningún problema. Intentaba disimular sonriendo cuando descubría a su marido mirándoles.

—Tengo algo en el cajón de mi despacho que te pertenece…

—¿Mi pendiente? —casi paró de bailar.

—Un pendiente no tan bonito como tú.

Continuaron con el baile y él volvió a deslizar su mano por su espalda.

—Me das una gran alegría. Ese pendiente era un regalo de mi marido. Pensé que no volvería a verlo.

—Tendrás que venir a mi despacho a por él.

—Cualquier día de estos me paso y lo recojo.

—Avísame antes, porque puedo estar fuera, ya sabes…

—Esto que estamos haciendo puede ser peligroso… Ramón.

Seguían el compás de la música, pero si esta hubiera dejado de sonar, ellos hubieran continuado bailando, porque no escuchaban más música que la de sus palabras.

—¿Cuándo te ha dado miedo algo? No eres de ese tipo de mujeres.

—Presiento que nos metemos en arenas movedizas...

—Jamás he sentido algo así por ninguna otra mujer —le prometió acercando su boca a su oído.

Aquel gesto le provocó un escalofrío. Su piel se erizó al sentir más próximo el cuerpo de aquel hombre tan atractivo. Vio sus ojos de cerca.

—Por favor, Ramón, me resulta muy difícil bailar contigo susurrándome al oído y viendo a tu mujer y a mi marido mirándonos. Esto es una locura.

—Ha ocurrido y los dos deseábamos que ocurriera.

No supo qué contestar, porque sabía que Serrano tenía razón. Sintió rubor al pensar que se le notaba tanto que moría por él.

—¿Cuándo volveremos a vernos? Necesito volverte a besar —insistió Serrano.

—De entrada, tengo que ir a buscar mi pendiente, ¿recuerdas?

—Hemos de pensar en algún lugar donde podamos estar los dos a solas, fuera del despacho...

—Creo, ministro, que va usted muy rápido —le dijo en broma.

Cesó la música y los dos se quedaron hablando uno frente al otro en mitad de la pista. Se convirtieron en el centro de todas las miradas, pero sabían que no habría otra oportunidad para hablar a solas.

—El martes de la semana que viene estoy en Madrid. Ven a las diez y desayunamos juntos en mi comedor privado... ¿Te parece? —le dijo Serrano

Sonsoles asintió con la cabeza.

—De todas formas, te llamo el lunes para confirmarlo.

—A primera hora, a las nueve de la mañana.

—Muy bien...

Volvió ella a posar su mano sobre la de Serrano y así salieron de aquella pista. A partir de ese momento, las conversaciones fueron insustanciales. A los pocos minutos, Serrano y su mujer se excusaban y se fueron de allí. Sonsoles siguió bailando toda la noche para disimular, pero su vida se había quedado paralizada en aquel baile. Nada tenía sentido sin él. Miraba a su alrededor y veía todo gris.

El frío de aquella noche y los acontecimientos precipitándose sin freno hicieron que cayera enferma. Nunca había tenido tanta fiebre como aquel primero de enero en el que España entera vivía uno de sus peores temporales de frío y nieve. Cuando Matilde le puso el termómetro, marcaba cuarenta grados.

—Señora, ahora mismo se mete en la cama para sudar. Es la única manera de superar ese frío que ha entrado en su cuerpo. Ayer la vi muy ligera de ropa para la noche tan helada que hacía.

—Simplemente he cogido frío en la garganta. Es mi punto débil. Me quedaré solo hoy en la cama. Tengo cosas que hacer esta semana. —Pensaba en su nueva cita con Serrano.

—Sería una locura que saliera de casa con el tiempo que hace y el mal aspecto que tiene. Hablaré con su marido para que no la deje salir a la calle. ¡Parece una chiquilla…!

—No me pasa nada. Esa fiebre mañana ya habrá desaparecido. Está bien, hoy me meteré en la cama, aunque sea para no oírla. —Se encontraba tan mal que le hizo caso, pero le angustiaba no poder acudir a la cita de Serrano.

Lo cierto es que no lograba pensar con claridad. Cuando la doncella avisó al marqués, que estaba con sus hijos, la encontraron delirando.

—No, por favor. ¡Ten cuidado, que nos pillan! Necesito que estés conmigo. No me dejes…

Cuando su marido la oyó, tuvo claro que aquellas palabras pertenecían a su pasado angustioso durante la guerra, que había pasado sola en San Sebastián. Ni se imaginó que pudiera estar hablando de otro hombre…

—Debió de ser muy duro todo lo que pasó la señora en aquellos años. Por eso —le dijo a la doncella—, no quiere ni oír hablar de la guerra.

El marqués miró el reloj y llamó por teléfono a su amigo médico, Mariano Zumel, pero no le localizó. Avisó entonces a su cuñado que, aunque era pediatra, siempre tendría una opinión más autorizada. Este tenía la comida familiar de primero de año y quedó en pasarse con Anita, su mujer, por la tarde. Le dijo que le llevaría algún medicamento, pero que bebiera muchos líquidos y que le bajaran la fiebre como fuera.

—Debe de creer que yo sé tanto como él, pero no tengo ni idea de cómo hacerlo —reconoció el marqués.

—Señor, confíe en mí, que en mi pueblo lo resolvemos provocando más sudores a base de poner mantas encima del enfermo. El cuerpo reacciona y baja la fiebre.

—Por Dios, ¿cómo va a hacer eso? Se va a asfixiar.

—Hágame caso. Además, le daré un ponche con huevo y unas gotitas de coñac.

—Matilde, me asusta lo que me dice. No le ponga mucho coñac. Primero la va a asfixiar y luego la va a emborrachar —dijo entre dientes.

—Así es como curamos los resfriados y la gripe en mi familia. Mientras viene su cuñado, le iremos bajando la fiebre. No se preocupe.

El marqués se fue de la habitación refunfuñando y nada convencido de sus métodos. No recordaba a su mujer enferma nunca. Confiaba en que la doncella supiera hacer esa labor de enfermera para la que parecía estar muy predispuesta, aunque no tuviera conocimientos.

Cuando por la tarde llegó su cuñado Ricardo, Sonsoles ya no deliraba. Estaba muy pálida y no tenía más que ganas de dormir. No hablaba nada, cosa rara en ella, y tampoco tenía hambre, algo más habitual. El doctor sacó un tubito blanco de aspirinas.

—Le van a dar una por la mañana y otra por la noche. Se encontrará mucho mejor. De todas formas, ya no tiene cuarenta grados, pero por la noche le volverá a subir la temperatura. Es una gripe como una catedral. Son siete días sin moverse de la cama y sin salir de casa…

—No… no… no puedo… —Sonsoles no dijo más, porque a duras penas podía articular palabra.

Salieron todos de la habitación. Estaba claro que durante una semana no estaría en condiciones de moverse. Por más que ella decía que no, nadie entendía su insistencia. Todos estaban convencidos de que seguía delirando.

Llegó el lunes y cuando se fue su marido intentó marcar el teléfono del Ministerio de Exteriores pero no atinaba. No veía bien. La fiebre seguía alta. Se dio por vencida. No llamaría a Serrano. Eso la hizo empeorar las siguientes horas. Igual pasó cuando llegó el martes y seguía en cama, con todo el cuerpo dolorido y sin poder hacer mucho más que esperar a que pasara aquella gripe con la que comenzó el año. No fue hasta el cuarto día cuando ya se incorporó con varios almohadones en la cama y pudo marcar el teléfono. Como siempre, contestó la secretaria, pero esta vez no le pasó con el ministro. Insistió en que dejara constancia de que había llamado la marquesa de Llanzol. A las nueve de la mañana del día siguiente recibió la llamada de Serrano Súñer.

—¿Sonsoles de Icaza?

—Soy yo, Ramón —lo conoció inmediatamente—. He querido llamarte estos días atrás, pero he caído enferma… Y no podía ni sostener el teléfono.

—¿Qué te ha ocurrido? Te vi espléndida la noche del 31…

—Cogí frío o con estos acontecimientos, ya sabes…, pues se ve que he caído enferma. Estoy a base de aspirinas.

—Si tuvieras algún problema para conseguirlas, yo te puedo proporcionar todas las que quieras. Hemos recibido grandes cantidades de Alemania.

—No, mi cuñado es médico. No tengo ningún problema para obtenerlas. Ramón, siento mucho no haber podido ir… bueno, ya sabes. —No se atrevía a ser demasiado explícita por teléfono.

—No digas nada más. Lo importante es que te restablezcas pronto. Volveremos a intentarlo, ¿te parece?

—¡Claro!

—Yo te llamaré. Estos días tengo muchos viajes, pero no dejaré de pensar…

—Y yo…

No hubo más conversación. Ninguno de los dos olvidaba a las operadoras telefónicas que solían escuchar las conversaciones y había que ser cauto. Pasaron los días, y Serrano no llamaba. Empezó a intranquilizarse. Su salud mejoró y pronto comenzó a ponerse de pie. Después de una semana en cama, le costó volver a su vida normal. Su hija también cayó enferma con gripe y quien no se separó de su lado ni un solo día fue el marqués. Este tuvo oportunidad de hablar con la niñera americana, que era la que sabía más español de las dos institutrices. Le cayó bien. Parecía muy interesada por su trabajo y le preguntó muchas cosas del ministerio, de Franco y de otras personalidades. Nada parecido a la institutriz alemana, que no se esforzaba en comunicarse con él. Solo hablaba en alemán y él no entendía ni palabra. Cuando su mujer estuviera completamente restablecida, le hablaría de ella. Después se lo volvió a pensar y se dio cuenta de que si lo hacía, la echaría y traería a otra como la alemana. Era la primera vez que había entrado en casa alguien agradable, pensaba. Decidió no mencionarlo.

Durante esos días, Sonsoles siguió los pasos de Serrano por los periódicos. El ministro había dado un duro discurso en Barcelona del que se había hecho eco toda la prensa. Había acudido al Consejo Nacional de la Sección Femenina, en donde había expresado su preocupación por el «paréntesis anormal» en las relaciones Iglesia-estado, reconoció el problema del hambre y avisó sobre una posible «reacción desesperada» de España si los aliados les negaban el pan. Estaba lanzando un aviso tanto a los aliados como al Eje.

Serrano reaccionaba así públicamente para acallar los rumores que le habían llegado de Alemania. Hitler, en el alto Consejo de Guerra, había mostrado su preocupación por los avances de los enemigos en Grecia, Albania, Libia y África Oriental. El almirante Raeder había insistido en la necesidad de cerrar el estrecho de Gibraltar y Hitler podía estar preparando un ultimátum contra España. Serrano, por este motivo, intentaba tensar la cuerda de los aliados para que llegara ayuda a España, sabiendo que el canciller alemán iba a volver a forzar su entrada en la Segunda Guerra Mundial y habría que dar el paso.

Todos los acontecimientos hacían imposible un nuevo encuentro entre el ministro y la marquesa. Los constantes viajes de Serrano Súñer por España y sus responsabilidades de gobierno se lo impedían. En la casa de los Llanzol también hubo más movimiento que nunca, porque, antes de que se hiciera oficial, supieron que el rey Alfonso XIII iba a abdicar. Estaba claro que su muerte estaba próxima. El conde de los Andes y Juan Vigón, antes de entregar a Franco una copia del acta de abdicación, en días previos —el 15 de enero— acudieron al domicilio de los Llanzol. Ese mismo día se iba a protocolizar la abdicación en la embajada de España en Roma. Entre aristócratas y personas cercanas a la monarquía allí reunidas, dieron la noticia. Igualmente narraron con todo lujo de detalles las palabras del rey a su hijo Juan de Borbón antes de hacerlo.

—Le llamó a su domicilio en la calle Parioli —informó el conde de los Andes—, y este acudió a los pocos minutos al hotel donde se alojaba el rey. No intuía lo que su padre le iba a decir. Estaban solos los dos en la habitación y le entregó un borrador de su último manifiesto como rey a los españoles. «Mi testamento», le dijo. Un documento manuscrito con alguna tachadura. Y allí mismo se lo leyó. «No quiero que me heredes cuando haya muerto —le comentó—. Quiero pasarte "los trastos" en vivo, ya». Y le mostró su renuncia al trono.

Hubo un murmullo entre los asistentes a esa reunión. Alguno empezó a cuestionar la persona de don Juan como heredero. Vigón respondió inmediatamente:

—Es la voluntad de Alfonso XIII. Por otra parte, hizo todo lo que estuvo en su mano para que su otro hijo, Jaime, entendiera que tenía que renunciar. No fue un trago fácil, pero el propio rey dice que se portó bien, ¡más que bien! Si bien el monarca añadió algo más en esa conversación; según me contó don Juan, le dijo: «Comprenderás que después de esto ya no me queda más que morirme para que Franco te llame y se vaya…». En los próximos días Franco nos recibirá y le haremos partícipe de la voluntad del rey. Algo tendrá que hacer y decir.

—Hay que intentar que regrese antes de su muerte. Ya sé, marqués, que estás actuando —le dijo el conde a Francisco de Paula—, pero ahora apelo a todos a que mováis vuestros hilos para conseguirlo. Hoy mejor que mañana.

Todos allí se comprometieron a seguir intentándolo. Lo harían a la desesperada por ver si el rey, aunque fuera para morir, pudiera regresar a España. Sonsoles callaba y observaba desde la distancia. En aquella reunión no había mujeres. Estas escuchaban discretamente y tomaban un té cerca de sus maridos, pero no al lado. No hablaban. Sonsoles sabía por su conversación con Serrano que sus esfuerzos eran inútiles. No había nada que hacer. Franco no iba a ceder el paso a don Juan.

Antes de marcharse, el conde de los Andes y Vigón hicieron una crítica a Franco. Esta vez bajaron el tono de su voz:

—El rey ya le ha dicho a don Juan que Franco se va a resistir. Lo sabe. Le ha aconsejado igualmente: «Tú ten correa y no te impacientes. A Franco nunca le perderá una palabra de más. Es como un búho *callao*, lo ve todo, lo sabe todo; pero él, *callao*».

—Se ve que conoce bien a Franco —apostilló el marqués.

—Sí, sí —continuó el conde—. El rey le comentó que ganar la guerra era mérito de Franco, pero toda su carrera se la debía a él. Y esta es una realidad que no conviene olvidar.

Todos los asistentes corroboraron las palabras del monarca. Consideraban que si Franco había llegado a avanzar en las escalas del ejército fue, entre otras cosas, por el apoyo expreso de Alfonso XIII.

Días después, cuando Franco conoció la noticia, se enfadó. Así se lo hizo saber a los dos mensajeros, mostrándose muy contrariado.

—¿Qué falta hace esa abdicación? ¡Son ganas de hacerse notar! —les comentó.

Posteriormente, con su cuñado fue más explícito:

—Un rey destronado no tiene corona para abdicar.

Cuando su cuñado le habló de los derechos dinásticos, acordándose de la petición de la marquesa de Llanzol para que el rey viniera a España aunque solo fuera para morir, Franco le contestó cortante:

—No quiero oír hablar más de ese tema, ni de derechos dinásticos, ni de legítima titularidad del trono. —No podía pensar en otro régimen político que no fuera el suyo—. A don Juan, igual que a su padre, le está prohibido el paso a España hasta que yo diga.

Desde ese día, don Juan se convertía en un problema para el Caudillo: rey de España en el exilio, sin trono, sin poder, pero rey. Pasó a engrosar la lista de los enemigos del régimen.

—No quiero leer ni oír nada relacionado con esto, ¿me entiendes, Ramón?

Serrano Súñer sabía perfectamente qué significaba eso. A partir de ese momento, el ministro pondría en marcha una campaña para silenciar la monarquía en la prensa o simplemente deformar su naturaleza histórica. Estaba acostumbrado a manejar los hilos de los medios de comunicación desde que desempeñara el cargo de ministro del Interior y luego de la Gobernación. A pesar de estar en Exteriores, su control sobre lo que se hacía y decía en el nuevo régimen seguía siendo total.

30

Antonio Tovar entró en el despacho de Serrano sin solicitar previo aviso. Sabía que el ministro estaba solo y necesitaba informarle de los movimientos que se estaban produciendo a sus espaldas. Conocía la existencia de varios frentes para acabar con su carrera política. Se lo comunicó con el rostro serio y con evidentes signos de preocupación.

—Ramón, he recibido información por varias fuentes de que hay quien quiere bajar a Franco moviendo la peana y la peana eres tú.

—¿A qué te refieres?

—Crees que tus enemigos son los militares que ansían más poder del que tienen en el gobierno, pero debes estar informado de varios movimientos que se han detectado y que evidencian a otros «enemigos».

—Suelta todo lo que sepas…

—Por un lado, Alemania cree que eres el impedimento para que España entre en la Segunda Guerra Mundial. Se están moviendo para llegar a Franco a través del almirante Canaris y el embajador Von Stohrer.

—No me choca que Von Stohrer esté detrás de cualquier movimiento en mi contra, pero ¿Canaris? No hace más que alabar a Franco y a todos los ministros. Dice ser un apasionado de los españoles. Está bien saberlo… no imaginaba que también estaba entre mis enemigos.

Se quedó pensativo mientras escuchaba a su amigo Antonio Tovar, con el que había compartido tantos momentos tensos en los últimos meses.

—Por otro lado, tanto alemanes como ingleses se están dejando ver por el entorno de don Juan de Borbón. Imagino que es para saber de qué lado se decantará en el momento en el que muera su padre. Ambos bandos se ofrecen para apoyarle en su vuelta a España.

—¿Qué vuelva la monarquía y derrocar a Franco? ¡Están locos!

—Y eso no es todo; hablan de un conocido coronel que te la tiene jurada.

—¡Si solo fuera uno! ¿Cuál de ellos?

—Emilio Tarduchy.

—Pero bueno, ¿ahora Tarduchy, que siempre se las ha dado de intelectual y allegado a mí?

—Quiere sustituirte por un camisa vieja que represente mejor a la Falange que tú. Va diciendo que, aunque fueras el albacea testamentario de José Antonio, les has traicionado.

Serrano dio un golpe en la mesa y se puso de pie. Después de caminar nervioso de un lado a otro de la estancia, volvió a preguntar:

—¿Tu fuente es fiable?

—No es una fuente, son varias. Todas confluyen en lo mismo, quitarte de en medio. Tarduchy, sobre todo, está especialmente nervioso.

—¿Nervioso?

—Sí, cree que la indecisión de Franco para entrar del lado de los alemanes se debe a ti. Además, está obsesionado con que se produzca de una vez la conquista de Gibraltar.

—¡Será mamarracho! ¿De modo que esta vez va en serio y todos, Tarduchy incluido, van a por mí?

—Han iniciado ya una campaña de fuerte desprestigio en los círculos cercanos a Franco. Pero puede haber algo más…

—¿A qué te refieres?

—Creo que deberías ir siempre escoltado. Puede haber un intento serio de quitarte de en medio.

—¿Qué insinúas, que quieren matarme?

—Asesinarte, pero haciendo que parezca un accidente.

—Agradezco mucho tu información. A partir de este momento voy a poner en marcha mis hilos para desactivarlo. Mira, de Tarduchy no me lo esperaba. José Antonio y, sobre todo, su padre le tenían verdadero aprecio. Antes de la guerra escribió un libro en el que hablaba de Primo de Rivera exaltándolo, ¿no lo recuerdas?

—Sí, me parece que se llamaba *Psicología del dictador*, donde hablaba de la bondad de la dictadura para el pueblo. Quiere más mano dura. Lo repite constantemente en su círculo. Le parece poco lo que estamos haciendo y quiere más. Voy a intentar conseguir su libro. Ahí estará concentrado su pensamiento…

—¿Piensas que de verdad querría matarme o simplemente asustarme?

—Lo que te aseguro es que capitanea una conspiración contra ti con todas las consecuencias que eso implica. Debes permanecer alerta. Nada más. No te preocupes, porque para eso estamos nosotros aquí, de guardia. Esto no podemos dejarlo así, sin resolverlo.

—Muchas gracias, mi querido amigo. Sabía que muchos me la tenían jurada, pero no hasta ese extremo.

—Pues ya sabes… ¡no te descuides!

Cuando Tovar abandonó el despacho, Serrano se quedó durante algunos minutos en estado de *shock*. No se lo esperaba. Estaba atragantado por la noticia. Querían asesinarle o quitarle el poder. Pensó si merecía la pena tanto esfuerzo personal y tanto empeño en poner en marcha un país que estaba roto. Sintió que le faltaba el aire. Abrió la ventana. Recordó la imagen de Sonsoles saliendo del ministerio. Deseaba hablar con la mujer que le haría olvidar toda aquella tela de araña en la que andaba sumergido. Necesitaba aire fresco. Reír, soñar, amar. Tenía que volver a verla. Pidió a su secretaria que le pusiera con su domicilio. El reloj marcaba las diez de la mañana. Una hora después de cuando ella le pedía que llamara. Deseaba que le cogiera el teléfono. Sonó una vez, dos, tres, cuatro...

—¡Dígame!

Era ella. Su voz inconfundible. El aire que necesitaba. El chorro de vida que en estos momentos reclamaba.

—Necesito verte ahora mismo, Sonsoles.

—¿Ramón? —dijo ella con extrañeza después de tantos días sin saber de él.

—Sí, soy yo y te pido por favor que vengas ahora mismo. Necesito verte. No sabes cuánto. Liberar mi mente. Espero que me disculpes por llamarte así...

—Cuando dices ahora, ¿tiene que ser de inmediato?

—Sí, voy a anular todos los compromisos que tenía esta mañana. Nunca como hoy he necesitado tu voz, tu presencia, tu sonrisa. Necesito olvidarme de todo, aunque sea por unas horas.

—Entiendo... —Sabía que algo le pasaba—. Estaré ahí dentro de una hora. Me pillas todavía en la cama. Sabes que por las mañanas me gusta hablar por teléfono con mi familia, con mis amistades... Me arreglo y voy para allá. ¿Me dirás qué te ocurre?

—Sí, ya te lo contaré, pero no por teléfono.

—Está bien. Voy para allá. Me tienes que dar por lo menos una hora.

—¡Por supuesto! Se me hará larga esa hora. ¡No tardes!

Cuando colgó, Sonsoles no supo qué pensar. Pero algo tenía claro, la deseaba tanto como ella a él. Sonrió satisfecha. La necesitaba. Se lo había dicho con esas palabras. Su pasión era correspondida. No había duda. Aquel hombre tan poderoso estaba tan atrapado como ella en una pasión desbocada.

Matilde volvió a ser su cómplice. Después de ayudarla a vestirse, la acompañó hasta el Ministerio de Exteriores. Durante el trayecto, otra vez en taxi, no hablaron. La doncella, al ver el cuidado que ponía su señora en arreglarse y perfumarse, se imaginó que aquella visita respondía a algo más que un compromiso. A punto de llegar al destino, se limitó a decirle:

—Tenga mucho cuidado, señora. Relacionarse tanto con el poder puede perjudicarla.

—Matilde, por favor. No soy una niña. Siempre he confiado en usted. Apelo a su discreción.

—Soy una tumba. Usted sabe de mi lealtad hacia usted. ¡Descuide!

Nuevamente Matilde se quedó en la calle, a las puertas del palacio de Santa Cruz, a esperarla. Mientras, Sonsoles pasó por los mismos controles, el mismo ascensor y la última puerta de madera antes de volverse a encontrar con él.

—¡Sonsoles! Gracias por venir tan rápido. —Serrano cogió su mano y la besó. Puede usted dejarnos solos —le ordenó al sargento que esperaba en la puerta.

El soldado se cuadró y cerró suavemente. Se quedaron solos uno frente al otro. Al ministro le pareció que volvía a estar más guapa que nunca. Llevaba un traje de chaqueta color burdeos y un abrigo negro por encima. Un sombrero de piel recogía todo su pelo y se apreciaban más sus ojos verdes y sus labios rojos.

No hubo palabras. Serrano, vestido de negro con abotonadura dorada, simulando un traje militar, se apresuró a besarla. Este beso llegaba como el agua a un sediento, como el aire que da vida al que se está ahogando. A pesar de que había comenzado el día sabiendo que querían matarle, aquella mujer, con su sensualidad, le hacía perderse y olvidar por unos instantes aquel mundo en el que el poder parecía justificarlo todo. Podía dominar a la prensa, decidir sobre la vida de las personas, acabar con la carrera de funcionarios y políticos, incluso pensaba que tenía capacidad de influir en su cuñado, se codeaba con Hitler y Mussolini y mantenía a raya a los embajadores, pero… aquella mujer era indomable. Era una dama que no se dejaba deslumbrar fácilmente. Su belleza lo eclipsaba todo, su personalidad era arrolladora… Se había convertido en el centro de todo aquel universo que nublaba su pensamiento.

—Necesitaba besarte como el que necesita comer para no morir. Gracias por venir, Sonsoles.

—Te pasa algo grave, ¿verdad? —La cascada de besos que le había regalado solo se entendía desde la desesperación.

—Estoy mal, sí. ¿Tanto se me nota?

—Tienes los ojos tristes. No estás como el otro día.

—Eres muy observadora. Tengo ganas de mandar todo a paseo. No sé si merece la pena el sacrificio personal que estoy haciendo. Ahora mismo me iría lejos de aquí.

—Ramón, hablas como el que piensa que le queda poco tiempo. He visto esa mirada en los jóvenes que se iban al frente… No entiendo.

—Han puesto precio a mi vida. Eso es lo que me pasa y no sé si vale la pena todo esto.

Volvió a besarla. Esta vez el beso fue lento, apasionado. La estrechó en sus brazos y así, fundidos, entrelazados, estuvieron largo tiempo.

—¡Ven! —la cogió de la mano y la llevó hasta el sillón.

En ese momento sonaron dos golpes en la puerta y esta se abrió de repente. Solo les dio tiempo a separar sus bocas y sus cuerpos que estaban entrelazados. Sonsoles bajó la mirada al suelo rápidamente. No quería que la persona que entraba la reconociera…

—Perdón, Ramón, vendré un poco más tarde. No sabía que estabas «ocupado».

Antonio Tovar, amigo y persona de confianza, cerró la puerta de golpe. No dijo nada a la secretaria de lo que estaba pasando en el interior del despacho, pero sí le ordenó que «nadie molestara al ministro». Se fue de allí todo lo rápido que pudo con la sensación de haber metido la pata. No le dio tiempo a saber de quién se trataba. Lo único que pudo ver fue a una mujer que miraba al suelo cuando había entrado prácticamente sin avisar. Les había pillado in fraganti. Pensó que era cierta su fama, le gustaban las mujeres y se dedicaba a ellas con fervor. Tovar había irrumpido enérgicamente en su despacho porque quería informarle de que tendría a dos personas siguiendo sus pasos a partir de ahora. Pero ante aquella situación tan embarazosa, prefirió marcharse sin decir nada.

Aquel incidente provocó que Sonsoles recompusiera su vestimenta rápidamente…

—Perdóname, Sonsoles —se disculpó.

—Quizás este no sea el lugar idóneo para vernos —le dijo, molesta.

—Tienes razón. No puedo exponerte tanto. Si te sirve de consuelo, Antonio es uno de mis mejores amigos. Su discreción es total.

—No me ha visto la cara porque he bajado la mirada y no he querido saber quién entraba en el despacho. Estoy segura de que no ha visto nada más que a una mujer azorada. Eso para mí ya es suficiente. Deberás tener más cuidado si quieres que nos veamos. No soy una cualquiera, ni me voy echando en brazos de todo el que me mira como tú lo haces.

—Lo sé, Sonsoles. Te pido disculpas. Has acudido rauda a mi llamada y te estoy agradecido.

—Ignoro si soy la primera persona a la que has llamado, porque imagino que hay muchas candidatas a tu alrededor dispuestas a reconfortarte, pero te aseguro que eres el primer hombre al que he amado de verdad. Me casé muy joven e inexperta.

No sabía lo que era el amor hasta ahora. Pero tengo mi orgullo y quiero que sepas que conmigo no se juega.

—Muchas de las cosas que se dicen sobre mí son habladurías. Creo que es evidente que admiro a las mujeres porque siempre me ha faltado la figura materna y os tengo idealizadas. Pero te he llamado porque solo pienso en ti desde hace meses y te necesitaba.

—Puede que para ti sea una conquista más de las muchas que te achacan, pero ya sabrás que yo no soy así. Me he enamorado de ti. No me cuesta confesarlo.

Serrano se acercó de nuevo a ella. La besó con el mismo ímpetu, pero ella no correspondió de la misma manera. Aquella mujer, sin duda, no era como las demás.

—Ramón, tengo que irme. Estoy nerviosa pensando que alguien pueda volver a entrar. Espero que te haya ayudado algo el hecho de verme. Puedes llamarme cuando quieras, pero tendrás que organizar mejor nuestros encuentros.

—Por supuesto, así será. Te diré que me ha servido mucho verte. —Volvió a besarla—. Este sentimiento mío no es nuevo. Surgió en el primer momento en que te vi. Fue en Burgos, y tus ojos y tu belleza se me quedaron grabados. Creo que el destino ha querido que me reencontrara contigo de nuevo en Madrid. Es lo único bueno que me ha pasado en meses.

—Ramón, no me adules. No me gusta. Espero que mejore tu día. —Le sonrió y se dirigió hacia la puerta de atrás del despacho, donde estaba el sargento y el ascensor que la llevaría a la calle—. ¡No me acompañes! Prefiero salir sola. —Volvió a mirarle fijamente a los ojos y se fue de allí.

Serrano se quedó pensativo. No sabía dónde citarla para un nuevo encuentro. Tovar había metido la pata. Mandó pasar a su secretaria…

—Ahora mismo quiero que pongan un cerrojo en cada una de estas puertas de mi despacho. Cuando digo ahora mismo es ¡ya! —Era evidente que estaba de un humor de perros.

La secretaria se limitó a dar la orden. A la media hora, un cerrajero estaba instalando dos cerrojos para cada una de las puertas.

Estaba claro que había empezado el año con mal pie. Despachó con energía con Tovar —al que ni mencionó el incidente, como si no se hubiera producido— y con el resto de su equipo. El mal humor tardó días en desaparecer.

31

En el domicilio de los Llanzol la actividad social cada día era más activa. Por su comedor no cesaban de pasar personajes del mundo de la cultura: el escritor y humorista Antonio Lara de Gavilán, *Tono*, junto con el también escritor Miguel Mihura eran de los más asiduos a las comidas y posteriores tertulias que se organizaban en la casa. Sonsoles se distraía así de su único pensamiento. Le torturaba que transcurrieran los días sin saber de Ramón Serrano Súñer. Por eso se entregó a una actividad frenética. No quería estar sola con los niños, las institutrices y su marido a la hora de comer. Siempre había un invitado sentado a la suculenta mesa. Así no agrandaba el enorme muro que se estaba levantando entre su marido y ella. Todo lo que hacía Francisco de Paula le parecía mal y le molestaba. Ya no podía fumar ni en el baño —adonde le había postergado Sonsoles durante el embarazo—, por lo que decidió dejarlo definitivamente. Le criticaba también que pasara tanto tiempo con la nueva institutriz y los niños.

Lo cierto es que el marqués había encontrado su sitio en la casa, en las habitaciones de sus hijos. Y al mismo tiempo, los niños agradecían la presencia de su progenitor. Le gustaba ver cómo iba cogiendo kilos su último vástago y cómo mamaba del ama de cría gallega. Le hacían mucha gracia las ocurrencias de su hija mayor, Sonsoles, y las trastadas de Francisco. Su mujer, en cambio, solo hablaba con las institutrices para saber cómo iban evolucionando sus hijos en el dominio de los idiomas. No estaba acostumbrada a mostrar afecto. Quería que sus hijos fueran fuertes y no demostraran flaqueza. Cuando lloraban les decía que se dominaran. La institutriz americana no dejaba de repetirles: «*Restrain yourself*», siguiendo las directrices de la marquesa para que los niños se tragaran las lágrimas.

Sonsoles estaba permanentemente contrariada. Cuando su hija mayor le daba un beso por la mañana en la cama, ella le espetaba: «Espero que no te manches. El traje que llevas no va a evitar que ganes la carrera de monstruo, pero ¡cuídalo!». Matilde actuaba de pararrayos de la marquesa y se desfogaba con el resto del servicio con un humor de mil demonios, pero siempre consolaba a la hija mayor de las palabras de su madre. «Eres guapísima. No hagas mucho caso de lo que te dice tu madre. Piensa que es muy castiza y tiene mucho sentido del humor. Ya la entenderás de mayor». Las chispas saltaban por nada en aquella casa en la que el marqués era la única persona que evidenciaba su bondad y su sonrisa a todos por igual. Seguía con detalle la evolución de los relojes de su casa, intentando corregir cualquier desfase que pudiera haber en ellos.

Sonsoles se mostraba nerviosa en familia y ocurrente ante sus amigos. Todos la trataban como un ser divino y encantador. Ella misma era consciente de su transformación con el ministro. Aquellos besos le habían gustado, a pesar de ser poco efusiva a la hora de mostrar sus sentimientos. La volvía loca aquel hombre de ojos de color azul acero y escasas sonrisas. Le gustaba su modo de hablar, tan seguro de sí mismo, y su forma atrevida de besar y de estrecharla en sus brazos. Pensaba en lo que hubiera podido ocurrir si no les hubiera interrumpido Antonio Tovar.

Esa noche, la joven marquesa, necesitaba sentirse amada y se entregó a su marido como la primera vez. Pero su mente estaba lejos de la habitación. Su pensamiento volaba junto a Serrano Súñer. El marqués perdonaba el humor de perros que tenía durante el día, porque por la noche, a oscuras, Sonsoles parecía otra mujer.

Fueron pasando los días sin señales del ministro. Acompañó a su marido a algún acto político por si aparecía Serrano, pero todos sus anhelos se desvanecían al comprobar que no era así. Llamó a su mejor amigo, Cristóbal Balenciaga. Necesitaba compartir aquella ansiedad acumulada con la única persona que sabía el cataclismo en el que estaba sumida.

—Cristóbal, me encuentro muy mal —se lamentó en cuanto se puso al teléfono.

—¿Qué te pasa?

—No lo sé, de verdad, pero no puedo estar sin verle. Tú ya sabes...

—Eres muy cabezota. No me has hecho caso y sé que tengo razón. No te conviene. Piensa que lo tienes todo. Vas a echar tu vida por la borda. Me das miedo. Pensé que tenías más cabeza.

—Lo que menos necesito ahora mismo es tu regañina. Compréndeme, no tengo ganas de nada. Lo único que deseo es verle.

—Intuyo que has pasado del pensamiento a la acción...

—Bueno, no es lo que estás pensando, pero lo suficiente para saber que se trata de una persona muy especial.

—Lo que ocurre es que tu mente está conduciéndote a un territorio peligroso. Te lo he advertido.

—¿Qué voy a hacer, Cristóbal? ¡Estoy hecha un lío!

—Mira, date un baño bien caliente. Arréglate y vete a la tienda. Ya habrán llegado a Madrid unos trajes que he hecho pensando en ti. Date caprichos y no pienses. Intenta olvidarle. Ya te ha hecho bastante daño.

—Está bien, te haré caso... Procuraré pensar en otras cosas.

Cuando colgó sabía perfectamente que no podría olvidarle... Se había convertido en una obsesión.

Lejos de allí, Serrano Súñer no tenía tregua. Franco acababa de llamarle para que acudiera a su despacho. Deseaba comunicarle algo que no quiso transmitirle por teléfono. Se preguntaba qué podía ser para que lo convocara con tanta urgencia. Cuando llegó al palacio de El Pardo, salió de dudas inmediatamente. La tensión internacional les volvía a poner a prueba.

—Ramón —le dijo Franco sin más preámbulos nada más verle—, el embajador Von Stohrer ha estado aquí hace una hora. Me ha entregado esto. —Le mostró un documento con un ultimátum de Hitler.

—Vaya, lo único que quiere Stohrer es desacreditarme viniendo aquí sin decirme nada. Te habrá hablado pestes de mí. —No pensó que la maquinaria contra él fuera tan rápida como le había advertido Tovar.

—No es momento para eso, Ramón. Te leo el ultimátum. Quiero saber tu opinión: «Para España acaba de sonar la hora histórica. Ha de tomarse una decisión inmediatamente».

—Te avisé de que esta situación se iba a producir. Hitler está dispuesto a todo. Deberíamos dar el paso, Paco.

—¡Sigo leyendo! Alemania nos da solo un plazo de cuarenta y ocho horas para contestar. «Sin la ayuda de Hitler y Mussolini, hoy no habría ni España nacional ni Caudillo». ¿Qué te parece?

—¡Nos están amenazando clarísimamente!

—Espera, que falta el final: «El Führer y el gobierno alemán están profundamente disgustados por la equívoca y vacilante actitud de España». Y por último: «De no unirse España a las potencias del Eje, su fin está próximo».

—Paco, ya te dije que vi nuestro mapa cubierto de banderas alemanas. Están preparados para invadirnos. Hay que darles una respuesta ya, sabiendo que si decimos no, es posible que intervengan mañana mismo.

Franco le escuchaba. Parecía sereno pero preocupado. Le mostró un escrito con sus palabras. Ya había tomado una decisión.

—Escucha lo que acabo de escribir: «Estas afirmaciones son muy graves y no son ciertas... Independientemente de los favores pasados y de la gratitud por ellos, todo español honrado se permite una sola cosa: seguir el camino que más interese a la nación».

—Creo que deberías suavizarlo dándole alguna esperanza... Cuando lo lea no sabemos cómo puede reaccionar...

—Ramón, no voy a cambiar ni una coma. A mí ni Hitler ni Mussolini me van a decir lo que tengo que hacer.

—Ya, pero a lo mejor hay que tener más mano izquierda.

—Si deciden invadirnos, no saben que estamos dispuestos a combatirlos con uñas y dientes. Te pido que no nos quedemos de brazos cruzados. Reúnete con Von Stohrer y Canaris. Habla con ellos...

—Sabes que no son los mejores interlocutores. Llamaré al ministro Von Ribbentrop y le diré que así no se trata a un país amigo. No nos pueden amenazar cuando les estamos dejando que aterricen, reposten sus aviones en nuestro suelo y se lleven el wolframio a toneladas. La presencia de Alemania en España es cada vez mayor. Lo estamos permitiendo. No pueden tener queja de nuestra actitud.

—Voy a hablar con los ministros de Tierra, Mar y Aire para que estén alerta. Necesitamos saber qué material tenemos para responder en caso de ataque...

—No vamos a dejar que ocurra eso... Entre otras cosas, porque nuestro material está completamente obsoleto.

Serrano salió de allí sabiendo que las informaciones de Tovar apuntaban en la dirección correcta: por un lado, querían desacreditarle y, por otro, seguir amenazando. Así daba la sensación de que él no tenía el control de la política exterior.

Cuando llegó al palacio de Santa Cruz, se puso en contacto con su homónimo de Exteriores, Von Ribbentrop. El barón De las Torres tradujo sus palabras:

—Si hay un país amigo de Alemania, ese es España. Si alguien en este gobierno está completamente del lado del Führer, ese soy yo. No quiero que nadie dude de mi admiración por Hitler. Usted lo sabe, señor ministro, porque de esto hemos hablado en los últimos viajes. También hablo en nombre del Caudillo. Franco tiene claro de parte de quién estamos en este conflicto. Saben que nuestra inacción es por otros motivos. Necesitamos tiempo, no amenazas. Sería grave que España, en lugar de recibir a los alemanes como amigos, lo haga como enemigos. No nos quedaría otro remedio que unirnos a los aliados. Entonces Alemania sí tendría un serio problema. Hitler debería rectificar, porque nos está empujando a mostrar nuestro apoyo a los aliados, algo que está muy lejos de nuestro pensamiento…

El mensaje fue recibido por Von Ribbentrop, y a los pocos días llegaba una carta personal de Hitler a manos de Franco en la que sustituía el ultimátum por la queja. «Caudillo —escribió—, he de lamentar profundamente sus palabras y su actitud».

Fueron días de mucha tensión. Reuniones en El Pardo y en el ministerio para estar preparados en caso de que Alemania decidiera invadir a España. No había ni tan siquiera un minuto para llamar a la mujer a la que tanto deseaba. Ahora no se podía permitir conquistarla. Debía pensar en su país y detener las ansias alemanas.

Decidieron volver a mandar un nuevo memorándum de exigencias a Berlín en caso de que España diera el paso para unirse al Eje. Eran más ambiciosas que las anteriores. Alemania no tardó en responder: «El Reich entiende esto como lo que es: una exigencia tan absurda que solo puede explicarse por una firme decisión de no entrar en la guerra».

Había que buscar el apoyo de Italia. Franco solicitó con urgencia ver a Mussolini. Este le citó en la villa Regina Margherita, en Bordighera, en la segunda semana del mes de febrero. El conde

Ciano, en contacto con Serrano Súñer, había propiciado el encuentro. El ministro español también iba a estar presente, ya que su relación con el Duce era excelente. Eso no le impedía pensar en el peligro que corrían, porque sabían que la presión del Führer estaría presente en esta reunión.

—Paco, tienes que ser consciente de que puede ser un viaje sin retorno. Sabes cómo está la situación, y Alemania es capaz de todo.

—Nos lo están poniendo difícil. Deberíamos dejar las cosas atadas en España por si nuestra ausencia se prolonga en contra de nuestra voluntad.

—Sería lo más prudente —aprobó Serrano.

—Designaremos secretamente una regencia de tres generales: el ministro del Ejército de Tierra, Varela; el del Aire, Juan Vigón, y el de Justicia, Esteban Bilbao. De esta manera, aseguramos la jefatura del estado.

Los días previos al encuentro con Mussolini, Serrano Súñer estaba nervioso. No quiso intranquilizar a su mujer, pero, al igual que cuando había ido a la entrevista con Hitler, decidió pasar toda la tarde anterior al viaje en casa. Zita callaba y observaba. Sabía que el viaje entrañaba sus peligros, porque, si no fuera así, su marido no pasaría tantas horas en familia. Parecía que se despedía de sus hijos y de ella, como cuando había ido la última vez a Alemania. Desconocía el destino. Esta vez, su marido no le hizo partícipe de dónde y con quién se iba a ver.

—Si pasa alguna cosa, llama a mi hermano Eduardo a Castellón o a mi hermana Carmen. Ellos sabrán cómo ayudarte. Dionisio también te echará una mano. Antonio Tovar tiene permiso para sacarte del país con los niños, en caso de que sea necesario…

—¿Tan mal están las cosas? ¿Por qué tienes que volver a exponerte tú? La otra vez fuiste con tu equipo a Alemania, ¿por qué no va Paco solo? No me gusta este viaje, y eso que no sé ni adónde vas.

—Además, va a ser largo…

—Me gustaría saber con quién tienes que entrevistarte.

—Zita, nos vamos a encontrar con Mussolini. Es mejor que no sepas dónde. Si todo va bien, nos pasaremos después por Francia para reunirnos con Pétain. Tenemos que impedir que Alemania entre por la fuerza en España. No tenemos más remedio que tomar iniciativas. No te oculto que la situación es grave.

Cuando los niños se acostaron, ellos se retiraron a su habitación. Se despidió de su mujer amándola. Buscaba la pasión en cada pliegue de su piel, pero no la encontraba. La quería, pero los besos no tenían aquel fuego que sentía por Sonsoles. Su pensamiento estaba atrapado en la mujer de los ojos verdes y boca pintada de rojo. Zita le daba seguridad, calidez, respeto… Entre beso y beso acudía a su mente la imagen de la joven marquesa. Abrazaba a su mujer, la besaba con la desesperación del que se va sin saber si es para siempre. Cerraba los ojos con fuerza como para borrar a la marquesa de su pensamiento, pero… allí seguía, sonriéndole, besándole con fuego y envolviéndole con un perfume que le embriagaba. Zita cayó dormida y él siguió pensando en los ojos verdes y en la boca de Sonsoles. No pudo dormir. Le resultó imposible…

Cuando el despertador sonó a las siete de la mañana, su mujer ya estaba levantada. Le estaba colocando su ropa en la maleta. Podía ser una semana o quizá más. Desayunaron y enseguida fue a despedirse de los niños. El beso más largo se lo dio a su mujer. La miró como el que quiere retener esa imagen para siempre y finalmente se fue. Orna le aguardaba en el garaje.

Se pasó por el ministerio. Tenía que recoger varios documentos. Le esperaba su equipo. También se despidió de todos ellos. Eran las ocho y media de la mañana cuando, antes de salir, se quedó un momento a solas en el despacho… Necesitaba oír su voz.

Pidió a su secretaria que le comunicara con la casa de los marqueses de Llanzol. Era demasiado pronto, pero pensó que valía la pena arriesgarse.

—Sí, dígame... —respondió una voz femenina al otro lado del teléfono.

Era ella. Cerró los ojos y por un momento pensó en colgar...

—Sonsoles, soy Ramón. Llamo para despedirme...

—Tantos días sin saber de ti y ahora me llamas para decirme que te vas. ¿Ocurre algo? —Hablaba en voz baja.

—Es un viaje complicado, pero quiero que sepas que pensaré en ti cada día... Nada más —dijo escuetamente.

—¿Adónde vas?

—No te lo puedo decir..., y menos por teléfono.

Su marido, que se estaba afeitando en el cuarto de baño, se acercó con la espuma en la cara para preguntarle quién llamaba a esa hora tan temprana. Sonsoles le hizo un gesto con la mano para que se fuera de allí. Tapó el auricular y dijo: «¡Mi madre!».

El marqués se retiró y siguió arreglándose para acudir a su trabajo, ajeno a la conversación que sostenía su mujer con Serrano Súñer.

—Suena a una despedida en toda regla. ¿Corres algún peligro?

—No, no... ¡tranquila! —No quiso decir nada más por teléfono—. Te llamaré a la vuelta.

—Aquí estaré. —Se quedó preocupada. Intuía que ese viaje no era uno más.

Sonsoles se hundió de nuevo en la cama. Pensaba en el detalle que acababa de tener. Antes de salir de viaje, la llamaba. Aquel hombre tan poderoso, con los destinos del país en sus manos, la tenía en su mente. Se sintió importante, y tenía ganas de contárselo a alguien. Esperó a que se fuera su marido para comentárselo a Matilde. No le dio muchos datos, pero le hizo sentirse mejor.

—Matilde, me ha llamado el ministro a primera hora para decirme que se iba de viaje. ¿No le parece un detalle importante?

—No sé qué decirle, señora. —A Matilde aquel juego no le gustaba nada, pero no se atrevía a confesarlo.

—Matilde, no entiende nada… No todo el mundo es amigo del ministro. Eso significa mucho para esta familia.

Zanjó la conversación. Se levantó y pidió que le preparara el baño. Iba a hacer caso a su amigo Balenciaga. Esa mañana iría a su tienda a ver los trajes que había enviado pensando en ella. Hoy, el día había comenzado bien…

32

Franco no confiaba mucho en los aviones desde que los generales José Sanjurjo y Emilio Mola perecieran en sendos accidentes aéreos. Primero viajarían en tren hasta la frontera francesa y luego cruzarían la Francia de Vichy en coche, escoltados por la policía francesa. El viaje tenía carácter secreto, pero la comitiva era tan grande que la gente de las ciudades se echaba a la calle para aplaudirles. Nadie sabía adónde iban, salvo el equipo de confianza de Serrano, los tres ministros que quedaban al mando del gobierno de la nación y el embajador en Vichy, Lequerica. A punto de parar en Arlés para almorzar, se encontraron a un grupo de republicanos españoles que, al ver la bandera de España en uno de los coches, levantaron los puños y vociferaron contra Franco.

Llegaron cansados a la bella localidad transalpina de Bordighera. Se trataba de uno de los pueblos más pintorescos de la Riviera italiana, a tan solo once kilómetros de la frontera francesa. Se quedaron sorprendidos por los hermosos bosques de palmeras que encontraban a su paso. Cuando llegaron a la villa Regina Margherita, dispuesta para su alojamiento, el Duce estaba allí esperándoles, vestido con el uniforme del partido. Franco iba ataviado con el uniforme militar de diario y Serrano Súñer con el uniforme de Falange correspondiente a su jerarquía de jefe de la Junta Política. Una compañía del segundo regimiento de granaderos de Cerdeña y una sección del 89 regimiento de Artillería les rindieron honores. En un lugar especialmente habilitado de la residencia tuvieron un primer encuentro que duró tres horas.

—Me alegro de que estén aquí. La situación del conflicto requiere el apoyo de España —comenzó diciendo Benito Mussolini—. En el Eje tenemos la seguridad de que vamos a alcanzar la victoria total, y España no puede permanecer al margen.

—Estamos convencidos de la victoria del Eje —aseguró Franco—. Y nuestro país está demostrando cada día del lado de quién está. El problema que tiene nuestra nación es de suministro de trigo y de gasolina. Recibimos ambos productos de ultramar. Si entráramos en guerra, nos quedaríamos sin pan y sin movilidad. Eso sería condenar a España.

—Ya trataríamos de ver de qué modo se puede solucionar esta cuestión. La forma y fecha de la entrada en el conflicto depende exclusivamente de su decisión…

—Pero es una decisión que no puedo tomar si no se me garantiza el abastecimiento inmediato de trigo, armamento y carburante. No podemos dar el paso al frente para mandar al Ejército a una muerte segura y condenar igualmente a la población a una muerte por inanición. No estamos en condiciones, querido Duce. Y tampoco le oculto que debemos tener por escrito las compensaciones territoriales por un esfuerzo tan grande, después de pasar por una guerra civil.

—Alemania, mi querido amigo, espera una respuesta inmediata. Le pido que analice serenamente todo lo que hemos hablado y maduren una respuesta, asumiendo todas las consecuencias.

—Le voy a hacer una pregunta a la que le pido que me conteste con sinceridad. Si pudiera hacerlo, ¿se saldría de la guerra mundial?

—Ya que me pide sinceridad en mi respuesta… —Durante unos segundos estuvo madurando la respuesta—, pues le diría que sí. Si pudiera abandonaría la contienda.

Esa contestación vino a reforzar la tesis de Franco. Después de tres horas de entrevista, Mussolini les sugirió amablemente que se retiraran a descansar y que pensaran una respuesta definitiva, ya fuese afirmativa o negativa. El siguiente encuentro tendría lugar a la mañana siguiente en Ventimiglia, una población situada en el mar de Liguria. Esta visita, en un momento de máxima tensión, también favorecía a Mussolini, después del encuentro de Franco con Hitler en Hendaya. No acudir hubiera sido un desaire. De esta manera, le situaba en la misma posición relevante que el Führer.

En la residencia que les habilitaron, Franco y Serrano hablaron de los pros y de los contras de la entrada en el conflicto:

—Es cierto que no concretan qué territorio nos darán en caso de sumarnos a la guerra, pero es posible que no tengamos más remedio que decir que sí. Siempre será mejor aliarnos que ser invadidos.

—Necesitamos tiempo… —dijo Franco pensativo.

—No lo tenemos. Paco, están las cosas mal, pero pueden empeorar. La táctica de ganar tiempo ya se ha acabado. Nos lo ha dicho el Duce con muy buenas palabras. Nos vemos en la obligación de tomar una decisión final que puede tener consecuencias catastróficas para España.

—El Duce ha sido sincero, y cuando le pregunté si se saldría del conflicto si pudiera, ha dicho que sí. Para mí, ese es suficiente argumento. ¿Para qué vamos a entrar nosotros?

—Nos jugamos mucho. Nuestro «no» va a traer consecuencias.

Franco sugirió que se retiraran a descansar antes de volver a verse cara a cara con Mussolini, y así lo hicieron.

Ramón Serrano se tumbó en la cama y recordó la última entrevista que había tenido en Italia con el Duce. En esa ocasión, había acudido a Roma con su mujer, en junio del 39, a la cabeza de la amplia delegación que debía acompañar a los legionarios italianos de vuelta a su país tras la contienda en España. En Roma había tenido que estrechar lazos con Mussolini y cortejar a Ciano, yerno del Duce y ministro de Exteriores, sin desvelar demasiado sus preferencias proalemanas. Además, tenía que congraciarse con el papa Pío XII y exponer al sumo pontífice la espinosa cuestión del patronazgo en el nombramiento de los obispos. En la recepción que le ofrecieron, le sorprendió la fanfarronería de Ciano; le pareció frívolo, de lenguaje soez y, aunque simularon caerse bien, no gozaba de esa amistad que algunos le atribuían. No le ocurrió lo mismo con Mussolini, con el que se sintió cómodo inmediatamente y le pareció que hablaban el mismo lenguaje. Se produjo entre ellos una corriente de simpatía. El Duce ya le había comentado entonces que el gobierno debía descansar en manos de Serrano y la jefatura del estado en las de Franco. El ministro replicó que «no era conveniente que eso lo dijera públicamente». Mussolini estaba convencido de que quien decidía era él.

De aquel viaje, lo que más le impresionó fue conocer al papa Pío XII. Un intelectual refinado y sabio. Un hombre ascético y con carisma. Serrano se quedó muy emocionado, igual que su mujer, que no había podido evitar las lágrimas cuando el papa Pacelli la saludó. Recordaba a su esposa, vestida de traje negro largo y ataviada con una mantilla. Zita tan piadosa y emotiva, pensó. Siempre lloraba en silencio y sin que nadie la viera, pero en aquella ocasión lo hizo a la vista del papa, quien le dijo: «No llore la señora. ¡Qué bella la señora! ¡No llore!». Zita, sensible y ciertamente hermosa, permaneció callada y atenta. Siempre lo hacía. Estuvieron una hora, aunque el protocolo del Vaticano les había asignado cinco minutos. Consiguió que los tres mil legionarios españoles que le acompañaron subieran las escalinatas del Vaticano y fueran recibidos en audiencia por Pío XII. Los legionarios le vitorearon cuando apareció en la sala de Bendiciones. Fue un día memorable.

Serrano demostraba siempre ser un maestro de la palabra y llevarse a las personalidades a su terreno. Con su labia y sus buenas maneras conseguía todo lo que se proponía. Ahora no lo tenía tan claro con su cuñado. Notaba cierta reserva en cuestiones de estado que antes no existía. También es verdad que últimamente discrepaban en muchas cuestiones. La última tenía que ver con las constantes penas capitales que se estaban dictando. Su mujer siempre venía con algún caso de vecinos o conocidos que le pedían un indulto o una rebaja en la pena. Sin embargo, su cuñado era implacable. Entre las miles de peticiones de clemencia, había habido una que destacó por encima de las demás a causa de la persona que la solicitaba. Le dolió que su cuñado no moviera ni un dedo. Se trataba de la súplica que había hecho el exdiputado Honorato de Castro —quien le había visitado y animado en su detención cuando estuvo en la clínica España—. Ahora, desde Bayona le pedía protección para el hermano de su mujer, que había sido jefe de batallón de caballería del Ejército republicano. Intentó con todas sus fuerzas que fuese revocada la pena capital, pero Franco no cedió a sus presiones.

—Ya te he advertido que no te metas en estos asuntos, Ramón —había replicado su cuñado, contrariado—. Pertenecen a la jurisdicción militar, y ya sabes la oposición que existe hacia ti entre algunos jefes militares. Solo faltaba que dijeran que tú también quieres intervenir en esas cosas. De manera que me vas a hacer el favor de no entrometerte. ¡Olvídalo!

Pero Ramón no olvidaba. No entendía cómo Franco no movía ni un dedo ante sus peticiones. Tampoco había hecho nada en el caso de su amigo y secretario, Campins. Pudo evitar su muerte y no lo hizo. Ahora tampoco mostraría clemencia por el cuñado del exdiputado. Siempre apelaba a la disciplina y a la aplicación rigurosa del reglamento como base de la obediencia militar. Estas cosas le revolvían por dentro. Su estómago cada vez le molestaba más por cuestiones que no alcanzaba a comprender. El Ejército no podía ver a Serrano y él tampoco podía ver a ningún general del Ejército. La aversión que sentían unos por otros era evidente. Se lo había confesado abiertamente su cuñado.

Antes de conciliar el sueño, pensó también en la última conversación con Galeazzo Ciano, el ministro de Exteriores, en su última visita a España. Había criticado la conducta de Mussolini por dejarse llevar por las pasiones humanas. Serrano no pudo evitar contestarle que «él no era precisamente el más indicado para hacer críticas en el territorio de las intimidades». Ciano se pavoneaba de ser el más escandaloso de los italianos en cuestiones eróticas.

—No importa dedicarse a muchas mujeres —le respondió el conde—. Lo grave y escandaloso, lo que perjudica realmente, es dedicarse asiduamente a una, y este es el caso de Mussolini.

—Me parece más noble, más espiritual —replicó Serrano—, más disculpable, una pasión auténtica, una fatalidad stendhaliana, que la frívola, atropellada y múltiple veleidad.

—Será así, pero eso le hace cometer errores.

Pensó en aquel político italiano, que esta vez no había estado presente en las conversaciones de Bordighera. Sin embargo, se preguntaba por qué le escandalizaba una pasión auténtica y no se sorprendía de frecuentar lechos de diferentes mujeres. Aventuraba que dejarse llevar por una sola pasión hacía a la persona vulnerable y dispuesta a cometer errores. Se preguntaba si su incipiente relación con la marquesa acabaría siendo un error profundo y abismal. A veces se decía que no volvería a repetir un encuentro con ella, pero al momento siguiente no podía dejar de pensar que necesitaba amar a aquella mujer tan fascinante y bella. Evocar a Sonsoles le hacía olvidar el momento tan delicado que estaban viviendo a muchos kilómetros de España. No podía quitarse su bella imagen de la cabeza… Poco a poco se quedó dormido.

Por la mañana, más relajados en su segundo encuentro con Mussolini, se dieron cuenta de que no corrían ningún peligro. Al contrario, el Duce les trataba con una deferencia exquisita. Incluso criticó a Hitler sin ningún reparo:

—Es un fanático. En el momento de emprender la campaña de Noruega, me envió una carta en la que me decía que la suerte estaba echada y que sus soldados iniciaban la ocupación de aquel país en contra de la opinión de sus técnicos. Aseguraba que, por encima de las frías razones de estos, ponía la segura razón de su instinto. ¡Es un audaz! ¡Un iluminado! —Franco y Serrano guardaron silencio ante sus críticas. Antes de hablar de España y del tema que les había llevado hasta allí, Mussolini continuó, cambiando de tema—: Alfonso XIII está agonizando. Le quedan días, horas… Me han informado fuentes cercanas al rey que está despidiéndose de todo y de todos.

—Sí, conocíamos su precaria salud —fue lo único que dijo Franco—. Tengo que decir que no es el momento para que se restablezca la monarquía en España.

—Estoy de acuerdo, a pesar del afecto que siento por el rey de Italia, al que considero el amigo más querido, pero monarquía y dictadura es un monstruo con dos cabezas.

Los dos le dieron la razón, pero tampoco querían ahondar en esa herida. Al cabo de un rato, insistió en el interés de Alemania por su ingreso en la guerra.

—Hitler me pide que les conmine a entrar en el conflicto. Igualmente, me habla de la necesidad para el Eje de la cesión de bases como Cádiz y Ferrol.

—Eso no es posible, mi querido Duce. España es una e indivisible.

Franco repitió su punto de vista, ya conocido por Mussolini, y negó más ayuda de la que ya tenían Alemania e Italia en España sin necesidad de ceder territorio. Después de escuchar sus argumentos, Mussolini no insistió.

—Comprendo que es muy grande la responsabilidad de decidir la entrada de un pueblo entero en la guerra. En todo caso, debería ser en el momento menos oneroso para España y más útil para la causa común.

El Duce se negaba a hacerles una petición concreta y mucho menos, a presionarles. Se limitó a reflexionar en voz alta. Al terminar la conversación y acompañarles hasta su residencia, un grupo de gente comenzó a vitorearle.

—Estará orgulloso —comentó Serrano— de las muestras de cariño…

—No lo crea, el pueblo me odia —le contestó en un tono amigable—. Piense que son las horas malas. Si mañana todo va bien, el pueblo me volverá a querer de nuevo. Estas cosas no cuentan en política, nosotros somos como los artistas.

Mussolini finalmente no pudo cumplir el encargo de Hitler. Acabó dejándose arrastrar por sus invitados españoles. Al día siguiente, llamó al Führer diciéndole que se conformara con mantener a España en el papel de «aliado político del Eje», pero sin forzar su intervención en la lucha.

Franco y Serrano salieron camino de España pasando por Francia. Harían una escala más para entrevistarse en Montpellier con el mariscal Pétain, jefe de un país ocupado. El viaje salió mucho mejor de lo que habían previsto. El hombre que estaba al frente del pobre estado de Vichy todavía tenía cierta aureola de prestigio, aunque la imagen de una Francia reducida impresionaba por su derrota y sometimiento. El mariscal jefe de aquella Francia había dispuesto un almuerzo en honor de sus ilustres vecinos.

Las conversaciones fueron muy protocolarias. Se habló fundamentalmente de la conveniencia de no irritar a los alemanes y de evitar un nuevo desplazamiento hacia Occidente del centro de gravedad de la guerra. Tras el almuerzo emprendieron viaje de regreso a España. Cuando entraban en el coche y se despedían del mariscal, de la garganta de Serrano Súñer salió un grito:

—¡Viva Francia!

El mariscal lo agradeció y les despidió con la mano levantada hasta que le perdieron de vista. El viaje que habían proyectado en principio como peligroso había servido, en realidad, para estrechar los lazos con los pueblos vecinos.

Sin embargo, en la prensa italiana el encuentro apareció como una reivindicación del gobierno italiano al español del dinero que debían tras la ayuda que Italia había prestado a España durante la Guerra Civil. Italia tenía que justificar ante Alemania un viaje con tan escasos resultados.

Cuando la marquesa vio en los periódicos las fotos de Franco y Serrano con Mussolini y Pétain, todavía se sintió más halagada. Antes de emprender un viaje de tanta trascendencia, había pensado en ella. Su marido no acababa de comprender el inusitado interés que mostraba ahora por la política…

33

Hitler encajó mal las palabras de Mussolini tras su entrevista con Franco. «La esencia de las largas explicaciones españolas es que Madrid no quiere entrar en la guerra», le dijo. Al cabo de unas horas, mandó disolver definitivamente el cuerpo expedicionario que se había preparado para la Operación Félix y dejó de insistir sobre la urgencia de la incorporación de España al conflicto. Culpaba de la indecisión de Franco a su cuñado. «Ese falso, habilidoso con las palabras, ha dado al traste con nuestros planes. España va por libre…».

Pasaron los días y en el domicilio de los Llanzol, Sonsoles de Icaza languidecía ante la falta de noticias de Serrano. Dejó de comer y apenas tenía ganas de salir a la calle. Al final, decidió no levantarse de la cama. Andaba Francisco, su marido, muy preocupado por el cambio de actitud de su mujer. No comprendía que no quisiera ver a nadie y que no tuviera ganas de nada.

—Debes esforzarte por levantarte y salir de casa. Me preocupa mucho verte en ese estado.

—No tengo ganas de nada…

—¿Qué ha ocurrido? Has estado acompañándome a todo tipo de actos y, de repente, te sumes en tus pensamientos. ¿Es por mi culpa? ¿He hecho algo que te haya molestado? —Pensaba que últimamente se le había agriado el carácter y todo lo que hacía o decía parecía incomodarla.

—Por favor… ¡Basta! —Sonsoles se puso una almohada encima de la cabeza. A decir verdad, tenía ganas de llorar. Estaba completamente enamorada de un hombre del que solo tenía noticias por lo que salía en la prensa. Necesitaba verle, hablarle, besarle, amarle… Seguramente no era más que un capricho para él. Se decía a sí misma que era tonta y que debía olvidarle, pero no podía. Tenía que llevar esa amargura en soledad. No la podía compartir con nadie.

Francisco habló con su amigo de Valladolid, Mariano Zumel. Le pidió su opinión como médico y por teléfono le describió lo que podía estar pasándole.

—Mi querido amigo, muchas mujeres caen en una terrible desazón cuando dan a luz. A veces, se desentienden de todo, de sus hijos y de ellas mismas, hundiéndose en una especie de pozo del que cuesta sacarlas. Pero no te preocupes, que me acercaré a Madrid para haceros una visita. Es importante que la obligues a comer, a arreglarse y a salir de la cama.

—Es muy rebelde, doctor.

—Te diré que ese es el precio de casarse con una mujer tan joven. A lo mejor lo que quiere es mayor atención. Quizá un viaje de los dos solos… Deberías atenderla más como mujer, ¿me entiendes?

—Doctor, hago lo que ella quiere que haga. No puedo tomar la iniciativa porque es muy especial. Con ella siempre hay que ir con mucho tacto, se molesta rápidamente con lo que la dices o haces. Claro que sé que no debí casarme con una mujer tan joven, pero me enamoré y ella, además, parecía tenerlo todo tan claro… Sus sentimientos hacia mí, te aseguro que eran y son sinceros. De eso no tengo la menor duda. Su actitud ha cambiado después de nacer Antonio.

—Entonces, tiene que ver con su parto reciente. Muchas mujeres se sienten así. Conozco alguna que incluso ha repudiado a su hijo nada más nacer. Todo eso es transitorio. Dale tiempo y muchos mimos… Le falta una mayor atención.

—Me volcaré con ella. No te preocupes… Estoy deseando que vuelva a ser la misma. Pero ella, que siempre está atenta a todo lo que ocurre en el mundo, no comenta nada ni siquiera cuando nos enteramos del terrible incendio de Santander, que ha arrasado la parte baja de la ciudad. No ha hecho comentario alguno.

—Es cierto que ha sido terrible. Han tenido que ir bomberos de toda España para extinguir el incendio. La ciudad se ha quedado aislada. Menos mal que un barco anclado en el puerto ha podido informar… La verdad es que a perro flaco todo son pulgas, porque la tragedia del tren de pasajeros que por el vendaval fue lanzado al río Urola desde un puente cercano a Zumaya, con cientos de heridos y veinticuatro muertos, no ha sido moco de pavo. ¡Tiempos difíciles, mi querido amigo! No es que sirva de consuelo, pero esto que acabamos de comentar sí es grave, lo de tu mujer es pasajero. Da tiempo al tiempo y repito: mimos y más mimos es lo que necesita tu esposa. Ese es el secreto.

El marqués canceló sus citas de negocios en la Gran Peña y procuró regresar pronto a casa cada tarde. No dejó de acompañarla a todas horas y de halagarla con todo tipo de regalos y obsequios…

—Pero si no quiero nada, Francisco. ¿Por qué te has molestado? —dijo, postrada en la cama mientras abría un pequeño paquete que contenía una sortija de brillantes y un rubí de gran tamaño—. Es precioso…

El marqués se acercó y la besó…

—Tú te mereces mucho más. Todo me parece poco para ti…

Sonsoles rompió a llorar con verdadero desconsuelo. Aquel hombre bueno se deshacía en halagarla y ella no podía corresponderle porque su corazón estaba lejos de esa habitación. Pensó que se estaba convirtiendo en un monstruo. Torturaba a su marido con su actitud, y ella lo único que quería era mayor atención por parte de Serrano Súñer.

—Quiero que te levantes… Te lo pido por favor. Hazlo por mí y por los niños —le dijo Francisco mientras le acariciaba el cabello.

—No tengo fuerzas… Te lo aseguro. No puedo levantarme. Quiero, pero no puedo. —En realidad, deseaba estar pendiente del teléfono. Su vida dependía de una llamada que no llegaba. La esperaba mañana, tarde y noche, permanentemente en vela. Solo salía de esa especie de letargo para atender el teléfono.

—Querida, esta noche vas a arreglarte para mí. Necesito verte bien. Le voy a pedir a Matilde que te vista y cenaremos tú y yo juntos. Solos. Sin niños y sin institutrices.

—No, no me quiero mover de la cama…

—Hoy te vas a levantar, porque lo digo yo. —Nunca había visto a su marido tan autoritario. En el fondo, le gustaba su nueva actitud. Pensó que su vida no podía depender de esa voz al otro lado del teléfono. Se decía a sí misma que no debía estar tan centrada en un hombre que solo pensaba en mandar y apenas dedicaba tiempo a los sentimientos. Necesitaba a su lado a un hombre que estuviera pendiente de ella. Quería rechazar en su mente a Ramón Serrano Súñer, pero al instante revivía aquella sensación de su cuerpo entre sus brazos que jamás había experimentado con nadie.

Matilde la ayudó a vestirse y a peinarse. A pesar de su cuidadosa indumentaria, parecía la sombra de Sonsoles, sus ojeras se veían muy profundas y, como llevaba días sin comer, sus fuerzas eran exiguas.

—Nos tiene a todos muy preocupados. Yo soy la única que sé lo que le pasa y me da miedo solo de pensarlo —susurró la doncella a su oído.

—No sé a qué se refiere, pero no tengo fuerzas para rebatirla.

—Tiene que pensar en su familia. Últimamente tiene muchas preocupaciones en la cabeza. Hay amistades muy peligrosas que solo han enturbiado su vida. Usted puede vivir muy feliz con su marido y con sus hijos. No tiene necesidad de nada más…

—Matilde, le prohíbo que me hable así. He creído en su confianza y ahora no la rompa —le contestó, nerviosa.

—Señora, le pido disculpas si me he excedido en mi cometido, pero me veo en la obligación, porque la quiero y la respeto, de decirle que desde que fue usted al despacho de aquel hombre tan poderoso, ya no es la misma. Desconozco si tiene relación o no, pero a mí me lo parece.

—Haga el favor de retirarse. Acepto sus disculpas, pero usted no es quién para decirme lo que tengo y lo que no tengo que hacer. Me siento muy mal. Eso es lo que me pasa. Estoy débil y no le busque más explicaciones.

—¿Cómo no va a estar débil? Si no come… —dijo esta frase, saliendo ya de la habitación.

Cuando Sonsoles se sentó frente al espejo, casi no se reconoció. No parecía ella. Se dio cuenta de que si la llamaba Serrano para concertar un nuevo encuentro, ella no estaría presentable. Pensó que debía volver a la vida. Había estado sumida en una especie de letargo. Nada le interesaba que no fuera él. Necesitaba oír la radio, leer la prensa… Era lo único que la motivaba. Evidentemente, nadie la entendía. Era consciente de que lo que tenía solo lo podía curar Serrano Súñer. Pero había regresado a España y no la llamaba. Alguna de sus hermanas le había comentado que se rumoreaba que andaba enamoriscado de una artista. Se hablaba de Concha Piquer. Sus ramos de flores tras sus actuaciones eran sonados. ¿Sería que ella había dejado de gustarle? ¿Se habría enamorado de la cantante o serían habladurías?

Al mismo tiempo, Serrano Súñer, en plena crisis diplomática, hacía verdaderos esfuerzos para no llamarla. Intentaba olvidarla con todas sus fuerzas. De momento, seguía el consejo del ministro Ciano de que era un error alimentar una sola pasión. Le gustaban las mujeres y procuraba fijarse en aquellas damas con las que no compartía más que una tarde. No podía permitirse una relación paralela a la de su esposa. Intuía que si la pasión por Sonsoles iba a más, no sería un amor de un día. Aquella mujer le haría perder el sentido a cualquiera. Era una relación envenenada, pensaba. No se lo podía permitir. No había que ser muy listo para saber que un idilio duradero podía poner en peligro su relación con Franco. Al fin y a la postre, Carmen Polo y su mujer eran hermanas. No quería imaginarse las consecuencias tan terribles que podría tener si esa relación cuajara y durara más tiempo de lo razonable. Pero se había quedado a las puertas de amarla en su despacho. Sonsoles no era igual que las demás. Poseía un carácter y una forma de ser que la hacía diferente al resto. Lo volvía loco. No podía apartarla de su pensamiento, pero no la llamaría. No quería…

Sonó el teléfono en casa de los Llanzol. Como estaban cenando el marqués y la marquesa solos, el mayordomo atendió la llamada. Juan tomó el recado, y en los postres les comunicó que había llamado el embajador español en Gran Bretaña, el duque de Alba.

—Me ha dicho que le llame en cuanto le sea posible, señor marqués.

—Pero ¿cómo no me ha avisado, Juan?

—Señor, estaban cenando después de tanto tiempo sin que lo hiciera la señora…

—Por Dios, un día me va a llamar el rey y no me va a avisar.

—Señor, le pido disculpas, pero…

—Aquí no hay peros… Haga el favor de solicitar una conferencia con Londres. ¡Con lo que tardan! Le pido que no piense y que haga su trabajo, que para eso le pago.

—Sí, señor. Le vuelvo a pedir disculpas —dijo las últimas frases todavía con la voz más aflautada que de costumbre.

Sonsoles y Francisco se quedaron pensando qué motivo tendría la llamada del duque. Hacía tiempo que no tenían noticias suyas. Estaban verdaderamente intrigados cuando sonó el teléfono. La operadora ya había conseguido la conferencia con Londres.

—Mi querido Jacobo, me alegro mucho de saber de ti.

—Apreciado Francisco, no te llamo con buenas noticias.

—¿Qué ocurre?

—Salgo para Roma y te aconsejo que hagas lo mismo. El rey está agonizando.

—¿Ha llegado su hora?

—Me ha llamado Juan y me ha dicho que a su padre le ha dado una angina de pecho. La reina le ha pedido que avise a los incondicionales para estar preparados. Esto se acaba, Francisco.

—¿Su madre?

—Sí, se han reconciliado. Victoria Eugenia acude cada mañana a la suite del Gran Hotel de Roma y allí pasa todo el día junto a él. Alfonso incluso se ha confesado y comulgado. Ha intensificado su fe a medida que ve que se acerca su final. Ha pedido perdón a todos y solo quiere que se rece cerca de él.

—Vamos a prepararlo todo para ir a Roma.

—Él mismo le ha dicho a Ena en inglés que es el final: *This is quickly coming to an end…* Debemos estar ahí, Francisco. No puede morir solo en el exilio.

—Allí estaremos. Me imagino que Franco, cuando se produzca el fatal desenlace, traerá sus restos a España.

—Te aseguro que no lo hará. No va a mover un dedo.

—Será mejor que no hablemos de esto por teléfono, ya sabes. —El marqués siempre era cauto.

—Yo salgo para Roma.

—Está bien, voy a organizar el viaje. Por favor, no dejes de mantenerme informado.

A la mañana siguiente, a la una y media de la tarde, los marqueses recibieron otra llamada en su domicilio. Esta vez era de Vegas Latapié. Les comunicaba la muerte del rey. Había ocurrido a las doce menos cinco minutos de la mañana de ese día, 28 de febrero. La noticia corrió como la pólvora entre la sociedad. Francisco le pidió a su mujer que le acompañara a Roma. Eso activó a la marquesa. Pidieron al mayordomo y a la primera doncella que prepararan el equipaje. Marido y mujer necesitaban un permiso urgente para salir fuera de España. El marqués no dudó en llamar a Serrano Súñer al ministerio.

—¿En qué puedo ayudarte, Francisco? —contestó el ministro, sorprendido por la llamada. El estómago le dio una punzada.

—Mi querido amigo, necesito de tu favor para conseguir dos permisos para salir fuera de España.

—¿Vais al entierro del rey?

—Veo que ya estás informado. Queremos ir mi mujer y yo. ¿Crees que será posible?

—¡Por supuesto! Siento mucho la noticia.

—¡Ya!

—Preséntale mis respetos a tu mujer…

—Así lo haré. No está bien de salud…

—¿Qué le ocurre?

—Nada grave, espero. Está débil y con pocas ganas de hacer nada. Debe de ser por su reciente maternidad.

Serrano Súñer imaginó que algo tenía que ver él en el estado de ánimo de la marquesa. Su estómago volvió a darle otra punzada.

—Te doy las gracias por acelerar los trámites.

—Es un placer.

Francisco habló con su mujer de los preparativos del viaje. Sonsoles permanecía en la cama.

—Está todo arreglado. Serrano Súñer nos va a echar una mano. Si no, sería imposible.

—¿Cómo? —A Sonsoles se le aceleró el corazón.

—He llamado al ministro y se ha portado bien, las cosas como son…

Sonsoles, que ya estaba incorporada, apoyada en dos almohadas, disimuló y se hundió en la cama.

—¿Te ha dicho algo sobre mí?

—¡Qué me va a decir, mujer! Bueno, lo clásico, que te presentara sus respetos…

Sonsoles ya no preguntó más. Le martilleaban en su cabeza las palabras de Serrano: «Presenta mis respetos a tu mujer». Pensó que eso significaba mucho. Se acordaba de ella. Podía no haber dicho nada y, sin embargo, la había mencionado en su conversación… Al cabo de unos minutos, se levantó.

34

La estancia en Roma y participar junto con la realeza europea en las exequias de Alfonso XIII parecía que había logrado sacar a Sonsoles del estado en el que había caído durante dos semanas. Pero, en realidad, no había sido el viaje sino las palabras de Serrano dedicadas a ella, en la conversación con su marido, las que habían obrado el milagro.

No todos los grandes de España se dieron cita a las puertas del Gran Hotel de Roma. El gobierno de Franco había puesto mil y un impedimentos para la salida de españoles que querían acudir a los funerales de Roma. Sobre todo a los que quisieron ir por mar, a bordo del buque *Mallorca*, finalmente no se les autorizó. Llegaron a decir que «por razones de seguridad marítima». Los Llanzol habían conseguido la ayuda del ministro, pero muchos sufrieron las trabas impuestas por las autoridades para obtener los salvoconductos que les permitieran salir del país. Por lo tanto, no todos los que deseaban estuvieron acompañando al cortejo fúnebre hasta la iglesia de Santa María de los Ángeles. Habían recorrido a pie calles y plazas engalanadas con crespones negros y banderas a media asta. Coraceros reales y *carabinieri* rindieron, con gran pompa, honores a los restos de Alfonso XIII.

El rey de Italia y emperador de Etiopía iba en medio de los dos hijos varones del rey de España, Juan y Jaime, presidiendo el duelo. Llamaba la atención la poca estatura de Víctor Manuel III al lado de los dos jóvenes. A poca distancia, les acompañaban el príncipe Humberto y los yernos de Alfonso XIII, el príncipe Alessandro Torlonia y el conde Enrico Marone.

Una vez concluido el funeral, los restos mortales fueron trasladados hasta la iglesia de Santa María de Montserrat, que era propiedad de España. Allí reposarían junto a los de dos españoles: Calixto III y Alejandro VI, los papas Borja.

Los marqueses de Llanzol fueron testigos de ese emotivo momento. Sonsoles estaba cansada, pero consiguió apartar a Serrano de su pensamiento. Permanecieron en Roma dos intensos días donde se reunieron con la aristocracia de otros países europeos. Intercambiaron opiniones y fueron testigos del contenido del testamento de Alfonso XIII y de las trabas de Franco a que hubiera acudido más público a la capital italiana.

—Los hijos del rey están verdaderamente enfadados con la actitud del Caudillo.

—No me extraña —aseguró Sonsoles—. Es inconcebible lo que ha hecho con todos nosotros.

—Ya, será mejor que no lo digas muy alto cuando volvamos a Madrid.

—Mejor será que nadie me pregunte.

—Hablando de otra cosa —cortó el marqués—, me ha dicho el conde de Gamazo, administrador de los bienes de la reina que, descontadas la dote de Victoria Eugenia (un dinero que le aportará una renta de seis mil libras anuales) y los gastos del entierro, quedan casi dieciocho millones y medio de pesetas, inmuebles aparte, para repartir entre los hijos.

—¿No decían que el rey no tenía nada en el exilio?

—Piensa que el gobierno provisional republicano se incautó de la mayoría de sus bienes. Esto es una ínfima parte —aseguró el marqués.

—Bueno, mi padre decía que más tiene el rico en su pobreza que el pobre en su riqueza… Además, la reina Victoria Eugenia recuperó sus joyas.

—Sí, eso sí. Fue lo único que recuperó. Su colección de joyas, después de veinticinco años de reinado. Ahora, las hijas —Beatriz y María Cristina— y don Jaime se están quejando por lo desfavorecidos que han quedado a su muerte.

—¿Qué quieres decir?

—Pues se quejan de que don Juan ha sido el más beneficiado con las últimas voluntades del rey. Al parecer, le ha legado solo a él los palacios de Miramar, en San Sebastián, y de la Magdalena, en Santander. Pero hay que tener en cuenta que es el heredero de la corona y va a tener que utilizar todos los medios a su alcance para recuperar el trono.

—Bueno, eso ya será más difícil… —Sonsoles sabía de primera mano que no había ninguna voluntad de que así fuera.

El matrimonio tuvo oportunidad de pasear por Roma y visitar los lugares más emblemáticos de la ciudad. Francisco intentó que superara la tristeza que la embargaba durante las últimas semanas. En uno de los cafés de la Piazza Navona, sacó un paquetito que llevaba consigo desde que salieron de Madrid.

—Toma, querida. Ha sido nuestro aniversario de boda. No hemos estado para celebraciones, pero quiero que tengas este recuerdo de nuestros cinco maravillosos años.

—¡Francisco! ¿Qué es?

—Tú ábrelo.

Abrió la pequeña caja y apareció un anillo con un gran zafiro. Los ojos de Sonsoles se humedecieron.

—¡Es precioso! Gracias —le dio un beso en la mejilla—. ¡Qué detallista eres!

—Te mereces todo. Solo quiero que no estés triste.

Se dio por satisfecho cuando su esposa volvió a sonreír. Esa sonrisa le devolvía a él la vida. Tenía miedo de que una mujer tan joven se cansara de un hombre que ya peinaba canas como él.

Para Francisco de Paula estaba claro que su esposa necesitaba atención y salir de viaje más a menudo. Se prometió a sí mismo hacerlo con cierta frecuencia.

Cuando regresaron a España, observaron con agrado que Franco había decretado tres días de luto nacional por la muerte del soberano. Cuando Sonsoles llamó a su hermana Carmen, estaba eufórica. Le narró con todo lujo de detalle la experiencia que había vivido en la capital italiana. A su vez, su hermana mayor le contó que las expresiones de luto habían surgido de forma espontánea en las ventanas y portales de las casas, en todas las ciudades de España.

—Quizá, después de comprobar la pena del pueblo por su rey, el gobierno ha reaccionado.

—Ha sido increíble la cantidad de impedimentos que se han puesto para que la sociedad fuera allí. No te lo puedes imaginar. A pesar de todo, estuvieron muchas casas europeas representadas. Me he alegrado de ir. Don Juan nos lo ha agradecido mucho. Estuvo cariñoso y amable con nosotros.

—¿Sabes que nos llegó al periódico una inesperada nota que el gobierno se encargó de distribuir a la prensa?

—¿Qué decía? —preguntó Sonsoles con curiosidad.

—Pues que había «muerto lejos de la patria» y que había servido «fervorosamente los destinos desde su puesto de rey». La nota daba por hecho la vuelta de sus restos a España.

—¿Cuándo? Eso sí que me sorprende. —Pensó que Serrano habría mediado.

—No han dado fecha, han dicho simplemente que «en su día, el gobierno acordará los medios necesarios para el traslado de los restos al panteón del real monasterio de El Escorial». Eso es tanto como decir que, de momento, no hay fecha.

—Ya me extrañaba…

—Lo que me ha parecido muy raro es que nos hayan prohibido escribir artículos recordatorios o biográficos o de exaltación a la figura del rey.

—¡Qué barbaridad!

—Fíjate hasta dónde llega el tema, que a un periodista le han llegado a prohibir hasta un elogio al castellano porque lo relacionaba con el lenguaje de Cervantes, de Santa Teresa y de Alfonso X el Sabio. La última mención fue suprimida con un lápiz rojo por considerarse propaganda política.

—Bueno, eso ya es de analfabetos...

Hubo un silencio en la conversación. Las dos se percataron de que habían sido demasiado imprudentes. Carmen intentó dar un giro a lo que hablaban comentando que, esa misma tarde —el 4 de marzo—, Franco presidiría los funerales por Alfonso XIII en el templo nacional de San Francisco el Grande de Madrid. Nada más oírlo, la cabeza de Sonsoles se puso a dar vueltas. Imaginó que Serrano Súñer estaría allí. Despidió rápidamente a su hermana y buscó a su marido, que estaba poniendo en hora todos los relojes de la casa después de dos días sin hacerlo.

—Francisco, me ha dicho mi hermana que esta tarde se celebrará un funeral por el rey, presidido por Franco. ¡Tenemos que estar ahí!

—Sí, estaba informado de ello. Yo iré, pero tú deberías quedarte en casa descansando. El viaje ha sido una verdadera paliza.

—¡Pero si va a estar toda la aristocracia!

—Va a haber un problema de espacio. Te vas a marear. Me ha dicho mi hermano Ramón que se espera la llegada de monárquicos que están desperdigados por todas partes del mundo. Pueden asistir fácilmente tres o cuatro mil personas.

—Yo iré contigo. ¿He ido a Roma y no voy a acudir a un funeral que se celebra en Madrid, presidido por Franco?

—Al menos, llama a Pura que va con Carmen Polo... Te asegurarás un sitio preferente.

—No, yo voy contigo.

Aquel gesto de su mujer le gustó. No quiso contradecirla, ya que otra vez tenía ganas de acompañarle y de salir de casa.

Matilde, su doncella, estuvo varios minutos cepillando su pelo. Después preparó un baño caliente y, finalmente, la ayudó a vestirse. Se atavió de luto riguroso. Estaba delgada, pero bellísima. Sus ojeras tras el viaje se habían mitigado. Se pintó los labios de rojo y cuando su marido la requirió para irse, ya estaba arreglada. Se puso un sombrero que recogía su pelo y dejaba caer sobre sus ojos un velo de rejilla negro, dándole un aire sofisticado y misterioso.

Cuando llegaron a la basílica de San Francisco el Grande y se bajaron del coche, el público allí congregado para ver a las personalidades se puso a aplaudir, como siempre que ella aparecía en un acto. Los guardias de la puerta le abrieron paso y, a pesar de lo llena que estaba la capilla, tuvieron acceso a un sitio reservado. A los pocos minutos, llegaron los ministros del gobierno. Tardaron algo más en hacerlo Franco y su cuñado. Los aplausos del público precedieron a su entrada en el templo. Todos se giraron para verlos llegar. Sonsoles, no. Siguió con la mirada puesta en el altar. Se colocaron de tal manera que la marquesa tenía a Zita dos filas por delante junto a su hermana Carmen Polo y Pura, su cuñada. Comenzó el oficio religioso y observó que Serrano Súñer, mientras miraba hacia donde estaba su mujer, la descubrió entre los asistentes. Se cruzaron las miradas. Había fuego, magnetismo. No podían dejar de mirarse. Desde luego, pensó, ella no iba a ser quien bajara la vista. Era tan descarada la mirada que hubo un momento en el que Zita giró su cuerpo para ver de quién se trataba y la vio a ella. Se saludaron con la cabeza. Sonsoles decidió entonces desviar la mirada. Fingió un mareo y su marido la ayudó a sentarse. A partir de ese momento, estuvo ausente del oficio religioso. Pensó que lo mejor que podía pasarle era no volver a verle. No quiso mirarle de nuevo y se pasó toda la ceremonia sentada.

Al finalizar, en respetuoso silencio, salieron todos de la basílica. Ya fuera, los asistentes comenzaron a saludarse. Sonsoles pensó que las autoridades se habrían retirado. Se relajó al creer que Serrano ya se habría ido. Sin embargo, cuando quiso darse cuenta, oyó la voz del ministro a su espalda. Ella no se giró, siguió hablando con sus cuñadas, pero su marido sí se dio la vuelta. Fue Francisco el que llamó la atención de su mujer para que saludara a Serrano Súñer. Sonsoles se volvió y, al verle, creyó que las piernas le iban a fallar. Le dio la mano con frialdad y apenas abrió la boca, limitándose a musitar unas palabras de pura cortesía:

—Encantada de verle, señor ministro.

—El gusto es mío —mientras besaba su mano con calidez la miraba a los ojos.

Su actitud fría y protocolaria llamó la atención de su marido y quiso excusarla.

—Ya te había comentado que mi mujer no se encontraba muy bien…

—¿Qué te ocurre, Sonsoles?

—Nada de importancia. Estoy inapetente… Nada más. No entiendo, Francisco, por qué tienes que hablar de ello…

—Bueno, muchas gracias por agilizar nuestra salida a Italia y conseguirnos dos salvoconductos en tan poco tiempo —cortó el marqués la conversación, desviándola de aquel tema que sabía molestaba a su mujer—. Muchos otros no consiguieron llegar a tiempo… No tuvieron la misma suerte que nosotros.

Sonsoles hizo un gesto con la cabeza y les dejó a los dos hablando. Se giró para seguir con la conversación que mantenía con su cuñada, como si lo que dijera el ministro careciera de interés para ella. Escuchó cómo su marido y él se despedían a los pocos minutos. No se dio la vuelta. Tampoco hizo ademán de mirarle para despedirse ella también. Estaba ofendida. Pura la notó extraña…

—¿Te ocurre algo?

—¡No! ¿Por qué lo dices? —Se recolocó la rejilla negra que cubría sus ojos.

—Te noto rara, la verdad…

—No anda buena —intervino su marido, uniéndose a la conversación—. Ha estado encamada varios días antes de nuestro viaje, y poco a poco va estando mejor.

293

—Será eso… —Pura no lo dijo muy convencida. Parecía que leía el pensamiento de Sonsoles—. Antes el ministro te caía bien… —insistió.

—Ni bien ni mal… Trato a todo el mundo de la misma forma. No tengo por qué hacer el rendibú a nadie porque sea cuñado de Franco o ministro. A mí, esas cosas me dan igual, ya lo sabes.

—Eso no quita para que te haya visto algo cortante.

—Tampoco estoy contenta después de las pegas que han puesto a tantos nobles para salir fuera de España. ¿Te parece que es para estar sonriendo? Si sigo un minuto más hablando, se lo hubiera soltado.

—No, no, Sonsoles. En esa guerra no te metas —le advirtió su marido una vez más—. Es mejor que sigamos llevándonos bien. Déjate de reivindicaciones.

—Pues no me lo pongas a tiro, porque me he quedado con las ganas de decir dos o tres cosas. Y tú, Pura, imagino que algo le dirás a Carmen al respecto…

—No, hija. Yo con Carmen no quiero meter la pata. No hemos hablado de eso. Sí hemos comentado la vida azarosa de Alfonso XIII. Sobre todo, lo mucho que le han gustado las mujeres. Se dice que con la actriz Carmen Ruiz de Moragas ha tenido varios hijos: una niña y un niño. El hijo varón, por lo visto, es un calco del rey.

—Serán habladurías…

—De habladurías, nada. Este niño que tanto se parece al rey tendrá unos doce años y en su cara tiene el vivo retrato de Alfonso XIII. Esto lo sabe todo su entorno.

—¿Y se ha acordado el rey de ellos en su testamento?

—Parece ser que le pidió a uno de sus albaceas que nunca les falte de nada.

Sonsoles, aunque intervenía, no estaba muy atenta a la conversación. Pensaba en cómo la había mirado Serrano durante la misa. Incluso su mujer se había girado para saber a quién observaba tan atento. No entendía el motivo por el que no había vuelto a llamarla. Las piernas se le doblaron otra vez. Seguía débil. Su marido la sujetó por el brazo. Parecía que iban a despedirse cuando apareció Ramón, el hermano de Francisco y marido de Pura.

—No paran de hablar en los distintos corrillos que se han formado de la relación que mantenía Franco con el rey. Están diciendo que era estrecha, que se profesaban ambos verdadera admiración, aunque sus contactos se hubieran enfriado en los últimos tiempos.

—Bueno —saltó Sonsoles—, no solo se enfriaron, sino que no existían. Las relaciones han sido tensas. Nos lo ha dicho su hijo Juan.

—No se puede olvidar el afecto que se tenían. Alfonso XIII nombró a Franco gentilhombre de cámara, concesión regia que otorgaba a personas de su más estrecha confianza. Desde ese momento, tuvo acceso directo al Palacio Real de Madrid. Convendría que se supiera lo mucho que se apreciaban...

—Las cosas cambian. Ahora no podía verle. Pensaba que era un desagradecido —continuó Sonsoles.

—Tiene razón —afirmó Francisco—. Le pidió al rey que fuera su padrino de boda y este aceptó. Boda que, por cierto, tuvo que posponer dos veces por requerimiento del rey para que actuara en África, en la guerra de Marruecos. Pero son cosas que Franco parece haber olvidado...

—Pienso que no lo ha olvidado —añadió Pura—. Al final, a Carmen la llevó del brazo hasta el altar el general Losada, en representación suya. En la guerra apoyó el alzamiento, se cartearon, pero luego...

—En los últimos tiempos no había aprecio alguno —continuó el marqués de Llanzol—. Vamos a llamar a las cosas por su nombre.

—Bueno, el rey se fue al exilio. Desde allí todo se ve más fácil —continuó Pura.

—Todo lo contrario —dijo Francisco—. Alfonso XIII, ante todo, era español antes que rey. Sin duda, el momento más angustioso y amargo de su vida fue el día en que abandonó España camino del exilio. Nos comentó don Juan que no olvidó nunca cómo vio desaparecer, desde la cubierta del barco en el que partía, la costa española. Al parecer, lloró como un niño.

—Estamos hablando de un hombre joven —continuó Sonsoles—, no había cumplido los cincuenta y cinco años. Ese exilio y no poder regresar a su país cuando acabó la guerra le han ido minando la salud. Todo eso con los problemas derivados de su mala relación con la reina, la boda de su hijo Alfonso y su consiguiente renuncia a sus derechos dinásticos por la hemofilia. Las muertes del propio Alfonso y de Gonzalo en diferentes accidentes de tráfico. La renuncia de su hijo Jaime, sordomudo. El desengaño que se llevó con Franco al esperar que lo llamara a Madrid, cosa que no hizo nunca, y la abdicación en su hijo Juan… Su corazón no lo aguantó.

—Franco tendría sus razones fundadas para no restituir al rey en la jefatura del estado español —señaló Ramón—. Habrá sido la influencia de Serrano Súñer, porque más de una vez este dijo que los males de España desaparecerían cuando se marchara Alfonso XIII. Seguramente, pensarían que su vuelta sería un pretexto para alterar el orden y dividir a los españoles.

—Eso sería antes de la guerra. Te lo digo porque Sonsoles y yo hemos comido con Serrano Súñer y su opinión sobre el rey era extraordinaria.

—Bueno, el cuñadísimo cambia al sol que más calienta —añadió Pura.

—No, si la culpa de todo la va a tener Serrano…

Después de pronunciar esas palabras, Sonsoles tiró de la manga a su marido. Este comprendió que aquella conversación no conducía a ninguna parte. Se despidieron para volver a casa. Sonsoles deseaba meterse en la cama de nuevo. No soportaba que hablaran mal del hombre que no lograba quitar de su pensamiento. Todo volvía a quedarse a oscuras para ella.

35

Dionisio Ridruejo y Serrano Súñer quedaron al día siguiente de nuevo en El Retiro, en la fuente del Ángel Caído. La escultura de Ricardo Bellver se erigía como único testigo de aquella conversación secreta. Ramón Serrano Súñer se hallaba cansado, ojeroso. Era consciente de que se estaban moviendo los cimientos bajo sus pies y no podía hacer nada por evitarlo. Los generales le querían fuera del gobierno. De momento, le sujetaba el lazo familiar con Franco y su conocimiento de leyes. El estado necesitaba una base legal que el ministro iba construyendo. Ahora, la Falange también le fallaba. Era necesario hablar con Dionisio. Uno de los pocos amigos leales que le quedaban.

Cuando el reloj marcó las ocho de la mañana se encontraron ante el ángel desterrado por Dios. Era paradójico que siempre quedaran allí, junto a Lucifer como único testigo del encuentro. Uno llegó por el paseo del Duque Fernán Núñez y otro por el paseo de Cuba.

—Mi querido amigo, gracias por acudir a mi llamada —le saludó Ramón.

—No tienes por qué dármelas. Aquí estaré siempre que me necesites. Echo de menos que no lo hagas más a menudo.

—No tengo tiempo ni de respirar, te lo aseguro.

—Tú dirás.

—Estoy pisando arenas movedizas. Ahora hay un complot para asesinarme.

—Lo sé, desde que me lo dijo Tovar, me he puesto a investigar. El comandante Emilio Rodríguez Tarduchy te la tiene jurada. Fue antiguo instructor del Somatén bajo la dictadura de Primo de Rivera. Dirigió el diario antirrepublicano *La Correspondencia Militar* y fundó la UME. Ya sabes que hace aproximadamente un año, en su casa madrileña, tuvo lugar la constitución oficial de la Falange Auténtica.

—No está solo en esto, ¿verdad?

—No, le acompañan Daniel Buhigas, de Galicia; Ricardo Sanz, de Asturias; Ventura López Coterilla, de Santander; Ramón Cazañas, del Protectorado; González de Canales y Luis de Caralt, de Barcelona; José Antonio Pérez de Cabo, de Levante; Gregorio Ortega Gil, de Canarias… Son muchos los que están descontentos, pero no todos apuntan a ti, también señalan a Franco como responsable de que España no tome decisiones más enérgicas. Hay mucho malestar contra los dos en la Falange. Tampoco es novedad.

—Ya, pero Franco está más protegido que yo. Es más difícil que atenten contra él que contra mí. Yo acudo cada semana a numerosos actos políticos.

—Eso es verdad.

—Me preocupa que esta vez confluyan tantas voluntades contra mí. Estoy tentado a dejarlo todo. Ya no me veo respaldado ni por mi cuñado. No sé si merece la pena el sacrificio personal que estoy haciendo.

—Ahora no puedes rendirte. A pesar del descontento, mucha gente está de tu lado. El pueblo llano cada día habla más de ti y de tus logros en la política internacional y saben que nada se mueve a nivel nacional sin que tú le des el visto bueno. Lo que ocurre es que has crecido demasiado y empiezas a hacer sombra. Eso es lo que verdaderamente pasa.

Daban vueltas mientras hablaban. No permanecían quietos para combatir el frío. De lejos, Orna observaba los pasos del ministro. Siempre estaba atento a quien se acercaba a ellos y más desde que sabía que corría peligro.

—La Falange quiere gestos —continuó Dionisio—. Ya no valen solo las palabras. Creen que si un camisa vieja estuviera al frente del gobierno, conseguiría más para la causa que contigo, que, a fin de cuentas, no eres de Falange.

—No me hice del movimiento cuando vivía José Antonio, no me voy a hacer ahora.

—Eres demasiado tibio. Tarduchy está dispuesto a actuar para eliminarte porque cree que estás retrasando la conquista de Gibraltar. No escucho más que: «¡Gibraltar español!», y que hay que dejarse de tibiezas. El tema obsesivo y recurrente en la Falange es la integridad territorial.

—Yo ahora creo que es peligroso no alinearse con Alemania. Hemos estado a punto de ser ocupados por tropas alemanas perfectamente dispuestas a hacerlo. Pero Franco no quiere moverse. También Hitler cree que yo estoy frenando la respuesta de mi cuñado. Lo mires por donde lo mires, soy el responsable de todo lo que se hace o se mueva en estos momentos. Ni me quieren los ingleses, ni los americanos, ni ahora los alemanes… Los italianos son los únicos que sé que me tienen respeto. El resto, ni los generales ni la Falange me quieren en el lugar que ocupo. Empiezo a pensar que ni Paco confía en mí.

—Pues si no confía en ti, ya me dirás… Con esa tropa de analfabetos e incultos. Tienes razón en lo de que están cambiando las tornas con Alemania. Dos de los nazis más radicales que tenemos en España están apoyando a Tarduchy.

—¿Quiénes son?

—Thomsen y Gardemann.

—Me había adelantado algo Tovar, pero apuntaba más a Canaris y Stohrer. Hans Thomsen hace un doble juego porque conmigo tiene cierta complicidad. Siempre le he tratado con el máximo respeto por ser el jefe del Partido Nacionalsocialista en España. No tendrá queja de mi trato. Estos alemanes lo que hacen es jugar a todos los frentes.

—Thomsen es el hombre más frío y serio que he conocido. Tendrías que demostrarle que tú no eres quien está frenando la entrada de España en la Segunda Guerra Mundial. Muéstrale que la prensa que manejas es proalemana. Háblale de Hitler y de Von Ribbentrop con cierta pasión y admiración y déjale claro que tú te sumarías al conflicto si tuvieras realmente el mando. Coméntale que hay otras voluntades que te frenan.

—No puedo decir eso…

—A fin de cuentas, no deja de ser la verdad.

—Tienes razón en que al enemigo conviene tenerle cerca. Voy a ofrecer una mayor colaboración a Thomsen. ¿Y Gardemann? No entiendo tampoco qué pinta este con Tarduchy.

—Gardemann está como consejero de la embajada alemana en todo lo que se mueve en España. Igual que Thomsen, tiene que saber lo que sucede a espaldas del gobierno. Es consciente de que no se pueden permitir no estar en todas partes. Es decir, contigo y con tu enemigo. Está claro que creen que puede haber un golpe de timón de otro general para quitaros de en medio… No están muy convencidos de que este régimen dure mucho.

—Hoy mismo hablaré con ellos y con Von Ribbentrop.

—A Tarduchy déjamelo a mí. Está capitaneando una junta política clandestina, aunque no todos sus miembros están de acuerdo en cómo dar el golpe de timón al gobierno. De todas formas, hasta que yo te diga, anda con cuidado.

Antes de despedirse, fumaron un cigarrillo. Se dieron un abrazo y quedaron en verse pronto. Mientras caminaba por El Retiro, dejó de pensar en los numerosos complots que había en marcha contra él. Paseando entre los árboles que comenzaban a poblarse de brotes de renovadas hojas, acudió a su mente la imagen de Sonsoles. ¡Qué hermosa estaba de negro! Sus ojos verdes tras aquella especie de rejilla negra... Cuánto deseaba volver a besar su boca. Realmente, aquella mujer le obsesionaba...

Orna le esperaba con la puerta del coche abierta. El chófer vestía la camisa azul mahón de Falange y corbata negra. Últimamente, desde que le había dicho que corría peligro, llevaba un arma colgada al cinto.

En el trayecto hasta el ministerio, Serrano se dedicó a mirar la vida a través de la ventanilla. Madrid iniciaba una actividad frenética. Sus calles se llenaron de personas que caminaban a una gran velocidad en dirección a sus trabajos. El tranvía ya iba lleno de pasajeros; algunos para no pagar se subían en marcha al tope, que ya estaba peligrosamente atestado de gente. El frío no impedía que, a esas horas de la mañana, ya se empezaran a formar las colas del Auxilio Social para conseguir alimentos. El hambre de los ciudadanos era patente y visible. Solo había que mirar atentamente sus caras. Sin embargo, pensaba que sus vidas estarían más llenas que la suya. Tenía poder, estaba casado y con hijos, pero no disfrutaba de la vida. Ahora, además, lo habían amenazado de muerte. Era consciente de que había estado volcado en los estudios y en la política desde joven. Se había olvidado de vivir. Todo lo hacía por y para la política, siempre exponiéndose más de lo necesario... Cualquiera de esas personas que veía desde el coche podría convertirse en su verdugo.

Al pasar por el teatro Calderón cambió su pensamiento. Vio que se anunciaban varias funciones de la cantante Concha Piquer. Se acordó de unas fotos que se habían publicado sin que la censura las hubiera retocado, en las que la cantante aparecía tumbada desnuda, con un mantón de Manila que dejaba ver el nacimiento lateral de su pecho y los flecos no lograban tampoco tapar sus muslos. Estaba bellísima...

—Orna —dijo en voz alta—, compre un ramo de rosas a Conchita Piquer y lléveselo al teatro.

Cogió una de las tarjetas que llevaba encima y escribió. «¡Felicidades! Por tantos éxitos fuera y dentro de España. Su máximo admirador: Ramón».

Recordaba que no hacía mucho había tenido que mediar para que el censor no impidiera que cantara una de esas canciones que bordaba: «Ojos verdes». Le pidieron que cambiara el comienzo de la canción «*Apoyá* en el quicio de la mancebía» por «*Apoyá* en la trama de la celosía»... Concha se había enfadado mucho y desafió a la censura sin dejar de cantar la canción tal y como la habían escrito para ella Valverde, León y Quiroga. Eso le costaba cada noche una multa de quinientas pesetas, que estaba dispuesta a pagar. Serrano había acudido a verla en el anterior espectáculo y pidió que le cantara «Ojos verdes». Ella lo hizo porque estaba en su repertorio. Conchita tenía mucho carácter y no entendía la doble moral que había en España. Por eso, cada vez pasaba más tiempo fuera. Solía llevarse no solo los trajes para sus espectáculos, sino también toda la mantelería, vajilla y ropa de cama necesaria, así como el aceite que pudiera necesitar para varios meses o años en el extranjero. Viajaba llena de baúles, con toda su compañía. Era una celebridad en América. El investigador Lee De Forest había realizado con ella un experimento de filmación sonora años atrás, utilizando por primera vez el sistema de sonido sincronizado. Esa película no se había estrenado en España. Era demasiado joven cuando la hizo. El cine sonoro se había desarrollado en los últimos años y había exportado a Hollywood grandes actrices y actores. Conchita estaba considerada como una de las mejores actrices que había pasado por Broadway.

Desde el año 33, mantenía una relación estable con un torero que había estado casado y tenía un hijo. Se trataba de Antonio Márquez, que abandonó su carrera y la seguía en todos sus viajes. La personalidad tan fuerte de la cantante hizo que se blindara frente a los chismes y las habladurías. Su autoridad encima de un escenario no admitía dudas. Serrano era uno de sus principales admiradores. No hacía mucho había tenido que salir en su defensa cuando, durante una cacería, fue requerida para cantar en privado al Caudillo, tras la merienda. Concha había sido dura en su respuesta: «Díganle a su excelencia que si él ya ha merendado, la Piquer va a hacerlo ahora mismo». Serrano sonrió al recordar esa anécdota… ¡Qué carácter el de la Piquer! Eso le costó que le retiraran el pasaporte. Algo que Serrano había subsanado después de varios meses en los que la cantante no había podido salir de España. Sin duda, le gustaban las mujeres de fuerte carácter, como si quisiera contrarrestar la dulzura de Zita, que era incapaz de decir una palabra por encima de la otra. Le duró poco su pensamiento porque volvió a su rostro serio y circunspecto en cuanto llegaron al palacio de Santa Cruz… La realidad del día a día se imponía.

Desde que estaba amenazado le esperaban dos militares armados en la puerta. En cuanto vieron su coche, se pusieron firmes y esperaron a que el ministro entrara en el edificio.

Dos harapientos observaban desde lejos las entradas y salidas del ministro. Pedían limosna desde bien temprano. Sus caras ya resultaban familiares para los viandantes. Llevaban semanas pidiendo a la misma hora. Daba igual que lloviera o que saliera el sol. Allí estaban, en una de las esquinas, cerca de la fuente de Orfeo. Aquellos dos hombres desaliñados sabían que su misión era peligrosa. Anotaban para Tarduchy las entradas y salidas de Serrano Súñer. Siempre llegaba a la misma hora, a las ocho. Sin embargo, hoy lo había hecho una hora y media más tarde. Los militares los habían echado de los aledaños días atrás. Pero ellos se mantenían lejos del palacio, aunque en la misma plaza. Se habían adueñado de la esquina de la calle justo por donde accedía a la plaza el coche del ministro cada día.

En casa de los Llanzol, Olivia Madisson, la institutriz americana, en pocas semanas se había ganado la confianza de los niños y del propio marqués. Los días en los que Sonsoles había estado mala, las comidas habían tenido como único tema Franco y sus ministros. Al parecer, aquella joven ojerosa, recomendada por la embajada americana, sentía una curiosidad insaciable por los militares y políticos españoles. Cuando Sonsoles se sumó de nuevo a la mesa, dejó de hacer tantas preguntas, al darse cuenta de que al lado de la marquesa no era bueno sobresalir o destacar en nada. Todos le tenían miedo. Matilde ya le había advertido de su infinita curiosidad, pero se relajó al saber que un joven la acompañaba en sus horas libres de los sábados y en su tarde del jueves.

—¿Tiene usted novio? —le preguntó la marquesa durante la comida para que lo oyera su marido.

—No tengo novio. Me acompaña hasta aquí un buen amigo de la embajada —contestó Olivia.

—Solo le pido que no lo meta en casa. Aquí nada de hombres, ¿me entiende? España no es Estados Unidos.

—Señora, nunca se me hubiera ocurrido que subiera. Solo me acompaña para que no vuelva sola. Eso lo he aprendido aquí. Las mujeres no van solas a ninguna parte.

—Sí, eso es cierto —admitió Sonsoles—. No entiendo cómo su familia la ha dejado venir aquí, tan lejos de su país.

—Me gusta viajar. Mi madre me ha dejado venir porque en la embajada trabajan buenos amigos suyos…

—Deja de hacer preguntas a la chica —salió el marqués en su defensa—. Me gusta que tenga curiosidad por España. Le encanta todo lo relacionado con Franco. Y eso está muy bien.

Al cabo de un rato en el que solo se oían los tenedores sobre los platos, el marqués le preguntó a la joven:

—¿Hoy no quiere saber nada?

—¡Adelante, pregunte! —la animó Sonsoles, después de que la institutriz la mirara como pidiendo permiso.

—Solo me interesa saber si creen que España va a entrar en la guerra o no.

—Hija, eso es lo que quisiéramos saber todos —exclamó Francisco—. Parece que no. Hay generales que están deseando entrar y otros, sin embargo, optan por la prudencia. Ya ve que Franco parece que ha apostado por lo segundo. Si entráramos ahora en la guerra, haríamos el ridículo.

—Papá, cuenta lo de la tortilla llena de bichos que te comiste… —le pidió su hija, entusiasmada con las historias de su padre sobre la guerra.

—Sabes que no me gusta que se hable de ese tema —cortó Sonsoles—. Ya veo que estos días en los que he estado en cama, habéis hecho justo lo contrario.

—¡Qué va! Pero a los niños les encanta el episodio en el que pasé mucha hambre en las trincheras y comí durante días tortilla de patatas como único alimento. Al final, de tantos bichos que salían, cerraba los ojos y pensaba que eran proteína.

Los niños se rieron, animando a que su padre siguiera contando episodios de la guerra.

—Dinos si has matado a muchos rojos —siguió preguntando la niña.

—¡Basta! —exclamó la marquesa—. Ya no coméis hoy aquí, seguid en el cuarto de juegos. No aguanto esta conversación.

Las institutrices se levantaron y se llevaron a los niños. El matrimonio se quedó solo.

—¿No te das cuenta de que al final la conversación deriva en si mataste o no? Por favor, dejemos la guerra atrás.

—Está bien… No te enfades. Por cierto, te pones guapísima cuando frunces el ceño.

—Francisco, no seas zalamero. Estoy enfadada. En estas semanas se ha perdido toda la disciplina que yo he ido imponiendo.

—¿Ves cómo no debes meterte en cama? Ya tienes un motivo para no volver a hacerlo.

Terminaron de comer y mientras su marido se tomaba un coñac, aprovechó para repasar los pros y los contras del menú con la cocinera. De pronto, oyó a su hija Sonsoles llorar con desconsuelo. Matilde apareció al instante.

—Señora, el niño le ha roto a su hermana la muñeca que le trajeron los Reyes Magos.

—¿La Mariquita Pérez?

—Sí, señora.

—¿Pero qué les pasa a los niños? ¡Parecen salvajes! Esa muñeca ha costado un dineral. Son piezas únicas. No saben valorar lo que tienen. Mira, está claro que merecen un castigo…

—No, no tomes ninguna decisión. Voy a hablar con ellos. Ponte algo de música. He traído un disco nuevo de Concha Piquer. Dime si te gusta…

Sonsoles le hizo caso, pero simplemente animada por la curiosidad. Sabía que Serrano admiraba a la cantante. Se habían encargado de decírselo. No rebuscó mucho. Estaba encima de los discos que tenía su marido cerca del gramófono. Pudo leer: *Tatuaje*. Sacó el disco de pizarra y encajó la aguja en el lateral del mismo. Cuando comenzó a escuchar la letra, se olvidó por completo del episodio que había vivido con sus hijos.

Mientras oía la letra —«Mira tu nombre tatuado, en la caricia de mi piel…»—, pensaba en Ramón Serrano Súñer. Ella llevaba su nombre tatuado desde que la había estrechado en sus brazos y la había besado como nadie lo había hecho. «A fuego lento lo he marcado y para siempre iré con él…», seguía sonando la canción. Comenzaron a caerle dos lágrimas por las mejillas. Ella, que no lloraba nunca, ahora lo hacía con facilidad. Se sentía la mujer más infeliz del mundo. «Quizá ya tú me has olvidado, en cambio yo no te olvidé», decía la voz de Conchita Piquer con desgarro. Tuvo que parar el disco y refugiarse en su cuarto a llorar. En su cabeza seguían resonando las palabras: «Mira tu nombre tatuado en la caricia de mi piel…». No podía más con su ausencia.

Le necesitaba. Recordaba sus besos. El primero fue en el ascensor donde perdió el pendiente… ¡El pendiente! Después de pensar durante unos segundos, se dijo a sí misma que era la excusa perfecta para llamarle. Necesitaba recuperar aquella joya que le había regalado su marido. Se secó las lágrimas y pensó que tenía que hacerlo lo más pronto posible, convenciéndose de que ese era justamente el camino a seguir.

Cuando entró su marido en la habitación y la vio tumbada en la cama con lágrimas en los ojos, le preguntó:

—¿Qué te ocurre? ¿Hoy las dos Sonsoles no sabéis otra cosa más que llorar?

Se sentó en la cama y le secó las lágrimas con las manos. Comenzó a acariciar su cara con una inmensa ternura. Aquel gesto de su marido hizo que las lágrimas regresaran a sus mejillas. Pensaba que no se merecía a un hombre tan bueno. No entendía por qué tenía que estar pensando en alguien que no fuera él. Pero ese sentimiento hacia Serrano era más fuerte que ella misma. Parecía algo salvaje, imposible de dominar. Tenía un componente que lo hacía más atractivo: el amor prohibido por un hombre poderoso. Eso lo magnificaba, convirtiéndolo en obsesión. La gran aventura de su vida. Se había casado con dieciocho años con un hombre que casi le llevaba veinticinco. Esta vez, otro hombre más joven y apuesto, en la cima del poder, la miraba con deseo como nunca había hecho nadie. Era algo nuevo para ella. Había fuego en sus ojos. Existía un hilo difícil de romper entre los dos. Se deseaban. No había manera de frenar ese sentimiento… Y mientras tanto, su marido acariciaba su cara.

—Ya se me ha pasado, Francisco. No sé qué tiene esa canción, que me has hecho poner en el gramófono, que me hace llorar.

—La escuché en la radio y me pareció que te podía gustar.

—Pues no quiero volver a oírla…

—Vaya, no hay quien acierte contigo. Bueno, se la daré al servicio.

—Por favor, no tienen dónde escuchar el disco…

—Ya se las ingeniarán. No te preocupes.

Se quedó sola en la habitación mientras su marido iba a deshacerse del disco. Volvía a estar apática. No tenía ganas de nada, ni de arreglarse ni de respirar. Solo deseaba una cosa: que sonara el teléfono… Poco a poco, se quedó dormida tumbada sobre su cama.

36

Serrano Súñer no tardó en marcar el teléfono de Thomsen, el jefe del partido nazi en España. Los alemanes residentes en diferentes puntos de la geografía española eran quince mil aproximadamente. La mayoría se había lanzado en masa a por carnés del partido para no estar bajo sospecha. Antes de marcar su número, informó Tovar de la avalancha de afiliados de los últimos meses. Hans Thomsen vivía en Madrid, en un chalé de la colonia El Viso con su mujer, Lizzie, y sus hijos.

—Mi querido amigo, le llamo confidencialmente —le saludó Serrano—. Quisiera hablar con usted con la amistad que me une al pueblo alemán.

—Señor ministro, dígame. —Thomsen hablaba español con un marcado acento alemán.

—Quisiera que viniera a mi despacho. Tengo ganas de cambiar impresiones sobre el transcurso de la guerra. Usted sabe cuál es mi posición. Si la población no sufriera hambruna, hoy ya estaríamos con el Eje. Mientras llega ese momento, me ofrezco gustosamente para ayudar al pueblo alemán y al partido más de lo que ya estamos haciendo. Usted sabe que no oculto a nadie mi admiración hacia el Führer.

—Siempre se puede hacer más. Le agradezco el ofrecimiento. Aprovecho la oportunidad que me brinda para informarle de que algunas de sus embajadas están sirviendo de puente para que lleguen a España gran cantidad de judíos que huyen de diferentes países europeos. Eso va en contra de la amistad que nos profesa...

—No me consta esto que usted me está diciendo —replicó Serrano contrariado.

—Pues póngase en contacto con la embajada de España en Sofía, o con el consulado de España en Burdeos. Me interesaría saber qué está pasando allí. Me han llegado informaciones de que España se está llenando de judíos...

—Debe de haber algún error o tendrá alguna explicación. Eso no está ocurriendo, porque, de ser como usted dice, yo estaría informado. De todas formas, llamaré a mis diplomáticos y le tendré al corriente.

Serrano Súñer estaba molesto con lo que acababa de escuchar. Esos hechos alimentaban la animadversión hacia su persona. Pidió a su secretaria que le pasara con Julio Palencia, embajador plenipotenciario en la capital de Bulgaria desde hacía poco menos de un año. Cuando la conferencia estuvo preparada, habló con él en un tono muy desabrido.

—Señor Palencia, dígame qué está pasando en la embajada para que los alemanes me tengan que sacar los colores con los judíos que ustedes protegen.

—Señor ministro, lo único que hemos hecho en la embajada ha sido evitar la deportación de judíos sefardíes que iban a ser enviados a campos de concentración.

—¿A qué se refiere con eso de judíos sefardíes?

—A que son judíos descendientes de españoles, familiares de los que fueron expulsados de nuestro país. Le recuerdo que hay una ley que reconoce a los sefardíes como españoles. Por lo tanto, tienen derecho a regresar a su país, España. No hacemos más que cumplir la ley cuando nos piden amparo. —Se refería a una ley que sabía que había sido derogada en 1930, pero la mayoría de los diplomáticos lo ignoraba.

—Ya… Pues haga el favor de relajar los pases. No está gustando a las autoridades alemanas.

—No se crea, señor ministro, que esto es un coladero. Estamos ya poniendo nuestras propias trabas. Todos sabemos de qué lado estamos. Eso no quita para que los españoles seamos leales a aquellos cuyo origen es español.

—No me venga con triquiñuelas. Los dos sabemos de qué estamos hablando.

—Algunos de los judíos que nos han pedido protección tomaron parte activa en la guerra apoyando al bando nacional. Eso tampoco lo podemos obviar.

—Esté atento y no se despiste. Informaré de que han sido solo unos cuantos judíos de origen español y otros, los menos, que han prestado su colaboración durante la guerra. No me meta en ningún lío más. Manténgame al tanto.

Al colgar, la frente de Julio Palencia se cubrió de sudor. Después de escuchar la orden del ministro, meditó durante varios minutos y, finalmente, tomó la decisión de que todo judío que acudiera a su embajada acreditando su origen español seguiría entrando en España. Le parecía una aberración lo que se estaba haciendo con ellos: despojándoles de todos sus derechos y conduciéndoles a los campos de concentración. Habló con su secretario para que, durante unos días, no se viera tanto movimiento en la embajada. Sin duda estaban siendo espiados.

Serrano también pidió a su secretaria que le comunicara con el cónsul español en Burdeos. Hacía tiempo que no tenía noticias de Eduardo Propper de Callejón. Sabía que se había casado con una judía, emparentada con la adinerada familia Rothschild.

—Eduardo, saludos desde España —empezó diciéndole, nada más establecerse la comunicación con él—. Quiero que me diga qué está ocurriendo para que me llame la atención el partido nazi sobre su actuación con los judíos en Burdeos.

—¿Yo? No… no tengo ni idea a qué se refiere, señor ministro.

—Me dicen que está extendiendo visados especiales a judíos que van a ser deportados por los alemanes…

—Convendrá conmigo en que lo que está haciendo Alemania es una absoluta ignominia.

Serrano contuvo su opinión, sabiendo que su mujer era judía.

—Si las autoridades alemanas creen que esas personas deben ser deportadas, haga el favor de no inmiscuirse, porque me lo pone muy difícil. Aquí estamos sujetando a Hitler para que no nos invada. De modo que haga usted su trabajo sin perjudicarnos al resto de los españoles —ordenó con voz enérgica.

—Yo, señor ministro, trabajo por el bien de mi país y de los ciudadanos españoles. Nunca pierdo de vista mi misión aquí en Burdeos…

—Pues eso es lo que tiene que hacer. Manténgame informado y no mueva ni un dedo por ningún judío. Es una orden.

—Está bien…

Cuando finalizó la conversación con el ministro, el cónsul español llamó inmediatamente a su homónimo portugués y le pidió ayuda para salvar a todos los judíos que tenía alojados en el castillo de Royaumont, que pertenecía a su familia política. El cónsul portugués pactó con él que los judíos, después de pasar por territorio español, tendrían abiertas las fronteras con Portugal. España sería solo un lugar de tránsito.

El espionaje alemán comunicó rápidamente al ministro que continuaban los desplazamientos de judíos desde Burdeos hacia España. Cuando comprobó que su orden había caído en saco roto, no le tembló el pulso en cesar al cónsul, enviándole a la sede española de Larache, en el Protectorado español en Marruecos. Lo que nunca supo Serrano es que ya había extendido un visado especial a mil quinientos judíos.

Sonsoles llevaba unos días sin leer la prensa y sin escuchar la radio. La ausencia de noticias sobre Serrano hizo que su estado de ánimo volviera a resentirse. Estaba sin fuerzas y con ninguna gana de salir de casa, pero el 1 de abril no tuvo opción a quedarse en su habitación. En el desfile de la Victoria que presidía Franco tenían que estar los excombatientes laureados, como su marido, así como todos los militares con cargo dentro de los ministerios. Todo Madrid se echó a la calle. Era un día para dejarse ver por Cibeles y la calle de Alcalá. Ella y su marido ocuparon un lugar preferente no muy lejos de la tribuna donde Franco presidía el desfile. Todos los ministros estaban presentes. Sonsoles miró de reojo y enseguida vio a Serrano. Esta vez no quiso que él la viera. Se ocultó detrás de otros invitados. Habló poco con todos los que le presentaron sus respetos. No tenía tantas ganas de relacionarse como otras veces. Cuando comenzaron a pasar cerca de ellos los carros de combate, después de que desfilaran diferentes compañías de tierra, mar y aire, le pidió a su marido que no tardaran en irse de allí.

—Sonsoles, es emocionante vivir este día. ¿No te encuentras bien?

—¡No! —contestó escuetamente.

—En cuanto forme la Guardia Mora, nos vamos.

—Bueno…

El público enfervorecido cantaba constantemente el «Cara al sol» y lanzaban vivas a Franco y a España, que eran coreados con entusiasmo. Francisco de Paula estaba eufórico, pero Sonsoles, a medida que pasaba el tiempo, se sentía cada vez más agobiada y nerviosa. No quería encontrarse con los ojos de Serrano clavados en ella. No lo podría soportar. Pero, al mismo tiempo, necesitaba sentir cerca su voz, su boca besando su mano… Era un cúmulo de contradicciones. Cerró el desfile la guardia mora a caballo. Era muy espectacular y el ambiente cada vez estaba más enfervorecido. Había tanta gente que, aunque quisieran, les iba a resultar imposible salir de allí. Sonsoles cerró los ojos y esperó. De vez en cuando los abría y veía a todo el mundo chillar y aplaudir. La única que no vibraba en ese ambiente era ella. Cuando supo que se habían ido las autoridades, se acomodó mejor en su asiento y recuperó el color.

—¡Mira quién está aquí! —Su marido se levantó e intentó saludar desde la tribuna a Serrano Súñer.

Sonsoles se quedó clavada en el asiento. No podía levantarse. No miró. Oyó cómo los militares despedían al cuñado de Franco. No sabía si él la había visto. Se quedó paralizada.

No muy lejos de allí, varios falangistas, siempre con Tarduchy a la cabeza, decidían si ponían fin al régimen comandado por Franco. El día era perfecto para el magnicidio. Dos horas antes de que comenzara el desfile, se habían dado cita en la casa del comandante.

—Ha traicionado el ideal nacionalsindicalista de José Antonio. Ya nos había advertido nuestro fundador de los riesgos de que Franco, en lugar de la revolución, reinstaurase una mediocridad burguesa conservadora como lo está haciendo.

Los falangistas allí reunidos tenían que decidir si realizarían el atentado al paso del coche que llevaba a Franco pasando revista a las tropas.

—No somos anarquistas desesperados —dijo uno de los camisas viejas.

—¡Pues un tiro! —sugirió otro.

—Camaradas, el que dispare el tiro tiene que saber que se inmola. Va a una muerte segura —añadió el comandante—. Debemos tener la cabeza fría a pesar de que este gobierno ha dado amplias muestras de ineptitud y no da ninguna garantía de cumplir los objetivos de la Falange. Si esta es la normalidad que nos ofrecen a los españoles, yo estoy dispuesto a romper esa normalidad que ampara la destrucción por salvar a nuestra patria.

—¡Bien dicho! —corearon todos.

—Debemos reflexionar más. Hoy era el día perfecto, pero no estamos preparados. Sería una locura —añadió Tarduchy—. Esperaremos otro momento. Quizá sea más fácil acabar con Serrano...

—Esta noche el Caudillo va al teatro Español —apuntaron otros jóvenes allí presentes.

—No. Esperemos. El hombre que ha montado todo el engranaje del estado es Serrano Súñer. Si acabamos con él, acabamos con el inmovilismo del régimen. Si Franco tuviera más cerca a Yagüe o a Girón, otro gallo cantaría. Sumemos fuerzas. Nuestro objetivo a batir es el presidente de la Junta Política. Nunca nos ha representado. Hace falta una dictadura con paso firme y actitud inquebrantable. Se decía que había lagunas en la gestión del general Primo de Rivera. Muchos se oponían a la dictadura. ¿Qué hay ahora? Borrones de ignominia a granel. ¿Cuántos aciertos? ¿Cuántos puntos de nuestro ideario se han puesto en marcha? ¡Ninguno! Está claro que algo tenemos que hacer, y pronto.

—¡Actuemos rápido!

—¡Cuanto antes!

La reunión concluyó con intención de acabar con los planes de Franco atentando contra su peana: Serrano Súñer. En la reunión de esta junta clandestina de Falange había un infiltrado. A las pocas horas, Dionisio Ridruejo estaba informado de todo cuanto había ocurrido en la casa de Tarduchy.

37

Los Llanzol llegaron a su casa con dificultad porque las miles de personas que acudieron al desfile dificultaron su acceso a un punto de Madrid donde el mecánico pudiera ir a buscarles. Después de comer, Sonsoles se acostó y ya no quiso levantarse ni para cenar.

Al día siguiente, en cuanto su marido se fue al ministerio, decidió acabar con la situación que la angustiaba. Fue un impulso. Una acción no meditada. Descolgó el teléfono y pidió a la telefonista que la conectara con el Ministerio de Exteriores. El corazón parecía que se le iba a salir del pecho. Le costaba respirar. A los pocos minutos ya estaba en contacto con la secretaria de Serrano Súñer. No tuvo que esperar mucho.

—¡Qué sorpresa! Mi querida Sonsoles, ¡qué guapa te vi ayer y en el funeral del rey! Pero no entiendo tu actitud hacia mí.

Tragó saliva y sacó fuerzas de flaqueza.

—No entiendo qué otra actitud quieres que tenga. Han pasado semanas hasta que he vuelto a verte. Fue de casualidad y en un funeral. Ayer ni tan siquiera te vi. No tenía fuerzas.

—Sé que estás molesta, pero no he tenido tiempo para nada…

—Pues no te molesto porque estás muy ocupado. Te llamo porque necesito recuperar mi pendiente. El que se me cayó, ¿recuerdas?

—¿Cómo no voy a recordarlo? Lo tengo muy presente, Sonsoles.

—Voy a celebrar una cena familiar en mi casa y tengo que ponérmelo. Llevo algún tiempo sin lucir esos pendientes, que me regaló mi marido y pertenecieron a mi suegra. Empieza a resultar extraño que no me los ponga. —Sus respuestas seguían siendo cortantes.

—¡Claro! Aquí lo tengo… Constantemente me viene a la memoria la forma en la que lo perdiste.

Sonsoles no tenía muchas ganas de seguir hablando, pero las palabras y el tono que utilizaba Serrano todavía la ponían más nerviosa.

—Ha pasado mucho tiempo sin que me lo hayas devuelto. Se ve que tienes mucho trabajo y otros intereses… —Había escuchado demasiados rumores sobre sus relaciones con otras mujeres.

—No sé a qué te refieres en lo de los intereses. Ya sabes que se cuentan de mí muchas cosas que no son ciertas. Últimamente se ha desatado una continua campaña de difamación contra mí. Pero, bueno, es cierto que no te he llamado porque tengo muchísimo trabajo.

—Ya…

—Y lo he hecho también porque te confieso que me ha dado miedo.

—Dudo que a ti te dé miedo algo.

—Tú, sí.

Hubo un silencio en el teléfono. La tensión contenida entre ambos era evidente.

—¿Y qué peligro tengo? —preguntó sorprendida.

—Que esto sea algo serio —repuso él.

—A lo mejor es cuestión de cerrar un capítulo que nunca debimos abrir —afirmó muy seria.

—Creo que deberíamos vernos y hablar en otro lugar.

— Y… devolverme el pendiente.

—¡Por supuesto! Quedamos donde tú me digas. Lo malo es que por el bien de los dos tiene que ser en un lugar discreto. He mandado poner en las puertas de mi despacho dos seguros para que no vuelva a ocurrir otro incidente… Ya sabes.

—Te llamo mañana y te digo dónde nos podemos ver. No te preocupes, porque los dos somos adultos. Nos encontraremos, aunque no sea más que para que me des el pendiente.

—Espero ansiosamente tu llamada, pero tengo la sensación de que lo único que quieres recuperar es el pendiente y nada más.

—Eso tendrás que averiguarlo…

Cuando Sonsoles colgó el teléfono, tenía la respiración agitada. Se reprochaba no haberlo hecho antes. Se habría ahorrado muchas noches de insomnio. Por lo menos, hablar con Serrano aclararía esta situación, se decía a sí misma. Ahora tenía que pensar dónde podía citarse con él y en qué lugar. Sobre todo, debía ser un sitio discreto. Descartó una cafetería o un restaurante… Todo el mundo conocía al ministro. Un hotel tampoco. Si la vieran entrar sola y pedir las llaves de una habitación, pensarían que era «una mujer de vida alegre», como calificaba su madre a las mujeres descarriadas. Tenía que ser una casa de alguien, un piso… ¿pero de quién? No podía acudir a sus amistades: «Oye, ¿me dejas tu piso? Es que he quedado con Serrano Súñer». Podía ser un escándalo. Además, no había nada entre ellos, de momento. Bueno, se habían dado unos besos apasionados que cambiaron su vida. Daba la sensación de que ninguno de los dos quería ir más allá. Aunque ella no había dejado de pensar en él ni una sola noche desde que sus caminos se cruzaron. Serrano había dicho que «tenía miedo». ¿Miedo de ella?, se preguntó a sí misma. Estaba claro que compartían el mismo sentimiento. Le habían gustado esas palabras que le había dicho. Parecía sincero… Siguió pensando y de pronto se acordó de Cristóbal Balenciaga. Era el único que podía ayudarla. Sabía lo que le estaba pasando. No tendría que darle demasiadas explicaciones. Su piso siempre estaba cerrado. Entraban a limpiar antes de que viniera a Madrid, pero mientras tanto, permanecía cerrado a cal y canto. Era la solución perfecta…

No tardó en pedir una conferencia con París. Cuando la telefonista le dijo que estaba preparada, llevaba un buen rato caminando de un lado a otro de su amplia habitación.

—¡Sonsoles! Me alegro de que me llames. Pensaba hacerlo yo un día de estos. ¿Cómo estás?

—No he estado muy católica… Todavía no me encuentro recuperada por completo. He adelgazado más…

—¿Más? Si ya te quedaste muy bien a pesar de haber dado a luz hace menos de un año.

—No ha sido por eso. Me he ido apagando como una vela.

—Ya decía yo que era raro que no me hubieras llamado en todo este tiempo después del homenaje. ¿Ha tenido la culpa el poderoso de ojos claros?

—En parte, sí. A ti no te puedo engañar. No me lo quito del pensamiento. Y debo verle porque tiene algo que me pertenece: un pendiente. Si no me pongo en los próximos días ese pendiente, puedo tener un problema.

—¿Por qué?

—Son unos pendientes que me regaló Francisco. Pronto va a haber una cena familiar y tendré que lucirlos. Ha de devolverme el que perdí… Y ahí es donde te necesito a ti.

—¿Y yo qué tengo que ver en esa historia?

—Quisiera saber si podrías prestarme tu casa por unas horas…

Hubo un silencio al otro lado del teléfono. Después de unos segundos sin decir nada, Balenciaga contestó:

—Tú sabrás lo que haces. Tienes mi casa para lo que quieras. Ya lo sabes.

—Sabía que podía contar contigo. En principio, vamos a hablar. Nada más.

—Por favor, Sonsoles. A mí no me tienes que dar explicaciones. Yo simplemente te previne, pero ahora veo que ya no vas a atender a razones. ¿Lo sabe alguien más?

—¡Solo tú!

—Mi querida amiga. No sé ya qué decirte. Todavía estás a tiempo de no ir hacia adelante. Tu vida va a ser una locura. Te vas a convertir en «la otra». ¿Eres consciente?

—No me importa, Cristóbal, porque le deseo como nunca he deseado a nadie. Él, además, me ha dicho que dejó de llamarme por miedo. ¿Puedes entender que me tenga miedo?

—Yo le tendría más miedo a él. Si por cualquier circunstancia esto trasciende, la que pierdes eres tú. Él seguirá siendo igual de poderoso, pero el daño que puede sufrir tu familia es terrible.

—Estás adelantando acontecimientos. A mí lo que me apetece es estar a solas con él. Tengo curiosidad y, sobre todo, hay algo más poderoso que la razón para hacerlo: el corazón. Nunca había sentido algo parecido.

—Tengo que atender a una clienta. Sonsoles, siento tener que dejarte. Ya lo sabes, mi casa es tuya. Las llaves las tiene mi casero. Le llamo ahora para que te las dé cuando tú vayas por allí. Procura no darle explicaciones. No hace falta que se las devuelvas a él. Cuando vayas a la tienda, simplemente las dejas allí.

—Muchas gracias. Te estoy eternamente agradecida.

—Me da pavor el lío en el que te estás metiendo, Sonsoles.

—No es para tanto… Ya te contaré. Serás la primera persona a la que llame después de verle.

—*Au revoir, ma chérie…*

Cuando colgó el teléfono, estaba eufórica. Tenía ganas de gritar, de saltar, de salir corriendo de su casa… Por fin, tenía un lugar donde verse con Ramón Serrano Súñer sin que nadie les interrumpiera. Por primera vez, se iba a encontrar con él a solas. Sintió un escalofrío. Se fue al tocador y se sentó delante del espejo. Sonrió levemente. Tenía que ir a la peluquería a arreglarse antes de verle. Solo quedaba por concretar el día de la semana. Se fue al escritorio y redactó una nota: «Balenciaga me presta su casa. Está en el número 19 de la calle Génova. Piso colindante al taller y tienda. ¿Miércoles o jueves por la mañana? Espero respuesta».

La metió en un sobre y lo cerró con lacre. Le pidió al mecánico que llevara a Matilde a hacer un recado. Ordenó a su doncella que no fuera al ministerio, sino que se quedara dos o tres manzanas más lejos. Allí, tenía que despedir al conductor y acceder andando hasta el palacio. Solo debía entregar el sobre y esperar respuesta. Matilde no le dijo nada. La miró y se mordió los labios. Sonsoles no le dio la oportunidad de que hiciera comentario alguno sobre su peligrosa amistad.

—Vuele, que necesito una respuesta.

—Así lo haré, descuide, señora.

Se puso un abrigo encima y salió a la calle con su traje de servicio. Sabía que la marquesa estaba entrando en un laberinto de difícil salida. Jamás le había visto aquella mirada. Parecía una loba a punto de saltar sobre su presa. La decisión ya estaba tomada.

38

Stohrer, el embajador alemán en España, envió un informe a Alemania en el que hablaba de la situación que se vivía en la península Ibérica. «La situación de España está peor que nunca —decía—. Hay grandes divisiones internas, resentimiento, un hambre masiva y signos de bandidaje y fractura social, aunque Franco no parece estar muy preocupado». Igualmente, después de varias conversaciones con Serrano, dejó claro, en el mismo informe, que, para el ministro español, solo la entrada en la guerra «podría enderezar la situación», pero insistía en que debían recibir medios por adelantado «para remediar con rapidez las carencias». Resaltaba el embajador, por otro lado, que Franco podría recibir de sus generales un ultimátum para constituir un ejecutivo estrictamente militar. Les ponía sobre aviso de que Serrano no era el que frenaba la participación en la contienda. De este modo, dejaba de ser el obstáculo que se oponía a la guerra. Ese informe relajó algo las acciones alemanas que había contra él.

De todas formas, todos los movimientos del ministro estaban controlados por la KO-Spanien, una unidad de información avanzada que existía en otros países neutrales. Había sido creada por Canaris, el jefe de la Abwehr, en el verano de 1935. Estaba compuesta por doscientas veinte personas, más un contingente de unos dos mil agentes y colaboradores. En este periodo también habían establecido una red de estaciones de observación y transmisión diseminada por todo el país. Igual que la propia Abwehr, la KO-Spanien se articulaba en tres departamentos: uno se encargaba de recoger información, otro de organizar sabotajes contra las fuerzas enemigas y el tercero llevaba los servicios de contrainteligencia y desinformación. Se convirtió en el organismo de más envergadura del Reich en las zonas que no estaban ocupadas por Alemania. Había una ingente legión de personas, distribuidas por la embajada y los consulados, con distintos cometidos que gozaban de inmunidad diplomática y libertad de movimientos.

El ministro Serrano decidió mirar hacia otro lado. Sobre todo, en lo que concernía a su principal foco de atención: Gibraltar. Dio su visto bueno para que se instalaran operativos alemanes a lo largo de la costa meridional de España y en el Protectorado marroquí. Algeciras se convirtió en uno de los puntos más activos. Era la única manera de que, al menos, los alemanes estuvieran satisfechos y, a la vez, neutralizados a la hora de querer hacerle desaparecer. Esa activación en los permisos para poder realizar sus actividades en España volvió a darle credibilidad frente a las autoridades alemanas. Eso no quitaba para que hubiera otros frentes abiertos.

Sir Samuel Hoare, el embajador británico, tenía, a su vez, su propia red de información distribuida por toda España. Sabía, a pesar de las negativas del gobierno, que se estaba ayudando a Alemania. Hacían oídos sordos a sus protestas, pero, con el transcurso del tiempo, resultaba más evidente que los alemanes tenían más presencia y poder en España. Advirtió del peligro a sus superiores. Al cabo de unos días, recibió la información confidencial de que se acababa de crear un centro para dar más formación a futuros espías: The Finishing School, la Escuela de Perfeccionamiento, un centro de adiestramiento para agentes secretos con el objetivo de infiltrarlos en territorio nazi. Y España se consideraba territorio enemigo, aunque aparentemente se hablara de neutralidad y algunos generales estuvieran ganados para la causa. Winston Churchill decidió que había que pasar a la acción. No era suficiente con parar la germanofilia del gobierno con los Caballeros de San Jorge, que seguían recibiendo puntualmente dinero; había que aleccionar a otro tipo de personas que pudieran llegar a territorios enemigos o aparentemente neutrales.

Esta escuela estaba ubicada en Beaulieu Estate, cerca de Portsmouth y de Brighton. Sus métodos de enseñanza estaban centrados en el sabotaje, la falsificación y el robo, el chantaje, y finalmente, el asesinato silencioso. Los futuros espías también aprendían a manejar armas de fuego, explosivos y a reconocer los diferentes uniformes policiales y militares del enemigo. Recibían asimismo formación para operar con emisoras de radio, así como para codificar y descodificar mensajes. Entre las pruebas más duras estaba la detención simulada por agentes de la Gestapo, con un terrible interrogatorio que tenían que aprender a superar sin dar ningún tipo de información. En mitad de la campiña, por diferentes mansiones, fueron pasando agentes para prepararse debidamente antes de ser enviados a territorios considerados enemigos, entre los que se encontraba España. Serrano Súñer también estaba en el punto de mira del espionaje británico. Se conocían sus movimientos y tenían controlados todos sus actos públicos. Se estudiaban sus discursos y no se pasaba por alto ni uno solo de sus viajes. Eran conscientes del poder que ejercía sobre Franco y querían que varios agentes le siguieran allí donde fuera.

En este ambiente de espionaje y contraespionaje se movía cada día Ramón Serrano Súñer. Agentes españoles también le controlaban y pasaban la información al alto mando militar. De igual modo, él recibía informes confidenciales y contaba con el personal de las embajadas —abiertas en algunos países donde

Franco había establecido relaciones diplomáticas— para conseguir información privilegiada sobre el transcurso de la guerra. No solo obtenían datos los diplomáticos, sino también los periodistas que ejercían como corresponsales o enviados especiales en el extranjero. Había excepciones, y cuando algún diplomático o periodista se negaba a recoger datos efectivos para los alemanes, era despedido de forma fulminante. Eso le acababa de ocurrir al teniente coronel Juan Antonio Ansaldo, que no solo había sido cesado, sino encausado por insubordinación. Era un momento totalmente convulso en donde no existía el término medio: o estabas con un bando o contra él. No había tregua.

Serrano era objetivo de todos los servicios secretos y de la facción de la Falange liderada por Tarduchy, que estaban dispuestos a asesinarle o a acabar con su carrera política.

Por si fuera poco, el presidente de los Estados Unidos, Roosevelt, encargó a su consejero personal, el coronel Bill Donovan, una misión de inspección del estado de los asuntos en el Mediterráneo oriental y occidental. El coronel, que había comandado el antiguo regimiento 69 en la guerra de 1914, poseía un amplio conocimiento de táctica y estrategia. Llegó a Madrid por esas fechas. Causó impresión su vivacidad intelectual y su energía física. En un mismo día podía amanecer en Lisboa, comer en Gibraltar y cenar en Madrid. Entre otras misiones, encargadas directamente por el presidente americano, debía hablar personalmente con Franco y su cuñado, Serrano Súñer.

Acudió al palacio donde se encontraba el ministro de Asuntos Exteriores y le presentó sus respetos.

—Querido ministro, le traigo saludos del presidente Roosevelt. Estoy al corriente de las tensiones que existen entre usted y el embajador Weddell. Quisiera saber si hay forma de subsanar esa tensión.

—Por supuesto. Es más bien una diferencia de opinión, pero en absoluto lo llamaría tensión.

—El objetivo de mi viaje es limar asperezas. Para nosotros, España es la única puerta abierta a Europa. Si tomaran la decisión de cerrar el estrecho de Gibraltar, se prolongaría mucho la guerra y lo consideraríamos un agravio.

—No haremos semejante cosa —aseguró Serrano.

—Me tranquiliza. De todas formas, mi presidente está dispuesto a tomar la península Ibérica y la costa de África del Norte bajo su especial protección.

—Traslade al presidente nuestra gratitud por su preocupación, pero en este momento no necesitamos de su protección. Aunque sí agradeceríamos su colaboración en el suministro de alimentos. Esto sí es prioritario ahora mismo en España.

—Conozco el problema. Lo he visto con mis propios ojos. Intentaré que esa colaboración sea más eficaz.

—Presiento que usted y yo nos vamos a entender. Me gustaría que aceptara una cena en su honor en el hotel Palace.

—Será un verdadero placer para mí. El problema es que voy a estar viajando constantemente por Europa.

—¿Estará en España el jueves por la noche?

—Haré algún ajuste en mi agenda para poder acudir a esa cena. Será un placer.

Se dieron un apretón de manos y el americano salió del despacho. Al momento, la secretaria del ministro apareció con una pequeña bandeja de plata en la que portaba un sobre lacrado que acababan de traer y le comunicó que esperaban respuesta. Tras leer su contenido, escribió una nota: «Miércoles por la mañana. A las diez, pero en otro lugar. Quedamos en el despacho de abogados Ramírez y Asociados. Calle Fernando el Católico, 17. Llama tres veces y espera. No faltes».

Cuando el sobre llegó a manos de Matilde, lo guardó en el bolsillo de su abrigo sin dejar en ningún momento de tocarlo con la mano. No podía perder aquel mensaje, sabiendo la importancia que tenía para la marquesa. Hasta que no llegó a casa, no despegó su mano de la carta. Cuando Juan abrió la puerta, preguntó intrigado qué recado había ido a hacer. Matilde no dijo nada. A Juan aquel silencio le puso un poco nervioso, como si la doncella quisiera hacerse la interesante. En realidad, Matilde no hablaba por discreción; antes que comprometer a Sonsoles, a la que quería como a una hija, se dejaría cortar una mano. Todos los empleados de la casa la consideraban antipática y con un genio endemoniado. Además, siempre guardaba las distancias entre ella y el resto del servicio. Su lealtad a la marquesa era absoluta.

Cuando entró en el dormitorio de Sonsoles, la marquesa estaba recostada en la cama. Parecía dormida, pero, al oír la puerta, se incorporó ansiosa de noticias.

—¿Le han dado contestación?

—Sí, aquí la tiene —afirmó, entregándole el sobre lacrado.

Lo abrió de inmediato mientras Matilde la dejaba sola. Se puso muy nerviosa ante la que era su primera cita a solas con Serrano. El ministro había pensado en otro lugar. Se ve que la casa de un modisto no le parecía lo más apropiado. Podría encontrarse con gente conocida subiendo y bajando las mismas escaleras. A decir verdad, no tenía sentido que hubiera pensado en un lugar tan cerca del taller del modisto. Se recriminó por no haber buscado algún otro sitio un poco más idóneo.

Matilde entró de nuevo en su dormitorio y le preguntó si iba a necesitar ayuda para arreglarse. Había quedado con su marido en el hotel Ritz para tomar el aperitivo. No se había dado cuenta de la hora. Se vistió y se arregló con una vitalidad que no había tenido en esas últimas semanas. Estaba pintándose los labios cuando sonó el teléfono. Se quedó paralizada unos segundos hasta que gritó: «¡Lo cojo yo!», y se precipitó a descolgarlo.

—¿Sí?

—Le paso con el ministro. —Era la voz de la secretaria de Serrano.

—¿Sonsoles? —dijo Ramón Serrano Súñer.

—Sí, Ramón. —Casi no podía respirar. No esperaba la llamada.

—¿Podrás ir?

—Sí, allí estaré.

—Contaré las horas…

No hubo más conversación. Tenían su primera cita. No sabía cómo el ministro iba a sacar tiempo para estar con ella. Solos los dos. Mientras pensaba seguía arreglándose. Ahora tenía que ir al encuentro de su marido. Estaba eufórica, pero debía disimular si no quería que Francisco se diera cuenta del cambio radical en su ánimo. No lo vería normal. Era consciente de que, a partir de aquella cita, ya nada sería igual en su vida. Un volcán estaba a punto de estallar.

Su marido se encontraba ya en el Ritz, esperándola. Había pedido la bebida de moda —un martini— mientras leía el periódico. Al llegar ella, le cambió la cara. Dejó el diario a un lado y la invitó a sentarse.

—Querida, ¡qué guapa estás! Tienes muy buena cara.

—Sí, me encuentro mejor.

Apareció un camarero y le pidió lo mismo que bebía su marido.

—Te veo animada.

—Francisco, tengo ganas de salir. Mira, mañana iré a la peluquería de las hermanas Zabala.

—Si quieres te llevo yo, aunque vaya un poco más tarde al ministerio.

—No, no, querido. No sé bien a qué hora iré. No me gusta depender de nadie.

—Está bien, te quedarás con el coche para que te lleve el mecánico.

—Si no te importa…

Apareció el camarero con otro dry martini. Sonsoles le dio un sorbo…

—Está demasiado seco para mi gusto.

—Dijiste igual que el mío, y yo lo pedí seco. Este tiene más ginebra que martini.

—Si la señora marquesa quiere, se lo cambio —se ofreció el camarero.

—No, para otra vez le diré que me lo haga al estilo clásico. Lo prefiero con vermú, vodka, un poco de Cointreau y la aceituna, por supuesto.

—Bueno, ya sabe usted que en esto de los martinis hay sus más y sus menos. Todo depende de si lo hace uno con ginebra o con vodka…

Sonsoles desconectó de la conversación de su marido con el camarero. Pensaba en su cita con Serrano Súñer. Tenía que prepararse para ese encuentro. Solos. Deseaba que pasaran las horas con gran rapidez. Llegaba el momento con el que tanto había soñado…

—¿Verdad, querida? —le preguntó su marido.

—Perdona, estaba pensando en… mi hermana Ana, que no anda buena.

—Vaya, lo siento. Estaba diciéndole al camarero que en Roma tomamos un Gibson martini que estaba riquísimo. La clave está en servirlo muy, muy frío.

—El Gibson lleva una cebollita en lugar de la aceituna —continuó el camarero, dirigiéndose el marqués.

Sonsoles se bebió en dos sorbos el martini, a pesar de lo que había dicho, y le dijo a su marido que pidiera la cuenta o llegarían tarde a la comida.

Se despidieron y se fueron del Ritz saludando a todas las caras conocidas de la sociedad que allí se daban cita a la hora del aperitivo.

—Llegaremos tarde a comer. Lo digo porque tú no admites comer más allá de las dos y veinte. Hoy, hablando de martinis, se nos ha hecho tarde.

—Bueno, un día es un día. Había que celebrar que te hayas incorporado de nuevo a la vida en sociedad. Por cierto, he recibido una invitación de Serrano Súñer para acudir a la cena de gala en honor del coronel Donovan.

Se quedó sin sangre cuando oyó el nombre del ministro.

—¿El americano que acaba de llegar a España? —disimuló—. Pues… habrá que ir, ¿no? —dijo nerviosa, al oír de labios de su marido el nombre de la persona con la que había quedado al día siguiente. La situación era compleja y nueva para ella. Pero no estaba dispuesta a dar marcha atrás.

Después de comer, la tarde se le hizo interminable. La dedicó a sus cuidados personales. Se dio un baño, y Matilde le aplicó una crema por todo el cuerpo. También le pidió que le buscara un traje para el día siguiente. Le sacó varios, pero ninguno le parecía apropiado.

—Si usted me dijera para qué lo quiere, la podría ayudar más —le dijo su doncella.

—Hoy, Matilde, está espesa, reconózcalo.

Matilde no dijo nada y siguió sacándole trajes de chaqueta. Al final, dio con uno que hacía tiempo que no se ponía. Era gris marengo, con unos cordoncillos negros recorriendo el cuello y las mangas de la chaqueta. La falda se ceñía a su cuerpo y la chaqueta tenía un volante que salía disparado desde la cintura. Ahora había que encontrar una blusa que combinara. La elección resultó más fácil. Se trataba de una blusa blanca de seda.

—Necesito una ropa interior bonita, nueva… ¿Tengo algo que todavía no haya estrenado?

—Señora, toda su ropa es bonita. Hace falta saber para qué la quiere…

—Matilde, hoy está especialmente impertinente. ¿Para qué la voy a querer? Me gusta ir bien por dentro y por fuera.

La doncella sabía que ocurría algo fuera de lo normal. La marquesa estaba eufórica, nerviosa. Parecía una gata en celo. Matilde la observaba sin decir nada, aunque era perfectamente consciente de lo que estaba sucediendo. Buscó una ropa interior negra llena de puntillas y una combinación también negra a juego.

—¿Qué le parece? ¿Suficientemente especial para su cita?

—Matilde, no sé qué está insinuando, pero no me gusta el tono en el que lo ha dicho. Sí, tengo que ir al abogado, pero no le daré más explicaciones porque no quiero que nadie lo sepa. Esa es mi cita… ¡Ya ve! Siempre anda pensando no sé qué películas.

—Solo quiero lo mejor para usted y me da miedo que se meta en algún lío. Es usted una mujer de muy buena posición y le pueden perjudicar determinadas compañías. Perdone mi atrevimiento.

—Por favor, Matilde. No es mi madre. Es mi doncella, y me parece que se está extralimitando. Está contratada para ayudarme y tener todo lo que necesito a tiempo. Pensemos en las joyas…

Matilde rebuscó en el joyero. Daba vueltas y no encontraba lo que quería.

—Señora, solo encuentro un único pendiente del par que le regaló su marido.

Se dio cuenta de que era la pareja del pendiente que tenía Serrano.

—No habrá buscado bien. Estará por el joyero, pero no quiero llevar esos. Algo más sencillo.

Le enseñó unos pendientes de oro con una lágrima también en oro repujado.

—Está bien, esos me gustan.

Con unos zapatos adecuados, quedó completo el atuendo para su cita con Serrano Súñer. No tenía hambre y apenas cenó esa noche. Quiso meterse en la cama cuanto antes. Su marido también se acostó pronto. La besó, y Sonsoles se hizo la dormida. No respondió a sus afectos. No quería. No podía. Su mente solo pensaba en Serrano Súñer.

39

Cuando Matilde apareció en la habitación al día siguiente para descorrer las cortinas y que entrara la luz, Sonsoles ya estaba despierta. Sonreía y se la veía feliz. Se puso de pie enseguida. Parecía nerviosa mientras se paseaba de un lado a otro de la habitación con su bata blanca de seda. Apareció su marido, que ese día se iba más tarde al ministerio. Venía, como todas las mañanas, a despedirse de ella antes de acudir al trabajo. Un beso en la mejilla y un compromiso: comer juntos a las dos y veinte con su hermano y su cuñada. Luego acudieron a verla sus dos hijos mayores y el pequeño en brazos de la institutriz americana. A todos les dio un beso y les deseó que tuvieran un buen día. La institutriz examinó su cuarto con curiosidad.

—¿Ocurre algo, Olivia?

—¡Oh, no! Veo que tiene una habitación preciosa, digna de una reina.

Sonsoles se sintió halagada. Hizo un gesto con la mano para que todos se fueran de allí. Matilde fue la encargada de acompañarlos. Antes de cerrar la puerta, la doncella le susurró a la pequeña Sonsoles al oído:

—Eres la más guapa de todas. ¡Incluida tu madre! —Sonsoles sonrió y se fue junto a sus hermanos.

Cuando la primera doncella regresó al lado de la marquesa, le sugirió que algún día se lo dedicara por entero a los niños.

—Matilde, ahora tienen mucho que estudiar. Aprender idiomas es prioritario a los mimos. A mí me educaron así y lo he agradecido mucho. Los niños tienen que aprender a ser fuertes. Si los proteges demasiado, se hacen blandos.

Como estaba de buen humor, no quiso estropearle el día, pero sabía que los niños deseaban pasar más tiempo con ella. También era cierto que el marqués les prestaba mucha atención. Pensaba que las mujeres de la aristocracia eran todas unas egoistonas. Si ella tuviera más tiempo libre, lo pasaría con su hija a la que tanto echaba de menos.

A las nueve en punto, quince minutos después de irse el marqués, estaba ya casi arreglada. Se echó una, dos y hasta tres veces perfume. Se pintó los labios repetidamente de rojo. Se puso un sombrero negro y le pidió a Matilde que la acompañara.

—Señora, en dos minutos estoy lista.

Todos en el servicio creyeron que iba a la peluquería. Así se lo había comunicado Sonsoles a su marido. Este, a su vez, se lo había dicho al mayordomo mientras le ayudaba a vestirse. Y eso significaba que todos en la casa ya se habían enterado de adónde iba.

Cuando se subió al coche, el mecánico conocía ya su destino: la peluquería de las hermanas Zabala, frente al hotel Palace. Le pidió que no la esperara. Una vez que se aseguró de que el mecánico se había ido, le pidió a Matilde que parara un taxi para ir hasta la calle Fernando el Católico. Transcurrieron varios minutos hasta que pasó uno. Al llegar a la céntrica calle, se apearon del vehículo y buscaron el número 17. Había varias placas en la puerta anunciando distintos bufetes de abogados y una notaría. El reloj iba a dar las diez de la mañana. Le pidió a su doncella que no volviera a buscarla hasta una hora después.

—No creo que esté más tiempo.

—¿No quiere que suba con usted? —insistió la doncella.

—No, se lo agradezco. Tardaré un poco en salir. No la espero hasta dentro de una hora.

Cuando entró en el portal, la detuvo el portero del inmueble.

—Vengo al bufete Ramírez y Asociados…

—Segundo piso, derecha.

—Muchas gracias.

El portero se quedó mirando a la marquesa. Hacía tiempo que no veía a una mujer tan elegante y tan guapa por allí. Acababa de pasar también el ministro Serrano Súñer, que iba al mismo bufete. Sería una casualidad. No entendía muy bien cómo sobrevivía ese negocio, porque a ese despacho no acudía mucha gente. No conocía la cara del señor Ramírez, pero todo el que iba allí preguntaba por él.

Cuando Sonsoles llegó al segundo piso, casi no podía respirar. No era tanto por subir dos plantas andando como por los nervios que tenía. Aparentemente, parecía fría, pero su corazón se derretía por dentro. Llamó tres veces y esperó. Al rato, escuchó unos pasos y, finalmente, se abrió la puerta. Apareció un joven fuerte, vestido con camisa azul de Falange.

—Buenos días, soy la marquesa…

—Sé quién es usted. La está esperando el señor ministro.

Cerró la puerta y el joven la acompañó hasta el salón donde la esperaba Serrano Súñer. Sonsoles se sentía decepcionada; nuevamente había testigos de su encuentro. Dos toques en la puerta y se oyó la voz del ministro…

—¡Adelante! Mi querida Sonsoles, pasa, por favor. Orna, le pido que me espere en la puerta de la calle sin hablar con nadie.

—¿No quiere que me quede aquí a vigilar?

—No, de verdad. No hace falta.

—Está bien. Si quiere algo, no tiene más que asomarse al hueco de la escalera. Me quedaré dentro. Estaré pendiente de quién entra y quién sale.

—Muy bien. Necesito hablar a solas con la señora…

Al cabo de varios segundos, se escuchó el sonido de la puerta al cerrarse.

—¿Quieres un café o un té, Sonsoles?

—No, no quiero nada. Muchas gracias.

—Ponte cómoda. Voy a cerrar la puerta de la calle por dentro. No quiero sorpresas…

Mientras se fue a echar el pestillo, Sonsoles se quitó el abrigo. Estaba nerviosa. Parecía una colegiala. Se puso a examinar la habitación. Estaba amueblada, pero parecía una prolongación del despacho del palacio de Santa Cruz.

—Bueno, ya estamos solos… —Serrano apareció de nuevo—. Pensé que este momento no iba a llegar nunca.

El ministro iba vestido con una guerrera blanca con cuello negro y pantalones negros. Sus ojos azules brillaban. Sonsoles se había quedado de pie. Se acababa de quitar el sombrero y poco a poco se fue despojando de sus guantes. Parecía un sueño. Ramón nunca había visto a una mujer más bella. Se acercó a ella y sin mediar palabra, la abrazó y la besó con ansiedad. Sonsoles le correspondió.

—Soñaba con tu boca…

Volvió a besarla. La acompañó suavemente hasta el sofá sin que sus bocas se separaran. Ya sentados la siguió besando su cara y su cuello, como el sediento que se acerca a una fuente a beber. Aquella fuerza y vigor en sus besos eran algo nuevo para ella. El ministro sintió que la tensión que le acompañaba desde hacía días desaparecía en aquella habitación. Se esfumaron de su mente la guerra, el espionaje y las amenazas. Aparecía Sonsoles como dueña y señora de ese momento que tantas veces había imaginado y temido.

—Tenía miedo de que llegara este momento —le volvió a confesar—, pero sucumbo ante ti. Eres la mujer más hermosa que he visto en mi vida. Me atraen tus ojos, tu boca, tu forma de caminar… Eres como un sueño. —Era difícil no caer ante sus palabras.

—Ramón, soy de carne y hueso.

—Hoy olvidemos nuestros problemas y quiénes somos. Sonsoles, déjame amarte…

Aparecía ante sus ojos como la encarnación de la tentación. Su piel desprendía un olor entre caramelo y vainilla que le hizo olvidar quién era. Embriagado por su perfume, fue besando cada milímetro de su piel. Sonsoles se mostraba como una mujer sensual y tierna. Había desaparecido la frialdad con la que siempre miraba y hablaba a todo el mundo. Nacía una mujer que no era capaz de reconocer: atrevida, libre, dispuesta a amar y a ser amada. Perdieron la noción del tiempo, del lugar e incluso de quiénes eran. Se entregaron a la pasión como nunca lo habían hecho.

Se descubrían con el ardor de dos adolescentes. Ramón le susurraba al oído las palabras más bonitas que jamás había oído. Su voz enérgica y fuerte la enloqueció. Se sentía la mujer más importante del mundo. Esa sensación de abrazar al poder y que el poder sucumbiera ante ella le daba a ese instante más excitación. Aquel momento fue irrepetible. Nunca habían amado así. Ramón la abrazó y la besó como el hombre que se despide para siempre de la mujer que quiere y desea. En realidad, no sabía si habría otra ocasión. Encendió un cigarrillo y volvió a hablar:

—Acabas de poner fin a mi vida —admitió, dando profundas caladas al cigarrillo.

—Ramón, no digas eso. Sé lo que está pasando por tu mente. ¿Por qué no nos habremos encontrado antes?

—Te aseguro que de haberte encontrado cuando yo era un estudiante, me habría ido contigo al fin del mundo.

—Nuestras vidas son muy complicadas. Los dos casados, con hijos… Esto ha ocurrido y ya está. Los dos nos buscábamos. El deseo era irrefrenable.

—Ahora no puedo pensar. No quiero pensar.

La tenue luz que entraba por la persiana iluminaba la estancia lo suficiente para intuir sus cuerpos.

—Sonsoles, déjame mirarte por última vez.

—Me da vergüenza que me mires tan descaradamente…

—Ven aquí —apagó el cigarrillo.

La acercó contra su pecho. Comenzó a hablarle a un centímetro de su boca. Sus manos la acariciaron de nuevo. La besó una y otra vez. Sonsoles le correspondió. Parecía que fuera realmente la última vez que se verían así. No deseaban perder aquel momento. Le susurraba al oído. Aquella situación no tenía fin. Ramón quería amarla de nuevo. Lo hizo con desesperación. Sonsoles creyó morir. Parecían dos mares desbordados.

Estaban exhaustos pero no querían separarse.

Sonó el timbre de la puerta. La primera vez no lo oyeron. Sonó una segunda vez…

—Me parece que están llamando a la puerta —acertó a decir Sonsoles mientras recuperaba el aliento.

—No sé ni qué hora es, debe ser Orna. Tenía una reunión a las doce en el ministerio…

Se puso el pantalón y salió corriendo por el pasillo.

—¿Quién es?

—Soy yo, señor. ¡Orna! Son las doce menos cuarto y usted me dijo que teníamos que estar a las doce en el ministerio.

—¡Caray! Se me ha hecho tarde. Espéreme abajo. Vaya a por el coche. Salgo en dos minutos.

Regresó a la habitación. Sonsoles se estaba vistiendo ya. Regresaba a su vida y la sentía como una carga sobre sus espaldas. Sabía que el momento que acababa de vivir cuestionaba su vida existencia anterior.

—Estoy muerto, Sonsoles. Te aseguro que me has matado.

—No sé qué va a ser de mí, Ramón. He tocado el cielo con mis manos y ahora tengo que regresar a la tierra.

—¿Cuándo podré volver a verte?

—Mañana en la cena de gala del Palace… Nos has invitado a mi marido y a mí.

—Quiero verte en cada acto… Y ahora desearía amarte cada día.

—Buscaremos el momento. —Estaba azorada. Sabía que Matilde la esperaba desde hacía tiempo. ¿Qué le diría?

Se volvieron a besar. Ramón sonreía mientras se abotonaba la guerrera. Sonsoles se puso su sombrero. Volvían a sus vidas anteriores, pero ya nada sería igual.

—Avísame cuando tengas otra mañana. Yo estaré esperándote —dijo ella.

—Por la tarde sería más fácil para mí.

—Pero para mí no. Tengo a Francisco en casa y no puedo decir que me voy así como así.

—Ya…

Decidieron que primero saldría Sonsoles y él después. Así, Matilde no adivinaría qué es lo que habría hecho durante esas casi dos horas. Se pintó la boca de rojo y le volvió a besar por última vez. En la puerta se miraron y, finalmente, se despidió con una sonrisa. Bajó las escaleras todo lo deprisa que pudo. Cuando llegó al portero, le hizo un gesto con la cabeza y salió de allí. No se paró a buscar a su doncella. Cuando se dio cuenta de que era la marquesa, Matilde salió tras ella…

—¡Señora, señora! Estoy aquí. Me he apoyado en la esquina, por eso no me ha visto…

Sonsoles no atendía. Necesitaba alejarse de allí a toda velocidad. No articulaba palabra. No podía. Sentía ganas de reír y a la vez de llorar. Por un lado deseaba contar lo que había compartido con Serrano Súñer y, por otro, era consciente de que no podía decir nada. Iba pensando mientras caminaba. No escuchaba lo que le decía Matilde. A decir verdad, no la oía. No prestaba atención a nada. Solo sentía las palabras de Ramón grabadas a fuego en su mente. «Estoy muerto, Sonsoles. Te aseguro que me has matado». Pensaba que, de hecho, la que estaba muerta era ella. Aquel hombre había acabado con su placentera vida de marquesa.

En el taxi, de vuelta a casa, se acordó de que el ministro no le había devuelto el pendiente. Ni siquiera se había acordado de pedírselo. Seguía teniendo ese problema. Tenía que ponerse esos pendientes que le había regalado Francisco. Aunque, al mismo tiempo, pensó que así habría otra excusa para volver a verse. Al llegar a casa, no tenía muchas ganas de hablar. Cuando aparecieron su marido y sus cuñados a comer, casi no podía ni sonreír.

—¿No ibas a la peluquería?

—Sí, pero no estaba Rosita y no he querido que me tocara el pelo ninguna otra. Me he hecho una limpieza de cutis, pero nada más.

Hablaron de todo y de nada. Sonsoles pensaba en lo que acababa de ocurrir. Nunca volvería a ser la misma.

40

Esa noche no pudo pegar ojo. Daba vueltas en la cama sin encontrar la postura. Estaba tan intranquila que despertó a su marido.

—Sonsoles, ¿qué te pasa? —le preguntó.

—Perdona, no era mi intención despertarte. No sé, estoy nerviosa.

—Anda, ven aquí. —Su marido la abrazó.

Sonsoles estaba a punto de llorar. No quería ese abrazo de su marido. Tenía ganas de salir corriendo de esa cama que le parecía un auténtico martirio.

—Lo que necesitas es que te calme.

Sonsoles estuvo a punto de gritar, pero se contuvo. Permaneció inmóvil. No podía moverse. Se sentía culpable de esa situación. Hoy sabía con certeza que solo podría amar a Serrano Súñer. Cerró los ojos y pensó en él mientras su marido se mostraba cariñoso.

—Francisco, estoy cansada… —llegó a decirle.

Su marido no la escuchó o no la quiso entender. Ella cerró los ojos y su mente se fue lejos de allí. Recordaba el momento que jamás olvidaría mientras viviera. Oyó la voz de su marido que la trajo de vuelta a la realidad: «Te quiero». Deseó que aquel instante pasara cuanto antes. Cuando volvió a abrir los ojos, su marido ya dormía a su lado. No quiso moverse. No podía. A la vez, dos lágrimas resbalaban por sus mejillas…

A la mañana siguiente, cuando llegó Matilde a descorrer las cortinas, le pidió que no lo hiciera. Le dolía mucho la cabeza. Quiso seguir en la cama un rato más. Intentaba pensar. En realidad, Ramón no le había dicho que la quería. Esas palabras no salieron de su boca en las dos horas que estuvieron juntos. Le dijo que lo había matado, pero no pronunció la frase que era clave para ella: «Te quiero». Se recriminaba por lo que había hecho. Se decía a sí misma que estaba a tiempo de parar aquella locura. Su marido sí le había dicho que la amaba. Se lo decía cada día. Era el hombre más bueno y generoso que había conocido. No entendía cómo podía estar haciéndole esto. Decidió levantarse. Tocó la campanilla situada cerca de la cama para avisar al servicio. Apareció Matilde.

—Ayúdeme. Quiero darme un baño…

—Sí, señora.

Matilde le preparó un baño caliente con sales aromáticas, como a ella le gustaba. Permaneció largo rato en la bañera. Recreaba constantemente en su mente la mañana anterior. ¿Cómo podría vivir sin él ahora?, se preguntaba. Al cabo de un rato, recordó que esa noche tenía una cena en el Palace donde le volvería a ver. Fue como un detonante que la activó de nuevo.

—Matilde, tenemos que ver qué me pongo esta noche…

—Sí, señora.

—Tiene que encontrar el traje más maravilloso del mundo para la velada de hoy. Tengo que gustar más que nunca.

—Ya…

Cuando Matilde era poco expresiva es que no le gustaba la mirada de su señora. Algo le preocupaba. Si pasaba de la tristeza a la euforia, sin solución de continuidad, sabía que vendrían días difíciles para todos en esa casa.

Había un traje que no se había puesto nunca por su escote atrevido. Dejaba ver el nacimiento de su pecho. Llevaba cientos de cintas de chifón de seda cosidas a la falda que simulaban plumas. El cuerpo combinaba gasa y seda. Era espectacular.

—¿Qué le parece este? Ya sé que es un poco atrevido, pero…

—Me parece perfecto. Ya es hora de dar pie a que chismorreen todas las señoronas de esta noche. Si no, será una velada aburridísima.

—No me gustaría que dijeran nada de usted… Si va a despertar comentarios, mejor será que busquemos otro.

—Me da igual, Matilde. Llevo tiempo buscando la oportunidad para estrenarlo. Bueno, pues ese momento ha llegado.

—Lo que usted diga.

Cogió el vestido y se lo llevó a planchar. Matilde era perfeccionista y eso le gustaba a Sonsoles. Nadie como ella la cuidaba y mantenía sus cosas en perfecto orden. Se quedó sola en el tocador. Se miró y apenas se reconoció a sí misma. Nunca pensó que acabaría viéndose a escondidas con otro hombre y mucho menos que ese hombre fuera el cuñadísimo de Franco. Deseaba contárselo a sus hermanas, pero pensó que se lo reprocharían. Aquella experiencia no podía compartirla con nadie sin ocasionar un escándalo. Se llevaría su secreto a la tumba. Ahora no sabía si seguir adelante o detener aquella locura.

Matilde regresó con el vestido en una percha, perfectamente planchado.

—Señora, pensemos en los complementos. Se me ocurre que los pendientes de perlas y brillantes de su marido son los que mejor le van.

Se quedó callada. Sabía que no iba a encontrar uno de ellos. Ya lo había intentado antes sin éxito.

—Señora, le digo que falta uno. ¿Quién nos dice que no ha entrado alguien en la habitación y se lo ha cogido? Aquí no está.

—¿De quién duda?

—De la institutriz americana. No para de hacer preguntas. La mira a usted con mucho detenimiento. Lo observa todo. No sé, no me gusta.

Sonsoles dejó que Matilde dudara de aquella mujer, porque, de hecho, a ella tampoco le gustaba nada, aunque su marido sí parecía muy contento con ella.

—Puede hacer algo. Cuando salgan las institutrices al parque a pasear a los niños, buscará entre sus cosas. A lo mejor nos llevamos alguna sorpresa.

—Eso haré. Debemos andar con mil ojos. Esta habitación debería tener un cerrojo y quedarse cerrada con llave cuando usted o el señor no estén.

—Mande ahora mismo que lo pongan. El señor, usted y yo tendremos una copia. Nadie más, ¿entendido? Por cierto, Matilde, no le diga al señor nada del pendiente. Puede llevarse un gran disgusto. Será algo entre usted y yo.

—Sí, señora.

Había conseguido frenar un día más el asunto del pendiente. Necesitaba que el ministro se lo devolviera cuanto antes.

Serrano Súñer continuó con su frenética actividad política. Acudió al palacio de El Pardo requerido por su cuñado. Cuando llegó a su despacho, Franco hablaba por teléfono. Al colgar fue directo al grano.

—Estamos haciendo concesiones a Alemania que deberían notarse menos. Suministros a submarinos en nuestras costas, más presencia de alemanes en nuestras calles, exportación de nuestro wolframio a territorio alemán… Hay que hacer algún gesto con Gran Bretaña.

—¿Por qué? Sabes que eso nos enemista con Hitler.

—No te estoy preguntando. Te estoy dando una orden. Varios generales sugieren una especie de compensación, y yo estoy de acuerdo. Hay que mandar naranjas de Valencia o mercurio de Almadén a Gran Bretaña si no queremos problemas, ¡hazlo, Ramón!

A Serrano no le gustaban las órdenes que provenían de los militares, pero no le iba a llevar la contraria a su cuñado en algo que no dejaba de ser la política de dar a todos algo que acallara sus dudas con respecto a la neutralidad.

—Está bien, así lo haremos. Creo, Paco, que ya que hablamos de gestos, deberíamos hacer algo más que la sociedad civil te agradecería. Diría más, te daría un reconocimiento como conciliador a nivel internacional, algo que con tanta insistencia nos piden países como Estados Unidos. Piensa que nuestras cárceles están a rebosar y no hay suficientes alimentos para atender a tanta gente. Quizá los que no tengan las manos manchadas de sangre deberían salir de la cárcel. Sería un gesto por tu parte y un alivio para nosotros.

—¿De cuántos hombres estaríamos hablando?

—Hablamos de presos políticos condenados a penas menores de veinte años. Esta medida podría afectar a cuarenta mil hombres y mujeres.

—¿Cuarenta mil rojos en la calle?

—Ninguno ha cometido crímenes y son cuarenta mil bocas a las que hay que alimentar. Nos daría un respiro económico y aligeraríamos la población reclusa. Nos quedaríamos con los asesinos y con los condenados a penas mayores de veinte años. Hay países que mostrarían su reconocimiento por ese gesto mandándonos víveres. Ganamos todos. Mejoraría nuestra imagen en el extranjero.

—He de pensarlo un poco… No te he comentado nada, pero llevaré al próximo Consejo de Ministros una nueva ley de represión de la masonería y de las actividades de las sociedades secretas. Me gustaría que la leyeras antes de su aprobación.

—Así lo haré. Dame el borrador.

—Hay que frenar a los masones, que están en todas partes y en todos los estamentos.

—Me han hablado de algún general…

—Y a mí de algún civil en el que tú confías —le interrumpió Franco.

—También la gente levanta infundios para acabar con las carreras de las personas que están cerca de mí. ¿Crees que no sé que te van con cuentos sobre mi persona?

—No hago caso, como bien sabes, a lo que me dicen. Escucho y luego tomo mis propias decisiones.

—Espero que no te quede duda de mi lealtad hacia ti.

—No la tengo. Si la tuviera, no estarías a mi lado, te lo aseguro, por muy cuñado que seas.

Antes de despedirse, Franco le enseñó la misiva que había recibido de Juan de Borbón. El heredero de Alfonso XIII tomaba, lejos de España, la responsabilidad de mantener una tradición dinástica de siglos.

—Lee las ansias de poder que dejan traslucir sus palabras —le dijo.

En una carta manuscrita, explicaba don Juan que era depositario de los derechos de la dinastía española, derechos que sentía como deberes y que estaba dispuesto a ejercer: «La circunstancia de ser yo el representante del poder real me hace comprender que he de cumplir mi deber respecto a España y no puedo dejarme llevar por la vida cómoda y despreocupada. Ese deber lo tengo ante Dios y en conciencia no puedo rechazarlo».

—Nos va a dar problemas —auguró Serrano Súñer al acabar de leer.

—Me han informado de que ha sacado del armorial el título de conde de Barcelona. Dice que lo llevará hasta que sea proclamado rey ante las Cortes.

—Tendrá que esperar…

—Te digo que nos va a dar más de un dolor de cabeza.

—El dolor de cabeza ya ha empezado. Se están acercando a él los alemanes por un lado y los británicos por otro. Quieren ganarse su apoyo y le ofrecen ayudar para recuperar la corona de España.

—No nos podemos fiar de nadie más que de nosotros mismos.

—Ni eso, algún general…

—No empieces, Ramón.

—Más de un general estaría dispuesto a respaldar un golpe de mano contra ti, y apoyar la vuelta de la monarquía a cambio del apoyo británico a sus acciones.

—Dame nombres…

—Aranda sería uno de ellos.

Franco escuchó y esta vez no replicó nada. Hizo como si no le hubiera oído.

—¿Quién te dice que no es Alemania la que se ha acercado a Juan de Borbón para pedir su apoyo al Eje y derrocarnos?

—Bueno, quien está flirteando mucho con Alemania es otro de tus generales.

—Lo sé, lo sé. Muñoz Grandes, pero no lo hace a escondidas, comunica a la Falange sus conversaciones con ellos.

—Puede estar jugando a dos barajas —insistió Serrano.

—Tenemos que estar atentos para saber quién es de verdad leal a la causa.

Se despidieron y Serrano apenas tuvo tiempo de ir a su casa y cambiarse. Se le había echado encima la hora para el acto de bienvenida del coronel Donovan a España. En esta ocasión, Zita no le quiso acompañar. Uno de los niños tenía sarampión.

—No tienes buena cara, Ramón —le dijo su esposa.

—Estoy cansado. Todo son problemas y conspiraciones. No hay tiempo para que España avance. Pierdo mucha energía en desactivar complots. Me estoy agotando.

—Tú puedes con eso y mucho más, pero nunca te he visto tan preocupado.

Su preocupación se acrecentaba por las dos horas que había vivido con Sonsoles. No se trataba de una aventura. Lo supo desde que la había besado por primera vez. De todas formas, miraba a Zita y pensaba que la quería mucho. Era la madre de sus hijos. Una mujer abnegada, religiosa y buena esposa.

—¿Qué me miras? —se extrañó su esposa, al ver que no la perdía de vista mientras se vestía de gala.

—Pienso en lo buena madre y esposa que eres. ¿Te parece mal que lo haga?

—No, no… Me parece estupendo. Pero piensa también más en ti y en cuidarte ese estómago. Estás muy delgado. ¿Comes bien?

—Lo bien que se puede cuando hay que comer y trabajar a la vez.

—En eso Paco se organiza mejor que tú. Ni un solo día deja de almorzar con mi hermana y mi sobrina. Deberías hacer lo mismo.

—Tienes toda la razón…

La besó y salió rápidamente hacia el hotel Palace. Deseaba volver a ver a la mujer que le había vuelto loco la mañana anterior.

Cuando llegó al Palace, Orna se fijó en que estaban los dos mendigos que se encontraban en todas partes a las que iban y esos últimos días aparecían también en los alrededores del ministerio. Le pareció que aquello era demasiada casualidad. Estaban en una esquina con las manos extendidas y, cuando vieron al ministro, se retiraron. No le dijo nada a su jefe, pero le acompañó hasta la puerta del hotel. Posó su mano en la pistola por si fuera necesario utilizarla. Al observar que se iban, se relajó.

Nada más entrar en el hotel, después de pasar por la puerta giratoria, el ministro se encontró con alemanes uniformados. El hotel era un punto de encuentro para muchos de ellos. En uno de los salones, aguardaban los representantes de las distintas embajadas. Cuando llegó, se organizó un gran revuelo. Comenzaron a desfilar delante de él los diplomáticos y los periodistas, que le preguntaron por la presencia del coronel americano.

—Nos ha presentado los respetos del presidente Roosevelt y, a su vez, le hemos pedido que la ayuda americana se active. España necesita alimentos de manera constante y regulada.

Estaba hablando con la prensa cuando llegó el homenajeado. El coronel Donovan, vestido de gala, hizo su aparición junto con el embajador Weddell y señora. Serrano los saludó a todos. El apretón de manos con el embajador americano fue igual de frío que siempre, pero disimuló. Al cruzar el salón para tomar asiento, buscó con la mirada el rostro de Sonsoles entre las mesas. Fingía saludar a todo el mundo con la cabeza, pero lo único que hacía era buscarla. De pronto, la vio de lejos. Inconfundible. Elegante y atrevida, con un vestido de generoso escote. La más bella de entre todas las damas que allí había. Hizo un gesto desde lejos que ella correspondió. Se sentó en la mesa principal de tal manera que podía mirarla cuanto quisiera. Ya que no era posible hablar, por lo menos la admiraría desde la distancia. Ella se sabía observada, pero procuró disimular.

41

A los postres, Serrano Súñer levantó su copa de champán por el coronel Donovan. Todos brindaron y el ilustre americano dirigió unas palabras a los diplomáticos allí presentes:

—Debemos ofrecer a España una ayuda regular sobre bases generosas y reglamentadas, pero, a su vez, este país debe mostrar al mundo su enérgica decisión de no tomar parte en la Segunda Guerra Mundial. España sabe cuál es el camino, ahora tiene que pasar a la acción despejando las dudas que puedan existir.

Durante la cena, el militar americano cerró una fecha para entrevistarse con Franco. Se mostraba serio pero amable. Cruzó algunas palabras con Serrano sobre temas jurídicos —de los que los dos eran grandes conocedores—. Sus palabras, en ocasiones, parecían una reprimenda hacia el gobierno de Franco. Estaba claro el interés del presidente Roosevelt por el desarrollo de la contienda. Habló incluso de la determinación de Estados Unidos de parar los pies a Hitler si este continuaba con su política expansiva, y de la atención con que seguían los asuntos de España. Serrano pensó que si América daba el paso hacia adelante, el conflicto, lejos de concluir, se alargaría.

Comenzó a sonar la música. Abrió el baile el homenajeado con la mujer del embajador, la señora Weddell, que previamente le había mostrado su agradecimiento al ministro:

—Gracias por conseguir que me sacaran de la cárcel por el malentendido en Las Hurdes —le dijo sinceramente.

—Eso está olvidado. Pero sí le pido que no nos lo ponga más difícil. Si quiere enseñar la España más pobre, me lo dice y yo la ayudaré muy gustoso. Aunque estoy convencido de que esa otra España, la emergente, querrá mostrarla también.

—Por supuesto. Fue una cosa puntual —aseguró ella.

Condes y marqueses se acercaron a hablar con Serrano e interrumpieron la conversación. El ministro lo agradeció, porque no soportaba tener que hablar con el embajador americano con el que sumaba tantas desavenencias. Uno de los que se acercó a su mesa fue el marqués de Llanzol.

—Quisiera presentarte mis respetos, ministro —le dijo amablemente Francisco Díez de Rivera.

—Encantado de verte, mi querido amigo. ¿Cómo está tu esposa? ¿Ya está repuesta?

—Sí, mucho mejor. Vuelve a ser la misma. Todo ha quedado en un susto.

—¡Cuánto me alegro!

—Unos amigos quisieran saludarte. —El marqués hizo las presentaciones.

Al cabo de un rato y cuando el grupo de aristócratas estaba dispuesto a alejarse, el ministro manifestó su intención de saludar a las señoras que se habían quedado en la mesa.

—Será un honor que vengas a nuestra mesa…

Con esa excusa se zafó de Weddell, antes de que este aprovechara para hablarle de los alemanes en España.

Sonsoles vio que su marido se acercaba con el hombre que le hacía perder la cabeza. Se sintió incómoda. Les veía andando hacia su mesa y observaba lo poco que tenían en común, aunque solo fuera por la estatura y por la extrema delgadez del ministro. Al llegar, Serrano besó la mano a todas las mujeres, pero le dio la sensación de que su beso había sido más prolongado. Aquella mano, delicada pero firme, produjo en Sonsoles un escalofrío.

—Ya que veo que no ha venido tu mujer, dile de nuestra parte que la hemos echado de menos —pidió Francisco.

—Así lo haré.

La orquesta comenzó a tocar el bolero «Solamente una vez».

—Es una de mis canciones favoritas —dijo Sonsoles.

—Francisco, no podemos permitir que tu mujer se quede sin bailar su música favorita.

—Por favor, ya sabes que aborrezco bailar, pero a ti te gusta. De modo que la harás feliz si la sacas a la pista.

—Señora… —le tendió su mano y ella posó encima la suya.

Cuando estuvieron juntos entre las parejas, en principio guardaron silencio. La estrechó entre sus brazos y ella se dejó llevar. No le importaba lo que pensaran los demás. Cerró los ojos, deseaba sentirle. El ministro acercó su rostro al de ella. Su aroma a vainilla y caramelo le embriagó nuevamente…

—No dejo de pensar en ti.

—Yo tampoco —musitó Sonsoles—. Va a ser difícil disimular lo que está ocurriendo.

—De momento, es un baile.

—¡Un tanto apretado!

—Así tienen un motivo real para ponerme verde. ¡Se hablan tantas cosas de mí!

—¿Y no son ciertas? Dicen que eres un conquistador, y puedo dar fe de que es así.

—No me hagas reír. Me dejo conquistar. Quien me ha echado la red has sido tú.

—¿Escuchas la letra de esta canción? «Solamente una vez, amé en la vida…».

—Bonita letra. —No aprovechó para hablar de sus sentimientos hacia ella.

—Nunca había sentido lo que hoy siento por ti. —Le costaba arrancarle una sola palabra de afecto.

Ramón no entraba en profundidades con respecto a sus sentimientos. A Sonsoles eso no le gustó.

—¿Cuándo volveremos a vernos? —le preguntó, mirándola de frente y separando su cuerpo del suyo.

—Tú marcas la agenda. Eres el importante.

—No depende de mí, sino de los acontecimientos.

—¿Si nos volvemos a ver, será en el bufete del otro día?

—Tenemos varios pisos para citas que no queremos que controle nadie. Hay que ser precavido y no ir siempre a los mismos sitios. Despertaríamos sospechas. El ministerio tiene algunas casas para las reuniones secretas.

—¿Qué haría Franco sin ti? Eres el hombre fuerte del gobierno.

—No es exactamente así…

La música cesó y ellos siguieron unos pasos más hasta que se dieron cuenta de que el resto de las parejas ya habían salido de la pista.

—Tendré que sacar a bailar a tu «adorable» cuñada… —le dijo mientras se acercaban a la mesa.

—Sí, sí… Pero ten cuidado, que es íntima amiga de Carmen Polo.

—Estoy acostumbrado a no expresar lo que pienso.

—Eso no siempre es bueno —murmuró ella.

Llegaron hasta donde estaban todos observándoles. El ministro dio un sorbo a su copa de champán y pidió a Ramón Díez de Rivera permiso para sacar a bailar a su mujer. Esta no se lo esperaba y aceptó. De alguna forma, se mitigaron los posibles comentarios que hubiera suscitado el baile con Sonsoles. Un diplomático inglés se acercó a solicitarle un baile. Su marido la animó a hacerlo. No tenía ninguna gana, pero lo hizo.

Mientras bailaba, miraba a la pareja formada por su cuñada y Serrano. Pura hablaba sin parar. Sonsoles sonrió. Serrano la seguía con la mirada en la distancia. Estaba tan hermosa… No sabía cuándo podría verla de nuevo. Su vida cada vez era más complicada. Pero aquella mujer le hacía perder el sentido y olvidar sus múltiples problemas.

Cuando acabó la canción, un grupo de diplomáticos le rodearon. Se despidió de todos a distancia. Ya no se volvieron a encontrar en toda la noche. Cuando él se fue de allí, Sonsoles también deseó marcharse del Palace. Volvió a perder el interés por lo que se decía y por la música que sonaba.

—Sonsoles no está recuperada del todo. Menudo esfuerzo ha hecho esta noche. Nos vamos a ir —anunció el marqués a sus amigos.

Se despidieron y se fueron a casa. Francisco la miraba por el rabillo del ojo. No se atrevió a decirle que no le había gustado cómo la había abrazado Serrano al bailar. Si algo odiaba Sonsoles eran los celos. Prefirió callar. Seguramente fuera fruto de su imaginación. El ministro era amable con todas las mujeres. ¡Hasta con su cuñada! Desterró de su pensamiento el miedo a perderla. Cogió su mano y la besó de camino a casa… Sonsoles solo pensaba en Ramón. Ni siquiera apreció el cariñoso gesto de su marido.

Pasaron los días y Serrano no llamaba. La espera prolongada volvió a retenerla en su habitación. Se pasaba la mañana pegada al teléfono. Hacía, de vez en cuando, llamadas cortas a su madre y a sus hermanas. Solo se levantaba de la cama una hora antes de que llegara su marido del ministerio.

—La señora no sale de su habitación en todo el día, ¿qué le ocurre? —preguntó la cocinera a Matilde.

—¿Qué le va a pasar? Absolutamente nada. Está débil y eso le impide salir. Preocúpate por darle buenos caldos con sustancia y verás cómo se recupera.

—¿Qué estás insinuando? ¿Que mi comida no la alimenta lo suficiente?

—No he dicho eso. ¡Déjate de chismes y haz bien tu trabajo!

Matilde tenía un carácter endemoniado. Cuando quería ser antipática, lo conseguía. Había aprendido de su señora a parar los pies al servicio. Era la que elevaba la voz por encima de los demás. Juan, el mayordomo, tenía más cometidos que Matilde, pero mandaba menos. Recibía a las visitas y durante las comidas era el responsable de cómo se servían los platos. Lo hacía de manera ceremoniosa y protocolaria. También ayudaba a vestir y desvestir al señor. Matilde, aunque se encargaba únicamente de la marquesa, se sabía respaldada por ella y mandaba mucho. En casi todo lo que se hacía o decía estaba su mirada. A Juan le gustaban los chismes y a Matilde no.

El marqués no era hombre que diera pie a ningún comentario malicioso, su bondad extrema despertaba alabanzas. Lo que más le llamaba la atención al mayordomo era su obsesión por los relojes. Juan cumplía a rajatabla la orden de que las doncellas tuvieran un exquisito cuidado en la limpieza de los mismos. El simple roce desafortunado de un plumero podía modificar su hora. En esa casa, todo el mundo sabía que los relojes tenían un carácter casi sagrado. Hasta los niños conocían las reglas: no podían tocar nada de lo que estuviera en el comedor o en el salón, y lo cumplían. Lo que ya no obedecían estrictamente era la orden de no entrar en la cocina ni en las habitaciones del servicio. Les gustaba escaparse y brujulear por donde se movían las doce personas que trabajaban en esa casa. Si se enteraba su madre, los castigaba prohibiéndoles hacer aquello que más les complacía.

Cuando los niños salieron a pasear con sus institutrices, Matilde se las ingenió para que nadie la viera entrar en el cuarto de Olivia, la americana. Rebuscó por sus cajones, pero no encontró nada que le llamara la atención. Buscó el pendiente de su señora hasta debajo de la almohada, en sus zapatos. Nada. No tenía cartas, papeles. Parecía una mujer sin recuerdos, sin pasado. Tampoco encontró fotos. Solo acumulaba los periódicos que se desechaban cuando los marqueses ya los habían leído. Los guardaba amontonados. No había conocido a ninguna institutriz con tantas ganas de estar informada de las noticias del país. Realmente era extraña en sus costumbres. Salía a andar todas las mañanas antes de que se levantaran los señores y por las noches también paseaba cuando ya se habían acostado los niños. No le importaba salir sola, y eso que por las calles, de noche, no andaba mucha gente, y menos una mujer. Parecía no tener miedo.

La búsqueda del pendiente resultó infructuosa. Le quedaba por mirar su bolso, pero se lo había llevado con ella. No se desprendía de él jamás. La observaría con más detenimiento y en un descuido procuraría mirar en el interior del bolso.

A mediados de abril se produjo la noticia de la capitulación del ejército yugoslavo y cuatro días después lo hacía el ejército griego. El dominio alemán sobre Europa se extendía inexorablemente, aunque ahora Alemania apuntaba más al Mediterráneo oriental. España respiró aliviada. Hitler se relajó con respecto a la implicación del país en la guerra. Pero las conspiraciones contra Serrano Súñer continuaban activas desde distintos frentes. El ministro, a pesar de saber que habían puesto precio a su vida, seguía resolviendo con carácter y determinación todas las cuestiones espinosas que llegaban a su despacho. La última procedía de Italia. El ministro Ciano le llamó en una actitud poco amistosa pidiéndole el cese fulminante del primer secretario de la embajada en Roma, Agustín de Foxá. El diplomático y escritor español había utilizado frases mordaces e irónicas contra la figura del Duce.

—Ramón, no se puede consentir —le dijo— que un diplomático como Foxá llame *affondatore* —hundidor— del imperio a

Mussolini en lugar de *fondatore* —fundador— del imperio. Su forma de comportarse lo delata, tiene en la embajada un espía británico.

Serrano no se dejó amilanar por el ministro Galeazzo Ciano. Foxá era falangista y, además, había demostrado lealtad a su persona en más de una ocasión. Cuando un diplomático caía en desgracia, lo primero que se decía de él era que se trataba de un espía.

—Lo que dice de Foxá es falso. Le conozco sobradamente y sé lo que me digo.

—Ese Foxá es un maldito espía y debe abandonar Italia inmediatamente.

—El camarada Foxá saldrá de Italia por chistoso, pero no por espía.

Ciano levantó cada vez más su voz a través del teléfono. Después de lanzar improperios en italiano contra Foxá, finalmente sentenció:

—Tienen razón los alemanes, los españoles no sois de fiar. Pero peor que un diplomático espía es que el ministro de Exteriores sea un mal amigo.

Fue oír esa afirmación y Ramón Serrano Súñer le colgó el teléfono. Se levantó de la silla de su despacho y comenzó a despotricar contra él. Llamó a Antonio Tovar, subsecretario de Prensa y Propaganda, y al barón De las Torres, jefe de Protocolo. Les pidió su opinión y consejo después de lo sucedido. Llegaron a la conclusión de que había que llamar al orden a Foxá y escribir a Mussolini, aprovechando su sincera amistad, una carta donde le quedara clara su lealtad hacia él. Le convencieron de que Ciano era pura pasión y descaro. Lanzaba frases como fuegos de artificio. Pensaron que sería cuestión de tiempo que volvieran a retomar la amistad donde la habían dejado. Y el tiempo les dio la razón.

Pocas tardes podía abandonar el despacho para acudir a presentaciones de libros, pero aquel día de abril, su equipo le aconsejó que lo hiciera. Salió antes de la hora en la que solía marcharse del ministerio. El libro *Reivindicaciones de España*, de dos catedráticos jóvenes de singular prestigio: José María de Areilza, conde de Motrico, y Fernando María Castiella, estudiosos y conocedores de las relaciones internacionales, venía precedido de un eco periodístico sin precedentes, parecido al que había tenido la publicación de Carrero Blanco, a cuya presentación no había podido asistir.

Cuando escuchó las disertaciones de sus autores, se dio cuenta de que proponían como tesis las reivindicaciones tradicionales del gobierno de España: primera, Gibraltar; segunda, la ciudad de Orán y su territorio; tercera, la ampliación de la soberanía española por el golfo de Biafra; y cuarta, el traspaso a España del Protectorado francés de Marruecos. Decían: «Una sola España ayudando a un solo Marruecos». El libro, editado por el Instituto de Estudios Políticos, repetía los puntos que había estado reclamando España ante Alemania como contrapartida a la entrada en la Segunda Guerra Mundial. Pensó que ambos autores tenían una buena fuente. Alguien cercano a la reunión que habían mantenido en Hendaya. ¿Sería el propio Franco?, se preguntó. Se daba una exhaustiva relación de tierras, mares y fronteras cuya devolución se debía exigir. El planteamiento de la obra abarcaba desde el pensamiento de Donoso Cortés, Vázquez de Mella, Ángel Ganivet… hasta los planteamientos de Ramiro Ledesma, Onésimo Redondo y José Antonio Primo de Rivera.

Nunca supo que el hecho de acudir a esa presentación le salvó la vida. Esa noche, de no haber salido antes de su hora habitual, habrían atentado contra él. Por la mañana, el comandante Tarduchy, reunido nuevamente en su casa con la junta clandestina, tomó la decisión de que los dos jóvenes que llevaban meses haciéndose pasar por mendigos actuaran. Habían esperado mucho tiempo. El día había llegado. Los dos iban armados con pistolas. Tenían planeado cómo huir de allí, incluso contaban con la colaboración de varias personas de apoyo en casas adyacentes para que les permitieran cambiarse antes de salir a la calle vestidos con traje y sombrero para no despertar sospechas. Sin embargo, esa noche Serrano no pasó por la esquina de siempre. Los falsos mendigos esperaron hasta bien entrada la noche, pero no le vieron salir del ministerio. El plan se frustró y así se lo comunicaron a Tarduchy.

A España llegaron los ecos de los avances de Rommel, el general alemán al mando del Afrikakorps, en el intento de apoyar a los italianos en la campaña contra los ingleses. Sus tácticas de guerras relámpago tuvieron un resonado éxito en España. Cuando alcanzó la frontera oeste de Egipto y los ingleses se vieron obligados a atrincherarse en Tobruk, ya todos llamaban al general alemán el Zorro del Desierto. Hasta Winston Churchill en la Cámara de los Comunes elogió la actuación de su rival.

Entre tanta presión exterior y las turbulentas aguas de la Segunda Guerra Mundial, Serrano Súñer no supo adelantarse a una maniobra de Franco con la que empezaba a desmantelar su poder. El Caudillo mandó ocupar la cartera de Gobernación, que había dejado vacante Serrano Súñer cuando fue nombrado ministro de Exteriores, aunque seguía controlándolo todo. El cargo recayó en el coronel de Estado Mayor Valentín Galarza, un fiel seguidor de la línea antifalangista del general Varela —ministro del Ejército ligado al carlismo— y enemigo acérrimo de Serrano.

En esta ocasión, Franco no había consultado con Serrano el nombramiento, como era su costumbre. Ya no quería hacerlo. El ministro no solo estaba contrariado, sino que habló con su equipo para que en los días siguientes comenzaran una campaña en prensa de desprestigio en contra de Galarza. El subsecretario de Prensa, Antonio Tovar, su mano derecha, al igual que el director de Propaganda, Dionisio Ridruejo, su amigo, se esmeraron en la lluvia de críticas al nuevo ministro. La gota que colmó la paciencia de Franco fue el artículo que publicó el diario *Arriba*, titulado: «El hombre y el pelele», en directa alusión al nuevo ministro. Desde el diario *Madrid* hubo una dura réplica al «grupito» —como le llamaban— que pretendía llevar en solitario la política de España. Franco puso fin a esa guerra entre periódicos, con descalificaciones constantes a sus decisiones, ordenando a Serrano que cesara inmediatamente a Tovar y a Dionisio Ridruejo.

Antes de hacer efectivo el cese de sus amigos, Serrano acudió al palacio de El Pardo. Visiblemente molesto, entró en el despacho de su cuñado:

—¿Te das cuenta de lo que me pides? —le espetó.

—Hay que acabar con esta guerra de prensa —repuso Franco sin inmutarse—. Mis decisiones no pueden ser cuestionadas desde los periódicos del régimen. Lo considero una falta hacia mi persona, no solo hacia el ministro Galarza. Y eso no lo voy a consentir. Ni tú tampoco deberías hacerlo.

—Lo puedo corregir, Paco. Son amigos leales y no se les puede cesar después de tantos servicios prestados. Los meteré en cintura, pero te pido que reconsideres la decisión. No volverá a ocurrir.

—Han perdido mi confianza. Siempre han sido muy críticos, pero esta vez se han extralimitado. Han sido leales a ti, pero en ningún caso a mí. Lo he permitido hasta hoy, pero mi paciencia se ha agotado.

—Entonces, si me privas de mis valiosos colaboradores y no atiendes mis razones, es evidente que tienes a otras personas en las que confías más que en mí. No me dejas otra opción que presentarte mi dimisión.

Aquellas palabras retumbaron en la cabeza de Franco. Se dio cuenta de que su cuñado no era incondicional a su persona. Cuestionaba constantemente sus medidas, incluso públicamente, y ahora lo amenazaba con dimitir. Meditó la decisión de Serrano, pero se dio cuenta de que no era el momento de aceptarla y midió sus palabras.

—Piénsatelo. Te pido, por favor —una frase poco habitual en Franco—, que reconsideres tu dimisión. Si te vas, lo veré como un abandono del barco en plena turbulencia. Sabes que ahora te necesito a mi lado más que nunca. Pero no voy a insistirte más. ¿Es tu última palabra?

—Yo no abandono, me haces dimitir quitándome a mis hombres.

—Te prometo una reorganización ministerial en la que entrarán personas cercanas a la Falange para que no te sientas solo entre tantas voces militares.

Serrano guardó silencio un instante. No esperaba aquella propuesta de nombrar nuevos cargos ministeriales afines a él. Notaba que su cuñado hacía un esfuerzo para que retirara su dimisión. Tenía que decidirse. Franco no era hombre de segundas oportunidades. Le proponía, al menos, una salida airosa.

—Está bien, seguiré porque me lo pides y me necesitas a tu lado. No porque tenga ganas de pelearme cada día con militares, embajadores y ministros. Sabes que me he vuelto incómodo para muchos y han puesto precio a mi vida.

—No eres el único al que querrían quitar de en medio.

—Hay muchos intereses en mi contra. Desde distintos frentes quieren acabar conmigo y este tipo de ceses da alas a mis enemigos.

—Será por poco tiempo. Voy a hacer una remodelación del gobierno y tendré más en cuenta al elemento «azul».

En aquella reunión algo se rompió entre los dos. Los lazos que les unían comenzaron a aflojarse.

42

Pocos días después entraban en el gobierno tres falangistas, tal y como le había prometido Franco a su cuñado. Lo que no le dijo es que escogería a los más díscolos dentro de la Falange. Para la Secretaría General del Movimiento —vacante desde el cese de Muñoz Grandes— era nombrado José Luis Arrese, casado con una prima de José Antonio Primo de Rivera. El gobernador de Madrid, Miguel Primo de Rivera, hermano de José Antonio, pasaba a ser el nuevo ministro de Agricultura. Y por último, el joven batallador y camisa vieja José Antonio Girón de Velasco recibía el nombramiento de ministro de Trabajo, con tan solo veintinueve años.

Serrano Súñer pensaba que con la doble jugada —la destitución de sus amigos y el nombramiento de tres falangistas—, lo que pretendía su cuñado en realidad era el apoyo de la Falange Auténtica de forma directa. Había escogido al sector falangista con el que menos predicamento tenía. De esta manera, ya no sería el único mediador entre el gobierno y la Falange. Ahora habría tres falangistas de peso cerca de Franco. Y le resultó patente que su cuñado lo que quería por todos los medios era quitarle poder. No se equivocó, ya que, a los pocos días, un decreto rebajaba las funciones de la presidencia de la Junta Política, que todavía ostentaba Ramón Serrano Súñer. La maniobra estaba clara. Había crecido demasiado como político. Ahora se trataba de irle bajando poco a poco del pedestal.

Lo encajó sin hacer comentarios a su cuñado. No tenía muchas ganas de dedicar más tiempo a otros asuntos que no fueran los de su ministerio. Sin embargo, gracias a esa estratagema de Franco, las ansias conspiratorias de Tarduchy desaparecieron. Este, enterado de la noticia de la llegada de tres camaradas al gobierno, acabó con el complot que había contra el ministro de Exteriores.

—Avisad a todos los componentes de la junta —le dijo a su secretario, González de Canales—. Esto parece que puede cambiar. Por fin, están cerca de Franco tres falangistas auténticos. Demos tiempo a que actúen. Son tres hombres vivos, plantados sobre sus dos pies y la cabeza en alto. Esperemos que muy pronto sus actos hablen por sí solos. Desactiva todo lo que estaba en marcha. No podemos cometer errores. Tres camaradas están en el poder y no les podemos fallar.

Dionisio Ridruejo puso en conocimiento de Serrano Súñer que las aguas habían vuelto a su cauce. «Plan desactivado, pero no te fíes porque no te quieren», le dijo. Ramón procuraba visitar menos El Pardo y llegar pronto a casa, tal y como le había sugerido su mujer días atrás. Necesitaba el calor familiar ante tanto desencanto político.

—No te preocupes, Ramón —le dijo Zita—. He hablado con mi hermana y me asegura que todo está normal en El Pardo. No me ha hecho muchos más comentarios.

—No esperes que sea sincera contigo. No te va a decir que su marido ya no confía en mí. Simplemente me necesita hasta que se resuelva el conflicto internacional, después me dará la patada. Mira lo que hizo con Campins, íntimo, incondicional… No le tembló el pulso cuando le fusilaron. No lo impidió. Tampoco le va a temblar el pulso conmigo.

—Por favor, Ramón. Hablas de hechos que sucedieron durante el alzamiento.

—Y después… ¡si yo te contara!

—No tiene nada contra ti. Es imposible. Piensa que no posee tus conocimientos de leyes. Te necesita.

—Cuando deje de necesitarme, prescindirá de mí. Da igual que sea su cuñado y parte de su familia.

—No, ya verás que no. Voy a llamar a Carmen para quedar con ellos este fin de semana.

—Te pido que no lo hagas. Espera a que sean ellos quienes te inviten.

—Vela también por tus intereses. Sé listo y no te enfrentes a él.

—Me ha quitado a mis amigos a los que profeso una amistad incondicional. No se lo perdono.

—Eso es lo que te pasa. Te han quitado a tus leales y te ha afectado mucho.

—Sabía dónde me podía hacer más daño, y lo ha hecho. ¡Es increíble! Se está rodeando de mediocres que le hacen la pelota de manera babosa. No se da cuenta o no quiere darse cuenta.

—Anda, olvídalo —le pidió su mujer.

Comenzaron a cenar, pero apenas tenía hambre. Ella intentó entretenerle, pero era imposible. Cuando Zita se fue a acostar a los niños, aprovechó para cerrar los ojos. Se quedó traspuesto en el sillón donde le gustaba leer. Tenía frente a él una soberbia pintura de Zuloaga con la imagen de su delicada mujer. Delgada, de ojos negros y en actitud serena. Aparecía con una media sonrisa. Sin embargo, aunque simulaba estar absorto en la contemplación de esa pintura, no pensaba en ella. Sin esforzarse mucho, apareció la imagen de otra mujer en su mente: Sonsoles de Icaza y León. Veía su silueta desnuda en la penumbra de una habitación. Casi podía escuchar su risa y, si se esforzaba un poco más, también podría oler su perfume. Llevaba tiempo sin ponerse en contacto con ella. Necesitaba hablar con Sonsoles para olvidar sus múltiples problemas. La marquesa, con su ingenio y su forma de hablar, le evadía de todo. Hoy, más que nunca, necesitaba oír su voz. Miró su reloj y vio que eran las nueve de la noche. Estaría en plena cena —pensó—, pero deseaba intentarlo. Se sabía el número de teléfono de memoria y pidió a la operadora que le conectara con él. Sonó el teléfono una y dos veces… en casa de los Llanzol. Al otro lado de la línea descolgó una voz de hombre afeminada y él no respondió. Colgó de inmediato.

Los Llanzol estaban a punto de cenar. No tenían invitados como otras noches. El marqués, en ese momento, no estaba en el salón. Se encontraba en el cuarto de sus hijos contándoles un cuento. Sonsoles preguntó al mayordomo quién había llamado.

—No se lo puedo decir porque han colgado sin contestar.

La marquesa pensó que podía ser Ramón Serrano Súñer. No era una hora habitual para que llamara, pero resultaba muy extraño que hubieran colgado.

El aparato sonó de nuevo. Esta vez se adelantó ella a descolgarlo.

—Juan, lo cojo yo. Puede ser una conferencia —le dijo para disimular—. ¿Sí, dígame?

—Necesitaba hablar contigo…

Al otro lado de la línea estaba Ramón. Sonsoles se quedó helada. Su marido estaba a punto de llegar al salón.

—¿Qué te ocurre?

—¿Podríamos vernos mañana? No me digas que no…

—Nunca podría decirte eso. Dime adónde quieres que vaya —dijo en voz baja.

—Te mandaré con Orna un sobre lacrado con la nueva dirección. A la una de la tarde podría escaparme.

—¿Tan tarde?

—Me resulta imposible a otra hora. Podríamos comer y estar juntos hasta primeras horas de la tarde.

—Lo intentaré. Después de tanto tiempo sin saber de ti…, no puedo decirte que no. Esperaré el sobre.

Al llegar el marqués al salón, le preguntó a Juan, mientras este le preparaba un jerez, con quién hablaba su mujer.

—No lo sé. Debe de ser una conferencia…

—Tengo que dejarte —le decía Sonsoles a su interlocutor—. Espero noticias.

—No podré conciliar el sueño pensando en ti…

—¡Hasta pronto! —fue lo único que pudo decirle cuando colgó.

Respiró hondo antes de darse la vuelta y enfrentarse a su marido.

—¿Quién ha llamado a estas horas? —preguntó sorprendido Francisco.

No sabía qué decirle. Todavía estaba temblando por haber escuchado la voz de la persona que había cambiado su vida.

—Era Cristóbal…

—¿Qué te ha dicho, que parece que te ha dejado sin sangre en las venas?

—No, nada. Una tontería. Ha tenido un problema con Vladzio y me lo ha contado. No es para dar aquí tres cuartos al pregonero. Tienes cada cosa…

El mayordomo no perdía ni una sola palabra de lo que se decía. Disimulaba sirviendo parsimoniosamente otro jerez en la copa de Sonsoles.

—¿Quién es Vladzio?

—Su pareja, Francisco. No me hagas contar las intimidades de mis amigos. No me gusta.

—Perdona. —Se bebió el jerez y se dirigió a la mesa—. Pues vamos a cenar…

Sonsoles se sentó, pero se limitó a remover el contenido del plato de un sitio a otro.

—¿Otra vez inapetente? Deberías tomar esos jarabes que anuncian en los periódicos y que abren el apetito.

—¿Como los niños? Sabes que no me gusta cenar demasiado.

—Siempre preocupada por tu figura. Estás guapísima, pero lo estarías más con un poco más de carne…

—¡Francisco! Por favor, no pierdas las formas. Sabes que no me gustan nada las ordinarieces.

—Ríete, mujer… Mira, me han contado un chiste buenísimo en la Gran Peña…

Sonsoles no le prestaba atención. Sonreía sin escuchar lo que decía su marido. Pensaba qué le podría decir para justificar su salida de casa al día siguiente.

—Francisco, mañana iré a ver a mi madre. Está un poco pachucha. Como no madruga, comeré con ella.

—Me parece muy bien. ¿Quieres que luego te vaya a buscar?

—¡Oh, no! No es necesario. Es posible que se pasen mis hermanas a tomar un café y se prolongue la cosa…

—Está bien, está bien. Una velada solo de mujeres. ¡Promete ser interesante!

—Bueno, de vez en cuando, no viene mal. Siempre estoy contigo. Por un día que no comamos juntos…

—Lo dices como si fuera una liberación.

—¡Qué cosas tienes!

Sonsoles advirtió en la mesa que le dolía mucho la cabeza. Por lo tanto, Francisco aprovechó para leer y cuando se fue a dormir, su mujer ya tenía los ojos cerrados. Era imposible que conciliara el sueño, pero esa noche no se movió. Se quedó como una estatua de sal. Pensaba en lo que le había dicho Ramón. Quería pasar más tiempo con ella. Tuvo una sensación de vértigo que le hizo tener pesadillas en cuanto concilió el sueño. Parecía que se caía en un agujero negro sin fondo. Se veía sumergiéndose en la oscuridad más absoluta. Parecía un mal augurio ante todo lo que estaba aconteciendo en su vida. Pero no le importó, porque una cosa estaba clara: Ramón necesitaba verla tanto como ella a él.

Al día siguiente esperó impaciente la llegada de Orna con el sobre lacrado con la dirección en la que tenían que encontrarse.

Esta vez no se quedó en la cama y tomó un baño antes de desayunar. El calor del agua y las sales lograron relajarla. Había pasado una noche muy tensa por culpa de las pesadillas. Ya enfundada en su bata, desayunó y comenzó a arreglarse. Matilde le dio crema por todo el cuerpo y la perfumó de arriba abajo.

Eligió un traje de chaqueta marrón, una camisa de seda de color amarillo y un sombrero negro de ala ancha que dejaba caer un velo sobre su cara. Se lo probó y dio el visto bueno. Estaba lista, pero no acababa de llegar a casa el sobre con la dirección. A las doce de la mañana llamaron a la puerta.

—Matilde, espero un sobre. Mire a ver si ha llegado ya.

Juan acababa de cerrar la puerta cuando la doncella le preguntó si habían traído un sobre para la marquesa.

—Un joven fuerte y guapo acaba de entregar esta nota —le dijo el mayordomo.

—Dámela, la señora la está esperando.

—Está bien, ¿qué prisa tienes? Oye, ¿quién era ese joven?

—No tengo ni idea, pero tampoco me importa. Y a ti tampoco debería importante.

Matilde no tardó en llevar la nota a la marquesa. Cuando se la dio, esta le pidió que la dejara sola. En cuanto cerró la puerta, Sonsoles rompió el lacre y abrió el sobre. En su interior, una breve carta: «Nos vemos en casa de la viuda de Gámez. Martín de los Heros, 24». Guardó el papel con la dirección en su bolso. Tocó la campanita, y cuando apareció Matilde le dijo escuetamente que la acompañara. No quería al mecánico. Anduvieron un poco hasta que se adentraron en la calle Serrano y perdieron de vista la calle Hermosilla. A pocos metros pararon un taxi. Después de decirle la dirección, Sonsoles le dio instrucciones a su doncella.

—Matilde, me voy a quedar en esa dirección y cuando termine, iré a casa de mi madre. Allí me vendrá a recoger a las cinco de la tarde. A todos los efectos, estoy comiendo con ella.

—Entendido. ¿No quiere que me quede a esperarla? No me importa...

—No, Matilde. Haga lo que le he dicho.

—¿Tiene la señora algún problema? Observo su cara y sé que está nerviosa. Sabe que puedo ayudarla.

—Matilde, no necesito nada. Muchas gracias.

—Tenga mucho cuidado...

—No me voy a la guerra.

Cuando llegaron a la calle Martín de los Heros, se bajaron del coche. A la altura del número 24, Sonsoles se despidió de Matilde.

—No olvide lo que le he dicho: estoy con mi madre.

—La he entendido perfectamente.

La marquesa se metió en el interior del edificio. Le preguntó al portero por la casa de la viuda de Gámez. Este le indicó que era el primero derecha. Subió las escaleras con rapidez y no se lo pensó dos veces: llamó al timbre. Apareció una señora entrada en carnes —se veían pocas así de lustrosas después de la guerra—, que le hizo pasar a un salón.

—Espere aquí. La visita no ha llegado todavía.

—Muy bien, muchas gracias.

Se preguntaba qué hacía allí, en la casa de una viuda, para encontrarse con Serrano Súñer. Se recriminaba haber llegado a aquella situación, pero, a la vez, esperaba ansiosamente que apareciera. Decidió no quitarse ni el abrigo ni el sombrero. Le daba la sensación de que aquel velo sobre su cara protegía de alguna forma su identidad.

Matilde no se había ido de las inmediaciones. Se había quedado cerca sin saber muy bien el motivo. De pronto, vio llegar un coche hasta la puerta de aquella estrecha calle, del que descendió un hombre bien parecido con abrigo y sombrero. No le pudo ver muy bien la cara, pero le sonaba. Se metió en el mismo portal que la marquesa. Se preguntó qué habría allí y con quién habría quedado su señora. ¿Sería con aquel hombre? Emprendió la marcha hasta la casa de la madre de la marquesa. Le quedaba un buen trecho hasta coger el tranvía y también muchas horas por delante.

Sonó el timbre en el primero derecha. Sonsoles escuchó la voz de Ramón. Respiró hondo. Parecía que la mujer se despedía y los dejaba solos.

—Señor, le he dejado la comida hecha. No hay más que servirla.

—Está bien. Muchas gracias.

—¿A qué hora quiere que regrese?

—La conversación puede ser larga. De modo que hasta las seis no venga usted.

Tras escuchar cómo se cerraba la puerta de la calle, oyó los pasos de Ramón. Venía a su encuentro. Sonsoles se puso de pie. Se vieron y se abrazaron. El ministro se despojó del abrigo y el sombrero. La contempló como quien mira una obra de arte.

—¿No me vas a decir nada? —dijo ella.

—Este momento para mí es único. No me canso de mirarte. —A medida que hablaba iba apartando el velo de su cara. La besó repetidamente en la boca.

Sonsoles se quitó el abrigo y desenganchó de su pelo el sombrero.

—¿Quién es la viuda de Gámez?

—La mujer de un antiguo compañero que murió en el frente. Nos deja su casa para asuntos de estado y se lleva un dinero que le hace mucha falta.

—Entiendo.

—¿Tienes hambre? Podemos comer algo. Nos ha dejado hecha la comida.

—Te acompaño, si quieres. Yo no tengo apetito, la verdad.

Fueron de la mano hasta el comedor. Los platos estaban puestos en la mesa, pero él no se detuvo, sino que siguió hacia las habitaciones. Una cama de matrimonio estaba abierta con las sábanas blancas recién cambiadas.

—¿Sabía que íbamos a venir a…?

—Cuando uno deja su casa no sabe lo que van a hacer los que la ocupan. Lo prevé todo.

—¿Has venido más veces aquí? —quiso saber ella.

—Sí —contestó escuetamente el ministro.

Sonsoles no quiso seguir preguntando. Si lo hacía, seguramente se ofendería. Estaba claro que no era la primera mujer que llevaba allí. Cambió de tema.

—¿Qué ocurre? ¿Cómo es que me llamaste ayer tan tarde?

La invitó a que se sentara en el borde de aquella cama abierta, pero Sonsoles dio vuelta atrás y regresó al salón sin esperar su contestación. Ramón, que quería amarla sin ningún preámbulo, se dio cuenta de que tendría que refrenar su pasión. Encendió un cigarrillo. Sonsoles le pidió otro. Se sentaron en el sofá. La marquesa quería hablar, oírle y decidir.

—No estoy en mi mejor momento. Hay muchos intereses en mi contra.

—Las noticias parecen decir lo contrario. Todo el mundo elogia tu trabajo. Casi más que el de Franco —se extrañó ella.

—Ese ha sido mi mal. Hacer las cosas bien. Mi cuñado me ha quitado a mis hombres más leales y ahora me encuentro solo en el ministerio. Bueno, sigue estando conmigo el barón De las Torres, pero me ha obligado a cesar a Tovar y a Ridruejo. Ha sido bastante duro.

—Son momentos convulsos. Llevas mucho peso a tus espaldas.

—Háblame de ti. Precisamente quiero olvidarme del trabajo y de los problemas. ¿Cómo van las cosas por tu casa?

—Pues no muy bien. No tengo muchas ganas de moverme. Paso la mayor parte de la mañana pegada al teléfono.

—Lo siento. Estoy siendo muy egoísta. Tú esperas y yo llamo cuando puedo.

—No me importaría si esa espera no fuera demasiado prolongada. Da la sensación de que te olvidas de mí.

—¿Tú crees?

Fue decirle eso y empezó a besarla con ternura. Esta vez contuvo su ansiedad. Fue poco a poco. Se dio cuenta de que con Sonsoles no valían las prisas. Las cosas sucederían cuando ella quisiera. Esperó.

43

Después de hablar de su padre, al que tanto admiraba y que perdió siendo una niña, Sonsoles aprovechó para insinuarle que los intelectuales que había visto tantas veces en su casa deberían regresar del exilio forzoso en el que se encontraban.

—Sería un gesto que alabaría la gente de bien. Incluso desde el extranjero nos mirarían de otra manera —aseguró de forma vehemente—. Un país no puede estar sin pensadores, sin hombres y mujeres que aporten luz a nuestra cultura.

—Mira, ese tema no puedo ni mencionarlo —le cortó él—. Te diré que he provocado tensos Consejos de Ministros en los que he propuesto el regreso de Marañón, que tanto me ayudó en la guerra, Azorín o Menéndez Pidal, y he obtenido como respuesta la airada contestación, entre otros, del general Varela. Este me ha llegado a prometer «descerrajarles un tiro» si cruzaban la frontera. De momento, parece imposible su regreso.

—Estamos en manos de analfabetos. Te lo digo a ti, que tienes que lidiar con gente que no ha leído jamás un libro.

—No voy a discutir contigo. Al contrario, te daré la razón. José Antonio y yo tuvimos la suerte de estudiar en la Universidad Central, en el viejo caserón de San Bernardo. ¿Sabes quiénes ocupaban las cátedras de la universidad entonces? Pues Ortega y Gasset, tan amigo de tu familia… Unamuno, Menéndez Pidal, Sánchez Albornoz, Menéndez Pelayo. En Medicina, Ramón y Cajal, Marañón… En Derecho, Jiménez de Asúa, Julián Besteiro, Clemente de Diego… Aquella generación de profesores será irrepetible. Fuimos muy afortunados de vivir la universidad como un centro de debate y de estudio donde se preparaban las clases a fondo. ¡Imagínate qué clases! Eran tan elevadas que algún profesor nos decía: «El que pueda seguir, que siga, y el que no, tendrá que quedarse en el camino».

—¿Cómo conociste a José Antonio?

Serrano cada vez se sentía más cómodo. Se quitó la chaqueta y se aflojó el nudo de la corbata. A Sonsoles le pareció que ese gesto le hacía más atractivo. Ella aprovechó para quitarse la chaqueta y los zapatos y decidió quedarse descalza.

—En primero de Derecho. Apareció a mitad de curso. Fue presentado a la clase como José Antonio Primo de Rivera. Profesores y alumnos supimos que se trataba del hijo mayor del general. Todos pensamos que venía enchufado. Y lo que pasó en realidad es que había abandonado la carrera de ingeniero que su padre quería que estudiara. Es curioso que a los dos nos ocurriera lo mismo. Era silencioso, correcto, de finos modales… Todavía no se adivinaba el apasionado líder en el que se convertiría después. Un día, en clase de Civil, el profesor me preguntó por un tema de «obligaciones». Le respondí con un amplio despliegue de citas de doctrina. A la salida, José Antonio me abordó y quiso saber cómo lo había preparado. Le dije que consultando varios libros en la biblioteca del Ateneo. Le ofrecí mi padrinazgo para entrar en la institución y… ya ves. Nos hicimos amigos. Amigos de verdad.

Se quedó serio, con la mirada perdida. Seguramente le echaba de menos, quizá en este momento más que nunca. Sonsoles se acercó a él y comenzó a besarle. Ramón le correspondió. Surgió de forma espontánea que la levantara en volandas desafiando su delgadez.

—¡Cierra los ojos! —le pidió.

La llevó hasta el viejo dormitorio que había visto antes y que ahora le olía a limpio. La tumbó con cuidado en aquella cama de sábanas blancas, y esta vez Sonsoles no opuso resistencia. Había llegado el momento.

Se amaron con la misma ansiedad que la primera vez. Daba la impresión de que lo hacían con desesperación. Dos soledades que se fundían al calor de aquel lecho. Pensaron que se pertenecían. Soñaron que podían estar así el resto de sus vidas. Se quedaron durante un tiempo abrazados. Perdieron la noción del tiempo. Daba igual. Estaban juntos. Allí no había problemas, ni complots, tampoco había protocolo ni tan siquiera el miedo al qué dirán. Estaban libres de ataduras, libres para amarse. Poco importaba lo que pasara fuera de aquellas cuatro paredes.

—Tú decías la primera vez que yo te había matado… —rompió el silencio Sonsoles—. Sin embargo, en realidad, quien me ha matado a mí has sido tú. Solo vivo para este momento. Nada me interesa más que verte, besarte, amarte.

—Debemos disfrutar de estos instantes que nos da la vida. No te preguntes nada más. No te tortures. He aprendido a vivir el momento.

—Yo tendré que hacerlo también, porque me obsesiono pensando que quiero más.

Se quedaron tendidos sobre la cama. No tenían prisa. Era la hora de la comida. La casa olía a puchero, algo que Sonsoles aborrecía. El olor entraba por una de las ventanas que Ramón había abierto y que daba a un patio interior. Mientras los demás se sentaban a la mesa, ellos se amaban con el hambre del que no quiere saciarse.

—¿Te apetece comer algo? —preguntó Serrano.

—Si acaso beber.

Él se fue a la cocina y volvió con un plato de queso y dos copas de vino. Aquel colchón se convirtió en una mesa improvisada.

—¿Qué dirá la señora al ver que no hemos manchado los platos?

—La señora no dice nada. Ella no sabe qué estamos haciendo aquí.

—Cuando vea la cama, lo sabrá —dijo Sonsoles algo azorada.

—No dirá nada. Es amiga de mi tía Constanza. Debe a la familia muchos favores después de quedarse viuda.

—¿Quién es la tía Constanza?

—Una de las tías que me prohijaron cuando vine a estudiar a Madrid. Sabes que la ausencia de mi madre es otra carga que llevo conmigo.

Se fueron relajando a medida que hablaban de ellos y de su pasado. Los dos compartían soledades, sabían lo que era ser huérfano de madre o de padre siendo niños. También compartían pasiones parecidas e inquietudes similares.

—No he encontrado a muchas mujeres como tú con las que se pueda hablar de todo.

—Mi padre me educó así, igual que a todas mis hermanas. No está bien visto que la mujer sepa tanto como un hombre, pero a mí me da igual lo que piensen los mediocres. No voy a dejar de expresar mi opinión. ¿Quién me va a prohibir leer, pensar u opinar?

Le encantaba la fuerte personalidad de Sonsoles. Sin duda, era diferente a la dulce Zita y a muchas mujeres que había conocido en esos últimos meses. Le hacía gracia su carácter de fierecilla domada. Se bebieron el vino, tomaron algo de queso y regresaron las confidencias.

—Estás muy bella así como estás ahora.

—¡Calla! No me digas esas cosas.

—Es la verdad, Sonsoles. Eres un regalo para los sentidos. No he conocido a nadie más hermosa que tú.

—¿Y has conocido a muchas?

—Unas cuantas.

—¡Serás…! —le dio con la almohada en la cabeza.

Comenzó una pelea casi adolescente, que acabó con un beso robado y aparentemente forzado de Ramón. Se quedaron los dos frente a frente. Había algo irracional en aquella relación. La pasión que sentían era más de jóvenes que de personas maduras. Ramón ya peinaba canas. Sonsoles no llegaba a los treinta, pero tenía tres hijos y una vida hecha. Aquello no tenía sentido. Lo sabían. No preguntaban. Seguían como el preso que no quiere saber la hora de su condena. Eran conscientes de que su relación no tenía futuro. Vivían el aquí y ahora.

Siguieron descubriéndose. Ramón empezó a hablarle de su pasión por el mar.

—No sé nadar, pero me gusta el mar. No hay nada que me haga más feliz que sentarme en una silla a leer frente al mar. El sonido de las olas me devuelve a mi infancia en Cartagena y en Castellón.

—Todos los años nosotros nos vamos a San Sebastián. Primero se va… —hizo una pausa para no mencionar a su marido— con los niños y después voy yo en tren con mi doncella. Me encanta San Sebastián. La adoro. Aunque allí me pilló la guerra. Lo pasé muy mal, y eso que no escuché ni un solo tiro. ¿Sabes lo más increíble que nos sucedió allí? Mi madre le dio por teléfono a una amiga los pasos para hacer un jersey de punto. Ya sabes, tres puntos a la derecha, tres a la izquierda… Y varias horas después, se presentó en casa un coche con policías para interrogarla.

—¿A tu madre?

—Sí, sí, creían que era una espía o algo así. Pero hablando con ella se dieron cuenta de que era una señora de buena familia que había dado por teléfono las indicaciones para hacer un jersey. Mi madre los mandó a paseo y el episodio sirvió para que bromeáramos un tiempo con ella.

—Bueno, el hecho de que sea una señora no es excusa para que pudiera espiar. No te puedes imaginar cómo están las cosas hoy. La persona menos sospechosa del mundo, esa te está espiando. Uno no puede fiarse de nadie.

—¿Ni siquiera de mí?

—De ti todavía menos —y volvió a besarla.

—¿Por qué no vas este año a San Sebastián? —le interrumpió—. Tendríamos una excusa para vernos. Falta poco para que me vaya a pasar allí todo el verano.

—¿Me estás diciendo que o voy a San Sebastián o estaré sin verte dos o tres meses?

—Cuatro. Me voy cuatro meses. Hasta bien entrado septiembre.

—Pues tendremos que cambiar de rumbo este año. No podré estar sin verte tanto tiempo.

—Nosotros alquilamos una casa todos los años. ¿Por qué no le pides a Francisco que te eche una mano para alquilar otra?

—Lo que menos me apetece es pedírselo a tu marido. Tienes que entenderme…

—Tienes razón.

—Ya me las arreglaré. De todas formas, yo estaré yendo y viniendo. No me puedo ir de vacaciones y dejar el ministerio a la buena de Dios.

—Los hombres siempre os sentís imprescindibles… No os dais cuenta de que la vida sigue adelante con o sin vosotros.

—Te aseguro que, en estos momentos, tengo que tomar tantas decisiones cada día que no creo que todo el mundo estuviera preparado para hacerlo.

De pronto, miró el reloj y regresó la realidad a sus vidas.

—Son las cinco y media… Se ha hecho muy tarde, tendremos que ir pensando en irnos.

—Madre mía, ¡las cinco y media! Había quedado con mi doncella a las cinco en casa de mi madre —se horrorizó Sonsoles.

Se vistió rápidamente. Delante de un espejo, se arregló el pelo y se pintó los labios de rojo. Cuando salió, Serrano ya estaba con su abrigo puesto.

—Hay que darse prisa si no quieres volver a ver a la viuda de Gámez.

—No me gustaría, la verdad. Mira cómo le hemos dejado la cama…

—¡Vámonos! Orna está abajo esperándome. Te llevo si quieres.

En el fondo le gustaba la idea de ir con Serrano Súñer, pero pensó que era peligroso que cualquiera la viera bajar de su coche. No sabría qué argumento dar si alguien se lo decía a su marido.

—Ve tú. Yo salgo después. No quiero que me vea Orna otra vez.

—Es una tumba.

—Está bien…

Hubo un beso de despedida. Y una duda en el aire: ¿cuándo volverían a verse? Ninguno de los dos hizo la pregunta. Sabían que era muy complicado. Ella seguiría esperando. Él buscaría la oportunidad.

Sonsoles no tuvo que andar mucho. Encontró rápidamente un taxi. En quince minutos estaba ante la casa de su madre. Matilde esperaba moviéndose de un extremo a otro del portal. Cuando la vio bajar del coche, se persignó.

—Alabado sea Dios. Estaba preocupada por usted. El niño, Francisco, se ha caído y se ha hecho una brecha. Su marido ha llamado aquí y su madre ha dicho que había salido con sus hermanas. Desconozco si las habrá llamado a ellas también, pero su marido la está buscando.

—Ya no puedo hacer nada. Le llamaré desde casa de mi madre.

—Pero, señora, ¿no quiere ir a casa rápidamente para ver cómo está el niño?

—No, no puedo ir ahora. Una brecha no es nada grave. Llamaré desde la casa de mi madre. Además, tengo que hablar con ella.

Cuando subió y se encontró con su madre, que comenzó a reprenderla, sintió lo mismo que cuando era una niña.

—No sé qué líos tienes, pero no saber de ti en todo el día… Ha llamado tu marido y he tenido que encubrirte. De repente, soy la mentirosa oficial.

—Matilde, déjenos solas.

Cuando Matilde se fue a la cocina, Sonsoles habló con sinceridad a su madre.

—Madre, tengo un problema. Me he visto a solas con Serrano Súñer.

—¿El cuñadísimo?

—Ese.

—¿Qué hacías con él?

—Madre, por favor… ¿Qué hacen dos adultos cuando están enamorados? Espero que respete mi secreto.

—Pero, hija, eso es un escándalo mayúsculo. ¿Eres consciente de a lo que te expones? Ellos son conquistadores, pero nosotras nos convertimos en unas fulanas. ¿Entiendes? Vas a echar tu vida por la borda. Acuérdate en qué situación estábamos cuando te casaste. Eras una niña y sé tus motivos, pero no tenías por qué haberte casado con él. Francisco cortejaba a tu hermana Ana.

—Sí, pero se fijó en mí y yo también creía estar enamorada. Además, deseaba una situación estable, una independencia. Necesitábamos dinero. Duró poco la herencia de papá.

—Espero que no sea una recriminación.

—Madre, usted y yo hemos nacido algo manirrotas. Pero eso, ahora, no tiene importancia. Yo, cuando me casé, creí que eso que sentía hacia Francisco era amor. Ahora me he dado cuenta de que no.

—Te prohíbo que vuelvas a ver a ese hombre. ¿Me oyes? Es muy atractivo, tiene mucho poder, pero está casado con la hermana de Franco. ¿Sabes lo que significa eso? Ahora entiendo por qué me preguntabas por él con tanto interés.

—Madre, ha surgido así. No soy la primera de la familia que se enamora de un personaje importante. ¿Ha olvidado la atracción de Alfonso XII por usted? Pues lo mismo me ha pasado a mí con el cuñado de Franco.

—Defenderse con un ataque a tu propia madre no es de personas nobles. Eso que cuentas siempre han sido habladurías. No seas una niña mimada. Sé responsable por una vez. Tienes un marido que te quiere y tres hijos. Cambia de rumbo. No vuelvas a verle nunca más. Si tu marido se entera, te abandonará y se quedará con tus hijos. Te convertirás en el hazmerreír de toda la sociedad. ¡Qué disgusto!

Estaba de pie y tuvo que apoyarse en la pared. Su hija acudió rápidamente para que no se cayera.

—Matilde, ¡las sales! —La doncella no tardó en aparecer—. Haga el favor de traer las sales, que mi madre se encuentra mal.

Cuando Matilde llegó con las sales, la acompañaron hasta el sofá y allí se recuperó del disgusto. Se sentaron las dos y los ánimos se calmaron. Sonsoles aprovechó para llamar a casa. Juan cogió el teléfono.

—¿Qué le ha ocurrido al niño? —lanzó la pregunta sin preámbulos.

—¿Señora? Menos mal que llama. El marqués está muy nervioso. El niño se ha hecho una brecha y el señor la ha llamado a usted…

—Sí, sí, ya sé. Páseme con él.

Respiró hondo y al cabo de unos segundos escuchó su voz.

—Sonsoles, ¿dónde estás? —la voz de su marido reflejaba honda preocupación.

—En casa de mi madre.

—Pero si he llamado hace un buen rato y no estabas. ¿Dónde te has metido? El niño se ha caído.

—Voy para allá.

—Ya le han dado un punto en la cabeza. No hace falta que corras.

A través del teléfono se le notaba molesto. Su madre tenía razón. Estaba a punto de perder todo lo que había construido. Nada más colgar llamó a su hermana Ana y le preguntó si había llamado su marido. Le dijo que sí, hacía un rato. También marcó el teléfono de su hermana Carmen y le dijo lo mismo. La había pillado en una mentira. Se echó a llorar. Matilde le acercó un pañuelo.

—Déjeme a solas con mi madre. —La doncella se retiró.

—Me ha pillado —le dijo muy seria a su madre—. Sabe que no estaba aquí y tampoco con mis hermanas…

—¡Qué situación más comprometida! Además, yo he quedado como una mentirosa también. Le dije que estabas con ellas.

—Tenemos que pensar rápido…

No se le ocurría nada. Su madre se levantó del sofá y le dijo que tenía la solución:

—Vas a estar organizando una fiesta sorpresa para Francisco. Por eso no le querías decir la verdad. ¿Qué te parece?

—Me parece bien, pero habría que encontrar un motivo… Déjeme pensar.

Al cabo de unos minutos, tuvo una idea.

—Madre, este año hemos cumplido cinco años de casados y yo no le he regalado nada. Cuando estuvimos en Roma, en el funeral del rey, él me dio un anillo con un zafiro precioso. Se acordó de nuestro aniversario. Yo, en cambio, no le correspondí.

—Hija, tienes la excusa perfecta. Con mi ayuda, organizarás una pequeña fiesta con todos sus hermanos y sus mujeres. Citarás en los salones de casa a Ramón y a Pura, con los que tienes más trato, y al resto de los hermanos: a Pascual y María Lourdes y a Alfonso y María. Será una sorpresa para él. Se merece un homenaje familiar. Estaremos también los Icaza y León. Yo me encargo de tus hermanas y del cura que os casó, don Jesús de Torres Losada. Me acercaré hasta la iglesia de la Concepción para invitarle… Me tendrás que dar una fecha.

—Debería ser pronto… Este sábado, no, el siguiente. ¿Nos dará tiempo?

—No te preocupes. Lo haremos. Esto hay que resolverlo ya. Ahora no puedes volver a quedar con ese hombre. Tu marido ya desconfía. Seguro.

—Podemos solucionarlo…

—La fiesta te salvará. Pero no puede volver a suceder. Tienes que madurar. Piensa que eres madre de tres hijos.

—Tiene razón, pero soy joven… veintiséis años.

—A punto de los veintisiete. Ya no tan joven para saber qué es lo que está bien y qué es lo que está mal.

—No vamos a discutir. Gracias por ayudarme. Espero que la fiesta mitigue las dudas de Francisco.

—Pero tendrás que prometerme no volver a ver a ese hombre.

—No puedo hacerlo.

—Entonces toda esta farsa no servirá de nada.

—Lo intentaré. No le puedo decir nada más.

—Apaga el fuego que tienes en casa y luego ya hablaremos tú y yo…

No tardó en irse de la casa donde había vivido con sus padres hasta que se casó. Echaba de menos la figura paterna. Su madre, Beatriz de León y Loinaz, lo había sido todo para ella —padre y madre—. Nadie como ella y su hermana Carmen para aconsejarla. Tenía que dejar de pensar en el hombre que la volvía loca. Por su buen nombre, debía hacerlo.

44

El taxi paró en la calle Hermosilla, esquina Serrano. Cuando Sonsoles se bajó del coche parecía segura, pero al llegar al portal acompañada por Matilde, le temblaron las rodillas. De todas formas, pensó fríamente que no había como creerse su propia mentira y estaba dispuesta a interpretar el papel de la mujer ofendida ante las llamadas del marido a su madre y hermanas. Cuando se abrió la puerta, no saludó al mayordomo. Entró como una exhalación directamente a su cuarto. Cuando el marqués fue informado de su llegada, fue a su encuentro.

—¿No quieres ver al niño? —le preguntó.

—Ahora mismo voy —le dijo seria y sin mirarle a la cara—. Con tu permiso, me voy a quitar el abrigo y a ponerme cómoda.

—¿Estás enfadada? Debería ser yo el enfadado al no saber dónde te has metido. Me dices que estabas con tu madre y tu madre que con tus hermanas. Las llamo a ellas y no saben dónde estás. Ya me dirás qué tengo que pensar…

—Eso digo yo, ¿qué estás pensando para buscarme por todas partes? ¿Te parece normal? Te aseguro que si el niño se cae estando yo con él, no hubiera montado el numerito que has montado tú.

—¿Qué se supone que tenía que haber hecho? ¿Llamar al médico y no decirte nada?

—Le dices a mi madre lo que le ha pasado al niño y ya está. Si te he dicho que iba a ver a mi madre, significa que iría allí tarde o temprano. Pero llamar a mis dos hermanas me ha parecido patético.

—No sé, te pido disculpas si crees que me he excedido. Es posible. Me he puesto muy nervioso, la verdad. Tú sabes cómo actuar cuando les pasan estas cosas a los críos…

—Está bien, te disculpo pero no estabas solo, sino rodeado del servicio. De todas formas, en unos días sabrás el motivo de tanto sigilo por mi parte. Si eres capaz de aguantar, porque me vas a estropear algo que estoy preparando. Hoy has estado a punto de echarlo todo a perder.

—¿A qué te refieres? ¿Estás organizando alguna sorpresa?

—Todavía me voy a enfadar más. No hagas preguntas y ten un poquito más de confianza en mí. Venga —le dio un tímido beso—, vamos a ver a ese niño lisiado.

El marqués iba sonriendo. Su mujer estaba preparándole algo que sin duda quería que fuera una sorpresa. Se sintió mal después de haberse puesto tan nervioso sin saber dónde estaba. Siempre controlaba los celos, pero esta vez se le habían desbocado. Pensaba que había hecho una montaña de un grano de arena y se sentía ridículo. Esperaría acontecimientos. Miraba a su mujer y estaba convencido de que, cuando se enfadaba, se ponía más guapa todavía.

Llegaron a la habitación de juegos de los niños. Allí estaban los dos mayores con las institutrices. El pequeño Antonio jugaba solo con sus manitas en la cuna. Cuando vieron a su madre, Sonsoles y Francisco se fueron a sus faldas a abrazarla.

—A ver qué le ha pasado a este niño… Bueno, vaya drama. Tampoco ha sido para tanto… ¿Qué habrás hecho? Te tengo dicho que mires por dónde pisas.

Lo abrazó y estuvo un buen rato con él mientras Olivia se fue a hacer carantoñas al pequeño. Lo cogió en brazos y se lo llevó para cambiarle. Matilde aprovechó todo ese movimiento para escaparse al cuarto de la institutriz americana. Observó que estaba atendiendo al niño y pensó que había llegado el momento de mirar en su bolso. No tuvo que buscarlo mucho. Estaba en el armario. Nerviosamente lo sacó y lo apoyó en el suelo. Buscaba el pendiente que le había desaparecido a la marquesa... De pronto, en el interior del bolso tocó algo que parecía una pistola. Nunca había visto un arma de cerca, pero aquello sin duda lo era. Ya no miró más. Asustada, volvió a meter rápidamente el bolso en el armario y salió corriendo de aquella habitación. Por el pasillo tropezó con Juan y soltó un pequeño grito.

—¡Caray! Me has asustado. ¿Por qué no miras por dónde vas?

Se metió en su cuarto y comenzó a pensar... ¿Qué hacía una institutriz con una pistola? No podía imaginarse a aquella mujer, tan delgada y con cara de no haber roto un plato en su vida, con un arma de fuego. No le acababa de gustar que una mujer, que estaba permanentemente con los niños, tuviera consigo algo así. ¿Para qué la necesitaría? Pensó que precisamente esa tarde no parecía el día más indicado para decirle nada a su señora. Se encargaría ella misma de vigilarla más de cerca...

Antes de la cena, Olivia fue a su cuarto y se percató de que las señales que solía dejar para saber si alguien había entrado en su habitación estaban en el suelo. En su armario ocurría lo mismo, la marca también se encontraba lejos de su sitio. Miró en su bolso y le dio un vuelco el corazón. No le faltaba nada, pero pensó con rapidez que alguien podía haber metido la mano y haberse encontrado con la pistola. Tenía que adelantarse a los acontecimientos. En la cena, con el servicio, debía averiguar quién podía haber husmeado entre sus cosas.

Cuando los niños estuvieron acostados, cenaron el servicio junto a las institutrices, porque esa noche los marqueses habían preferido hacerlo solos. Olivia aprovechó para tantear quién de todos los que se sentaban a la mesa podía haber hurgado en sus cosas. Matilde estaba especialmente callada. No miraba nada más que a su plato. Los demás, sin embargo, actuaban como siempre. Gastaban bromas a Juan, pero la primera doncella ni siquiera prestaba atención a los comentarios. No hacía falta indagar mucho más. Estaba claro.

—Matilde —le preguntó Olivia—. ¿Se encuentra bien?

—Sí, sí, ¿por qué? —Estaba intranquila y no muy expresiva.

—Me parece que le pasa algo… ¿Si podemos ayudar?

—¿Te pasa algo? —intervino la cocinera, sorprendida, porque no había notado nada.

—No, no… me preocupa el golpe del niño. Nada más. —Se levantó de la mesa sin acabar la cena.

—Voy a hablar con ella —dijo Olivia yendo tras la doncella. Dio dos golpes en su puerta.

—¿Sí? —preguntó con cara de miedo.

—No dude en decirme qué le pasa. Si tiene problemas económicos, confíe en mí. Yo también tengo mis preocupaciones. Hoy he estado en la embajada y me han dado una pequeña pistola… Creen que los americanos corremos peligro. Y la verdad es que no sé dónde esconderla, porque no pienso llevarla encima. Como ve, todos tenemos en qué pensar.

—¿Dice que le han dado una pistola? —Se mostró más receptiva con la confidencia y la dejó que pasara dentro—. ¿Y que corre peligro? No entiendo, la verdad. Aquí en España las mujeres no llevamos armas…

—En mi tierra es muy normal. Pero tiene razón, la voy a devolver en cuanto tenga una tarde libre.

—No creo que a los señores les guste que una institutriz vaya con un arma…

—¿Cree que es suficiente para echarme?

—Sí.

—Pero, como le digo, voy a devolverla. ¿Y quién lo va a contar? Sé que usted no lo hará. —Matilde se quedó callada, porque era justo lo que pensaba hacer: contarlo—. Si quiere, me acompaña a la embajada para ser testigo de que la devuelvo.

—No, no tengo por qué acompañarle. Pero sí le digo que el arma no puede estar en esta casa. Si se entera la señora de que la tiene y que yo no se lo he dicho, a la que despide es a mí.

—Llamaré al amigo que me acompaña hasta aquí y le diré que esta misma noche venga a recogerla. En mi paseo nocturno aprovecharé para dársela.

—Está bien, ¡hágalo!

Matilde se quedó más tranquila, pero pensó que vigilaría a Olivia y entraría en su estancia con más asiduidad. No acababa de fiarse de ella.

Esa misma noche, Olivia se citó con su amigo de la embajada.

—Han descubierto el arma, y ahora mismo, llevarla en mi bolso supone un problema. —Se la entregó a Edward, que la guardó en el bolsillo interior de su chaqueta.

—¿Cómo vas a protegerte?

—Ya sabes que estamos entrenados. Simplemente con un periódico enrollado ya me puedo defender.

—Sí, pero no es igual que una pistola. Con el periódico podrías defenderte pero si el otro lleva una pistola, no podrás hacer nada.

—Tendré que arriesgar. Ahora no voy a abandonar después de granjearme la confianza del marqués. Me está dando datos del ministerio y de lo que piensan los generales del desarrollo de la guerra, así como información de don Juan y de las maniobras de la monarquía en el extranjero. En esta casa conseguimos información de primera mano. Sería un error irme. Además, la señora está haciendo cosas muy raras. Ella, que se relaciona con intelectuales, nos puede proporcionar también algunos datos útiles. De hecho, en las comidas me entero de cómo van las cosas en el país.

—Tienes que tener mucho cuidado, porque quien te ha pillado la pistola estará sobre tus pasos.

—Lo sé, pero ahora no puedo marcharme. He descubierto el modo de escuchar las conversaciones de la marquesa y de los miembros de la casa a través de un teléfono que no utiliza nadie. Está en el despacho del señor y en la biblioteca. No hay más que descolgarlo para oír lo que se dice desde otro punto de la casa. El despacho está cerrado toda la mañana. Puedo dejar a la otra institutriz un momento con los niños y acceder a esa estancia que no está a la vista. Lo haré cuando suene el teléfono. No lo podré hacer siempre, pero a lo mejor ahí conseguimos más información.

—Ten mucho cuidado.

—Descuida.

Durante unos días, en el domicilio de los Llanzol hubo mucha actividad. La marquesa comunicó al servicio que iba a dar una fiesta sorpresa a su marido. Se sacaron la plata y la cristalería para limpiar. Matilde planchaba la ropa blanca y almidonaba las puntillas. La cocinera presentó un menú especial, que tuvo que aprobar la marquesa después de plantear mil pegas. Todo parecía estar listo… todo menos su ánimo.

Solo de pensar que no podía volver a ver a Serrano Súñer se aturdía. Tenía que olvidarle. Decidió no pensar para no torturarse. Salía cada día al Ritz a tomar el aperitivo con su marido. Estaba de moda encontrarse con la sociedad a la una de la tarde. Aquellas conversaciones sobre martinis y cócteles le parecían vacías, a no ser que acudiera alguno de sus amigos intelectuales a animarlas. Se quedaba ensimismada en cuanto empezaban a hablar de nimiedades. Se acordaba de las conversaciones que había mantenido con Ramón. Daba gusto escucharle… Hacía verdaderos esfuerzos por seguir lo que se decía en aquellos ambientes. La excepción la marcaba la presencia en esos aperitivos de Antonio de Lara, *Tono*, su amigo escritor, dibujante y humorista.

—Ya está todo preparado para la salida del semanario de humor que esperemos que tenga una buena acogida. Estamos teniendo muchísimos problemas.

—¿Crees que se entenderán las noticias con humor?

—Espero que sí, por la cuenta que nos trae. Es la mejor forma de camuflar todo lo que la censura no deja que se cuente. Decimos entre nosotros que será la revista «más seria» de las que se publican.

—¿Cómo se va a llamar? —preguntó el marqués.

—*La Codorniz*, ¿qué os parece?

—¡Genial! Solo pedirla dará la risa —apostilló Sonsoles—. ¿Cuánto costará?

—Sesenta céntimos. Más barata que las revistas *Primer Plano*, *Semana*, *Mundo* y *Dígame*, que cuestan una peseta.

—¿Qué tal va *Pueblo*? Parece que se ha hecho un hueco por las tardes.

—Ojalá nos fuera como a ellos nada más arrancar. Jesús Ercilla, su director, lo está haciendo muy bien.

—¿Está nervioso Miguel? —preguntó Sonsoles, refiriéndose a su amigo Miguel Mihura, que iba a dirigir la publicación.

—Sí que lo está. Piensa que se ha encontrado muchas dificultades con los cupos de papel, pero espera solventarlas.

Sonsoles pensó en Ramón Serrano Súñer y en la ayuda que les podría brindar si ella le llamara, pero rechazó la idea de inmediato.

—¿Quiénes escribiréis allí?

—Pues Edgar Neville, Alvarito de la Iglesia, Enrique Herreros y gente joven que viene pisando fuerte. Se han apuntado al proyecto todos los que hacen humor. Puede ser un bombazo o un gran desastre.

—Tiene muy buena pinta. Va a ser un éxito, seguro —afirmó Sonsoles mientras apuraba su martini seco.

—Hemos fichado también en Italia a Mosca, Manzini y Pitigrilli. Estamos muy ilusionados con el equipo de dibujantes y humoristas. Es de gran categoría.

—Ahora solo hace falta que no os impidan su salida antes de su publicación —aventuró el marqués.

—Brindemos por que salga y sea un éxito —dijo Tono, intentando conjurar esas palabras.

—¡Por el éxito! —corearon todos haciendo chocar sus copas de martini.

En los días previos a la fiesta sorpresa que le estaba organizando a su marido, Sonsoles procuró no coger el teléfono y salir temprano con Matilde a ultimar todos los asuntos pendientes para el evento familiar. No quería tener noticias del hombre del que estaba enamorada. Era una lucha permanente en su interior. Por un lado, deseaba que se pusiera en contacto con ella y, por otro, prefería no volver a saber de él. Se acordó de que no le había devuelto su pendiente. Tanto ella como él se habían olvidado. O quizá Ramón lo había hecho a sabiendas para tener una excusa para volver a verla. Ella tampoco se lo había recordado y ahora no se lo iba a reclamar. ¡Cuánta pasión en sus besos, en su forma de hablar! Era imposible olvidarle. Pero su madre tenía razón. No podía echar por tierra su vida. La sociedad no se lo perdonaría nunca.

Lejos de allí, el matrimonio Serrano-Polo fue a comer con sus hijos a la finca de El Pardo. Ese día compartían mesa con Pilar Franco. Estaba sola, no la acompañaba ninguno de sus diez hijos. Se cumplía un año de la muerte de su marido. Cuando entraron en el salón, la hermana de Franco estaba hablando.

—Era un santo, mi marido… Destinado en la Renfe, venía todos los días a comer a casa sin haber tomado nada en toda la mañana. Prefería comulgar a desayunar. Iba todas las mañanas a misa. Un hombre extraordinario. —Todavía se emocionaba hablando de Alfonso.

—Pila —así la llamaban familiarmente—, ¿qué tal te va con las representaciones? —le preguntó Carmen Polo, para que dejara de emocionarse.

—Voy poco a poco saliendo adelante. Ya ves, con tantos hijos. Son representaciones de carpintería metálica, tornillos… Los amigos están respondiendo y me hacen pedidos. El apellido me ayuda, claro. No me quejo.

—No sé por qué motivo no has aceptado una asignación mensual, como te decía Paco, para que vivieras tranquila.

—Sabes que soy muy independiente y no quiero vivir a costa de mi hermano. Me gusta trabajar. Yo creo que hay un Dios para las viudas.

A los pocos minutos, entró el *maître* para acompañarles a la mesa. Unas flores de jardín eran el único adorno en el centro de la misma. La comida ya estaba preparada. Pilar se sentó al lado de su hermano, a quien le gustaba que le recordara historias de la familia. Era charlatana y ocurrente. Todos, hasta Ramón, acabaron riéndose con sus anécdotas de infancia. De primero había caldo gallego, aunque Franco protestó.

—¿Cómo se os ocurre poner caldo gallego cuando Pila lo hace tan bien? Ya veréis como solo mancha el plato.

Lo cierto es que Pilar Franco se sirvió muy poca cantidad…

—A tu padre —continuó hablando Pilar, dirigiéndose a su sobrina Nenuca— le sacaban de quicio las injusticias desde pequeño. Sobre todo, cuando lo castigaba tu abuelo sin motivo. ¡Se indignaba! En esto, Paco, tú y yo nos parecemos.

—¡Qué cosas tienes, Pila!

—¿Les has contado alguna vez a Carmen o a tu hija que descendemos de una princesa árabe?

—¡Cuenta la historia, tía Pila! —pidió Nenuca.

Ramón y Zita apenas hablaban. Zita sonreía, pero Ramón estaba ausente de cuanto allí se decía. Pensaba en Sonsoles. No se quitaba su imagen del pensamiento. No tenía mucha hambre. Se quedó mirando fijamente el plato.

—Pues mira, la princesa se llamaba Miriam. Mi madre nos contaba que un día, en la víspera de una gran batalla, dijo a los jefes de su ejército: «No comáis tantas truchas porque mañana os exigiré que traigáis tantas cabezas de enemigos como truchas comáis cada uno». A partir de ese momento, dejaron de comer. Sin embargo, nuestro antepasado, que era muy echado para adelante, dijo: «Están muy ricas las truchas y yo me voy a comer siete». Y al día siguiente, trajo siete cabezas de enemigos para ponerlas a los pies de la princesa árabe.

—Pila, no era árabe, era inglesa. Me lo ha dicho el embajador inglés, sir Samuel Hoare —apostilló Ramón—. Está enterrada en un pueblo de Galicia, en Cedeira.

—Pues prefiero contar la historia como me la contó mi madre —le contradijo Pilar—. Estoy dispuesta a cambiarla si los ingleses nos devuelven al menos el Peñón de Gibraltar. —Todos se echaron a reír, excepto Franco, que se limitó a esbozar una media sonrisa.

Pasaron a tomar café al salón, como solían hacer siempre. Cuando se fueron los ayudantes y se quedaron solo los miembros de la familia, Franco aprovechó para hablar con su cuñado:

—¿Cómo te van las cosas? Se te ve poco el pelo por El Pardo.

—Sí, estoy muy liado estos días. Además, parece que me necesitas menos.

—Ahora estoy centrado en un acuerdo con la Iglesia. Tenemos que poner las bases para un concordato con la Santa Sede. Me gustaría que cuando esté hecho, le eches un vistazo.

—Ya sabes que puedes contar conmigo para lo que necesites.

La jornada se prolongó. Ramón veía a su mujer feliz de estar en familia, junto a su hermana Carmen y a Pilar Franco. Él se evadía constantemente. Se preguntaba qué estaría haciendo a esas horas Sonsoles… Recordó lo que había comentado de las vacaciones: que las pasaría en San Sebastián. En un determinado momento, habló de ello:

—Este año quisiera ir de vacaciones a San Sebastián —le dijo a Zita.

—Podíais venir a Galicia con nosotros —intervino rápida Carmen.

—Me parece muy bien San Sebastián. —Zita siempre apoyaba a su marido en todo lo que decía. Parecía la voz de su amo—. Tengo ganas de ir allí este año.

—Te vas a encontrar a todo Madrid. Sales de Málaga y te metes en Malagón. Nosotros también iremos, al palacio de Ayete, pero solo unos días y para pescar —intervino Franco.

—Si encontramos una casona cerca de la playa, no tenemos por qué hacer vida social. Haremos vida cara al mar y si queremos salir una noche, pues podremos hacerlo. Es la playa más preparada —aseguró Serrano.

—Sí, todo el mundo me habla de San Sebastián —dijo Zita.

—Yo elegiré la casa…

—Sí, sí, encárgate tú —estuvo de acuerdo su mujer.

Ramón pensó que el verano tenía que pasarlo cerca de Sonsoles; solo le faltaba tener que pasar ese periodo también con su cuñado, que tenía aficiones tan diferentes a las suyas. Sería complicado conseguir verse a solas con ella, pero lo intentaría.

45

Cuando el marqués de Llanzol entró por la tarde en su casa, se encontró con toda la familia gritándole al unísono una sola palabra: «¡Sorpresa!». Ese sábado del mes de junio estaban todos los Díez de Rivera y todos los Icaza y León, a excepción del hermano diplomático, Francisco de Icaza, que se encontraba en Méjico. Las dos familias no se habían vuelto a reunir desde el día de la boda. Al marqués casi se le saltaron las lágrimas, pero, finalmente, pudo controlar sus emociones, como estaba acostumbrado a hacer. Sonsoles tomó la palabra:

—Estuviste a punto de descubrir esta celebración, pero, afortunadamente, hemos conseguido llevarla en secreto. El objeto de que estemos todos aquí reunidos es para conmemorar que han pasado cinco años de nuestra boda y, afortunadamente, seguimos todos aquí.

—Hagamos un brindis por ello —pidió Carmen, y todos entrechocaron sus copas de champán.

—Nuestra familia —continuó Sonsoles— no ha dejado de crecer: tres hijos… y una guerra que vale por diez años de casada.

Todos se echaron a reír. El marqués estaba exultante. No podía ser más feliz. Se recriminó haber dudado de su esposa. Pensó que no había forma de dominar sus celos. Siempre disimulaba, excepto el día que descubrió que su mujer no estaba en casa de su madre como le había dicho. Se avergonzó del ridículo que había hecho la tarde en la que le pidió explicaciones a su mujer. Ahora, que se encontraba rodeado de la familia, solo podía agradecer a Sonsoles el detalle de haber organizado el evento.

Cenaron, rieron, bebieron champán y hasta las doce de la noche no se movió nadie de allí. Todos se encontraron muy a gusto. Era evidente que las dos familias se llevaban bien. Sería un día para recordar toda la vida, se decía a sí mismo Francisco de Paula. Un fotógrafo inmortalizó el momento.

—Querida, nunca olvidaré esta fiesta que has organizado —le agradeció Francisco cuando se quedaron a solas—. No puedes imaginarte cómo me siento. No sé si yo me merezco tanto.

—Te mereces esto y más —le dijo Sonsoles, besándolo en los labios.

Fue un beso corto, de afecto. Ella era incapaz de expresar más sentimientos de los que tenía. Su corazón pertenecía a otro hombre. Se recriminó por ello, pero esa noche le dijo a su marido que estaba agotada. Nada más meterse en cama se hizo la dormida. Él comprendió que había estado sometida a mucha tensión en los últimos días y también durmió plácidamente.

El transcurso de la Segunda Guerra Mundial se complicaba. A las tres y cuarto de la madrugada del 21 de junio de 1941, tres grupos de ejércitos alemanes emprendieron la invasión de la Unión Soviética. España miró con otros ojos los derroteros por los que discurría el conflicto mundial. Terminaba, de este modo, la confusa alianza germano-soviética que se había establecido unos meses atrás.

En cuanto Serrano Súñer fue informado, a punto de amanecer en España, se dirigió al palacio de El Pardo. Solo eran las seis de la mañana cuando llegó, por lo que obligó al secretario de Franco a despertarle.

—Es un asunto de estado. El Generalísimo tiene que estar informado.

Al cabo de varios minutos, apareció Franco en aquel salón lleno de tapices en el que recibía a las visitas.

—¿Qué ocurre, Ramón? —Imaginó que algo grave había sucedido para que se presentara a esas horas en El Pardo.

—Es un tema de máxima gravedad: las tropas alemanas han cruzado la frontera rusa. Hablamos de nuestro enemigo número uno —afirmó muy serio—. Si hasta ahora teníamos reticencias sobre el conflicto, de repente han desaparecido.

—Vaya. Sí que son noticias graves. —Pasaron al despacho—. Hay que meditar muy bien nuestros pasos, Ramón. La prensa y la radio deberían dar la noticia con amplitud. El pueblo español no querrá que nos quedemos de brazos cruzados ante Rusia. De todas formas, hemos de ser prudentes.

Llamó a su secretario y le pidió que avisara con urgencia al subsecretario de la Presidencia, Luis Carrero Blanco. Serrano Súñer torció el gesto. Parecía que ya no le bastaba solo con su opinión. Hacía varias semanas que el marino formaba parte de la esfera cercana al poder de Franco. Ramón se echó la culpa por haber confiado en él frente a otros candidatos. Se había convertido en la sombra del Caudillo y, al mismo tiempo, en su principal enemigo. Lo sabía. Desde el día que juró su cargo, las cosas no habían ido bien. Franco le había pedido que se presentara ante el ministro, y el error de Serrano fue hablarle con sinceridad.

—Mire, Carrero —le había dicho—, va a ocupar usted un puesto muy delicado en el que tendrá una gran responsabilidad. Estamos en un momento en el que la adulación y el servilismo suben como la marea. Usted, desde su cargo, puede defender al Generalísimo de esos peligros y cuidarlo de los oportunistas.

Estas palabras fueron mal interpretadas por el marino y cuando entregó su primer informe a Franco, fue negativo. Le dio a entender que el ministro estaba celoso del poder de su cuñado. De hecho, cuando Ramón Serrano Súñer volvió al palacio de El Pardo, se dio cuenta de que había cambiado el sentido de sus palabras.

—Ya sé que te metiste conmigo cuando Luis fue a verte… —no hizo falta que Franco añadiera nada más.

Aunque lo negó, sabía que su cuñado ya no le escuchaba. Carrero era el hombre al que su cuñado llamaba ahora con urgencia.

Mientras Franco iba a cambiarse, Serrano aprovechó para pedir a la centralita que le pusieran con Dionisio Ridruejo. Al cabo de unos minutos, el teléfono sonaba en casa de su amigo.

—Dígame —respondió la voz somnolienta de Ridruejo al otro lado del hilo telefónico.

—Dionisio, soy yo, Ramón. ¡Alemania ha invadido Rusia esta madrugada!

—¿Y nosotros con ellos? —saltó como un resorte.

—Me gustaría verte en un par de horas en mi despacho. —Prefirió no contestarle.

—¡Cuenta con ello! Es nuestra oportunidad de combatir el comunismo.

—Por teléfono, no. Luego hablamos.

—Allí estaré.

Desayunó con Franco y, a los pocos minutos, se presentó Carrero Blanco. Un poco más tarde se incorporarían los ministros de Tierra, Mar y Aire. Los teléfonos no dejaban de sonar.

Las noticias sobre el avance alemán iban llegando a los hogares a través de la radio. Fueron el detonante para que grupos de falangistas se manifestaran por diferentes ciudades de España. Gritaban consignas en favor de Alemania, contra los rusos y contra Inglaterra.

Serrano Súñer decidió regresar a su despacho para hablar con Von Ribbentrop y con el embajador Stohrer sin más dilación. Orna pisó el acelerador y casi llegó a alcanzar los cincuenta kilómetros por hora. El chófer estaba eufórico ante las últimas noticias. Llegaron a la plaza Mayor y de ahí se dirigieron al ministerio. Aún no eran las doce del mediodía. Dionisio Ridruejo ya estaba esperándole. Pasó con él a su despacho.

—Ahora ya no hay excusas —dijo un envalentonado Ridruejo.

—Tienes la misma cara que cuando nos conocimos, ¿te acuerdas? Estabas indignado de que Franco no te recibiera…

—Recuerdo ese día, pero no me hagas hablar de Franco. Ya sabes lo que pienso. Pero dime, ¿y ahora, qué? ¿Tienes pensado algo?

—Franco está indeciso. Sin embargo, creo que deberíamos hacer algo con Alemania, mostrarle nuestro apoyo. Y a la vez, comprendo que arriesgamos mucho si renunciamos a nuestro papel de no beligerancia. Podemos quedarnos sin suministros esenciales.

—Quieres apoyo y a la vez no beligerancia… Parece imposible —aseguró Ridruejo—. Bueno, habría una fórmula…

—Habla, Dionisio.

—Se me ocurre que los que vayan a Rusia sean voluntarios nada más.

—¿Cómo dices? —le escuchaba atentamente.

—Que los que vayan a Rusia sean falangistas voluntarios. Es un sí pero no. ¿Entiendes? Si así fuera, yo sería uno de ellos.

—¿Sabes lo que estás diciendo? Será una campaña cruel. Mi querido amigo, Franco tiene la última palabra. No sé si atenderá mi razonamiento.

—Sé lo que estoy diciendo. Los falangistas estamos deseando combatir hasta dejar nuestra vida en el empeño. Nuestro enemigo es Rusia. ¿Cuántos de los nuestros han muerto por España?

El teléfono sonó de nuevo. La secretaria le dijo que preguntaba por él el ministro Miguel Primo de Rivera. Decía que era muy urgente. Contestó rápidamente.

—Dime, Miguel.

—Hay dos manifestaciones en estos momentos frente a los balcones de la Secretaría de Falange, en la bifurcación de la avenida de José Antonio y la calle de Alcalá. Una ha llegado de la Puerta del Sol y otra de la plaza de Cibeles. Son jóvenes falangistas exaltados. Estoy con Arrese y da la sensación de que piden que alguien les hable.

—Pues hablad vosotros.

—Deberías venir tú. A fin de cuentas, eres el presidente de la Junta Política de Falange.

—Está bien, voy para allá. Estoy en diez minutos.

Al colgar, volvió a dirigirse a su amigo Ridruejo:

—Me sorprende el tono del ministro. Me ha parecido que no disimulaba cierto temor, que me ha sonado hasta infantil. Hay dos manifestaciones de camaradas que no sabe controlar.

—Tendrás que ir para hacerte cargo de la situación. Te acompaño.

El coche del ministro se fue abriendo camino. Los manifestantes, al reconocer a Serrano Súñer, le cedían el paso entre vítores y aplausos. Hubo un momento en el que necesitó la ayuda de miembros del partido, que lo escoltaron soportando empellones, hasta que logró acceder al edificio. Cuando consiguió llegar al despacho principal, Arrese y Miguel Primo de Rivera estaban atrincherados. Sus caras eran todo un poema. Serrano Súñer no se lo pensó dos veces. Abrió la puerta del balcón, se asomó y decidió hablar a las multitudes.

Unos ensordecedores vítores y aplausos saludaron su aparición. Vestía el traje de Falange —guerrera blanca con cuello negro. Levantó los brazos y pidió calma. A los pocos segundos, aquella multitud se quedó en silencio. El ministro no tenía papeles ni guión. Sabía que miles de oídos estarían atentos a lo que allí dijera. Elevó su voz y exclamó…

—¡¡¡Rusia es culpable!!!

Aquellas tres palabras parecían resumir el sentir del gobierno, señalando un nuevo camino en la política exterior de España.

—No es hora de discursos —añadió—. Pero sí lo es de que la Falange dicte la sentencia condenatoria. ¡Rusia es culpable! —repitió—. Culpable de nuestra Guerra Civil, culpable de la muerte de José Antonio, nuestro fundador. Y de la muerte de tantos camaradas, y de tantos soldados caídos en aquella guerra por la agresión del comunismo ruso. El exterminio de Rusia es una exigencia de la Historia y del porvenir de Europa.

Aquellos manifestantes aplaudieron e inmediatamente comenzaron a cantar el «Cara al sol». Serrano Súñer los invitó a que se disolvieran pacíficamente… Sin embargo, se encaminaron a la embajada británica. Una vez allí, algunos comenzaron a apedrear las ventanas y a proferir proclamas de «Gibraltar español» e insultos contra los ingleses. Varios coches alemanes merodeaban por los alrededores. Parecía que supervisaban todos los movimientos que se estaban produciendo. El embajador Hoare no tardó en llamar al Ministerio de Asuntos Exteriores. Le costó localizar al ministro. Al final, lo consiguió.

—Señor ministro, están apedreando la embajada y la policía no hace nada por impedirlo.

—Lamento el incidente. Sin duda, estará causado por unos cuantos exaltados irresponsables. Si lo considera preciso, haré que le manden más policías.

—No me mande usted más guardias, mande menos estudiantes…

—¿Qué insinúa, señor embajador?

—Después de las palabras que ha pronunciado, no hace falta adivinar hacia dónde se inclina España en el conflicto.

—No adelante acontecimientos, señor embajador.

Nunca se habían llevado bien y en estas circunstancias de máxima tensión, era más ostensible su mutua animadversión. Una hora más tarde, apareció en los alrededores de la embajada británica el barón De las Torres, jefe de protocolo del Ministerio de Exteriores. Le acompañaba un miembro de Falange armado. Inspeccionaron los daños: la bandera británica arrancada, los cristales de la embajada rotos. Y varios coches del personal diplomático apedreados.

El ministro de Exteriores tenía otras preocupaciones y no se centraban precisamente en la embajada británica. Telefoneó a Von Ribbentrop para recabar información y contarle lo que estaba sucediendo en España. Aunque este ya tenía noticias, por sus numerosos informadores, se hizo el sorprendido. Aprovechó la llamada para volver sobre antiguas exigencias.

—España debe declarar la guerra a Rusia y unirse a Alemania. Por un lado, ustedes serían neutrales en la guerra contra las democracias y, por otro, serían beligerantes en la guerra contra el comunismo. Existen dos contiendas diferenciadas. Así nos devolverían el favor por el envío de la Legión Cóndor, sin provocar al frente anglosajón que tanto les preocupa.

Serrano Súñer trasladó la exigencia del ministro de Exteriores alemán al Consejo de Ministros de urgencia, que se celebró en El Pardo. Como alternativa, presentó la idea de Ridruejo, que había madurado y modificado después de hablar con Von Ribbentrop.

—Podríamos intervenir de una manera más simbólica, con voluntarios de Falange. Así la aportación española no tendría un carácter netamente militar que nos pudiera comprometer con los aliados. Podrían acompañar a los camaradas alemanes hasta Moscú.

El general Varela protestó:

—Me parece bien su idea de acompañar al Ejército alemán, pero no con un grupo de jóvenes exaltados e indisciplinados. Me ofrezco para acompañar una unidad del Ejército bajo mi mando.

—Señor ministro, hay razones diplomáticas que desaconsejan esa toma de partido del gobierno español —apostilló Serrano.

—Lo que resulta desaconsejable es que un grupo de mozalbetes vayan directamente a la muerte por no tener ni formación ni un mando militar que les guíe.

Franco, después de escucharles sin decir nada, resolvió. Lo hizo por el camino de en medio.

—Ni uno ni otro. Enviaremos una división de voluntarios con mandos militares, algo parecido a las Brigadas Internacionales. Ya saben que la mayoría eran civiles que actuaron al lado del bando republicano en la Guerra Civil, pero bajo estructura de mando militar. Pues nosotros haremos lo mismo en Rusia.

Todos los allí presentes alabaron la decisión. Daba a todos un poco de lo que querían oír y al mismo tiempo, España no se mantenía al margen de este desafío contra el comunismo.

—Daremos salida a todo aquel que quiera combatir a las hordas rojas —continuó el Caudillo—. Sobre todo, falangistas. Así tendrán un cauce en el que desfogar sus entusiasmos y un objetivo noble para sus ansias de bronca.

Serrano pensó que lo que realmente quería su cuñado era no tener cerca a tantos elementos jóvenes y radicales de Falange. Se dio cuenta de que la medida sería beneficiosa para todos.

El secretario personal de Franco interrumpió la reunión. Una llamada urgente desde el palacio de Santa Cruz hizo que el ministro se pusiera al teléfono. Era el barón De las Torres.

—Ministro, se acaba de presentar el embajador inglés con varios funcionarios diplomáticos y tres agregados militares. Exigen una disculpa pública ante los hechos acaecidos. Dicen que no se irán de aquí hasta que les reciba.

—Está bien. Voy para allá cuando el Consejo concluya. ¡Que esperen!

Una hora más tarde llegaba a su despacho. No le gustaban las exigencias del embajador inglés, pero sabía que sus palabras en el balcón habían tenido una honda repercusión al otro lado de las fronteras. Entró por la parte privada a su despacho y luego mandó hacer pasar al diplomático.

—Señor ministro —le dijo su secretaria—. Dice que si no pasan los agregados con él, no entra.

—¡Está bien! Dígale al barón que también esté presente, llame a dos de los militares que están en el ministerio con armas. Estos vienen con ganas de jaleo. Puede suceder cualquier cosa.

A los pocos minutos, el embajador y sus tres agregados entraban en el despacho, y no quisieron tomar asiento. Los dos militares españoles con pistola y el barón De las Torres se quedaron a las espaldas de los diplomáticos.

—Señor embajador —comenzó Serrano Súñer con tono serio—, sabe usted que las circunstancias me obligaron a ser vehemente en mis palabras contra el comunismo…

—No he venido a discutir con usted —le interrumpió—. He venido a leerle un escrito en el que exigimos una rectificación y una disculpa…

—Siéntense… —insistió Serrano, pero los miembros de la legación inglesa permanecieron de pie.

El embajador terminó de leer su enérgica protesta, dieron un taconazo con el que se inclinaron los cuatro y se dieron media vuelta abandonando el despacho.

Los militares españoles no levantaron las manos de sus armas en ningún momento, pero no hizo falta que las utilizaran. Los ingleses no pasaron de la dureza verbal.

Días después, pidieron una reunión con Franco, quien no tardó en recibirles, ya que con la invasión de la Rusia comunista por Alemania, Gran Bretaña y la Unión Soviética se convertían en aliadas. Franco no quería correr el riesgo de una guerra con el Reino Unido.

—Les prometo —les dijo— que los cabecillas de la manifestación serán arrestados.

Los ingleses no consiguieron mucho más, pero sus ánimos se tranquilizaron. A los dos días fueron detenidas dos personas que no tenían nada que ver con Falange. Se trataba de dos disidentes a los que se les acusó de alentar la manifestación. A las autoridades británicas se les comunicó que los altercados «habían sido instigados por los rojos». Y la cuestión quedó zanjada.

Una semana después de que la Wehrmacht se abriera camino entre las tropas rusas, se aprobaba una orden del Estado Mayor Central del Ejército español por la que se enviaría una fuerza expedicionaria al frente ruso. Una división de voluntarios españoles.

46

A pesar del entusiasmo inicial entre la población, el gobierno, el Ejército y la Falange no tenían intención de enviar más que una fuerza simbólica. Pensaron que bastaría con una división de infantería.

La idea de Serrano de que fuera fundamentalmente una división compuesta por falangistas se alteró. La cúpula militar y, sobre todo, el Estado Mayor Central insistieron en que los oficiales y especialistas de la división de voluntarios se elegirían entre los que se ofrecieran del Ejército regular. Decidieron no enviar a aquellos chicos sin un guía militar.

—No los vamos a llevar a una muerte segura si no están conducidos por una mano experta del Ejército —recalcó Franco.

—Además, no podemos permitir que la Falange se lleve la gloria de la victoria segura en los campos de batalla en la Rusia soviética —añadió Varela.

Serrano Súñer se mordió los labios. Sabía que aquí lo que se estaba dilucidando no era quién acudiría al frente ruso, sino quién se llevaría la gloria de las batallas. Daban por hecho que Alemania ganaría la guerra. Miró al general Varela con indiferencia. El ministro estaba seguro de que los jóvenes de Falange no dudarían en dar un paso al frente para acudir a Rusia. El tiempo le dio la razón. La respuesta fue tan entusiasta que los funcionarios consulares alemanes daban cuenta a sus autoridades de que el número de jóvenes que corrían a alistarse era cada vez más numeroso. La prensa contribuyó a ello también animando a todos a combatir contra los bolcheviques. El embajador Stohrer telegrafió a Berlín informando que el número de alistados era cuarenta veces mayor del requerido. Ya nadie llamaba a la división española de voluntarios por su nombre, todo el mundo la denominaba División Azul.

Tanta actividad política, no le hizo olvidar a Serrano Súñer los ojos verdes de aquella mujer a la que había amado apasionadamente. Su imagen estaba permanentemente en su mente. Había muchas preocupaciones que le impedían sacar tiempo para lo que más deseaba: volver a estar con ella. Pero ahora sería poco responsable si no dedicaba todas sus energías a lo fundamental: decidir cuándo y cómo irían tantos jóvenes a otra guerra en tan corto espacio de tiempo.

De todos modos, quería volver a oír su voz y pidió a su secretaria que le comunicara con ella. A los pocos minutos, la secretaria le informó de que la marquesa no se encontraba en su domicilio. No quiso dejar recado al mayordomo, tal y como le había ordenado el ministro. Lo intentó al día siguiente. La respuesta fue la misma.

Ramón pensó que, por alguna razón, Sonsoles no aguardaba su llamada como lo había hecho días atrás. Se preguntó qué estaría pasando. Repasó la despedida en la casa de la viuda de Gámez. No había nada que la pudiera haber ofendido. Lo volvió a intentar al día siguiente y llamó él mismo a la centralita. La operadora le pidió que no colgara y al cabo de varios minutos, alguien descolgó el teléfono…

—Casa de los marqueses de Llanzol…

Serrano cortó la comunicación al oír la voz de aquel hombre. Sería el mayordomo, pero no quiso dar su nombre para no comprometerla. ¿Por qué no se ponía ella? Estaba intrigado pero los acontecimientos no le dejaban tiempo para averiguarlo. Se estaba volviendo loco. Necesitaba hablar con ella. Dudó si llamar a su marido... Tenía la excusa perfecta con todo lo que estaba sucediendo.

—Póngame con el marqués de Llanzol, en el Ministerio del Ejército —le pidió a su secretaria.

A los pocos minutos, el marqués estaba localizado.

—Mi querido amigo. Tenía ganas de cambiar impresiones contigo. ¿Qué te ha parecido la respuesta que ha tenido el gobierno con la división de voluntarios que va a ir a Rusia?

—Estimado ministro. ¡Cuánto honor! Pues te diré que me ha pillado hecho unos zorros, porque si no, me alistaba con los jóvenes para combatir a los rusos. El tifus me ha dejado para el arrastre... Mi espíritu se irá con ellos al frente. Ha sido una idea brillante, porque no comprometemos a nuestra nación y, a la vez, ayudamos a nuestros amigos alemanes.

—Esa era la idea. Me alegro mucho de que te parezca bien. Espero que nos veamos pronto.

—Cuando quieras. Además, ahora tengo más tiempo. Estoy de Rodríguez.

—¿Y eso? —Su estómago le dio una punzada.

—Llevé a los niños y a las institutrices a San Sebastián. No sabes qué viaje he tenido. Las ruedas se me pinchaban cada poco y tuve que ir reparándolas constantemente. Están parcheadísimas. ¡Como no hay caucho para comprar unas nuevas, pues me he convertido en un experto en pinchazos!

—¿Y tu mujer está aquí contigo?

—No, no... Sonsoles se fue dos días después en tren con su doncella.

Mientras hablaba el marqués, Ramón trataba de imaginar cuál había sido el motivo por el que ella no le hubiera llamado para despedirse. Aquello no era normal. Sabía que le quería, se lo había demostrado. Aquella falta de noticias lo volvía loco...

—Con todos estos acontecimientos —seguía hablando el marqués—, me he vuelto a Madrid. Está sola allí con el servicio y con su madre. Se encuentra un poco cansada...

—¿Le ocurre algo? —Necesitaba que le hablara de ella.

—No, en absoluto. Ha tenido mucho ajetreo, porque me organizó una fiesta sorpresa preciosa.

—Una fiesta...

—Sí, ni me lo podía imaginar. Sonsoles es así. Habíamos cumplido cinco años de casados y entonces...

Ramón no se lo podía creer. Le había organizado una fiesta como cualquier esposa enamorada. ¿De qué iba todo aquello?, se preguntó. Sintió otra punzada en su frágil estómago.

—Ya... —hubo un silencio—. Yo tengo que mandar también a mi familia al mar para que no estén en Madrid con estos calores. Estaba pensando en ir a San Sebastián precisamente. —Recordaba que se lo había sugerido la propia Sonsoles.

—Allí tenemos muy buenos amigos. Si quieres que te ayude a alquilar una casa, no tienes más que decírmelo.

—Pues... mira, sí. Me ayudarías mucho consiguiéndome una. No tengo tiempo de nada. Y me solucionarías un problema familiar que tengo ahora mismo.

—Eso está hecho. Le diré a Sonsoles que te busque una casa cerca de la nuestra.

Le intrigaba la reacción de Sonsoles. Con la llamada de su marido, sabría que él intentaba ponerse en contacto con ella y que iría a su encuentro a San Sebastián.

—Será estupendo... No sé cómo agradecértelo.

Al colgar se quedó pensativo. Aquella marcha sin despedirse no era normal. Algo había pasado, y por más que se preguntaba qué podía haber sido, no encontraba respuestas. Sonsoles quería poner distancia a aquella relación. Estaba claro. La fiesta para su marido. La ausencia de llamadas… De pronto pensó que a lo mejor su secretaria había pasado por alto darle un mensaje.

—Paulina, ¿la marquesa de Llanzol no me habrá dejado días atrás un mensaje?

—No, señor ministro. De haber sido así, se lo habría comunicado.

—Ya, me dice su marido que… —intentó disimular— su mujer me llamó varias veces.

—Aquí no ha llamado nadie. Como otras veces, le hubiera dicho algo. Conozco su amistad con los marqueses.

—Bueno, habrá sido un error… Es igual.

Abrió el cajón donde había guardado el pendiente de Sonsoles. Lo miró pensativo durante un buen rato. Se acordaba cómo lo había perdido. Aquel beso furtivo y apasionado en el ascensor. Cerró el puño con fuerza. ¡Lo que daría por volver a besarla! Llamaron a su puerta y dejó la joya donde estaba. Las visitas y las constantes llamadas ocuparon el resto del día.

Sonsoles y los niños, acompañados de las institutrices, paseaban por la playa. Había una zona acotada para hombres y otra para mujeres. El sol calentaba, pero no hasta el extremo de bañarse. Las casetas, pintadas a rayas, estaban preparadas para que los bañistas se cambiaran en lugares igualmente diferenciados para hombres y mujeres. Los hombres salían con sus albornoces, que no podían abandonar, hasta el borde de la playa. Allí los dejaban para meterse en el mar. Los bañadores con tirantes largos para los hombres resultaban algo feos estéticamente. Muchos jóvenes, al salir del baño, no se ponían otra vez el albornoz hasta que algún amigo que dejaban de vigía daba la alerta: «¡Que viene la moral!». La moral no era otra cosa que una pareja de guardias que amonestaba e incluso multaba al que no se tapaba con el albornoz.

Las mujeres vestían un traje de baño con falda. En cuanto se mojaban, se volvían a cambiar. Era muy incómodo quedarse con el bañador mojado con tanta tela que no se secaba. Lo normal era que solo se bañaran las jóvenes. La gente de mediana edad iba vestida a la playa y así permanecía debajo de la sombrilla hasta la hora de comer.

A punto de entrar el mes de julio, Sonsoles daba su primer paseo por el mar que tanto añoraba cuando estaba en Madrid. Iba ensimismada y se quedó mirando el oleaje, absorta. Su mente no estaba allí, sino en el regazo de Ramón Serrano Súñer. Cuanto más lo quería apartar de su cabeza, más aparecía en su imaginación. Aquel olor a vida, a mar... aquel sol sobre su piel... aquella estampa... la hería de nostalgia. ¡Cuánto le echaba de menos! Si pudiera oír su voz, solo una vez más, se decía a sí misma. Pero le había prometido a su madre no volver a verle. Le dijo sin mentir que lo iba a intentar. Ni tan siquiera se había despedido de él. No podía hacerlo. La hubiera convencido para verse de nuevo...

—Es la hora de comer —le dijo Elizabeth, la institutriz alemana.

Olivia jugaba con los niños en la orilla del mar. Hacían un castillo.

—Está bien. Vámonos a comer. Mi madre estará inquieta.

No esperó a que recogieran. Empezó a caminar para salir de la playa. Iba despacio, acompañada nada más que por una sombrilla que llevaba con mucha gracia. La gente se giraba al pasar a su lado. No solo era elegante estando vestida, también ligera de ropa llamaba la atención. Llegó a la casa y le pidió una limonada a Matilde para refrescarse... Su madre fue a su encuentro haciendo punto.

—Da gusto la temperatura que hace en San Sebastián. —No paraba de hacer jerséis para sus nietos.

—No sé cómo le gusta estar todo el día tricotando.

—Me ayuda a pasar la jornada… Es muy larga para las señoras que ya tenemos una edad.

—¿Por qué no me acompaña mañana a la playa?

—¡Huy! No, que luego vuelvo con arena hasta en las orejas. Prefiero quedarme aquí. ¿Cómo estaba la playa?

—Preciosa… —dejó su mirada suspendida en ninguna parte.

—Te estás acordando de él, ¿verdad? No me puedes engañar.

—A todas horas…

—Verás cómo el tiempo todo lo cura. Lo mejor que has podido hacer es poner tierra de por medio. Te olvidarás de él. Ya lo verás.

Sonsoles no contestó. Sabía que eso era imposible. Hasta que no llamó su marido de noche, las horas pasaron sin ningún atractivo. El tiempo corría sin mayor aliciente que escuchar la radio… o visitar a alguna dama que, como ella, acababa de llegar de Madrid.

—Señora, llama su marido —le dijo Matilde.

—Francisco, ¿cómo va todo por Madrid? —preguntó nada más ponerse al teléfono.

—Aquí hay una euforia increíble con lo de la División Azul que va a partir para Rusia. Ya le he dicho a Serrano Súñer… —Sonsoles creyó que se quedaba sin aire—, le he dicho que si tuviera menos años, me iría yo.

—¿Para qué te ha llamado? —le preguntó, como si no le diera mayor importancia.

—Quería saber mi opinión sobre la división que han creado para apoyar a Alemania en su incursión a Rusia.

—Ya…

Estaba segura de que esa llamada era únicamente para saber de ella. El corazón comenzó a latirle con fuerza y una sonrisa iluminó su rostro.

—Por cierto, Sonsoles, me ha pedido que le ayudemos a encontrar una casa en San Sebastián. ¿Podrás hacerlo tú?

—¿Por qué yo? —disimuló—. ¡Pues anda que no tendrá gente que lo pueda hacer mejor que yo! Ni lo sueñes.

—Por favor, Sonsoles. Me he ofrecido yo y le he dicho que te lo encargaría a ti. No me dejes quedar mal…

—No sé si lo haré…

—¿Por qué no le dices a tu madre que te ayude?

—Está bien.

—¿Sabes cómo estoy pasando estas noches? En la bañera. ¡En remojo! Y con un paipay abanicándome. Es insoportable el calor que hace.

—Lo que tienes que hacer es venir aquí…

Cuando colgó no sabía si reír o llorar. Por un lado deseaba volver a verle, y por otro, sentía miedo de que todos notaran el efecto que tenía su presencia en su estado de ánimo. Le había hecho caso y quería veranear junto a ella. Se puso a dar vueltas por la habitación. Todo le parecía que volvía a tener sentido. Esa misma noche en la cena, le dijo a su madre que tenía que buscar casa para un conocido de su marido.

—Me lo ha pedido Francisco. Mañana usted y yo iremos a ver casas por aquí cerca.

—¿De quién se trata?

—De Serrano Súñer…

—¡No! —un grito ahogado salió de la boca de su madre—. Demasiado conocido para ti.

—¡Por favor! Me lo ha pedido Francisco. Le he dicho que no y ha insistido…

—¡Insistencia la de ese hombre! ¿No tendrá bastante con su familia?

—Viene a San Sebastián por casualidad.

—Soy perro viejo, hija. Viene para estar cerca de ti.

Su madre acertaba. Lo que no sabía es que la idea había partido de ella la última vez que estuvo con él.

—Buscaremos una casa que no esté demasiado cerca —continuó Beatriz—. El que evita la ocasión, evita el peligro.

Sonsoles estaba encantada. Volvería a verle pronto. ¿Cuándo sería el momento?, se preguntaba. La sola idea de volverle a ver le hizo recuperar la ilusión.

Matilde, por su parte, no quitaba ojo a los movimientos de Olivia. Le parecía que la institutriz seguía comportándose de forma extraña. No sabía si sería a causa de las costumbres americanas. Se la veía muy deportista. Le gustaba meterse en el mar con los niños. Algo que ni Matilde ni Elisabeth se atrevían a hacer.

Los paseos y el cine de verano, una vez por semana, eran un aliciente para aquellas tardes calurosas. Y el domingo, a misa. Era todo un acontecimiento. Si se pensaba comulgar no se desayunaba. Se hacía, una vez finalizado el servicio religioso, en cualquiera de los cafés que estaban de moda. En misa, las mujeres iban con velo y con manga larga. A la salida se encontraban las familias y hacían planes. Lo normal era que el cabeza de familia no trabajara y que ya estuviera de vacaciones. La mayoría vivían de las rentas y de sus inversiones. Había también nobles que estaban en el Ejército, como era el caso de Francisco de Paula Díez de Rivera. Eso no estaba mal visto, al contrario. El marqués de Llanzol, además, había hecho dinero en la Bolsa. Últimamente vendía muchos títulos con los que hacía negocios. El tren de vida de su familia lo exigía. No era capaz de negarle nada a su mujer. Ella lo significaba todo para él.

47

Dos días después de recorrerse todo San Sebastián, Sonsoles encontró una casa discreta, con vistas al mar, en el Alto de Miraconcha, donde el ministro podría descansar sin el agobio de la gente curiosa. Se lo dijo a su marido, que rápidamente le informó. Al poco tiempo, se enteró de que el propio Serrano Súñer había cerrado el alquiler con el casero. Ya solo quedaba esperar. Transcurrían los días con una sola ilusión: encontrarse con él paseando, en la casa de algún conocido o en misa… Sabía que el día menos pensado aparecería cerca de ella. Lo deseaba con todas sus fuerzas… Disimulaba llevando una vida repleta de compromisos sociales.

Se entretenía aprendiendo a jugar al golf. Varias marquesas, influidas por el deporte de moda en Inglaterra, le enseñaron a coger los palos y a dar a la pelota. Pensó que nada más regresar a Madrid se haría del Club de Campo, al que todos sus conocidos se estaban apuntando. Jugar a este deporte que parecía sencillo requería de cierta habilidad y entrenamiento, y ella no tenía mucha paciencia.

Las cartas también la entretenían. Quedar a jugar al bridge le servía para enterarse de aquello que no salía en los periódicos. Supo por la marquesa de Casatorres que don Juan de Borbón y Franco se habían carteado tras la muerte de Alfonso XIII.

—Parece ser que don Juan le ha dejado claro a Franco que es el depositario de la corona. Le ha dicho que, al ser el representante del poder real, ha de cumplir con su labor con respecto a España: «Ese deber lo tengo ante Dios y en conciencia no puedo rechazarlo» fueron sus palabras.

—Pues Franco no quiere ni que se dedique a España ni que se asome por España —bromeó otra de las damas allí presentes.

—Fijaos hasta qué punto resulta difícil comentar cuestiones relativas al rey que en el periódico de mi hermana —intervino Sonsoles— han prohibido hasta hablar de Alfonso X el Sabio —todas se echaron a reír—. Deben de pensar que mencionarlo es como hablar de Alfonso XIII. Hay mucho ignorante…

Lejos de Madrid, Sonsoles se fue distanciando del palpitar político de aquellos días… Le decía una y otra vez a su madre que la política no le interesaba nada.

—No me interesa —insistía—. De vacaciones solo quiero sol, playa, lectura, cartas, algún que otro martini, y ahora el golf. Nada más.

Pero no era cierto. Le importaba todo lo que tenía que ver con el ministro de Exteriores. Su madre la miraba mientras hacía punto, preguntándose si el cuñado de Franco todavía ocupaba su pensamiento.

En la capital, muchachos de todos los estratos sociales se alistaban en masa para ir a la guerra. Franco mostró ante su cuñado preocupación a la hora de elegir el jefe de la división.

—Necesitamos un hombre curtido en combate y que no despierte las iras ni de la Falange, ni del Ejército. Pero es esencial que sepamos que me es leal.

—Ese hombre no es otro que José Antonio Girón. Estará encantado de dejar el Ministerio de Trabajo y llevar el mando de la división —le comentó su cuñado.

—Las cosas que funcionan soy partidario de no tocarlas…

Luis Carrero Blanco también hizo acto de presencia en aquella reunión a tres bandas que comenzaba a hacerse habitual en El Pardo.

—A lo mejor —observó el marino—, el nombre que estamos buscando lo encontramos en un militar como el general Moscardó, García Valiño o Carlos Asensio Cabanillas, jefe del Estado Mayor Central… Seguro que con uno de esos nombres acertaríamos.

—Sin embargo, hay un hombre que me parece el más acertado para esta misión —señaló Franco.

—¿De quién se trata? —preguntó Serrano.

—Un antiguo camarada de las campañas de Marruecos, un general identificado con la Falange. Lo tiene todo. El general Agustín Muñoz Grandes. ¿Qué os parece?

—Sabes que no es santo de mi devoción —admitió Serrano Súñer, molesto con la decisión. Franco sabía que era uno de sus enemigos más acérrimos.

—Un militar de cuerpo entero —alabó Carrero satisfecho.

—Pues no se hable más. Vamos a comunicárselo. Hazlo tú, Ramón.

Últimamente, le daba la impresión de que si alguien tenía alguna cuenta pendiente con él o si era su enemigo directo, como era este caso, ascendía. Pero ya no se oponía a las decisiones de su cuñado. Además, tenía que llamarle él mismo. Parecía una tortura. Antes de hacerlo, Serrano repasó su expediente por si encontraba alguna mancha que desaconsejara la elección. Había nacido en Madrid en 1896, en el barrio obrero de Carabanchel Bajo. Inició la carrera de las armas en la Academia de Infantería de Toledo. Después de recibir su despacho en 1913, se había presentado voluntario para prestar servicio en Marruecos, donde ascendió con rapidez. Como jefe de Fuerzas Regulares, formó una unidad de élite adscrita a su nombre. Al llegar la República en 1931, el nuevo gobierno le había designado para mandar a la Guardia de Asalto, la fuerza paramilitar destinada a hacer de contrapeso a la tradicional. Fue separado del mando tras el triunfo del Frente Popular en febrero de 1936. Estuvo a punto de ser asesinado por los milicianos al estallar la Guerra Civil, que le pilló en Madrid. Le salvaron los guardias de asalto y el general Rojo, de ideas republicanas. Consiguió escapar y cruzar las líneas nacionales. Fue secretario general del Movimiento durante la guerra, y estuvo al mando de las milicias de Falange. Serrano, después de leer todo su historial, no encontró nada que impidiera su nombramiento. Llamó a Dionisio Ridruejo y le preguntó su parecer.

—Ramón, es todo un acierto —aseguró—. Y, por otro lado, piensa que es un crítico que te quitas de en medio. Independientemente de cómo te caiga, al acabar la guerra, una de sus obsesiones ha sido eliminar la corrupción y distribuir los alimentos de forma equitativa entre la población. De todos es conocido su valor. Tiene cicatrices de nueve heridas en combate.

—Eso no significa que sea el hombre que buscamos. Otros cuentan también con un expediente intachable y tienen mejor concepto de mí.

Dionisio no quiso decirle nada, pero sí era cierto que Muñoz Grandes pensaba que Serrano Súñer solo buscaba su lucimiento personal e incluso le había oído, en más de una ocasión, que había paralizado el impulso reformista del Movimiento.

—Está bien, le llamaré —cedió el ministro.

Serrano vio el cielo abierto cuando, vía telefónica, Muñoz Grandes rechazó el puesto que le ofrecía. Habría que buscar a otra persona. Sin embargo, Franco insistió y quiso que le volviera a llamar otra vez. Muñoz Grandes rechazó de nuevo el puesto, máxime porque el ofrecimiento venía de la persona a la que odiaba sin disimulos.

Franco cambió de estrategia. Después de un almuerzo con el embajador alemán Stohrer, en el paseo de la Castellana, donde estaba la embajada, Muñoz Grandes recibió un mensaje urgente para que llamara al Ministerio del Ejército. Le comunicaron que Franco le había relevado de su puesto al frente del gobierno militar del Campo de Gibraltar y le confiaba el mando de la división de voluntarios. Ahora ya no le pedían su parecer. Aquello era una orden.

—Si tengo que ir —contestó—, no quiero soldados de juguete, sino un buen contingente profesional.

Organizó la división con cuatro regimientos de infantería, cada uno con el nombre de su jefe: Regimiento Rodrigo (por el coronel Miguel Rodrigo). Regimiento Pimentel (por el coronel Pedro Pimentel), Regimiento Vierna (por el coronel José Vierna) y Regimiento Esparza (por José Martínez Esparza).

Para el Regimiento Rodrigo, el reclutamiento se centró en la capital, en el número 62 de la avenida del Generalísimo. Allí se formaron largas colas de voluntarios entusiastas que increpaban a los rusos. La edad no importaba. Los oficiales de reclutamiento trabajaban a destajo, descartando solo a aquellos que no podían ser útiles.

Por su parte, los miembros de las milicias de Falange tenían que presentarse en el cuartel del Infante don Juan. Padres, esposas y novias atestaban los aledaños del recinto en un ambiente cargado de emoción. Aunque muchos de los falangistas que corrieron a alistarse habían combatido en la Guerra Civil, carecían de instrucción especializada.

Las ruinas de la Ciudad Universitaria fueron el punto de encuentro para la incorporación a filas de las masas de voluntarios. Se concentraron en la explanada de la nueva Facultad de Medicina. Los soldados lucían sus nuevos uniformes: boina roja de los carlistas, la camisa azul de Falange, los pantalones caqui de la Legión y botas negras. Allí hicieron sus primeras marchas de adiestramiento.

El Regimiento Pimentel se reclutó en Valladolid, Burgos, La Coruña y Valencia. Todos recibieron la instrucción en el cuartel de San Quintín, bajo la supervisión del teniente coronel Gómez Zamalloa.

En la Academia Militar de Zaragoza, el llamamiento provocó una respuesta unánime. La promoción de 1941, un batallón entero, dio un paso al frente. No podían ir todos; se escogió a los que habían obtenido mejores calificaciones.

Los oficiales de Barcelona se presentaron igualmente como un solo hombre. Ninguno estaba más complacido que su jefe, el general Kindelán, capitán general de la IV Región Militar. Kindelán había mantenido siempre estrechas relaciones con Franco, aunque también era de los críticos. Hasta ahora no quería la entrada de España en la Segunda Guerra Mundial. Había apostado fuerte por la neutralidad aproximándose a los aliados, pero luchar contra Rusia cambiaba todos sus argumentos.

Vierna supo la tarea que le esperaba al ver entrar a los reclutas en el cuartel. Pensó que sería difícil convertirles rápidamente en una fuerza de combate dispuesta a aguantar los rigores del frente ruso. Vierna había sido oficial del tercer tercio de la Legión y endurecido veterano de la Guerra Civil y de la de Marruecos.

El general Esparza, por su parte, recibió la orden de organizar en Sevilla un regimiento de la División Azul. Respondieron la Legión, los Regulares y el Regimiento Flechas, acantonados en el Protectorado, así como voluntarios de todas las provincias.

El mando español advirtió a los alemanes que estaba reclutando una división de seiscientos cuarenta jefes y oficiales, dos mil doscientos setenta y dos suboficiales y quince mil setecientos ochenta soldados.

El primer jarro de agua fría para la respuesta española llegó de Alemania. Querían menos jefes, menos soldados y más suboficiales. Por lo tanto, los mandos españoles tenían que prescindir de miles de voluntarios, la mayoría de Falange. Del mismo modo, pedían trescientos camiones y cuatrocientas motocicletas. El teniente coronel Mazariegos, jefe de la comisión militar española que se adelantó para organizar el viaje, recibió esa orden. Ante las peticiones alemanas, decidió mandar un mensaje cifrado al general Muñoz Grandes detallándole todo.

El general al mando de la división sabía lo que significaban todas aquellas exigencias: prescindir de una gran cantidad de voluntarios y acrecentar la rivalidad entre el Ejército y la Falange. Es decir, enfrentarse directamente a Serrano Súñer, que se lo tomaría como algo personal. Habría que interrumpir todo aquel despliegue de voluntarios y fuerzas militares. Muñoz Grandes habló con Stohrer, el embajador alemán:

—Quiero que sepa que será un golpe duro para la población española. No se entenderá el rechazo alemán a nuestros voluntarios. Esto servirá para que se mire a Inglaterra con otros ojos… Me parece un gravísimo error estratégico.

—Informaré de lo que me está diciendo a mis superiores.

El embajador telegrafió a Von Ribbentrop diciendo que todas aquellas exigencias eran una equivocación: «Debe conservarse el exceso de personal reclutado para la División Azul y retirarse inmediatamente la demanda de vehículos de motor».

Finalmente, Alemania cedió. Aceptó olvidar el asunto de los vehículos y admitió a los reclutas excedentes, pero, de momento, no viajarían a Alemania, sino que se quedarían en la reserva en territorio español. Aunque si España presionaba, los llevarían a Alemania o a Polonia.

Desde el Ministerio del Ejército, el marqués de Llanzol llamó a su mujer. Francisco de Paula no podía viajar a San Sebastián. Se retrasaría todavía veinticuatro horas.

—Querida, ¿cómo va todo por ahí? —le preguntó

—Los niños estupendamente. Están todo el día al sol. Parecen unos salvajes…

—¿Y tú?

—Deseando que vengas. ¿Cuándo llegas?

Esas palabras de su mujer le sonaron a música celestial.

—Dentro de poco —no le quiso decir que estaría allí pronto para darle una sorpresa—. Estoy esperando a que parta la División Azul. Cuando salgan los últimos muchachos, iré para allá. Tenías que ver el ambiente que hay en Madrid. Solo se ven por la calle jóvenes vestidos de azul con la boina roja. Ayer hubo una corrida de toros en su honor y fue emocionante.

—Siento perderme todo ese espectáculo, la verdad.

—No te puedes imaginar el aplauso que le dieron al ministro del Ejército, el general Varela. Luego los toreros Belmonte y Gallito estuvieron soberbios. Fue un auténtico duelo de titanes. Los voluntarios se llevarán un gran recuerdo al frente. Ya han partido diecinueve convoyes para Alemania y esta tarde los mandos militares despediremos, desde la estación del Norte, a los últimos.

—¿Tienes que estar ahí? ¿No puedes venir ya? —insistió Sonsoles.

—No, esta tarde despedimos al último regimiento y mañana a Muñoz Grandes. Estaremos todos, imagino que no solo los altos mandos militares. Lo suyo es que venga Serrano Súñer en ausencia de Franco.

Sonsoles enmudeció. Le hablaba del hombre del que deseaba saberlo todo.

—Una despedida por todo lo alto… —se limitó a decir.

—Nuestro amigo se lleva a matar con Muñoz Grandes, pero allí estará para despedir a los voluntarios de Falange. Seguro.

—Bueno, siempre las habladurías…

—No, de habladurías nada. Se cree que Serrano Súñer no ha encontrado un destino peor y más lejano para el general.

—Yo no hago mucho caso de lo que hablan todos. Ya lo sabes… Lo mismo no ha sido una decisión suya…

—Aquí no se mueve nada sin que él lo sepa. Tiene mucha mano y mucho poder. Bueno, ¡cuídate! Me tengo que ir, querida. ¡No dejes de comer!

—No empieces con eso…

—¡Hasta pronto!

Cuando colgó tuvo tentaciones de pedir una conferencia para hablar con Ramón. De hecho, descolgó el auricular, pero, al cabo de unos segundos, volvió a ponerlo en su sitio. Había hecho una promesa a su madre. Estaba deseando romperla, pero no sería ella quien diera el primer paso.

Esa tarde de domingo, 13 de julio, enfervorizadas multitudes atestaban la estación del Norte madrileña. En la bóveda resonaban los gritos y vítores de cuantos se congregaron para despedir a los voluntarios. Se escuchaban continuos vivas a Franco e improperios hacia Rusia. Todas las ventanillas de madera de los convoyes iban abarrotadas de jóvenes que se despedían eufóricos de sus novias y familiares. Los últimos en partir eran los muchachos del Regimiento Rodrigo. Lágrimas y empujones, todos querían decir las últimas palabras a aquellos sonrientes soldados que partían a la guerra.

El general Muñoz Grandes estaba en el andén, rodeado de ministros y altos mandos, entre los que se encontraba Francisco de Paula Díez de Rivera. Una banda del Ejército trataba de hacerse oír en aquel ambiente de euforia. De pronto se produjo una notoria agitación. Serrano Súñer, vestido de uniforme blanco, hizo su aparición. Un bosque de manos se alzó a su paso. La banda comenzó a interpretar el «Cara al sol». Saludó al cuerpo diplomático, en especial a los embajadores de Alemania e Italia. Muñoz Grandes le dio fríamente la mano y se subió al tren para despedir al general Rodrigo y a todo su regimiento. El ministro quería hablarles a todos y alzó su voz. Se hizo un gran silencio.

—¡Camaradas! ¡Soldados! En el momento de vuestra partida, venimos a despediros con alegría y con envidia...

Muñoz Grandes le susurró a Rodrigo: «Pues que se venga con nosotros».

—Vais a vengar —continuó— las muertes de vuestros hermanos; vais a defender el destino de una civilización que no puede morir; vais a destruir el inhumano, bárbaro y criminal sistema del comunismo ruso. Contribuiréis a la fundación de la unidad europea, y también a pagar una deuda. Sangre por sangre. Amistad por amistad, con los grandes países que nos ayudaron en nuestra Guerra Civil. Fijad bien en la memoria lo que esto significa. Vais a luchar al lado de los mejores soldados del mundo, pero estamos seguros de que conquistaréis para España la gloria de igualarles en espíritu y valor. El heroísmo de esta División Azul hará que las cinco rosas de la Falange florezcan en los torturados campos de Rusia, una esperanza que tiembla en el sepulcro de nuestro fundador: José Antonio Primo de Rivera... ¡Arriba España! ¡Viva Franco!

Se desataron los aplausos y los vítores de los asistentes. Hubo las últimas despedidas. Muñoz Grandes se bajó del tren. La emoción estalló en la estación en forma de lágrimas. Los últimos «te quiero» y el silbido de la máquina anunciaron la salida. Mientras partían los voluntarios, la gente apiñada en el andén entonaba el «Cara al sol». La División Azul iniciaba su viaje al frente... Objetivo: vencer al comunismo.

48

Al día siguiente, en el aeropuerto se repitió la despedida sin las algaradas de los últimos días. En esta ocasión, al general Muñoz Grandes le acompañaban María, su mujer, y su hijo adolescente, así como las máximas autoridades del Ejército.

—Hermanas —les dijo a unas monjas conocidas que también estaban allí—, cuiden de mi mujer y de mi hijo. Se lo pido por favor. Me voy con esa preocupación.

—Pierda cuidado —dijo la hermana superiora—, no les faltará de nada. Estarán bien atendidos. Tiene mi palabra. Rezaremos por usted y por todos los soldados.

—Muchas gracias.

Besó a su mujer y a su hijo, luego los miró por última vez. Se despidió muy serio de los militares allí congregados. Estrechó con firmeza la mano del ministro del Ejército de Tierra, el general Varela, y lo mismo hizo con el ministro del Aire, el general Vigón, y con De Vega, general subsecretario del Ejército. Serrano Súñer no apareció por allí y esa ausencia fue la comidilla entre los militares. El general Asensio, jefe del Estado Mayor Central, extendió su brazo para despedir a aquel hombre curtido en combates. Allí congregados estaban muchos militares que habían participado activamente en la Guerra Civil. Entre ellos se encontraba Millán Astray, fundador de la Legión. Muñoz Grandes, antiguo legionario herido en combate, se adelantó a abrazar al que había sido su superior. Su presencia imponía respeto. Había perdido un ojo y un brazo en las campañas de Marruecos.

Finalmente, se despidió de todos los militares que le habían acompañado a esas tempranas horas de la mañana. Entre ellos se encontraba Francisco de Paula Díez de Rivera, al que dio un fuerte apretón de manos. Comenzaron los gritos de «¡Viva el Ejército!» y «¡Arriba España!».

Con un rictus serio, el general subió las escalerillas del avión. Sabía que aquella misión no sería fácil y que podía no regresar jamás. En su pecho lucía los pasadores con todas las condecoraciones obtenidas en muchas acciones bélicas. Miró por última vez la pista donde estaban su mujer y su hijo e hizo un gesto de despedida a todos los que le observaban expectantes. Los cuatro motores del avión comenzaron a rugir. La puerta del vuelo 42 de Lufthansa se cerró. El general se iba de España con una petición de Franco: corto periodo de instrucción a la tropa y entrar cuanto antes en combate.

Empezaron a caer unas gotas de lluvia en el aeropuerto madrileño de Barajas. Al romper el alba, despegó el Focke-Wulf 200 Condor *Baden* hacia Alemania.

La marquesa de Llanzol estaba al tanto del traslado de tropas de voluntarios no solo por lo que le contó su marido sino porque en San Sebastián paró uno de los trenes que llevaba la sexta expedición, que transportaba mil doscientos soldados del Regimiento Vierna. Despertaron muestras de afecto allí por donde pasaron: Ávila, Arévalo, Medina del Campo, Valladolid, País Vasco… Todo San Sebastián se movilizó para despedir a los divisionarios. Recibieron garrafas de vino, bocadillos… Los jóvenes respondían cantando: «Adiós España, España de mi querer, adiós España, ¿cuándo te volveré a ver?…». No les quedaban muchas más paradas. La última, Irún… Poco a poco, España iba quedando atrás.

Sonsoles estaba nerviosa. Durante días se habló de las caras de aquellos muchachos, algunos parecían demasiado jóvenes como para combatir. Pero San Sebastián volvió a su ritmo veraniego. Sol, playa y paseos eran el principal entretenimiento para aquellos días de tanto fervor popular. Hablaba mucho con las institutrices. Sin duda, la más curiosa era Olivia, la americana. Ahora estaba especialmente preguntona, pero ya no le caía tan mal como al principio.

—¿Con este paso España perderá su neutralidad?

—Hombre —repuso la marquesa—, neutrales, lo que se dice neutrales no hemos sido nunca, aunque las autoridades digan lo contrario. Piense que el pueblo a quien apoya es a los alemanes. Lo acabas de ver por la calle. Además, Inglaterra, mientras no nos devuelva el Peñón, siempre será nuestro país enemigo.

—Pero si les unen con Alemania lazos tan fuertes, ¿por qué España no ha entrado en la guerra?

—Porque no nos conviene. Sencillamente por eso. Oigo a mi marido decir que la mejor manera para que España se recupere es la no beligerancia para que nuestros suministros no se interrumpan. Lo necesitamos todo. ¿Entiende?

—De no ser por la situación económica, ¿hubiera entrado en guerra?

—Sí, por supuesto… Eso lo saben hasta los niños…

—Ya…

—Pero ¿por qué le interesan estos temas? No son propios de institutrices.

—Bueno, yo no soy como el resto…

—No, de eso ya me doy cuenta.

Aquella mujer tan delgada y tan ágil como demostraba en la playa y a la vez tan inteligente no respondía al perfil del resto de institutrices apocadas, estrictas y poco habladoras.

Cuando ya se preparaban para la cena, apareció el marqués dando una sorpresa a todos. Francisco tenía unos días libres. Los niños se abrazaron a sus piernas y Sonsoles, al verle, se mostró más efusiva de lo normal. Aquellos días se le hacían largos lejos de Madrid. Necesitaba que su mente se empezara a liberar de los mismos pensamientos. A ello podría contribuir la presencia de su marido.

—Querido, qué alegría. ¿Te vas a quedar muchos días?

—Tendré que ir y venir. No están las cosas como para permanecer dos meses lejos del trabajo. Ahora que ha partido la División Azul para Alemania, al menos durante su periodo de instrucción, estaré aquí. Cuando vayan al frente, ya veremos… Pero ahora mismo quiero que me contéis cómo va todo por aquí. Tengo que confesarte que me comería una piedra. Ha sido un viaje largo y, como siempre, lleno de incidencias. Las ruedas del coche están hechas un desastre. Bueno, ¿no se cena en esta casa?

Apareció Juan a servir la mesa. Había llegado con el marqués. Ya estaba la familia al completo. Comieron, rieron y durante toda la noche habló Francisco de Paula del ambiente que se había vivido en estos últimos días, previos a la marcha de la División Azul. Contó la comidilla de las últimas semanas en los foros militares.

—He podido constatar la mala relación entre Muñoz Grandes y Serrano Súñer. Además, no se habla de otra cosa.

—¿Qué es lo que se dice? —preguntó Sonsoles, sintiendo que el estómago se le encogía.

—Que el ministro se lo ha querido quitar de en medio pero le ha salido el tiro por la culata, porque cuando el general vuelva del frente ruso, lo hará convertido en una figura. Aún más imponente que cuando se marchó. Estoy seguro.

—Bueno, de momento se ha ido y es posible que haya sido una imposición ajena a Serrano. Ahora veremos qué pasa allí. No entiendo ese afán de todo el mundo por hacer responsable al ministro de todo lo malo que ocurre. Esperemos acontecimientos.

—Tienes razón… De todas formas, nosotros lo tendremos aquí pronto.

—¿Pronto? —repitió, esperando más información de su marido. No disimuló su interés.

—No sé cuándo, pero debe de estar al caer… aunque solo sea para traer a la familia. Dudo mucho que se quede mucho tiempo por estos parajes.

La cabeza de Sonsoles ya no escuchó nada más de lo que decía su marido. Pronto estaría en la misma ciudad que ella, eso era lo único que la importaba. Estaba al caer.

Al día siguiente, en la playa de Ondarreta, en la bahía de La Concha, Sonsoles paseaba con su marido cuando se encontraron de frente con un grupo de militares. Al llegar a su altura se dieron cuenta de que en el centro de aquella escolta iban el ministro y su mujer. Sonsoles iba vestida de blanco con una sombrilla para protegerse del sol. Sus ojos parecían más verdes que nunca, y su piel tenía un ligero color dorado… Serrano y Zita Polo se pararon para charlar con ellos. Zita también se protegía con otra sombrilla y estaba claro, por su color, que acababan de llegar. A Sonsoles el corazón casi se le salía por la boca. El hombre al que más amaba estaba frente a ella con su mujer, como si nada. Pensó que se iba a desmayar allí mismo. Saludó con afecto a Zita. Estuvo con ella verdaderamente simpática. A Serrano le dio la mano, que este cogió entre las suyas y besó con la lentitud que le caracterizaba. Sintió el calor de su boca en la mano. Le hubiera abrazado y besado allí mismo… Le deseaba tanto como él a ella. En su mirada azul acero se notaba una especial atracción hacia ella, que a Francisco no se le escapó.

—¿Acabáis de llegar a San Sebastián? —preguntó el marqués.

—Ayer por la noche. Los niños y Zita estaban deseando perder de vista Madrid. Por cierto, gracias por buscarnos la casa. Es extraordinaria. Tiene unas vistas fabulosas.

—Me alegro mucho.

Solo hablaban ellos dos. Sonsoles decidió hacer un aparte con Zita.

—Suelo ir a jugar al bridge a casa de alguna amiga, si quieres te llamo.

—Te lo agradezco, pero no me gustan las cartas. No se me dan bien.

—¿Te apetece aprender a jugar al golf con un grupo de señoras?

—Muchas gracias, Sonsoles. En realidad, lo que me apetece es estar con mi marido al que veo tan poco. Espero que me comprendas...

—¡Ah! ¡Claro! Lo entiendo... —no dijo más. Se dio cuenta de que Zita no quería relacionarse mucho durante su estancia allí. Hablaba de que solo quería estar con él. Aquello le dolió.

—Lo que tenéis que hacer es venir una noche a cenar o a comer, y así pasáis el día con nosotros —dijo el ministro.

—Sí, eso. ¡Venid cuando queráis, antes de que se vaya Ramón! —Zita siempre apoyaba las palabras de su marido.

Sonsoles se dio cuenta de que solo le vería en contadas ocasiones. Sus obligaciones le impedirían una larga estancia. Se miraron a los ojos. Aquellas miradas lo decían todo. Cada uno disimulaba con escaso resultado. Sonsoles estaba nerviosa y habladora, pero Ramón parecía contento y tranquilo. Eso desquiciaba a la marquesa. No soportaba verle de amantísimo esposo al lado de su mujer.

—Bueno, vamos a seguir con nuestro paseo. ¡Llamadnos si queréis que hagamos esa cena! —dijo el marqués.

—Ha sido un placer encontraros aquí —replicó el ministro, besando de nuevo su mano.

Francisco correspondió besando la mano de Zita Polo. Se despidieron y quedaron en llamarse.

Sonsoles imaginó que aquella invitación sin fecha nunca se concretaría, pero, al día siguiente, Ramón mandó, a primera hora de la mañana, un mensaje a su casa en el que ponía: «Os esperamos en casa a comer a las dos de la tarde. Traeros a los niños. Será una comida familiar».

A las dos y cinco de la tarde, la familia Llanzol llamaba a la puerta de aquella casona con vistas al mar. A los pocos minutos, el servicio les conducía hasta el salón.

—¡Bienvenidos a esta casa! —les recibió Ramón.

Después de los saludos de rigor y de enseñarles las vistas, se sentaron a comer en el salón. Los niños lo hacían en la terraza, bajo la atenta mirada de las institutrices. Olivia no perdía ojo de todo lo que acontecía. Parecía muy ocupada entrando y saliendo de la cocina. Intentaba oír algo de la conversación de los adultos. En un determinado momento, llegó a escuchar lo que se comentaba en el salón.

—Fue muy emotivo tu discurso a los soldados el otro día en la estación del Norte… —dijo el marqués a Serrano.

—¿Estuviste allí?

El marqués asintió con la cabeza.

—Perdona, pero no te vi.

—No me extraña. Había miles de personas. Fue impresionante el aplauso con el que te recibió la gente nada más entrar allí.

—Te lo agradezco, pero… será mejor que hablemos de otros asuntos. Estoy saturado.

—Pues voy a aprovechar que estamos contigo —tomó la palabra Sonsoles— para preguntarte si vamos a seguir con las restricciones eléctricas. Eso de que se corte la luz durante seis horas… Menos mal que los domingos no sucede…

—Pero, querida, Ramón ha pedido que no le hablemos de trabajo…

—No, no, es igual. Sonsoles, así a partir de una determinada hora hay más intimidad…

Se echaron todos a reír. Sonsoles tragó saliva. Lo de la intimidad iba con segundas. Ese mensaje iba para ella.

—Ha llovido poco, ¿no? — preguntó el marqués.

—Muy poco. Tenemos una tremenda escasez de energía eléctrica. Ahora acabamos de iniciar una intensa política de construcción de pantanos. Se está trabajando a todo ritmo en los de Entrepeñas y Buendía, en Guadalajara, y en el de Benagéber, que abastecerá a Cuenca y Valencia.

—Hay quien dice que construís los pantanos donde no llueve nunca —afirmó Sonsoles.

Volvieron todos a reírse. Se veía a la marquesa con mucha confianza en sus comentarios irónicos al ministro. Sin embargo, este los recogía con sentido del humor.

—Aquí, por la noche, tenemos un aparato, el «petromax», que consigue encender una llama que dura la noche entera —explicó el marqués.

—Casi prefiero la luz de las velas, porque no he visto una luz más mortecina que la del «petromax»…

—Hablando de otra cosa… ¡Qué bien estuvieron Belmonte y Gallito el otro día! —alabó el marqués—. Fue maravilloso el mano a mano que dedicaron a los chicos de la División Azul.

—Sí, me han hablado de ello. Yo, tengo que reconocer, que a mí quien me gusta toreando es Manolete.

—A mí también me gusta su forma de torear y su seriedad —admitió Zita.

—Su valentía, a veces, me da miedo —afirmó Sonsoles.

—No sé si sabéis que es hijo de torero. Llevaba su mismo nombre. Y su madre, doña Angustias, estuvo casada de primeras nupcias con Lagartijo Chico. Su tío abuelo, Pepete, y su tío, Bebé Chico, también fueron toreros —dijo Serrano.

—No sabía que te conocieras todo el árbol genealógico de Manolete —rio Sonsoles.

Todos se echaron a reír de nuevo. El ambiente era distendido y relajado.

—Bueno, sigo de cerca a muchos toreros. No sé si me gusta más Manolete o este joven que tomó la alternativa el año pasado en Las Ventas, Pepe Luis Vázquez.

—Sí, a mí también me gusta —apuntó Zita.

—Ha inventado el pase del «cartucho de pescao» —intervino Francisco.

—¿Qué pase es ese? —preguntó Sonsoles.

—Cita a los toros desde los medios con la muleta plegada en la mano izquierda a modo de cartucho, después la despliega para dar un natural con los pies juntos. Ese pase entusiasma a todo el mundo —le explicó su marido.

—A mí es que me gusta mucho el estilo elegante, vertical… de Manolete. El toreo de frente y citando de perfil. Me parece que su toreo puede ser tan revolucionario como el de Joselito y mantiene la estética de Juan Belmonte. Me encanta… —concluyó el ministro.

Después de hablar de toros, salieron al jardín. Serrano se puso un sombrero blanco y las damas cogieron su sombrilla. El marqués se quedó jugando con los niños al juego de la rana durante unos minutos. Los pequeños lanzaban fichas a la boca abierta de una rana de hierro y Francisco les demostró su puntería.

—Me relaja mucho ponerme a leer un libro aquí sentado. —Serrano señaló la sombra del árbol más alto que había en el jardín—. No me gusta bajar a la playa. Es posible que sea porque no sé nadar…

—Es cuestión de proponérselo —dijo Sonsoles.

—No, no pienso intentarlo. No me gusta. Prefiero leer. Me evade completamente.

—Ha sido siempre así. Yo tampoco bajo a la playa cuando está Ramón. Los niños se van con las chicas… Es un rato que estamos solos —señaló Zita.

Sonsoles sintió celos. Siguieron andando y contemplando la exuberancia de las plantas y flores de aquel jardín. Una de las doncellas del servicio interrumpió el paseo y le pidió a Zita que acudiera a la casa. Llamaba su hermana Carmen.

—¿Me perdonáis un momento? —dijo, y se fue dejándoles solos…

Continuaron andando por aquel jardín repleto de rosas y arbustos aromáticos… Giraron a la derecha y se metieron en la zona más frondosa. Era difícil que les viera nadie… Fue cuando Serrano la cogió por la cintura y la besó con la misma pasión de siempre. Sonsoles dejó caer la sombrilla y le correspondió. Todo a su alrededor desapareció. Estaban solo los dos, ajenos a lo que sucedía en torno a ellos.

—¿Por qué no me dijiste que te ibas de Madrid? —le preguntó cuando despegó su boca de la suya.

—Aquella tarde que estuvimos juntos ocurrió de todo a mi vuelta a casa… Francisco estaba muy nervioso. Mi madre me aconsejó que me alejara de ti. Y eso hice.

—¿Tu madre sabe lo nuestro?

—Sí, pero no hablará. Le he prometido que no te llamaría. Y lo he cumplido. No te he llamado…

—No vuelvas a irte sin decirme nada, ¿me oyes? —La besó con la misma desesperación con la que la había amado la última vez.

—Pueden vernos, Ramón…

Siguió besándola. No oían, no escuchaban. Estaban solos de nuevo. Había pasado mucho tiempo sin saber uno del otro…

—Todo esto es una locura que tendrá que acabar, Ramón.

—Hemos pasado una guerra, han estado a punto de fusilarme, he estado en la cárcel, me he entrevistado con Hitler pensando que en una de esas entrevistas no iba a volver a España, ¿y ahora voy a pensar en reprimir mis sentimientos…? Es imposible, Sonsoles. No puedo y no quiero…

—Se te da muy bien hablar y engatusarme con tus palabras. Pero estamos jugando con fuego.

—No me importa, quiero quemarme…

Escucharon a los niños reír y acercarse corriendo hacia donde estaban ellos. Sonsoles se estiró el traje y cogió la sombrilla del suelo. Ramón se puso a andar y a seguir enseñándole todo aquel jardín cuajado de flores.

—¿Podré verte a solas? —susurró Ramón.

—Me encantaría. Pero no se me ocurre dónde…

Llegaron los niños y detrás el marqués jadeante.

—Estos niños me van a matar. Me han hecho correr los cien metros lisos…

—¿Has visto qué jardín más maravilloso? —le dijo Sonsoles, disimulando.

—Sí, ya quisiéramos nosotros tener uno así. Lo que tiene de bueno nuestra casa es que está más cerca de la playa que esta.

—¡Claro! —Por una vez, Serrano Súñer se quedó sin palabras. Pensaba en ella.

—¡Qué rosas más bonitas! Me encantan —volvió a insistir Sonsoles, acercándose a oler unas rosas rojas.

Ramón cortó una y se la dio. Sonsoles creyó que su corazón se le iba a salir del pecho. Regresaron a la casona. Zita había acabado de hablar con su hermana y les ofreció una limonada.

Los dos matrimonios siguieron conversando. Ramón no dejaba de mirarla. Sonsoles rio y habló durante toda la tarde. El marqués miraba el reloj de bolsillo de vez en cuando. Estaba cansado.

—Yo creo que ya no son horas de seguir molestando. Debemos irnos, Sonsoles. Ramón y Zita estarán cansados.

—No les pongas de excusa. Estás cansado tú, que es distinto…

Todos se echaron a reír.

—Está bien… No me recuerdes más que casi te doblo la edad. Sí, es cierto. Estoy cansado. Ya no soy el mismo de antes de la enfermedad.

—Lo entendemos perfectamente —concedió Ramón.

—Además, los niños no han parado de jugar en todo el día. Ya va siendo hora de que se tranquilicen, se bañen, cenen y se acuesten...

—Ha sido estupenda vuestra compañía, muchas gracias por la invitación —dijo Sonsoles como despedida.

—¡Ahora tendréis que venir a nuestra casa! ¡No hay excusas! —añadió el marqués.

—Cuando queráis —dijo Serrano Súñer.

—Será un placer —añadió Zita.

Ya de vuelta a casa, Sonsoles, mientras olía la rosa que le había dado Serrano, le dijo a su marido:

—¿Te has dado cuenta de que comen todo con salsas? Me he dejado casi todo en el plato...

—Ya, ya lo he visto. No se puede ir a comer a ningún sitio contigo.

—Bueno, tú haces los honores por los dos.

Los dos se rieron. A Sonsoles se la veía exultante. El marqués se preguntaba si tendría que ver con la presencia de Serrano. No la había dejado de mirar en toda la comida y en toda la tarde... Se lo iba a decir a su mujer, pero prefirió no estropearle el día. Hacía tiempo que no la veía así de feliz.

49

Durante varios días, no supieron nada de Serrano Súñer y de su mujer. Sonsoles hacía su vida social, algo menos intensa que cuando no estaba su marido. Llegaba de la playa y le preguntaba a Matilde o a Juan si tenían algún recado que darles. Su madre la observaba y callaba. Sonsoles esquivaba su mirada. Reía y canturreaba. Decía que el clima de San Sebastián le sentaba bien. Una mañana muy temprano apareció por allí Orna, el conductor del ministro. Entregó un sobre para los marqueses y quedó en espera de respuesta.

El marqués lo abrió y leyó la pregunta de Serrano Súñer. «¿Os vendría bien que fuéramos mañana a comer?».

—El chófer espera la respuesta, señor —le dijo Juan.

—Dígale que sí, que será un honor…

Inmediatamente se lo comunicó a Sonsoles, que comenzó a organizar la comida del día siguiente con el servicio.

—Vamos a enseñar al ministro y a su mujer cómo se come —le dijo a su marido.

Estuvo nerviosa toda la tarde y la mañana siguiente. No quiso ni pasear por la playa. Tenía que estar en casa, arreglándose y supervisándolo todo. Francisco sí se fue al mar con los niños y las institutrices. El marqués se pasó toda la mañana vestido, debajo de la sombrilla leyendo el periódico.

Sonsoles se dio un baño y se echó crema por todo el cuerpo. No le gustaban las pecas que le habían salido y se dio polvos blancos por la espalda y el escote. Eligió un vestido vaporoso de color blanco y escotado. Matilde la peinó y ayudó a vestir. Estaba preparada para la llegada de Ramón y su mujer. Su madre la abordó en cuanto salió de la habitación.

—Si crees que no sé lo que está pasando, estás muy equivocada.

—¿Qué voy a hacer? ¿Decir que no al ministro? Ha visto que fue mi marido el que habló de vernos. Después llegó la invitación para ir a su casa y le hemos correspondido. No hay más.

—Sabe más el diablo por viejo que por diablo. Sé lo que está pasando y hay que cortarlo de raíz. Lo mejor que puedo hacer es decírselo a Francisco para que se acabe esta situación cuanto antes.

—Si hace eso, no volveré a hablarle en la vida. Yo también sé cortar con quien me hace daño. Si realmente me quiere, no dirá nada. Seguimos viéndonos, pero yo voy con mi marido y él con su mujer. ¿Qué hay de malo en ello?

—Está bien. Hoy me iré a casa de mi amiga la marquesa de Casatorres a pasar el día. Cuando se vaya Serrano, me mandas al mecánico a buscarme.

—Me parece bien —dijo enfadada, y se dirigió a la terraza en donde estaba ya preparada la mesa para la comida.

Al poco tiempo llegó el marqués sudando. Dijo que se iba a dar una ducha y a vestirse para la comida. Juan le ayudó. A las dos en punto llegaban Serrano Súñer, su mujer y los niños… Les recibieron con todos los honores. El ministro traía un ramo de flores que entregó a la anfitriona. A la marquesa aquel ramo le pareció el más bonito que había recibido nunca. Pasaron a la terraza y enseguida Juan les ofreció unos martinis. Zita prefirió una limonada. Los niños comieron aparte con las institutrices. Olivia saludó al matrimonio Serrano Súñer e incluso se atrevió a ir más allá del simple saludo.

—Señor ministro, es un placer conocerle. En mi país elogian su política de no beligerancia…

—¿Cuál es su país? —preguntó curioso.

—Estados Unidos —respondió Sonsoles por ella—. Perdona, pero su curiosidad es infinita —la miró con ojos de enfado.

—Lo siento, no quería ofenderle —contestó Olivia.

—No, en absoluto. Los americanos deberían ayudarnos más a traer alimentos de primera necesidad y deberían cambiar a su embajador. No me gustan nada sus formas…

—Pues ella ha venido a España por la embajada. Lo digo para que lo sepas.

—¿Por la embajada? —preguntó extrañado.

—Bueno, la mujer del embajador conoce a mi familia. Yo quería venir a España y me ayudaron.

—Me parece que la señora Weddell tiene un corazón de oro, pero ya le tuve que advertir que no fuera por ahí fotografiando la España más pobre.

—Ella es muy caritativa. Le gusta ayudar a los pobres —contestó Olivia.

—Ayudar, sí. Fotografiar y dar esa imagen negativa de España, no.

—Bueno, Olivia, ya está saciada su curiosidad. Ahora, por favor, atienda a los niños.

—¡Oh, sí! ¡Perdón! —se disculpó, retirándose de allí rápidamente, y ya no se apartó de los niños en todo el día.

Se sentaron a la mesa dos a dos. Serrano al lado de Sonsoles y Zita junto al marqués. Todo transcurrió con normalidad hasta que Sonsoles notó cómo la mano de Serrano cogía la suya por debajo de la mesa. El mantel los ocultaba, pero la marquesa guardó silencio de repente. Serrano, en cambio, en esa situación era capaz de mantener una conversación fluida con el marqués. Hasta que no retiró su mano, Sonsoles perdió la capacidad de hablar.

—Hoy mi mujer está muy callada… —se extrañó Francisco de Paula.

—Estoy preocupada por la comida. No me parece que estemos quedando como a mí me gusta.

—Está todo delicioso —dijo Zita—. Se ve que tienes mejor cocinera que nosotros.

—No me puedo quejar, pero hay que estar encima de ella constantemente.

Se tranquilizó cuando se levantaron a tomar el café al sofá. En cuanto pudo, Sonsoles reprendió a Serrano en un aparte.

—¡No lo vuelvas a hacer! —le pidió.

—Te pones muy guapa cuando te enfadas —le comentó entre dientes Serrano Súñer.

El matrimonio se fue de la casa de los marqueses nada más tomarse el café. El ministro tenía que trabajar. Antes de irse, le pidió a Orna que le trajera un libro que se había dejado en el coche.

—Te gustará, Sonsoles. Es un libro de Laín Entralgo: *Medicina e historia*. Hay algo solo para ti en su interior. —Le dijo la última frase al oído mientras su mujer se despedía del marqués.

Sonsoles cogió el libro y lo apretó contra su pecho. Se despidió de los dos como si no hubiera sucedido nada. Estaba nerviosa. Se preguntaba qué habría en su interior. Nada más quedarse sola con su marido, le dijo que se iba a su cuarto un rato a descansar. Francisco se fue con los niños.

Se encerró en el cuarto de baño. Allí, nerviosa, rebuscó en el libro y encontró una nota. Era escueta. «Mañana escápate. Te espero en la calle Garibay, número 12, primer piso. A las doce en punto». Su corazón volvió a agitarse.

¿Qué le diría a Francisco para poder estar a solas con Ramón Serrano Súñer? Pensó que lo tenía bastante difícil y complicado. Estuvo nerviosa porque no solo tenía que engañar a su marido sino a su madre. La única excusa que se le ocurría era ir a ver a Guetaria a la familia de su amigo Cristóbal Balenciaga, pero su marido no la dejaría ir sola. Lo descartó. Pensó en la peluquería. Eso es, iría a la peluquería a primera hora y se escaparía para ver a Ramón. Corría el peligro de que la acompañara su madre. Tenía que pensar algo, y rápido. ¡Las clases de golf solo para señoras! Ahí su marido no iría y su madre tampoco. Eso es, llamaría a Carmen, una de sus amigas, para que le cubriera las espaldas. Ya le pondría después cualquier excusa, pero, de momento, sería su escudo.

Llegó el día del encuentro. Se arregló con especial cuidado. No parecía que fuera a jugar al golf porque iba más perfumada de lo normal. Estaba bellísima vestida de verde manzana. Destacaban más sus ojos. Casi a punto de salir de casa, el mayordomo se acercó a ella con cara de preocupación.

—Señora, deberíamos llamar a un médico.

—¿Por qué lo dice? —preguntó extrañada.

—El marqués está indispuesto.

—Lo he dejado durmiendo en la cama. He pensado que quería descansar.

—No, señora. No ha querido decirle nada para no preocuparla y obligarla a deshacer sus planes. Me ha pedido que no le dijera a nadie que se encontraba mal, pero creo que usted debe saberlo.

—Si el señor le da una orden, debería cumplirla… pero está bien. Gracias por decírmelo —era evidente su mal humor.

Durante unos segundos dudó. No tenía forma de llamar a Serrano, que la estaba esperando. Pero no podía irse de casa encontrándose mal su marido. El mayordomo no debería haberle dicho nada, pero lo había hecho. Hablaría con Francisco…

Entró en la habitación y abrió ligeramente las persianas para que entrara la luz.

—Querido, había pensado irme al golf, ¿te encuentras bien?

—Sí, sí… No te habrá dicho nada el indiscreto de Juan…

—¿Qué tenía que decirme?

—¡Oh! Nada, nada… Es que se ve que algo me sentó mal anoche y he estado yendo y viniendo al baño. Ahora estoy agotado.

—No me he dado cuenta. ¿Te has levantado muchas veces?

—Cinco…

—Lo que tienes es un cólico. ¿Te das cuenta de que hay que cenar poco?

—No me hables de la cena, que me dan ganas de vomitar.

—Voy a llamar al médico. Si no lo consigo, me iré a la farmacia a por algo que te haga eliminar la comida que te sentó mal. Ahora mismo vas a tomar un té.

Llamó al timbre y apareció el mayordomo. Le encargó un té solo, sin leche y sin limón. Luego telefoneó a una de sus amigas para que le diera el teléfono del médico. Miraba la hora en su reloj. Ya debería estar con Ramón. Casi no podía respirar de la angustia que sentía.

—Hija, no te pongas así. Es un cólico. No tiene mayor importancia —le dijo su madre. Pero ella no estaba así por su marido, sino porque no tenía forma humana de localizar al ministro para contarle lo que pasaba.

—Mire, no localizo a ningún médico. Me voy a la farmacia —le comentó a su madre.

—Yo la acompaño, señora —saltó Matilde.

—Está bien.

Salieron de casa y el mecánico las llevó hasta la calle donde se había citado con Serrano Súñer. Le pidió a los dos que la esperaran en la esquina. Entró en el edificio, subió al primer piso y llamó al timbre. Nadie respondió en su interior. Volvió a llamar con insistencia. No hubo respuesta. Se quedó aturdida. Vencida. ¿Qué habría pensado Ramón al ver que no acudía a su cita? Bajó las escaleras despacio. Abrió el portal y anduvo hasta la esquina.

—No he encontrado a quien esperaba… Vayamos a la primera farmacia que esté en nuestro camino.

Estuvo seria y pensativa todo el recorrido.

—Señora, no se preocupe. Seguro que en la farmacia nos recomiendan a algún médico —le dijo Matilde.

No contestó. Su preocupación no era por el médico, sino por no haber llegado a tiempo para decirle a Ramón lo que había ocurrido. El ministro no estaba acostumbrado a esperar, se dijo a sí misma. Había llegado tres cuartos de hora tarde. Imaginó que su soberbia le impedía que una mujer le diera plantón. Estaba molesta y también preocupada. Además, se reprendía por no haber seguido con sus planes. Había podido más el deber que lo que deseaba. Pensó que así era su vida desde que se había casado. Constantemente hacía lo que era conveniente por encima de su voluntad. Los convencionalismos sociales y el qué dirán marcaban su camino.

Ya en la farmacia, la propia Sonsoles habló con el farmacéutico que le proporcionó unas pastillas y el teléfono de un médico que estaba casi siempre de guardia.

—¡Volvamos a casa! —ordenó.

Cayó en el mutismo nada más subirse en el coche. No tenía ánimo para decir nada más. Estaba rabiosa, enfadada y era difícil que nada ni nadie la sacara de ese estado.

Le dio el medicamento a su marido y, al cabo de una hora, el médico que le habían recomendado llegaba a su casa de verano. Le puso una dieta blanda al marqués y no le dio mayor importancia. Francisco se levantó de la cama para sentarse a la mesa y tomar solo un caldo… Sonsoles seguía seria. Todos pensaron que estaba preocupada por la salud del marqués. Sin embargo, se recriminaba por no haber acudido a tiempo a su cita. Su marido estaba bien. Había sido un simple cólico y ella había dejado escapar la oportunidad de verse a solas nuevamente con el ministro.

Pasaron los días y volvió a quedarse sola a cargo de la casa. Su marido tuvo que volver a Madrid. No sabía nada de Serrano Súñer. Estaba molesta, ya que podía haber hecho algo por tener noticias suyas. Una mañana, paseando por la playa, se encontró con Zita Polo que estaba, como ella, sola con sus hijos bajo una sombrilla. Ninguna de las dos se había puesto el traje de baño. Acompañaban a los niños y las institutrices eran las que se mojaban los pies yendo con los pequeños hasta la orilla.

—Zita, buenos días. Me preguntaba si seguíais aquí, al no saber nada de vosotros…

—Bueno, ya sabes que yo hago poca vida social y menos aún si no está Ramón.

—¿No está? —El estómago le dio un pellizco.

—No, se fue al día siguiente de ir a vuestra casa. Fue de repente.

—¿Al día siguiente? —pensó que se fue el mismo día que había quedado con ella y no había acudido puntual a la cita.

—Sí, primero salió de casa a hacer unos recados. Al menos eso me dijo, y cuando regresó hizo la maleta y se fue. Lo malo de que se vaya es que no sé cuándo volverá.

Sonsoles se quedó pensativa. Se culpaba de la reacción de Serrano. Quizá despechado por su plantón, pensó que lo mejor que podía hacer era poner distancia… Mientras meditaba seguía la conversación con Zita.

—Mi marido también ha tenido que marcharse. De modo que estamos solas. Si quieres, podemos quedar en la playa por las mañanas. Así nuestros hijos se entretienen.

—Muy bien… Yo siempre me pongo lejos de la orilla para no salpicarme si sube la marea.

—Pues la primera que llegue que guarde sitio para la otra. ¿Te parece?

Así quedaron. De esa forma, pensó Sonsoles, estaría informada de los pasos de su marido. La marquesa estaba convencida de que aquel verano prometía ser largo y tedioso. Su nostalgia por Serrano Súñer crecía cada día. Estar cerca de su mujer, de alguna manera, la acercaba a él.

50

Serrano Súñer en esos días calurosos de julio seguía, desde su despacho, atentamente los pasos de la División Azul. Entre los dieciocho mil seiscientos noventa y cuatro hombres, en su mayoría falangistas, estaba su amigo Dionisio Ridruejo. Le había desaconsejado que fuera, pero cuando este tomaba una decisión no había ser humano que pudiera pararle. Todavía podía recordar sus ojos ilusionados antes de marchar hacia Grafenwöhr. Se preguntaba si también lo perdería como le había pasado con dos de sus hermanos. Sabía que aquel ejército de voluntarios no iba a estar en la retaguardia, sino en primera línea de combate. Todos aquellos jóvenes, incluido Dionisio, a los que despidió en la estación, estaban dispuestos a dar su vida en el frente.

Releía los periódicos y seguía atentamente los avances de las tropas alemanas. Estaba convencido de que vencería Alemania, pero ¿a qué precio? Se hallaba en estas disquisiciones cuando sonó su teléfono. Era su secretaria, le anunciaba la llamada de la marquesa de Llanzol.

—Sí, páseme la llamada —dijo al tiempo que se aflojaba el nudo de su corbata.

No esperaba ni por asomo la llamada de Sonsoles.

—Sí, buenos días —saludó, serio, y sin ningún otro adorno en sus palabras.

—Buenos días, Ramón. Necesitaba darte una explicación. Quiero que sepas que acudí tarde a la cita, pero fui cuando pude y ya no estabas allí.

—Esperé media hora, Sonsoles. Pensé que no te apetecía verme y me vine a Madrid. Tengo mucho trabajo.

—Lo sé. Solo quería que supieras que no llegué a tiempo, porque Francisco se puso malo esa mañana y…

—No me digas nada. No es necesario. He pensado que quizá no te falte razón. Tengo muchas preocupaciones en la cabeza y no tiene sentido que sigamos viéndonos así. Es una virtud saber cuándo algo debe acabar… Esta situación nuestra me intranquiliza y ahora mismo necesito despejar mi mente. Hay muchas cosas en juego que requieren de mi máxima atención.

Hubo un silencio al otro lado del teléfono. Sonsoles no sabía qué responder. Estaba diciéndole que su relación no tenía sentido. El dolor que sintió fue desgarrador…

—Te recuerdo que quien me persiguió fuiste tú. Yo tenía mi vida familiar resuelta. No he sido yo precisamente la que lo ha puesto todo patas arriba. Pero… muy bien. Es tu decisión. No tenemos más que hablar. ¡Que tengas un buen verano!

—Sonsoles…

Colgó el teléfono dolida, agraviada con sus palabras. Le amaba como nunca había amado a nadie. Era cierto que su relación no tenía sentido. Ya se lo había dicho ella, pero no le gustó oírlo en sus labios. Rompió a llorar con un enorme desconsuelo. Aquella mañana todo se nubló. Se fue corriendo a su cuarto y echó el pestillo. No quería que entrara nadie y la viera en esas condiciones. Lloró hasta que no le quedaron lágrimas en los ojos. Sentía un enorme vacío en su interior. ¡Deseaba estar con él! Sin embargo, acababa de cortar su relación. Le pareció un agravio y una grosería. Un desplante por el que se sentía ofendida. Nunca volvería a escuchar su voz, sus palabras... No la besaría ni la amaría como solo él sabía hacerlo. La luz se desvaneció. Pensó en la pasión de sus besos en el jardín de su casa. Aquello, más que pasión, era amor, se dijo a sí misma. Estaba claro que el hombre de acero se había enamorado de ella y no se lo podía permitir. Aquel hombre tan poderoso la apartaba de su lado a través del teléfono. No había tenido el valor de decírselo cara a cara. Seguro que estaba enfadado. Aquella media hora de espera le había hecho reflexionar y se habría sentido ridículo. Tal vez fue lo que ocurrió. Los acontecimientos del país pesaban mucho. Ramón no hablaba con el corazón a través del teléfono, se decía una y otra vez. Al ver que ella no acudía a la cita, reconsideró aquella relación. No podía permitirse que alguien dominara sus sentimientos. El llanto fue sustituido por la rabia. Su soberbia, se dijo a sí misma, le impedía ser humano. Era imposible que en tan pocos días pasara de aquellos besos y de sus caricias furtivas bajo la mesa a un desplante como el que le había dado por teléfono. Aquella reacción no era normal, pero no iba a presentarse en Madrid a pedirle explicaciones. Su aventura amorosa había acabado. ¿Realmente había sido una aventura? Volvió a llorar con desconsuelo sobre su cama. Aquello no había sido un romance sin más, se había enamorado de él. Esa era una realidad que no podía cambiar. Tendría que acostumbrarse a vivir con ese vacío, se decía en esa especie de soliloquio que mantuvo con ella durante esa mañana.

Alguien tocó con los nudillos en la puerta. No respondió y siguió tumbada sobre la cama. Matilde insistió.

—¿Señora, le pasa algo? —preguntó desde el otro lado de la puerta.

—Matilde, necesito dormir un rato. Me duele muchísimo la cabeza. Por favor, quiero estar sola.

—Me dice su madre que le diga que vienen sus hermanas y sus cuñados esta tarde...

—¡Estupendo! Pero ahora déjeme, por favor. No quiero que me moleste nadie. Ni el señor, por favor. Necesito descansar.

—Está bien. No se preocupe. La llamaré media hora antes de la comida…

Le alegró saber que sus hermanas vendrían por la tarde a visitarla, pero ahora… no podía moverse de la cama. El cuerpo le pesaba y tampoco hizo intención de levantarse. A oscuras pensó una y otra vez en aquel hombre de ojos de color acero. Un hombre con el corazón de hielo, se decía. El poder tiene ese efecto sobre las personas. Las aparta del mundo. Se creen invulnerables. Uno va bien con ellos si solo se hace su voluntad. Ahora, de repente, sintió rabia por su comportamiento. Había pasado de amarle a odiarle. Encontró crueles las palabras que había dicho y cómo lo había hecho: «Es una virtud saber cuándo algo debe acabar…». Así apagaba el fuego que sentía por ella. Se lo había demostrado siempre que estuvieron solos. Pero Serrano Súñer no sabía quién era Sonsoles de Icaza y León. Se iba a enterar. Se dejaría ver allí donde estuviera y no pensaba dirigirle la palabra. Iba a hacer evidentes los desplantes. No le importaba que fuera ministro y cuñado de Franco. Ella era la marquesa de Llanzol. ¿Quién se creía que era para tratarla como lo había hecho? Por otro lado, se sintió ridícula por haberlo llamado al ministerio. Se recriminó por haber cedido a esa tentación. Aquel hombre todavía no sabía quién era ella.

Se levantó de la cama. Abrió las persianas y con el primer haz de luz se quedó un rato con la vista nublada. Cuando recuperó la visión, se fue al espejo y se miró. Estaba furiosa. Se dio con los dedos pequeños pellizcos en las mejillas y se humedeció los labios. Se iba a cuidar más, pensó. Intentaría apartar de su mente a aquel hombre que la estaba haciendo sufrir. Le entraron ganas de hablar con Cristóbal Balenciaga. Llamaría a su amigo que tantas veces le había advertido del inconveniente de amar a un hombre poderoso. Una vez más, tenía razón.

Primero tocó el timbre del servicio. Abrió el pestillo, y Matilde no tardó en aparecer.

—Me alegra verla de pie, señora.

—Sí, parece que estoy un poco mejor del dolor de cabeza.

—No sabe cuánto me alegro. Lo que tiene son los ojos hinchados… ¿Se ha dado cuenta?

—Sí, ¡tráigame una manzanilla! Me ayudará a que baje la hinchazón.

—Sí, ahora mismo.

Eran los efectos de tanto llanto. Se negó a seguir sufriendo por amor a aquel hombre que no merecía que pensara más en él. Seguía furiosa… Necesitaba cuanto antes quitárselo de la cabeza…

En Madrid, Serrano Súñer continuó con su actividad política. Le molestó que la marquesa le colgara el teléfono. Aquella mujer no sabía con quién estaba hablando. Aunque, al mismo tiempo, aquellos gestos le llamaban poderosamente la atención. Se trataba de una mujer indomable, le robaba el pensamiento más de lo que quisiera. Sin duda, era especial. Conociéndola, imaginaba que no querría volver a hablar con él. Sonsoles tenía mucho carácter. Eso, precisamente, es lo que la hacía más atractiva. No logró quitarla de su mente en toda la mañana. El barón De las Torres apareció en su despacho.

—Ministro, se acerca la fecha del alzamiento y digo yo que habrá que pensar en el discurso de Franco.

—Sí, tendré que prepararlo, pero mi cuñado no me ha dicho nada. Me parece extraño.

—El año pasado por estas fechas ya lo tenía.

—Llevo varios días pensando en qué es lo que tiene que decir… Ya tengo alguna idea.

—Debería pasarse por El Pardo.

—No, eso no. Está rodeado de gente que no me gusta nada. Cuando mi cuñado me busque, me encontrará. Siempre lo ha hecho.

—Perdóneme, pero creo que está dejando terreno a gente que siempre han sido enemigos suyos directos. Su popularidad es muy grande y, a lo mejor, eso tampoco está gustando demasiado a Franco.

—Más que a Franco, a quien le disgusta es a mi cuñada Carmen. Habrá que oír qué cosas estará diciendo de mí.

—Lo mejor es salir de dudas. Está demasiado cerca la fecha del 18 de julio.

—Es que ese discurso tiene una enorme trascendencia. Piensa que lo que diga Franco repercute en nuestras relaciones internacionales, y yo soy el ministro de Exteriores… Pero si no me llama… peor para él. ¡Que se las arregle como pueda!

—Acabará llamando…

—Pues como no se dé prisa…

Estaba dolido. Nunca había contado menos su opinión que ahora. Justo cuando la situación era realmente delicada con las relaciones exteriores. No acababa de entender lo que estaba pasando.

La antevíspera del aniversario ya no esperó más. Hizo caso a Zita y se presentó en el palacio de El Pardo. Su mujer le dijo que debía salir de dudas. Eran, a fin de cuentas, familia y las cosas había que hablarlas cara a cara.

Cuando llegó a la antesala de su despacho, le hizo esperar. Su cuñado estaba marcando las distancias y diciéndole sin palabras quién mandaba allí. A los diez minutos, lo hizo pasar. Franco no levantó la vista de los papeles que tenía encima de su mesa. Ramón se acercó y se sentó en una de las dos sillas que estaban al otro lado del escritorio.

—Paco, supongo que estarás con lo del discurso. Si me necesitas, aquí estoy.

—No, no. No te necesito. Gracias.

Continuó firmando papeles en presencia de su secretario. No parecía que quisiera tener un aparte solo con él. Todo aquello le resultó muy extraño. ¿Qué mano estaría detrás de todo aquel encuentro tan frío?

—Bueno, pues si no necesitas mi ayuda, me voy al ministerio, que tengo a varios embajadores esperándome.

—Muy bien…

Se despidió de él sin mirarle a los ojos. Serrano notó un enorme vacío en su estómago al salir del despacho. Había una barrera entre él y su cuñado. Era evidente.

Todo el camino de vuelta al ministerio lo hizo en silencio. Orna le miraba por el espejo retrovisor. Sabía que había algo que volvía a pesar demasiado sobre sus espaldas. La mirada del ministro parecía vacía. Su mente no estaba allí, sino lejos de aquellos parajes que atravesaban. No dijo nada en todo el trayecto y el conductor tampoco quiso preguntar.

Cuando llegó al ministerio se sintió realmente solo al entrar en su despacho. No podía llamar a Tovar, lo habían apartado de su lado. Tampoco podía contar con su amigo Dionisio, estaba formando parte de la División Azul. Le hubiera gustado tener el calor de Sonsoles, pero había terminado con ella. No podía sentirse peor. Otra punzada en el estómago le hizo doblarse de dolor en su silla. Descolgó el teléfono y pidió a su secretaria que le pusiera con su mujer. Solo le quedaba ella. Siempre fiel y a la espera de sus noticias.

—Tiene a su mujer al teléfono —le dijo la secretaria.

—¿Qué tal? ¿Cómo te ha ido con Paco? —preguntó Zita.

—Mal, muy mal.

—¿Qué ha pasado?

—Mal, porque no ha pasado nada. Ni me ha mirado a los ojos. Me ha despreciado absolutamente. Tu hermana le habrá malmetido contra mí. No entiendo nada de lo que está pasando.

—¿Pero tú qué le has dicho para que te trate así?

—Zita, le he preguntado si quería mi ayuda para el discurso y se ha limitado a decirme que no y a darme las gracias. Allí me he quedado con cara de tonto sin saber qué decirle…

—¿No será Luis Carrero el que se ha dedicado a actuar en tu contra?

—Puede ser, pero tampoco te olvides del resto de los generales a los que tanto escucha. Me dan ganas de dimitir, Zita. Esto no tiene ningún sentido.

—Eso ni se te ocurra decirlo en voz alta. Sabes que la otra vez que quisiste presentar tu dimisión le sentó fatal, pero te pidió por favor que te quedaras

—En estos meses las cosas han cambiado mucho. No tengo ningún apego al cargo y, desde luego, no formo parte del coro de babosos que solo saben decirle que sí a todo. Por su bien, siempre le diré lo que pienso. Claro, si le interesa escucharme, que ahora parece que no.

—Voy a llamar a mi hermana.

—No, Zita. Prométeme que no lo harás…

—Está bien, te lo prometo. Haré lo que tú digas.

—Vamos a esperar acontecimientos. Tengo pavor al discurso que vaya a pronunciar. Como sus palabras no sean equilibradas, puede meternos en un problema diplomático tal y como están los ánimos en estos momentos. Él verá lo que hace. Si prefiere a otros a su lado, pues… que se atenga a las consecuencias. Lo malo es que está en juego el futuro de España.

—¿Cuándo volverás con nosotros?

—Después del discurso, esperaré las reacciones de los embajadores. Estaré en San Sebastián dentro de un par de días.

—Tranquilo, Ramón. Paco no puede estar sin ti en el gobierno. ¡Eres imprescindible para él!

—Por lo que se ve, ya no, eso era antes…

—No adelantes acontecimientos…

Llegó la tarde del día 17 de julio, anterior al aniversario. Serrano esperó en la puerta de la sede del Consejo Nacional —el antiguo edificio del Senado— la llegada de su cuñado. Hicieron la entrada juntos. Un mar de uniformes blancos esperaba sus palabras. Franco y Serrano subieron al alto sitial de madera dorada y terciopelo rojo donde se encontraban las autoridades. El ministro se quedó a su derecha. A los pocos segundos comenzó el discurso.

—La suerte ya está echada… La destrucción del comunismo ruso es ya de todo punto inevitable… Que nadie intente frenar nuestra marcha porque será arrollado… En estos momentos en que las armas alemanas dirigen la batalla que Europa y el cristianismo, desde hace tantos años, anhelaban y en el que la sangre de nuestra juventud va a unirse a la de nuestros camaradas del Eje, como expresión viva de solidaridad, renovemos nuestra fe en los destinos de nuestra patria…

Serrano comenzó a ponerse nervioso. Aquel discurso era una provocación para los aliados. Se imaginaba la cara del embajador Hoare o de Weddell, el americano, al escuchar las palabras de Franco. Desde donde se encontraba no quería ni mirarles, pero estaban allí presentes en la tribuna diplomática. Todas sus afirmaciones parecían asegurar la victoria alemana sobre los aliados. Solo le faltaba añadir que España se sumaba al Eje, no con una división de voluntarios, sino con todo el Ejército. Serrano estaba furioso. Se removía en su asiento. No le gustaba la severidad de sus frases. Sin embargo, los consejeros no paraban de aplaudir con entusiasmo. Serrano no.

Franco comenzó a hablar con desprecio y con lástima de los aliados. Serrano cerró los ojos durante unos segundos. Aquel discurso era un despropósito. Se preguntaba quién se lo habría preparado. Hubo un movimiento en la sala y abrió de nuevo los ojos. Pudo ver cómo los embajadores de Gran Bretaña y de Estados Unidos se levantaban y se iban de allí ostensiblemente agraviados. El mal ya estaba hecho. Churchill y Roosevelt sabrían inmediatamente lo que acababa de ocurrir. Serrano ya no ocultaba su disgusto.

—La sangre española —concluía Franco— habrá de verterse junto con la alemana en su misión histórica. Se ha planteado mal la guerra y los aliados la han perdido. —Y advirtió—: Stalin, el criminal dictador, es ya aliado de la democracia.

Los aplausos fueron atronadores. Comenzó el desfile del coro de aduladores que solo sabían felicitarle: «¡Bravo, excelencia!». «Mi general, qué bien ha estado». «¡Qué valiente!».

Serrano no pudo contenerse más y desde fuera del corrillo que se había formado habló en voz alta para que se le oyera:

—¡Vaya! No sabía que estuviéramos en una corrida de toros.

Muchos comentaron la cara de enfado que se le estaba poniendo a Serrano Súñer. Manuel Halcón se acercó hasta él y le comentó: «El discurso ha sido poco prudente. Todos nos hemos dado cuenta de que no se lo has preparado tú».

Franco recogía los halagos con gratitud. Sonreía, pero no se le pasó por alto la actitud de su cuñado. Cuando se cansó de estrechar manos, se volvió hacia él.

—¡Vámonos a tu despacho! —le ordenó en un tono muy serio.

Mientras abandonaban el Consejo de Estado, Franco le reprendió:

—Ya ves el éxito que he tenido. Todo el mundo estaba aplaudiendo entusiasmado, y tú no solamente no has aplaudido ni una sola vez, sino que además has dicho esa frase molesta. ¡No lo vuelvas a hacer en mi presencia!

Cogieron dos coches distintos. Serrano llegó antes y esperó a su cuñado en la puerta de su despacho, en el palacio de Santa Cruz. Cuando apareció Franco, le cedió el paso. Serrano cerró la puerta por dentro para que no les molestara nadie.

—Ahora que estamos solos, tengo que decirte que no solamente no he aplaudido, sino que, por lealtad a ti, como consejero, he sentido mucho no poder interrumpirte. Me hubiera gustado hacerlo.

—Pero ¿qué estás diciendo? —le cortó airado.

—Lo que oyes. Has dicho cosas muy graves. Cosas que el jefe del estado, a mi juicio, no puede decir nunca.

—¿No crees que esta guerra la va a ganar Alemania?

—Estoy convencido de ello, pero tú debes estar cubierto ante cualquier imprevisto que se produzca en el conflicto mundial. Si querías que se pronunciaran unas palabras tan a favor de Alemania, esas palabras las tendría que haber pronunciado yo, o cualquier otro, por si luego hay que tragárselas.

Franco pensó que lo que le ocurría a su cuñado era que no soportaba no haber tenido el protagonismo esa tarde. Era evidente que sus ansias de poder no tenían fin. Tenía razón su mujer. Creía que quien manejaba el estado era él por su formación. Se creía imprescindible. No sentía hacia él ningún respeto como militar y ninguna admiración como político. Algo se rompió definitivamente entre los dos esa tarde. Estaban verdaderamente enfadados el uno con el otro. Sin embargo, a Franco no le sorprendía lo que estaba ocurriendo. Ya le habían advertido de las ínfulas de su cuñado. Tardó en hablar pero fue rotundo:

—Lo que te pasa, Ramón, es que no confías en mis cualidades como jefe.

Serrano se dio cuenta de la gravedad de aquellas palabras. Pero no dejaban de reflejar la verdad. Franco estaba obsesionado con la sumisión de todos los que trabajaban a su lado y le gustaba que le regalaran el oído con buenas palabras. Pero él no valía para eso. No pudo decir nada. Después de aquella afirmación, prefirió guardar silencio. Podía haber tratado de convencerle de que estaba equivocado, pero no lo hizo. Era consciente de que la confianza en él había desaparecido. Lo sabía, pero no despegó los labios.

Franco se fue de allí sin decir nada más. Sus relaciones estaban rotas. Durante varios minutos, Serrano se quedó solo en su despacho. Le daba vueltas a todo lo que acababa de acontecer. Lo tuvo claro, tenía los días contados al lado de su cuñado. Conociendo lo rencoroso que era Franco, no tardaría en saber hacia dónde dirigiría sus iras. Estaba agotado, cansado, desencantado de todo aquello.

Alguien llamó a la puerta de su despacho; era el barón De las Torres...

—¿Interrumpo algo?

—No, pasa. Estaba pensando...

—Han tenido una buena...

—Sí. Lo que ha ocurrido hoy ha sido grave y las consecuencias las pagaré muy pronto. Hoare y Weddell se marcharon de la tribuna, tras las palabras de Franco. Han sido un verdadero despropósito y se lo he dicho.

—A nadie le gusta oír esas cosas.

—Es mi obligación decírselo. No puedo hacer como el resto de los aduladores y decirle que ¡muy bien!, ¡bravo!, ¡valiente!... Precisamente, lo que le ha molestado ha sido el comentario que he hecho en voz alta al escuchar esos elogios. «No sabía que estuviéramos en una corrida de toros». Eso es lo que le ha sentado mal.

—Franco no es buen enemigo, ministro.

—Lo sé, lo sé... —Serrano concluyó la conversación con el jefe de protocolo y cercano colaborador.

Antes de irse solo a casa, supo que habían llamado los embajadores agraviados protestando por las palabras del Caudillo. Estaba agotado. Necesitaba meterse en la cama cuanto antes y olvidar ese infausto día.

51

Desde que habían llegado sus hermanas a San Sebastián, Sonsoles estaba más animada. Y eso que estaba sola, ya que Francisco se había ido a Madrid a las celebraciones del 18 de julio. Siempre había algún plan familiar que la mantenía entretenida. Durante días tuvo poco tiempo para pensar en Serrano Súñer. No quería. Deseaba apartarlo de su mente. Luchó con todas sus fuerzas para que el hombre de los ojos azules no la dejara paralizada y sin ilusiones.

No quiso leer los periódicos ni escuchar la radio. Cuando alguien empezaba a hablar de política, lo interrumpía. Solo se podía charlar sobre libros, teatro, cine, toros, deportes, todo lo relacionado con el mar, martinis y cócteles o de vida social en general. Todos lo admitieron. Estaban de vacaciones y acataron aquel deseo sin esfuerzo. Lo interpretaron como un desahogo de las preocupaciones que vivían tan intensamente en la capital.

Las tres hermanas quedaron para caminar por el paseo marítimo mientras los niños se bañaban en la playa. Solían ir temprano para evitar la hora de más calor. Sonsoles no se esperaba en absoluto el encuentro que iba a tener. Charlaba con sus hermanas Carmen y Ana ajena a lo que ocurría a su espalda. De pronto, oyó una voz que se le clavó como un cuchillo.

—¡Sonsoles!

Era su voz. No podía ser. Era él, de vuelta en San Sebastián. Tardó en girarse. Lo hicieron antes sus hermanas, que saludaron con simpatía al matrimonio. Sonsoles cerró los ojos y cogió aire antes de hacerlo.

—¡Hombre! —sonrió a Zita. No miró al ministro—. ¡Qué coincidencia!

—Veo que está aquí la familia Icaza al completo... —dijo Serrano Súñer.

Sonsoles no contestó. Carmen tomó la iniciativa.

—Sí, hemos venido hace unos días. La verdad es que es necesario para desconectar. Lo necesitábamos.

Mientras Carmen hablaba con el ministro, Sonsoles se acercó a Zita.

—¡Qué días de calor!, ¿verdad?

—Sí, imagínate lo que tiene que ser en Madrid.

—Francisco se ha ido allí y me dice que pasa las noches en la bañera y con un paipay.

Zita sonrió. Aquella mujer tan castiza era, además de guapa, divertida. Ya no le caía mal. Si no hubiera sido por ella, aquel verano hubiera sido difícil de sobrellevar.

—Bueno, pues dejamos que sigáis vuestro paseo... —dijo el ministro—. Saludos a Francisco.

—¡Adiós! —contestaron todas menos Sonsoles, que se despidió de Zita con un beso.

El ministro sabía lo que estaba ocurriendo. No le hizo ningún comentario a su mujer sobre Sonsoles. Confiaba en que no se hubiera dado cuenta de su actitud fría hacia él. Continuaron paseando como si nada. Carmen y Ana sí comentaron con Sonsoles que había estado especialmente grosera con él.

—No es verdad. Me he ido a hablar con su mujer.

Sabía que sus hermanas tenían razón, pero no había sido capaz de saludar a aquel hombre que de forma tan fría le había dicho por teléfono que aquella relación tan apasionada y fogosa había terminado. Estaba muy dolida y no era capaz de disimular. No sabía hacerlo. No le dieron más importancia y siguieron caminando. Sonsoles iba como en una nube. Volver a verlo era para ella como regresar a la oscuridad. Le amaba y le odiaba, todo al mismo tiempo. Tenía deseos de abrazarle y, a la vez, se sentía herida en su orgullo.

Ese mediodía, cuando llegaron a casa, tenían una invitación para cenar esa noche en la casa del ministro. Las hermanas comentaron que era todo un detalle. No podían rechazar la invitación.

—Yo no iré —dijo Sonsoles en la sobremesa, después de meditarlo.

—No puedes hacer eso. Sería difícil explicar tu ausencia —contestó Carmen, la hermana mayor, que tenía cierta autoridad sobre las demás.

—Hace muy bien en no ir —repuso su madre—. Id vosotras con vuestros maridos. Sonsoles no puede ir sin Francisco.

Miró a su hija pequeña con cierta complicidad. Trataba de ayudarla en aquella decisión de apartarse de él. Beatriz, complacida, creyó que su hija estaba superando aquella relación.

—Mamá, no sea antigua —dijo Carmen—. Va con nosotras.

—No estaría bien visto.

—Por favor, estamos de vacaciones. Francisco no lo vería mal y nos ha invitado por Sonsoles. En realidad, cuando íbamos caminando, el nombre que pronunció fue el suyo, no el nuestro. Si no va ella, nosotras no pintamos nada.

—La más conocida de todas nosotras eres tú, Carmen —dijo Sonsoles en voz alta—. Sí, puede ser un feo que no vayamos ninguna.

—Pues las tres o ninguna —añadió Ana.

Su madre la miró, encogiéndose de hombros.

—No sé qué es peor...

Sonsoles sabía por qué lo decía.

—Si voy, quiero estar al lado de su mujer. Da igual la posición en la que nos pongan. Yo me iré con Zita. Es la más interesante de esa casa.

—¡Vaya! ¿Qué te ha hecho el ministro para que no quieras saber nada de él? —preguntó Carmen sagazmente.

—No saquéis las cosas de quicio. Tu hermana se lleva mejor con ella que con él. Y no está mal. Él es un hombre peligroso. Cuanto más lejos, mejor. Dejad que haga lo que quiera.

A partir de ese momento, comenzaron a planificar qué se pondrían para la cena. Sonsoles, nerviosa, no sabía realmente qué hacer. Por un lado, deseaba ir y verle cara a cara y, por otro, habría dado lo que fuera por no encontrárselo en el paseo.

Matilde eligió dos vestidos de noche. Uno negro con pedrería y otro blanco con vuelo. Con este último parecía una novia y fue el que eligió.

—Rompamos el blanco con dos rosas del jardín —le dijo Sonsoles a su doncella.

Matilde enseguida cortó las dos flores amarillas más bonitas que tenía el rosal de aquella casa de verano. Se las prendió en un tirante del vestido. El otro se lo quitó para que llevara un hombro al aire. Algo tostada por el sol, el blanco resaltaba en su piel. Se pintó los labios de rojo y se puso los zapatos de tacón más altos que tenía. Cuando salió de su cuarto y la vieron sus hermanas, se quedaron sorprendidas.

—¡Qué guapa! —exclamó Ana.

—¡Espectacular! —añadió Carmen.

Ellas también vestían de noche y recibieron los elogios de su madre, de sus maridos y de todo el servicio.

—¡Qué barbaridad! Llamaremos la atención por la calle —dijo Pedro Montojo, el marido de Carmen.

El marido de Ana sonrió mientras encendía un cigarrillo. Ellos se habían vestido de esmoquin.

—Tendríamos que haber llamado a un fotógrafo para recordar siempre este momento —dijo Beatriz antes de despedirles.

—Se nos está haciendo tarde… —señaló Carmen.

Dos chóferes esperaban a la puerta para llevarles hasta la casa del ministro. Cuando llegaron, el reloj marcaba las nueve en punto de la noche.

—¡Puntualidad británica! —observó Ana.

—No, aquí ni se te ocurra mencionar algo británico —le advirtió su marido, provocando las risas de las tres hermanas.

Sonsoles quiso aparecer la última y se demoró hablando con su mecánico. Salió a recibirla el propio ministro, que se quedó sin habla al verla. Aparecía ante sus ojos como un sueño. De blanco con dos rosas amarillas sobre un único tirante y su pelo recogido. Los ojos parecían más verdes que nunca y su boca pintada de rojo resaltaba su ya de por sí marcada sensualidad.

—No he visto en mi vida una mujer más bella que tú —besó su mano, pero no pudo decirle nada más porque Zita salió también a recibirla.

Sonsoles no le dijo nada, se limitó a saludar a su mujer…

—¡Qué guapa estás, Zita!

—Muchas gracias.

Se dieron dos besos y pasaron al interior de la casa. Sonsoles iba dejando a su paso un olor intenso a vainilla y caramelo. Serrano cerró los ojos intentando absorber todo ese perfume que tan buenos recuerdos le traía. Como había acordado con sus hermanas, se sentó al lado de Zita, aunque el ministro había hecho otra distribución. Sonsoles hizo como que no le oía y sus hermanas igual.

—¡Oh! Si quieres me cambio, pero ¿da igual, no? —le dijo a la mujer de Serrano cuando ya ocupaba la silla que estaba a su lado.

—¡Quédate donde estás! No hay ningún problema.

La noche comenzó con una conversación sobre arte. Serrano hablaba de Zuloaga con admiración. Carmen sacó un tema profesional. Habló del funcionamiento de la agencia Efe de noticias que se había creado con éxito para suministrar información, que convenía al estado, a toda la prensa.

—Tengo un compañero en el periódico que le ha dicho a su novia que cuando vea un artículo firmado por Efe es suyo. Se llama Federico y parece ser que la novia se lo ha creído —contó Carmen entre risas.

Habló de la novela que estaba escribiendo y dio alguna pista sobre sus personajes. Casi en el segundo plato, el ministro cambió el rumbo de la conversación y empezó a hacer preguntas. Aprovechó la cercanía de los Icaza y Llanzol con don Juan de Borbón para sacarles información en torno a un almuerzo que sabía que había tenido lugar en el Club Marítimo de los Arenales, cerca de Bilbao, donde se habló de una conspiración contra Franco y él mismo.

—Sainz Rodríguez desde Lisboa y Vegas Latapié desde España —conocía la relación de la familia con ambos—, me cuenta gente bien informada, no cejan en su empeño de crear una junta monárquica y acabar con nuestro gobierno. Parece ser que en Bilbao algunos han intentado ganarse el apoyo de cinco generales.

—No sabemos nada —dijeron casi al unísono los maridos de Ana y Carmen con cara de preocupación. Aquella cena era algo más que pura cortesía, pensaron todos.

—Yo algo he oído —admitió Sonsoles sin ningún temor al ministro—. Estos días, en San Sebastián, ha trascendido esa reunión y se comenta que los que fueron a esa comida querían erigirse en representantes de todos los monárquicos, pero no es así, como bien sabes —le contestó mirándole directamente a los ojos. Era la primera vez que lo hacía en toda la noche—. La mayoría de nuestros amigos prefieren a Franco y no están detrás de esas patrañas —concluyó Sonsoles.

—No, no… Hay algo más que patrañas. He tenido información de que quieren hacerse con los favores de los generales Aranda, Orgaz, Kindelán, García Escámez y Vigón. Necesito contrastar esos datos. Es importante para mí.

—Nosotros no te podemos decir nada porque no sabemos más —cortó secamente Sonsoles. Comprendió por qué les habían invitado y que no era precisamente porque estuviera arrepentido de su comportamiento con ella. Su enfado era evidente.

Serrano necesitaba hablar con Sonsoles a solas porque intuía que tenía más información, pero advirtió su gesto incómodo y, en ese momento, cambió de tema. Necesitaba más detalles de la reunión. Si le confirmaba que Aranda y Orgaz, dos de sus principales enemigos, estaban detrás de esta conspiración, podría neutralizarles y granjearse de nuevo la confianza de su cuñado.

La noche fue corta. Ellos terminaron tomando unas copas de coñac y ellas unos combinados que no mejoraron la velada. Sonsoles no dejó de fumar en toda la reunión. Estaba nerviosa. Esquivaba cualquier conversación a solas con Serrano Súñer. Este aprovechó un instante en el que Zita se fue a comprobar si los niños estaban bien para hablar con ella.

—Perdonad que os la robe un momento… —cogió a Sonsoles de la mano y la llevó a un aparte.

—¿Qué quieres? —preguntó ella secamente.

—Quiero que me mires cuando te hablo. No soporto que no lo hagas.

—¿Cómo quieres que te hable después de lo que dijiste por teléfono? No sé ni cómo te atreves a invitarme. He venido porque no tenía excusa con mi familia.

—Necesito hablar contigo. A solas.

—Para saber algo más de esa reunión monárquica. Pregúntale a otro.

—No, quiero hablar contigo. ¡Esta noche! Además, no está tu marido.

—¿Qué pretendes, que vaya por la calle sola de esta guisa para encontrarme contigo?

—No, iré yo a tu casa.

—¿Cómo? —puso cara de preocupación.

—Sí, a la una me abrirás por el jardín y allí hablaremos.

—Nos puede ver el servicio.

—Estarán durmiendo...

—No puedo decirte que no, ¿verdad?

—¡No!

Disimularon hablando de otra cosa y ella se unió al grupo familiar. Serrano les dejó solos unos minutos. Se fue a por tabaco.

—¿Qué quería?

—No, nada. Sigue empeñado en que le dé información sobre esa reunión de Bilbao, pero yo no sé mucho más. Y aunque lo supiera, tampoco se lo diría.

—¡Shhhh! —Carmen le indicó que callara y no hablara así allí.

Apareció Zita y, al poco rato, también lo hizo su marido con un cigarrillo en la mano. Las hermanas Icaza no tardaron en mostrar su fatiga por lo avanzado de la hora. Decidieron que había llegado el momento de irse. Se despidieron efusivamente de Zita y de Serrano. Sonsoles siguió seria con él y cariñosa con su mujer. Durante todo el trayecto a su casa, estuvo poco habladora y con un gesto de preocupación en el rostro. Regresó sola con su mecánico. El otro chófer llevó a sus hermanas y sus cuñados hasta el hotel María Cristina, donde estaban alojados. No le gustaba la idea de que Serrano apareciera en mitad de la noche. Pero no le había dejado alternativa.

52

Al llegar a casa, Matilde la estaba esperando con signos evidentes de cansancio. Admiró su belleza y le volvió a decir lo guapa que estaba con el traje blanco de Balenciaga. Sonsoles no se lo agradeció y la mandó a dormir de forma enérgica.

—¡Acuéstese, Matilde!

—¿No quiere que le ayude a desvestirse?

—No, lo haré sola. Uno de mis cuñados tiene que traerme una cajetilla de tabaco. Abriré yo la puerta…

—Pero señora…

—No hay pero que valga. Le digo que se vaya a la cama. No son horas. Usted se levanta temprano y yo tengo muchas ganas de fumar. No se preocupe por mí. No tengo sueño.

—¿Seguro que no quiere que sea yo quien espere a su cuñado?

—¿Matilde, hablo chino? Le ordeno que se acueste…

—Sí, señora. —Matilde se fue de allí murmurando entre dientes, como ella solía hacer cuando no estaba conforme con las órdenes que recibía.

Sonsoles se sentó en el sofá y apagó las luces. Parecía que el reloj no corría. Marcaba las doce y media de la noche. Hasta la una no llegaría Serrano. Pensaba en esta cita nocturna tan extraña. No sabía si quería verle o todo lo contrario, pero no le había dejado alternativa. Se quedó con los ojos cerrados hasta que el reloj del salón sonó marcando la una de la madrugada. Se levantó rápidamente y se fue al jardín. Corrió hasta la puerta de la casa. No esperó a que llamara, abrió y allí estaba ya esperando Serrano Súñer con un cigarrillo en la mano.

—¡Hola, Sonsoles! —no sabía si besarla o no.

Sonsoles estaba enfadada. No había opción a ninguna efusividad.

—Dime rápido qué quieres. No son horas para hacer visitas. Solo falta que te vea el servicio o mi madre.

—Me gustaría pasar de la puerta…

Sonsoles dio dos pasos hacia atrás y le señaló un banco que había en el jardín. Se sentaron.

—Solo quería hablar contigo para pedirte disculpas. Lo que te dije por teléfono no estuvo bien. La tensión a la que estoy sometido puede conmigo. Sobre todo con mi estómago…

Sonsoles no le miraba. Escuchaba mientras mantenía la vista fija en sus pies, que se movían con nerviosismo como haciendo dibujos en la arena.

—¡Mírame cuando te hable, Sonsoles!

Levantó la mirada y se encontró con sus ojos, que echaban fuego. Era otra vez el mismo Ramón que había conquistado su corazón. Sonsoles seguía inflexible.

—Así está mejor… No he dejado de pensar en ti un solo momento. Por eso, me asusté y pensé que acabar con nuestra relación era lo mejor para los dos. Sin embargo, tengo que decirte que no soporto que no me mires y que no me hables. Esta noche por poco me vuelvo loco y delante de todos, incluida Zita, te hubiera dicho cuatro cosas.

Sonsoles seguía sin abrir la boca. Los enfados no se le pasaban así como así.

—¿No tienes nada que decirme después de escucharme? —preguntó Ramón.

La marquesa se tocaba los brazos. Tenía frío o estaba temblando a causa de los nervios. Serrano se quitó su chaqueta y se la puso encima.

—Gracias —dijo Sonsoles escuetamente.

—Tienes que creerme. Me he enamorado como un colegial. —Era la primera vez que lo reconocía—. Por eso, quise acabar con lo nuestro de un plumazo. ¿Entiendes? Yo no buscaba esto, solo quería una aventura.

—Tienes la desfachatez de reconocerlo —era su primera frase en toda la noche.

—Sí, no buscaba más que estar al lado de una señora imponente. Pero el destino me ha jugado una mala pasada...

—¡Vaya! Enamorarse de mí es una mala pasada... Lo vas arreglando —replicó Sonsoles, que seguía con gesto serio.

—No busques el enfrentamiento, Sonsoles. Te estoy abriendo mi corazón. Contigo expreso mis sentimientos tal y como son. Me paso días enteros diciendo aquello que ha de ser conveniente, y ahora estoy aquí, desnudándome. ¿Entiendes?

—No se puede jugar conmigo, Ramón. No me puedes decir ahora te conquisto y luego te tiro a la basura. No me conoces, pero yo no soy una mujer con la que puedas hacer lo que te venga en gana.

—Lo sé —seguía mirándola con fuego en los ojos, pero Sonsoles parecía fría como un témpano de hielo.

—Tengo mi vida hecha, una familia y un marido extraordinario y, de repente, apareces tú poniendo todo mi mundo patas arriba. Me expongo mucho y sigo adelante. Te hago esperar menos de lo que yo he esperado cada día una llamada tuya, y no solo te vas sino que, cuando te llamo para darte una explicación, me dices que todo ha acabado. No soy un juguete con el que te puedas divertir y ya está. No soy la misma después de tu llamada. Tienes que entenderme.

—Pues tendré que volver a conquistarte —le dijo, intentando besarla en la boca, pero Sonsoles se apartó.

—Ramón, ya te he escuchado. Ahora, te pido que me dejes madurar la idea. Vamos a darnos un tiempo…

Serrano se levantó y la cogió por la cintura. Sonsoles intentó zafarse, pero esta vez con menos convencimiento.

—Ramón, no. Por favor, te pido que no sigas por ese camino.

Serrano Súñer la soltó y encendió otro cigarrillo. En la ventana del baño de servicio unos ojos observaban lo que ocurría en el jardín. Olivia —la institutriz americana—, que tenía el sueño muy ligero, había sentido ruido y miró por la ventana. Se retiró para que no la vieran y desde la distancia no perdía detalle de lo que sucedía. No alcanzaba a ver bien pero, por el vestido espectacular, se trataba de la señora con un hombre en camisa, pajarita negra y pantalón negro. Había colocado su chaqueta sobre los hombros de la marquesa. Veía que el hombre era delgado y con el pelo rubio peinado hacia atrás. Juraría que era Serrano Súñer, se dijo a sí misma. Sabía que la señora se había ido a cenar con sus hermanas a casa del matrimonio, pero le parecía que él se estaba extralimitando en los cuidados a la marquesa. ¿Serían amantes? ¿Él, vigilante de la moral y de todo lo que se decía y movía en España, autor del entramado legal del estado y de la política exterior, casado y con hijos, tenía una aventura? Aquello le parecía difícil de creer. Estaba cerca de una información relevante. Deseaba que un beso confirmara sus sospechas.

—Está bien —contestó Ramón—. Tú marcarás los tiempos. No quiero volver a meter la pata contigo.

A Sonsoles aquello le gustó más. Ella volvería a dirigir aquella relación. Se lo estaba diciendo claramente. Quería empezar de nuevo…

—Iremos poco a poco. Tendrás que volver a enamorarme. Ahora no sé si te quiero o te odio. Llevo varios días con mucha rabia en mi interior.

—Siento mucho lo que te dije —le cogió la mano y se la besó, quedándose con ella entre las suyas—. Aquel día de preocupaciones, quise acabar con todo lo que me turbaba en la cabeza. Estoy pasando un mal momento. Me siento muy solo. Todo lo que me rodea se tambalea.

—Nadie lo diría. Todo el mundo habla de tu personalidad, más fuerte que la del propio Franco.

—Mi cuñado ha dejado de confiar en mí. El discurso que dio el otro día, sin consultármelo, fue un auténtico desafío para los aliados. Él se queda tan a gusto con los bravos de los pelotas y yo ahora tengo que ir por detrás a arreglar el desaguisado diplomático que acaba de crearme. Soy el apagafuegos. Ese es mi papel, y estoy bastante cansado.

—Nadie tiene esa percepción, te lo aseguro.

—Pues ha dispersado a mi equipo, me ha quitado capacidad de maniobra, no me consulta nada y yo voy por libre en Exteriores... No podemos acabar bien.

—Sois familia. Eso también cuenta.

—Eso a él le da igual. Le he visto negarse a mover un solo dedo por amigos íntimos e incondicionales condenados a muerte. Eso dice mucho de su forma de ser.

—Ahora estás muy negativo. Antes no pensabas así... —le sonrió por primera vez—. ¿Por qué no vienes mañana a la playa?

—No me gusta. Además, ya te he dicho que no sé nadar. Me gusta quedarme a leer a la sombra mientras Zita acompaña a los niños a bañarse.

—La veo a diario. Quedamos todas las mañanas en guardarnos el sitio. Es un ser encantador. No te creas que me siento bien por ella viéndote a escondidas.

—Sé que os estáis haciendo amigas. No sé adónde puede conducirte eso.

—A estar más cerca de ti...

Al decir eso, Serrano Súñer se acercó poco a poco hasta que alcanzó a besarla. Ya no estaba mohína ni parecía enfadada. Aquel beso suave fue el preludio de una cascada de ardorosos besos. Parecía que ambos tenían sed de sus labios. La estrechó entre sus brazos...

Olivia observaba atónita, escondida entre los visillos del servicio, aquel apasionamiento. No podía creer lo que estaba viendo. La marquesa y el cuñado de Franco tenían una relación extramarital. Por la mañana, pasaría aquella información en mensaje cifrado a su embajada. Estaba dispuesta a seguir observando hasta ver cómo acababa toda aquella escena amorosa.

Sonsoles le pidió que se fuera. Era muy arriesgado lo que estaban haciendo.

—Debes irte. Zita se preguntará dónde te has metido.

—Ella sabe que me escapo, pero siempre vuelvo.

—No sé cómo tiene tanta paciencia contigo. Yo no la tendría.

—No vuelvas a castigarme sin mirarme, sin hablarme... ¡Prométemelo!

—No me hagas daño y no me enfadaré.

Volvieron a besarse...

—Mañana regreso a Madrid. Estaré algún tiempo sin poder venir.

—Sabré de ti por Zita... Te pido que te acuerdes de devolverme el pendiente. ¿No lo habrás perdido?

—Tendrás que venir al ministerio a por él. Se ha convertido en mi talismán.

Cada beso era más apasionado que el anterior. Se deseaban. Serrano volvió a verbalizar la preocupación que rondaba por su cabeza desde la cena.

—Le hablaré a Franco de la reunión de Bilbao. Aunque no me has dado muchos datos… Me vendría bien conocer la verdad, Sonsoles. Pero tampoco quiero que pienses que he venido para eso.

—Sé que Orgaz y Aranda estaban en el ajo… —empezó la marquesa—. Creen que la solución a nuestros problemas está en la vuelta de la monarquía a España. Franco debería hacer algún gesto a don Juan. En eso, la aristocracia está de acuerdo.

—¡Dios quiera que estos generales no lancen a España a una grave aventura y comprometan, a su vez, la suerte de la monarquía! Pueden dar a Alemania la excusa perfecta para una intervención.

—En algún momento deberías desconectar…

—No puedo…

Mientras Sonsoles le devolvía la chaqueta del esmoquin le dio un último beso. Serrano se fue de allí con tanto sigilo como había entrado. La marquesa se quedó pensativa apoyada en la puerta. Al cabo de unos segundos corrió por el jardín hasta alcanzar la entrada de la casa. Se quitó los zapatos para no hacer ruido y se dirigió despacio hasta su cuarto. Cerró la puerta y se tiró sobre su cama. Dejó caer los zapatos que llevaba en las manos, y durante unos minutos pensó en lo que acababa de ocurrir. Serrano le había pedido retomar la relación en el punto en el que la habían dejado. Se ilusionó con aquello. Cerró los ojos, se abrazó a la almohada y se quedó dormida…

Cuando Serrano Súñer llegó a Madrid, no dudó en ir directamente al palacio de El Pardo. Franco estaba dando las últimas órdenes a su secretario personal. Prieto, el jefe del servicio, le pidió que esperara unos minutos en la sala contigua.

—¿Cómo van los suyos? —le preguntó Serrano por cortesía.

—Bueno, todo lo bien que se puede estar con una familia tan numerosa como la mía. Ya sabe que cinco bocas son muchas bocas, señor ministro.

—Lo sé, lo sé. Pero usted no se puede quejar... Aquí en El Pardo tiene de todo.

Prieto se quedó asombrado con la afirmación del ministro. No quiso comprometerse y le dio la razón. No iba a explicarle que sus hijos pasaban hambre. Y menos aún iba a decirle que, gracias a que tenía la llave del almacén, cogía cada día un puñado de arroz o de lentejas que metía en el bolsillo trasero del pantalón.

—No tengo queja, señor ministro. Se trata de un comentario nada más. ¿Su familia bien?

—Sí, la he dejado en San Sebastián. Allí está divinamente. No tiene el calor de Madrid.

—¡Claro! —pensó que sus hijos nunca habían veraneado y tampoco conocían el mar.

El secretario salió del despacho y le indicó al ministro que ya podía pasar... Cuando saludó a su cuñado, le habló como si no hubiera habido una discusión entre ellos. Con naturalidad le preguntó por sus próximas vacaciones.

—¿Mañana te vas a Ayete?

—Sí, me iré pero seguiremos despachando desde allí. Estás veraneando cerca, ¿no?

—Sí, al lado. Me han dicho que vas a presidir la regata de traineras.

—Aprovecharé la regata para estar unos días en el palacio de Ayete, pero luego quisiera irme a Galicia.

Parecía que estaba más receptivo. Sabía que, aunque no se había olvidado de su airada conversación del último día, tenía que seguir entendiéndose necesariamente con él. Era consciente de que todavía le necesitaba. Nadie como él para tener a raya a Alemania y controlar a Gran Bretaña.

—¿Qué te trae por aquí? ¿No estabas en la Concha?

—Sí, voy y vengo. Zita y los niños se han quedado allí.

—Dales recuerdos.

—Así lo haré. Quería que supieras que ha existido una conspiración contra nosotros.

—¿Conspiración? —repitió, mirándole a los ojos fijamente.

—Sí, se trata de Sainz Rodríguez y Vegas Latapié… Se han puesto en contacto con cinco generales para quitarnos a ti y a mí de en medio con el fin de restaurar la monarquía.

—¿Tu fuente es fiable?

—Sí, y confirmada por otra distinta.

—No me sorprende ninguno de los dos nombres. Con Sainz Rodríguez se corrobora que no hay como cesar a un ministro para que conspire contra ti. Fue hacerle abandonar el Ministerio de Educación y aceptar ser el jefe del consejo de don Juan. Y de ahí, a liderar una oposición de corte muy dura contra mí. ¿Qué generales estarían en esa deslealtad?

—Me han dado cinco nombres, pero los más activos son Aranda y Orgaz. Sobre el primero, tengo la seguridad de que se ha convertido en un traidor que conspira con la embajada inglesa. Está convencido de que una victoria anglosajona en la guerra acarrearía el fin del régimen.

Franco guardó silencio. Curiosamente, por la mañana, Aranda había acudido a su despacho para pedirle que destituyera a su cuñado. Decía que no se podía estar tan cerca del Eje. Achacaba a Serrano la cada vez más estrecha colaboración con Alemania. Le dijo que se imponía una neutralidad estricta, seguía escrupulosamente los pasos de un buen Caballero de San Jorge. Escuchó atentamente a su cuñado, pero no tomó ninguna decisión.

—Considero relevante tu información. Gracias.

No hizo más comentario sobre ese tema. Le preguntó por las reacciones internacionales a su discurso.

—Tu discurso ha gustado mucho a Hitler, pero, como te puedes imaginar, ha preocupado a Churchill. Te diré que en Rusia tus palabras han caído también como un mazazo. Stalin ha hecho un llamamiento para movilizar a los comunistas de todos los países para defender a la Unión Soviética. Por cierto, hay un rebrote de la actividad comunista en España. Tenemos que prepararnos para sabotajes y todo tipo de atentados.

—Tu misión es limpiar de rojos el suelo patrio —aseveró, mirándole a los ojos.

—Hay elementos que han conseguido organizarse en la clandestinidad. El problema es que desde Moscú y desde Méjico les están pidiendo una reactivación, aunque no se ponen de acuerdo en quién debe liderar ese movimiento desde el interior.

—Hay que eliminarles a todos…

—Estamos siguiendo a un tal Quiñones, que fue capturado en Valencia durante la guerra. Después fue puesto en libertad, pero la Gestapo le detuvo y le sacó información después de dejarlo prácticamente moribundo. Consiguió llegar a Madrid y recuperarse de sus heridas y de una tuberculosis severa. Le tenemos vigilado por si nos lleva a alguien de más peso. Nuestros servicios de información han llegado a saber que es muy crítico con aquellos que partieron al exilio. Y no cuenta con ningún apoyo exterior.

—Ya sabes lo que pienso sobre cómo acabar con las ratas…

—Hay que esperar… Podemos tener mejores resultados.

Franco había dado marcha atrás después del enfado con su cuñado. Sabía que controlaba la información de los servicios secretos. Eso le daba poder.

—Paco, ¿sabes que está llegando a España la voz de la Pasionaria?

—¿Cómo?

—Emite arengas que se escuchan con dificultad, pero llegan.

—Hay que impedirlo. En esto no quiero titubeos.

—Las ondas de Radio España Independiente, Estación Pirenaica, se captan. Pensamos que están emitiendo desde Moscú con un aparato muy potente. Han decidido organizarse a raíz de la invasión alemana para ir contando cómo va el transcurso de la guerra. Lo cierto es que nosotros también podemos obtener información para saber qué dicen y tenerlos controlados.

—Ya sabes que no debemos tener en cuenta lo que digan. Como hacían durante la Guerra Civil, ¡solo contarán mentiras para animar a sus tropas!

—Ha vuelto con fuerza el aparato propagandístico. Ellos dicen que son la mejor fuente de información antifascista. Quieren movilizar a todos los españoles en el exilio «contra el agresor hitleriano y en defensa de la tierra soviética», así lo cuentan.

—No son otra cosa que la mejor fuente de desinformación comunista…

Julián Garcilópez, el mayordomo de servicio de la zona privada, llamó a la puerta. Franco le permitió entrar y este dijo en voz alta que la Señora le requería.

—Dígale que voy ahora mismo. Don Ramón se va ya.

—Sí, sí… Seguiremos hablando en otro momento. Yo también tengo que irme al ministerio.

—¿A estas horas?

—Ha venido Jacobo Alba de Inglaterra para hablar conmigo.

—Mañana le recibo yo… También quiere verme.

—Está bien. Por cierto, nuestras tropas en Alemania se quejan de la comida. Están acabando su instrucción y pronto irán al frente. Deberíamos tener un gesto con ellos.

—Ocúpate de que les lleguen garbanzos, aceite de oliva y vino antes de que intervengan en la guerra.

—Así lo haré.

Se despidieron y quedaron en verse en Ayete. Serrano le anunció que se acercaría por allí con la familia. Parecía que las aguas de su relación volvían a su cauce. De todas formas, el ministro era consciente de que ya nada sería igual que antes. Sabía que poco a poco se estaba quedando sin amistades en el gobierno y con un apoyo cada vez más débil de su cuñado.

53

Cuando llegó al palacio de Santa Cruz, ya estaba esperándole Jacobo Fitz-James Stuart. Extremadamente delgado, con un fino bigote recorriendo su labio superior y el pelo hacia atrás, vestía un traje de raya diplomática y fumaba sin parar. Enseguida le hizo pasar al despacho.

—Señor embajador, ¿qué le trae por aquí? —le saludó estrechándole la mano.

—Una preocupación extrema del primer ministro británico, Winston Churchill —empezó Alba sin preámbulos—. El discurso de Franco del otro día y el envío de tropas españolas a Rusia ¿qué significan? ¿Vamos a apoyar a los nazis con todas las consecuencias?

—Lo primero, nuestra política de no beligerancia sigue inalterable. Otra cosa es que apoyemos a Alemania en la lucha contra el comunismo.

—Señor ministro, los gestos son muy importantes en estos momentos. Cada hoja que aquí se mueve provoca un terremoto en Inglaterra. Mi trabajo allí está siendo especialmente delicado. Por cierto, le pido que retire al personal ajeno a la embajada que recala en Londres. El marqués de Murrieta y Lojendio, marqués de Vellisca, entran y salen cuando les place, sin rendirme cuentas. ¡Soy el embajador! Mi personal está convencido de que la información que obtienen se la pasan a los alemanes, quizá a través del ministerio.

—¿Qué está usted insinuando? ¿Que soy yo el que hace ese trabajo?

El embajador sabía que la información que obtenían de sus informes privados se la pasaban al ministro. Se sentía espiado en su propia embajada.

—Lo ha dicho usted, no yo… La situación allí es extremadamente difícil. Desde Madrid nos tienen que apoyar y no precisamente con personal que se mueve en aguas pantanosas. Además, el espionaje británico sabe perfectamente quién es quién.

—Usted debe cumplir con su cometido. Necesitamos datos sobre cómo van allí los bombardeos, no solo información de sus conversaciones con Churchill. Tenemos que conseguir información de los efectos de las bombas alemanas sobre las fábricas, los puertos, aeródromos y ferrocarriles. El estado de la moral de la población y del ejército… De momento, el personal que le hemos enviado es necesario, aunque usted no lo crea.

—Usted debe conocer las locuras que está cometiendo Hitler para tener la certeza de que nuestra posición actual es la mejor para nuestra nación. Han empleado un gas mortífero, el Zyklon B, contra la población judía de Kovno, en Lituania. Me lo ha contado Churchill. Ha sido un ensayo de los miembros del Einsatzgruppe A, atendiendo órdenes de Himmler. El mes pasado, sus amigos han asesinado a doscientos sesenta y cinco mil judíos.

—Esas son las mentiras de la propaganda británica. Serían enemigos del régimen nazi.

—Señor ministro, no hay peor ciego que el que no quiere ver. A primeros de este mes, las tropas alemanas de la ciudad polaca de Lvov han ejecutado a cuarenta y cinco científicos, escritores polacos judíos, profesores de la universidad, médicos del hospital, personal de la Politécnica, de la Academia de Veterinaria y de la Academia de Comercio… ¿Eran también enemigos?

—Me da la impresión de que las cenas de Churchill en nuestra embajada le están haciendo perder la perspectiva. Esta guerra la va a ganar Alemania.

El embajador le escuchaba con cara de póquer. No entendía que no reaccionara ante las atrocidades que estaba contándole. En un momento determinado se fijó en la mesa que tenía Serrano Súñer repleta de papeles. Se trataba de un mueble que le resultaba familiar.

—Perdone, ministro, le va a parecer increíble, pero esta mesa es mía —le soltó a bocajarro.

—Señor embajador, ¿cómo dice? Mire, era lo que me faltaba por oír. Hemos terminado. ¡Váyase, Alba!

El duque se levantó ofendido, pero no se amedrentó. Tocó la mesa y después de volverla a examinar siguió en sus trece.

—Esta mesa ha pertenecido a Napoleón I, a Napoleón III y a mi tía Eugenia de Montijo, que me la dejó en herencia. Si no me cree, haré venir a un experto que lo certifique. Durante la guerra saquearon el palacio de Liria, como sabe, y desaparecieron las piezas más importantes de mi mobiliario.

—¡Pues traiga usted a quien quiera! Hasta que alguien me lo certifique, me la quedo. ¡Ah! Y no se olvide de decirle a Churchill que la prensa británica trate mejor a Franco. ¡Que nos ponen de «chupa de dómine»!

El ministro siguió sentado mientras el embajador abandonaba el despacho con un enfado evidente que no quiso disimular.

A muchos kilómetros de España, en Grafenwöhr, Baviera, en la mañana del 31 de julio, tenía lugar la ceremonia oficial de la incorporación de la División Azul a la Wehrmacht. El cielo aparecía gris y amenazaba con lluvia. Los voluntarios españoles, informados de los avances del mariscal de campo Fedor von Bock y la caída de Minsk, deseaban entrar cuanto antes en combate. Sabían también que las mismas tropas se habían encontrado una fuerte resistencia en Smolensko, por parte del ejército ruso al mando del mariscal Timoshenko.

Esa mañana los voluntarios, ya con el uniforme del ejército alemán —aunque por dentro llevaban la camisa azul de Falange—, formaron una gran U, en el campo de maniobras de Kamerberg. Una banda comenzó a tocar el himno nacional y las primeras gotas de lluvia rebotaban en sus cascos de acero con el escudo de España. El general Muñoz Grandes y su estado mayor avanzaron hasta el podio instalado en uno de los extremos de la formación. En ese momento, apareció un coche oficial del que salió el general Fromm. El alto y corpulento jefe del Ejército de Reserva alemán se unió a los actos. Tras una misa, el capellán bendijo una bandera española enviada por el Caudillo. Muñoz Grandes desenvainó su sable y lo levantó. El jefe del Estado Mayor, el coronel Troncoso, se acercó al micrófono y alzó su voz.

—¿Juráis por Dios y por vuestro honor de españoles absoluta obediencia al comandante supremo del Ejército alemán, Adolf Hitler, en la lucha contra el comunismo y combatir como valientes soldados, dispuestos a sacrificar vuestras vidas en cumplimiento de este juramento?

Los soldados respondieron al unísono: «¡Sí, juramos!». Los divisionarios rompieron en aplausos el silencio de aquella ceremonia. El sol se abría paso tímidamente cuando tomó la palabra Muñoz Grandes:

—¡Voluntarios españoles! ¡Soldados de honor de mi patria! Ante las banderas gloriosas de Alemania y España, habéis jurado morir antes que permitir que el bárbaro bolchevismo continúe su obra de odio y destrucción que ha ensangrentado nuestra patria y que hoy trata criminalmente de imponerse en toda Europa… Lo único que deseáis es destruir a ese monstruo en su propia guarida… Vamos a proclamar al mundo entero la hermandad de nuestros pueblos y la virilidad de nuestra raza.

Los soldados vitoreaban e interrumpían con aplausos las palabras de Muñoz Grandes. Intervino Fromm agradeciendo el valor y el orgullo de los voluntarios. Terminaron el acto entonando el «Cara al sol» y con el deseo de los voluntarios de entrar cuanto antes en combate. Tras esa ceremonia se habían convertido oficialmente en la 250ª división de infantería alemana.

Días antes, un tren de mercancías con toneladas de garbanzos y barriles de aceite de oliva había cruzado los Pirineos. Llegaría a tiempo para que los divisionarios comieran con sabor español antes de partir hacia Rusia.

España, Holanda, Noruega y Croacia mandaban divisiones de voluntarios para ayudar a los nazis. Más beligerantes fueron Finlandia, Rumanía, Italia y Eslovaquia, que declararon la guerra sin paliativos a la Unión Soviética. Inglaterra, por el contrario, firmaba un tratado de asistencia mutua con Rusia. Días más tarde, irrumpía en el escenario internacional Estados Unidos. Churchill y Roosevelt firmaron en Terranova la Carta del Atlántico, que prácticamente comprometía a los americanos en la guerra, si bien no modificaba su neutralidad oficial.

Ajena al devenir de la guerra, Sonsoles de Icaza pasaba ese verano del 41 en la compañía de Zita Polo. En la playa de Ondarreta las dos paseaban descalzas por la orilla, sin despojarse de sus vestidos. Solas, con sus maridos que iban y venían a Madrid, fueron conociéndose mejor y su amistad se hizo más profunda.

—¿Qué harán nuestros esposos solos con el calorazo que debe de hacer en Madrid? —preguntó Sonsoles.

—No lo sé. Tengo cargo de conciencia. Deberíamos estar toda la familia con él en Madrid. No me gusta que esté solo. Tiene demasiadas cargas.

—Pues yo estoy encantada de estar aquí, y Francisco sabe que por nada del mundo pasaría el verano en Madrid. Lo tiene asumido y ni tan siquiera se lo plantea. Por cierto, vendrá este fin de semana. Si quieres, te vienes a comer con los niños.

—No, precisamente este fin de semana iremos al palacio de Ayete con mi cuñado y mi hermana. He quedado allí con Ramón. Un coche me llevará con los niños hasta lo alto de la colina. Lo que temo son las humedades… Cuando vamos, los niños vienen siempre acribillados por las pulgas. Francamente, no sé dónde se meten.

—Sí, pero estaréis fresquitos y tranquilos. ¿Os vais por mucho tiempo?

—No lo sé a ciencia cierta porque, ya que estamos allí, lo mismo nos quedamos varios días. Dependerá de los nervios de Ramón, que no puede parar quieto ni un minuto.

Sonsoles sentía envidia de aquella mujer tan abnegada y fiel a su marido. Admiraba su amor incondicional y su sumisión. Todo lo que decía o comentaba su esposo le parecía bien, aunque, a veces, la reprendía en público por cosas nimias y sin importancia. Cuando Ramón estaba presente repetía todo lo que él decía. Era imposible no querer a la enjuta y delicada mujer de Serrano. Se sintió mal a su lado. Amaban las dos al mismo hombre. Hubiera deseado no estar traicionándola. En ocasiones, su bondad la exasperaba. Se veían todas las mañanas en la playa. Llegaron a hablar de intimidades que Sonsoles provocaba. Quería, sobre todo, saber de su marido.

—¿No te parece que los hombres piensan poco en las mujeres? Ya me entiendes.

—No sé qué decirte. Ramón es una persona muy sensible a pesar de la imagen que da de todo lo contrario. Se dicen muchas cosas de él, que si es un mujeriego, que si esto o lo otro… Yo no pongo oídos a nada. Le quiero y es mi marido. No pienso más. No doy importancia a las habladurías.

Sonsoles se quedó helada. Seguramente habría oído tantos rumores sobre su marido como ella. No pudo dejar de admirarla. Eso era amor incondicional. Un amor que estaba por encima de lo que dijeran los demás.

—Yo echo de menos que mi marido tenga menos años. Me casé muy joven y ahora sí que noto la diferencia de edad...

—Francisco me parece un hombre estupendo. Muy inteligente. Vale muchísimo. No se nota tanto la diferencia de edad.

Sí se notaba, pero agradecía las palabras de Zita. Los años, en realidad, eran una excusa. No se había casado enamorada. Lo supo al conocer a Serrano Súñer. Aquel político tan apuesto y tan poderoso le había hecho descubrir lo que era el amor. Ya nada sería igual en su vida. Siempre se vería como la amante del cuñado de Franco. Su cárcel, el matrimonio con el marqués de Llanzol. No podía soportar sus caricias, sus besos... Ya no le pertenecía. Pensaba que su vida se iba a convertir en un auténtico infierno. Viviría eternamente fingiendo ser lo que no era. Rodeada de personas que, a lo mejor, tampoco vivían la vida que hubieran deseado. Se quedó pensativa...

—Sonsoles, ¿te pasa algo? Te ha cambiado la cara. Pareces triste.

—Sí, Zita. Te confieso que envidio tu vida. Estás con la persona a la que amas...

—¿Y tú no?

No quiso contestarle. Evidentemente, no estaba con la persona a la que amaba. Su marido era su seguridad, el padre de sus hijos, pero... no le quería. A los veintidós años había sido su liberación. En aquel entonces creyó que aquello que había sentido por él era amor. Pero el día que entró Serrano Súñer en el Ritz y se encontraron cara a cara, se dio cuenta de que no era así. Y su vida había dado un peligroso giro, ya nada era igual. Supo por primera vez lo que era la pasión, el amor y los celos.

—¿Alguna vez has pensado si podría estar con otra mujer? Yo a Francisco no me lo imagino, la verdad —se atrevió a preguntar a Zita, pese a que era una cuestión muy íntima. El día soleado y playero invitaba a las confidencias.

—Nunca pienso en ello. Cuando llega, le recibo como si fuera el primer día. Ya te he dicho que no presto atención a las habladurías, y tampoco me torturo. Confío en él.

La miró fijamente. Realmente aquella mujer era extraordinaria. Se sintió despreciable por amar a su marido. Pero aquella pasión era más fuerte que ella misma. Se justificaba. No podía combatir el deseo casi salvaje que le unía a aquel hombre. Se habían encontrado tarde cuando los dos ya tenían las vidas hechas. ¿Cómo frenar aquello? Era imposible. Renunciar a él sería como morir. Ese sentimiento era más fuerte que su voluntad. Se había rendido. Lo amaba.

—¿Cómo te enamoraste de él? —preguntó, curiosa, Sonsoles.

—Estaba con mi hermana y mi cuñado en Zaragoza cuando Paco dirigía la Academia Militar. Un día invitaron a comer a Ramón. Tenías que haberlo visto, Sonsoles. Me pareció el hombre más guapo del mundo. Fue un flechazo. Nos enamoramos nada más vernos. Mi hermana me regañaba porque decía que me gastaba mucho dinero en ropa, pero... todo me parecía poco. Quería gustarle.

Sonsoles podía imaginarse la imagen de Zita exquisita, casi espiritual, detrás de Carmen, que ejercía de roca de la familia y hermana mayor. Un cuerpo femenino, de largo cuello e intensa mirada. Una mujer sensible y cultivada. Ramón se enamoró también. Sintió dolor solo de pensarlo.

—¿Qué tiempos eran esos?

—Primo de Rivera había dejado ya el poder. Soportaba mal las críticas que se escuchaban en las Cortes. Fue cuando acabó por autoexiliarse a París. Ramón estaba al lado de su amigo José Antonio, que se rompía la garganta defendiendo a su padre. La monarquía se tambaleaba y media España se dejaba seducir por lo que decían los republicanos. Fueron tiempos muy convulsos, pero yo los recuerdo como algo maravilloso porque apareció él en mi vida. Qué contrasentido, ¿no te parece?

No era ningún contrasentido, porque a ella le había ocurrido algo parecido. En plena posguerra, con un conflicto mundial en el que España mantenía la neutralidad con dificultad, con una nación saliendo del hambre y con todo por reconstruir… ella se enamoraba de otro hombre que, para más inri, era el marido de la mujer con la que estaba hablando. Aquello parecía uno de los vodeviles de su amigo Miguel Mihura. Se había metido en la boca del lobo ella sola. El poder y el atractivo de aquel hombre que con la palabra embaucaba a cualquier interlocutor, ¡incluso a Hitler!, también le habían fascinado a ella. Había intentado resistir, pero su mirada, su físico y su dialéctica la habían vencido. Se había rendido por completo a un hombre que pertenecía a otra mujer. Aquello la frustraba.

—La vida está llena de contrasentidos maravillosos —le contestó—. En esa época en que tú te enamoraste, yo ya me había quedado huérfana. Era una adolescente de quince años que no veía solución a los problemas familiares. El dinero de casa se iba como el agua por el sumidero. Estábamos acostumbrados a una vida que cambió por completo al morir mi padre.

—¿Eres la pequeña?

—Sí, la que menos disfrutó de mi padre. Mis hermanas y mi hermano, que siguió sus pasos como diplomático, sí pudieron hacerlo. Yo tengo que decir que he vivido con la necesidad de un padre a mi lado.

—A lo mejor, eso fue lo que te enamoró de Francisco. Viste que era un hombre maduro que te daba la seguridad que te faltó al morir tu padre siendo una niña.

—Puede ser…

Se quedó pensativa. Era cierto que Francisco siempre le había dado estabilidad y tranquilidad. Algo que le había faltado desde el fallecimiento de su idolatrado padre.

—La vida hay que encajarla según nos viene —continuó Sonsoles—. Yo no hago planes. Lo aprendí entonces. Vivo y me dejo llevar por la propia vida.

—Yo sí los hago. Pienso en mis hijos. Y me agobio pensando en los tiempos tan revueltos que les va a tocar vivir. Yo lo que no quiero es otra guerra. Ya con la que hemos pasado, ha sido suficiente.

—Es verdad…

Aquella mujer tan sensata, tan delicada… entendía perfectamente que hubiera conquistado el corazón de Serrano Súñer. No tenía nada que ver con ella, pura explosión, apasionada y con carácter. No se explicaba qué había visto Serrano en ella, que era la antítesis de su mujer.

Cuando se quisieron dar cuenta, se les había hecho tarde. Las institutrices recogieron las sombrillas y las toallas y se fueron de allí a toda prisa. Ambas damas se despidieron sin saber cuándo volverían a encontrarse en la playa. El viaje a Ayete también le impediría a Sonsoles ver a Ramón ese fin de semana. Su ausencia se le hacía cada vez más difícil.

54

A Carmen Polo le dio una alegría enorme ver a su hermana pequeña llegar al palacio. Las dos sabían que las relaciones entre sus maridos no iban viento en popa, pero pensaban que sería algo pasajero. Al fin y al cabo, eran familia.

Zita se instaló en el cuarto de invitados. Los niños, por su parte, se alojaron en otra habitación cerca de la de Nenuca. A estos les encantaba aquel palacio que tenía unos leones de piedra en la entrada y siete enanitos de barro diseminados por el jardín. Pero la mejor atracción del palacio eran los cisnes, que se deslizaban por el lago de la finca en un movimiento armónico perfecto, bajo la atenta mirada de los visitantes.

—Cuando hemos llegado no se podía soportar el olor a humedad. Ahora parece que se nota menos. ¿Tú no lo hueles? —le preguntó Carmen.

—Un poco, pero ¿qué se le puede pedir a un palacio que la mayor parte del año tiene cerradas las habitaciones?

—Este año el suelo de madera cruje más que nunca. Diles a los niños que tengan cuidado y que anden despacio. Se oyen muchísimo las pisadas.

—Sí, no te preocupes.

Ramón se incorporó a la cena. Ya estaban todos en torno a la mesa del comedor. Como siempre que se iba a San Sebastián, Franco quería pescado y en su primer día de estancia nunca faltaba el changurro. Los centollos y las nécoras le encantaban. Un cocinero vasco era el encargado de preparar la comida como le gustaba al Caudillo.

Carmen empezó a contar algo que desconocía la familia Serrano Súñer.

—¿Sabéis que se va a rodar una película con un guión de Paco?

—¿Un guión? —preguntó extrañado Ramón.

—Sí, sí, un guión de cine. Lo tiene ya terminado.

—¿Y de qué va la historia? —insistió.

—Bueno, Paco, cuéntalo tú.

—Prefiero que sea sorpresa…

—Bueno, es la historia de una familia aristocrática, con tres hermanos de profesiones tan diferentes como militar, político y fraile. Al estallar la Guerra Civil, el hermano militar está en el lado de la derecha y el político en el lado republicano.

—Ya no cuentes más, Carmen —pidió Franco.

—Me recuerda a la trama de la película *Beau Geste*, cuya trama también giraba en torno a tres hermanos que se alistan a la Legión Extranjera francesa —observó Serrano.

Carmen torció el gesto. Zita se dio cuenta e intentó disimular preguntando:

—¿Y cuál será su título?

—He pensado en *Raza*.

—Bonito nombre. Sería mejor que firmaras el guion con pseudónimo. Te ahorrarías muchos problemas y, sobre todo, las críticas —otra vez Ramón con sus comentarios parecía decir que no confiaba en que fuera de calidad y menos aún que tuviera éxito.

—Lo pensaré.

A Carmen le resultó evidente que su cuñado, una vez más, no quería que su marido se llevara la gloria de la película. Seguro que lo de ocultar el nombre lo decía también para que el público no supiera que la había escrito él. Tras la cena se fue a un aparte a hablar a su hermana.

—¿Qué le pasa a tu marido? Tú sabes que Paco es muy aficionado al cine. Durante la guerra, ¿no recuerdas que se puso, junto a cámaras profesionales, a grabar imágenes? No se le daba nada mal.

—Sí, es verdad… —Zita intentó calmar a su hermana.

—¿Quién te gustaría que la dirigiera? Ahí tienes que afinar bien… —continuó preguntando Ramón.

—José Luis Sáenz de Heredia. Siempre es muy correcto en todo lo que hace. Le ha llegado el guion y le ha gustado. Lo que no sabe es que es mío. De momento. Contaré con el asesoramiento histórico del periodista Manuel Aznar.

Franco le sorprendió con esa noticia. Ya no le preguntaba, ni le consultaba casi nada. En el fondo, todo lo que le estaban contando le producía cierta amargura. Se constataba una vez más que la confianza entre los dos se había roto.

—¡Hombre! ¿Sabes que José Luis es primo hermano de José Antonio Primo de Rivera?

—Sí, lo sabía.

—También es discípulo de Buñuel.

—¿Por dónde anda ese?

—En Méjico.

—Cuando vivía José Antonio sí que veíamos más a su primo —añadió Zita.

—Pues José Luis Sáenz de Heredia ahora tiene muchísimo trabajo. Sé que le está haciendo el texto de una nueva revista a Celia Gámez. Me encontré hace poco con él en un acto y no me dijo nada de este guion de cine.

—Si te hubiera dicho algo, ya no sería el director de la película. Quiero que se lleve todo en secreto hasta su estreno.

—¡Por supuesto! Así seguirá siendo.

Tanto secretismo con él, con Sáenz de Heredia, no acababa de entenderlo.

—¿Has pensado en algún actor para los papeles principales?

—Sé que el director ya ha hablado con Alfredo Mayo, Ana Mariscal, Raúl Cancio, Blanca de Silos y José Nieto... Tienen que acelerar un poco el rodaje porque quiero que el estreno sea para primeros de año... Todos han dicho que sí.

Estuvieron toda la cena con un tira y afloja en la conversación que se hizo incómodo para todos. Cuando se fueron a la cama, Zita estaba agotada.

—Tiene que acabar esa tensión que hay entre los dos —le pidió a su marido—. Si sigues así, será mejor que nos vayamos mañana mismo. ¿Has visto las miradas que te echa mi hermana?

—Me las echa últimamente... Es posible que haya sido un poco descortés, pero me ha molestado que Paco no me dijera nada de la película. Lo tiene todo, director, asesor, y ¡hasta los actores! Yo creo que, de una cosa así, tendría que haber sabido algo...

—Tienes razón, pero intenta hablarle de otra forma.

—Es necesario que haya alguien que le haga descender a la realidad.

—Sí, ya sé que lo haces por eso, pero será mejor que se encargue otro de ese papel. Ahora mismo, a ti no te conviene en absoluto.

Serrano Súñer tardó en dormirse. No podía. Pensaba en su cuñado. Después de dar muchas vueltas a la conversación que habían mantenido, intentó concentrarse en la imagen de Sonsoles. Siempre surgía ella de la oscuridad de sus pensamientos. Se preguntaba qué estaría haciendo. Intentó conciliar el sueño con la imagen de la última vez que la vio en su jardín. Estaba hermosísima... Llevaba un vestido blanco que le hacía parecer una novia... Dos rosas amarillas en el tirante del vestido...

No muy lejos de allí, en San Sebastián, el matrimonio Llanzol también se retiraba a su habitación después de cenar en casa. No habían salido. Sonsoles no tenía ganas y Francisco se mostró encantado. Era poco amigo de los actos sociales y menos aún de las salidas nocturnas.

—¡Solo se dicen tonterías! —repetía siempre.

Por la tarde habían despedido a la madre de Sonsoles, que se iba a pasar el resto del verano a San Juan de Luz, a casa de unos amigos. Las hermanas Icaza, con sus maridos, también se habían ido ya de San Sebastián.

Aquella noche, Sonsoles estuvo poco habladora. Pensaba en Ramón. Su marido la vio más esquiva que nunca. Había recorrido tantos kilómetros en coche, reparando los constantes pinchazos de las ruedas, para tener un recibimiento muy frío. No parecía que su mujer estuviera muy ilusionada de verle.

—¿Te ocurre algo?

—No, querido. Sabes que el calor me afecta.

—Estás guapísima con calor y sin calor.

Notaba que su marido se mostraba cariñoso. Se le puso la piel de gallina. Aquella situación era violenta para ella. Llevaba un camisón blanco de seda. Le dio las buenas noches y se metió en la cama. Francisco se quedó leyendo un rato y cuando apagó la luz parecía que su mujer ya dormía. En realidad, cerró los ojos sin haber conciliado el sueño. Su marido la dejó descansar, pero tenía ganas de amarla después de tanto tiempo sin estar con ella. La contemplaba dormida y le parecía la mujer más bella del mundo. Se sentía orgulloso de que se hubiera enamorado de él siendo tan joven. Parecía que tenía las ideas muy claras. Cuando él quiso cortar aquella relación, ella le convenció de que el amor no tenía edad. Su mujer le quería. Era la envidia de sus amigos. Todos con mujeres de su edad, menos él. Treinta años más joven, y allí estaba en la cama con ella, a la que tantos deseaban, pero su mujer, al fin y al cabo. Le acarició una mano y así se fue quedando dormido.

A la mañana siguiente, Francisco Díez de Rivera abrió las cortinas y dejó que entrara la luz. La susurró al oído...

—¡Feliz cumpleaños, querida!

—¿Qué hora es? —balbuceó Sonsoles adormilada.

—Sé que es temprano, pero antes de que empiece a sonar el teléfono quería ser el primero. ¡Toma!

Sonsoles se incorporó y abrió el paquetito que le había dejado su marido en la cama. Estaba envuelto en un papel dorado y un lazo del mismo color. Lo abrió y se encontró una pulsera de perlas y diamantes...

—Hace juego con los pendientes que te regalé. ¿Te gusta?

Sonsoles se quedó sin habla. La pulsera hacía juego con los pendientes que no podía ponerse.

—¡Oh! Me encanta. ¡Has pedido que me la hagan a juego con los pendientes de tu madre!

—Sí, claro. Sé que te gustaron mucho. ¿Los has traído? ¡Ponte esta noche el juego completo! —parecía una orden más que una petición!

—¿Qué compromiso hay esta noche?

—Viene Cristóbal. Ya está en Guetaria y se va a acercar para estar contigo.

—¿Has hecho eso? ¡No sabes cómo te lo agradezco! —le dio un beso en la mejilla.

Francisco tuvo la sensación de que se alegraba más por la llegada de su amigo que por su pulsera. Nunca sabía cómo acertar con ella.

—Querido, no me pondré los pendientes porque me los he dejado en Madrid. Pero puedo llevar la pulsera sola perfectamente. Es una preciosidad. Te habrá costado una fortuna.

—Todo me parece poco para ti. He vendido unos títulos bancarios que solo me daban quebraderos de cabeza y te he comprado esta joya. Te diré que ninguna te iguala.

—Gracias, Francisco.

Le besó otra vez con afecto fraternal. Su marido no podía ser más detallista. Se acordaba de todos los aniversarios y cumpleaños de la familia. No fallaba ni uno. Si no fuera por él, se le pasarían muchas de las celebraciones familiares. Estaba radiante, feliz. Su amigo Cristóbal se acercaría hasta San Sebastián a verla. Empezó a prepararlo todo para la cena. Estaba nerviosa. En el fondo, se preguntaba si Ramón sabría que era su cumpleaños. Su marido se encargaba siempre de que se publicara su aniversario en las efemérides del *ABC*. Pensó que, a lo mejor, Ramón lo leía en el periódico y la llamaba. Llevaba muchos días sin oír su voz, muchos días sin verle. Justo después de comer, sonó el timbre de la puerta y Orna, el chófer de Serrano Súñer, apareció con un ramo de veintisiete rosas rojas. Una rosa por cada año cumplido.

—Señora —le dijo Juan—, un ramo de rosas para usted. Las trae el chófer del ministro. ¿Quiere que le diga algo?

—Naturalmente, dé al chófer las gracias por un detalle tan bonito.

Miraba las flores y las olía constantemente. Aquel regalo le hizo especial ilusión. No disimuló. Al revés, se lo contó a todo el que apareció por allí para felicitarla. Dejó la tarjeta a la vista para que cualquiera la leyera. «Con todo nuestro cariño y afecto sincero… Zita y Ramón». De esa manera, supo que él se había acordado de su cumpleaños sin despertar suspicacias. Francisco veía cómo la amistad entre Zita y ella iba afianzándose. Solo Sonsoles era consciente de que aquel cariño y afecto estaba cargado de sentimiento. Veintisiete rosas rojas, la flor de la pasión. Captó el mensaje que transmitían las flores: Ramón la echaba de menos. Hasta que no llegó la noche y se vistió para la cena, estuvo melancólica.

Cuando Cristóbal apareció en el salón, ella ya tenía puesto uno de sus vestidos. Era un traje negro con pedrería anudado al cuello. La espalda al aire dejaba a la vista su leve bronceado, y eso que se protegía siempre del sol. Solo estaba morena la gente del campo. La sociedad lucía con orgullo la palidez.

—Cristóbal, ¡qué alegría más grande! —le dijo mientras le abrazaba.

—Eso digo yo. Tenía muchísimas ganas de verte. Déjame admirarte…

La miró de arriba abajo, pidiéndole que se diese la vuelta como si hiciera un pase de modelos solo para él.

—Eres y siempre serás mi musa. Nadie luce como tú mis trajes. Está perfecto. Ni una arruga. ¡Nada que objetar! Como un guante.

—¿No viene Vladzio? —preguntó Sonsoles.

—Se ha quedado en París. He venido solo a ver a mi familia. Tampoco están las cosas como para que vengamos aquí los dos.

—¿A qué te refieres?

—¿No te enteraste de lo que le pasó a Miguel de Molina?

—¿El cantante? No, ni idea.

—Ocurrió hace meses, le esperaron tres hombres a la salida del teatro y se lo llevaron a la fuerza a los altos de la Castellana y allí, en un descampado, cerca de Chamartín, le dieron una paliza tremenda. El único motivo de la paliza fueron sus gestos amanerados. Lo golpearon con puños de hierro y con la culata de las pistolas que llevaban. Le arrancaron el pelo con las manos, le rompieron los dientes a patadas… Le dejaron por muerto. Al menos, eso fue lo que creyeron.

—¡No sabía nada!

—Claro, se ha llevado muy en secreto. Nos enteramos más de lo que pasa aquí los que estamos fuera que vosotros. Se recuperó de las heridas e intentó volver a los escenarios, pero algunos miembros del gobierno decidieron deportarle a Cáceres y ahí fue cuando decidió exiliarse a Argentina.

—Algunos miembros del gobierno… tampoco me lo creo. No sé qué pensar. Algún eco de sus éxitos sigue llegando a España.

Además, sus canciones las canta todo el mundo: «La bien pagá», «Los piconeros»… ¡Cuánta ignorancia la de quienes lo hicieron! Ese es el peor de nuestros males.

Juan les sirvió unos martinis. Francisco se retiró a hablar con las institutrices. Quiso dejarles solos durante varios minutos para que conversaran a sus anchas. Pensó que charlarían sobre moda, y eso era algo que no soportaba…

—¿Cómo vas? Te veo guapísima. ¿Se acabó todo? —le preguntó cuando se quedaron a solas.

Bebió varios sorbos del martini que tenía en su mano antes de contestarle…

—A ti no te puedo mentir. No. Estoy más enamorada que nunca —susurró para que no la oyera el servicio.

—¿No hay vuelta atrás?

—No, además no quiero.

—¡Esa cabecita! Eres como una niña. Pues ese amor loco parece que te está sentando bien.

—El amor, aunque sea prohibido, te hace brillar. Si no fuera por él, nunca hubiera sabido lo que era amar de verdad.

—No me preocupa lo que dices hoy. Me asusta lo que pasará cuando ya no le convengas. El poder es así. Ahora me interesas, mañana no me interesas. Las personas que están arriba del todo no se paran a pensar en los sentimientos de los demás.

—Pues sí que tienes una imagen mala de Ramón. Está enamorado como yo, pero no podemos hacer nada. Tenemos que seguir viviendo, aparentando una vida familiar plena. Las cosas son así. Nunca podremos vivir nuestro amor de otra manera. Siempre será a escondidas.

—Suena a tragedia griega. No te va tan mal con Francisco…

En ese momento, apareció el marqués feliz al ver a su mujer pletórica con su amigo, cada año más famoso a nivel internacional.

—Cristóbal, ¿cómo te va todo en París? —le preguntó el marqués.

—No me puedo quejar. El ambiente allí es extraordinario para la creación, pero la preocupación es extrema. Sobre todo por el desarrollo de los acontecimientos internacionales y la ocupación alemana...

—Hoy no hables de esas cosas. Olvidémonos de problemas. Dime en qué estás trabajando —le pidió Sonsoles.

—Estoy pensando en conseguir unos volúmenes diferentes.

—¡Qué cabeza tan privilegiada la tuya!

—Sabes que estoy todo el día pensando en cómo mejorar la imagen de la mujer. Me obsesiona. Los tejidos, los volúmenes y, sobre todo, que se sepa cuando una señora lleva un Balenciaga. Quiero que se distinga del resto.

—Te aseguro que un traje tuyo se sabe a distancia que es un Balenciaga. Yo soy incapaz de vestirme con otras manos que no sean las tuyas.

—Brindemos por Sonsoles y por esos pocos años que le hacen estar cada día más bella —su marido alzó la copa.

Todos hicieron tintinear sus copas... La noche era calurosa. Invitaba a las confidencias. La institutriz americana regresó a casa tras cenar fuera. Era su tarde libre. Vestida de calle no parecía del servicio. Era una mujer instruida y se notaban sus buenos modales.

—Olivia, venga con nosotros a brindar por mi mujer. ¡Es su cumpleaños!

Sonsoles no entendió el gesto de su marido, pero le siguió la corriente.

—Sí, Olivia. Tome una copa con nosotros.

La americana saludó a Balenciaga, al que conocía aunque nunca les habían presentado. No quitaba ojo a la marquesa. Era la única del servicio que estaba enterada de su relación con Serrano Súñer.

—¿Faltará poco para que la División Azul entre en combate...? —preguntó.

—Sí, será cuestión de una o dos semanas. Los chicos están deseando empezar a pegar tiros... —dijo el marqués.

—Olivia, por favor, le he dicho mil veces que no me gusta hablar de esta ni de ninguna guerra —interrumpió la marquesa.

—Perdóneme, es que en la calle todo el mundo habla de lo mismo.

—Sí, pero nosotros no somos todo el mundo...

—Su país mantiene una neutralidad relativa. Todos dan por hecho que se unirá a Inglaterra... —añadió el marqués.

—Francisco, le digo a Olivia que no hable del tema y tú le sigues la corriente.

—Bueno, yo me retiro, es muy tarde —se disculpó la americana—. Muchas gracias por la copa de champán. ¡Que cumpla muchos años, señora!

—Muchas gracias...

La institutriz se retiró.

La Inteligencia americana ya estaba enterada de la infidelidad de la marquesa con Serrano Súñer. Días después llegaría a oídos de Churchill, y para finales del verano, sir Samuel Hoare, el embajador inglés, poseería la información. Aquel hombre de los ojos azules, tan riguroso y metódico, había cometido su error más grande: enamorarse de una mujer muy conocida de la aristocracia. El reto era conseguir una evidencia, una prueba. Esa era la nueva misión de la institutriz americana.

55

Había llegado el día de embarcar a todos los voluntarios de la División Azul en los trenes de mercancías que les llevarían a la guerra. Diecisiete mil novecientos nueve voluntarios, cinco mil seiscientos diez caballos y setecientos sesenta y cinco vehículos fueron «embutidos» en ciento veintiocho trenes. La operación comenzó el 21 de agosto y no finalizó hasta seis días después. Los voluntarios habían permanecido en Grafenwöhr apenas un mes. Muchos de ellos llevaban tres semanas de instrucción. Todos deseaban llegar al frente y soñaban con una entrada triunfal por la plaza Roja de Moscú.

A la vez, Hitler había reclamado la presencia de Muñoz Grandes en la Wolfsschanze, la Guarida del Lobo. El general español acudió a la llamada lo más rápido que pudo. Llegó a Wolfsschanze en un Mercedes, atravesando extensos y frondosos bosques de pinos y abedules. En el primer punto de control, el pase especial del general fue examinado cuidadosamente por los hombres del RSD (el servicio secreto del Reich). El coche reanudó su marcha. Hubo un segundo punto de control y un tercero. Solo se veían uniformes grises del servicio secreto y de las SS, la guardia personal del canciller alemán. Por último, alcanzó el cordón interior, denominado Recinto I. Agustín Muñoz Grandes vio varias cabañas de madera. Había llegado a su destino. El coche se detuvo cerca de una de ellas. Después de haber atravesado el cerco de seguridad más estrecho del Führer, finalmente, se vio cara a cara con él.

Con la ayuda de un traductor, le informó de que la División Azul ya estaba lista para el combate.

—Está bien. Sé que están mentalizados y dispuestos a destruir al bolchevismo. Y yo estoy dispuesto a acceder a sus deseos —dijo Hitler con un gesto distendido.

Hitler escrutó a aquel hombre. Le habían sugerido que podía ser la solución a la inacción de Franco y de Serrano Súñer. El «cuñadísimo» había sido una enorme decepción para el Führer. Sabía que estaba más cerca de Mussolini que de él. Además, siempre hablaba de las aspiraciones de España antes de unirse a Alemania de manera incondicional. Resultó ser menos amigo de lo que él decía. Era perfectamente consciente de que, de unirse España al conflicto mundial, sería a la hora de «quemar el último cartucho». Quería tantear a este líder del que tanto le habían hablado, por si podría ser un colaborador más cercano al régimen alemán.

—Sé que no está usted satisfecho con la actuación de España —comenzó Hitler.

—Está usted bien informado —le dijo Muñoz Grandes.

—Me cuentan que está irritado con Franco y enemistado y defraudado con su cuñado.

—No le fallan sus fuentes. —El general español no quería ser más explícito y no se extendía en sus respuestas.

—Me señalan mis generales que usted sería un gran candidato a liderar los pasos de la nación española. Y me parece que no andan equivocados. Su fortaleza de carácter y su espíritu colaborador con el Reich son lo que necesitamos. Estaríamos dispuestos a apoyarle hasta las últimas consecuencias.

—Yo, ahora, tengo una misión y siempre cumplo: derrotar a Rusia. Le agradezco las cualidades que ve en mí, pero no puedo pensar en otra cosa.

—Lo sé. Pero no se olvide de que le auguramos un mejor futuro.

A partir de ese momento, Muñoz Grandes figuraría de manera destacada en los planes del Führer.

Serrano Súñer fue informado de la reunión de Muñoz Grandes con Hitler a las pocas horas de aquel encuentro. Aquello no pintaba bien. La propaganda alemana dijo que Hitler había agradecido al general español el apoyo de la División Azul en la lucha de Alemania contra Rusia. Pero el ministro conocía perfectamente al Führer y sabía que en aquella entrevista habría habido un tanteo como había pasado con él, cuando viajó al Nido del Águila. Nunca había desterrado del todo la Operación Félix y siempre intentaba apoyos para entrar por España y conquistar Gibraltar. Hasta el momento no lo había conseguido ni con Franco ni con Serrano Súñer. Pretendería tener éxito ahora apoyando golpes de timón en España comandados por el general que se prestara o por el hijo del rey, don Juan de Borbón, con el que también habían coqueteado los servicios de inteligencia alemana. Estaban dispuestos a apoyar el regreso de la monarquía si esta, a su vez, les apoyaba a ellos. Pero don Juan enseguida dejó claro que se sentía más cerca de los aliados que del Eje.

En Ayete, Ramón Serrano Súñer le comunicó a Franco su intuición con respecto a Hitler. Llegaron a la conclusión de que cuanto antes entrara España en el combate, antes se olvidaría Muñoz Grandes de posibles golpes de timón.

Aquellos días no fueron de descanso. Zita le pidió a su marido que volvieran a su casa alquilada en San Sebastián. Echaba de menos sus paseos por la playa y la vida familiar que no tenían en Ayete. Ramón le dijo que había que esperar unos días, aunque estaba deseando regresar y por otro motivo... Por lo menos, seguirían allí hasta que Franco volviera de la pesca del cachalote. Eso suponía que durante dos días se tenía que quedar al frente de todo en aquel palacio.

—Ramón, he trazado una travesía corta partiendo de San Sebastián —le explicó Franco—. Dormiré a bordo de un barco de pesca industrial. Estaremos un par de días navegando por una zona de mil metros de profundidad para pescar los cachalotes que se sumergen en el fondo. Hay que llegar hasta el veril de los mil metros necesariamente, es el lugar preferido de los cetáceos para alimentarse. Entremedias seguramente encontraremos bonitos y soltaremos el curricán, por si pica alguno.

Franco estaba entusiasmado con su nuevo objetivo de pesca. A Serrano Súñer todo aquello que le contaba su cuñado le aburría soberanamente. No entendía cómo ponía tanto empeño en esa afición.

Max, el amigo incondicional con el que Franco se entendía sin necesidad de hablar demasiado, se apuntó a acompañarle. Su cuñado examinó la ruta antes de ponerse en marcha y trató de recabar información entre los pescadores del puerto, pero eran muy reacios a dar indicaciones sobre los bancos de pesca. Pretendían evitar que arribaran antes que ellos y se comunicaban en clave. Franco viajaba con un vigía encaramado al punto más alto del barco, que oteaba constantemente el horizonte intentando descubrir el surtidor de agua que surgía con el resoplido del cetáceo al emerger a la superficie.

Ramón pensó en acompañar a su cuñado hasta el puerto para despedirle, a pesar del madrugón. Después intentaría ver como fuera a Sonsoles. Su imagen acudía constantemente a su mente. Le pidió a Orna que llevara un libro a la casa de los marqueses de Llanzol y se lo entregara en mano. Tenía que cerciorarse que de que se lo daba a ella y a nadie más. Le pidió que dijera que era de parte de su mujer, Zita Polo.

Antes de ir, el chófer dejó al ministro en la casa que utilizaban en San Sebastián para celebrar entrevistas clandestinas, la misma donde habían quedado la otra vez. Serrano le insistió a Orna en que tenía que hacer unas gestiones sin testigo alguno. Le dio la mañana libre y le pidió que se pasara por la casa alquilada para ver cómo iba todo por allí. Quedó en que, a las dos de la tarde, regresara a buscarle.

Su fiel conductor no tardó mucho en hacer el recado. Acudió a casa de los marqueses. El reloj marcaba las diez y cuarto de la mañana cuando tocó el timbre. Salió a abrir la puerta Juan, y le dijo que tenía que entregarle en mano a la marquesa un libro de parte de la mujer del ministro. El mayordomo, después de las veintisiete rosas que había traído Orna, ya conocía su cara. Aquello no le extrañó. Fue a buscar a su doncella y se lo comunicó.

—Matilde, el chófer del ministro Serrano quiere darle en mano un libro a la señora de parte de su mujer.

—Aviso ahora mismo a la señora. Acaba de despertarse…

Llamó con los nudillos a la puerta del dormitorio de los marqueses. Cuando oyó la voz de Sonsoles, pasó.

—Señora —susurró—. El chófer del ministro está aquí y dice que tiene que entregarle en mano un libro de parte de doña Ramona.

Se quedó sin aire, pero disimuló. Pidió su bata de seda y salió así a la puerta de la casa.

—Señora, ¿no se viste? —preguntó extrañada Matilde cuando vio que tenía intención de salir con la bata larga sin arreglarse.

—No voy a dejar a ese hombre esperando media hora…

Afortunadamente, el marqués había salido a comprar el periódico. Era su excusa para dar una vuelta antes de que el sol apretara más.

Cuando la vio sin pintar y en bata, el chófer se dio cuenta de que su atractivo no era artificial. Incluso sin maquillaje era hermosa. Parecía una artista de cine con aquella bata larga blanca ceñida sobre su cuerpo.

—Dígame… —le dijo sin ninguna sonrisa.

—Señora, tenía que entregarle en mano este libro —se lo mostró.

Se trataba de un libro de Jacinto Benavente: *Aves y pájaros*. Una comedia cargada de intención política y de simbolismos que no hacía mucho se había estrenado en Madrid.

—Pues ya lo ha hecho. Muchas gracias —le contestó.

Se dio la vuelta y se fue tan rápido como pudo hasta su cuarto sin decir nada más. Miró entre las páginas del libro y allí encontró un sobre con una nota manuscrita sin firma: «Te espero en la misma dirección que el otro día: Garibay, 12, primero. No habrá nadie. Solos tú y yo. Ven cuanto antes». Tenía que pensar rápidamente la excusa que pondría a su marido. Menos mal que había llegado el chófer justo cuando Francisco acababa de salir al paseo matinal. Quemó la nota en el cenicero con la ayuda de una cerilla y echó las cenizas al retrete. Encendió un cigarrillo para disimular el olor. Tocó el timbre para que viniera Matilde.

—Abra las ventanas, que estoy fumando y huele mucho.

—Sí, huele a quemado… Muy temprano para comenzar a fumar…

—Déjese de monsergas. Me tiene que ayudar a vestir… Antes, avise a las institutrices que nos vamos a la playa ahora mismo con los niños.

—¿Tanta prisa hay?

—No haga preguntas, Matilde.

Estaba nerviosa. Esta vez no pensaba fallar y tenía claro que acudiría a la cita. Deseaba verle. Habían pasado muchos días sin saber de él. Supuso que Zita seguiría en el palacio de Ayete. Sonrió al pensar que él no había aguantado estar tan cerca sin verla.

Matilde regresó a la habitación y le preparó el baño. Esta vez fue rápido y no se entretuvo mucho tiempo. No quería llegar tarde. Se arregló como si fuera a la playa, con un traje blanco ligero. Sabía que su marido, cuando regresara, no la acompañaría. Nunca lo hacía. Una vez que estuviera allí, ya se buscaría la vida para llegar hasta la casa, a cuatro manzanas del hotel María Cristina. Siempre había taxis allí. Tendría muy poco tiempo, pero, al menos, le vería. Se pintó solo los labios y pidió un té mientras se perfumaba.

—No se eche mucha colonia que hace salir manchas en contacto con el sol.

—Usted sabe que me protejo con la sombrilla. No se preocupe por mis manchas…

Cuando llegó su marido, se sorprendió al verla ya arreglada.

—Sí que te has dado prisa…

—Hoy quiero ir pronto a la playa…

—Me ha dicho Juan que ha venido el chófer del ministro.

—Sí, me ha traído un libro de parte de Zita. Le comenté que me gustaba Benavente y me ha mandado una de sus comedias. ¡Ya tengo lectura! Está en todo esa mujer.

—Sí, la verdad. Nunca pensé que os hicierais tan amigas…

—Ni yo.

Estaba nerviosa. Dio varios sorbos a su té para no tener que seguir hablando.

—Estoy pensando en acompañarte…

Sonsoles se atragantó con el último sorbo. Cuando pudo le contestó. Pensó que nuevamente su cita se iba al traste.

—¡Muy bien! Te quedarás solo bajo la sombrilla porque yo pienso ir a pasear por la orilla. Tú verás si quieres venir con el calor que hace a estas horas.

—Para estar solo en la sombrilla me quedo solo en casa, pensé que te quedarías conmigo…

—¡Ya me extrañaba a mí! Tú quieres estar conmigo, pero no quieres saber nada del calor…

—Eso mismo.

—Estaremos aquí antes de que te des cuenta… Lo vas a pasar mal. Calor pasamos y mucho.

—Tienes razón. Seguro que aquí estaré mejor que vosotros…

Respiró aliviada. Había sacado fuerzas de donde no las tenía para contestarle. Si le hubiera dicho que no, seguramente ahora estaría acompañándola, pero como había accedido, decidió quedarse. Pensó que a los hombres les gustaba llevar la contraria a las mujeres. Y esta vez había acertado.

Mientras el mecánico los llevaba a la playa, Olivia, al verla tan arreglada, preguntó:

—¿Se quedará con nosotras y con los niños?

—¡Sí, claro!

Esta institutriz tenía el don de la oportunidad. Preguntaba siempre aquello que más le molestaba. Delante del mecánico no les iba a explicar nada. Cuando el coche llegó a la playa de la Concha y todos se bajaron del vehículo, comentó:

—Voy un momento al hotel. Id cogiendo sitio y haced el favor de bañaros rápido, que hace mucho calor para los niños. Voy a saludar a un matrimonio amigo.

Olivia por cómo iba arreglada, por su nerviosismo y por la excusa que puso, supo que se iba a ver con su amante. Lo tenía claro. Miró el reloj: eran ya las doce menos cuarto de la mañana…

—¿Hasta qué hora estaremos en la playa?

—Como siempre: una o una y media. Se nos ha hecho tarde al final…

—Está bien.

Cuando perdió de vista a las institutrices y a los niños, se dirigió hasta la parada de taxis del hotel. Se subió en uno y a los pocos minutos ya estaba en la calle Garibay. Cuando tocó el timbre de aquel piso, su respiración era agitada… Oyó unos pasos y, enseguida, se abrió la puerta. Fue entrar y se encontró cara a cara con Ramón Serrano Súñer, que cerró la puerta de golpe. Después de unos instantes de mirarse a los ojos, la besó con más pasión que nunca. Su perfume otra vez lo inundaba todo. Sonsoles no se fijó en la casa ni en si estaban solos. Allí dentro le daba igual dónde y quién estuviera.

Ramón ardía en deseos de amarla y la condujo hasta el salón. Los muebles que había allí eran funcionales. Dos sofás y una mesa de trabajo como único mobiliario. No hubo preámbulo. No esperaron. Los dos deseaban fundirse, quemarse…

Un pequeño haz de luz se colaba entre las rendijas de la persiana. Parecían dos sedientos. Se entrelazaron y se besaron con ansiedad. No hubo demasiadas palabras. El tiempo pareció detenerse. Se amaron con ansiedad, como los amantes que se despiden para siempre porque no saben si habrá otro día. Solo contaba el momento. Estaban solos, sin ataduras, sin representar el papel que todos esperaban de ellos. Él y ella. Dos amantes amándose. Así de sencillo y así de complejo. Amarse a sabiendas de que no había un mañana. No lo tenían. Eran conscientes de ello. Eso acrecentaba la desesperación con la que se deseaban y con la que se fundían. Su destino no era estar juntos. Era un amor sin futuro. Solo tenía sentido para ellos aquel momento único e irrepetible.

La intensidad de aquellos minutos les dejó extenuados, agotados… Durante largo tiempo permanecieron tumbados en aquel sofá. Incapaces de pensar. Abrazados. Soñando que podían estar así siempre. Aquella imagen se esfumó cuando Ramón encendió un cigarrillo y volvieron a la realidad.

—No te he preguntado ni cómo estás… Perdóname. Tenía verdadera necesidad de ti.

—A mí me pasaba lo mismo. Han sido demasiados días sin noticias.

—En cuanto venga mi cuñado de pescar cachalotes, me iré a Madrid. Hay que preparar septiembre y debo estar pendiente de nuestros voluntarios de la División Azul. Queda mucho por hacer y estoy muy solo, Sonsoles. Más solo que nunca.

—Pero si todo el mundo habla de ti como el hombre imprescindible del gobierno. Parece que siempre estás rodeado de gente.

—Cada vez cuento menos para mi cuñado. Soy consciente de que estoy aquí porque todavía le soy útil a Paco. En el momento en el que ya no sea así, me quitará de un plumazo.

—No lo creo, eres el cerebro del gobierno…

—Me alegra que lo pienses —la besó de nuevo.

—No me digas eso… —se tapó con su enagua.

—Aquí no tengo nada que ofrecerte. No hay absolutamente nada. Solo estos muebles que ves en esta habitación.

—¿Este piso para qué lo utilizas?

—Lo tenemos en el gobierno para reunirnos con personas que no queremos que nadie sepa que nos hemos visto con ellas.

—Tanto secretismo…

—Ni te imaginas… ¿Cómo van las cosas por casa?

—Como siempre. Mi propia casa empieza a parecerme una cárcel.

—Sé lo que dices… ¿Cuándo volverás a Madrid?

—Este año quiero volver antes… en septiembre. No soporto estar tanto tiempo sin verte.

—Ya falta poco. Espero que allí nos podamos ver con más asiduidad. Yo también necesito verte. No te imaginas cuánto.

Se volvieron a besar con la misma intensidad de antes. El ministro miró el reloj de reojo y le dijo a Sonsoles que era la una y media de la tarde. Esta dio un respingo y le comentó que tenía que arreglarse cuanto antes. La esperaban las institutrices en la playa. Había pasado una hora y media en un suspiro. Llegaría tarde a comer… Se arregló como pudo en el cuarto de baño. Se pintó la boca y se atusó el pelo.

—¿Cuándo nos volveremos a ver a solas? —le preguntó a Ramón.

—No lo sé. Pero te aseguro que en cuanto vea una oportunidad, me pondré en contacto contigo. Desde luego, en Madrid será todo más fácil.

Aquella despedida se hizo más dura que las anteriores. En el cuarto de baño le había dejado un mensaje en el espejo, escrito con su pintalabios rojo. Salió de allí a toda velocidad después de darle un último beso. Ramón la estrechó entre sus brazos. Abrió la puerta y Sonsoles bajó las escaleras despacio y mirando una última vez hacia atrás.

Al llegar a la playa, el coche estaba esperándola y los niños y las institutrices ya montados. El pequeño Antonio lloraba del calor que hacía.

—¿Pero qué hacen todos dentro con el calor que hace? ¿No son capaces de pensar en los niños? Les puede dar algo aquí encerrados… —regañó a las institutrices.

—Les hemos dado agua constantemente —respondió frau Elizabeth con su acento alemán, que hacía que casi nadie la entendiera.

Olivia no dijo nada. Solo la observaba. Intuía lo que acababa de pasar. Se había visto con Serrano Súñer…

—Se ha entretenido más de la cuenta… —llegó a decirle.

—Bueno, ya estoy aquí y punto. ¡Vámonos a casa!

Cuando llegaron, el marqués no paraba de mirar el reloj y pasearse de un lado a otro del salón. Al verlos, dejó de preocuparse.

—Pensé que os había pasado algo…

—No seas exagerado —no dio ninguna explicación—. ¡Laven a los niños antes de sentarles a la mesa! Hoy comerán en la terraza…

No quería que nadie metiera la pata y dijera que no había estado con ellos. Los marqueses almorzaron solos.

—Menos mal que no has ido. ¡Qué calorazo! —insistió ella.

—La verdad, yo he estado aquí de maravilla —se quedó mirándola—. Te noto feliz… —comentó—. No sé. Da la impresión de que estuvieras más contenta de lo habitual.

Era verdad. Estaba feliz de haber amado con pasión al hombre que le quitaba el sueño. Se había entregado a él como si fuera la última vez que iban a verse.

—Gracias. Es bonito lo que dices, y no te falta razón. Estoy contenta —cambió de tema—. ¿Cuándo tienes pensado regresar a Madrid?

—La semana que viene. Tengo que hacer un par de cosas.

—Estoy pensando en que nos volvamos contigo.

—Si te gusta estar todo septiembre en el mar…

—Sí, pero este año me he cansado. Hay muy poca gente por aquí. Está decidido, nos volvemos contigo.

—¿Estás segura? Quedan días de calor, y como aquí no estarás en la capital.

—Septiembre es buena época para volver. Ya nos escaparemos a tomar las aguas a algún balneario con los niños o solos. Pero prefiero volver contigo.

Aquellas palabras de su mujer le gustaron. Cogió su mano y le dio un beso prolongado. Sonsoles era como una gata. Conseguía cuanto quería del marqués con solo una mirada o unas cuantas carantoñas.

56

El 6 de septiembre, Adolf Hitler emitió la Directiva 35, que ordenaba la concentración de las tropas con un solo fin: la caída de Moscú. Quería acabar con el mariscal Timoshenko y el grupo de ejércitos que comandaba para la defensa de la ciudad.

La División Azul comenzó a abandonar la ciudad polaca de Grodno, adonde habían llegado días antes. Los voluntarios comprobaron que un tercio de la ciudad había quedado en ruinas. Desde allí comenzaron una larga y tortuosa ruta hasta Smolensko. En aquel lugar empezaría para ellos la batalla. Al avanzar cargados con las pesadas mochilas —treinta y dos kilos por hombre— por la llanura polaca, las primeras huellas de la guerra se hicieron evidentes: carros de combate del Ejército Rojo calcinados, camiones retorcidos, equipos abandonados, incendios aún sin extinguir… Era el mudo testimonio de la guerra a la que se dirigían. También comenzaron a ver que los judíos se distinguían del resto de la población por un brazalete que llevaban con la Estrella de David en amarillo.

A las tropas españolas se les advirtió de que no «tuvieran contacto con mujeres judías». Una recomendación que no cumplieron y que ocasionó que el mando militar alemán se quejara al Estado Mayor español. Las autoridades alemanas permitieron que los soldados visitaran los burdeles de la Wehrmacht, para lo que recibieron condones. Los españoles de la 10ª compañía mostraron su enfado, desfilando ante los oficiales alemanes con los condones inflados sujetos a las bocas de los fusiles. Estos incidentes —unidos al robo de pollos y su insistencia en relacionarse con los judíos— hicieron que tuviera que acompañarles un oficial de enlace, el jefe de los Servicios de Retaguardia alemán, del Grupo de Ejércitos de Centro, que informaría diariamente de las incidencias protagonizadas por los españoles.

Los alemanes no tenían problemas para localizar a la división española al avanzar hacia el este. La 250ª división marchaba con banderas españolas desplegadas. Las piezas de artillería también eran identificables porque cada una de ellas lucía una medalla de la Virgen del Pilar, de la Virgen de los Reyes, de la Paloma o de la Virgen de Covadonga… El ritmo de la división se fue reduciendo a medida que los hombres y los caballos se fueron agotando.

Ramón Serrano Súñer, para entonces, ya estaba en Madrid. Las reuniones en el palacio de El Pardo eran constantes. Informaba a Franco de todo lo que le contaba su homónimo alemán, Von Ribbentrop. Su cuñado le pidió una campaña popular a través de la prensa y la radio, que él manejaba como nadie.

—Da la orden de recoger prendas de lana para la división en pocos días. Piensa que el frío les calará los huesos dentro de muy poco.

—Así lo haremos… Me comunica Von Ribbentrop que alrededor de novecientos cautivos, entre enfermos y prisioneros de guerra rusos, han sido conducidos a los sótanos del búnker y envenenados mediante emanaciones del gas Zyklon B. Un gas tremendamente mortal que están experimentando —le informó Serrano.

—¿Cómo lo obtienen?

—Del ácido prúsico. No sé si deberíamos contar esa noticia en nuestra prensa.

—No vamos a darla a conocer. Eso puede hacer que flaquee el apoyo popular a la causa del Eje —recomendó Franco.

—Estoy de acuerdo… Nosotros ahora tenemos otros problemas a los que debemos dar solución cuanto antes. Por ejemplo, la falta de fluido eléctrico.

—Me preocupa más la necesidad de carbón y de carburantes. Nuestros problemas de abastecimiento son enormes. Deberías hablar con Von Ribbentrop.

—Sé lo que me va a contestar. Que todos nuestros males se acabarían si nos dejáramos de no beligerancia y entráramos de lleno en la guerra.

—No es el momento… No es el momento…

Franco anotaba en un papel todo lo que le decía su cuñado. De pronto, dejó de escribir y se le quedó mirando a los ojos. Quería hablarle de algo personal… Llevaba varios minutos barruntando cómo hacerlo.

—Ramón, tengo que decirte algo que me resulta muy incómodo.

—¿De qué se trata?

—Me ha llegado información de que estás viéndote con una mujer casada de la alta sociedad —le espetó sin ningún tipo de preámbulo.

El estómago le dio un vuelco. Pálido, completamente aturdido con lo que Franco le estaba diciendo, tardó en reaccionar.

—Eso es falso, como tantas otras cosas que se dicen sobre mí. ¿Quién te ha dicho eso?

Franco guardó silencio.

—Será algún militar de los que quieren mi cabeza —insistió Ramón.

—Todo lo que ponga en riesgo nuestra familia me incumbe. Debes andarte con ojo. Aquí todo se sabe y, al final, la familia se resiente. No puedo permitir que destruyas a tu familia, que está unida a la mía. Apelo a tu sentido de la responsabilidad.

—También se ha dicho que estaba con una artista y con otras mujeres casadas… y todo ha sido siempre mentira. Zita está al cabo de la calle de todos esos rumores.

—Cuando el río suena, agua lleva. No me gustan esos comentarios sobre ti. Lo que dicen de la mujer del César, deberías aplicártelo a ti también. Estoy pensando en hacer una ley para proteger a la familia y su honor. Quiero acabar con todos los desmanes que llegan a mis oídos. El adulterio volverá a ser delito.

—Paco, la República ya suprimió esos delitos —en cuestiones de leyes siempre intentaba estar por encima de su cuñado.

—Pues los vamos a recuperar. Aquí hay que poner orden. El adulterio volverá a ser ilegal como lo ha sido durante decenios en España. Son delitos deleznables para los españoles bienpensantes y temerosos de Dios. Hay que poner fin a tanto desmán y tú tienes que ser el primero en cumplirlo. Nosotros debemos dar ejemplo.

—¿Y cómo se va a penalizar el adulterio?

—Como delito de escándalo público y abandono de familia. Modificaremos el artículo 431 del Código Penal. Lo tengo ya muy avanzado…

—Ya veo que te dejas asesorar por otras personas que, a lo mejor, no ven lo que pasa a su alrededor. Tenemos a muchos separados de sus mujeres que han rehecho sus vidas. ¿Los vas a dejar al margen de la ley?

—Hay que poner orden. Todo valía antes y durante la guerra. Ahora ya no.

—Si no tienes nada más que decirme… En cuestión de leyes está claro que ya no me necesitas —le dijo con ironía. Últimamente le consultaba poco sobre este tema—. Tengo muchas cosas que hacer. —Estaba verdaderamente molesto de que su cuñado se metiera en su vida personal. Tampoco le hacía gracia que se dispusiera a legislar sin tener en cuenta su opinión, sobre todo, en una materia tan delicada como la intimidad de las personas.

—Nada más —le contestó Franco serio.

Serrano se marchó del despacho enfadado. No le gustaba nada lo que acababa de oír. ¿Quién le habría seguido en sus encuentros pasionales en San Sebastián? Hacía días que Sonsoles estaba en Madrid y no se habían visto. Sin duda, se refería a ella cuando le habló de una mujer casada y de la alta sociedad. Sin embargo, no había pronunciado su nombre. Desconocía si lo había hecho por cortesía o porque no lo sabía. A partir de ahora, se complicarían sus encuentros. Tenía que avisarla de que no hablara con nadie de su relación y, sobre todo, que extremara sus precauciones.

Al día siguiente, recibió una llamada en su despacho que le aclaró todo. Fue providencial. La fuente de información llegaba de Inglaterra. El periodista Luis Calvo, desde Londres, llamó para informarle de algunos comentarios que habían llegado a sus oídos. Ejercía de corresponsal de *ABC*, pero ponía oídos y se enteraba de todo cuanto se movía o se decía dentro y fuera de la embajada.

—Ministro, entre los españoles que estamos en Londres no se habla de otra cosa desde que Churchill fue a cenar con Jacobo Alba hace unos días.

—¿De qué se trata?

—Me resulta violento decírselo por teléfono.

—¡Suéltelo ya de una vez! —le exhortó, molesto.

—Se trata de usted y de una mujer de la alta sociedad. Una marquesa.

Se quedó mudo al otro lado del hilo telefónico.

—¿Usted sabe quién le ha dado esa información y cómo ha llegado hasta allí?

—Lo desconozco. Sé que es algo que comentó Churchill al embajador hace varios días en el transcurso de esa cena que le acabo de mencionar. Le gusta mucho la comida del nuevo cocinero y está frecuentando nuestra embajada con asiduidad. Este tema salió a relucir en los postres, según me explicó mi informador. Parece ser que alguien del servicio secreto inglés o americano le ha pillado a usted con la dama.

Serrano Súñer supo entonces cómo había llegado la información a oídos de Franco. El propio embajador, Jacobo Alba, se lo había contado. No habían sido palabras lanzadas al aire por los militares, sino que había sido fruto del espionaje más salvaje.

—Luis, todo lo que me cuenta es una infamia, pero le agradezco su confianza y su sentido de la lealtad. Yo no olvido estos gestos.

Cuando colgó el teléfono, se quedó pensativo. Despotricó contra sir Samuel Hoare y sus tentáculos de espionaje. ¿Quién podía haber pasado esa información? Dudó de Orna, pero enseguida lo descartó. Había sido testigo de otras aventuras y no habían trascendido. Pensó en la viuda amiga de su tía, que le había dejado su casa. Estaba convencido de que aquella mujer no sabía la identidad de Sonsoles. La descartó también. Podría haber sido alguien del servicio de la marquesa de Llanzol. Seguramente, se trataba de alguna persona cercana a ella. Se lo tenía que advertir. Aquello sí era grave. Muy grave. Su cuñado sabía que se estaba viendo con una mujer casada de la alta sociedad. Tal vez estaba al tanto de todo: de su nombre e incluso del de su marido. Su cuñado conocía sobradamente al marido de su amante: Francisco Díez de Rivera. Uno de los supervivientes de la batalla del Ebro. Un héroe a todos los efectos. Estaba claro que tenía que dejar de verla. Por ella y por él, no podían seguir adelante. Ese amor estaba condenado desde que comenzó, se dijo con pesar a sí mismo. Se preguntaba cómo poner punto y final a una relación tan apasionada. La deseaba y, a la vez, era consciente de que podía ser la excusa que necesitaban sus enemigos para acabar con su carrera política.

Hizo llamar inmediatamente a sir Samuel Hoare. No había mejor defensa que un buen ataque. Tenía que pensar bien qué le iba a decir…

Cuando el embajador británico apareció en el despacho, Serrano ni siquiera se levantó. Le recibió de malos modos. No hubo necesidad de disimular. Sabía que tenía conocimiento de su aventura y pensó que probablemente habría sido él quien había promovido su seguimiento.

—Ustedes me quieren fuera del ministerio y no saben cómo arreglárselas para conseguirlo. Han caído en lo más bajo que puede hacer un diplomático…

—No consiento sus palabras. No sé a qué se refiere, pero haga el favor de moderar su lenguaje. Está hablando con un representante de Gran Bretaña en España.

—Usted y su servicio de espionaje no han tenido conmigo ni el más mínimo respeto. No quiera que yo, ahora, se lo tenga a usted.

—Si la conversación va a seguir en estos términos, haga el favor de decirme para qué me ha llamado porque mi paciencia se agota.

—Quiero decirle que no sería el primero ni el último que tenga algún incidente al moverse por Madrid. Si quiere jugar sucio, vamos a hacerlo todos. Aténgase a las consecuencias.

—Señor ministro, usted me está amenazando. Es más, me anuncia que puedo tener algún percance. Ahora quiero saber por qué motivo para transmitírselo a mi primer ministro y a nuestra real majestad.

—Solo le he llamado para que quite sus garras de mi persona. No quiero más espías, ni quiero que husmeen en mi vida privada. No me haga entrar también en ese juego sucio, porque se puede encontrar grandes sorpresas.

—Bueno, en ese juego sucio hay quien es verdaderamente un experto.

—¿Qué está usted insinuando? —respondió más irritado todavía.

—Mire, bastantes preocupaciones tenemos con su participación en la Segunda Guerra Mundial, aunque ustedes sigan hablando de su no beligerancia. Las tropas españolas están camino de Moscú, ¿cómo llama usted a eso? Se han inventado una fórmula que a nosotros nos preocupa mucho. Eso sí que nos tiene alterados, pero su vida privada no nos interesa en absoluto. Si usted está con una marquesa, nos trae sin cuidado…

—Yo no he mencionado a ninguna marquesa… ¿Qué información tiene usted?

Serrano se dio cuenta de que el embajador estaba enterado de todo. No obstante, tenía sus dudas sobre si había sido su servicio de espionaje o había sido el espionaje americano o incluso el alemán. Aquel curtido diplomático parecía ofendido con sus palabras. No se fiaba de él, pero tampoco sabía a ciencia cierta por dónde le habría llegado la información. Volvió a insistir:

—¿Quién le ha proporcionado la información de que yo estaba con una marquesa?

—No lo sé, pero, si lo supiera, tampoco se lo diría. Como se puede imaginar, un embajador tiene que saber todo del país en el que está ejerciendo su cargo. Ese es mi deber.

—¿Quién ha sido? ¿Ustedes o el espionaje americano?

—Señor ministro, primero me amenaza y ahora pretende que yo delate a quien me ha proporcionado la información. Está usted muy confundido. Hay temas que, por mi honor, no sabrá nunca nadie.

—Está bien. Aténgase a las consecuencias. No tengo nada más que hablar con usted.

—Apelo a su sentido de la responsabilidad. Un incidente personal no puede marcar el día a día de nuestras relaciones. La vida de miles de personas depende de nuestras decisiones.

—Eso es todo, señor embajador. Ahora, abandone mi despacho.

Sir Samuel Hoare no estaba acostumbrado a que le trataran de una forma tan grosera. Elevaría una queja al Caudillo. La actitud de Serrano Súñer traspasaba los límites de lo permitido.

El ministro se quedó realmente alterado. Aquella información había cambiado el rumbo de su vida. Necesitaba contárselo a Sonsoles para que tuviera cuidado. Alguien de su servicio podría ser el origen de toda aquella información que ahora tenían Franco, Churchill y, con toda probabilidad, Roosevelt. Nunca una relación extramatrimonial había llegado a tantos despachos. Se preguntaba si su cuñado lo habría hablado con alguien del gobierno. Les tenía más miedo a los ministros españoles que a todos los servicios secretos de las embajadas extranjeras.

57

Serrano Súñer marcó el teléfono de El Pardo. Deseaba hablar con su cuñado. Por de pronto, sabía por dónde le había llegado la información de su relación con la marquesa de Llanzol. Franco no tardó en contestar a su llamada.

—Dime, Ramón.

—Sé quién te dio la información sobre mí. Fue el duque de Alba. ¿Estás enterado de que es masón y no es de fiar? Te lo digo porque puede estar haciendo un flaco favor a nuestro país. Te comento más, debe de estar pasando informaciones falsas para que obremos por impulsos y así favorecer a los que quieren desestabilizar al gobierno. Deberíamos destituirle como embajador. No podemos consentir que vaya levantando infundios de personas respetables. Además, nos va dando informes inexactos sobre los efectos de los bombardeos de los alemanes en Londres, y eso que le exijo todos los detalles, por insignificantes que sean.

—Sí, Alba es un masonazo. Lo sé. Sin embargo, de momento, podemos aprovecharnos de su buena posición con Churchill para servir a nuestra causa.

—Te estoy diciendo que la información que te dio sobre mí es falsa, ¿y no vas a obrar en consecuencia?

—Está bien que él crea que no sabemos nada —en el tema que hacía referencia a la marquesa y su relación extraconyugal sí le creía—. Estarás de acuerdo conmigo en que su posición nos puede servir para influir en algunos miembros del Partido Conservador británico.

Serrano Súñer no entendía la inacción de su cuñado. Se despidió y colgó con amargura. Franco no movía un dedo a pesar de saber que Jimmy —así le llamaban— era otro de sus enemigos. Ahora había que demostrarles a todos que no era cierto lo que había contado sobre él y que su relación con la marquesa era un infundio.

Los días siguientes procuró dejarse ver con Zita en numerosos actos. Le pidió por favor que lo acompañara. Aunque a ella no le gustaba hacerlo, no fue capaz de decirle que no a su marido. Siempre le apoyaba en todo y más si se lo pedía expresamente. Sonsoles, que seguía la actualidad por la prensa, vio las fotos de los dos. Aparecían sonrientes, cómplices. Parecían un matrimonio bien avenido. Realmente, se sintió mal. Aquella mujer le caía bien y estaba enamorada de su marido. No podía hacer otra cosa más que esperar. No le gustaba el papel de amante, pero no tenía otra opción. Aquella realidad le pesó sobre su estado de ánimo como nunca.

Tenía que superar aquella situación. Ella estaba casada con un buen hombre, se repetía machaconamente en su cabeza. Pero su corazón pertenecía a Ramón Serrano Súñer. Sería su condena de por vida. Casada con un hombre que le proporcionaba la vida que quería y enamorada perdidamente de otro que aparentaba una vida familiar estable. Llegó a pensar si se había aprovechado de ella. Serrano Súñer era como un vampiro, se llegó a decir en un momento de desesperación. Le había chupado la sangre y el alma. Le había robado el corazón, y ella ya no tenía dominio de su propia vida. Dependía de la voluntad de aquel hombre de ojos azules. Él decidía cuándo y dónde. El único papel que le quedaba a ella era esperar y decir que sí. Su poder no solo se mostraba en el terreno político, sino que también se extendía a su vida íntima. Le dio rabia pensar aquello, pero sabía que era la pura verdad. Serrano Súñer era dueño y señor de su presente y de su futuro.

Sonó el teléfono en su casa. Como siempre, a esas horas de la mañana, lo descolgó. Esperaba la llamada de su hermana Carmen. No tenía ánimo. Se dejaba llevar.

—¡Dígame!

—Soy yo, Ramón.

Hubo un silencio. No se lo esperaba y se quedó muda durante segundos. Se borró de su mente todo lo que acababa de pensar sobre él. ¡La estaba llamando!

—No te esperaba… Tantos días sin saber de ti…

—Lo sé. He estado muy liado. Además, hay noticias que nos perjudican a los dos y he dejado pasar un tiempo.

—¿Qué noticias son esas?

—No puedo decírtelo por teléfono. Orna te llevará otro libro. Ya me entiendes…

—Sí.

—No falles. Es grave.

Cuando colgó, temblaba. Estaba aterrada. No se podía imaginar qué noticias eran esas que les perjudicaba tanto. Cogió un cigarrillo y lo encendió. Llamó a Matilde y le pidió ayuda para vestirse. No hizo ningún comentario. Prácticamente no habló. Estaba aturdida.

A la media hora, sonó el timbre de la casa. Orna venía con el libro.

—Es para la señora. Me piden que se lo dé en mano —comentó.

Juan llamó a Matilde y esta se lo comunicó a la marquesa. Sonsoles, que ya estaba arreglada, fue a recoger el libro en mano.

—Muchas gracias. Dígaselo de mi parte a… la señora —no añadió nada más.

—Así lo haré.

Sonsoles se fue con su libro sin hacer más comentarios. Se limitó a ir a su cuarto y cerrar el pestillo por dentro. Se sentó en la cama y rebuscó entre las páginas. Allí había un sobre. Lo abrió con ansiedad y leyó: «A la una en Lhardy. Pregunta por Jacinta. Te pasarán a un reservado. ¡Espérame! No digas nada. Será un cuarto de hora».

La citaba en un lugar público, pero se verían en un reservado. Nada más que un cuarto de hora. ¿Qué era aquello tan grave que tenía que decirle? No quedaban en un piso, sino en un lugar tan conocido como Lhardy. Imaginó que era para que nadie sospechara cuando les viera entrar. Pensó rápido y encontró la excusa perfecta. Se haría acompañar por Matilde. Irían a comprar las croquetas que tanto le gustaban a su marido.

A la una menos cinco entraban en Lhardy. Le dio dinero a Matilde para que comprara croquetas y unos hojaldres.

—Espéreme en la puerta, por favor.

—¿Adónde va?

—Son cinco minutos. Haga lo que le digo.

Salió de la tienda y se metió en el restaurante contiguo. Subió las escaleras y, cuando la recibió el *maître*, preguntó por Jacinta. Inmediatamente la llevó hasta un reservado. Casi no le había dado tiempo a sentarse cuando llegó Ramón. Nuevamente estaban a solas. Esta vez en torno a una mesa… pero sin testigos.

—Sonsoles, ¡qué bella estás!

Se besaron con la misma pasión de siempre.

—No tenemos mucho tiempo. En un cuarto de hora tengo que asistir a una comida en uno de los salones de aquí. Por eso, pensé que si me veían entrar no sospecharía nadie.

—¿Qué está ocurriendo?

—Saben lo nuestro.

—¿Quién?

—Desde Franco para abajo, lo debe de saber mucha gente. Alguien cercano a ti o a mí, tampoco lo descarto, nos ha seguido y tiene conocimiento de que nos hemos visto a solas. Después de mucho pensar, creo que ha tenido que ser en San Sebastián.

—¿Puede llegar a oídos de mi marido? —le entró un frío helador por el cuerpo.

—Sí —se limitó a afirmar.

—¿Qué vamos a hacer, Ramón?

—De entrada, no te pongas nerviosa. Franco me ha hablado de una mujer casada, de la alta sociedad. Un periodista que está en Londres me ha dicho que se me relaciona con una marquesa... Pienso que a estas alturas saben que se trata de ti.

Sonsoles sintió que se le caía el mundo encima. Se sentó en una de las sillas.

—¿Pero desde Londres te hablan de mí? No entiendo lo que está pasando.

—Sí, los servicios de espionaje trabajan a mucha velocidad. Una información que sea de interés está en horas en los despachos de las personas más relevantes. Esto va así.

—¿Quién nos puede haber espiado? Hemos estado solos y yo no se lo he dicho a nadie.

—Yo he dudado de mi entorno, pero he llegado a la conclusión de que tiene que ser alguien cercano a ti. Una persona de la que no sospechas ha descubierto que somos... —no dijo más. No hizo falta—. Alguien que te siguiera el último día que estuvimos juntos o la noche que fui a tu casa en San Sebastián. Pudo vernos alguien del servicio. Primero discutimos, pero luego nos besamos.

—¿Qué podemos hacer, Ramón? —pregunto, con tono de gran preocupación en su voz.

—Tenemos que dejar de vernos.

Sonsoles rompió a llorar. Ramón se sentó a su lado y la abrazó.

—Ahora no podemos meter la pata. Nos están observando. Debes estar alerta y descubrir quién ha podido ser.

—Entonces… nunca más nos veremos a solas.

—Ahora no. Por lo menos a solas. Debemos descubrir quién de tu servicio ha podido ser. Dame sus nombres y yo investigaré. No te preocupes. El malnacido que lo ha hecho, lo va a pagar.

—No lo podré soportar. Necesito verte, amarte.

—Lo sé, lo sé… Me pasa lo mismo. No consigo apartarte de mi pensamiento. Siempre te siento cerca, pero hay que tener mucho cuidado. El día que nos veamos, tendremos que asegurarnos de que no nos sigue nadie. Ir a un lugar que no despierte sospechas, pero primero daremos con la persona que nos ha seguido.

—Un hotel, un restaurante con reservados…

—Sí, un lugar público donde entre y salga mucha gente.

Se besaron como si no volviera a existir otra posibilidad de hacerlo.

—Debo irme. Está Matilde en la tienda, esperándome —le dijo mientras se ponía de pie.

—No te fíes de nadie, ni de quien hasta ahora pensabas que te era fiel. En tu entorno una persona lo sabe y está dando información a quien no debe.

—¿Crees que alguien me espía?

—Sí —la volvió a besar—. Debes irte. Nos veremos pronto. Aunque no podamos estar juntos, por lo menos estaremos cerca. Te avisaré.

—¡Adiós, Ramón!

Se le humedecieron los ojos cuando lo miró por última vez y salió del reservado. Bajó las escaleras rápidamente y, en la puerta de la tienda, ya la esperaba Matilde. En ese momento, varios hombres vestidos de Falange entraron en el restaurante. Se la quedaron mirando. Lo mismo sucedió con dos militares de alta graduación, que también entraron allí sin disimular su admiración hacia su belleza.

—¡Vámonos! —fue lo único que dijo en voz alta.

—Señora, ¿está usted bien? —preguntó la doncella.

—¿Por qué lo dice? —le respondió, seria.

—No sé. Le noto cara de preocupación.

—Por favor, Matilde. No especule sobre qué me pasa. No me encuentro muy bien. Nada más. Me duele la cabeza.

Pararon un taxi. Durante todo el camino fueron calladas. El taxista no paraba de mirar por el retrovisor a aquellas dos mujeres. Intentaba dar conversación, pero Sonsoles no respondía. Solo pensaba en quién podría haberla traicionado. Dudó de Matilde. En realidad, era la única que sabía las veces que había acudido al ministerio. Pero la doncella llevaba muchos años a su lado y jamás había abierto la boca. Le había demostrado una lealtad fuera de toda duda.

—Matilde, quiero que observe al servicio —rompió el silencio—. Dígame todo aquello que le parezca que se sale de lo normal.

—¿Ocurre algo?

—No lo sé. Es posible que alguien cercano vaya diciendo cosas sobre mí que me perjudican. Le pido que abra los oídos y esté atenta...

—Así lo haré, señora.

Cuando llegaron a casa, Francisco ya estaba tomando un martini, haciendo tiempo mientras ella llegaba.

—Querido, he ido con Matilde a comprarte hojaldres y croquetas a Lhardy. Sé que te vuelven loco...

—¡Qué preciosa eres! ¡Cuánto vale mi mujercita! ¿Se da cuenta, Juan? Mi mujer siempre pensando en mí.

El mayordomo asintió con la cabeza, sirviéndole otro martini a la marquesa.

Sonsoles estaba convencida de que esa información que estaba en boca de Franco y parte del gobierno no había llegado hasta los oídos de su marido. Confiaba en que Serrano lograra detener todo aquello antes de que se convirtiera en un comentario insoportable en boca de todos.

—Pues sabes que Lhardy es uno de los lugares preferidos de la nobleza.

—Lo sé. Hay muchas anécdotas divertidas de ese local —repuso su marido—. Una tiene que ver con sus famosos reservados.

—¿Sí? —no fue capaz de decir más. Dio un sorbo al martini.

—Cuentan que Isabel II se veía allí con el general Serrano… con el que se entendía…

Sonsoles creyó quedarse sin sangre cuando escuchó las palabras de su marido.

—Y en uno de esos encuentros incluso se dejó olvidado el corsé. Allí fueron para algo más que a comer —se echó a reír.

Sonsoles sonrió, pero aquella anécdota no le hizo gracia alguna. Disimuló y cambió de tema.

—Deberíamos viajar más —le dijo a su marido.

—Estoy dispuesto a ir adonde tú quieras. Ya lo sabes.

—Vámonos a tomar las aguas a Mondariz. Así estaremos mejor para afrontar el otoño y el invierno. A tu salud, todavía delicada, le vendrá bien.

—Por mí, cuando quieras.

—Solos tú y yo.

—Me parece una idea extraordinaria —se entusiasmó Francisco—. Déjame que lo organice yo.

Después de comer, el marqués había quedado con su hermano, Ramón, en la Gran Peña. Allí solo había hombres que compartían un mismo estatus social. Militares y nobles se encontraban para tomar una copa e intercambiar información. El marqués notó que al pasar cerca de los corrillos que había en el bar, se callaban las conversaciones y mientras se alejaba pudo escuchar risas entrecortadas. Le chocó, pero no le dio más importancia.

—¿Cómo estás, Ramón? —saludó con un abrazo a su hermano, que le esperaba en una de las mesas tomando un café y leyendo el periódico.

—Muy bien, gracias a Dios. ¿Tú cómo vas?

—No me puedo quejar. Estos días parece que estoy un poco mejor de salud. La verdad es que, después del tifus, sigo sin ser el mismo de antes.

—Deberías cuidarte más. ¿Qué necesidad tienes de ir al ministerio todos los días? Puedes dejarlo perfectamente y vivir bien.

—Lo sé, pero me gusta sentirme útil. No he nacido para no trabajar, como todos estos que están aquí.

—¡Shhhh! Habla bajo que te van a oír. Ya sabes que no está bien visto trabajar. Te disculpa el hecho de que sea en el Ejército.

—Después de lo cerca que he estado de la muerte, lo que digan me trae sin cuidado…

Siguieron conversando de asuntos económicos. Compartían el mismo administrador… Antes de separarse, su hermano le habló de Pura.

—¿Sabes el último chisme que va contando?

—Pues no, sinceramente.

—Que Serrano anda enamoriscado de una marquesa. ¡Figúrate!

—Será uno de tantos bulos…

—Anda con ojo, no vaya a ser tu mujer. ¿No tenéis mucha relación con él? Este verano tu mujer ha estado mucho sola… Ya te dije que casarse con una mujer tan joven no trae nada bueno.

—Ramón, por favor. Tú sabes que Pura la tiene tomada con ella. Mi mujer no me da ni un solo motivo para que yo dude. Estate tranquilo. Busca en otro lado a esa marquesa que dices… Además, Sonsoles, con quien estuvo este verano con la mujer de Serrano. De ella sí que se ha hecho amiga.

—Perdona. Te digo lo que sé. Me alegro de que no sea Sonsoles. Ahora andan todos esos cotillas —señaló a los que hacían corrillo— especulando quién será el que lleve... —Simuló unos cuernos con los dedos.

—A mí especular con ese tema no me hace ninguna gracia. Y menos que la gente ponga en duda la honradez de mi mujer solo porque sea joven. ¡No lo voy a tolerar! Ahora mismo voy a hablar con toda esa pandilla de cotillas...

—No, no lo hagas. Les darás motivos para sacarte los colores. Ahora, cuando te vayas, lo haré yo...

Francisco se tomó su café —era el único lugar donde no se bebía un sucedáneo, sino auténtico café molido— y se despidió de su hermano.

—Bueno, ¡hasta pronto!

Cuando abandonó la Gran Peña, observó otra vez las risas que surgían a su paso por las diferentes mesas. Los miró con cara de pocos amigos y cesaron de golpe. ¿Sería el objeto de las chanzas? ¿Tendría razón su hermano? Volvió a decirse a sí mismo que no tenía motivos para dudar de Sonsoles. Hoy mismo había tenido el detalle de ir a Lhardy a por croquetas...

Iba sumido en estos pensamientos cuando le paró un militar muy laureado que había combatido con él durante la Guerra Civil. Estuvieron hablando unos minutos y al despedirse le dejó preocupado:

—Tenemos que quedar a comer en Lhardy. Hacen un cocido extraordinario. Hoy mismo lo he comprobado. He tenido un almuerzo espléndido con Serrano Súñer. Me encantaría volver allí contigo y con los pocos que sobrevivimos a la batalla del Ebro. De verdad que merece la pena. ¿Qué te parece?

Se quedó serio, sin saber qué decir. ¿No era mucha coincidencia que su mujer hubiera ido a Lhardy el mismo día que Serrano Súñer había acudido a comer allí? ¿Era una casualidad?

¿Tendría razón su hermano? ¿Sería ella la marquesa de la que hablaba la chismosa de su cuñada?

—¿Estás bien, Francisco? —su interlocutor continuaba esperando una respuesta.

—¡Oh! Sí, perdona. Me duele un poco la cabeza. Sí, quedamos cuando quieras.

—¡Yo lo organizo! ¡Cuídate esa salud!

Cuando se despidieron, apenas podía andar. Las piernas no le respondían. Le costó llegar hasta el coche donde le estaba esperando el mecánico para llevarle a casa. ¿Sería verdad que Serrano andaba enamorado de su mujer? Aquello no podía ser cierto. Se tragó la desazón. Sacó fuerzas de flaqueza. Intentó superar aquello que no eran más que habladurías. La gente era muy mala, se dijo a sí mismo. No soportaban ver felices a los demás. Deseaba volver a casa y encontrarse a solas con Sonsoles.

58

Serían las siete de la tarde cuando el marqués llegó a su casa. Sonsoles no estaba. Se había ido a una de las muchas conferencias a las que asistía. Eso y los estrenos teatrales la tenían entretenida. Lo que no sabía su marido es que lo hacía para no pensar. De no ser por esta actividad constante, se volvería loca. Respiraba un poco al salir de casa. Sobre todo, dejaba de torturarse durante una hora, porque lo único que se repetía machaconamente en su cabeza eran los ojos y las palabras de Ramón Serrano Súñer.

El marqués aprovechó para preguntarle a Juan si el ministro había llamado últimamente a casa.

—No, que yo sepa. La señora por la mañana se encarga de coger todas las llamadas, y a mí no me dice de quién se trata.

—Ya…

—Hoy sí que ha venido el chófer del ministro a traerle otro libro a la señora de parte de doña Ramona.

—¿Otro libro? —le pareció que aquello ya era un exceso. Primero las rosas, después un libro y ahora otro.

—La marquesa se lo llevó a su cuarto…

El marqués disimuló poniendo en hora todos los relojes de la casa y dando normalidad a cuanto hacía. Al terminar se dirigió a su habitación. Miró por encima y vio que en el tocador de Sonsoles estaba apoyado un libro. Lo hojeó sin saber qué buscaba. No encontró nada. Abrió los cajones del tocador y tampoco observó nada que le hiciera sospechar. Finalmente, se dio por vencido, sintiéndose mal por hurgar en la intimidad de sus cosas. Se dijo a sí mismo que era un anciano que se dejaba influenciar por los chismes.

Salió del cuarto y se fue a ver a los niños. Allí estaban las institutrices. La alemana desapareció al poco rato para ir a bañar al pequeño Antonio. Se quedó a solas con Olivia.

—¿Todo va bien por aquí? —preguntó el marqués.

—Sí, señor.

—¿Qué tal se lo pasó usted en San Sebastián?

—Una ciudad muy bonita, que me ha gustado mucho.

—Ha conocido a uno de los hombres con más poder en España: el ministro de Exteriores. ¿Qué le ha parecido?

—Un hombre muy atractivo. Comprendo que caiga bien a las señoras…

Esta respuesta no hacía más que acrecentar sus temores sobre la veracidad de los rumores entre su mujer y el ministro.

—¿Ha ido mucho por allí en mi ausencia?

—No sabría decirle…

Apareció Matilde, que había oído la pregunta y la respuesta de la institutriz.

—Yo sí puedo decírselo. No ha ido por allí nada más que cuando usted ha estado… —no sabía a cuento de qué hacía ese tipo de preguntas el marqués—. Hay que preparar a los niños para la cena, Olivia. No hay motivo para que se retrase.

—Sí, sí, haga lo que tenga que hacer. No quiero interrumpir los horarios de los niños.

—Si quiere usted saber algo, pregúnteme a mí —le dijo Matilde—. Soy la que llevo la organización de la casa.

—Sí, muchas gracias —dijo el marqués.

Olivia se fue con los niños pero regresó, a los pocos segundos, para hacerle una petición al marqués.

—¿Me da permiso para entrar en su despacho y coger algún libro? Es la mejor manera de practicar español.

—Sí, sí, lo tiene. Pase aunque yo no esté y coja lo que quiera. Eso sí, no tarde en devolverlo. Me pone de mal humor que no estén las cosas en su sitio.

—Sí, descuide. Muchas gracias de nuevo...

Matilde primero no entendió a qué venían las preguntas y ahora también se le escapaba el afán de la institutriz por la lectura.

Sonsoles llegó de la calle muy sonriente, aunque la procesión iba por dentro. Se dirigió a su cuarto y se preparó para la cena. Cuando accedió al salón, se encontró a su marido fumando el tabaco de liar que tanto la molestaba.

—¡Vaya! Vuelves a fumar, a pesar de lo poco que me gusta ese olor.

—Sí, he vuelto a fumar y no me voy a ir al baño a fumarme este cigarrillo.

Hacía tiempo que no veía a su marido de mal humor y respondiendo de esa manera. Se preguntaba qué le estaba pasando.

—Pues sabes que ese tabaco que utilizas me da dolor de cabeza —insistió Sonsoles.

—Otras cosas me dan a mí dolor de cabeza e intento sobrellevarlo de la mejor manera que puedo.

—¿A qué te refieres?

—A las habladurías, Sonsoles. Hoy me he dado cuenta de que en la Gran Peña estaba en boca de todos los socios. Se dice que una marquesa está liada con Serrano Súñer y muchos creen que puedes ser tú.

Sonsoles creyó morirse al oír lo que decía Francisco. El rumor no había tardado mucho en llegar hasta sus oídos. Se habían dado prisa en que lo supiera su marido. No se le ocurrió otra cosa que echarse a reír...

—¿Qué pasa, que no tenéis otras cosas más importantes de las que hablar? Imagino que habrás reaccionado riéndote o pegando un tortazo a quien te lo haya dicho. No cabe otra postura. ¡Es de chiste!

Aunque Sonsoles se había reído, se la notaba molesta. Sacó a relucir su orgullo.

—Era mi hermano Ramón… pero he notado cómo me miraban los peñistas.

—¡Ah, bueno! Otra vez Pura en acción. Espero que no hagas caso. No hay motivo… No sé a cuento de qué pueden relacionarme a mí con el ministro.

—Eso mismo he dicho yo.

Juan no perdía comba de cuanto se decía. Hacía como que no oía y estaba pendiente de todo. Asimismo, la doncella que le ayudaba se estaba quedando de piedra con lo que allí se decía. Quitaron y pusieron platos. Sirvieron el vino y estuvieron pendientes durante toda la cena de cuanto se hablaba en la mesa.

—Ahora sí que debemos irnos a tomar las aguas a Mondariz y dejar este Madrid de cotillas —afirmó el marqués—. No pueden aguantar sin clavar sus dardos sobre alguien. Ahora eres tú. Como te ven joven y guapa, van contra ti. Eso no lo voy a consentir.

Cuando tomaron el té en la salita, Sonsoles se acurrucó en su regazo. Estaba agotada. Deseaba que la tormenta de rumores pasara cuanto antes y que no llegara a oídos de su madre y de sus hermanas. Estaba tan cansada que se quedó dormida sobre el pecho de su marido. Así estuvieron largo rato. Aquella estampa le gustó a Francisco. Incluso sintió pena por su mujer. Pensó que nadie le perdonaba ser tan hermosa y joven. Así permanecieron hasta que el mayordomo le pidió permiso para retirarse a descansar. Llegó el momento de llevarla a la cama. Estaba agotada. Matilde la ayudó a desvestirse. Le puso el camisón y la dejó en la cama. Cuando apareció el marqués en pijama contempló a su mujer. Ardía en deseos de amarla, pero estaba dormida. El único hombre de Sonsoles era él. Su mujer se lo había dicho muchas veces. Se había enamorado de un hombre mayor porque siempre le había faltado la figura paterna. Él lo era todo para ella: su padre y su marido. Se acostó a su lado, como siempre, y le cogió su mano. Poco a poco, se quedó dormido.

A las seis de la mañana, Sonsoles ya tenía los ojos abiertos. Estaba intranquila. Su marido había empezado a desconfiar. Eso era terrible para su matrimonio. Debían irse de allí los dos solos cuanto antes. A primera hora, empezaría a preparar ese viaje al balneario. Ambos lo necesitaban por razones distintas.

El marqués notó que Sonsoles se movía y que ya estaba despierta.

—No te preocupes —le dijo con cariño—. Yo siempre estaré aquí para protegerte de tanta maldad.

—Gracias, Francisco. Estoy realmente cansada.

—Lo que necesitas es un poco de amor…

En realidad, era lo último que deseaba, pero no podía negarse. ¡Era su mujer! Francisco quería demostrarle su afecto, pero ella lo que necesitaba era llorar y alejarse de todo y de todos. Se dejó amar. Cerró los ojos y sacó fuerzas para besarle y corresponderle. Todo le parecía grotesco. Aunque cerrara los ojos, faltaba la pasión que sentía junto al ministro. Deseaba que todo pasara rápido. Y así fue. Quería gritar y salir de aquella habitación. Pero allí estaba Francisco, dándole afecto en lugar de recriminarla por los rumores. Se sentía mal y se encogió en la cama. Le dijo a su marido que tenía frío. Este la arropó y luego se dirigió al baño a arreglarse para irse al ministerio. Sonsoles se quedó llorando en silencio en aquella cama vacía y fría…

Serrano Súñer recibió de mano de Antonio Tovar —que seguía trabajando con lealtad, aunque fuera del ministerio— un informe revelador de la situación por la que estaban atravesando los seguidores de la Falange.

—Ramón, fíjate en la fecha: el 25 de agosto. Carrero Blanco entregó ese día a tu cuñado un informe en el que solicitaba reducir la Falange a un grupúsculo en el que solo entrara la élite. Quiere dejarla en la mínima expresión.

—Es increíble. Si me dices hace unos meses que Carrero Blanco iba a actuar así, no me lo creo.

—Pues Carrero tiene claro que debe extinguir la Falange y transformarla en un grupo reducido y selecto. Pienso que su debilitamiento se ha iniciado desde las altas esferas. Al régimen no le interesa una Falange de José Antonio fuerte. Franco quiere todo el protagonismo para sí.

Alguien llamó a la puerta del despacho y casi de inmediato entró el barón De las Torres. Cuando vio a Tovar allí, se fundieron en un abrazo sincero.

—No sabía que estabas aquí. Vengo con noticias preocupantes.

—¿Qué ha pasado? —preguntó el ministro.

—Si queréis me voy y os dejo solos —añadió Tovar.

—No, ni hablar. Tú, te quedas —dijo Serrano.

—Gerardo Salvador Merino acaba de ser destituido de los sindicatos de Falange.

—¿Cuál es el motivo?

—Dicen que por masón —añadió el barón De las Torres.

—Pero si Gerardo acababa de firmar un acuerdo para enviar cien mil trabajadores al Tercer Reich, ya que la mayoría de los jóvenes alemanes están en el frente. Nos iba a aliviar con tanto joven sin oficio ni beneficio aquí en España. ¡Este desmantelamiento va en serio! Aquí está claro que sobra la Falange.

—¡Van a acabar con todos nosotros! No imagino qué diría Dionisio si estuviera aquí… Por cierto, ¿cómo va todo por la División Azul? —preguntó Tovar.

—He recibido hace unos días una carta suya y un poema. Sigue tan creativo, a pesar de las condiciones tan duras que está viviendo. Falta poco para que entren en combate. Francamente, temo por su vida y por la de tantos jóvenes que se han ido para allá llenos de ideales.

—Creo que para Franco ha sido un alivio que se alejaran tantos falangistas con deseos de cambio. Se ha librado del exceso de ardor guerrero que teníamos aquí —añadió De las Torres.

—Por cierto, Dionisio me dejó las llaves de su casa y una carta por si le pasaba algo. Prefiero, Ramón, que las tengas tú. Estarán a mejor recaudo.

—Como quieras —al dejarlas en el fondo del cajón sintió el tacto del pendiente de Sonsoles. Estuvo tentado de hablarles de ella, pero finalmente no lo hizo.

—¿Cómo vas, Ramón? —le preguntó Antonio.

—No sé cuánto tiempo estaré aquí, pero ten por seguro que no será mucho.

—Siempre andas diciendo eso…

—Sí, pero esta vez va en serio.

Cuando se fueron de allí sus colaboradores y amigos, se quedó pensativo. Nada se estaba desarrollando como se había imaginado cuando acabó la Guerra Civil. Todavía quedaba mucho por hacer, pero le flaqueaban las fuerzas con tantos «torpedos» a su línea de flotación. El último, el que tenía que ver con su vida privada. Se preguntaba qué le respondería a Zita si llegaba a sus oídos el rumor de su última aventura. Sería mejor que se lo dijera él para que estuviera preparada. Alguien se lo contaría, seguro.

Esa noche, cuando llegó a casa, los niños ya estaban acostados. Zita le esperaba leyendo un libro. La biblioteca de su casa era grande y desde que había acabado la guerra, no paraban de llegar volúmenes a sus estanterías.

—Buenas noches, querida. ¿Has cenado? —le preguntó.

—No, te estaba esperando.

Se puso cómodo y enseguida comenzaron a cenar. Le pidió a la doncella de servicio que se retirara. Quería quedarse a solas con su mujer.

—No quiero testigos, Zita. Lo que te voy a contar es una de tantas mentiras que se dicen de mí.

—¿De qué se trata? No me asustes —le dijo su mujer con los ojos muy abiertos y cara aterrada.

—No, mujer, son habladurías. Quiero que las conozcas para que sepas qué responder cuando te llegue alguien con la cantinela. —Pensaba en Carmen Polo, su cuñada—. Dicen que ahora estoy viéndome con una marquesa. Algunos ya hilan fino y aventuran que podría ser la marquesa de Llanzol…

—¿Qué tontería es esa? ¡Pobre Sonsoles! Ya lo que me faltaba por oír. ¡Pero si no hemos dejado de vernos durante todo el verano en la playa! Les ha llegado la información distorsionada. ¿No crees? Hablarían de la marquesa y de la mujer de Serrano y en el boca a boca han ido eliminando lo de la mujer para quedarse con tu nombre. ¡Qué disgusto!

—Pues no te disgustes. La gente es muy mala y quieren no solo acabar con mi carrera política, sino también con nuestro matrimonio.

Zita se levantó de la mesa y le abrazó. Se dijo a sí mismo que lo mejor de su pasado había sido conocerla a ella. Siempre dispuesta a perdonar y a hacer oídos sordos a las habladurías. La besó. Realmente la quería, pero no con la pasión que sentía por Sonsoles. Era imposible. Se había vuelto loco por esa mujer de labios rojos. No podía dejar de pensar en el cuerpo más perfecto que había visto nunca. Tenía que aprender a olvidarla. Esa misma noche, se llevó a su esposa con complicidad a la cama. Parecía que estaba muy lejos de aquel lecho, ausente de pensamiento. No hablaba. A Zita no le pareció normal su comportamiento. Calló. ¿Estaría, en realidad, pensando en Sonsoles? Cerró los ojos pensando que su cuñado le tenía muy presionado. Su marido no estaba bien. No le había visto nunca tan ausente y tan lejos de aquel lecho conyugal.

59

Sonsoles languidecía en el balneario de Mondariz, tomando las aguas carbogaseosas de los manantiales Gándara y Troncoso, junto a su marido. Estaban en Galicia, en el valle del Tea, a muchos kilómetros de Madrid. Las mañanas y tardes en aquel lugar tan idílico parecían angustiarla. Se le hicieron eternas aquellas jornadas en las que su marido repetía siempre lo mismo:

—El bicarbonato cálcico y el hierro son buenísimos. ¡Bebe, Sonsoles! ¿Has visto que uno se siente mejor nada más tomar las aguas?

—Hay una cosa que se llama el efecto placebo…

—No es cierto. Está comprobado que estas aguas curan todo tipo de dolencias. Da igual que sean de tipo metabólico, del aparato locomotor, del sistema respiratorio, nervioso o cardiovascular…

No soportaba hablar siempre de lo mismo. Los días le parecían anodinos, tristes, grises… igual que su vida. Lo tenía todo, pero le faltaba lo esencial. Estaba muerta. Tenía la sensación de que si la pinchaban, no saldría sangre. Todo aquello no tenía sentido sin él. Estaba enamorada. Mucho. Dispuesta a cualquier locura. El amor le daba sentido al puzle en el que se desarrollaba su existencia.

Miraba a su marido y veía su bondad. Intentaba cada día volver a empezar junto a él, pero sus besos le parecían de hielo y su forma de amar, un trámite. Cerrar los ojos ya no era suficiente. Estaba muerta y Francisco lo notaba. Ya no era la misma desde hacía un año. Su vida había cambiado. El mismo día que conoció a Ramón, supo que él lo llenaría todo.

—No se te ve muy contenta… ¿Te aburres? —le preguntó su marido una de las muchas veces en que la sintió ausente.

—No, no, Francisco. Lo que estoy es reponiendo fuerzas. Estaba muy cansada y lo necesitaba.

—Ya verás cómo este otoño e invierno no nos acatarraremos. Estas aguas son milagrosas. Tienen unas cualidades especiales que no se notan ahora, sino cuando pasen los días.

—Eso espero.

—Esta noche han organizado juegos de salón. ¿Te apetece que vayamos?

—Si quieres te acompaño, pero no me apetece, la verdad.

—Bueno, si tú no quieres… Prefiero estar contigo en la habitación. A mí estas aguas me dan fuerza… Ya sabes.

A Sonsoles le entraron ganas de gritar, pero disimuló.

—Bueno, a mí me tienes muy vista. Vayamos a los juegos.

Prefería aburrirse jugando o charlar con algún conocido. Fingir cada vez se le daba peor.

El balneario estaba de moda. Había recuperado su antiguo esplendor. Por allí habían pasado, antes de la guerra, el rey Alfonso XIII, el general Primo de Rivera, el científico Isaac Peral, la escritora Emilia Pardo Bazán y hasta el mismísimo Rockefeller. Esas aguas habían extendido su fama por todo el mundo.

Ramón intentó olvidar a Sonsoles, como le había dicho Franco. «Tienes que actuar como la mujer del César», recordó. Pero al cabo de los días necesitaba saber, al menos, algo de ella. Aquella mujer era el motor que le hacía superar la cuesta arriba de su día a día. Tenía curiosidad por saber cómo estaba. Llamó a casa de los marqueses. No lo meditó. Esperó a la hora en que sabía que Francisco salía de casa. Se puso al teléfono un hombre y colgó. Eso mismo hizo durante los tres días siguientes. Al cuarto, le pidió a su secretaria que llamara y que preguntara por la marquesa sin descubrir su identidad.

—Dé un nombre falso. Solo quiero saber dónde está.

A los minutos, su secretaria le daba la solución a una ausencia tan prolongada.

—Los marqueses están fuera de Madrid, tomando las aguas en Mondariz. No volverán hasta dentro de una semana.

Serrano se puso de mal humor. Pensó que Sonsoles intentaba recuperar el amor de su marido. Abrió el primer cajón de su mesa y sacó aquel pendiente que había sido el detonante de su relación. Lo apretó en su mano derecha. Necesitaba verla. Debía alejarse de ella, pero su corazón se lo impedía. ¿Qué estarán haciendo ahora? ¿Me habrá olvidado? Decidió salir esa noche en la que se hacía tantas preguntas. Se fue al bar de Chicote. Tomaría una copa nada más y volvería a casa. Se encontró con camaradas de Falange con los que estuvo conversando. En la barra, una joven rubia con el pelo recogido no le quitaba ojo. Preguntó al camarero de quién se trataba. Le dijo que era una buena cliente de allí. Se levantó de la mesa y cuando la joven fue a encender un cigarrillo, le dio fuego.

—Gracias… —dijo la joven mirándole a los ojos azules.

—De nada. Es un placer. ¿A qué te dedicas? —preguntó con curiosidad.

—Soy vicetiple de Celia Gámez. Después de una función, lo que menos tengo son ganas de irme a dormir.

Le echó el humo del cigarrillo a los ojos con una enorme sensualidad y provocación. Le sonaba la cara de aquel hombre, pero no alcanzaba a saber quién era. Su forma de hablar le gustó.

—¿A qué te dedicas tú? —preguntó ella con descaro.

—A trabajar para los demás —le dijo divertido, al comprobar que no sabía con quién estaba hablando.

Orna se presentó de golpe en el interior del local y cortó la conversación.

—Perdone que le interrumpa, señor. Creo que debería venir conmigo cuanto antes.

Serrano pagó la copa de aquella cantante y bailarina de revista y se fue rápidamente sin esperar la vuelta. Pero sí le dedicó una sonrisa de despedida a aquella mujer que durante segundos le hizo olvidar.

Fue salir de Chicote y se encontró con dos hombres trajeados y con sombrero que llevaban un buen rato a las puertas del establecimiento esperando.

—Perdone, señor ministro. No me gustaban las pintas de esos dos tipos que estaban ahí merodeando y observando todo.

—Le doy las gracias. Quizá ha evitado que se extienda otro bulo sobre mí. Además, ya es hora de volver a casa.

Empezaba a pensar que estaba enloqueciendo. Intentaba conocer a otra mujer que mitigara el dolor de la ausencia. Simplemente quería distraerse. La imagen de Sonsoles con su marido le atormentaba. La simple idea de no volver a verla le provocaba cierta inquietud… Mientras regresaba a su casa por la calle de Alcalá, se sintió muy solo. No era una sensación nueva para él. Solo. Terriblemente solo. La echaba de menos. Seguramente ella nunca podría imaginarse cuánto. Aquel amor se parecía a un veneno. Sabía que le perjudicaba, pero era más fuerte que su voluntad.

La División Azul seguía su avance hacia la batalla. El viernes 26 de septiembre estaban ya a cuarenta kilómetros de Smolensko, pero recibieron la orden de descansar. La región era pantanosa y un frío húmedo calaba los huesos de los voluntarios. Los mosquitos se cebaron con todos. Por «Radio Macuto» supieron que la división nunca llegaría a Smolensko, sino que regresaría a Orsha y después se dirigiría hacia el Norte. Había un cambio en las órdenes. Tenían que dar la vuelta y deshacer el terreno andado. Solo Muñoz Grandes y el Estado Mayor sabían que la División Azul había sido trasladada del Noveno Ejército, del Grupo de Ejércitos de Centro, al Dieciséis. Cambiaban, además, de grupo: pasaban a pertenecer a los Ejércitos del Norte. Los voluntarios españoles eran excluidos de la Operación Tifón. Ya no habría desfile de la victoria en la plaza Roja, como tantas veces habían imaginado. El primer grupo, que avanzaba por campo abierto al norte de Nóvgorod, se convirtió en blanco de los cañones rusos emplazados en la ventajosa posición de la orilla oriental. Los españoles, sin posibilidad de ponerse a cubierto, tuvieron las primeras bajas. «Han sido los hermanos de la Pasionaria los que han lanzado este ataque», decían los guripas. El segundo grupo de artillería atravesó la zona de fuego entre Navolok, Stipenka y Motorovo sin sufrir daños. El relevo de la 126ª división se hallaba en marcha. Parte de la División Azul ya estaba en el frente. Solo aguardaban impacientes la orden de Hitler para empezar la ofensiva. Por lo tanto, unas unidades esperaban ya en la línea de fuego y otras se encontraban aún de camino, embarcando en trenes a cuatrocientos cincuenta kilómetros de distancia. No tardaron mucho en aparecer las primeras nieves. Escaseaban el combustible y la comida, y aquella marcha se hizo lenta y no exenta de problemas.

Los marqueses de Llanzol regresaron a Madrid al cabo de quince días, en los que montar a caballo y jugar al golf salvaron a Sonsoles de morir de aburrimiento. Después de un par de días en los que se organizaron de nuevo para continuar con su rutina, empezó a dar vueltas en su cabeza la idea de volver a ver a Ramón. Al mismo tiempo, se decía a sí misma que no debía llamarle por teléfono, sino que tenía que esperar. Aquella relación había muerto antes de afianzarse. Tenía que aprender a olvidarle. ¿Pero cómo? ¿Se acordaría de ella? Le entristecía la idea de que no pensara en ella. Se le ocurrió llamar a su mujer, Zita. A fin de cuentas, se habían hecho amigas. ¿Estaría enterada de los rumores que circulaban sobre su relación? Decidió salir de dudas y llamó a su casa.

—¿Está la señora? Llama la marquesa de Llanzol.

A los pocos segundos, Zita contestó al teléfono.

—¿Cómo estás, Sonsoles? Me alegro de saber de ti.

Estaba tan cariñosa como siempre. Sonsoles creyó que no sabía nada de las habladurías que la relacionaban con su marido. Respiró tranquila.

—He estado quince días fuera. Francisco y yo hemos ido a tomar las aguas.

—Hay quien dice que después de tomar las aguas es más fácil quedarse embarazada.

—¡Quita, quita! Que ya tengo tres niños y los tres muy pequeños. Mira, al menos, venimos descansados. Necesitábamos estar solos. Ahora, también te diré que he venido saturada de marido…

Zita se rio al otro lado de la línea.

—¿Sabes lo que ha sido estar juntos todo el día? No te rías, que es verdad. Ahora, ya la cosa cambia en Madrid. Verle día, tarde y noche me satura.

—Me encantaría poder hacer lo mismo con Ramón. A mí no solo no me cansaría, sino que sería algo que nos vendría muy bien. No estamos solos nunca.

Sonsoles escuchaba atenta. Aquella mujer reclamaba estar más tiempo con su marido. Se sintió mal. Lo que ella deseaba era exactamente lo mismo.

—¿Cómo le van las cosas a tu marido?

—Bueno, ya sabes, tremendamente liado. Ahora está siguiendo muy de cerca los movimientos de la División Azul. Todo son problemas, Sonsoles. Si le dedicara veinticuatro horas al trabajo, tampoco acabaría. Yo noto que todos los acontecimientos le están preocupando tanto que no come. Está delgadísimo. Le quedan grandes todos los trajes.

Sonsoles quiso creer que estaba inapetente porque seguía enamorado de ella. Con aquel dato creyó saber que no la había olvidado. Era un amor demasiado grande como para borrarlo.

—Eso se soluciona comiendo bien, pero no tendrá ni tiempo para hacerlo.

—Claro, sus comidas de trabajo le impiden comer como es debido, y ya por la noche, viene agotado, sin ganas ni de sentarse a la mesa. Lo hace por los niños, pero apenas prueba bocado. Bueno, ya sabes que padece mucho del estómago.

—Nadie sabe lo que alguien padece hasta que pasas por lo mismo. En fin, solo quería saber de vosotros. Tengo que dejarte porque me voy a la peluquería de las hermanas Zabala. Me han dado hora. Ahora están muy solicitadas.

—Sí, mi hermana y yo también vamos a ellas. Igual coincidimos un día.

—Sí, seguro que nos veremos en algún acto y si no, quedamos...

—Pues sí, es probable que nos veamos. Ya sabes que soy amiga de pocos actos.

Cuando se despidió, Sonsoles tuvo la sensación de que no quería quedar con ella. Su despedida fue poco concreta. A lo mejor conocía los rumores y no quería alimentar más a las lenguas de doble filo. Zita siempre pecaba de prudente.

Aquella mañana de otoño se arregló para ir a la peluquería. Tenía buena cara. Había dormido mucho y durante los últimos días no había hecho otra cosa más que cuidarse.

—Señora, se la ve muy guapa y muy descansada —le dijo Matilde mientras la ayudaba a vestirse.

—Sí, Matilde, pero me he aburrido mucho. Necesito salir a ver Madrid y a moverme. Se me cae la casa encima. Quiero ir a la peluquería. ¿Me acompañará?

—Sí, señora.

Media hora después, el mecánico las dejaba frente al hotel Palace.

—No nos venga a buscar. Matilde y yo cogeremos un taxi de vuelta. Vaya a recoger a mi marido al ministerio —ordenó la marquesa al conductor.

Cuando entraron en la peluquería, Matilde se sentó a esperar y la marquesa pasó directamente a lavarse el pelo. Saludó a todas las conocidas que estaban allí. Se dio cuenta de que murmuraban. No bajó la mirada. Al revés, adoptó una actitud más altiva. Imaginaba lo que estarían comentando y no le importó.

Rosita Zabala la atendió con el mismo afecto de siempre. La marquesa tenía tanto estilo que todo lo que le hiciera en el pelo lo lucía como nadie. Se esmeraba en peinarla a la última. Conocía su amistad con Balenciaga y aprovechaba para preguntarle por tendencias y novedades en moda. Que acudiera a su peluquería, sabiendo lo exquisita que era para todo, también ayudaba a su negocio.

A Rosita le habían llegado los rumores de su relación con Serrano Súñer días atrás. En la peluquería se sabía todo. Las señoras hablaban abiertamente como si estuvieran ante su confesor. Se podía decir que la peluquera era la mujer mejor informada de Madrid. Solo acudían allí primeras damas y la aristocracia. Todo lo que se rumoreaba llegaba a sus oídos.

—¿Por qué hoy me miran tanto tus clientas?

—Imagino que porque está guapísima, Sonsoles. Parece imposible que tenga tres hijos. Conserva el tipo como cuando era novia del marqués.

—La verdad es que me recupero rápido de los embarazos. Es cierto.

—Bueno, es que cuando está usted embarazada tampoco se la nota. Un poquitín de tripita y nada más. Nunca sabemos dónde mete a los niños.

Sonsoles se echó a reír, pero se fijó en cómo la miraban las clientas. Era consciente de que en Madrid se hablaba de sus amores con Serrano Súñer. No le disgustaba del todo, pero intentó despistar.

—Mi marido y yo acabamos de estar quince días tomando las aguas en Mondariz. Ha sido estupendo irnos solos, sin niños. Más que unas vacaciones, parecía una luna de miel.

—Cuánto me alegro, Sonsoles. A veces, son necesarios esos parones en la rutina para que la relación no se estanque y se pierda.

—Nuestra relación nunca ha estado estancada...

—Bueno, es una forma de hablar. —Rosita se dio cuenta de que había metido la pata. Pensó que lo que comentaba la gente sobre sus amores con Serrano no eran más que habladurías...

Matilde leía una revista mientras peinaban a la marquesa. Otra doncella esperaba también a que acabaran de arreglar a su señora. Comenzó a conversar con ella.

—¿Tienes mucho trabajo?

—No me puedo quejar —contestó Matilde secamente.

—¿Qué tal es tu señora?

—¿Por qué lo pregunta? —prefirió tratarla de usted.

—No, por nada. Como se da esa importancia tu señora...

—Mi señora no se da importancia. Es así.

—Me han dicho que se la relaciona con el cuñado de Franco.

Matilde se enfureció.

—¿Quién le ha dicho a usted —quería guardar las distancias— esa mentira? A quien haya sido, dígale de mi parte que se meta en sus asuntos. Mi señora es muy amiga de doña Ramona

Polo, no del marido. Haga el favor de ir con estos cuentos a otra parte.

—Está bien, no se enfade —la mujer cambió el tratamiento—. Solo le contaba lo que se va diciendo por ahí.

—Hay demasiada gente que no tiene nada mejor que hacer y eso da malos pensamientos. ¡Ya está bien! —Se quedó refunfuñando durante un buen rato.

Matilde pensó que todas aquellas habladurías no eran más que envidia. Demasiado guapa, bien vestida y elegante para ese Madrid de la posguerra, se dijo a sí misma. No tuvo que esperar mucho. Sonsoles salió peinada con un recogido. A su paso, todas las cabezas se volvían. No había nadie que pisara con más seguridad que ella.

Salieron de la peluquería y cruzaron de acera. Había muchas personas arremolinadas en la puerta del hotel Palace.

—¡Matilde, pregunte qué pasa!

La doncella se dirigió hacia la multitud y preguntó. Enseguida salió de dudas.

—Acaba de entrar Serrano Súñer con un grupo de altos cargos —le explicó uno de los allí congregados.

Rápidamente se fue a contárselo a la marquesa.

—Acaba de pasar Serrano Súñer y se ha formado un tumulto a su paso. Nada más.

Al oír su nombre, Sonsoles se tropezó y se torció ligeramente el tobillo. Disimuló. Se fueron a la esquina con el paseo del Prado para parar a un taxi. Orna las vio pasar. Acababa de dejar al ministro en el hotel. Fue a su encuentro y detuvo el coche…

—¿Señora marquesa? ¿Quiere que las lleve a algún sitio? Acabo de dejar al ministro y me voy a comer a casa. No me cuesta nada llevarlas a ustedes adonde quieran.

Sonsoles conocía perfectamente a Orna. Dudó pero accedió. Necesitaba sentarse donde él lo hacía, oler su aroma…

—Está bien.

Se metieron en el coche de Serrano Súñer y a los quince minutos llegaron a casa.

—Muchas gracias. Le pido que le traslade al ministro mi agradecimiento —salió Matilde por un lado del coche y la marquesa por el otro. Antes de bajarse, sacó de su bolso un pañuelo bordado con sus iniciales y lo dejó caer al suelo del coche.

Orna no se dio cuenta y se fue de allí sin percatarse del pañuelo. Tenía una hora y media antes de volver a recoger de nuevo al ministro.

60

Justo después de comer y antes de que el reloj marcara las cinco de la tarde, Serrano Súñer se subió al coche. Hasta que no pasaron varios minutos no se fijó en que había un pañuelo blanco en el suelo del vehículo.

Lo recogió y observó que llevaba las iniciales S.I. bordadas. Se lo llevó a la nariz y pudo oler el inconfundible perfume de Sonsoles.

—¿Qué significa este pañuelo en el coche? —preguntó el ministro, extrañado, a su chófer.

—¡Ah! Se le debe de haber caído a la marquesa de Llanzol. La he llevado junto a su doncella hasta su casa. Las he visto que esperaban un taxi y me he ofrecido a llevarlas. Confío en que no le moleste.

Tardó en contestar. Habían estado cerca uno de otro. Por minutos, probablemente, no la había visto.

—No, no. Ha hecho usted muy bien.

Cogió el pañuelo y se lo guardó en el bolsillo de la chaqueta. Sería una forma de recordarla.

—¿Qué le ha dicho la marquesa?

—Nada, me ha dado las gracias. Estaba guapísima. Venía de la peluquería que está enfrente del Palace. La verdad que esa mujer tiene algo especial.

Ramón le escuchaba, pero no quería hacer ningún comentario en voz alta. Era la mujer más bella que había visto nunca, pero prefirió no verbalizarlo.

—¿Las recogió mucho después de que yo entrara en el Palace?

—No, por poco no se han encontrado ustedes. Fue dejarle a usted y encontrarme con ellas. Así ocurren las cosas. Ha sido una verdadera casualidad.

Por segundos no la había visto. ¡Cuánto le hubiera gustado encontrarse con ella! Ya había vuelto del viaje al balneario, pero no le había llamado. Estaba claro que los dos se esquivaban. Había que dejar pasar el tiempo. Debía, por su bien, olvidarla.

Cuando llegó a casa ya de noche, se encontró a su mujer contando a los niños el episodio de cómo habían huido de Madrid durante la guerra. Era una historia que sus hijos reclamaban con asiduidad. Zita se la contaba como si fuera una aventura, pero realmente aquel suceso había sido uno de los más angustiosos que había vivido.

—Papá se fue primero. No querían que viajáramos a Alicante todos juntos.

—¿Por qué? —preguntó el mayor.

—Pues porque era peligroso. Papá, para entrar en el barco que nos sacaría fuera de España, se disfrazó de marinero y tuvo que atravesar todo el muelle a pie. Lo malo es que se le había olvidado andar. Pensad que llevaba más de un mes encerrado en la embajada.

—Es verdad, mis piernas estaban agarrotadas —confirmó él—. El cabo Velázquez, que me acompañaba…, por cierto, un tipo fabuloso, me preguntó: «¿Es que usted no sabe caminar? Hágalo como nosotros, con soltura. Usted debe creerse un marinero argentino, un marinero del barco *Tucumán*». Así se llamaba el barco que nos debía sacar de España.

Los niños siempre se reían mucho con aquel episodio en el que su padre se le había olvidado andar y vestía de marinero.

—Ahí no acabó todo —siguió contando Zita—. A papá, junto a los cinco que iban arropándole, les paró un gigantón de la CNT. Y les dijo: «¿Velázquez, qué contrabando me quieres colar hoy?». Todos se echaron a reír, menos vuestro padre que se quedó helado.

—¡Sigue mamá, sigue! —pedían al unísono los gemelos Fernando y José, como si aquello fuera la mayor aventura de sus vidas.

—El gigantón les dejó pasar y, por fin, papá se puso a salvo. Sin embargo, ahora quedaba la segunda parte. Es decir, nosotros éramos los siguientes que teníamos que ir a Alicante y subir al barco.

—Yo no hacía más que preguntar por mamá y por vosotros —intervino Ramón—. Ya me rehuían en el barco porque siempre estaba repitiendo lo mismo. El capitán un día me dijo: «Mañana llega el "agregado comercial"». Interpreté que seríais mamá y vosotros.

—Sobre las doce de la mañana del día siguiente, llegábamos nosotros en un coche del servicio diplomático argentino con el agregado comercial. Los marineros, al veros, exclamaron: «¡Vivan los pibes!». Os cogieron en volandas y os metieron en el barco… Papá se llevó una alegría muy grande y volvimos a estar todos juntos. Y colorín, colorado… esto se ha terminado. ¡Hay que irse a la cama!

—Sí, ya es muy tarde. —su padre les dio un beso a los cuatro mayores y se fueron a la cama. Apareció una institutriz con los pequeños Ramón, de dos años, al que llamaban Rolo, y Pilar, que iba a cumplir uno. También los besó.

Aquel episodio que les contaba Zita a los niños mayores no lo habían podido olvidar. Fueron horas de mucha angustia. Si no hubieran llegado, pensó, se hubiera vuelto loco. Adoraba a su mujer y a sus hijos. Le gustaba ver la relación de Zita con ellos. Añoró que su madre no hubiera podido hacer lo mismo con él. Murió demasiado joven… Se quedó recostado en el sillón de la biblioteca y después de unos minutos, se durmió.

Zita no quiso despertarle, le dejó descansar. Como hacía todas las noches, revisaba los bolsillos de su chaqueta y del pantalón antes de dárselos a la doncella para que los planchara y los dejara impecables. Lo hacía de manera rutinaria por si se había dejado olvidado dinero o papeles importantes. Cuál fue su sorpresa al encontrarse con un pañuelo de mujer. Tuvo que apoyarse en la pared. ¿Qué hacía su marido con un pañuelo con las iniciales S.I.? Olía mucho a un perfume que le resultaba familiar. No tuvo que pensar mucho: ¡Sonsoles de Icaza! Aquel pañuelo era una evidencia de su relación con ella. Si no ¿por qué lo guardaba en su bolsillo? Lo escondió en la manga de su vestido y entregó el traje al servicio. Decidió acostarse sin decirle nada. Estaba dolida. Sacó el pañuelo y lo dejó encima de la cama, extendido, en el lado que solía ocupar su marido, para que lo viera claramente cuando se acostara.

Cuando se levantó Zita a la mañana siguiente. Ramón estaba sentado en el borde de la cama con el pañuelo en la mano.

—Zita, tengo una explicación.

—Si me vas a mentir, prefiero que no digas nada.

—Orna se encontró ayer con Sonsoles y su doncella. Se brindó a llevarlas a su casa cuando me dejó en el Palace. Eso es todo. Nada más. Se ve que se le cayó el pañuelo y yo lo cogí sin ninguna maldad cuando lo descubrí por la tarde. Al llegar a casa se me olvidó decírtelo para que tú se lo dieras. Estabas tan entretenida hablando con los niños que se me pasó.

Zita callaba. Tenía los ojos enrojecidos de haber pasado la noche llorando.

—Cariño, te has llevado un disgusto muy grande y no hay motivo. Sé que todo apunta a lo mismo, pero si hubiera querido engañarte, no me habría dejado su pañuelo en el bolsillo. Puedes hablar con Orna, que confirmará mi historia. Así te quedarás tranquila.

Ramón pensaba que justo ahora que no se veía con la marquesa, surgían evidencias que nada tenían que ver con la realidad. Todo aquello parecía una pesadilla.

—Está bien. Es tan burdo lo que dices que te creo. Como excusa es tan mala que resulta creíble. Perdóname tú por haber dudado de ti. Los rumores han conseguido que yo esté especialmente sensible.

—No tienes motivos para dudar. Tienes mi afecto. Todos estamos sometidos a demasiada presión. Quizá sea el momento de abandonar el gobierno.

—No, eso ni hablar. ¡Qué sería de Franco sin ti! El país te necesita. Tu labor no está concluida. Si llega otro a tu cargo, lo mismo nos mete en la guerra.

Ramón la besó. Su mujer le admiraba, no había duda. Se recriminaba a sí mismo por el episodio del pañuelo. Había que poner fin a toda aquella incertidumbre. Lo primero era su familia.

En cuanto se fue al ministerio, Zita tiró a la basura aquel pañuelo que tanto la había perturbado.

No tardó mucho en sonar el teléfono después de que el ministro saliera de su casa. Carmen Polo llamaba a su hermana. Desde el 15 de marzo de 1940, día en el que se había instalado a vivir en El Pardo, la relación de las dos hermanas se había enfriado. Fue fijar su residencia en el lugar elegido anteriormente por los Austrias y los Borbones y modificar su conducta y tratamiento. Desde ese día, no solo hubo que llamar «excelencia» a Franco y «señora» a Carmen, incluso había que interpretar el himno nacional a su llegada a cualquier acto oficial.

—¿Doña Ramona Polo? —escuchó al otro lado del teléfono.

—Sí, soy yo.

—Le llama la Señora.

—Está bien —respondió.

—¿Cómo estás, Zita? —preguntó Carmen nada más ponerse al teléfono.

—Bien, ¿y tú, Carmina?

—Bien, bien… Es una suerte tener al médico Vicente Gil y al ayudante de cámara Juanito para despertarnos todas las mañanas. Esta noche he sentido toser a Paco y esta mañana no tenía buena cara, pero le ha podido echar un vistazo el médico nada más levantarse y le ha quitado importancia.

—Está el tiempo muy loco. Habrá cogido frío.

—Bueno, es que Vicente le saca casi todas las mañanas a jugar al tenis, a la parte trasera del palacio, y hay días, como el de ayer, que hubiera sido mejor que no hubiera hecho deporte. Mira, a consecuencia de eso, ahora está algo resfriado.

—Está muy controlado por Gil. No irá a mayores…

—Zita, no te llamaba solo por eso.

—Tú dirás…

—Ándate con ojo. Se está hablando mucho de tu marido y de una marquesa. Te lo digo porque a Ramón hay que pararle los pies. El cargo se le ha subido demasiado. A las mujeres no nos queda otra que aguantar, pero que no crea que eres tonta…

—Carmina, eso no es verdad. Está todo el día trabajando. No seas injusta con él. Se están inventando bulos constantemente.

—Pues átale en corto y dile que es el cuñado de Franco. No puede permitirse, él menos que nadie, determinadas licencias con las señoras, porque luego surgen comentarios como estos. Mira, de mi marido no oirás nada.

—Pero Carmina, si Paco no sale de El Pardo.

—Es igual. Si no se lo dices tú, lo haré yo en la primera ocasión que tenga. La moral de los que gobernamos ha de ser intachable. Debes recordárselo.

—Se lo diré yo. Pero no te creas todas las mentiras que se dicen sobre Ramón. ¿Es que no ves que le quieren enfrentar a Paco?

—Bueno, él se está ganando la animadversión de todos.

—¿No será porque está trabajando como nadie y está manteniendo a raya a todos en esta guerra?

—Algo tendrá que ver Paco con mantener a raya a todos, digo yo.

—Por supuesto. No me interpretes mal. Pero siempre se han llevado bien y, ahora, están surgiendo desavenencias y pienso que es por los muchos rumores que algunos interesados hacen circular sobre él.

—Sean ciertos o no, tu marido debe estar más en el despacho y menos en las páginas de los periódicos.

—Sale porque se mueve mucho y genera noticias. Carmen, no la tomes con él. Te recuerdo que quien me presentó a Ramón fuiste tú. Veías con muy buenos ojos nuestra relación…

—Eran otros tiempos, Zita. Eran otros tiempos. Espabila, que siempre has sido demasiado pánfila… Te llamaba también para invitarte a tomar el té esta tarde. Viene nuestra hermana Isabel y mis amigas Pura Huétor, Lolina Tartier, Ramona, la esposa del general Camilo Alonso Vega, y Carmen.

—¿Qué Carmen?

—La mujer de Carrero Blanco…

—Está bien, iré. No estaré mucho tiempo. ¿Habrá cartas?

—Bueno, un poco de canasta o de bridge…

—Solo tomaré el té. Carmina, no me podré quedar a jugar a las cartas. Tengo muchas cosas que hacer con tanto niño en casa.

—Como quieras… Te espero a las cinco.

—¡Hasta las cinco en punto!

Zita pensaba que a su hermana El Pardo la había cambiado. No le gustaba que se lo dijera su marido, pero tenía razón. Los roces entre ella y Ramón empezaron precisamente cuando, recién llegada a la capital de España, quiso instalarse en el Palacio Real. Ramón le hizo ver a Franco, más que a su mujer, que aquello era un despropósito, ya que suponía una grave ofensa a los monárquicos que aún soñaban con el regreso de la monarquía. Sin embargo, aunque finalmente no ocuparon el Palacio Real, se fueron al de El Pardo. La fachada principal remataba dos pabellones casi gemelos construidos uno en tiempos de Carlos V y el otro con Carlos III. Todo el palacio estaba repleto de recuerdos de monarcas y de las obras de arte que estos habían ido coleccionando. Llamaban la atención los hermosos tapices de Goya que decoraban muchas de las estancias; los relojes y la multitud de objetos de valor que allí se apiñaban. Daba la sensación de que su hermana se hubiera instalado en un museo. Lo que más criticaba Serrano Súñer era el despacho de su cuñado. Tenía todas sus paredes enteladas y la estancia estaba abarrotada de muebles históricos de los siglos XVII y XVIII. Por cierto, también la mesa de su escritorio fue reclamada por Jacobo Alba porque aseguró —igual que cuando vio la mesa del ministro— que era de su patrimonio.

A Zita le costaba asimilar todo aquello e imaginaba que a su hermana también, pero cada día tenía más gente a su alrededor que le decía que aquel era su sitio. Poco a poco, se lo fue creyendo.

61

Varios militares germanófilos tenían la idea de que Muñoz Grandes —el general hosco y de pocas palabras— era idóneo para liderar la operación para eliminar a Franco y restaurar automáticamente la monarquía. Pero don Juan ya había rechazado ese ofrecimiento argumentando que «sería catastrófico para España meterse en otra guerra. Y, aún peor, junto al Eje». La idea de coronar a don Juan como Juan III rondaba la cabeza de los monárquicos más activos. José María de Areilza llegó a sugerir a don Juan el gran gesto de «enrolarse en la División Azul». La respuesta de Juan de Borbón no dejó un solo resquicio a la duda:

—Mira, Josemari, no me visto yo de nazi ni grito «Heil Hitler» así me den todos los tronos del mundo.

Los servicios secretos ingleses y americanos detectaron movimientos sediciosos de jefes militares que apostaban por don Juan. Lo paradójico es que unos pensaban que sería bueno para la corona unirse al Eje y otros a los aliados. Don Juan se había convertido en una especie de comodín para cualquier apuesta en esta guerra mundial. Pero lo cierto es que ni unos ni otros parecían contar con el beneplácito del heredero de la corona española.

La presencia de la reina Victoria Eugenia y sus hijos en Italia comenzó a ser incómoda para el gobierno italiano. La acusaban de espía de la Royal Navy británica. Durante semanas hubo vigilancia en vía Bocca di Leone, controlando el palacete Torlonia, donde se alojaba.

—Díganle a ese Atila —decía Victoria Eugenia enfadada—, al que ustedes llaman *mein* Führer, que no soy ninguna Mata-Hari.

Así se despachó la reina con los oficiales —italianos y alemanes— que montaban guardia acompañados de un piquete de soldados a las puertas del palacio.

—Hijo, habrá que irse a un país neutral —aconsejó la reina a don Juan.

—Debemos irnos cuanto antes a Suiza. Iré a quejarme a Víctor Manuel, que se ha convertido en un títere de Mussolini. Pienso que estarás bien en el hotel Royal de Lausana.

—Está bien. Me trasladaré allí con mi servicio mientras dure la guerra.

—Nos prepararemos todos para ir a Suiza. Estaremos más seguros. Aquí tampoco pintamos nada

Mientras hacían todos los preparativos, Franco escribió a don Juan. Se dirigía a él como jefe de la casa real. Siempre le escribía a mano con caligrafía rápida, de pulso firme, con un encabezado que decía: «Mi querido infante…». No estaba dispuesto a dejarle paso. «Yo no salgo de El Pardo si no es para el cementerio», le había comentado más de una vez a su cuñado. Y don Juan anhelaba regresar a España cuanto antes. Franco se había convertido en algo más que un obstáculo para la restauración de la monarquía.

En una de las visitas de Serrano Súñer al palacio de El Pardo, Franco le pidió que leyera la misiva que iba a enviarle. Invitaba a don Juan a regresar a España pero supeditando su coronación a dos condiciones: debía adherirse públicamente a la Falange y, después, esperar a que el Caudillo estimara que había logrado su «proyecto de revolución totalitaria nacional». Por lo tanto, siempre estaría sujeto a que Franco eligiera el momento adecuado.

—No va a aceptar —afirmó Ramón con seguridad.

—Eso espero. Lo que quiero es que deje de conspirar. Me dicen que un día se ve con los alemanes y otro con los ingleses.

—La posición que ahora tiene es muy cómoda. No dará ningún paso. En este momento no es nuestro principal problema.

Franco firmó la carta. Tardaría en llegar a su destino varios días. El general y el ministro hablaron de muchos temas que tenían que ver con el transcurso de la guerra. Franco no volvió a mencionarle el asunto de la marquesa. Es más, quiso consultarle algo más pragmático: su propio sueldo. Carmen llevaba meses reclamando que lo hiciera.

—Habría que establecer un sueldo para la jefatura del estado. ¿Cuál es tu opinión?

—Bueno, me parece bien. Siempre te he dicho que todo debe estar recogido en las leyes. También los sueldos de sus gobernantes.

—¿Y qué cantidad crees que debería ser esa?

—Pues debería ser similar a la cantidad asignada al rey Alfonso XIII y a los presidentes Azaña o Alcalá-Zamora.

—¿Por qué no le das una vuelta? —le pidió Franco.

Era la primera vez en mucho tiempo que su cuñado volvía a consultarle algo. Sintió que las aguas turbulentas familiares podían segresar a su cauce.

En el domicilio de los Llanzol no había paz. Sonsoles intentaba averiguar quién del servicio podía haber sido el informador que había dado al traste con su relación. Desconfiaba de todos. Podía ser cualquiera. Seguramente les habían visto besarse o entrar en el mismo portal. ¿La habrían seguido? ¿Pero quién? Habló con su doncella:

—Matilde, ¿por qué puso tanto empeño la noche que regresé de casa de los Serrano Súñer en no irse a dormir? ¿Recuerda que esperaba a mi cuñado y usted quería seguir despierta?

—Señora, no entiendo por qué me pregunta eso ahora…

—Me pareció extraño aquello, y ahora ese episodio ha vuelto a mi cabeza.

—Señora, siempre prefiero ser yo la que se acueste más tarde que usted. No creo que obrara mal.

—No, no… por supuesto. No sé, ¿usted ha notado algún comportamiento extraño en alguien del servicio?

Matilde no entendía la desconfianza de la marquesa hacia todos. Le vino a la memoria el día en que encontró la pistola de Olivia. Sus explicaciones no habían sido muy convincentes, pero, decírselo en este momento, la comprometería a ella. La marquesa podía reaccionar echándola por no habérselo comentado antes.

—No, pero estaré atenta —aseguró sin dar más explicaciones.

—Cuénteme todo, hasta el detalle que considere más nimio. Alguien cercano me está traicionando.

—Señora, yo daría la vida por usted. Espero que no dude de mí —la marquesa movió la cabeza con un gesto negativo—. Si hay un traidor, daremos con él. Tendré los ojos bien abiertos.

Matilde pensó en Olivia. Era la única que tenía un comportamiento extraño. Estaría más atenta a sus pasos en la casa. Sus constantes preguntas también la hicieron sospechar.

Esa tarde se fijó más en sus movimientos. Una de las veces que entró en la estancia de juegos, ella no estaba allí. La buscó sin éxito por la casa hasta que la vio salir del despacho del marqués. El único sitio en donde no se le había ocurrido mirar.

—¿Qué hacías ahí metida? —le espetó con malos modos, yendo a su encuentro.

—Buscando algo para leer —le respondió la institutriz, mirándola a los ojos de manera retadora—. Tengo el permiso del señor.

—Me da igual su permiso. No me gustan esos abusos de confianza.

—Tú no eres quién para decirme lo que tengo que hacer.

—Eso ya lo veremos…

Olivia regresó con los niños y Matilde se fue inmediatamente a informar a la marquesa.

—Señora, me ha dicho que vigilara y estuviera atenta a cualquier movimiento extraño.

—Sí, claro.

—Pues acabo de ver a la institutriz americana salir del despacho del señor.

—¿Qué hacía la institutriz en ese despacho?

—Dice que tenía permiso del señor.

—Eso vamos a aclararlo en cuanto llegue a casa. No la pierda de vista. A lo mejor ha dado usted con la manzana podrida de esta casa.

—Sí, señora.

Una hora más tarde, Francisco llegaba a su casa. Sonsoles le preguntó, antes de sentarse a la mesa, si había dado permiso a la americana para entrar en su despacho. El marqués restó importancia al incidente.

—Sí. Es cierto que le dije que podía pasar a mi despacho a coger algún libro para leer.

—¿Cómo se te ocurre dar esas confianzas a alguien del servicio?

—Es una chica muy inquieta y le gusta la lectura. ¡Anda, quítate esas ideas de la cabeza! Ves muchas películas. La vida real es más aburrida…

Sonsoles no le contestó, pero buscaría algún motivo, por pequeño que fuera, para echarla.

A las cinco en punto estaban todas las invitadas de Carmen Polo en El Pardo con una taza de té en la mano. Isabel y Zita se mostraban interesadas por saber cómo se encontraba su hermano Felipe, que trabajaba en el palacio, al lado de Franco.

—Está estupendamente —dijo Carmen—. El que anda enfermo es mi suegro, Nicolás Franco —hablaba bajo porque no tenían ninguna relación con él.

—Dicen que sigue tan vividor, tan liberal y amigo de los masones, como siempre. ¡Incorregible! —añadió Pura de Hoces.

—Además de masón, enemigo acérrimo de la Iglesia católica… Me comenta Paco que todo lo contrario que su madre, doña Pilar, que en paz descanse. Era una mujer muy piadosa. Entregada en cuerpo y alma a sus hijos y sin aspiraciones sociales de ningún tipo. Era una buena mujer —explicó Carmen.

—Carmina, tu suegra falleció hace mucho, ¿verdad?

—Hace seis años. No hace tanto. Además, fue visto y no visto. No estaba enferma. Pasaba unos días en casa de su hija Pilar antes de viajar a Roma en una peregrinación, cuando enfermó de gripe. Lo malo es que degeneró en una neumonía mortal. Fue un golpe para Paco.

—Es que tengo entendido que estaba muy unido a su madre —añadió Lolina Tartiere, que conocía bien la historia de la familia.

—Sí, sí… era su guía en el terreno religioso y espiritual. Era su pilar…

—Bueno, eso lo eres tú ahora —añadió la mujer de Carrero—. El Caudillo tiene en ti su fuerza y su fortaleza.

Zita pensó que su hermana se estaba rodeando de aduladoras. No aguantaba ese ambiente de los tés de El Pardo. Se repasaba toda la actualidad. De algunos de esos tés de las cinco habían salido muchas iniciativas que posteriormente ponía en marcha el gobierno.

—¿Se sabe algo de esa señora…? —preguntó Ramona, la mujer de Camilo Alonso Vega, refiriéndose a la amante del padre de Franco.

—Ni queremos. Está viviendo con él en Madrid sin mantener apenas trato ni con sus hijos ni con sus nietos. Ha formado otra familia al margen de la suya. Mi suegro se permite el lujo de criticar a su hijo. Le llama despectivamente Paquito. De este tema es mejor que no sigamos hablando…

—Bueno, me vais a perdonar, pero me tengo que ir —intervino Zita, levantándose.

—¿Tan pronto? —preguntó Isabel.

—Sí, sí… Tengo mucho que hacer. Os dejo en muy buena compañía. Un saludo a vuestros maridos.

Zita se despidió de todas con un beso y fue la primera en marcharse de El Pardo.

—¡Y esta pobre! Tan buenaza como siempre —dijo Carmen en cuanto se fue—. Sobre los rumores que me contaste, Pura, asegura que son mentira.

—Mejor que sea así, por la cuenta que me trae. Dicen que es mi cuñada: Sonsoles de Icaza. De modo que mejor que sea mentira…

—¡Qué barbaridad! ¿Cómo puede haber mujeres así? —se lamentó Carmen Polo—. Igual que la amante de mi suegro. Es una pena la falta de moral que hay aquí. Habría que educar a nuestras hijas y a nuestra juventud de manera más estricta. Deberíamos crear una institución que protegiera a la mujer.

—¡Qué idea más brillante! —exclamó Pura, y todas asintieron.

—Imaginaos un sitio donde se pudiera encerrar y educar, claro, a todas las jóvenes descarriadas que se apartaran de la moral y de las buenas costumbres.

—¿Un sitio donde sepan corregir el rumbo equivocado de sus vidas? —preguntó la mujer de Camilo Alonso Vega.

—Algo así. Una especie de Patronato de Protección a la Mujer, en donde estuvieran hasta los veintitrés años.

—Hasta la edad en la que los padres tengan su patria potestad…

—Exactamente…

—Por ejemplo, si una chica se queda embarazada siendo soltera, ¿ingresaría allí? —preguntó Pura.

—Eso es. Podrían dar a luz y entregar allí a su hijo para que sea adoptado y así evitar a la familia la vergüenza y el deshonor…

—¡Cuánto vales, Carmen! —añadió Pura.

—Se lo voy a decir a Paco, porque creo que es algo necesario.

Dejaron de hablar y se prepararon para jugar a las cartas. Mientras se sentaban a la mesa, Pura le confesó, riéndose, el rumor que estaban lanzando las lenguas de doble filo:

—No te lo pierdas, que van diciendo que Nenuca es adoptada. No te enfades, pero creo necesario que lo sepas y te rías.

—¡Bueno! Es lo que me faltaba por oír. ¿A cuento de qué viene eso?

—Porque dicen que nunca se te ha visto embarazada en ninguna foto. Por eso te lo digo. ¡Qué bocas!

—¿De dónde ha partido ese infundio? —preguntó, molesta.

—Ni idea… A lo mejor viene de la gravísima herida de guerra sufrida por el Caudillo en Marruecos y que casi acaba con su vida. Algunos pensaron que no podría tener hijos por la zona en la que le pilló —señaló con su dedo índice las ingles.

—¡Tonterías! Me vio todo Asturias embarazada. Me atendieron en la clínica Miñor de Oviedo. Ahí, si quieren, les pueden dar la respuesta.

—Te lo he dicho porque me gusta informarte de todo, pero no le des más importancia. Las que estamos aquí te hemos visto embarazada.

Carmen estuvo rabiosa el resto de la tarde. Tampoco se le dieron bien las cartas. Pensaba contárselo a su marido. Había que cortar de cuajo esos rumores. Alguien tendría que poner fin a todo aquello. También se lo diría a su cuñado, que manejaba como nadie a los medios de comunicación, para que los rumores no salieran a la luz.

62

Las bajas españolas causadas por la artillería enemiga llegaron hasta el despacho de Serrano Súñer a mediados de octubre. Entre los primeros caídos aparecía el nombre del cabo Javier García Noblejas, conocido suyo. Era un camisa vieja de la Falange. Ahora yacía frío e inmóvil en el barro ruso. El hermano de Javier, Ramón, único superviviente de una familia que había sido aniquilada en la Guerra Civil, llevó el cadáver hasta Grigorovo para darle sepultura. Al líder caído se le dio una sentida despedida. El capitán de corbeta Manuel Mora Figueroa, héroe de la contienda española, representó a Muñoz Grandes en las exequias.

Al enterarse Serrano Súñer de la pérdida, promovió una misa por los primeros caídos en la iglesia de San José, en la calle de Alcalá. Se dieron cita no solo miembros de Falange, sino también antiguos héroes de la Guerra Civil. Francisco Díez de Rivera acudió al funeral. Sonsoles le acompañó. Sabía que vería a Serrano Súñer, aunque fuera de lejos. Era consciente de que su marido estaría vigilando todos sus pasos. Aun así, se arriesgó. Ella insistía en que no tenía nada de lo que avergonzarse.

—Es más, sabes que me gusta provocar a los cotillas. Me da igual lo que digan sobre mí. Te voy a acompañar.

Cuando entró Serrano en la iglesia, todos los asistentes ocupaban sus asientos. Sonsoles llevaba velo negro y traje de chaqueta del mismo color. Al ministro no le hizo falta buscar mucho. Fue una visión fugaz pero intensa. Saludó con la cabeza a su marido, que le correspondió.

Durante la ceremonia pensó en cómo encontrarse con ella. Necesitaba sentir la calidez de su mano. Cuando acabaron los actos religiosos, pidió al barón De las Torres que buscara al marqués. Quería saludarle. Francisco esperó a que saliera de aquella fila interminable de falangistas y héroes de guerra que querían estrechar su mano. El ministro, vestido de guerrera y pantalón negro, habló con los Llanzol.

—Hace mucho que no sé de ti, marqués. ¿Cómo te van las cosas?

—No me puedo quejar —contestó, observando las miradas que lanzaba a su mujer.

Cogió la mano de Sonsoles y la besó sin perder de vista sus ojos. Cuando rozó su mano con sus labios, sintió un pinchazo en el estómago. La marquesa tampoco pudo evitar un escalofrío. Tuvo que respirar profundamente. Se amaban. Lo decían sus ojos. Habían dejado de verse, pero la herida seguía abierta. Los dos lo sabían.

—Ya ves qué desgracia lo de García Noblejas. Quiero traerme a Ramón, al único de la familia que queda vivo, pero él no quiere venir.

—Están dispuestos a dar su vida por España. Sabían a lo que iban.

—Lo sé. Lo sé. Bueno, tengo que dejaros. Me alegro de veros… tan… bien —no fue capaz de expresarse con la fluidez de otras veces.

—Igualmente —dijo el marqués.

Sonsoles no abrió la boca. No podía. Aquella actitud le dio qué pensar a su marido. Su mujer, que jamás callaba, esta vez no había dicho ni una sola palabra. Se fueron rápidamente de allí. No esperaron a que el ministro se marchara. Serrano la vio salir del templo. Le gustaba cómo andaba y cómo se movía. Su sola presencia cerca de él le turbaba. Necesitaba dar una explicación a Sonsoles. Había desaparecido de su vida de la noche a la mañana. Decidió llamarla. Lo haría al día siguiente.

Sonsoles se quedó sin palabras durante todo el trayecto.

—No deberías acompañarme a este tipo de actos. Te afectan mucho —le dijo su marido, mirándola de reojo.

No quiso hablar. Se hubiera echado a llorar. Siguió callada hasta que llegó a casa y se encerró en su cuarto. Allí derramó todas las lágrimas que quiso en silencio. Añoraba a aquel hombre del que se había enamorado perdidamente.

Sonó el teléfono. No llegó a tiempo de cogerlo. Se secó las lágrimas y, al rato, tocaron con los nudillos en la puerta de su habitación. Abrió el pestillo y Matilde le pidió que atendiera el teléfono. La llamaba Cristóbal Balenciaga. Su cara se iluminó.

—¿Cristóbal? —dijo nada más descolgar el aparato.

—Hola, querida. Tenía muchas ganas de saber de ti.

—Me das una alegría muy grande. —Alguien descolgó el auricular desde otro punto de la casa. Sonsoles lo supo porque la voz de su amigo empezó a llegar amortiguada. Tocó el timbre mientras charlaba con él.

Apareció Matilde y mientras Balenciaga hablaba, Sonsoles tapó el auricular y le dijo que averiguara quién había descolgado otro teléfono de la casa y estaba escuchando su conversación.

—Sonsoles, quería invitarte a venir a París. Voy a presentar mi colección de trajes de noche. Acudirán mis clientas de todo el mundo. No puedes faltar.

—¿Cuándo será?

—La tercera semana de noviembre. Es la fecha en la que pueden asistir mis clientas americanas. Venir a París está justificado en cualquier época del año, ¿no te parece?

—A mí no me tienes que convencer. Se lo diré a Francisco. No creo que haya ningún problema. Será un placer acompañarte. Lo malo es el permiso para viajar. Tardan mucho en darlo, ya sabes.

—Tienes amigos en el gobierno… No creo que sea un problema para ti.

Sonsoles no quiso responderle con la simpatía con la que solía hablar mientras no supiera quién estaba escuchando esta conversación.

—El que tiene los amigos es mi marido. No te preocupes, que intentaré hacer todo lo posible por ir a París, pero necesito el beneplácito de Francisco. Te llamo mañana y te doy una contestación. Nada me haría más feliz.

Balenciaga se dio cuenta de que Sonsoles no hablaba con libertad. El teléfono no era un medio seguro.

—Sí, llámame cuando creas conveniente y, sobre todo, cuando puedas hablar…

—¡Claro!… Eso es.

—Pues quedamos en que mañana me llamas.

—Muy bien, ¡pues hasta mañana, Cristóbal!

Cuando colgó, Sonsoles tenía sentimientos encontrados. Por un lado, se sentía feliz ante la posibilidad de ir a París y, por otro, enfadada por sentirse espiada en su propia casa.

Matilde regresó de su inspección por la casa sin ningún resultado.

—Su marido está tomando un coñac y hablando con el mayordomo. Elizabeth juega con los niños y Olivia pasea por la casa con el pequeño Antonio. No creo que se arriesgue a coger el teléfono mientras está con el niño. Si se pone a llorar, la hubiera delatado.

—Por si acaso, la que más opciones tiene de hacerlo es la americana. No la pierda de vista.

Esa noche pensó en su posible viaje a París. De poder viajar, lo haría con Matilde. ¿Pero cómo acelerarían el permiso para salir de España? No quería llamar a Serrano. Se había comportado mal y de un modo poco elegante con ella. Estaba segura de que su marido no se opondría al viaje, es más, sería el encargado de gestionarlo. Necesitaba cambiar de aires. Pasárselo bien y olvidarse de todo. En París disfrutaría viendo la ciudad, las propuestas nuevas de moda y, sobre todo, compartiendo amistad con las damas más importantes del mundo. Vestirse de Balenciaga no estaba al alcance de cualquiera. Le ilusionaba el viaje y con esa idea en la cabeza durmió esa noche.

No esperó mucho. Al día siguiente, antes de que su marido saliera para el ministerio, ya se lo comunicó:

—Francisco, Cristóbal me ha pedido que me vaya a París la tercera semana de noviembre.

—¿Para qué?

—Presenta una colección de trajes de noche. Van a acudir sus clientas de todo el mundo.

—Pues tú eres su mejor clienta… No puedes faltar. Lo malo es que yo no podré acompañarte.

Sonsoles se acercó a su marido y lo besó en la boca. Algo que no solía hacer habitualmente. Así le mostraba su agradecimiento. Francisco era incapaz de decirle que no a nada que le hiciera ilusión. Él sabía lo mucho que significaba Balenciaga para ella. No quería más que darle gusto y tenerla contenta. Era lo único que podía contener su juventud: concederle todos sus caprichos.

—¿Podrás hacerme la gestión para que me den el permiso para salir?

—A lo mejor deberías llamar a tu amigo Serrano Súñer —contestó, poniéndola a prueba.

—No, no, de ninguna manera, eso sería dar pie a los cotillas. Cuanta menos relación tenga con él, mejor.

—Está bien, lo haré yo. No creo que ponga ninguna pega. ¿Con quién irías? Podían acompañarte tu madre y Matilde.

—Mi madre no. Está muy mayor. Sería más un lastre que una buena compañía. Me apañaré sola con Matilde.

—Está bien. Entonces serían dos permisos nada más.

—Sí, eso.

—Yo me encargo. No te preocupes. Haré la gestión.

De despedida, volvió a darle otro beso. Esta vez en la mejilla… Se apoyó en el cabecero de la cama y comenzó a hacer una lista de las cosas que necesitaba para el viaje. Apuntó en una libreta todo lo que debería comprar en los próximos días. De pronto, sonó el teléfono. Lo descolgó mecánicamente. Pensaba que serían su madre o sus hermanas.

—¿Sí? Dígame.

—Soy yo, Ramón.

Se quedó en silencio hasta que pudo arrancar una sola palabra:

—Hola… —no fue más expresiva. No podía.

—No parece que te haga mucha ilusión. Estaba deseando volver a escucharte.

—Eres como el Guadiana, apareces y luego desapareces… Sin explicaciones, sin saber qué ha pasado. Yo no he provocado los rumores. Los padezco como tú. No entiendo que no quieras saber de mí…

—Te llamo para darte una explicación. Sé que no me he comportado bien. Creo que deberíamos hablar cara a cara y no por teléfono. Además, tengo algo que te pertenece que te quiero devolver —tocó con su mano el pendiente.

—No sé si es una buena idea…

—Tengo las llaves de casa de Dionisio…

—No, no quiero ir a casa de nadie. —Se sentía ofendida. Aunque estaba deseando echarse en sus brazos, pudo más su orgullo.

—Si quedamos a comer, ¿vendrías?

—¿Para que nos vea todo el mundo y sigan hablando de nosotros? No, gracias.

—Nos podemos ver en un reservado de Lhardy. Nadie tiene por qué enterarse. Ya se preocupará el dueño de que entremos y salgamos sin que nos vean. Te puedo asegurar que he celebrado muchas reuniones allí que luego no han trascendido. Dime que sí, Sonsoles.

—Está bien… Nos vemos en Lhardy, pero por la tarde. No a la hora de la comida.

—Es el momento en el que hay menos servicio. Solo quedan las tertulias que se prolongan tras las comidas.

—Por eso. Habrá menos gente. Además, si nos vemos, se me quita el hambre. Dices que quieres hablar. Pues hablemos.

—Está bien. Mañana a las seis. Organizaré una comida en el mismo Lhardy y me iré de ella a las cinco y media. Estaré en el reservado trabajando. Al dueño le parecerá normal. Pregunta por Rolo cuando llegues.

—¿El apodo de tu hijo Ramón?

—Sí.

—Muy bien. ¡Hasta mañana!

Cuando colgó, Sonsoles se quedó temblando. No había sabido negarse. Estaba deseando verle. Pensó con rapidez y decidió llamar a su amigo Tono para organizar una tertulia para el día siguiente a las siete de la tarde. De esa manera estaría justificada su presencia en Lhardy.

Tono no puso ninguna objeción. Pensó que era una idea fantástica para pasar un buen rato. Se reunirían allí los amigos y se reirían de todo sin dejar títere con cabeza. Sonsoles le pidió que le llevara un ejemplar de *La Codorniz*.

Estuvo nerviosa durante el resto del día. Sabía que era el final. Aquella cita era la despedida de algo que no debió suceder nunca. Le iba a devolver su pendiente. Había estado con él desde el primer día que se besaron. Era el momento justo para entre-

569

gárselo. Los rumores habían precipitado el final de aquella relación. Debían continuar con sus vidas como si nada hubiera sucedido. Sin embargo, ya nada sería igual. Una vez que conoces la pasión, es imposible volver sin amargura adonde no debiste salir nunca, se decía a sí misma.

Durante todo el día estuvo preparando el encuentro. Se dio un baño y se perfumó por todo el cuerpo. Aquello ya parecía un ritual. Sentía que se iba a ofrecer como sacrificio, como si fuera a inmolarse. Se vistió con el mismo traje del primer día que se vieron a solas. El mismo sombrero. Quería que fuera todo igual. Tenía la certeza de que una vez que se dijeran adiós, ya nada sería lo mismo. Sería una muerta viviente. Su alegría se apagaría. Desde hacía un año solo vivía para saber de él, para encontrárselo, para verle, para amarle. La luz se apagaría para siempre. Sería como parar el motor de su vida. Sentía miedo del futuro. ¿Y ahora qué?, se preguntaba.

Durante la comida avisó a su marido de que iría a una de las tertulias que organizaba Tono.

—Te traeré *La Codorniz*. Se la he pedido.

—Me reiré un rato. Dicen cosas que en un periódico serio nadie se atrevería a publicar.

—De momento, van sorteando la censura. Eso no quita para que cualquier día tengan algún problema serio.

—Da recuerdos a Tono. ¿Quieres que te vaya a buscar esta noche? He quedado con mis hermanos en la Gran Peña. No me cuesta nada pasar a recogerte.

Solo imaginar que su marido apareciera por allí, aunque fuera al final de la tertulia, no le gustó.

—No, prefiero no quedar contigo, porque no sé exactamente a qué hora terminaremos. Si vienes a por mí, precipito el final.

—Está bien. Nos vemos en la cena.

Se acercó a besarla. Sonsoles le dio un beso en la mejilla. Francisco hubiera deseado un beso en la boca, pero siempre seguía su voluntad. Con ella no se podía forzar ninguna situación que no deseara previamente. Siempre era así.

En cuanto su marido se fue de casa, le dijo a Matilde que se arreglara. Debía acompañarla a una cita. A las cinco y media salían por el portal y a las seis llegaban a Lhardy en un taxi.

—Matilde, pasee, haga lo que quiera. No saldré hasta las ocho y media en punto.

—Está bien. Aprovecharé para ir al Cristo de Medinaceli.

—Ponga varias velas por todos nosotros —le pidió la marquesa, dándole unas monedas.

Mientras subía las estrechas escaleras de Lhardy sintió que sus tobillos flojeaban. Al ver al *maître* preguntó por Rolo e inmediatamente la llevaron hasta el reservado más discreto del restaurante. Llamó a la puerta y pasó. Allí estaba Ramón escribiendo en una hoja de papel. Dejó de hacerlo y se levantó para recibirla.

—¡Qué bella estás! —se acercó a besarla, pero Sonsoles le esquivó mirando hacia abajo.

Había tensión entre los dos. Se deseaban con la mirada, pero marcaron las distancias.

—Tú dirás… —dijo Sonsoles, orgullosa.

—Sé que mereces una explicación. El hecho de que no te haya llamado no significa que no me haya acordado de ti cada día.

Se sentó cerca de ella y le cogió la mano. La sostuvo entre las suyas mientras continuaba hablando.

—Estoy muy vigilado. Mucho. Cada movimiento mío lo siguen ojos distintos pero todos con un mismo fin: acabar con mi carrera política. Tuve que dejar de llamarte y de verte después de que mi cuñado mencionara los rumores sobre ti y sobre mí. Para poder decir que era mentira, no me quedó más remedio que cortar de raíz nuestra relación. Por cierto, los comentarios han llegado hasta mi mujer…

Oírle hablar de su mujer le dolió a Sonsoles. Pensó que Zita sería su esposa legalmente, pero su corazón le pertenecía a ella. No había más que mirar a sus ojos para saber cuánto la deseaba.

—Esos comentarios han llegado también a mi marido. Tan fácil como negarlo todo. Además, no existe una relación entre tú y yo. Nunca ha existido. Han sido ráfagas.

—No puedes decir eso —se dolió él—. Nos amamos. A eso no le puedes llamar ráfagas.

—Nunca has pensado en mí y en cómo lo podía estar pasando. ¿Eres consciente de que a mí solo me queda esperar a que tú te dignes a llamarme? Me amas con pasión entre palabras de amor fogosas y ardientes, pero luego no me llamas durante semanas. ¿Crees que eso no es para volverse loca?

—Te llamo cuando creo que nadie me espía. Mi cuñado me ha pedido que sea como la mujer del César, y ahora es un momento delicado para mi carrera política. No puedo dar la oportunidad a mis enemigos de que nos hagan una foto o que me sigan hasta el lugar en el que me encuentre contigo. Están deseando pillarme para contárselo a Franco. Y él solo está esperando un motivo para quitarme de en medio. ¿No te das cuenta? Si tienen que sacrificarte y pisotear tu nombre y el de tu familia, lo harán. Aquí hay una carrera de ambiciones que va más allá de lo que tú y yo sintamos. Yo te amo, Sonsoles. Sé que lo sabes porque es evidente. Pero nuestro amor tendrá que esperar tiempos mejores.

Se acercó y la rodeó con los brazos. Sus bocas quedaron muy próximas.

—Me estás diciendo que no volveremos a vernos. Que se acabó nuestro amor… —se le saltaron dos lágrimas. Sonsoles no lloraba nunca delante de nadie, pero esta vez su sentimiento de pérdida pudo más que su orgullo.

—No he dicho eso. Nuestro amor es imposible que acabe. Nunca. Digo que no debemos vernos durante un tiempo. Vigilan mis pasos y que nos relacionen no solo acabaría con mi carrera, sino también con mi matrimonio; pero el tuyo no saldría mejor parado. Estas cosas corren como la pólvora, y Francisco y Zita no se merecen el daño que les causaríamos.

Sonsoles se tapó los ojos con las manos. No quería que Ramón la viera llorar. Él la volvió a abrazar. Intentó besarla, pero ella no apartaba sus manos de la cara.

—Sonsoles, no seas niña. Entiende lo que te estoy diciendo.

Consiguió que ella dejara su rostro al descubierto y empezó a besar sus ojos, su nariz, su boca… Sonsoles le correspondió. Sabía que era el final de aquel amor. La despedida…

63

Se olvidaron de que aquel lugar era un reservado. Dejaron de ver la mesa y las sillas. Solo estaban ellos dos. Se decían adiós cuando lo que deseaban era compartir el resto de sus días. Se besaban desesperadamente y se intercambiaban palabras de afecto.

—No te olvides de mí, Ramón.

—Te buscaré en cada acto fuera del despacho, por si te encuentro. Esa será mi ilusión.

Ramón intentó ir más allá, pero Sonsoles se negó.

—Ramón, me estás diciendo hasta nunca y pretendes amarme... No puedo. Así no.

—Necesitaba amarte una vez más.

—No, Ramón. Entiéndeme. Así no. Creo que te has confundido conmigo.

—No quiero que me malinterpretes. Me estoy volviendo loco. Renuncio a ti cuando eres lo que más deseo en mi vida.

Se besaron apasionadamente. Sonsoles lloraba. Ramón estaba desesperado por amarla. No entendía que allí mismo, en aquel reservado, no quisiera entregarse a él. Sería la última vez...

—No puedo. Lo único que me queda es la dignidad. Soy una dama, Ramón. No vale todo conmigo.

—Perdóname…

Volvió a besarla. Se acordó de que llevaba algo que le pertenecía. Sacó el pendiente de su bolsillo y se lo dio.

—Aquí tienes. Ya no habrá excusas para vernos. Estamos en paz. Hacemos lo que debemos.

Sonsoles se quedó mirando su pendiente. A decir verdad, hubiera deseado que no se lo hubiese devuelto. Ya no habría nada que reclamarle. Era el fin. Su historia había terminado. De pronto, unos golpes en la puerta les hicieron volver a la realidad.

—Señor, su chófer ya ha venido a buscarle —dijo el *maître* desde fuera, sin abrir la puerta.

—Dos minutos y ya bajo. Muchas gracias —contestó Serrano, mirando el reloj—. ¡Son las siete y cuarto! Se nos ha ido el tiempo.

—A partir de ahora tendremos mucho por delante. El problema será cómo llenar esas horas sin acordarme de ti —afirmó la marquesa.

—Sonsoles, no te olvidaré jamás.

La besó una vez más. Era la primera vez que lo veía afectado con la decisión de no volver a verla.

—No dejes de hacerlo. Ese será mi consuelo.

Se volvieron a besar.

—Saldré yo primero. Así podrás arreglarte.

El último beso se lo dieron de pie. Fue largo, eterno. No querían separar sus labios. Sabían que no habría una próxima vez. Aquella historia de amor se acababa entre sillas y una mesa de restaurante. El fuego que sentían les impedía casi respirar. De repente, Ramón dejó de abrazarla. Se separó de ella y la miró una última vez. El hombre de los ojos de hielo parecía que tenía nublada la mirada. Se tragó las lágrimas.

—Hasta siempre, Sonsoles.

Abrió la puerta y se fue. La marquesa se quedó sola. No sabía si echarse a llorar o salir de allí corriendo. Cogió su bolso y se miró en el espejo. Resultaba evidente que había llorado. Se empolvó la nariz y la cara. Se pintó la boca, pero no podía salir de allí. Todavía podía olerlo. Si cerraba los ojos, hasta podía sentirlo. Le había inundado la cara de besos y la había querido amar en aquel lugar. Pero ella no deseaba quedarse con ese último recuerdo. Por encima de todo, estaba su dignidad. Era el final y se sentía sin sangre. Ahora debía salir de allí y estar dispuesta a reír junto a Tono. Ya estarían todos reunidos. Solo faltaba ella, pero no tenía fuerzas ni para caminar unos pasos. Respiró hondo y salió del reservado. Una voz, la del *maître*, le dio las buenas tardes.

—¿Me lleva hasta la mesa de Tono? He quedado con él.

—Sí, señora. Sígame.

Fue entrar en el restaurante y todos los que la esperaban se pusieron en pie. Sonsoles sonrió, pero tenía ganas de llorar.

—¡Qué guapa estás! ¡Cómo se ve que el marqués te trata bien!

Todos rieron la gracia de Tono menos Sonsoles. Pidió un martini y trató de seguir la conversación que tenían. Habló poco durante toda la velada. Cuando se quiso dar cuenta, ya eran las ocho y media de la tarde.

—Tono, me tengo que ir —le dijo en un aparte.

—Si apenas has estado tres cuartos de hora…

—Tengo algún problemilla. Nada importante. Os tengo que dejar. De verdad que lo siento.

—Nos traes hasta aquí… vienes la última y te vas la primera.

—Espero que me sepas perdonar.

—A ti, siempre. Ya sabes… No te preocupes lo más mínimo. Sí que tienes ojos de preocupación. Nosotros estamos encantados de haberte visto. Toma, te he traído un ejemplar.

—Gracias por acordarte. A mi marido le encantará. Nos vemos en unos días. Ya te contaré, porque me voy a París.

—¡Vaya! ¿Con qué motivo?

—Me ha llamado Cristóbal. Hará un pase de modelos para sus mejores clientas.

—A la vuelta, cuéntame todo con detalle. Tráeme alguna de las revistas satíricas que se venden allí, por favor.

—Descuida. No me olvidaré.

Se despidió de todos y salió de allí con la sensación de que sus piernas pesaban más de la cuenta. Le costaba andar, moverse. Fuera del restaurante, estaba Matilde esperándola. Tenía cara de frío.

—Llame a un taxi, Matilde.

Se adelantó a la acera y, al cabo de un par de minutos, ya había un taxi en la puerta de Lhardy. Estaba agotada.

—Señora, no tiene buena cara —le dijo su doncella.

—Lo sé. No me encuentro bien. Es posible que me haya resfriado.

—Pues ahora mismo, en cuanto lleguemos, se mete en la cama y le llevo un caldito caliente.

Nada más entrar en casa, Matilde la acompañó hasta su habitación. La desvistió todo lo rápido que pudo y la ayudó a meterse en la cama. Cuando le hablaron de su estado, Francisco se quedó francamente preocupado. Su mujer estaba bien a la hora de la comida y ahora, volvía enferma.

—¿No habrá cogido frío? —le preguntó a Matilde—. Está haciendo un tiempecito que no invita a salir de casa.

—Creo que sí. Esa puede ser la explicación.

—Voy a llamar al médico.

—No llames a nadie —le dijo Sonsoles desde la cama—. Estoy incubando algo pero con calor y buenos caldos se me pasará. Vamos a ver cómo estoy mañana. No te preocupes.

Se acostó sin ganas de hablar ni de mover un solo músculo. Se sentía muerta. La idea de no volver a ver a Ramón Serrano Súñer la había dejado sin fuerzas para seguir viviendo. No deseaba ver a nadie. Al día siguiente, continuó igual.

—En este estado no podrás ir a París. Si no te veo fuera de la cama, no consentiré que te vayas.

577

—Me encuentro algo mejor… —respondió Sonsoles con una voz casi inaudible.

—Voy a llamar al médico para que te vea. No me quedo tranquilo.

—Haz lo que quieras…

Mal debía de estar, pensó Francisco. No le gustaba que llamara al médico, pero esta vez le dijo que hiciera lo que quisiera. En un par de horas saldrían de dudas.

El doctor le hizo distintas pruebas. Tardó en tener el diagnóstico. Luego se dirigió al salón para comunicárselo al marqués.

—Mi querido amigo, su mujer no tiene nada físico, aunque la veo muy delgada. No le vendría mal que tomara aceite de hígado de bacalao.

—¿Entonces sus males son debidos a su delgadez?

—No, ni mucho menos. Se ve que sus problemas son de otra índole.

—¿A qué se refiere?

—Me refiero a que son de tipo psíquico. Tiene lo que llamamos un *surmenage*.

—Lo he oído nombrar mucho, pero no sé qué es exactamente. Lo mencionan mucho las señoras de la alta sociedad.

—Pues es agotamiento, un cansancio impropio de su edad, falta de interés repentino por las cosas… Su mujer necesita un reconstituyente. Algo que le aporte vitaminas y fuerza. Le vendría muy bien que se aficionara a hacer alguna actividad física.

—Entonces, no le pasa nada grave…

—De momento. Debemos evitar que derive en algo mucho más serio, como… una depresión. Su mujer tiene un cuadro típico de *surmenage*. Le vendría bien montar a caballo o jugar al golf. Una actividad física con cierta frecuencia que la obligue a salir de casa.

—Tenía intención de viajar en unas semanas a París. Será mejor que no vaya, ¿verdad?

—No, por Dios. Todo lo contrario. Cambiar de ambiente, de aires, le vendrá muy bien. Se ve que ha tenido mucha tensión estos días y ha derivado en este cansancio extremo. Deje que duerma, que descanse. Eso sí, vayan al boticario a que le haga un preparado con todo esto… cuanto antes. Verá que pronto se pone bien.

El médico comenzó a escribir. Cuando tuvo la receta, se la dio al marqués.

—Seguiremos al pie de la letra sus instrucciones.

—Estas mujeres tan jóvenes necesitan mucha actividad física. Debe usted cansarla durante el día para que durante la noche no quiera otro tipo de actividad… Ya me entiende. A cierta edad no podemos cumplir como nos gustaría. No es lo mismo cuando uno tiene treinta que cincuenta.

—¿Me está diciendo que soy el origen de sus males? ¿Su enfermedad, ese *surmenage*, tiene que ver con mi edad? Vamos, que me está llamando usted vejestorio —replicó el marqués, medio en broma medio en serio.

—No, no, en absoluto. Perdóneme si le he ofendido, señor marqués —rectificó el médico sobre la marcha—. Me refiero a que las mujeres jóvenes necesitan más de lo que les puede dar el marido que les dobla la edad. Por eso recomiendo ejercicio. Mientras están entretenidas, no piensan en otras cosas. Vitaminas, reconstituyente, aceite de hígado de bacalao para que tenga apetito y mucha actividad física. Eso es lo que la dejará como nueva, don Francisco.

—Está bien. Le haremos caso.

—Si usted quiere, tome también el reconstituyente. Tampoco le vendrá mal. Después de superar un tifus, uno nunca se acaba de restablecer por completo.

Tras despedir al médico, Francisco dio varios paseos por el salón, puso en hora el reloj y se tomó un coñac. Era la segunda vez que oía eso de la edad en boca de diferentes médicos. Pensó que no sabía dar a su mujer lo que ella necesitaba. Se sintió mal y creyó que ir con ella a París sería la solución. Esperó a que se despertara para comunicárselo.

Poco tiempo después, apareció Matilde en el salón para decirle que su esposa estaba despierta. Francisco entró en la habitación y le contó todo lo que había dicho el médico, menos lo que concernía a su edad.

—Vas a tomar el jarabe que te ha preparado el boticario, un reconstituyente que levanta a un muerto. Y algo que sabe a demonios: el aceite de hígado de bacalao, para que te abra el apetito.

—Esa asquerosidad no me la pienso tomar... Eso, para los niños. Yo no soy una niña.

—Dice que tienes *surmenage* y que has de reponerte rápido, si no quieres caer en algo peor...

—Me tomaré el reconstituyente, pero el aceite de hígado de bacalao ni hablar —puso cara de asco.

—Matilde, dé a la señora el reconstituyente, al menos... Sonsoles, el médico también ha dicho que tienes que hacer mucho ejercicio, mucha actividad física. Iremos al Club de Campo para que montes a caballo y juegues al golf. Te acompañaré. Será bueno para los dos. Y una sorpresa... como dice que viajar te sentará bien, pues... he pensado que iré contigo.

Sonsoles se echó a llorar. Su marido lo interpretó como un llanto de emoción, pero, en realidad, lloraba porque deseaba ir sola a París. Sentirse libre y no tener ninguna preocupación. Se quedó otra vez en posición fetal en la cama. Cuando Francisco se fue de la habitación, le confesó la verdad a Matilde:

—No quiero que venga mi marido. Necesito estar sola con Cristóbal.

—Dígaselo abiertamente, señora.

—No puedo. No lo entendería. Cree que me apetece ir a París con él. Es todo horrible, ¿se da cuenta? Para un viaje en el que puedo salir, ver tiendas, hablar con mi amigo... va a venir él. La persona que más detesta todo eso.

—No se preocupe, que se lo diré yo de una manera muy sutil. Usted descanse…

Sonsoles no quería salir de la cama. Deseaba estar todo el día con los ojos cerrados. Únicamente se sentía aliviada tocando aquel pendiente que durante un año Ramón había tenido en su poder.

Matilde se fue a hablar con el marqués. Confiaba en que entendería lo que le iba a decir.

—Señor, ¿tiene un minuto para hablar?

—Sí, claro, ¡dígame!

—Señor, el viaje a París va a ser muy aburrido para usted. Vamos a recorrernos todas las tiendas e iremos a los pases de modelos que ha preparado Balenciaga. Su esposa querrá estar a solas con las otras damas que vayan allí. Usted se encontrará muy solo en el hotel y eso, ahora, tiene afligida a su esposa. Ella dice que no quiere hacer ese viaje para que usted lo pase mal. Y aunque le apetece mucho ver a su amigo Balenciaga, ahora dice que no va.

—Sinceramente, no sé cómo acertar.

—Usted tiene muchas cosas que hacer. La señora se quedará más tranquila si usted se hace cargo de la casa durante esos días en los que ella esté fuera. Es un viaje muy femenino. Están citadas las mujeres más importantes del mundo. Todas irán sin sus maridos. Ella sería una excepción.

—Está bien. Tiene usted razón. Además, le vendrá bien librarse de mí durante unos días. Volverá con otro ánimo.

—Confíe en mí. Conozco muy bien a su mujer. Sé cómo manejarla. A veces, parece una niña.

—Pues adelante… Toda suya. Mañana mismo pediré sus pases para salir de España.

—Gracias, señor.

Cuando Matilde volvió al dormitorio, Sonsoles estaba llorando.

—Señora, no llore. He convencido a su marido para que no la acompañe. Ha comprendido que es un viaje solo para mujeres.

—Gracias, Matilde. Necesito estar sola. ¿Verdad que me entiende?

—Perfectamente. Usted ahora repóngase de ese *surme*... no sé cómo se dice. Póngase fuerte, y de lo demás ya me encargo yo.

Sonsoles volvió a dormirse. Estaba más tranquila. Sin fuerzas para levantarse, siguió en la cama durante varios días.

64

En el palacio de El Pardo había más actividad que nunca. Franco llamó a su despacho a Serrano Súñer; necesitaba hablar con él e intercambiar información sobre el transcurso de la guerra contra Rusia.

—Ramón, he pensado en mandar a Moscardó a Alemania y a Rusia. Creo que la presencia del héroe del Alcázar de Toledo les dará moral a los soldados de la División Azul. ¿Qué te parece?

—Es una buena idea, pero además de ayudar a levantarles la moral podíamos enviarles algo de España y algún detalle tuyo de cara a la Navidad.

—Podíamos darles un aguinaldo. El aguinaldo del Caudillo… Suena bien. Aparentemente, ese será el objeto del viaje, pero quiero que a Muñoz Grandes le llegue información confidencial nuestra. Le informaremos del desarrollo de la guerra. Aquí sabemos más del transcurso de la misma que en el propio frente. No se debe fiar de la información que le vayan dando los generales alemanes. Además, quiero que el general Moscardó averigüe si Hitler tiene otras intenciones con él para cuando acabe todo.

—Hitler no va a dejar de intentar quitarnos de en medio mientras entorpezcamos sus planes.

—El general Vigón me ha comunicado que viene a España el almirante Wilhelm Canaris.

—¿Por qué no he sido informado yo de esa visita?

—Canaris y Vigón se han hecho íntimos amigos. Sabes que el jefe del servicio de información militar alemán, la Abwehr, adora España y tiene un alto concepto sobre mi persona.

—Lo sé, lo sé… Es el que más nos ayuda en esta guerra contra Rusia cuando surgen dificultades entre los servicios español y alemán. Por eso mismo, me extraña que no me haya dicho nada.

—Nos viene bien tenerle contento. Hoy por hoy, es en el que más podemos confiar a la hora de desactivar las intenciones de Hitler. Me ha confesado abiertamente que el Führer le manda a España para limar asperezas y para que entremos cuanto antes en la guerra. Sin embargo, el ministro Vigón opina todo lo contrario. Nos aconseja que no nos sumemos de ninguna manera al conflicto mundial.

—Yo tendré que ir a Berlín la tercera semana de noviembre —informó Serrano—. Debemos renovar el Pacto Antikomintern. Han pasado ya cinco años. Los primeros en adherirse fueron los japoneses, después Italia seguida de Hungría, nosotros y Manchukuo, ese estado títere de Japón. Ahora me gustaría que otras siete naciones se unieran al pacto.

—¿Qué países son esos?

—Son países satélites de Alemania u ocupados por Hitler: Dinamarca, Rumanía, Bulgaria, Eslovaquia, Croacia, la China de Nanking y Finlandia. Se lo propondré a nuestro anfitrión, Von Ribbentrop.

—Más que el pacto lo que van a querer es que entremos en la guerra mundial, como dice Canaris. El pacto es una excusa. Nosotros seguiremos firmes. Tenemos a la División Azul luchando valientemente en el frente y no vamos a dar ningún paso más. Debes defender nuestra postura.

—Espero no tener que pasar de nuevo el mal trago de decir que no a Hitler.

—¿No te han dicho si se reunirá contigo?

—Lo han dejado en el aire. No quieren dar la información por seguridad.

—Sé firme, Ramón. Ahí nosotros nos mantendremos en nuestra posición.

—No tengo intención de variar el discurso. Lo que no tengo claras son sus intenciones conmigo. Pasé miedo en la anterior entrevista. No creas que voy tranquilo...

—Las circunstancias son distintas. Nuestros hombres están dando su vida en Rusia.

—Te mantendré informado.

A los pocos minutos de llegar al palacio de Santa Cruz recibió una llamada. Su secretaria interrumpió sus pensamientos.

—Le llama el marqués de Llanzol, ¿le paso?

Sintió una punzada en su estómago.

—Sí, por favor. No le haga esperar.

—Francisco, ¿en qué puedo ayudarte?

—Pues mira, te molesto para pedirte dos permisos para pasar la frontera. Sonsoles quiere ir a París.

—Ya... Sabes que ahora se dan con cuentagotas.

—Lo sé, por eso acudo a ti. Mi mujer tiene ilusión en asistir a un pase de modelos de Balenciaga. Además, anda pachucha y este viaje la puede venir bien. Al menos, eso me ha dicho el médico.

—¿Pero se encuentra tan mal para que la haya tenido que ver el médico?

—Pues mira, llegó fatal a casa hace unos días y tuve que llamarlo. Dice que es un *surmenage*. Bueno, que está agotada, cansada y que debe hacer ejercicio. No le vendrá mal viajar y cambiar de aires.

Se quedó preocupado con aquellas noticias. Sabía que él era, en definitiva, el culpable de su estado de salud.

—¿Cuántos días estaréis fuera?

—Yo no iré. La acompañará su doncella. La idea es salir el día 19 y estar en París del 20 hasta el 25.

—Te haré llegar al ministerio lo que me pides. No te preocupes y deséale una pronta recuperación. No te olvides de decírselo.

—Está bien, así lo haré. Muchas gracias por tu ayuda.

Cuando colgó, le vino a la cabeza una idea muy audaz. Debía estar el día 25 en Berlín. ¿Por qué no ir en tren a París días antes y, posteriormente, viajar de la capital francesa a la alemana? Podría pasar una noche en el mismo hotel que Sonsoles. Sería la forma de verse sin que nadie sospechara. Otro país, un hotel… los dos solos. Aquello era un regalo inesperado.

Le obsesionó la idea de estar con ella una noche. Tenía que tomar la decisión en pocos días. Le daba vueltas al viaje. Todos creyeron que su nerviosismo se debía a la responsabilidad de verse de nuevo cara a cara con Von Ribbentrop y, posiblemente, con Hitler. Lo cierto es que ya le importaba poco correr peligro. Estaba agotado. Asumía el riesgo con naturalidad. Lo que le estaba volviendo loco era la posibilidad de pasar al menos una noche con la mujer que le había robado el pensamiento. Había que organizar el viaje y debía tomar una decisión.

Sonsoles comenzó a levantarse. Parecía que la idea del viaje había obrado el milagro. El reconstituyente y sus partidos de golf en el Club de Campo le habían sentado bien. Matilde planchaba y encañonaba sus vestidos. Al elegir las joyas se sorprendió al ver los dos pendientes de perlas y brillantes. Escogió los sombreros y sacó brillo a los zapatos. Dos días antes de partir ya tenía todo listo.

—Señora, creo que no me olvido de nada. ¿Hay algo que desee especialmente?

—No, piense por mí. No quiero llevar nada más que trajes de Balenciaga. Hasta los camisones y las batas.

—Ya lo tengo todo. Imaginaba que solo querría vestir con las creaciones de su amigo.

—Métame en el equipaje algún libro. Me vendrá bien para llenar de contenido tantas horas de viaje.

Durante varios días, se estuvo despidiendo de la familia a través del teléfono. Sus hermanas le encargaron algún recuerdo. Su madre se limitó a aconsejarle que tuviera cuidado. No le gustaba la idea de que viajara sin su marido. Pero Francisco había sido el que más la había animado a hacerlo. Por eso, no dijo nada. Ya estaba todo listo…

En el palacio de Santa Cruz, la voz de Serrano Súñer resonó por encima de las demás:

—Me iré tres días antes que la comitiva. Me acompañará el barón De las Torres en tren. Haremos escala en París. Así aprovecharemos para hablar con el embajador.

—¿Te pasa como a Franco? —le preguntó Antonio Tovar, que se unía a las reuniones a pesar de su destitución.

—No, no es eso. Aunque a juzgar por los que me quieren fuera del cargo, debería tomar precauciones. Me reafirmo en que viajaré por tren.

La reunión se prolongó más de la cuenta. Había que fijar la estrategia ante la nueva entrevista con los alemanes. Sabían que seguir empeñándose en no entrar en la guerra mundial les comprometía. Además, conocían los intentos de Hitler por quitar el poder a Franco. Había ido ofreciendo sus apoyos a todo aquel que parecía que podía hacerle sombra. Sin embargo, mantenía otra cara frente a ellos. Finalmente, se despidió de todos. Cuando llegó a casa, Zita ya le tenía la maleta preparada.

—Te he metido un esmoquin por si tienes una cena de gala. No sabes muy bien qué te vas a encontrar allí. Además, llevas otro uniforme para poder cambiarte. Camisas y un traje normal, por si te cansas de llevar uniforme. ¿Se me olvida algo?

—Sí, darme un beso.

Abrazó a su mujer y la besó, agradecido.

—He sido muy feliz en los cumpleaños de los gemelos, Fernando y José, y en el primer añito de Pilar… Ha sido un mes repleto de acontecimientos familiares. Ahora me voy y vuelvo a temer por mi regreso. No te puedo decir que llames a Dionisio si me pasara algo, porque él está exponiéndose más que yo en el frente. Ante cualquier duda, debes llamar a tu hermana. Estarás protegida por Franco. No temas por ti ni por los niños.

—No me pasará nada. Temo cada uno de tus viajes. A pesar de todo, no descarto que me puedan retener más de la cuenta para intentar convencerme de que entremos en la guerra mundial. A lo mejor no llego al cumpleaños de Jaime.

—¿No estarás aquí para el 12 de diciembre?

—Espero que sí. Es una broma.

Suspiró y volvió a besarla. Proteger a su familia era su obsesión. Al día siguiente, en el tren, pensaba en Zita. Siempre tan abnegada y tan buena madre. Se hacía querer fácilmente. A la mitad de camino comenzaron a cambiar sus pensamientos. La boca de Sonsoles, sus ojos, asaltaron su mente. Pasar una última noche a su lado le pareció un sueño. La vida le había puesto en su camino esta oportunidad de despedirse de ella de otra manera y no en un restaurante. Se preguntaba cómo reaccionaría Sonsoles cuando le viera en París. Había variado los planes del viaje a Berlín solo para estar con ella unas horas. No dejó de mirar el reloj durante todo el trayecto.

Al entrar en Hendaya se acordó del viaje con Franco y el encuentro en el vagón *Érika*. Lo recordó en voz alta con el barón De las Torres. Serrano preparó sus planes.

—Cuando lleguemos a París no cenaremos juntos. Me iré a la habitación del hotel y no saldré de ella hasta el día siguiente. Necesito dormir. Si quieres salir, hazlo. Aprovecha. Nunca se sabe qué va a pasar mañana.

—Tampoco tengo muchas ganas de salir, pero me iré a dar una vuelta por ahí, si no te importa.

—En absoluto.

Cuando el tren entró en la estación, en París era ya de noche. A pesar de la guerra y de la ocupación nazi, la ciudad estaba muy iluminada en contraste con las oscuras calles de Madrid, donde el gasógeno escaseaba. Hacía también más frío en la capital francesa. Llegaron al hotel Ritz, en pleno centro, se identificaron y cada uno subió a su habitación.

Lo primero que hizo Serrano fue llamar al conserje del hotel para averiguar si estaba allí alojada la marquesa de Llanzol. Sabía que el Ritz era el elegido por la aristocracia española cuando viajaba a París. Le dijeron que no había nadie registrado con ese nombre. Dio entonces su nombre de soltera: Sonsoles de Icaza. Al cabo de unos segundos, el conserje le confirmó que estaba alojada en el hotel. Respiró hondo y pidió que le pusieran con su habitación… Pensó que debía estar preparándose para cenar.

—¿Sonsoles? —preguntó nada más descolgar.

—¿Ramón? —esperaba la llamada de su marido y se encontró con la voz de Serrano Súñer—. ¿Por qué me llamas?

—No, no te asustes. Necesitaba oír tu voz.

—No me haces ningún bien. Esta llamada me dejará mal durante días. Tú lo sabes.

—¿Qué haces ahora?

—Creo que sabes que estoy en París. He quedado con Cristóbal. Hoy ceno en su casa. Estoy acabando de arreglarme. Vienen a buscarme dentro de media hora.

—¿Estás en el hotel Ritz?

—Sí.

—Hazme un favor. Cuando estés lista, pásate por la habitación 112, que hay un empleado de mi ministerio que te entregará una cosa.

—¿De qué se trata?

—No puedo decírtelo. Es una sorpresa. Ve rápido.

—¿Habitación 112?

—Sí.

—¿Me llamas solo para eso? Me parece todo muy misterioso.

—No te arrepentirás.

—Iré a ver de qué se trata.

—Muy bien.

Ramón llamó al servicio de habitaciones y pidió que le subieran champán y dos copas. Encendió un cigarrillo y, en ese momento, escuchó unos suaves golpes en la puerta de la habitación... Abrió y Sonsoles se quedó tan asombrada que no pudo pronunciar una sola palabra. Él la invitó a pasar y, nada más cerrar la puerta, la besó. Estaban solos, en un país distinto y por fin no se sentían observados por nadie.

—He venido hasta aquí para pasar esta noche contigo.

—¿Cómo supiste que me alojaba aquí?

—No fue muy difícil...

Sonsoles estaba preciosa con un traje blanco de pedrería ribeteado de terciopelo negro por el escote y los bajos del vestido. Llevaba unos guantes negros hasta el codo. Iba perfectamente pintada y perfumada...

—¿Por qué me haces esto, Ramón?

—Porque necesitaba verte. Dame solo esta noche. Una sola noche para ti y para mí. No nos merecíamos despedirnos de aquella manera. Tenías razón. Aquel no era el lugar, pero este sí. Solo te pido esta noche.

—El chófer de Cristóbal viene a buscarme...

—Dile que no vas a salir, esta noche no.

—¿Y Matilde? Después de haberme ayudado a arreglarme.

—No le digas nada. ¡Que se vaya a su habitación!

—Estoy esperando la llamada de Francisco.

—Ve a tu habitación y cuando hayas resuelto todo, ¡vuelve! Aquí estaré esperándote. No hay prisa. Solo quiero una noche. ¿Es mucho pedir?

—Ramón, me vas a matar… pero ¿cómo no te voy a dar una noche? Has sido capaz de venir hasta aquí… Media hora y estaré de vuelta.

Se dieron un beso y salió de la habitación en dirección a la suya. Tocó con los nudillos, y Matilde no tardó en abrir la puerta.

—Matilde, váyase a su habitación —parecía nerviosa—. Hasta mañana no la necesitaré. Debe descansar. Como me acostaré tarde, no me despierte. Déjeme dormir hasta que yo la llame.

—Está bien. ¿No quiere que la acompañe en el vestíbulo hasta que llegue el chófer de don Cristóbal?

—No. Va a tardar. De modo que no se preocupe. Estoy esperando la llamada del marqués. Quiero hablar con él en privado.

—Está bien, buenas noches. Está muy guapa, señora.

—Muchas gracias, Matilde.

Cogió un cigarrillo de su pitillera y esperó la llamada de Francisco. Fueron unos minutos, pero le parecieron eternos. Llamaron de recepción para decirle que había un chófer esperándola.

—Por favor, despídanle. No iré a la cena. Muchas gracias.

Siguió fumando mientras esperaba la llamada de su marido… Cuando apagaba el cigarrillo en el cenicero, sonó el teléfono.

—Querida, buenas noches, ¿cómo ha ido el día?

—¡Oh!, fantástico. Te puedes imaginar, con lo cariñoso que es Cristóbal. Mañana es el día grande. Hoy nos acostaremos pronto.

—Pero saldrás a cenar, ¿no?

—Sí, claro. Ya me está esperando abajo el chófer de Cristóbal. Hoy será algo tranquilito en su casa. Los niños y tú, ¿estáis bien?

—Sí, todos estupendamente. ¿Y tú cómo te encuentras?

—Animada y con ganas de comer. No te preocupes por mí. París me fascina. Me siento muy feliz.

—Me encanta oír eso. No quiero más que hacerte feliz. Te lo mereces todo…

—Gracias, Francisco.

—Un beso fuerte.

—Otro para ti…

Cuando colgó el teléfono, respiró hondo. Se sentía mal después de oírle: «No quiero más que hacerte feliz…». Pero ahora nada importaba. Ramón estaba en otra habitación esperándola. Antes de salir, llamó a su amigo.

—Cristóbal, no iré esta noche…

—Si Vladzio y yo te estamos esperando. ¿Te ocurre algo?

—Nada malo. Te lo prometo. No puedo contártelo. Espero que me perdones. Es importante para mí, si no, sabes que no dejaría tu cena por nada del mundo.

—Me das miedo. ¿Seguro que estás bien?

—Mañana te cuento, Cristóbal. Así os acostaréis pronto. Tienes que estar reventado de tanto preparar el evento de mañana.

—Bueno, está bien. Vladzio y yo brindaremos por ti. Muy gorda tiene que ser la cosa para venir a París a verme y no cenar conmigo.

—Ayer cenamos juntos, pero hoy no puedo…

—Está bien, está bien. ¡Hasta mañana!

El corazón le palpitaba. Se empolvó la nariz y el escote. Se volvió a perfumar. Se pintó los labios. Ya estaba lista. Aquella noche sería su final. Lo sabía. Pero ¿quién podía negarle una noche al amor de su vida?

65

Como si de un ritual se tratara, Serrano Súñer se puso el esmoquin. No había terminado de vestirse cuando llegó el camarero del servicio de habitaciones con una botella de champán. Aprovechó para pedirle una cena para dos. Sería la primera y la última con Sonsoles a solas. Quería cuidar hasta el mínimo detalle. Puso música. Había varias emisoras para elegir en la radio de su habitación. Aprovechó también para escribir varias cartas y llamar a casa telegráficamente. Nunca una espera se le había hecho tan larga... Tuvo que ir al cuarto de baño a refrescarse la cara. Estaba cansado del viaje y era la única forma de mantenerse despierto. Todo aquello parecía irreal.

Sonsoles, por fin, llamó a la puerta. Lo hizo con sigilo, pero con insistencia. Estaba nerviosa. No quería que la vieran en el pasillo entrando en una habitación que no fuera la suya. Ramón abrió y durante unos minutos se quedaron mirándose el uno al otro como si se descubrieran por primera vez.

—Pase usted, señora —le pidió, haciendo una especie de reverencia con la mano.

—Muchas gracias, caballero —le dijo Sonsoles, divertida.

Cuando cerró la puerta, comenzó la cuenta atrás. Iban a compartir una noche que parecía sacada de un sueño. Un sueño que se desvanecería al amanecer. Serrano abrió la botella de champán.

—¡Por ti y por mí! —entrechocaron las copas.

—¡Por los dos!

El champán estaba frío, seco. Delicioso. Se miraron de nuevo a los ojos. No hacían falta las palabras. Parecía que la vida les daba una prórroga. La música sonaba de fondo y Serrano la invitó a bailar. Le pareció divertida la idea, y Sonsoles aceptó. Sus movimientos eran lentos y armoniosos. Marcaban pasos pequeños. Eran la excusa perfecta para estar juntos, pegados el uno al otro. El perfume de Sonsoles lo envolvió por completo. Sus ojos verdes parecían más oscuros que nunca. Se podía perder en aquellas pupilas grandes y negras, intentando averiguar el misterio que encerraban.

—¿Sabes que los ojos no mienten? —le dijo Ramón—. Yo sé el secreto que esconden tus ojos.

—¿Qué te dicen mis ojos? —preguntó ella, mirándole de forma retadora.

—Que esconden una pena muy honda, muy profunda, pero… son muy hermosos.

—¿Tanto se nota que estoy herida?

—Yo sí lo noto.

—Ramón, no volveré a ser nunca la que era y menos después de esta noche. Mi alegría son estas horas que nos quedan para estar juntos, y mi tristeza, que mañana ya estarás lejos de mí, para siempre.

—No pienses en mañana. Ahora déjate llevar por este instante. Cierra los ojos.

Comenzaron a bailar por la habitación. Sonsoles se sentía protagonista de una historia real que parecía de película. Intentó olvidar que estaba casada, que tenía tres hijos, un título, una familia aristocrática y una reputación. Allí, volvía a ser Sonsoles, una joven que deseaba estar viva y ser libre. Comenzó a reír mientras Ramón la hacía girar sobre ella misma con cierta destreza. La marquesa dejó de pensar que se trataba tan solo de una noche. Seguía los pasos de aquel hombre que se comportaba como un enamorado sin pasado. No había protocolo, ni tenían por qué disimular. ¡Estaban solos!

Volvieron a llenar sus copas. Reían y bailaban como las burbujas del champán. Aquella noche era suya. Nada ni nadie podía enturbiarlo. Se besaron apasionadamente. Sus bocas nuevamente se buscaron. De pronto, llamaron a la puerta…

—He pedido la cena. Métete en el cuarto de baño. No quiero que te vean.

—Está bien…

Mientras el servicio de habitaciones servía la cena, Sonsoles aprovechó su estancia en aquel baño de mármol y espejos para mirarse. No se reconocía. Parecía una mujer más joven. Se sentía feliz. ¿Por qué la vida no podía darle una nueva oportunidad junto a Ramón?, se preguntaba. Debía renunciar al único hombre al que había amado. La sociedad no permitiría nunca que fuera feliz lejos de su marido. Sería un escándalo. Les negarían hasta la palabra. Aquello no tenía solución, lo mirara por donde lo mirara. Era el final, si no querían sufrir más. Los pensamientos negativos regresaron a su mente. Afortunadamente, se desvanecieron rápido.

Ramón dio unos golpes en la puerta y le pidió que saliera. El camarero ya se había ido. Sonsoles se sorprendió de que en tan pocos minutos hubieran instalado una mesa en mitad de la habitación perfectamente servida y decorada. En otra mesita supletoria aparecían dos bandejas con dos cubiertas de plata.

—He pedido algo de cenar… Una sopa y carne —se justificó el ministro.

Le acercó una silla y Sonsoles se sentó.

—Has pensado en todo, Ramón.

—Hoy no quiero que se me escape ni un solo detalle.

Sonsoles no tenía apetito nunca y menos esa noche. Los dos compartían la sensación de tener un nudo en el estómago.

—No he querido pedir pato a la naranja porque en Berlín lo único que se come es pato. No me preguntes por qué, pero siempre que he ido a Alemania he comido lo mismo en el entorno del Führer.

Sonsoles reía con todo lo que él le decía.

—Soy la única de mis tres hermanos que no hablo alemán —admitió—. Como fui una trasconejada, no tuve oportunidad de vivir allí. Cuando yo nací, mi padre ya no era diplomático y vivía en España. Mis hermanas y mi hermano, en cambio, lo hablan estupendamente.

—No conozco a tu hermano.

—Está siempre fuera porque siguió los pasos de mi padre, también es diplomático. Las hermanas nos sentimos muy orgullosas de él. Hace años que la familia no está nunca al completo; casi siempre nos falta él. Le tira más la rama mejicana de la familia.

—No me hables de ausencias, que de eso sé mucho. No hay día que no recuerde a mis hermanos José y Fernando.

—Te marcó mucho perderlos, ¿verdad?

—Me marcó muchísimo. Siempre me he culpado de sus asesinatos. Si no se hubieran quedado en Madrid para pedir mi libertad, hoy vivirían. Esa es mi cruz.

—Esta noche no quiero tristezas. Háblame de ti.

—¿Qué quieres saber?

—No sé, todo.

—Estoy marcado por las ausencias… Perder a mi madre cuando era un niño me ha hecho idealizar la figura de la mujer. Yo creo que por eso me gustáis tanto las mujeres.

—Eso que dices no sé si me gusta del todo. Preferiría que no utilizaras el plural.

—Ven…

La tomó de la mano y la invitó a levantarse de la mesa. La llevó hasta el dormitorio.

—Me ilusiona pensar que no tenemos prisas y que podemos estar juntos sin angustias, sin tensiones, sin miedos.

Comenzó a quitarse la pajarita y a desabrocharse la camisa… Sonsoles lo observaba curiosa mientras cogía un cigarrillo de su pitillera.

—Estoy cansado de corbatas, pajaritas… Espero que no te importe, pero necesito quitármela.

Sonsoles negó con la cabeza y siguió apurando su cigarrillo. La música sonaba de fondo. Se sentó en la cama apoyando su espalda en el cabecero. Ramón se quitó los zapatos y se sentó a su lado.

—¿Me ayudas? —le dijo Sonsoles, mostrando la espalda de su vestido.

—Creeré por un día que lo nuestro podía haber sido posible. —Ramón la besó suavemente.

—La pena es no habernos conocido antes de que te casaras. Yo sería una niña. No te habrías fijado en mí.

—De haberte conocido, seguro que sí. Nos movíamos por círculos distintos. A mí me gustaba mucho la política. José Antonio y yo teníamos otras preocupaciones que nos parecían prioritarias. Pertenezco a una generación que no tuvo juventud. La época que me tocó vivir me dejó sin una parte esencial de mi vida. Daría lo que fuera por volver a empezar.

—A todos nos han quitado algo. Piensa que yo me casé muy joven. Francisco pretendía a Ana, pero me crucé en su camino. Yo quería irme de casa a toda costa. Casarme me pareció una liberación. Necesitábamos dinero en la familia. Las mujeres solo podemos aspirar a casarnos con un buen partido. Luego, te das cuenta de que ese objetivo no solo no es suficiente sino que se convierte en tu castigo. Consigues tranquilidad a cambio de tu libertad. Eso, a la larga, pesa mucho. Es un trueque perverso: te doy mi vida a cambio de una seguridad.

—¿Y el amor?

—El amor surge un día y te pone la vida del revés. No puedes hacer nada por evitarlo. Es más fuerte que tu voluntad, y lo malo es que, después de probarlo, ya no te valen sucedáneos. El futuro, por eso, me parece una condena.

—Ahora no debemos pensar más allá de lo que estamos viviendo en este instante. El mañana no existe…

Empezó a besarla y apagó la luz. No importaba el tiempo, no existía nada ni nadie que impidiera aquel momento. Parecían dos sedientos de afecto. Dos adolescentes despertando al deseo, en medio de una danza amorosa que parecía no tener fin. Aquel instante se llenó de sensaciones nuevas. No había prisas y los sentidos se rindieron ante aquella única noche. Los minutos parecían alargarse en la entrega. Descubrieron que existía algo más que pura pasión en aquella maraña que formaban sus cuerpos.

La noche avanzaba y ellos se negaban a separarse. Sabían que cuando lo hicieran llegaría el final. Parecía una condena a muerte y ellos dos, reos a punto de despedirse de la vida. Nunca antes se habían entregado a nadie como lo hicieron esa noche donde nada importaba. Deseaban morir amando. Aquella desesperación se ahogaba entre respiraciones entrecortadas. Se abrazaron, besaron y acariciaron. No querían descansar pero el agotamiento, poco a poco, les fue ganando la batalla. No dormían, pero tampoco hablaban. Sonsoles amaba a aquel hombre con todas sus fuerzas. Estaba viva a su lado. Se sentía plena, feliz. No comprendía que ese amor tuviera que llegar a su fin.

—¿Por qué no podemos seguir viéndonos? —preguntó, a sabiendas de que Ramón tampoco dormía—. No me hago a la idea. No tiene sentido.

—Es lo que debe ser. Mil ojos nos observan. Pueden acabar con tu vida y con la mía. Hoy por hoy, no tenemos otra salida. Debemos separarnos.

Sonsoles se abrazó a él. «¿Cómo iban a separarse amándose como se amaban?», pensaba. estuvieron callados durante un rato, tragándose las lágrimas. Sonsoles se resistía a ese final.

—Al menos, cuando te vea de lejos o cuando coincidamos en algún acto, podremos saludarnos, hablar, mirarnos a los ojos…

—Pues te pido que me evites. No conviene que nos hagan una sola foto juntos, ni alimentar habladurías, ni dar argumentos a mis enemigos. Toma en serio lo que te digo, no solo se llevarían por delante mi vida política y privada, acabarían con la tuya y con tu matrimonio. Están en juego nuestras familias. Pueden hundirnos.

—No sé si es mejor estar hundida o estar muerta. No me gusta la idea de estar muerta para el resto de mis días.

—Sonsoles, sé cómo te sientes. Te comprendo perfectamente —la abrazó en la oscuridad de aquella habitación.

Ramón comenzó a acariciar su pelo. Al cabo de un rato, Sonsoles le invitó a soñar en voz alta.

—Imagina por un momento que nuestras vidas pudieran encontrarse… Sería bonito.

—Si ese instante llegara, es que ya no me dedicaría a la política.

—¿Qué harías? No te imagino fuera de la política.

—Pues siempre he estado tentado de dejarla. Viviría muy bien como abogado. Llevaría una vida normal, porque esto de ahora no es vida.

—Tienes todo el poder… haces y deshaces a tu antojo.

—Eso es lo que la gente cree, pero ya se ocupa mi cuñado de irme eliminando competencias. Me estoy convirtiendo en la voz de su conciencia, y eso es incómodo. El día que no le sea útil, me borrará de la faz de la tierra sin temblarle el pulso.

—Ahora te necesita… No todo el mundo está capacitado para llevar tu ministerio. Y menos en estos momentos… Ramón, no quiero hablar de trabajo. Esta noche, no. Dime, ¿cómo aguantarás sin verme? ¿Cómo podrás hacerlo?

—Volcándome en el trabajo más que nunca.

—Después de los rumores que han surgido sobre nosotros, ¿no podremos hablar aunque sea en grupo, cerca de tu mujer y de mi marido? Imagínate este fin de año en casa de los condes de Elda. Van a organizar un baile de disfraces… Yo me visto de época y me pongo una peluca; tú un traje y sombrero. Con dos antifaces, nadie podrá saber que somos nosotros. ¿Qué te parece? Al menos, podremos hablar un día más.

—No te hagas muchas ilusiones. Dependerá de los acontecimientos internacionales. Ten por seguro que si estoy en España, iré, aunque sabes que Zita no es amiga de esos eventos y menos si se trata de un baile de disfraces.

—Será divertido poder hablar contigo delante de todos sin que sepan que somos tú y yo.

—Es cierto. En ese caso me acercaré a ti por detrás y te daré un beso en el cuello, así…

Comenzó a hacer lo que decía. Allí estaban los dos libres, sin miedo a nada. Ramón había conseguido descubrir sensaciones en ella desconocidas. El hecho de saber que jamás volverían a estar juntos provocaba que se amaran desesperadamente. Eran conscientes de que no habría una próxima vez. Del recuerdo de esa noche vivirían el resto de sus días.

Amanecía París envuelta en una bruma que no dejaba ver los tejados de las casas. Desde la habitación del hotel solo alcanzaban a vislumbrar la plaza Vendôme, en la que apenas aparecían transeúntes. Sonsoles despertaba al día entre sus brazos. Dos lágrimas solitarias y silenciosas recorrieron sus mejillas. El tiempo se les estaba agotando. La noche más intensa de su vida tocaba a su fin.

—Sonsoles, ¡jamás he vivido una noche como esta! ¡Jamás! La besó con fuerza.

—¡Que duro será nuestro camino!

—Siempre nos acompañará el recuerdo de esta noche. ¡Gracias! —Volvió a besarla. Sus ojos azules se nublaron.

Ramón se levantó y se fue directo a la ducha. Sonsoles prefirió quedarse enredada entre aquellas sábanas que mantenían la memoria de una noche interminable. No podía retener las lágrimas. Fluían de sus ojos. El final estaba cerca… Se abrazó a sí misma y encogió su cuerpo. Se preguntaba una y otra vez: «¿Qué será de mí? ¿Qué será de mí?». Le parecía que, después de lo vivido, seguir aparentando una vida feliz al lado de su marido no tenía sentido. Sería un sacrilegio fingir que no sucedía nada entre los dos. Pensar en la cama de su dormitorio le producía escalofríos. Solo amaba a Ramón. No podía abrir su corazón a nadie más. Fue una decisión rápida, pero inamovible. Esa noche había cambiado su vida entera. Si no era Ramón, jamás volvería a amar a nadie. Sin duda, había sido una privilegiada al vivir la experiencia amorosa más intensa que nadie podía haber sentido jamás. O él o nadie. Estaba claro. Se fue incorporando a la vida después de esa reflexión y de esa noche que jamás olvidaría. Debía vestirse y volver a su habitación. Si la pillaban vestida de noche por los pasillos, no tendría explicación posible. Había llegado el momento. No soportaba las despedidas y menos esta. Ya tenía roto el corazón.

Mientras sonaba el ruido de la ducha, escribió en un papel del escritorio algo parecido a una despedida: «Quédate con mi recuerdo. Te dejo mi vida, mi corazón, todo… Te amo. No puedo despedirme de ti. Se me rompería el alma. Solo tú sabrás el secreto que esconden mis ojos. ¡Hasta siempre!».

Abrió sigilosamente la puerta. Para ir más rápido, llevaba sus zapatos de tacón en la mano. Corrió por el pasillo hasta alcanzar su habitación. Le costó meter la llave. No atinaba. Por fin, abrió la puerta y la cerró con agitación. Volvió de golpe su vida, su rutina. Le dio la sensación de que se despertaba de un increíble sueño. Estaba agotada. Sin quitarse el vestido, se tumbó en la cama. Pensando en la noche más importante de su vida, se fue quedando poco a poco dormida…

66

—¡Señora, señora! ¿Se encuentra bien? —Matilde llamaba insistentemente a la puerta de su habitación.

Al principio, pensó que se trataba de un sueño, pero aquel ruido la fue despertando gradualmente y llevando a la realidad. ¿Qué hora sería? ¿Por qué tanta insistencia?, se preguntó.

—¡Señora! ¡Señora! Son las dos de la tarde. Tiene que comer. Esta tarde la espera pronto don Cristóbal.

—¿Las dos de la tarde? —Encendió la luz y se levantó, como impulsada por un resorte, a descorrer las cortinas. Acudió a abrir la puerta rápidamente para que pasara Matilde.

En su camino, encontró un sobre en el suelo. Alguien lo había metido por debajo de la puerta. Se agachó a cogerlo y abrió a su doncella.

—¡Señora! ¿Todavía anda así vestida? Si me hubiera llamado, la hubiera ayudado a quitarse el vestido.

—No quise molestarla.

Comenzó a desvestirla. Tenía el pelo enmarañado y su aspecto era de haber pasado mala noche.

—Señora, parece que se hubiera peleado con la cama…

Pensó que el símil era completamente acertado. De hecho, había librado la batalla más importante de su vida junto al hombre que amaba.

—Por favor, prepáreme el baño…

—Sí, señora…

Aprovechó que Matilde se ausentaba del dormitorio para abrir aquel sobre que no tenía remite y que se imaginaba de quién podía ser. Leyó el corto mensaje escrito en tinta azul: «Querida Sonsoles, me he quedado con las ganas de darte el penúltimo beso. Mejor así. A mí tampoco me gustan las despedidas. Imposible olvidar esta noche. Mi primer y último pensamiento del día serán tus ojos, tu boca… Nunca la distancia podrá separarnos. Siempre tuyo, Ramón».

Lo leyó y releyó varias veces. La guardó entre sus cosas personales. Allí estaría a buen recaudo.

Se dejó bañar, arreglar, peinar y vestir. Estaba agotada.

—La señora no ha pasado buena noche, por lo que veo…

—No he logrado dormir, es verdad.

Matilde había observado con detenimiento su cuerpo.

—Le han salido algunas rojeces… Es posible que le haya sentado mal la cena.

—Bueno, no tiene importancia —sabía que eran las señales de la noche más apasionada que había vivido nunca.

Cuando estuvo arreglada, llamó a Cristóbal.

—¿A qué hora quieres que aparezca por allí?

—Ven la primera, por favor. Con que llegues a las cinco, todo va bien. Bueno, ya me dirás… Ayer estabas muy misteriosa. ¿Me lo vas a contar?

—Por supuesto, pero ahora no.

—Está bien. Te mando el chófer a las cuatro y media. No le hagas esperar.

—¡Me encontrará en el vestíbulo!

Pidió que le sirvieran la comida en la habitación, pero apenas probó bocado. Pasó el tiempo de la cama al sillón y del sillón a la cama. No podía dejar de pensar en él. Ocupaba constantemente sus pensamientos. Cerró los ojos para revivir paso a paso la experiencia de la noche anterior.

A las cinco en punto estaba en el vestíbulo y a los quince minutos ya entraba por la tienda de su amigo. En ese instante no le habló del tema que la torturaba. Intentó ayudar y ejercer de anfitriona a la hora de saludar a las damas más puntuales. A las seis, el salón de Balenciaga estaba lleno a rebosar. Cada silla tenía el nombre de la dama que debía ocuparla. Las doncellas estaban en otra habitación, ajenas al pase de modelos que iba a comenzar de un momento a otro. Balenciaga agradeció la presencia de sus mejores clientas y comenzó el desfile. Gracias a esos trajes tan espectaculares que pasaban por delante de ella, Sonsoles olvidó por un momento todo lo que había vivido la noche anterior. Disfrutó mucho con los diseños de su amigo y apuntó en un papel todos los que quería comprar. Las maniquíes que los lucían llevaban un número en su mano para que las clientas pudieran solicitarlos sin confusión alguna. Aquellas mujeres tan estilizadas que recorrían la alfombra roja eran señoritas de la alta sociedad parisina. Fue un éxito sonado para Balenciaga. Acudieron periodistas y fotógrafos, que hicieron numerosas fotos de las asistentes que lucían los mejores modelos del modisto.

Hasta la noche, después del cóctel, no pudo contarle a su amigo lo que le había ocurrido la noche anterior. Ya estaban solos cuando comenzó la confidencia.

—He pasado la noche con Ramón. Por ese motivo, no fui a tu casa.

—¿Serrano Súñer está aquí?

—Fue una sorpresa para mí. Cambió su itinerario para estar conmigo. Iba camino de Alemania.

—¿Y cómo estás? Por tu cara no hace falta que me digas mucho más.

—Me encuentro muy mal. Ha sido la noche más maravillosa de mi vida y, a la vez, la peor cuando tuve que separarme de él.

—¿Pero no habías decidido no volver a verle?

—Sí, pero este sentimiento es más fuerte que mi voluntad. Se lo había prometido a mi madre, pero no he podido cumplirlo. Luego vinieron los rumores y se precipitó el final. Pero después de esta noche, no volveremos a vernos. ¡Se acabó!

—Bueno, eso lleváis diciendo muchos meses.

—Esta vez los dos sabemos que es para siempre. Ha llegado el final.

—Tienes que aprender a olvidarlo. No te hagas más daño. Si es cierto que os habéis despedido para siempre, piensa que tienes una familia que te adora, unos hijos, una vida cómoda, tranquila…

—Lo sé. Pero una vida en la que me siento encarcelada y muerta. Es duro saber que el hombre al que amas está ahí, en todos los periódicos, en los partes de la radio… pero yo nunca podré volver a cruzar una sola palabra con él, y si lo hacemos, será delante de todos sin poder decirnos nada interesante. Estoy muy triste, Cristóbal…

—Estos días que te quedan de estancia en París, voy a hacerte olvidar a ese hombre. Tú sabes lo que pienso de esa relación desde el primer día. Un hombre que ama el poder por encima de todo es mejor alejarlo de tu vida.

—Me quiere, Cristóbal. Lo sé.

—Bueno, te prohíbo seguir hablando de él… Debes empezar a olvidarle.

Balenciaga no la dejó parar un solo momento y logró que al menos sonriera. Visitaron museos, pasearon por París y comieron en los mejores restaurantes. Por muchos motivos, la capital francesa estaría siempre ligada a ella.

Serrano Súñer emprendió, con el barón De las Torres, viaje a Berlín. No habló mucho durante el camino. No podía borrar de su mente la imagen de Sonsoles. Acudía a un encuentro con los ministros de Exteriores de los países que iban a renovar la adhesión al Pacto Antikomintern, firmado por España en abril de 1939. Debía centrarse en las cuestiones de estado que se iban a poner encima de la mesa.

En aquel viaje tuvo una pequeña entrevista con Hitler. Se encontraron en un aparte, pero los planteamientos anteriores eran inamovibles y Serrano así se lo hizo saber. La actitud del Führer hacia él había cambiado. Se mostró hosco y poco amigable. Alguien le apuntó que estaba muy influenciado por las críticas viscerales contra él de su ministro de Exteriores. Von Ribbentrop había modificado también su opinión sobre el cuñado de Franco, a raíz de la destitución como embajador en Alemania del general Eugenio Espinosa de los Monteros. Antes de irse de Berlín, el general leyó un discurso en el que declaró que «abandonaba la capital alemana para conservar su honor». Expresó su voluntad de no regresar hasta que la cartera de Exteriores estuviera en otras manos. Von Ribbentrop creyó la versión ofrecida por Espinosa y culpó a Serrano de haber dado la orden de su cese únicamente por considerarle demasiado proclive a la causa de Hitler. A partir de ese momento, los líderes alemanes insistirían una y otra vez en su destitución. Le consideraban el verdadero obstáculo para la implicación total de España en el conflicto internacional.

Durante ese viaje, Hitler no cesó de repetirle que era «demasiado obstinado» en sus planteamientos sobre la necesidad de mantener la aparente neutralidad de España.

—Me comprometo a buscar una fecha —fueron las palabras que pronunció Serrano— y a tener operativos más puntos de observación a lo largo de la costa meridional de España y en el Protectorado marroquí. Obligaré a que nos manden información cada día, que, a su vez, comunicaré a Stohrer.

—No es suficiente. Sabe que quiero algo más de España.

—De momento, lo máximo que podemos hacer es, dentro de esta operación que hemos denominado Bodden, construir más estaciones en la costa norte y en la costa sur. Implantaremos una nueva red de información. Incrementaremos nuestra ayuda al abastecimiento de submarinos y destructores alemanes. Ya sabe que eso nos expone mucho frente a los aliados. Y lo haremos incluso sabiendo que está en juego la entrada de alimentos a España. Nuestros problemas de abastecimiento siguen siendo los mismos.

Hitler estaba cansado de oír en la boca de Serrano Súñer los mismos argumentos. Ya no le convencían. Dejó de confiar en el cuñado de Franco, a pesar de los buenos informes del embajador alemán en Madrid. Cuando emprendió viaje de regreso a España, Hitler llamó a Franco.

—General, le pido que cambie de interlocutor. Serrano Súñer es para nosotros un obstáculo. Lo considero un canalla redomado. Lo mejor que podría hacer en favor de nuestra causa es destituirle —le habló también del fracaso de su política exterior con respecto a Gibraltar—: Deben hacerse con el control del Peñón sin más dilación. Es prioritario para nuestros intereses. Hoy por hoy, la guerra está ganada, pero el cierre del Mediterráneo mediante la toma de Gibraltar contribuiría a que finalizara más pronto y asimismo le abriría a España la puerta de África. Esta acción tendría un alto valor estratégico.

Franco escuchó atentamente, pero tampoco salió de su boca ningún compromiso. En un momento determinado, Hitler elogió el papel de la División Azul. Hubo un comentario que a Franco no le gustó y le hizo ponerse alerta.

—Tengo intención de condecorar a Muñoz Grandes con la Cruz de Hierro con Hojas de Roble y Diamantes a la menor oportunidad —afirmó Hitler—. Está haciendo una labor encomiable. Nosotros distinguimos cuándo hay voluntad de ayudar y cuándo no —Franco tomó nota de su advertencia—. Mi intención, cuando todo acabe, será dar un cuantioso botín a sus soldados y un puñado de generales rusos como trofeo. La entrada de los divisionarios en Madrid será triunfal.

Aquello se le quedó grabado a Franco a fuego. Debía tener cuidado con Muñoz Grandes. Por otro lado, le había quedado claro que su cuñado ya no gozaba de la confianza del Führer. Por su cabeza empezó a rondar la idea de la salida de Ramón del Ministerio de Exteriores. Lo mejor para él sería una embajada. Quizá la de Roma por su cercanía con Mussolini, al que profesaba una enorme admiración y con el que había conectado tan bien.

Serrano se había convertido en el objetivo de todos los odios del régimen y la diana a la que todos querían acertar ante la imposibilidad de atacar directamente a Franco. Le acosaban los monárquicos para que regresara don Juan de Borbón; le presionaban los embajadores Hoare y Weddell hasta el punto de provocar nuevas restricciones de petróleo como respuesta a su viaje a Berlín, e incluso le habían amenazado con un bloqueo de Estados Unidos. Por su parte, los carlistas estaban descontentos con su política, y, en general, gran parte de la Falange estaba en su contra. En el gobierno, Arrese y Girón habían limpiado de «serranistas» la Falange. Para rematar, los líderes del Reich también le detestaban por su falta de acción y los aliados por todo lo contrario. Serrano tampoco encontraba apoyos fuertes en los italianos, que, aunque sintonizaban con él, estaban absortos en sus propios problemas. Sus cada vez más numerosos enemigos alimentaban la discordia entre él y Franco. Generales como Kindelán hablaban de Serrano como de un arribista ególatra, deseoso de convertirse en un «Duce o en un Führer». Parecía que todos se habían puesto de acuerdo en iniciar una campaña interna de desprestigio en la que le acusaban de vivir en el fasto y el lujo. Franco percibía el aislamiento de su cuñado y los odios que despertaba en todos los frentes. No los frenó. Su mujer, Carmen Polo, también había pasado de ensalzarle delante de todos a pedir su destitución en privado, por intentar usurpar el poder que le correspondía a su marido. Serrano era prácticamente un cadáver político, pero Franco ganaba tiempo e intentaba reforzar su propia autoridad.

Sonsoles regresó de París con pocas ganas de estar en casa. Visitaba a sus hermanas y a su madre constantemente. Era una mujer distinta, como enseguida pudo comprobar su marido. Decidió intensificar su asistencia a conferencias y a distintos actos benéficos organizados por su hermana Carmen, entre ellos aquel en el que se premiaba con una canastilla a las mujeres que traían hijos al mundo. El estado, además, les proporcionaba un diploma de madre ejemplar que les daba derecho a conseguir alimentos para su bebé y algunas medicinas gratis.

Los viernes acudía con su madre a visitar al Cristo de Medinaceli. Desde hacía dos años, la imagen volvía a ser venerada por los fieles, que formaban largas colas todos los viernes del año, y especialmente, los primeros de cada mes. La imagen había llegado de Ginebra, donde había estado expuesta en la Sociedad de Naciones junto con los cuadros del Museo del Prado durante la Guerra Civil. Sonsoles rezaba. Esperaba un milagro, algo que cambiara su situación.

Los primeros días de diciembre, empezó a encontrarse mal. Volvió a adelgazar y parecía que lo poco que comía le hacía daño. De todas formas, no suspendió la intensa actividad social, que atraía a su casa a toda una serie de personajes que eran invitados a comer o a cenar. Francisco comenzó a quejarse de la falta de intimidad.

—Sonsoles, ¿no te apetecería un día estar a solas conmigo? No hemos tenido tiempo de hablar desde que has llegado de París —la recriminó.

—No seas aburrido, Francisco. Que quiera venir tanta gente conocida a nuestra casa nos honra.

—No, si yo no digo lo contrario, solamente me quejo de no tener ninguna intimidad contigo. No es mucho pedir.

Sabía perfectamente a qué se refería su marido, pero no se dio por aludida. Al llenar la casa de gente o acudir a tantos actos sociales, no había forma de hablar a solas ni de ir a la cama a una hora prudente.

—Estoy muerto con tanta fiesta y tanta cena. Me parece que voy a dejar de ir. Me gustaría tener algo de paz también en esta casa.

—No, eso sería una auténtica descortesía hacia mí. Yo no puedo acudir sola. No estaría bien visto. Y tenemos que devolver la invitación a quien nos invita. No podemos ser maleducados.

Francisco cedía una y otra vez sin comprender tanto ir y venir. Atribuía a la juventud de su mujer las ganas que tenía de divertirse. La primera noche que no tuvieron compromiso, Francisco se mostró eufórico.

—Hoy, Sonsoles, me merezco que nos vayamos pronto a la cama. Estos días hemos tenido demasiado trajín.

Sonsoles tragó saliva. Sabía qué significaba ir a la cama juntos. Cuando no pudo retrasar más la hora de acostarse, le acompañó al dormitorio.

—Se me ha levantado un dolor de cabeza impresionante —fue lo único que se le ocurrió decir.

—Ahora te daré un masajito y verás cómo se te quita —replicó su marido.

Francisco estaba deseando tener una noche amorosa con su mujer. Le había evitado desde que regresó de París. Miró cómo se cepillaba el pelo y contempló lo hermosa que estaba en camisón.

—¿Qué me miras, Francisco?

—No he visto a una mujer tan perfecta como tú. Me siento orgulloso cuando voy contigo. Noto que me miran con envidia. Sobre todo, los hombres.

Sonsoles quería salir de la habitación corriendo y no regresar a ese dormitorio… Debía cumplir como mujer, pero se había hecho una promesa. Después de tocar el cielo, no podía regresar a los infiernos, se dijo a sí misma.

—Venga, ven a la cama, que me estoy poniendo nervioso.

—Hoy, no. Te he dicho que no me encuentro bien. No seas egoísta.

Se metió en la cama y enseguida notó que su marido se acercaba. No pudo decir nada. Se quedó sin habla. A los pocos segundos le sobrevino una arcada y vomitó la escasa cena que había ingerido.

—¡Caray! —exclamó Francisco, totalmente impregnado de aquel vómito que olía a rayos.

—Te he dicho que me encontraba mal y tú, venga a insistir. ¡Los hombres solo pensáis en una cosa!

—Lo siento, querida.

Francisco apretó el timbre y, a los pocos minutos, Matilde acudía solícita a la llamada.

—¿Qué ha ocurrido?

—La señora no se encuentra bien. Algo de la cena le ha sentado mal. Dígaselo a la cocinera. Desde luego, por menos se echa a la gente en otras casas.

—Ayúdeme a cambiarme —pidió Sonsoles.

Así acabó la noche para los Llanzol. Sonsoles se prometió no volver a tener una noche libre.

67

El 7 de diciembre por la noche, Radio Nacional daba la noticia de un ataque aéreo japonés a la flota americana del Pacífico, concentrada en el puerto hawaiano de Pearl Harbor. Más de trescientos cazas y bombarderos japoneses habían atacado a la flota estadounidense, que sufrió graves pérdidas. En poco menos de una hora, habían sido destruidos o dañados ciento ochenta y ocho aviones de combate, ocho acorazados, tres cruceros y cuatro destructores. Hubo casi cuatro mil víctimas entre muertos y heridos. Los japoneses tuvieron solo sesenta y cinco bajas. El gobierno norteamericano, cuyas relaciones con Japón eran ya delicadas por su política expansionista en Asia y su pacto con Alemania e Italia, reaccionó inmediatamente. El presidente Roosevelt declaró la guerra a Japón, noticia que fue muy bien recibida por los aliados en Europa. Todo lo contrario a lo que sucedió entre los países que conformaban el Eje en el conflicto mundial.

Serrano Súñer, alertado por su gabinete, llamó al palacio de El Pardo. Le comunicó a Franco las últimas noticias y quedaron para verse a primera hora de la mañana. Cuando al día siguiente llegó al despacho de su cuñado, ya estaba allí Carrero Blanco.

—Pasa, pasa… Ramón. Estamos analizando el giro que puede dar la guerra con la incorporación de Estados Unidos al conflicto.

—Ya veo… —no puso buena cara al ver que, como siempre, Carrero estaba por delante de él.

—Asegura Luis que la incursión americana en la guerra mundial va a cambiar el curso de la misma.

—Puede ser. Me acaba de comunicar el embajador Stohrer que, en solidaridad con Japón, Hitler ha declarado la guerra a los americanos. Esto se pone realmente feo. Ahora es cuando habrá que dar un paso adelante junto a Alemania.

—No, todo lo contrario. Ahora es cuando hay que ser muy cautelosos. Inglaterra intensifica su fuerza con el apoyo de los americanos. Más que nunca no debemos tomar partido en esta guerra —afirmó Luis Carrero.

—Opino lo mismo, Ramón. Ha llegado el momento ansiado por Churchill: la implicación de América en el conflicto. Ahora Inglaterra se verá reforzada. Lo más prudente es no moverse.

—Está bien. Lo que no sé es si Hitler lo entenderá. Tiene ganas de ganar la guerra cuanto antes. De hecho, en mi último viaje a Berlín, me comentaron que el Führer busca un arma mortífera que ayude a que el conflicto no se prolongue. Los americanos, al parecer, están desarrollando también un arma devastadora. Está claro que hay que posicionarse en un lado o en otro si no queremos salir mal parados.

—Los soviéticos también están detrás de otra bomba demoledora —aseguró Carrero—. No podemos olvidarnos de ellos. Por lo pronto, están resistiendo, con uñas y dientes, a la entrada de las tropas alemanas en la ciudad de Moscú. Los rusos están aguantando más de lo que podíamos imaginar.

—La División Azul está defendiendo con la vida de nuestros soldados las posiciones marcadas por los alemanes. Ya hay mil cuatrocientos caídos. No lo olvidemos.

—¡Qué barbaridad! —añadió Franco—. La división está quedando literalmente diezmada.

—Eso no quita para que los soviéticos estén multiplicando por cinco sus bajas y se estén capturando por cientos los prisioneros. Ridruejo me escribe diciendo que están pasando un frío indescriptible… y que las condiciones del frente son infrahumanas. Me ha mandado una canción que cantan los soldados que lo dice todo: «Si me quieres escribir, ya sabes mi paradero, en el frente de Voljov, a cuarenta bajo cero».

—¡Qué temperaturas tan extremas! Nuestros hombres no están acostumbrados —alcanzó a decir Franco.

—Lo peor es que el final no se ve cerca —observó Serrano.

—Hay que mandar más ropa de invierno y, sobre todo, alimentos. Ramón, tienes que hablar con los alemanes. Nuestros hombres no pueden estar en esas condiciones tan nefastas.

—No te he hablado del hambre, de los piojos y de la falta de higiene. Nadie pensó que llegarían hasta estos extremos. Pero allí están nuestros hombres esforzándose en seguir avanzando, a pesar de todo. Su valor y su esfuerzo son encomiables. Entre ellos se dicen que «la cobardía es peor que la muerte».

—Estoy pensando que Muñoz Grandes no debería estar allí hasta el final. No quiero que sea el héroe de la División Azul.

—Franco no contó lo que le había dicho Hitler por teléfono. Se guardó esa información para obrar en consecuencia.

Sonsoles preparaba su disfraz para la noche de fin de año. Era su único afán desde su regreso de París. Contaba los días para volver a encontrarse con Ramón. Estaba segura de que no rechazaría la invitación de los condes de Elda. Vivía las Navidades más tristes desde el fin de la guerra. No tenía ilusión, y eso que sus hijos mayores estaban como locos con el belén que habían montado en su casa. No le faltaba ningún detalle. El marqués les traía figuritas que compraba en la plaza Mayor y continuaba la tradición de mover cada día a los Reyes Magos camino del portal.

Sonsoles siguió encontrándose mal. Sabía que la ausencia de Ramón había hecho mella en su salud. Los vómitos se incrementaron en esa última semana del año, previa al baile por el que tanto suspiraba.

Había mandado confeccionar un traje muy aparatoso que imitaba a los de María Antonieta. Se había comprado una peluca blanca y un antifaz con el que nadie sería capaz de reconocerla. La idea de poder hablar con Ramón, sin que nadie supiera su identidad, la divertía.

La semana previa al baile acudió al médico. Fue con Matilde, no quería que la acompañaran ni su marido ni su madre. El médico la auscultó, tocó su vientre y, después de mucho observarla, le soltó a bocajarro su diagnóstico.

—Me parece, señora marquesa, que sus vómitos y su malestar tienen solo una razón de ser. Se encuentra usted en estado.

Sonsoles creyó que había oído mal.

—¿Cómo que en estado…?

—En estado de buena esperanza. Va usted a tener otro hijo. Déjeme ser el primero en darle la enhorabuena.

Se quedó aturdida mientras Matilde celebraba con el médico la buena nueva. Al ver su reacción, él intentó calmarla.

—Ya sé que no son buenos tiempos para traer un hijo al mundo, pero usted goza de una posición desahogada. Si quiere, para mayor seguridad, le podemos hacer la prueba de la rana. Aunque en este tipo de diagnósticos no me suelo equivocar.

Sonsoles no daba crédito a lo que le decía el médico. Era evidente que aquel hijo no tenía nada que ver con su marido. Le ilusionó pensar que había concebido un hijo del único hombre al que había amado. Pero su embarazo representaba un problema. ¿Cómo se lo diría a Francisco con el que no mantenía relaciones desde hacía más de un mes?

—Por favor, no le diga nada a nadie. Quiero que sea una sorpresa. Le pido que me comunique el resultado de los análisis en cuanto lleguen a su poder.

—Así lo haré. No se preocupe. Ya sabe, a partir de este momento, debe cuidarse por dos. Sobre todo, tendrá que alimentarse mejor. Está usted excesivamente delgada. No piense solo en usted, ahora debe preocuparse por la salud del hijo que lleva dentro.

Sonsoles salió pálida de la consulta. No se reponía del susto. ¡Estaba embarazada de Serrano Súñer! Su vida se complicaba a cada instante. No había pasado por su cabeza la posibilidad de quedarse embarazada. ¿Ahora qué podía hacer? Estaba bloqueada y decidió no pensar hasta tener el resultado de los análisis.

—Matilde, le pido lealtad y que no cuente a nadie lo que acaba de escuchar. Será nuestro secreto.

—Por mí no se preocupe, señora. Seré una tumba.

—¡Qué complicación! Espero que el médico se equivoque. Ahora no sería buen momento para quedarme embarazada.

—Señora, usted se recupera muy bien de cada embarazo. Además, nadie nota que está usted en estado. No sé cómo lo hace pero es así.

—Matilde, ahora eso no es lo que más me preocupa. De confirmarse, le aseguro que tendría un grave problema.

—Pero señora, un niño nunca es un problema.

—¡Calle, Matilde! No sabe usted de lo que estoy hablando. Se trata de algo realmente serio.

Matilde no quiso insistir. Tampoco comprendía la reacción de la marquesa. Se limitó a guardar silencio y a observarla.

Los días posteriores a la noticia, Sonsoles no suspendió su actividad fuera de casa. No quiso que nadie notara cambio alguno en su forma de actuar. Confiaba en que el análisis diera negativo. Pensaba que se trataba de un error del médico. Su malestar se debía al cansancio y a la ansiedad que le producía haber perdido el contacto con la persona que amaba. Eso, para ella, era igual que una tortura.

Justo el día anterior al baile de disfraces, recibió la esperada llamada del médico.

—Señora de Llanzol, los análisis han confirmado mi diagnóstico. Está usted embarazada. Por favor, transmita usted a su marido mi más sincera enhorabuena. Un niño siempre viene con un pan debajo del brazo.

—Muy bien. Muchas gracias, doctor. Guárdeme el secreto. En Reyes se lo comunicaré al marqués.

—Me parece una bonita idea. Ahora, ya con más calma, pase por mi consulta con su marido y le iré haciendo un seguimiento.

—Sí, claro. Eso es lo que haremos. Muchas gracias.

Sonsoles se quedó helada al recibir la noticia. Tuvo que sentarse en una silla. Pensó que iba a perder el sentido. Durante un rato no pudo abrir la boca. Se decía a sí misma que había sido una imprudente. Había echado por tierra su vida. ¿Qué explicación le daría a su marido?

Se encerró en su cuarto. Su mundo se derrumbaba y no sabía cómo evitarlo. Pensó que lo mejor sería hablar con Ramón. Tuvo tentaciones de llamarle por teléfono, pero una noticia como esa era mejor decírsela cara a cara. Con más motivo, debía hablar con él durante la fiesta de fin de año. ¿Sería capaz de reconocerlo en el baile de máscaras?

Apenas pudo comer. No tenía apetito. Su marido la miraba sin perder detalle de sus gestos y de todo lo que decía o hacía. Estaba muy serio y parecía enojado.

—Te noto rara, Sonsoles. ¿Te pasa algo?

—No, nada. No me encuentro bien. Eso es todo.

—¿Qué te ha dicho el médico? ¿Tienes que volver a su consulta?

—Sí. Tendré que volver si no mejoro, pero no le ha dado ninguna importancia.

—La próxima vez te acompañaré yo…

—No, eso sí que no. Te pones muy pesado con que me dé vitaminas o aceite de ricino. No, por favor. Ya bastantes asquerosidades tomo... Prefiero ir con Matilde.

—Iré yo, te pongas como te pongas... Desde que has vuelto de París, no andas bien.

—Eres muy pesado, Francisco.

Fue escuchar el nombre de París y sintió unas ganas inmensas de vomitar. Intentó contener las náuseas sin decir nada. Toda aquella situación estaba a punto de desbordarla. Confiaba en la ayuda de Ramón y en su reacción. A lo mejor, le ilusionaba la idea de tener un hijo con ella. Eso les uniría más. No entendía por qué su marido estaba tan serio y tan insistente.

—Sonsoles, a lo mejor no debemos ir al baile. Sinceramente, preferiría no asistir.

—Por favor, no me estropees esta noche.

—Tengo un inmenso dolor de cabeza. No eres la única que se encuentra mal. Hoy, por muchos motivos, deberíamos quedarnos en casa. Tenemos que hablar, Sonsoles.

—Hoy no, Francisco. Eres muy poco oportuno. No es un día para hablar, sino para divertirnos.

Francisco la miró mordiéndose los labios. Pidió a Juan que le liara un cigarrillo.

—¿Vas a volver a fumar? —preguntó Sonsoles sin esperar respuesta.

El mayordomo le entregó el cigarrillo y, posteriormente, le dio fuego con una cerilla. El marqués no prestó atención a lo que le decía su mujer.

—Te pongas como te pongas, pienso fumar aquí. Hay muchas cosas que ya no estoy dispuesto a hacer.

—No sé qué te pasa... Estás muy raro. Está bien, haz lo que quieras, pero al baile vamos.

Las horas hasta el baile de máscaras se le hicieron eternas. Sonsoles quería que el reloj girara sus manecillas con más rapidez. Se ilusionó con darle la noticia a Ramón. Esa tarde y la mañana siguiente fueron de preparativos. Matilde estuvo pendiente de ella durante todo el día. Conocía su estado y la atendió hasta en el más mínimo de los detalles. Finalmente, a media tarde, la ayudó a vestirse y a transformarse en una María Antonieta espectacular. Lo más complicado no fue vestirla, sino colocarle la voluminosa peluca blanca, que daba la sensación de pesar más de la cuenta.

Cuando casi estaba lista, su marido apareció en el dormitorio con su disfraz de mosquetero. Estaba realmente cómico con su escasa estatura y aquel sombrero tan amplio y con tanto adorno.

—Más que mosquetero pareces una seta. Estás muy gracioso.

—Me siento ridículo al lado de tu disfraz y del pelucón que llevas. Parezco el punto de la i. Menos mal que vamos con antifaces. No pienso quitármelo en toda la noche.

—Yo tampoco. Será divertido. No sabremos quién es quién.

—A mí será fácil localizarme porque me pondré cerca de donde salga la comida. Espero que haya croquetas.

—¿Cómo puedes pensar en comer?

—Comeré por no llorar…

—Estás muy raro, Francisco.

—Sabes que estas cosas me aburren soberanamente. Te divierten a ti, pero a mí me gustaría más quedarme con los niños.

—Seríamos la comidilla de la noche. El que no va al baile es que no es nadie.

—¿Te preocupa tanto lo que digan o piensen los demás?

—Sí.

—Está bien.

Se despidieron de los niños, que entrarían en el nuevo año en compañía de sus institutrices. A las nueve de la noche llegaron al palacio de los condes de Elda. Los anfitriones estaban saludando a sus invitados a la entrada. Nadie sabía quién se ocultaba tras el antifaz a no ser que se lo quitara en el momento del saludo. Eso es lo que hizo Francisco Díez de Rivera.

—Muy bueno, muy bueno… de mosquetero, marqués —le dijo a su paso el conde de Elda.

—Gracias por tu invitación.

Entre tantos invitados y tanta gente buscaron a sus cuñados que estaban irreconocibles. Sonsoles procuró bailar sin parar durante toda la noche. No quería hablar demasiado. Su preocupación era máxima y solo deseaba dejarse llevar por la música. Bailó con pierrots y arlequines y también con un simpático guardia de tráfico que no quiso identificarse y con el que mantuvo una interesante conversación. Asimismo reservó dos bailes seguidos a un Fred Astaire, que, a decir verdad, tenía más ritmo que cualquiera de las otras parejas de baile. Y de pronto, alguien que no pronunció palabra, tras hacerle una reverencia, se puso a danzar con ella por la pista. Por su perfume supo que era él. Iba vestido de Napoleón.

—Ramón, por fin… Has tardado mucho. ¿Dónde estabas metido?

—Con mi cuñado, en El Pardo. Tenía que venir, necesitaba sentir tu olor, tocar tu piel, escuchar tu voz… No he podido olvidar nuestra noche en París.

—Yo tampoco. Tengo que contarte algo, pero vayamos a algún lugar donde estemos solos.

—Vayamos fuera con la excusa de tomar un poco el aire. Es divertido que nadie nos reconozca.

—Bueno, tu mujer sí sabe que tú eres tú. Y mi marido también.

—Con tanta gente, es imposible que nos vean. Le he dicho a Tovar que se vista igual que yo. Por lo menos, habrá cierta confusión. Ven…

Salieron a la terraza. Hacía un frío helador. Estaban solos bajo aquel cielo estrellado de Madrid. Ramón arriesgó y la besó con tanta pasión que a Sonsoles se le descolocó la peluca.

—Nos van a ver, Ramón.

—Así vestidos nadie sabe quiénes somos. Déjame ver tus ojos.

Le quitó el antifaz y la miró como si esa fuera la última noche a su lado. Volvió a besarla. Sonsoles se puso el antifaz.

—Tengo algo que decirte, pero no sé por dónde empezar.

—Por el principio… Prueba a hacerlo… —la besó de nuevo.

Dieron las doce de la noche. Todo el salón celebró la entrada en el nuevo año. Matasuegras y trompetillas sonaron de manera atronadora.

—¡Feliz año, Sonsoles! —un beso lento con sabor amargo. Sabían que habría pocos encuentros en el nuevo año que comenzaba: 1942.

—¡Feliz año, Ramón! Estoy embarazada…

Hubo un silencio. Ramón se quitó el antifaz. Se quedó sorprendido con aquella noticia que le acababa de lanzar Sonsoles a bocajarro.

—¿Qué dices? —fue lo único que atinó a decir.

—Que estoy embarazada. Ayer me lo confirmó el médico.

—Pues… ¡enhorabuena! —dijo sin mucho convencimiento. Pensó que aquel niño uniría más al matrimonio Llanzol.

—Ramón, por favor, este niño es tuyo. No me des la enhorabuena, como si tú no tuvieras nada que ver con él.

—¿Por qué dices que es mío?

—Ramón, porque sé que es tuyo… No puede ser de nadie más.

—Puede ser de tu marido. Sería lo lógico. Nosotros solo hemos estado juntos una noche en París.

—Después de aquella noche en París me prometí a mí misma no estar con nadie que no fueras tú.

—Sonsoles, esto que me dices es un problema para mí. Si se entera mi cuñado, me fulmina… Comprende que yo tenga mis dudas… Estás casada y en la única cuenta que las mujeres debéis llevar bien, os equivocáis…

—¿Cómo puedes dudar de mi palabra…?

—No dudo. Simplemente te digo que esperes a que nazca. Ahora estás nerviosa y aturdida. Pero antes y después de aquella noche también estarías con tu marido, digo yo.

—Sé que este hijo es tuyo. No estropees con tus palabras el alto concepto que tengo de ti.

—No está en mi ánimo ofenderte. De todas formas, sabes que debemos evitar estar juntos durante un tiempo. Te lo dije…

—Sí, lo sé. Estoy asustada porque no sé cómo va a reaccionar mi marido.

—Los maridos nunca nos enteramos de nada que vosotras no queráis que sepamos.

—El mío no es estúpido.

Ramón no acababa de creer que fuera el responsable de aquel embarazo. Comenzaron a notar las consecuencias de aquel frío helador de la noche. Sonsoles sintió un escalofrío por todo su cuerpo. Era decepción más que otra cosa. En sus sueños, él había reaccionado de otra manera. En la realidad se mostraba incrédulo a que su embarazo tuviera que ver con él. Sintió unas ganas enormes de salir de allí corriendo.

—Tengo frío, Ramón.

—Sí, pasemos dentro. Volveré a llamarte para que me cuentes cómo te encuentras.

—Está bien… —sabía que no lo haría.

Abrieron la puerta y entraron en el salón donde todo el mundo se abrazaba y celebraba el nuevo año. Ramón se despidió de ella con un beso en la mano.

—Ramón, Ramón… No te vayas. —comenzó a encontrarse mal.

—No debemos seguir juntos. Nos van a descubrir. Este no es el mejor sitio para seguir hablando…

Aquel Napoleón se alejó de su lado sin ningún miramiento. Otros arlequines, curas, reyes, zares… quisieron sacarla a bailar, pero deambuló por la inmensa estancia a empujones, sin destino fijo. Buscó a su marido para irse de allí. Tenía la vista nublada. Empezó a marearse y cuando quiso alcanzar una silla, perdió el conocimiento…

68

Cuando Sonsoles despertó, estaba en su cama. No sabía cómo había llegado hasta allí. Se encontraba aturdida con la mirada fija de su marido sobre ella...

—¡Vaya susto que me has dado! —exclamó.

—¿Qué me ha pasado?

—Eso quisiera saber yo. Te vi bailar con todo el mundo hasta que te perdí el rastro. A las doce hubo una explosión de júbilo cuando entramos en el nuevo año y te busqué por todas partes. Al poco rato, encontré una multitud rodeando a una persona caída en el suelo y cuál fue mi sorpresa al ver que eras tú... ¡Menudo susto!

—Siento mucho lo ocurrido. No sé qué pudo sucederme... La verdad.

Sabía perfectamente lo que le había ocurrido. Sentía una pena enorme. Parecía que su pecho se había roto en dos pedazos. Allí estaba en la cama, embarazada de un hombre que no volvería a ver. Y, sin embargo, su marido se mostraba preocupado por su estado de salud. Su amor incondicional la abrumaba. Siempre a su lado, dispuesto a satisfacer sus deseos... Pero, en esta ocasión, la tragedia todavía no había comenzado, se dijo a sí misma. Pensó que el final de aquella vida en común estaba cerca.

—Ahora solo piensa en reponerte —dijo el marqués—. Lo demás no importa. Mira, gracias a ti nos fuimos pronto de la fiesta. En el fondo, te estoy agradecido.

—Gracias, Francisco. Siempre tienes la palabra adecuada.

Sonsoles se echó a llorar y su marido la abrazó.

—¡Año nuevo, vida nueva! ¿Qué es eso de comenzar en la cama? Ahora mismo te levantas y nos vamos al salón.

—Tendré que arreglarme un poco, ¿no?

—Está bien. Pero no tardes. Los niños quieren verte. También se han asustado mucho.

—Espera, no te vayas… Quiero decirte algo…

—¿Que estás embarazada? —le soltó a bocajarro.

—Sí, ¿cómo lo sabes? —tragó saliva.

—Lo venía barruntando desde que comenzaste a vomitar… No te preocupes, que de esta saldremos… Ya tenemos experiencia —en realidad había llamado al médico, preocupado por la salud de ella, y este se lo había adelantado.

El marqués tenía claro que aquel hijo no era suyo. Le costó asimilarlo. Toda la madrugada del primer día del año estuvo pensando. La noticia le provocó gran ansiedad. Le había dado tiempo a pasar por varias fases, desde «mi mujer me ha engañado» a otra que reclamaba venganza: «Sonsoles es una víctima del prepotente de Serrano Súñer». Para él estaba claro quién era el padre del hijo que llevaba su mujer en el vientre. Lo pasó mal, muy mal. Fue la peor noche de su vida. Se limitó a estar solo. Cuando encontró a su mujer en el suelo, sola, indefensa y expuesta a que la pisotearan, se le cayó el mundo. Y lo tuvo claro: su misión sería protegerla. No consentiría que nadie le hiciera más daño…

—Bueno, yo quería explicarte… No me he portado bien contigo. Entenderé tu enfado e incluso la decisión más terrible que tomes con respecto a mí, pero no puedo engañarte, ni mentirte más. No te lo mereces. Este niño no es tuy…

Francisco no dejó que continuara hablando. Le puso un dedo sobre su boca.

—¡Shhhh! No estropees este momento. No lo hagas. Tu hijo nacerá como todos los demás. Sería incapaz de tomar una sola decisión que te perjudicara. Eres mi mujer... Siempre estaré cerca de ti, protegiéndote, queriéndote... Verte despertar a mi lado para mí es suficiente.

Sonsoles se quedó sin palabras. Tampoco podía llorar. Parecía que todo aquello era irreal. Francisco la abrazó. La amaba de verdad. No hizo preguntas. Sabía todo lo que estaba pasando y no pedía explicaciones. Había soportado con estoicidad los rumores del engaño de su mujer con Serrano. No obstante, ahora se sentía herido. Pidió un trago de coñac. Hoy le hubiera gustado beber hasta emborracharse. Pero tenía que cuidar de ella y estar a su lado. No podía pensar, no quería hacerlo.

—Me tienes que querer mucho... —se avergonzó Sonsoles.

—Más de lo que imaginas. Solo te pido que no te veas más con él. Eso para mí sería insoportable.

Sonsoles tardó en contestar. Le costaba prometer algo que no podía cumplir. A pesar de todo, lo hizo.

—No volveré a verle sin que tú lo sepas o sin que estés a mi lado. Te lo prometo.

—Somos una familia y nos seguiremos ocupando de nuestros hijos con toda normalidad. Por mi parte, no quiero hablar más de este tema.

—De acuerdo.

El marqués se retiró y se fue a dar la buena nueva a sus hijos. Después se lo comunicó a todo el personal que trabajaba en la casa. Todos le dieron la enhorabuena. Matilde era la única que sabía la verdad. No hacía falta que la marquesa se lo dijera. Sencillamente, lo había intuido tras la reacción de Sonsoles cuando había recibido la noticia del médico.

Olivia, como todos, participó de la celebración del personal de la casa. El marqués les dio una paga extra por la inesperada noticia. Algo no encajaba, se decía. Las reacciones ante la buena nueva no fueron iguales entre todo el servicio.

—Matilde, ¿qué ocurre? —preguntó la institutriz viendo su cara.

—No sé a qué se refiere.

—No parece que esté feliz ante la noticia del nuevo embarazo de la señora.

—No… porque supone más trabajo. Nada más.

—Juan tampoco está muy contento.

—No sé qué quiere oír, pero la noticia es la que es. No saque las cosas de quicio.

Se entretuvo con los niños, y cuando todos regresaron a sus tareas, Olivia se acercó a Juan y con disimulo le preguntó:

—Usted y Matilde no parecen muy felices con la noticia.

Juan, antes de contestar, comprobó que nadie más le escuchaba. Habló a Olivia en un tono confidencial.

—Por la reacción del marqués, pienso que la señora no está embarazada del señor.

—¿Cómo dice?

—Hable bajo… El señor me confesó hace tiempo que la marquesa no quería compartir lecho con él. Ahora, de repente, nos sorprende con que van a ser padres. ¿Comprende?

—¿Insinúa que el hijo que espera la marquesa no es del marqués?

—Eso mismo. Pero baje la voz y no se lo diga a nadie, porque Matilde nos mata.

—Si no está embarazada del marqués, entonces ¿de quién?

—Por favor, eso sí que es fácil de averiguar… Sobre todo, después de los rumores que han circulado por todas partes. ¡De Serrano Súñer! ¡El cuñado de Franco!

Olivia escuchaba atenta y sin perder detalle. Informaría de todos estos datos al embajador americano. Esa noticia valía por toda su estancia en la casa de los Llanzol.

—¿El marqués lo sabe?

—¿Cómo no lo va a saber, si su mujer le ha tenido a raya estos últimos meses?

—¿Y no se ha enfadado?

—La quiere demasiado. Son muchos años de diferencia entre ellos. Nunca la abandonaría. Prefiere asumir al hijo de la marquesa como suyo, que montar un escándalo mayúsculo en el que los dos salgan perjudicados.

—¿Pero esto se lo ha dicho el marqués o son especulaciones suyas?

—No solo ejerzo de mayordomo en esta casa, soy su ayuda de cámara. Me entero de todo. No hace falta que me lo diga el señor con todas las palabras. Lo sé y punto. Dos y dos son cuatro. Don Francisco estaba loquito por acostarse con ella. Lleva así por lo menos dos meses. A mí me hablaba de ello cada día. Y de repente, ¡zas! ¡Un embarazo! Mucha casualidad, ¿no? Tanto libro para acá de Serrano y tanta llamada a primera hora de la mañana. El viaje a París… Son muchas circunstancias. Muchas coincidencias. El marqués y yo sabemos perfectamente quién es el padre.

—Serrano Súñer. ¡Vaya escándalo!

—¡Shhhh! No tiene que ser un escándalo. Este tema no tiene por qué saberlo nadie. Confío en su discreción.

—¿A quién se lo voy a decir, a Roosevelt?

—¡No, claro! ¡Usted aquí no conoce a nadie y no va a ir al presidente de su país con estas cosas! Tiene razón. Con usted me puedo explayar, pero con nadie más. Se lo he insinuado a Matilde y me ha puesto muy mala cara. A ella ni se le ocurra decirle nada.

—No, descuide.

Olivia pidió que le dieran la tarde libre. Se dirigió a la embajada americana a contar con todo detalle la noticia que relacionaba al cuñado de Franco con la marquesa de Llanzol. Lo importante no es que la marquesa estuviera embarazada, sino que el cuñado de Franco tuviera un hijo fuera de su matrimonio. Esa información era lo suficientemente valiosa para que la telegrafiaran inmediatamente. El mensaje, en código morse, atravesó el océano Atlántico hasta llegar a Estados Unidos. Leon Turrou, el agente estrella del FBI, supo rápidamente cómo usar esa información a su favor. Ahora que Estados Unidos había declarado la guerra a Japón, cualquier informe que comprometiese al círculo cercano a Franco era muy valioso.

—Hay que eliminar al germanófilo cuñado del dictador. Sin él en el poder, Franco dejará de coquetear con Hitler. Nos interesa que otras voces estén más cerca de él, aconsejándole alejarse del conflicto. Con que no tome partido es suficiente.

—Daré aviso a Guy Liddell, el alto oficial de la inteligencia británica, para devolverle el favor por la información tan útil que nos dio hace meses desde Londres —le contestó uno de sus máximos colaboradores, el subsecretario Adolf A. Berle.

—Tienes razón. Si no nos hubiera hablado de la red de espías nazis que operaba en Estados Unidos, ahora mismo estaríamos en sus manos. Llevaban meses robándonos tecnología militar.

—Aquello fue un mazazo, la verdad. Tantos meses de trabajo puesto a disposición de Hitler. Nuevos proyectos de aviones de combate, destructores…

—Lo peor fue cuando citamos a declarar a los miembros de la red de espionaje y catorce de ellos huyeron de Estados Unidos. Me hicieron quedar como un auténtico papanatas. Ahora, el que ríe el último, ríe mejor… Hablaré con Hoover, que tiene la bendición de Roosevelt para saltarse la ley si existen sospechas de actividades subversivas. Vamos a poner especial atención en las embajadas: alemana, italiana, francesa, japonesa y alguna otra indecisa, como la española. De todas formas, el Servicio Especial de Inteligencia no está dando los frutos que esperaba…

—No comparto tu opinión. Nos llegan informaciones, como esta del cuñado de Franco, que pueden ser de gran utilidad.

—Necesitamos disponer de algunos datos de mayor relevancia relacionados más con cuestiones de inteligencia que de cama. Prefiero más detalles sobre las actividades del Eje en el hemisferio occidental y no tanto este tipo de asuntos. De todas formas, le daremos uso a esta información.

Dos días después, sir Samuel Hoare recibía una visita en la embajada que le proporcionaba la nueva información sobre su enemigo más enconado: Ramón Serrano Súñer. Un enviado especial del primer ministro acudió personalmente a la embajada británica en España.

—Señor embajador, use usted de la manera que crea más conveniente esta información que le acabo de dar.

—Es más útil de lo que usted se puede imaginar. El primer ministro lo sabe y, por eso, no ha querido enviar los datos a través de mensaje en clave, sino a través de usted… Llevo treinta y cuatro años metido en política y aun así, me sigue sorprendiendo que el ser humano sea tan estúpido. No hay poderoso que no sucumba al poder de la carne… Estoy cansado de ver caer ídolos que parecían seres inviolables, incluso políticos que estaban por encima de la ley. Serrano es uno de ellos… De modo que el cuñadísimo va a ser papá…

—Sí, eso parece.

—Pues me encargaré de ir dejando la información aquí y allí para que llegue a oídos de Franco. Es el final de Serrano. Se lo aseguro.

—Sí usted lo dice…

Mientras este complot se fraguaba a sus espaldas, Serrano seguía con su actividad normal. A nivel familiar, se produjo una muerte inesperada: la del padre de Franco. Nicolás, el viejo marino, había muerto acompañado de la mujer que estuvo a su lado treinta años —Agustina Aldana— y de su sobrina, Ángeles, a la que cuidaron como a una hija cuando se quedó huérfana. Cuando exhaló el último suspiro, Agustina salió del dormitorio y dejó que entrara su hija, Pilar Franco Bahamonde. El Caudillo había dado instrucciones precisas a su hermana para que una vez fallecido el padre, le pusieran el uniforme de general y lo trasladaran al palacio de El Pardo en una ambulancia. Llegaron más tarde de lo previsto. El vehículo se perdió en la noche de niebla cerrada que apenas permitía ver en la carretera. Franco lo veló durante toda la noche en compañía de los frailes de El Pardo.

A los ojos de todos los ciudadanos, le dio el entierro que merecía todo hombre de bien, en el cementerio de la Almudena. Sin embargo, él no acudió a las exequias, pero sí mandó que lo enterraran en la misma fosa donde reposaban los restos de su madre, a la que abandonó cuando eran jóvenes.

Los Díez de Rivera acudieron al palacio de El Pardo a dar el pésame. Lo mismo hicieron las familias más aristocráticas. Pura y Sonsoles, acompañadas de sus respectivos maridos, compartieron coche hasta el palacio.

—¿Sabes cómo llamaba el sinvergüenza de don Nicolás a su hijo? —preguntó Pura.

—No, ni idea —admitió Sonsoles.

—«Paquito inepto». Nunca jamás reconoció los logros de su hijo. Bueno, de todos es sabido que era masón y liberal. ¡Que en gloria esté!

—¿Irán su mujer y su sobrina al cementerio?

—¡Qué dices! La concubina y su hija, como dicen algunos. Eso de sobrina no se lo cree nadie. No creo que vayan. Solo permiten el acceso a la familia. Franco ha cumplido, como cualquier hijo, a pesar de haber tenido un padre que lo ignoró y ridiculizó. No creas que se recató al hablar de él en público. Siempre lo hacía despectivamente. Ironizó sobre él, mostrando a todo aquel que quería oírle su incredulidad sobre cómo había llegado a ser el hombre más poderoso de España.

—No entiendo por qué no puede ir esa mujer que ha convivido con él durante treinta años.

—¡Sonsoles! Bastante es que Pilar y el mayor de los Franco, Nicolás, quieran conseguirle una pensión de viudedad a pesar de no haberse casado. Pero de ahí a que se pavonee delante de todos, no.

—Todo por el qué dirán…

—Sonsoles, déjalo estar —intervino su marido, que estaba especialmente serio.

—Yo creo que Carmen hoy respira aliviada. Se ha acabado el problema que tenían con las salidas de tono del viejo.

Cuando llegaron, había tal cantidad de gente que Sonsoles no quiso salir del coche. Se quedó a esperarles dentro del vehículo. Todos lo entendieron por su estado, especialmente Francisco. Sabía que su mujer no quería encontrarse con Serrano Súñer y le pareció bien su actitud. Los demás no se dieron cuenta del verdadero motivo que la impulsaba a permanecer en el interior del coche. El marqués confiaba en no encontrárselo de frente. No sabía si sería dueño de sus actos.

Afortunadamente, Franco y Carmen eran los únicos que recibían el pésame de los asistentes. Cerca de ellos se exponía por primera vez el brazo incorrupto de Santa Teresa. Franco lo había sacado de su habitación para tenerlo cerca mientras recibía las condolencias de la sociedad y de la cúpula militar. El brazo de la santa, recubierto de plata, estaba con él desde el 37. Se lo habían entregado las carmelitas de Ronda y desde entonces no se había separado de él. Era lo primero que veía al comenzar el día y lo último antes de cerrar sus ojos. Lo tenía al lado de su cama. Sin embargo, esta vez había querido contar con esta reliquia a su lado mientras su padre recibía sepultura. Muchos de los que acudieron al palacio tocaron el brazo de la santa, al que atribuían propiedades benéficas y milagrosas.

Entre los embajadores que asistieron a dar el pésame al Caudillo se hablaba de otros asuntos que nada tenían que ver con el brazo de la santa. Se trataba de algo más mundano.

—Serrano va a tener un hijo con la marquesa de Llanzol —anunció Hoare.

—¿Quién es esa marquesa? —preguntó el embajador de Portugal.

—La mujer de un excombatiente de la batalla del Ebro. Es un bellezón.

—¿Lo sabrá Franco?

—Todavía no, pero se acabará enterando…

69

Durante todo el embarazo, Sonsoles no cesó de escuchar comentarios allá donde iba. A algunos les hacía frente diciendo con descaro que eran verdad. A otros los trataba con indiferencia, sonreía y miraba hacia otro lado. Su marido, en cambio, se hartó de negar la relación de su mujer con Serrano y se cansó de decir que aquello era una infamia. Los rumores llegaron a oídos de Franco, tal y como había vaticinado el embajador británico. Se lo dijo su mano derecha, Luis Carrero Blanco.

—Excelencia, hay un rumor que por insistente conviene que conozca. Ya sabe que me gusta tenerle informado.

—Por supuesto, dime.

—Se rumorea que su cuñado ha dejado embarazada a la marquesa de Llanzol.

—Ya sabes que no presto oídos a los comentarios de corrillos. No me interesan.

—Se lo cuento solo para que lo sepa. Doy por hecho que es una falsedad.

Franco no hizo más referencia al tema. No obstante, se quedó en la cabeza con la información que le acababa de dar Carrero. Cuando este se fue del despacho, dio un puñetazo en la mesa. Si era verdad ese rumor, se dijo a sí mismo, su cuñado había faltado a su palabra. Confiaba en que su mujer no se enterara de estas habladurías porque sería el final de su relación familiar. No quería ni pensar en cómo se pondría Carmen si fuera verdad.

El 17 de julio, día anterior al aniversario del alzamiento nacional, tenía previsto encontrarse con su cuñado, pero, igual que el año anterior, no le pidió ayuda a la hora de redactar el discurso. Ante el Consejo Nacional del Movimiento, Franco apeló a la unidad de España y anunció la creación de unas Cortes con un concepto nuevo: orgánico. Anunciaba así que todavía quedarían más mermadas las funciones del consejo que presidía Serrano Súñer.

Franco deseaba debilitar a la Falange y a los propios ministros. Por eso, quería un nuevo órgano deliberante, una asamblea legislativa. Serían como aquellas Cortes regias que el monarca convocaba para dar cuenta al pueblo de sus intenciones y proyectos. En este organismo no quería que se discrepara, sino que se aplaudieran y enfatizaran sus decisiones. Serrano tampoco fue consultado, y eso que había sido el primer legislador de aquel estado que surgió tras la guerra. Recibió la noticia como los demás, escuchando su discurso. Un discurso mucho más moderado de lo habitual, en donde no mencionó ni a Alemania ni a Italia.

Al día siguiente, antes de entrar en el Consejo de Ministros y presentar el nuevo decreto-ley, Franco se lo dio a leer a Serrano. Su ojo jurídico encontró rápidamente el primer desatino.

—Un decreto-ley de esta trascendencia tiene que tener un preámbulo que explique su finalidad. Si no es así, resulta cojo y chapucero —afirmó, despreciando así a los que lo habían redactado. Imaginaba que Arrese era el máximo responsable de todo aquello.

—Pues… ¡redáctalo tú! —le dijo Franco malhumorado.

Durante el Consejo de Ministros, se puso a redactarlo a mano. También observó que los futuros representantes que habrían de sentarse en aquellas Cortes no tenían nombre. Los autores del proyecto no querían utilizar la palabra «diputado» por su connotación republicana. Como no habían sido capaces de encontrar un nombre, Arrese pensó que estaría bien denominarles «miembros de las Cortes». Serrano se ensañó con la nominación.

—Arrese, ¿qué es esto de «miembros de las Cortes»? ¿Qué ocurrirá cuando se dirijan entre ellos y se digan lo de «señores miembros»? —preguntó, intentando ridiculizarle. Parecía que disfrutaba haciéndolo delante de todos los ministros.

—¿Qué propones tú? —le preguntó Arrese enfadado.

—Podríamos llamarles procuradores —afirmó mientras miraba a su cuñado—. Así se hacía en las antiguas Cortes de Castilla.

—Pues que así sea —aprobó Franco.

Antes de concluir aquel tenso Consejo de Ministros, Serrano intentó ganar algo de poder, poniendo en marcha una nueva ley en la que pretendía recuperar el control de la censura sobre las noticias del extranjero. Era otra vez un pulso con Arrese, que ahora tenía el control de la prensa. El ministro de Exteriores, en esta ocasión, ganó.

Sonsoles de Icaza se fue a San Sebastián en el mes de junio. Esta vez viajaron solo con una institutriz. Olivia Madisson, la americana, se despidió de la noche a la mañana. Regresó a América sin dar explicaciones. Sonsoles respiró aliviada. Siempre le quedó la duda de si fue ella la que vio y precipitó al final de su historia de amor con Serrano Súñer... A mediados de agosto, la marquesa adelantó su regreso a la capital. Todos lo achacaron a su deseo de que su hijo naciera en Madrid, pero la realidad era otra. No soportaba ser la comidilla de toda la sociedad en aquel verano del 42. Su marido también pensó que su decisión era acertada.

La marquesa no había vuelto a saber de Serrano desde el baile de máscaras. Parecía que se lo había tragado la tierra. Ni un mensaje, ni una llamada, ni un acto en el que coincidieran. Nada. Tenía hacia él sentimientos encontrados: a veces le amaba y otras, le odiaba con todas sus fuerzas. Ese verano no se vieron. Serrano decidió descansar en el Mediterráneo, concretamente en Peñíscola. Ni siquiera se le pasó por la imaginación acudir a San Sebastián. Hubiera sido un escándalo mayúsculo. Estuvo solo, aislado, pero dispuesto a pelear por el poder que le querían arrebatar desde todos los frentes.

Sonsoles se preguntaba si alguna vez pensaría en ella y en el hijo que llevaba en su vientre. Todavía le dolían las palabras que le había dedicado en la terraza del palacio de los condes de Elda. Fueron palabras sin alma. A pesar de todo, el nacimiento de aquel hijo la ilusionaba. Ese niño, pensó, le recordaría para siempre su relación con él. Estaba convencida de que sería un varón.

En Madrid, en pleno mes de agosto, hacía un calor infernal. El marqués se pasaba el día en la bañera, a remojo. No había forma humana de soportar aquel fuego en el ambiente, que parecía salir de las mismísimas calderas de Pedro Botero. Sonsoles, a pesar del embarazo, lo llevó mejor que el resto de la familia. El matrimonio seguía una especie de ritual. Primero daban un paseo por la tarde y después se acercaban al Ritz a tomar un martini en la terraza. Se encontraban con pocas personas conocidas. Casi todos estaban en Biarritz, en San Sebastián o en San Juan de Luz.

—Deberías tomar cerveza, aseguran que va muy bien para la subida de la leche —le decía su marido.

—Eso es para las amas de cría, no para mí.

Había mucha gente por la calle a esas horas. Solo veraneaban las familias aristocráticas. El resto sobrevivía como podía en las ciudades. Los niños trabajaban como adultos de limpiabotas, recaderos, aprendices… cualquier dinero era bien recibido en las casas donde lo esencial escaseaba.

Los campesinos se preparaban para las fiestas de la Virgen de agosto mientras los botijos descansaban a la sombra. Los barquilleros y los puestos de horchata, limonada y agua de cebada aprovechaban la afluencia de gente para hacer algún dinero. Las barcas del estanque de El Retiro eran la principal distracción de los jóvenes junto con los cines de verano y los bailes de las verbenas. Los chavales jugaban al fútbol en plena calle con pelotas que fabricaban ellos mismos o se distraían dándole a las chapas con la fuerza de sus dedos, simulando las piernas de los reyes del balompié.

El día 15, día de la Virgen de Begoña, en Bilbao, a media mañana, el general Varela presidía un oficio en memoria de los requetés caídos durante la Guerra Civil. El lugar elegido para dicha celebración fue el santuario de la Virgen.

Los carlistas habían organizado el acto con la presencia de los ministros Varela y Esteban Bilbao. Durante toda la mañana circularon rumores de que se iban a producir incidentes. De hecho, a la salida de la misa hubo gritos y pancartas en contra de la Falange y se escucharon vivas al rey (al pretendiente tradicionalista) y críticas a Franco.

Entre la multitud se encontraban varios falangistas. Como, Hernando Calleja, que había sido repatriado de la División Azul por heridas de guerra, y el alférez Juan Domínguez Muñoz. En un momento determinado, los requetés asistentes comenzaron a rodearles. Y los seis falangistas, intentando huir, lanzaron dos granadas. Solo explotó una, que ocasionó dos muertos y varios heridos. Las versiones de los hechos variaban según pasaban las horas. Todos los falangistas fueron identificados y detenidos inmediatamente.

Varela y Bilbao, que estaban saliendo del templo cuando se produjo la explosión, se fueron de allí inmediatamente, sin correr ningún peligro. El ministro del Ejército de Tierra, ya a cubierto, se convenció de que esos incidentes habían sido un atentado contra él. Llamó al ministro de Gobernación, Galarza, y exigió el paso de los detenidos a la jurisdicción castrense, así como un castigo ejemplar.

—No se trata de uno de tantos altercados entre los falangistas y los requetés. En esta ocasión, ha sido un ataque directo contra el Ejército y contra mí.

La censura no contó nada de lo ocurrido, pero los carlistas difundieron un manifiesto titulado: «Crimen de la Falange en Begoña», en el que se criticaba al régimen. En solo cuarenta y ocho horas, los seis falangistas fueron declarados culpables. Lo más grave es que sobre Hernando Calleja y Juan Domínguez recayeron sendas penas capitales.

Serrano Súñer interrumpió sus vacaciones. Había que frenar todo ese despropósito inducido por Varela con el apoyo de la cúpula militar. Franco también dejó su retiro de Meirás, en La Coruña, para reunirse con sus ministros en el palacio de El Pardo. Allí, durante varios días, Serrano trató vehementemente de que fueran conmutadas las penas de muerte de los dos falangistas.

—Paco, la granada no iba contra Varela. Eso lo sabes tú, igual que yo. El general ha querido dar excesivo protagonismo a todo este asunto —explicó Serrano, mirando al general de manera retadora.

—Señor ministro, usted no estuvo allí y, por lo tanto, no sabe lo que ocurrió. Yo sí. Y tengo el convencimiento de que ese ataque de la Falange iba contra el Ejército. A saber si actuaban por órdenes de algún… superior —intervino Varela.

—¿Qué está usted insinuando? —sabía perfectamente que lo decía por él—. Están en juego las vidas de dos falangistas. Lanzaron la granada al verse acorralados entre cientos de requetés. Fue para defenderse. Ni iba contra usted ni contra la cúpula del Ejército. Ya está bien, general.

—Señores, está claro que Hernando Calleja es un mutilado de guerra y no tengo dudas en conmutarle la pena. Juan Domínguez, a pesar de ser director nacional de deporte del SEU, ha sido el responsable del lanzamiento de la granada que explotó. Por lo tanto, tendrá que responder con su vida.

Arrese y Girón dejaron aparte sus diferencias con Serrano, y como él, mostraron su desacuerdo en que pagara con su vida un hombre tan leal a la causa como Domínguez.

—Hay que estudiar con detenimiento lo ocurrido, pero no voy a conmutar la pena —dijo Franco, mostrándose inflexible.

Ese mismo día regresó a Galicia sabiendo que había abierta una enorme brecha entre el Ejército y la Falange. Tenía claro que esa permanente disputa era una amenaza a la estabilidad de su gobierno. Había que erradicarla de cuajo, pero ¿cómo? Serrano se quedó en Madrid intentando mover los hilos que hicieran recapacitar a Varela. Enterado Ridruejo —ya de regreso de la División Azul—, pidió clemencia para sus camaradas. El cuñadísimo fue consciente de su pérdida de poder. Meses atrás, Franco le hubiera dado la razón. Pero, en esta ocasión, otras voces tenían ya más predicamento que la suya...

70

Sonsoles supo que Serrano estaba en Madrid por los periódicos, pero no se enteró del conflicto entre la Falange y el Ejército hasta que se lo contó su marido.

—El cuñadísimo está en horas bajas. Ya no tiene tanta influencia como en años anteriores. No se entiende que condenen a la pena capital a un joven falangista y batallador como Domínguez.

—Espero que Franco tenga un poco de sensatez. Serrano es el único que sabe legislar de todo el gobierno.

—Todavía le defiendes… ¡Es increíble!

—¡Oh, no! Quiero decir que es el mejor preparado, pero…

—Bueno, tenemos cosas más importantes en qué pensar —el marqués estaba molesto con la reacción de su mujer—. ¿Qué nombre le vamos a poner al niño? —preguntó, cambiando de tema.

—Si es niño, como mi abuelo: Ignacio. Y si es niña, Carmen, como mi hermana. No olvidaré jamás el apoyo que me está dando en estos días.

—Los dos nombres son muy bonitos. Estoy deseando que des a luz para poder movernos por Madrid con más libertad.

—Yo también. Espero que volvamos a llevar una vida normal.

—Eso va a ser imposible, pero lo intentaremos.

La madrugada del día 29 de agosto, Sonsoles rompió aguas. Rápidamente, el mayordomo fue a buscar al médico. Matilde mandó que calentaran agua y pidió paños limpios. Ella no se movía de su lado. La marquesa la cogió de la mano y no se la soltó hasta que todo acabó.

Cuando el médico llegó, el niño estaba a punto de nacer. Uno, dos, tres empujones y todo había acabado. La marquesa se encontraba exhausta, pero alcanzó a oír claramente el llanto de su hijo…

—Señora marquesa, ha traído al mundo a una niña preciosa…

¡Una niña! Sonsoles siempre pensó que sería un niño. Se había equivocado. Sintió unas ganas inmensas de darle la noticia a Serrano Súñer, pero sabía que no podía. No debía. Además, seguramente no se daría por aludido y tampoco le interesaría demasiado. Aquella hija era solo para ella.

—¡Huy, es muy rubita! —exclamó Matilde.

—No se parece nada a sus otros hijos. Esta niña ha salido más a los Icaza —dijo el médico mientras la limpiaba—. Puede estar contenta, su hija está perfectamente.

Sonsoles pensaba que, en realidad, se parecía al padre. Se trataba de una ironía del destino. Solo faltaba que, con el tiempo, los ojos de leche se aclararan, para dejar en evidencia que aquella hija pertenecía a otra familia, la de Serrano Súñer. Deseaba estrecharla en sus brazos. Tuvo un repentino instinto maternal que no había sentido antes. Cuando Matilde se la puso entre sus brazos, pareció que se emocionaba.

—Eres hija del amor —se decía a sí misma, mientras la observaba.

Apareció el marqués por el dormitorio y todos le dieron la enhorabuena. Sonsoles no apartaba la mirada de la niña.

—Bueno, marqués, les dejo. Mañana vendré a ver cómo se encuentra su mujer.

—Muy bien, doctor. Muchas gracias por todo.

Matilde también se fue de allí y dejó al matrimonio a solas.

—Nunca te había visto tan interesada por tu hijo recién nacido.

—Es una niña.

—¡Una niña! ¿Me la dejas? —la cogió—. ¡Es guapísima! —añadió, nada más sujetarla entre sus brazos.

Francisco la miraba de arriba abajo. Aquella niña llevaría su apellido y sería criada como el resto de sus hijos. La besó y se la devolvió a su madre.

—Te he traído algo para que recuerdes este momento —dijo, mostrándole una cajita perfectamente bien envuelta.

—Ábrela, que no puedo con la niña.

Desenvolvió aquel paquete y abrió la cajita que contenía un anillo con un diamante.

—Así recordarás este momento toda tu vida.

—Francisco, ¡te has pasado!, ¡qué bonito! —su marido se lo puso en el dedo.

Sonsoles pensó que no necesitaba un anillo para recordar ese instante. Había nacido una hija de su relación con el único hombre al que había amado. Era imposible olvidar aquel amor tan apasionado, tan intenso y tan dañino. Había cambiado su vida. Ya nada sería igual. Sabía lo que era el cielo y también lo que significaba descender a los infiernos. Su hija se convertía en su alegría y al mismo tiempo en su pena. Su purgatorio y su condena. La vida se detuvo. Las horas y los días se alargaron. Todo se hizo más lento, porque en aquel año de 1942 nada pudo ya superar a aquella experiencia vivida. Desde entonces, el recuerdo de aquel gran amor se convirtió en el único motor de su vida. El futuro solo tenía una expectativa: volver a verle…

Carmen Polo recibió la noticia de su amiga Pura de Hoces. Tomaba con ella un té en El Pardo, cuando le habló de su cuñada. De forma confidencial, le contó la comidilla de todo Madrid.

—Mi cuñada ha tenido a su cuarto hijo.

—¿Qué ha sido? —preguntó sin mucho interés.

—Una niña.

—Dale la enhorabuena.

—Eso haré. No sabes nada, ¿verdad?

—¿De qué? —contestó Carmen, intrigada.

—De esa niña. Creía que estos meses no me decías nada por discreción, pero no se habla de otra cosa en los salones.

—No tengo ni idea. ¡Qué raro que Paco no me haya comentado nada! A él le van con todos los cuentos. ¿Qué ocurre con esa niña?

—Bueno, es que este tema es más delicado de lo que puedes imaginar. Se dice que es hija de tu cuñado —le soltó de sopetón.

—No será verdad. ¡Se dicen tantas mentiras! —se puso pálida.

—Mi cuñada no lo niega cuando se lo preguntas.

—¿Que Ramón tiene una hija con otra? ¿Eso lo sabe mi hermana?

—Supongo que no.

—¡Dios bendito! ¿Qué hemos hecho para esta desgracia? ¿Y esa mujer va pregonándolo por ahí? ¿No tiene vergüenza?

—No es que lo diga, es que no lo niega.

—Bueno, el que calla otorga. Al menos, eso dice el refrán —se santiguó—. Este hombre no tiene freno alguno. ¡Cuánto me arrepiento de habérselo metido por los ojos a mi hermana! ¡Fui yo quien les presenté! ¡Ya verás cuando se entere Paco! ¡Qué desgracia y qué vergüenza para la familia!

—Espera a saber algo más…

—No tengo que saber más. Ese hombre ha perdido el norte. Se ha creído que era el todopoderoso cuñado, y de eso, nada. ¡Se va a enterar! Esta es la gota que colma el vaso de mi paciencia.

Por la noche, Carmen habló con Franco antes de meterse en la cama. Fue directa al grano, puesto que no tenía que disimular, como solía hacer delante de Nenuca, su hija.

—¿Sabías lo del hijo de los Llanzol?

—¿De qué se trata? —Franco hizo que no sabía nada.

—Dicen que el hijo de la marquesa de Llanzol no es de su marido, sino de tu cuñado: Ramón.

—Bueno, es también tu cuñado.

—No, para mí como si no existiera. Ha muerto. No quiero volver a saber nada de él, y espero que tú tampoco.

—No hagas caso de las habladurías. No puedo prescindir de él y borrarlo de un plumazo. Recuerda que es el marido de tu hermana, y todavía lo necesito.

—Con estas cosas de la moral no se juega. Tú eres el primero que tiene que dar ejemplo. Tú verás. Te puede costar caro no obrar en consecuencia.

Lo cierto es que Franco no pegó ojo en toda la noche. Aquel asunto de faldas podía trascender y hacer recaer sobre él las críticas de actuar con una doble moral: estricta para unos y liviana para su cuñado. Lo hablaría por la mañana con su confesor, antes de misa, y con Carrero Blanco. Tenía otros frentes abiertos que requerían de actuaciones inmediatas. Este asunto de su cuñado podía esperar.

Convocó urgentemente un Consejo de Ministros. Ahora era prioritario dar un golpe de timón en su gobierno para dejar claro quién gobernaba.

—Esta crisis se va a resolver con un cambio en el gobierno. No podemos seguir con tantas luchas internas. Varela, serás relevado en el cargo en los próximos días.

El general se quedó blanco sin decir una sola palabra. Días atrás había pedido una compensación política por tantos agravios, y ahora era destituido. Pensó que quizá Serrano le había ganado la partida.

—Será necesario también relevar de su cargo al ministro de Gobernación —Galarza se quedó sin habla igualmente. Le acusaban de haber ocultado información al gobierno sobre el incidente de Begoña—. Señores, haremos oficiales los cambios en los próximos días.

Serrano Súñer se fue de allí con una sonrisa. Había quedado por encima de su rival Varela. Ahora sería más fácil presionar a su cuñado para lograr que conmutaran la pena de muerte a Domínguez.

—¿Me vuelvo a Castellón? —le preguntó a Franco.

—No, quiero que te quedes por aquí.

Así lo hizo. Franco, a su vez, llamó a Carrero Blanco para hacer oficiales los dos ceses.

—Después de varias negativas, Asensio ha aceptado sustituir a Varela como ministro del Ejército. Por lo tanto, cesamos a Varela y al ministro de la Gobernación, Galarza.

Franco firmó los cambios y observó la cara de insatisfacción de Carrero Blanco

—¿Te pasa algo? —le preguntó.

—Sí, su excelencia. ¿No debería haber aquí otro cese?

Franco frunció el ceño. No entendía que su mano derecha quisiera rectificar sus decisiones.

—No, no hay más ceses. ¿Cuál debería ser el otro, según tu criterio?

Era su momento. Lo había convenido con Arrese y también se lo había prometido a doña Carmen. No podía desperdiciar la oportunidad.

—El del ministro de Asuntos Exteriores —soltó de golpe.

Franco se sorprendió con su atrevimiento. Se trataba de su cuñado.

—¡Qué barbaridad! ¿Cómo se te ocurre eso?

Carrero esperaba esa pregunta y se había preparado concienzudamente la respuesta.

—Siendo el señor ministro el presidente de la Junta Política, debería cesar también. En caso contrario, habrá vencedores y vencidos en esta remodelación del gobierno.

—Me parece desproporcionado, Carrero.

El marino guardaba otro as en la manga y lo sacó.

—En ese caso, los españoles creerán que el que manda aquí no es vuestra excelencia, sino el ministro Serrano Súñer.

Aquella frase le sacó de sus casillas. La había escuchado muchas veces en boca de su mujer. Carrero tenía razón en que tras esta crisis no debía haber ganadores. A lo mejor, eliminaba un problema de un plumazo. No solo dejaba claro quién mandaba en España, sino que castigaba su falta de moralidad. Ramón había faltado al respeto a su familia, teniendo un hijo fuera de su matrimonio. Había llegado el momento del recambio, tal y como sugerían Carmen y, ahora, Carrero. Sin decir una sola palabra, Franco sacó un folio en blanco de su escritorio y firmó el nuevo cese. De esta forma, ponía fin a la carrera política de su cuñado, Ramón Serrano Súñer.

Franco quiso darle la noticia personalmente y en privado. Al fin y al cabo, eran familia. Le localizó su secretario en La Granja de San Ildefonso, donde celebraba su onomástica.

—Ramón, llamaba para comunicarte algo, pero puede esperar hasta mañana. Pásate a mediodía para despachar conmigo.

—Allí estaré mañana.

Al colgar el teléfono se quedó preocupado. No entendía para qué era aquella reunión. Imaginaba que coleaban los sucesos de Begoña. Una hora más tarde, lo llamaron de la Falange para decirle que al día siguiente sería fusilado Domínguez. Comenzaba la cuenta atrás.

Con estas dos noticias se le amargó la celebración familiar. Intuía que algo no iba bien y así se lo transmitió a su mujer.

—Zita, creo que Franco está barruntando algo que tiene que ver con mi futuro político.

—Será para ascenderte. Jamás va a prescindir de ti. No se lo puede permitir.

Aquellas palabras de su mujer le tranquilizaron. Tampoco tuvo que esperar mucho. Al día siguiente, cuando acudió al despacho de su cuñado, salió de dudas.

—Tengo un asunto muy grave que tratar contigo —le espetó con seriedad.

—Tú dirás.

—He tenido que tomar una decisión difícil e importante.

Franco cruzó las manos y se le quedó mirando fijamente. Serrano estaba impaciente, pero fingía tranquilidad.

—Ramón… voy a sustituirte —no adornó su decisión.

—Hombre, acabáramos. ¡Qué susto me habías dado! —se movió en su asiento, como si su destitución no le afectara.

—Ya veo que no te contraría mucho —dijo Franco, molesto con su actitud.

Serrano, en realidad, estaba dolido y enfadado, pero sabía disimular y provocar a su interlocutor aparentando indiferencia.

—Pero, por Dios, Paco, si yo te lo he pedido ya en dos o tres ocasiones. Dejémonos de dramatismos, es mejor tratar el asunto con naturalidad. Así, de paso, puedo aprovechar para hablarte con total independencia de una serie de cosas que…

—Mira, en otro momento. Tengo al general Jordana aquí citado esperándome. Él va a ser tu sustituto.

No solo le destituía, sino que ya no tenía tiempo para escucharle. Serrano se puso tenso. Le pareció una falta de respeto que ni tan siquiera prestara un mínimo de atención a lo que le tenía que decir. Se levantó y, sin mediar palabra, abrió la puerta del despacho con intención de irse sin decirle adiós. Sin embargo, cambió de opinión y antes de desaparecer de su vista, le regaló una frase…

—Desearía que por tu propio bien y el del país, instalaras firmemente en tu cabeza la idea de que la mejor lealtad de un consejero, la que debe esperarse de él, no es la incondicional, sino la crítica.

Serrano dio un portazo y se fue. Bajó las escaleras del palacio a toda prisa. No quería perder ni un solo segundo entre aquellas paredes. Según salía, los porteros hicieron sendas reverencias con sus cabezas.

—Adiós, señor ministro.

Se quedó parado. Supo que sería la última vez que le darían ese tratamiento. Continuó andando hasta el coche.

—Señor ministro, al palacio de Santa Cruz, ¿verdad? —le preguntó Orna.

—Sí, voy a recoger todos mis papeles. Y ya no me llame señor ministro. Acabo de ser cesado.

—Lo siento, señor —su fiel conductor se quedó de piedra.

—No lo sienta. Espero recuperar mi vida. He dado a mi cuñado y al gobierno más de lo que debía.

Orna no hizo más comentarios. Se quedó callado observando a través del retrovisor la cara de circunstancias de Serrano Súñer. Se le veía enfadado. No hacía falta conocerle mucho para saber que la noticia le había sorprendido. No se la esperaba.

Al llegar a Santa Cruz y entrar en su despacho, hizo llamar al barón De las Torres. No le dio muchas explicaciones. Le soltó la noticia a bocajarro.

—Gracias por tu lealtad y por tu extraordinario trabajo. Dejo inmediatamente el ministerio. Franco me acaba de cesar. Mañana mismo estará aquí Jordana como ministro.

—¿Cómo? —el barón no podía creer lo que estaba escuchando.

—Que me voy de aquí. Te pido que recojas todas mis cosas y me las envíes a mi domicilio.

—No entiendo lo que ha pasado… ¿Qué va a hacer Franco sin el hombre fuerte del gobierno?

—Desde hace tiempo, no lo soy. Confía más en otras voces que no son críticas. Prefiere la adulación y el «lo que usted mande». Había mucha gente que me quería fuera del gobierno y, al final, lo han conseguido. Hoy, en muchos despachos, brindarán por mi salida. Yo también brindaré esta noche por una nueva vida. Seguramente, volveré a ser persona. ¡Ya era hora!

—¿Qué planes tiene?

—No tengo ningún plan. Volveré a la abogacía, de donde no debería haber salido nunca.

Se despidió de todos. La sorpresa les impidió encajar la noticia. Serrano no quería pasar en su despacho ni un solo segundo más. Bajó a la calle en el ascensor que daba a la zona privada. Cuando se quedó solo en aquella cabina, de golpe acudió a su mente su pasado… Fue allí donde había besado a Sonsoles por primera vez. Allí se volvió loco por la mujer de los labios rojos y mirada enigmática. Pensó que en aquel lugar, al mismo tiempo que aquella historia apasionada, había comenzado el final de su carrera política. ¿Hasta qué punto había influido el amor de la marquesa en su final como ministro? Nunca lo sabría. Franco tampoco se lo había dicho. Lo habían inmolado. Haber dicho la verdad de lo que pensaba en todo momento le había costado el cargo. Cerró los ojos y le pareció que todavía podía sentir el perfume de aquel amor prohibido por el que había pagado tan alto precio… Aquel recuerdo venía una y otra vez a su memoria…

Ocurrió de repente. Fue un impulso. Un deseo irrefrenable de besarla. En aquella pequeña cabina forrada de terciopelo rojo, el tiempo pareció detenerse entre piso y piso. La estrechó contra su pecho y oyó cómo algo caía al suelo. Sintió que el perfume a vainilla y caramelo que desprendía su piel le embriagaba. Aquella mujer era la viva imagen del deseo. Cuando despegó los labios de su boca, supo que jamás podría olvidarla…

Verano de 1999

La periodista Ana Romero llamó al timbre del portero automático de la casa de Carmen Díez de Rivera, en el lujoso barrio de El Viso, de Madrid. Había subido rápido las escaleras y todavía sin aliento saludó a Carmen, que la esperaba en el rellano del tercer piso. Estaba más pálida que el último día que la vio, pero parecía tener energía suficiente como para no dejar a la mitad su historia. Su decisión no tenía vuelta atrás. Necesitaba compartir el secreto que durante tantos años había silenciado. Quería que viera unas fotos que estaba sacando de una caja metálica que llevaba entre sus manos, se las mostró sin ningún preámbulo en su conversación.

—Mira, Ana, todos mis hermanos en el dormitorio que tenía mi madre. Ya nos ves en línea y en escala en la moqueta de aquel cuarto inmenso. De mayor a menor. De blanco, como le gustaba vestir a la aristocracia a sus hijos. Yo tendría menos de un año en esta foto. Ajena a toda la tragedia que iba a vivir dieciséis años después.

—¿Fue tan duro enterarte de que tu padre no era tu padre biológico?

—Fue duro, pero la vida está llena de bastardos, y no pasa nada. Yo nunca me he sentido hija de nadie sino de muchísimas

cosas al mismo tiempo. El concepto de familia lo perdí por completo, excepto por mi padre Llanzol.

—¿Cómo llamaste a Ramón Serrano Súñer a partir de entonces?

—Dejé de llamarle tío Ramón y comencé a llamarle Serrano a
secas y a mi padre adorable seguí llamándole papá o papá Llanzol.
Era una persona muy tierna. Estuvo a mi lado siempre. Pero no, eso
no fue lo duro de la historia

Hubo un silencio. La periodista supo entonces que Carmen
no había terminado.

—Lo realmente duro fue enterarme de que el hombre del que
me había enamorado era... mi hermano. Me enamoré de mi hermano. Esa es la gran tragedia de mi vida. ¿Verdad que mi existencia
parece una novela? El destino quiso que me fijara en un hijo de Serrano Súñer al que siempre quise.

Volvió a hacerse un silencio. Carmen no podía seguir hablando. Se tragó sus propias lágrimas. Cerró los ojos. Llevaba treinta y
nueve años repitiéndose una y otra vez: «¿Por qué me tuvo que pasar algo así?».

Dejó de mirar las fotos y dio un manotazo a la tapa de la caja
metálica, que se cerró de golpe. Verbalizar todo aquello resultaba
demasiado fuerte para su débil salud. Las lágrimas brotaban con la
misma intensidad que la primera vez que recibió la noticia. Hubiera
vuelto a gritar: ¡No! Pero ya no tenía la energía de los diecisiete
años. Se estaba despidiendo poco a poco de todos sus recuerdos.
Pensó que, en realidad, había empezado a morirse aquella tarde de
Inocentes cuando supo la verdad de su vida.

—¿Quieres que salgamos a dar un paseo? —propuso la periodista, al ver que la situación era demasiado fuerte para su segundo encuentro.

—No, Ana. Me he decidido a dar este paso y ya no tengo tiempo. Me estoy muriendo. Quiero seguir hablándote. Es duro hacerlo,
pero peor ha sido callarlo durante tantos años.

—Entonces seguimos —dijo Ana, contagiada de la ansiedad contra el tiempo que se vivía en aquel pequeño salón.

—Nunca supe cómo me dejaron llegar tan lejos. Yo siempre fui amiga de Ramón, el hijo de Serrano. Nadie como él me entendía. No me explico cómo no me dijeron nada antes. Siempre fuimos amigos de juegos, de infancia, de juventud. Cuando me contaron nuestro parentesco, ya era tarde. De todos los hombres que había en el mundo, me enamoré de él.

—Fue el destino...

—Fue una broma macabra del destino —apostilló Carmen.

—¿Cómo reaccionaste?

—Me volví loca. ¿Cómo se acaba una historia de amor profundo? ¿Cómo se baja un pasajero de un avión en marcha? Cuando te digo que me rompí por dentro, no te exagero. Aquel día que me contaron la verdad, me quedé rota de por vida. Me dejaron sin raíces: mi padre no era mi padre y mi amor... era mi hermano.

Con dificultad volvió a abrir la caja y sacó una foto de Serrano Súñer junto a su madre. Ana permanecía en silencio, comprobando si la grabadora seguía funcionando.

—Mira, dime si nos parecemos o no. Quiero la verdad —le dijo Carmen desafiante.

—Mucho, Carmen. Tenéis los mismos ojos, el pelo rubio... Solo te falta el bigote.

Se echaron las dos a reír. Al cabo de un rato, con la foto en la mano, siguió hablando. No sentía odio hacia él. Todo lo contrario, se sabía su vida al detalle. Ella, que era crítica con el régimen de Franco, tenía admiración por aquel hombre que detentó tanto poder en los años cuarenta...

Siguió mirando las fotos que tenía en su sillón. Aparecía una y otra vez su padre biológico...

—Me encantaría decirle: ¿cómo es posible que hayas compartido gestos y letras con esa tropa durante la Guerra Civil y en la posguerra? No lo entiendo.

—¿Has hablado con él?

—Al fallecer mi madre, hace dos años, y enviudar él años antes, empezó a llamarme asiduamente para hablarme del gran amor que sintió por ella.

—¿Cómo dices? —Ana no esperaba que el mismísimo Serrano Súñer la hubiera llamado, y menos para hablar de amor.

—La echaba de menos. Yo callaba y escuchaba, porque comprendía perfectamente su sentimiento.

—Nunca hubiera pensado que te había llamado para hacerte esa confidencia.

—Está tan mayor y yo estoy tan sola, sin ninguno de mis padres, que seguro que se vio en la obligación...

—No creo que a Serrano le obligue nada ni nadie y que no haga aquello que no quiera hacer...

Volvió a mirar la foto en la que estaban juntos Ramón Serrano Súñer y su madre, Sonsoles de Icaza.

—¡Mírales! Eran felices juntos... Al amor hay que disculparlo siempre. ¿No crees?

Nota de la autora

Cuando me planteé escribir una novela histórica, tuve claro que quería ambientarla en la España de los años cuarenta, una época que siempre me ha atraído. Pero buscaba como protagonista a un personaje ajeno a las penurias de la posguerra; una persona que viviera sin dificultades, en el polo opuesto a las cartillas de racionamiento y a la censura de aquellos duros años. Intenté localizar a un ser libre, dispuesto a vivir una pasión en medio de una sociedad donde se excluía a todo el que no siguiera las pautas de moralidad de la época. Una sociedad que se debatía entre dar un paso al frente de la mano del Eje o quedarse quieta en una neutralidad que favorecía a los aliados, durante la Segunda Guerra Mundial. Deseaba encontrar a alguien dispuesto a no renunciar al amor aunque el amor fuera prohibido y tan cerca del poder que seguir adelante fuera un desafío. Quería a alguien que viviera con libertad en una España sin libertades y que se atreviera a mirar de frente a las más altas esferas de poder. Una persona que se moviera con soltura en todos los escenarios y que sorteara con naturalidad los avatares de su destino. Y así me encontré con Sonsoles de Icaza, una mujer joven, de gran personalidad, cuya vida parecía irreal. Una vez que supe de su existencia, dejé de buscar. Ella me había encontrado a mí.

Para novelar su vida y la de Ramón Serrano Súñer, me he basado sobre todo en lo que contaron a sus biógrafos el propio Serrano y su hija Carmen Díez de Rivera. Sonsoles nunca dejó nada por escrito. Pero, por supuesto, he tenido que recrear todos sus encuentros y todos sus diálogos, por lo que, seguramente, entre mi novela y la realidad de la pasión que ambos personajes vivieron, cualquier parecido será pura coincidencia.

Qué fue de...

CARMEN DÍEZ DE RIVERA (29 de agosto de 1942-29 de noviembre de 1999). La hija de Sonsoles y de Serrano Súñer murió en Madrid a los cincuenta y siete años. Fue enterrada en el convento de clausura de las carmelitas descalzas de Arenas de San Pedro, en la provincia de Ávila. El convento, fundado en 1594, no solo la había acogido cuando supo de su «tragedia familiar», sino cuantas veces necesitó para superar sus «épocas difíciles». Intentó ser monja de clausura pero finalmente no se adaptó.

Posteriormente se refugió en África intentando huir de su pasado. Jamás olvidó su experiencia en Les Volontaires du Progrès. Quería ir a la selva, le consolaba estar cerca del peligro, y vivió en Baloa, en Costa de Marfil. No se movió de allí hasta que «vio un árbol y lo reconoció como árbol». Entonces creyó que estaba preparada para seguir viviendo. Hasta ese momento, veía un árbol y no lo reconocía. «Estaba muerta», tal como relató a Ana Romero en sus memorias.

Carmen siempre diferenció lo que ella llamaba la «España normal» y la de su familia. Nunca se sintió hija de nadie sino de «muchísimas cosas al mismo tiempo». Solo tuvo afecto por su padre Llanzol, que le dio el apellido Díez de Rivera. A su padre

657

biológico, le llamó de niña «tío Ramón» y cuando supo su verdadero parentesco, «Serrano» a secas. No le dolió llevar el apellido que no le correspondía porque decía que «la historia estaba llena de grandes nombres de bastardos». Lo que le dolió fue no saber la verdad sobre su origen desde que tuvo uso de razón.

Sintió admiración por su madre, pero siempre mantuvo un forcejeo constante con ella. Después de su regreso de África, su relación se enturbió de tal manera que Sonsoles de Icaza la echó de casa. Carmen siempre la culpó de su desgracia. No le perdonó que no le contara la verdad sobre su parentesco con Serrano Súñer y fomentara la amistad con su hijo.

Carmen se enamoró de su hermanastro Ramón desde la niñez: «El amor o es amor o no lo es. Yo me enamoré desde niña de otro niño, después de un chico y, finalmente, de un adolescente. Estaba habitada por una persona a la que amaba. Con él descubrí el primer beso, la piel, las estrellas, todo y de repente... me obligaron al silencio. Perdí de golpe todo lo que quería en la vida».

Fue conocida como «Musa de la Transición» y estuvo cerca de dos hombres claves de la misma: Juan Carlos I y Adolfo Suárez. Llegó a ser eurodiputada del CDS y del PSOE. Llevaba la política en sus genes.

Nunca mencionó a ningún otro amor, aunque siempre estuvo rodeada de rumores que la relacionaban con personajes muy conocidos. Incluso, alguna vez, estuvo a punto de casarse. Sin embargo, no dio nunca el paso porque no pudo «unir la atracción física con la intelectual». Eso solo lo consiguió una única vez. La primera. Desde entonces, siempre tuvo la sensación de ser «un lobo solitario».

Su hermanastro Ramón, su amor, se casó con Genoveva Hoyos y Martínez de Irujo, la hermana de su mejor amiga, Teresa.

Carmen murió en el Hospital de San Rafael, en Madrid, en compañía de su hermana Sonsoles Díez de Rivera y de Pilar Serrano Súñer. La madre Soledad, su prima, tuvo que convencer al obispo de Ávila para que rompiera las reglas de la congregación y permitiera que Carmen descansara allí, en el convento, para siempre.

RAMÓN SERRANO SÚÑER (12 de septiembre de 1901-1 de septiembre de 2003). Desde su cese como ministro en 1942, nunca volvió a ocupar un cargo en el gobierno. Rechazó el puesto de presidente del Consejo de Estado. Tampoco acudió nunca a las Cortes donde tenía un puesto vitalicio. «No quería más apariencias, ni jaulas de oro, ni convertirme en mero aplaudidor», manifestó a Ignacio Merino, su biógrafo. Volvió a ejercer de abogado hasta el final de sus días para «defender lo justo».

Su relación con la marquesa de Llanzol continuó de forma intermitente hasta el año 1955. Fue él quien dio por terminada esa unión.

Con su mujer, Ramona Polo, *Zita*, tuvo seis hijos: los gemelos Fernando y José, que nacieron el 23 de octubre de 1932; Jaime, que nació el 15 de diciembre de 1935; Francisco, nacido el 17 de febrero de 1938; Ramón, que vino al mundo el 17 de febrero de 1939 y Pilar, la pequeña, el 5 de noviembre de 1940.

Apoyó en todo a Dionisio Ridruejo y a su movimiento político clandestino —la Unión Socialdemócrata de España—. No volvió a tener relación con su cuñado hasta tres años después de su cese. El 3 de septiembre de 1945 escribió una carta a Franco en la que le pidió un gobierno de concentración nacional «desde la extrema derecha a la izquierda moderada». Esta carta, que trascendió, logró encender esperanzas entre los disidentes del Régimen. En esa misiva se mostró crítico diciendo que «hoy haría casi todas las cosas de modo bien distinto a como las hice. No me arrepiento, sin embargo, de la línea fundamental de nuestra política que tuvo, entonces, plena justificación». Además de pedir la disolución de La Falange, abogó por otra forma de Estado: «Convocaría y ganaría un plebiscito popular, forma de democracia directa...

Sobre ese plebiscito habría que asentar la monarquía nacional tantas veces anunciada».

Tras esta larga y crítica misiva, Franco le llamó al palacio de El Pardo. Serrano pensó que sería desterrado a la isla del Hierro pero Franco lo recibió con amabilidad. En 1947, el Caudillo promulgó la Ley de Sucesión y designó a Juan Carlos como su sucesor a título de rey.

Con Franco las relaciones se extinguieron. Solo se vieron en las bodas de los hijos, y en los bautizos y comuniones de los nietos. Como abogado alcanzó una gran fama. Compitió directamente con el poderoso bufete de Antonio Garrigues. En el ejercicio de su profesión siempre siguió una máxima de su amigo José Antonio: «La legalidad y el aprecio de lo justo en un abogado deben traducirse hasta en sus honorarios».

Se convirtió en una de las voces más libres y críticas del Régimen. En el año 1949, publicó en la tercera de *ABC* un artículo titulado: «Perezoso aburrimiento», en el que calificaba de cómoda y estancada la vida del político. Franco comentó al leerlo: «Se aburrirá él. Voy a desterrar a ese presumido a Canarias». Finalmente no lo hizo.

En una audiencia que dio Franco al poeta colombiano Carranza, escuchó un comentario que le sacó de sus casillas. El poeta hizo referencia a la necesidad de apertura que preconizaba Serrano y le contestó: «Mis enemigos son los rojos y los masones. Debería fusilarlos a todos». El poeta apeló a que había gente no sospechosa que propugnaba una cierta apertura como su cuñado, y Franco le contestó: «Pues a Ramón, si hay que fusilarlo, se le fusila también».

Solo regresó al palacio de El Pardo a dar el pésame a Carmen Polo, tras la muerte de su cuñado.

Creó una emisora propia, Radio Intercontinental, de la que fue presidente. Vivió entre Madrid, Marbella y su refugio campestre de Los Pinos de Navalcarnero.

Aunque nunca reconoció a Carmen Díez de Rivera como hija suya, sí llegó a decir a quienes lo entrevistaron al final de sus días que era la que más se parecía a él de todos sus hijos.

Su relación con Sonsoles de Icaza fue pública desde que el británico Thomas Hamilton se refirió a ella en 1943. Treinta años después, en 1973, el periodista Emilio Romero contó la historia de su relación con la marquesa y eso supuso todo un escándalo en la sociedad de la época. En 1993 el historiador Paul Preston habló de esta relación como uno de los factores determinantes de la caída del gobierno de Serrano Súñer.

Carmen consideró que su padre biológico «fue víctima de las circunstancias». En 1997, al fallecer Sonsoles de Icaza y encontrarse viudo de su mujer, comenzó a llamar asiduamente a su hija para hablarle del «gran amor» que había sentido por su madre; así lo contó Carmen en sus memorias.

Cuarenta y ocho horas antes de fallecer Carmen Díez de Rivera en el hospital de San Rafael de Madrid, la llamó y, de alguna manera, se despidió de ella.

Ramón Serrano Súñer vivió sus últimos años dando conferencias sobre la Segunda Guerra Mundial y su papel en el gobierno de Franco. Murió a los ciento dos años.

FRANCISCO DE PAULA DÍEZ DE RIVERA (1890-21 de febrero de 1972). Poseía el título de marqués de Llanzol y era un distinguido militar con el grado de coronel de caballería. Miembro de la Escolta Real, luchó en el bando nacional, donde contrajo un tifus exantemático que estuvo a punto de costarle la vida. Siempre vivió con su familia en el barrio de Salamanca, en una elegante casa de la calle Hermosilla, entre Serrano y Claudio Coello. Eso le hizo ser objeto de algunos comentarios cargados de ironía.

Hijo de Alfonso Díez de Rivera Muro, conde de Sanafé, y de Ramona Casares Bustamante. Sus hermanos fueron Ramón, marqués de Huétor de Santillán; Pascual, marqués de Valterra, y Alfonso, conde de Biñasco.

Su hermano Ramón fue jefe de la Casa Civil de Franco.

Permaneció hasta su muerte cerca de su mujer y de sus cuatro hijos: Sonsoles, Francisco, Antonio y, la pequeña, Carmen. Nunca hizo distinciones entre los cuatro. Todo el que trató con él lo recuerda como un caballero. Se hizo querer por todos. Carmen dijo de él: «Le quise de niña, no le entendí de adolescente y comprendí su grandeza de corazón cuando regresé del África negra».

Era tan padre que cuando iba a algún acontecimiento social, cogía cuatro recuerdos para sus hijos. «A Papá Llanzol se le fue despojando de su cuarto, del tabaco, de su despacho, de conducir, de los salones, de los sofás, de sus bienes... y mi padre adoraba a mi madre. Cuando murió, en 1972, se fue la ternura de aquella casa. Por cierto, suya, como todo», explicó Carmen.

Falleció a los ochenta y dos años. No se equivocó al vaticinar a su hija: «¡Cuánto vas a sufrir, Carmencita!».

RAMONA POLO, *ZITA* (1907-1993). Hija de una de las familias más distinguidas de la alta sociedad asturiana, era hermana pequeña de Carmen —la mujer de Franco—, Isabel y Felipe. Su padre, Felipe Polo Flórez, enviudó joven. Crio a sus hijos «la tía Isabel», una mujer de gran belleza, casada con un sobrino de los condes de Canillejas. Isabel se esforzó en que sus sobrinas recibieran la educación más exquisita y las mentalizó para que se casaran con hombres de buena posición para estar bien situadas en la sociedad ovetense.

Su padre, de profundas convicciones liberales, no tenía ninguna simpatía por los miembros del ejército. Especialmente, por su yerno Francisco Franco.

Una vez que Carmen Polo presentó a Serrano Súñer a su hermana menor, esta jamás se separó de él. Al cumplir los veinte años se casaron en Zaragoza. Actuaron como testigos de su boda Francisco Franco y José Antonio Primo de Rivera. Siempre vivió e hizo lo que decía su marido. Según la familia Franco, Serrano pensaba por los dos.

Tras la destitución de su marido como ministro de Exteriores, acudió al palacio de El Pardo y se enfrentó a su hermana Carmen. Dijo ser la verdadera ofendida por cómo se desarrollaron los acontecimientos. A partir de ese momento, ambas hermanas ya solo se vieron en contadas ocasiones.

Recuperó su vida familiar cuando su marido abandonó la política. Con él recorrió toda España, Francia y Suiza a la búsqueda de antigüedades. La decoración fue una de sus grandes aficiones.

Zita jamás le echó en cara a su marido la relación extraconyugal con la marquesa de Llanzol. Vivió por y para él.

Murió años antes que Serrano Súñer. Tras su pérdida, Serrano se dejaba fotografiar delante del retrato que Zuloaga le hizo a su mujer.

SONSOLES DE ICAZA Y LEÓN (Ávila, 13 de agosto de 1914 – Madrid, 21 de enero de 1996). Hija del mejicano Francisco Icaza Beña y de la aristócrata granadina Beatriz León Loinaz, su vida quedó marcada por el fallecimiento de su padre cuando tenía once años. Su padre era un conocido poeta y cervantista, que ejerció en Berlín y en España como ministro plenipotenciario de Méjico. Publicó eruditos estudios de historia literaria, fue miembro de la Academia Mejicana de la Lengua, de la Española, de la Academia de la Historia y de la de Bellas Artes.

Se casó el 12 de febrero de 1936 con el marqués de Llanzol. Ella tenía veintidós años y él cuarenta y seis. De este matrimonio nacieron tres hijos: Sonsoles, Francisco y Antonio. De su relación con Serrano Súñer tuvo una hija: Carmen.

Según sus hijas fue una mujer de muchísimo carácter, que trató de imponer su voluntad a todos los que la rodeaban. Amiga íntima y musa del modisto Cristóbal Balenciaga, también fue una de las señoras más elegantes y atractivas del país. Llegó a poseer más de cuatrocientos trajes y noventa sombreros de la firma Balenciaga, que hoy están expuestos en el museo que lleva el nombre del diseñador en Getaria, San Sebastián.

Fue de las primeras mujeres en conducir un Chrysler por Madrid. Vestía a la última y llevaba sombreros sofisticados sin importarle la reacción que provocaba por la calle. Según Elio Berhanyer, tenía gran personalidad e inteligencia. Lució con elegancia todas las innovaciones de Balenciaga: desde los talles de avispa a los trajes inacabados, pasando por el traje de falda larga estrecha con blusas marineras o las túnicas más atrevidas. Estrenó todas sus mangas: ranglan, quimono, flor, murciélago, globo, melón... Fue fiel al modisto de Getaria hasta que él dejó de coser, y se negó a vestir de *prêt à porter*. Elio Berhanyer la vistió en su madurez.

Desde el otoño de 1940, Serrano Súñer ocupó su corazón. Nunca se olvidó de él, pero al final de su vida comentaba que un «hombre era igual a otro hombre». El marqués de Llanzol vivió junto a ella hasta el final de sus días.

Agradecimientos

Mi agradecimiento:
   A todas las personas cercanas a los protagonistas que me han proporcionado tantos datos sobre ellos y que prefieren mantenerse en el anonimato.

A la generosidad de Paloma Montojo, hija única de Carmen de Icaza, por abrirme las puertas de su casa y mostrarme todos sus recuerdos. Su madre merece otra novela por ser gran periodista, escritora y otro personaje fascinante de la posguerra.

A Gloria Ridruejo, hija de Dionisio Ridruejo, por dedicarme su tiempo para hablar de alguien al que conocía muy bien, su padre.

A Aline Griffith, condesa de Romanones, por darme la idea de dónde se podían producir los encuentros amorosos en aquella España de posguerra.

A Sara Montiel, por hablarme de la época y de las costumbres de las damas de entonces. Imposible olvidarla.

A Conchita Márquez Piquer, por ayudarme a resolver dudas que tenía sobre su madre, la gran Concha Piquer, y su relación con Serrano Súñer.

A Elio Berhanyer, por dedicarme tanto tiempo para hablar de Cristóbal Balenciaga, al que conoció de joven. También me fueron muy útiles sus experiencias con la fascinante marquesa de Llanzol.

A Petro Valverde, por ayudarme a encontrar datos sobre Balenciaga y hablarme del mundo de la moda desde dentro.

A Alejandro de Miguel, por ayudarme a comprender el mundo de la costura y las pasiones de los diseñadores.

A Carmen Martínez-Bordiú, por hacer de intermediaria con su madre, la duquesa de Franco, y proporcionarme algunos datos muy interesantes sobre Ramona Polo.

A la senadora Carmen Riolobos, por ayudarme a entrar en el despacho del ministro de Exteriores, en el palacio de Santa Cruz.

A Esperanza Redondo, por regalarme su tiempo para la lectura del libro.

A Antonio Álvarez-Barrios, periodista y compañero, por su minuciosa lectura.

A José María y Covadonga Espinosa de los Monteros, por los datos que me han aportado sobre su familia.

A Belén Nieva, por rebuscar y encontrar datos y fechas ocultos.

A Luis Garrido, por ayudarme a encontrar bibliografía sobre la posguerra. Grande su publicación *Los niños que perdimos la guerra*.

A los servicios de documentación del diario *ABC*, por abrirme de par en par las puertas de sus archivos.

A Begoña Aranguren, por ayudarme a tirar de hilos históricos que se me resistían.

A Ymelda Navajo y Berenice Galaz, por creer en mí y darme la oportunidad de escribir mi primera novela histórica.

A mi padre, Fernando Herrero, por guardar tantos documentos extraordinarios sobre la posguerra en España.

A mis hermanos, Fernando, Pedro y Pili, por ser mis mejores consejeros.

A Guillermo Mercado, por buscarme archivos sonoros de los años cuarenta.

Y a mis hijas, Blanca y Ana, por llevar con paciencia mis ausencias durante la redacción de esta novela.

Bibliografía

ABELLA, Rafael, *La vida cotidiana durante la Guerra Civil*, Planeta, Barcelona, 1973.

ALCALÁ, César, *Los traidores personales de Franco*, Malhivern, La Garriga, 2012.

ARTESEROS, Alfonso, *España en mi memoria*, La Esfera de los Libros, Madrid, 2011.

CARDEÑOSA, Bruno, *Conspiraciones y misterios de la Historia de España*, La Esfera de los Libros, Madrid, 2011.

CEPEDA, Luis, *Lhardy. Tradición y actualidad del escaparate de Madrid*, Lhardy, Madrid, 1994.

CIERVA, Ricardo de la (coord.), *Vida de Franco*, Prensa Española, Madrid, 1985.

COBOS ARÉVALO, Juan, *La vida privada de los Franco*, Books Pocket, Barcelona, 2009.

DUCRET, Diane, *Las mujeres de los dictadores*, Aguilar, Madrid, 2012.

ENRÍQUEZ, Carmen, *Carmen Polo. Señora de El Pardo*, La Esfera de los Libros, Madrid, 2012.

FERRER, Pere, *Juan March. El hombre más misterioso del mundo*, Zeta, Barcelona, 2010.

FISCHER, Rolf, *Segunda Guerra Mundial. Atlas visual*, Editorial NGV, Barcelona, 2011.

FRANCO, Pilar, *Nosotros, los Franco*, Planeta, Barcelona, 1980.

FRANCO MARTÍNEZ-BORDIÚ, Francisco, *La naturaleza de Franco. Cuando mi abuelo era persona*, La Esfera de los Libros, Madrid, 2011.

GARRIDO, Luis, *Historias de posguerra*, Maeva, Madrid, 1990.

—, *La década oscura*, Vosa, Madrid, 1994.

GIL PECHARROMÁN, Julio, *José Antonio Primo de Rivera. Retrato de un visionario*, Temas de Hoy, Madrid, 2003.

GIMÉNEZ CABALLERO, Ernesto, *Memorias de un dictador*, Planeta, Barcelona, 1979.

GUERRA DE LA VEGA, Ramón, *Madrid, 1939-1950. La posguerra*, Street Art Collection, Madrid, 2006.

HERNÁNDEZ GARVI, José Luis, *Episodios ocultos del franquismo*, Edaf, Madrid, 2011.

HOARE, Samuel, *Embajador ante Franco en misión especial*, Sedmay Ediciones, Madrid, 1977.

IBÁRRURI, Dolores, *Memorias de Pasionaria. 1939-1977*, Planeta, Barcelona, 1984.

ICAZA, Carmen de, *Cristina Guzmán*, Castalia, Madrid, 1991 (prólogo de Paloma Montojo).

KLEINFELD, Gerald R. y AL TAMBS, Lewis, *La división española de Hitler. La División Azul en Rusia*, Editorial San Martín, Madrid, 1979.

LANDALUCE, Emilia, *Jacobo Alba. La vida de novela del padre de la duquesa de Alba*, La Esfera de los Libros, Madrid, 2013.

LÓPEZ DE LA FRANCA Y GALLEGO, José, *Alfonso XIII visto por su hijo*, Martínez Roca, Barcelona, 2007.

LOZANO, Álvaro, *Anatomía del Tercer Reich*, Melusina, Madrid, 2012.

MARTÍNEZ-BORDIÚ, Cristóbal, *Cara y Cruz. Memorias de un nieto de Franco*, Planeta, Barcelona, 1983.

MCNAB, Chris, *Las SS. 1923-1945*, Libsa, Madrid, 2010.

MERINO, Ignacio, *Serrano Súñer. Conciencia y poder*, Algaba, Madrid, 2004.

MOA, Pío, *Años de hierro. España en la posguerra 1939-1945*, La Esfera de los Libros, Madrid, 2008.

MONTOJO, Paloma, «Prólogo», en Carmen de Icaza, *Cristina Guzmán*, Castalia, Madrid, 1991.

OGG, Luis (dir.), *Crónica de la humanidad*, Plaza y Janés, Barcelona, 1987.

PAYNE, Stanley G., *Franco y Hitler. España, Alemania, la Segunda Guerra Mundial y el Holocausto*, La Esfera de los Libros, Madrid, 2008.

PEÑAFIEL, Jaime, *La nieta y el general*, Temas de Hoy, Madrid, 2007.

PLATÓN, Miguel, *Hablan los militares. Testimonios para la historia (1939-1996)*, Editorial Planeta, Barcelona, 2001.

PRESTON, Paul, *El zorro rojo. La vida de Santiago Carrillo*, Debate, Barcelona, 2013.

ROMANONES, Aline, *Sangre azul*, Ediciones B, Barcelona, 1990.

—, *Un secreto con clase*, Planeta, Barcelona, 2002.

ROMERO, Ana, *Historia de Carmen. Memorias de Carmen Díez de Rivera*, Planeta, Barcelona, 2002.

SÁENZ-FRANCÉS, Emilio, *Entre la antorcha y la esvástica. Franco en la encrucijada de la Segunda Guerra Mundial*, Editorial Actas, Madrid, 2009.

SEELING, Charlotte, *Moda. 150 años. Modistos, diseñadores, marcas*, Ullmann, Madrid, 2010.

SERRANO SÚÑER, Ramón, *Entre Hendaya y Gibraltar*, Planeta, Barcelona, 2011.

—, «Discursos», archivo sonoro de RNE.

TARDUCHY, Emilio, *Psicología del dictador*, Imprenta Artística de Sáez Hermanos, Madrid, 1929.

TUSELL, Javier, *Historia de España del siglo XX. Libro 3: La dictadura de Franco*, Taurus, Madrid, 1998.

—, *Dictadura franquista y democracia. 1939-2004*, Crítica, Barcelona, 2005.

URBANO, Pilar, *El precio del trono*, Planeta, Barcelona, 2011.

URBIOLA, Fermín, *Palabra de rey*, Espasa, Barcelona, 2012.

VIDAL, César y JIMÉNEZ LOSANTOS, Federico, *Historia del franquismo. Historia de España IV*, Planeta, Barcelona, 2012.

VILALLONGA, José Luis de, *El rey*, Plaza y Janés, Barcelona, 1993.

VIZCAÍNO CASAS, Fernando, *Contando los cuarenta*, Altamira, Madrid, 1971.

—, *La España de la posguerra. 1939-1953*, Planeta, Barcelona, 1975.

—, *Contando los 40. Mis episodios nacionales*, Planeta, Barcelona, 1983.

—, *Personajes de entonces...*, Planeta, Barcelona, 1984.

VV.AA., *Crónica del siglo XX*, Plaza y Janés, Barcelona, 1986.

VV.AA., *Balenciaga. Cristóbal Balenciaga Museoa*, Nerea, San Sebastián, 2011.

VV.AA., «El Tercer Reich en España», *Historia y Vida*, 530, mayo de 2012.

VV.AA., «La División Azul», *La Aventura de la Historia*, 163, mayo de 2012.

VV.AA., «La gran tragedia del siglo XX. Segunda Guerra Mundial», *Muy Historia*, 45, enero de 2013.

VV.AA., «Don Juan, el rey que no reinó». *La Aventura de la Historia*, 15, abril de 2013.

WEINER, Tim, *Enemigos. Una historia del FBI*, Debate, Barcelona, 2012.

WINGEATE PIKE, David, *Franco y el Eje. Roma-Berlín-Tokio*, Alianza, Madrid, 2008.

ZAVALA, José María, *La pasión de José Antonio*, Plaza y Janés, Barcelona, 2011.